学术名家访谈录

王韩锁　康香阁　主编

人民出版社

奉题《学术名家访谈录》五言一首

谁有连城璧，峰峦倚太行。自秦复归赵，耿耿发贞光。

古风盛遗韵，重材惜器良。因之考优异，为国访栋樑。

十六集学士，叩门问所长。仿佛瀛洲例，亦殊慕汉唐。

我忝缀榜末，荣与愧相当。芜词附卷尾，感奋热衷肠。

周汝昌

己五四月初一

序

北京大学教授　龙协涛

　　在实现中华民族伟大复兴的历史进程中,需要发达的自然科学,也需要繁荣的哲学社会科学;我们一方面要全力推进社会经济的大发展,另一方面也要推动学术文化的大发展,思考我们这个文明古国如何继续对世界作出精神贡献。美国前总统肯尼迪说过,当历史的尘埃消散以后,能够使我们名垂青史的,不是政治上的胜利,不是战争的胜利,而是对人类精神的贡献。回首人类文明发展史,无论是哪个国家或哪个民族,所创造的思想文化成果,其凝聚的精神力量和散发的精神魅力,形成一座座历史标志性东西,永远矗立在历史发展长河中,为全人类所共有。一个缺乏理论思维的民族,属于民族精神素质存有残障的民族,是不可能攀登上科学的高峰的,也是不可能成为世界历史舞台主角的。

　　从历史和现实看,学术期刊是学术文化繁荣和发展的重要链条和平台。陈独秀在创办《新青年》杂志的前一年,曾豪气干云地对朋友说过,"让我办十年杂志,全国思想都全改观"。《新青年》杂志在五四时期对青年所产生的影响,对新文化运动的推进作用,学界有高度的评价。这是一个典型例证。办好学术期刊,推动学术繁荣,起关键作用的当然是期刊的主编。一本学术刊物办好了,就等于举起了一面学术的大旗,可以团结一批学人。它在倡导一种理念,推动一种思潮,鼓励一种学风。谁是举旗人? 毫无疑问就是期刊主编。主编是刊物的主攻手,他应爱岗敬业,乐于奉献,躬行践履方面一点都不能少。主编又是刊物的舵手,刊物的灵魂。主编的学识、胸襟、眼光和对工作爱之、好之、乐之的思想境界,作者能看到,读者能感受到,同行编辑能体会到。著名语言学家吕叔湘先生讲过,当好一个编辑不见得比当好一个教授容易一些,从某种意义上说还更困难些。我常想,教授讲课讲砸了,愧对的是二三十个、四五十个学生,编辑如果编发了不好的稿件,或工作中出了差错,受影响的则是千千万万的读者。所以,对编辑的素质要求是,眼光和学识要博大如海,对文字的推敲校核又须心细如发。而刊物的主编所承担的责任就更大了。期刊的质量和水平如同一辆车子的重量,要全部压在主编的肩上。刊物主编既要奋力拉车,更要抬头看路,保证这辆车子不走偏方向。

眼前这本由邯郸学院党委书记王韩锁、《邯郸学院学报》常务副主编康香阁主编的《学术名家访谈录》,涵盖了哲学、文学、历史、社会学、伦理学、数学、天文学、生物科学、环境科学、科学史研究等诸多学科的学术名家,有中科院的资深院士,也有后起的学术新秀;有我国著名学府中莘莘学子崇拜的名师,也有大洋彼岸驰誉汉学界的大家。这样一本有厚重学术含量的书,这样一本着眼于全国乃至海外、学术视野如此阔大的书,竟然出自一所普通的院校——邯郸学院,出自邯郸学院的党政负责人,出自邯郸学院学报的负责人,似乎匪夷所思。然而事实胜于雄辩。他们在工作中正是凭着一种百折不回的执著精神,才感动了这些被访者,于百忙之中乐于接受采访。他们做出了第一等的工作,拿出了漂亮的成果。这部书的出版表明,普通院校可以办得不普通,地方院校办的事情可以走进全国学术视野关注的中心,某些院校办的学报,其名声影响之大,传播之远,已经超过了某些院校的本身。邯郸学院学报的成功,作为一个不可多得的典型个案,验证了我上述关于期刊与学术繁荣、主编与刊物质量关系的一些看法。

随手翻阅这部论文集,先是为如雷贯耳的一串名字所吸引,继之为名家们深邃的学术思想和严谨的治学方法所震撼。各篇读罢,掩卷而思,感慨良多。我主持北京大学学报(哲学社会科学版)工作达十年,自认为是诚惶诚恐,尽心竭力,不敢懈怠,而且处在北京大学的舞台和环境,组织校内外、国内外学术名家访谈,先在学报上刊登,然后结集出版一本书,应该说有诸多便利和优越条件。然而我有这样的计划却未能付诸实践,看到自己想做而未能做成的事由邯郸学院学报的朋友做成功了,一方面是对他们由衷地敬佩,另一方面内心又是无比的惭悚啊!

这部书在当前出版,适逢其时。对于喧嚣聒噪的学术界,对于某些飘忽浮躁的学者们,我想先不要奢谈什么"超越"、"颠覆"和"创新",最要紧的是老老实实地直面大师,先以一种敬畏之心,再加以一种虔诚之心,去读懂名家,原原本本地理解和传承他们已经取得的学术成果。守护思想和传承学理的工作尚未做好,何以谈开拓创新?编者精选出的这些名家,绝非欺世盗名或徒有虚名的名家;这些大家,亦非借肥皂泡和氢气膨胀起来的大家。读他们的学术访谈录,深感茫茫学问无涯,殷殷治学有道,经师的形象俨然大器,人师的形象光彩照人。大师毕竟是大师,名家毕竟是名家,宣秉铎之声,铸弘人之道,严楔其学,苍柏其人,展示给读者的是与众不同的功力和气象。庄子云:且夫水之积也不厚,则其负大舟也无力;风之积也不厚,则其负大翼也无力。这些"大舟"和"大翼"之所以能破浪乘风,并非炒作得来,而是靠他们长期积累形成的深广学问大海和辽阔学问天空的有力托举。名家的学说思想和观点熏陶我们,名家的治学路径和方法启示我们。我们倡导回到大师,重读大师,把学术原点真正弄清楚,一步一步摸索到前辈学者做工作的"掌子面",然后接着他们的思想和学理讲,沿着他们开掘的"掌子面"往前开掘,接续名家大师们的那股学术清流,守望他们的学术净土。应该说,《学术名家访谈录》的出版,有补救和警示学界时弊的作用,功莫大焉。因此,我乐于为序,写出心中想说的话。

2009 年 5 月 12 日

目　录

题词 ·· 周汝昌

序 ··· 龙协涛（1）

社会科学名家

朱伯崑教授 ······································· 康香阁（1）
哲学大师朱伯崑先生访谈录 ···················· 康香阁（3）
哲学与经学之间 ································· 王　博（7）
　　——朱伯崑先生《易学哲学史》的贡献
论朱伯崑先生的中国哲学史观和中国哲学史的研究 ··········· 乔清举（15）

陈来教授 ··· 康香阁（35）
著名哲学家陈来先生访谈录 ····················· 康香阁（37）
新时期宋明理学研究的典范 ····················· 杨柱才（52）
　　——陈来宋明理学研究介述
"以哲学家的写法作古史的研究" ················· 王　楷（62）
　　——陈来先生儒学及诸子学思想史前史研究述略
现代中国哲学的追寻 ···························· 高海波（73）
　　——记陈来先生的现代中国哲学研究

庞朴先生 ··· 康香阁（85）
著名哲学思想家庞朴先生访谈录 ················· 康香阁（87）
庞朴先生的学术贡献 ···························· 梁　涛（97）
中国文化密码的现代解读 ······················ 周锋利（105）
　　——庞朴先生"一分为三"思想述略

周辅成教授 …………………………………………… 康香阁（117）

伦理学大师周辅成先生访谈录 …………………… 康香阁（119）

周辅成先生人学思想管窥 …………………………… 孙鼎国（131）

周辅成伦理思想摄义 ………………………………… 龙希成（141）

杜维明教授 …………………………………………… 康香阁（153）

新人文与新启蒙 ……………………………………… 张丰乾（155）

　　——访美国哈佛大学教授杜维明院士

李学勤教授 …………………………………………… 康香阁（163）

著名历史学家李学勤先生访谈录 ………………… 康香阁（165）

　　——早期特殊的读书治学经历（少年—1954）

追寻中国古代文明的踪迹 …………………………… 宫长为（172）

　　——师从李学勤先生读书记

李学勤先生的中国古代文明研究 ………………… 刘国忠（176）

古史研究的当前趋向 ………………………………… 李学勤（181）

林甘泉先生 …………………………………………… 康香阁（191）

著名历史学家林甘泉先生访谈录 ………………… 康香阁（193）

林甘泉先生的学术经历及治学特点 ……………… 卜宪群（201）

熊铁基教授 …………………………………………… 康香阁（207）

著名历史学家熊铁基先生访谈录 ………………… 康香阁（209）

熊铁基先生与秦汉史研究 …………… 赵国华　贺科伟（221）

熊铁基先生与老庄学研究 …………………………… 刘固盛（229）

陈平原教授 …………………………………………… 康香阁（237）

著名学者陈平原先生访谈录 ……………………… 康香阁（239）

鲜活的历史与有趣的学问 …………………………… 颜　浩（245）

　　——读《触摸历史与进入五四》

当局者的敏锐与旁观者的智慧 …………………… 叶　隽（250）

　　——读《当代中国人文观察》

从文人与文事到文心与文脉 ………………………… 郑　勇（255）

陈平原老师印象 ……………………………………………… 郑欣欣(259)

周汝昌先生 …………………………………………………… 康香阁(265)
红学大师周汝昌先生访谈录 …………………………………… 康香阁(267)
周汝昌与红学论争 ……………………………………………… 王　畅(278)
《石头记会真》校勘纪略 ……………………………………… 侯廷臻(287)

丁学良博士 …………………………………………………… 康香阁(297)
著名学者丁学良先生访谈录 ………………… 康香阁　李俊丹　周冰毅(299)
对快速融入世界的中国的建言 ………………………………… 龙希成(314)
　　——丁学良公共管理思想研究

自然科学名家

林群院士 ……………………………………………………… 康香阁(329)
数学的方法、基础和继承 ……………………………………… 康香阁(331)
　　——访数学家林群院士

邹承鲁院士 …………………………………………………… 康香阁(335)
邹承鲁:大学应重视最基础的课程 ………………… 刘艳萍　胡荣堃(337)
邹承鲁院士的学术贡献 ……………………………… 王志新　王志珍(342)

王绶琯院士 …………………………………………………… 康香阁(347)
著名天文学家王绶琯院士访谈录 ……………………………… 康香阁(349)
诺贝尔科学奖离我们有多近? …………………………………… 王绶琯(357)

席泽宗院士 …………………………………………………… 康香阁(369)
著名科学史家席泽宗院士访谈录 ……………………………… 康香阁(371)
学者声名垂宇宙 ………………………………………………… 江晓原(381)
　　——席泽宗院士其人其事

王文兴院士 …………………………………………………… 康香阁(389)
著名环境化学家王文兴院士访谈录 …………………………… 康香阁(391)

朱伯崑教授

哲学大师、北京大学教授　朱伯崑先生

朱伯崑教授,1923年生,河北省宁河县人。1951年毕业于清华大学哲学系,1952年起赴北京大学哲学系任教,历任助教、讲师、副教授、教授,指导和培养博士、硕士研究生数十人。曾任国际易学联合会会长、中国易学与科学研究会理事长和东方国际易学研究院院长等职。2007年5月3日,朱伯崑先生在北京逝世,享年84岁。

朱先生是著名的中国哲学史家和易学家,长期从事中国哲学史的教学和研究工作。朱先生1954年与石峻、任继愈先生合作撰写了《中国近代思想史讲授提纲》;参与编写了《中国哲学史讲授提纲》。此提纲是建国后首次正式发表的中国哲学史通史类作品,为1949年后我国中国哲学史教学作出了贡献。与洪谦、任华、汪子嵩教授合作编写了《哲学史简编》,撰写了其中的中国哲学部分;主编了《中国历代哲学文选》(先秦—隋唐)部分;选编了

《中国哲学史教学资料汇编》(先秦—隋唐);主编了《中国哲学史》上、下册,并撰写了其中的近代部分和隋唐佛教部分的一些章节,该书作为北京大学哲学系教学参考书,1973 年由中华书局出版了铅印本;主编了《中国哲学史教学资料选辑》上、下册;撰写了《先秦伦理学概论》;撰写了《中国哲学史大纲》(讨论稿),该大纲至今为北京大学哲学系教授中国哲学史参考之用。主持了《中国儒学百科全书》。1995 年以来,主编了《国际易学研究》杂志,目前已经出到第 7 辑;主编了《易学智慧丛书》第一辑、第二辑。除上述著作外,朱先生还发表了论文数十篇。朱伯崑先生最重要的学术著作是 150 万字的《易学哲学史》。该著作 1986 年由北京大学出版社出版上册,1988 年由该社出版中册,1995 年由华夏出版社出版全四册,1991 年由台湾蓝灯文化事业股份有限公司出版修订本四卷。2005 年昆仑出版社推出第四版。著作讨论范围从先秦一直到清代,是第一部系统并深入研究易学的著作。著作从哲学的角度来研究历代易学,既体现了中国哲学各个时代的特点,同时又弥补了中国哲学自从成为一门学科以来,忽视经学的缺点,并引导经学研究重新成为哲学史研究的重要内容,为中国哲学史研究开辟了新的领域和方向,堪称 20 世纪后半期中国哲学史中最重要的作品之一。该著作目前正被日本学术界以 10 卷的篇幅翻译。朱伯崑先生学贯中西,功力深厚,治学既重视文献资料的历史梳理,又强调概念范畴的理论分析,是中国哲学史研究中北大学派的领军和代表。

朱先生十分关心《邯郸学院学报》的发展,生前在百忙中抽出时间接受采访,回答了什么是哲学、中国哲学的精神和特色、哲学的功用等问题,我们深表谢意和怀念。(**康香阁**)

哲学大师朱伯崑先生访谈录

康香阁

康香阁：朱先生,您从事哲学研究已近 60 年,这已成为您生命中的一部分,请谈谈您对哲学的理解,例如什么是哲学?

朱伯崑：古希腊就有哲学,西方哲学史各家对哲学的概念理解也不一样。我认为哲学的范畴是一个发展的过程,各个时代对哲学的理解不一样,哲学概念内涵是随着各个时代的发展而不同。

就西方而言,什么是哲学? philosophy 说的就是爱智,是对智慧的爱,是智慧之学。那个时候,智慧之学这个范围很广,不是指很具体的某个学科,总的讲是提高人的智慧,鉴别能力,这个叫爱智。但是,爱智的"智"是什么,各家理解也不一样,这是另外一个问题。照我的理解,有最大包容性的是古希腊说的"关于智慧的学问",就是"爱智慧"。古代中国的"哲"字就是智慧的意思,但没有"哲学"这个词,只有"哲人",孔子就是哲人,也就是智者的意思。如此说来,中西方对"哲"这个字的意思还能达成一致看法。当然另一个问题即智慧是什么内容,各家说法又不一样了。什么是哲学? 我的理解是:哲学是一个时代的人对世界观的一个总的看法。

康香阁："对智慧的爱",意思是说哲学有很大的包容性吗?

朱伯崑：不是。哲学也不能包容一切,那不成了大杂烩啦。用现在的话来说,哲学是世界观的学问,是对整个世界有一个总的看法,是和具体的学科有区别的。比如,对人生的看法或者对社会的看法就分门别类地属于各学科了。古代哲学是什么都放在一起,后来这些学科都分出去了,比如,文学、艺术、心理学、伦理学等,现在只剩下一个总的看法。所以,只说哲学的内容是智慧还不够,哲学不能包容一切。一般来说,哲学就是对周围世界观一个总的看法,这是哲学的理论和对象,我过去是这个意见,现在也还是这个意见。

从思维方式来说,哲学对各学科有启发作用和指导作用。各门学科形成后,哲学对它有反思的作用。只是不能代替具体科学,有承前启后的作用。

康香阁：您一直做中国哲学，您认为中国哲学的精神和特色在什么地方？

朱伯崑：我的想法是，每一个民族理论思维上有共性，也有它的特性。有一种说法认为中国哲学没有理论思维，都是"感觉主义"，这个不对。没有理论思维就谈不上哲学，各个民族的智者可以成为哲学家，首先一点是他有理论思维的成果。每个民族因为生活的环境都不一样，所以思维又有他的特征。

有的民族的思维突出某一方面是有可能的，比如说演绎和归纳，有的民族偏重归纳法，有的却偏重演绎法，只是不能说某个民族没有演绎思维或者归纳思维，没有的话那叫什么哲学呢？

再以辩证思维为例，每一个民族的辩证思维不能完全一样，各有特征，偏重的也不一样。西方人的辩证思维是对立面和斗争，他们认为任何事物都是先斗争，斗胜的一方成为主导，负的一方被淘汰，这是创立对立面。但中国人的辩证思维不一样，他讲对立，有斗争，但也讲对立面有互相依存、互相补充的一面。西方人不是不知道依存和互补，但他的重点不在这方面。中国人的这种思维受《易传》的影响，强调相互依存、相互转换，阴阳互补。阴阳互补是中国辩证思维的一个特征。

因此西方人解决矛盾的方式就是对抗。现在也是这样，整个西方都是这个思维。美国小布什上台后一系列政策就是对抗思维，有我没你，有你没我，发展的结果就是单边主义，是对抗思维的结果，不管对方。中国人讲互补，比如说在国际关系上就用多边主义。多边互补、互动是维持一个世界和平和稳定的基本思路。但我们也不是否定对抗，对抗只是一个手段，不是目的，必要时给予抗争是没问题的，但目的是追求更高层次的和谐互补，这样人类才能共存共荣，而西方把抗争当成目的了。

至于为什么每个民族都会各有偏重，原因是生活环境不一样。中国理论强调互补互助，这和中国农业社会的生产有关，中国以农立国，天时地利人和，要达到一个和谐，五谷才能丰收。从这方面就看重了互补。一个民族的思维是和它的生产方式、生产水平，和它赖以生存的环境有关系。

康香阁：冯友兰先生说过哲学的功用有两个，一是锻炼人的理论思维，另一个是提升人的精神境界，您对此有什么样的看法？

朱伯崑：境界是人生修养、人生态度问题。境界主要来自禅宗那些生活境界，比如禅宗追求"空"的境界。一个人把事物都看空了，有这种境界，什么意思,就是到了这种境界后"不着念",一个念头不能着在上面,着在上面就烦恼了,你不着就能得到解脱。比如说你吃肉,吃好的,觉得真香真香,天天想这个香,万一有一天吃不着肉就会苦恼,这就不行。你可以享受它,但不应着念它,这就是禅宗讲的空。不着念就是一种境界。这种境界就是在生活中得到一些安慰,得到一些解脱。

康香阁:您特别注重理论思维这样一个方面,精神境界您谈得不多。

朱伯崑:对,我是注重理论思维方面。关于精神境界问题我谈得不多,因为我觉得那是属于个人修养问题。境界从个人受用、解脱,可以用。宗教实际也是给一个境界,不过他是寄托在上帝,你碰到什么困难,有苦恼了,念叨念叨,求上帝宽恕,心里就安静下来了,这个苦恼暂时得到缓和。中国近代讲哲学讲"境界说"基本属于陆王心学,陆王心学就是搞一个境界,属于个人修养问题。这一方面,我写了一本《先秦伦理学概论》,本来想继续写下去,后来也没有兴趣了,因为写来写去都是道德修养问题。道德问题各个民族都不一样,它没有普遍性。中国儒家这一套就推广不到基督教徒那儿去,或者阿拉伯世界去,他们早有一套。你很难接轨,自己享受可以。理论思维不一样,理论思维你搞好了其他民族也可以用。

康香阁:《易学哲学史》是中国哲学史上的一部巨著,毋庸讳言,国际国内学术界都公认这部著作是20世纪最重要的著作之一。是什么原因让您选择易学作为研究的主要领域?

朱伯崑:我是研究中国传统哲学的,大概是1978年出版的《中国哲学》第一期,我有一篇论文《王夫之论本体和现象》,讨论了本体论现象,王夫之是一个大家,易学对他的本体论影响很大,这样我从这篇文章得到启发,想研究这个体系。

另一个启发是与冯友兰先生的著作《中国哲学史论》有关,著作里提到一些重要的哲学家,如王弼、程颐,没有提他们的易学。我与冯先生讨论了几次,我问他王和程的哲学范畴都是从《易传》里来的,为什么不提它?冯先生认为我说得对,但冯先生说《周易》有一套术语,有一套概念,把它弄清楚要花很大的工夫,太复杂,一般讲哲学史,就从中提出一两个范畴加以论述就行了。冯先生并不是不知道王和程的哲学是依赖《周易》,只是没有专门的时间和精力去研究。基本上是这两方面引起了我对易学的兴趣,兴趣还是重要的。我研究后又发现,易学的确很重要,关乎到中国哲学的根儿。过去讲中国哲学史、宇宙论和本体论这个题,都是脱离易学发展来讲的,这不行。还有《太极》怎么成为中国哲学史的范畴?与《周易》有关。所以我就想研究《周易》的体系问题。

康香阁：《易学哲学史》中文第四版快出版了，这部近 150 万字的著作是您花了近 10 年工夫写成的，历代也有很多人研究易学，您这套书与他们有什么不同，您最大的体会的是什么？

朱伯崑：与以前相比，这套书不同点一是从哲学角度，另一个是历史的角度，即经传分开。《周易》经过几千年注，注的注，搞不清楚了，而且他们注释《周易》都是经传一体，没有把《周易》本身那些内容搞清楚。我这套书有突破的是，经传学分开，没有混为一谈，要不经也说不清楚，传也说不清楚。不过经传之间有区别，又有联系。

体会应该是对传统重要经典的研究方法。我是从《周易》来研究中国哲学发展，我这个思路可以研究其他各家。比如道家《老子》，把他们的发展理清楚了，就是研究中国哲学重要的一部分。这种研究方法，就是通过历代各家的诠释，看经典的发展，这样对于研究中国哲学还是相当必要的。

康香阁：您对未来易学有什么展望和期望？

朱伯崑：现在还从哪方面来研究？我现在办易学研究院，就是想把易学和科学联系起来，如果我有一套西方的科学思维和传统的科技知识的话，我的研究可以更丰富，不过现在来不及了，只有找国内科学史权威董光璧教授来一块儿做。

现在说中国东西多么好，多么伟大，外国人不信。传统的东西要有价值的话，还是要和现代的人文精神和科学思维相结合，中国传统的东西才有价值，才有生命力，我认为这是中国传统哲学发展的关键。比如说中国科技观有一个特点：无论如何发展，为人类造福的科学就有价值，否则就没有价值，和西方工具主义不一样。从工具理性来讲原子弹可以造，克隆人也可以做，但中国传统的科技观就反对发明出来毁灭自己的东西。

至于具体到哪个点有突破，让中国哲学仍然有广阔的天地，我还没有看到。

（原载《邯郸学院学报》2005 年第 1 期）

哲学与经学之间

——朱伯崑先生《易学哲学史》的贡献

王 博①

　　朱伯崑先生所著《易学哲学史》①，总计 150 余万字，系统论述了从先秦至清代的易学哲学，可以说是 20 世纪中国哲学领域最重要的著述之一。该书是现当代第一部从哲学角度系统论述易学的作品，其开创性的贡献已经引起了国内外学者的高度注意和评价。在庆祝朱先生七十五寿辰和八十寿辰的学术论文集中，②收录了许多学者评价该书的文章。本文拟从哲学和经学关系的角度，对《易学哲学史》的学术贡献略作分析。

　　冯友兰先生曾经把从先秦到清代的中国哲学分成两个时代：子学时代和经学时代。前者主要指春秋战国时期，诸子百家自由争鸣的时代，一直延续到西汉初期的《淮南子》。后者则开始于汉武帝采纳董仲舒"罢黜百家，独尊儒术"的建议，定六经为一尊，到清末民初的廖平结束。[1]这当然是一个宏观的区分，如果从同样宏观的角度来考虑从 19 世纪到 20 世纪中国学术变迁的话，那么可以说是从经学时代走向了现代西方学术影响下的科学时代。伴随着这一时代来临的，有现代式大学的出现，以及科学名义下的学科分类、方法、精神等等一系列的内容。在这个转变过程中，原来作为整体的经学进入了哲学、文学、史学、地理学、伦理学等等不同的学科之中。如果用冯友兰瓶子和酒的比喻，经学时代是旧瓶装新酒，科学时代则是新瓶装新酒。这当然可以说是中国学术的再生，或者说是一场革命，非损益的模式所能概括。在这个再生的过程之中，新意义的生成是自然之事，旧意义的丧失也不

　　＊　王博（1967—），男，内蒙古赤峰人，哲学博士，北京大学哲学系教授、博士生导师。

　　①　北京大学出版社于 20 世纪 80 年代曾经出版过该书的上、中两册，全书则首次在台湾由蓝灯文化事业股份有限公司于 1991 年分四册出版。在大陆，华夏出版社 1995 年也分四册印行了《易学哲学史》的全本。

　　②　分别是《中国传统哲学新论》（九州出版社 1998 年版）和《中国哲学与易学》（北京大学出版社 2004 年版）。

可避免。不过在最初的阶段，人们往往是沉醉在新事物出现的兴奋之中，至于旧意义的丧失，以及这种丧失的代价，则是在相当长的一段时间之后才会注意到的事情。

在现代中国学术的形成过程中，从经学到哲学的标志性作品是胡适的《中国哲学史大纲》（卷上）。此前虽然已经有了"哲学"之名，而且也有名为"中国哲学史"的作品出现，但严格地说，这并不是哲学史，而是经学史的变形。譬如陈黻宸的《中国哲学史》[2]，从伏羲的哲学说起，经过了神农、黄帝、尧、舜、禹、汤、文、武、周公，才到孔子和老子。经学家的道统观仍然是主要的观察历史的模式，历史仍然被这种"经学史观"所笼罩。陈黻宸曾经是北大哲学门的教授，教授过中国哲学史的课程。另一位教授陈汉章也讲授过中国哲学史，冯友兰回忆说："给我们讲中国哲学史的那位教授，从三皇五帝讲起，讲了半年，才讲到周公。"[3]186—187 这位教授就是陈汉章，一个很博学的经师。虽然使用了哲学史的新名，实际上说的仍然是经学的老套，这和陈黻宸是一致的。与旧瓶装新酒相对，可以说是新瓶装旧酒。名为哲学史，其实是既没有哲学意识也没有历史观念的。因此当胡适的中国哲学史出现的时候，其震撼力是可以想象的。当时有两种截然相反的评价，一种可以拿陈汉章来做代表，根据冯友兰的回忆：

> 胡适给一年级讲中国哲学史，发的讲义称为《中国古代哲学史大纲》。给我们三年级讲中国哲学史的那位教授，拿着胡适的一份讲义，在我们的课堂上，笑不可抑。他说："我说胡适不通，果然就是不通，只看他的讲义的名称，就知道他不通。哲学史本来就是哲学的大纲，说中国哲学史大纲，岂不成了大纲的大纲了吗？"[3]187

我们不必把这种批评和讥讽看做是个人恩怨，而应该视为旧的经学模式对新的哲学模式的自然抗拒。只要对比一下陈黻宸和胡适的中国哲学史，就可以知道他们之间的距离有多远。陈黻宸从伏羲开始，胡适则从孔子和老子开始；陈黻宸的背后是经学，胡适的背后则是西洋的哲学。当时的北大校长蔡元培在给胡适的《中国哲学史大纲》卷上作的序中，给该书以极高的评价，认为它有四大特长："第一是证明的方法……第二是扼要的手段……第三是平等的眼光……第四是系统的研究。"[4]2 这里所说的四大特长，基本上都可以看做是对经学的反动。证明则不盲从，对材料采取求证的态度，并且使用实证的方法。扼要的手段则去除经学家加给古代圣王的光环，以历史的精神确定哲学真正发生的时代。平等的眼光就是打破经学的独尊地位，把儒家放在和诸子平等的位置上。系统的研究则是把历史描述为一个演变的过程,而不是一个停滞的东西。也许在某些局部内容上,胡适还是继承了经学家的某些见解和技巧。但是从整体上来说,他的哲学史确实是一场革命。这代表了一种不同于经学范式的现代中国哲学史研究范式的确立。

胡适之后,在中国哲学史方面最有建树的当然是冯友兰。完成于20世纪30年代初期的《中国哲学史》,是中国现代第一部完整的哲学史。尽管与胡适有很大的不同,但从经学与哲学的角度来观察,我们仍然可以把冯友兰的哲学史看做是胡适工作的继续。从整体的框架上,冯友兰把中国哲学史分成子学和经学两个阶段,表面上看给经学以重要的地位,但实际上却把经学送进了历史。这不只是指在历史中描述经学,更重要的是把经学看做某种过去的东西。冯友兰宣称:"中国哲学史,若只注意于其时期方面,本亦可分为上古中古近古三时期,此各时期间所有之哲学,本亦可以上古中古近古名之……但自另一方面言之,则中国实只有上古与中古哲学,而尚无近古哲学也。"之所以没有近古哲学,是因为"此时诸哲学家所酿之酒,无论新旧,皆装于古代哲学,大部分为经学,之旧瓶内"。但此旧瓶,已经不适合于现代。所以"旧瓶范围之扩张,已达极点,新酒又至多至新,故终为所撑破。经学之旧瓶破而哲学史上之经学时期亦终矣"[5]10。这实际上是宣告了经学模式的失去生命力,需要被新的模式所取代。

哲学史写作从经学范式到哲学范式的这一转变,在胡适和冯友兰之后,已经是不可逆转的了。之所以不能逆转,是因为它代表了进步的趋势。其后创作的哲学史,尽管使用的方法不同,详略不同,评价不同,但大的格局却呈现出某种稳定性。学者们已经不可能再回到经学时代去思考了。在哲学范式已经确立其统治地位之后,也许我们可以平心静气地反思一下其与经学范式的关系,以及经学的角色。在放弃经学范式的过程中,经学是不是也被有意无意地放弃了呢?

哲学范式和经学范式的对立,尽管有冯友兰所描述的古今对立的意味,但同时却也是中西的对立。现代中国的问题,常常是中西古今纠缠在一起,这也是一个明显的例子。胡适和冯友兰在写作中国哲学史的时候,都明确地指出了西方哲学史的模范作用。胡适说:"我们若想贯通整理中国哲学史的史料,不可不借用别系的哲学,做一种解释演述的工具。"[4]28所谓别系的哲学,也就是西洋哲学,对胡适来说,特别是实用主义。冯友兰也说:"哲学本一西洋名词。今讲中国哲学史,其主要工作之一,即是就中国历史上各种学问中,将其可以西洋所谓哲学名者,选出而叙述之。中国历史上诸种学问,其中有西洋所谓哲学之成分者,有先秦诸子之学,魏晋之玄学,隋唐之佛学，宋明之道学，及清人之义理之学。"[6]470在古今的关系下，哲学范式取代经学范式，是无可争议之事。但在中西的关系下，就发生了问题。在哲学和经学的对接过程中，在新意义诞生的过程中，又遗失了多少内容呢？

可以肯定的是，在哲学范式下，作为整体的经学已经失去了它的位置。一方面是经学的解体，这从上述冯友兰的话中可以得到准确的了解。只有经学中与西洋哲学之内容相当者才保存了下来，其他的内容则完全被排除在外。经学在新的观察角度下解体成为各种各样的碎片，就像是庄子笔下被凿出七窍之后的混沌。另一方面是经学的边缘化，在冯友兰所列的中国历史上有哲学成分之学问中，并没有提到汉代的经学，他的《中国哲学小史》对汉代几乎是不着一字。这当然不是疏忽，而是有意识的舍弃。汉代是经学发达的时期，除了经学，这时代的思想乏善可陈。汉代的被忽略体现的就是经学边缘化的命运。宋明道学及清人义理之学的被重视，并不因为它们是经学，而是因为它们是哲学，或者说它们的部分内容包含着哲学的成分。

从这个背景之下来看朱伯崑先生的《易学哲学史》，也许我们可以发现它的一个重要意义，乃是在于重新思考哲学与经学之间的关系。易学哲学史不同于易学史，也不同于哲学史。关于前者，朱先生说："此书只是对易学史上各家所讲的哲理，按其演变的过程，作一较为系统的叙述，故名为易学哲学史，还不即是作为经学史的易学史。其中也谈到有关经学史的问题，但不是本书的重点。"[7]《序言》这是强调其与一般经学史的不同。可以说，这是一部特殊的经学史，即从哲学角度进行观察的经学史。关于后者，朱先生的说法是：

> 我所以探讨这一课题，由于多年来在中国哲学的教学和研究中，感到中国传统哲学，特别是儒家系统的哲学，同儒家经学发展的历史有密切的联系。此亦是中国传统哲学的一大特色。可是，近代以来，讲经学史的，不谈其中的哲学问题；讲哲学史的，又不谈其中的易学问题。就后一倾向说，由于脱离经学史，谈历代哲学思想，总有隔靴搔痒之感，不能揭示出其形成和发展的理论渊源。[7]《序言》

这里面最重要的考虑是哲学和经学的关系。古代中国哲学的发展和经学是密不可分的，因此不能离开经学谈哲学。但20世纪的哲学史，最大的问题就在离开经学讲哲学。朱先生几十年一直致力于中国哲学史的教学和研究，很长时间和冯友兰先生一起工作，对于其中的问题有切身的体会和了解。虽然没有明确地说过，但我感觉他对冯先生关于中国哲学史是"就中国历史上各种学问中，将其可以西洋所谓哲学名之者，选出而叙述之"的态度该是有保留的。"选出而叙述之"的态度其实就是脱离经学史的态度,也可以说是忽视中国哲学发展特点的态度,这样谈的哲学思想,就会有隔靴搔痒之感,不能揭示其真正的历史和思想内涵。

从这个意义上讲,朱先生《易学哲学史》的一个重要贡献,是哲学和经学密切关系的建立,或者说恢复。这也可以说是对哲学史研究和叙述范式的一个调整。在整体上,朱先生仍然肯定和坚持着哲学的范式。他丝毫不怀疑这一范式的正确和有效,但他要求在其中尽可能容纳经学的内涵,以弥补它在实际研究中体现出来的不足。朱先生说:

> 如谈王弼玄学,不去研究其代表作《周易》注的易学问题;谈程颐理学,不研究其唯一的哲学著作《程氏易传》中的易学问题,谈张载哲学著作《正蒙》和王夫之的《周易外传》,不去研究他们的易学观,而是孤立地分析其哲学概念、范畴和命题,见枝叶而不见本根,则难以说清楚其理论的特征及其来源。本书想为解决这一问题,提供一条线索,以补一般哲学史著述之不足。[7]《序言》

这些话有着很强的针对性,应该引起我们极大的注意和思考。的确,"选出而叙述之"的方式固然很便捷地帮助我们建立一个关于古代中国哲学的形式系统,但这个系统的有效性却是值得怀疑的。我们往往记住了一些抽象而干巴的概念范畴,譬如一般和特殊、共相和殊相,或者道、理、气、心、性等,却遗忘了它们的真正意义。在这种做法之下,中国哲学固然从形式上摆脱了古代经学的限制,却在更大的范围内成为西方哲学的注脚。但是如果我们把这些概念和经学史的发展结合起来,就会增加对它们的切实理解,也会发现其与西方哲学区别的特色所在。

在朱先生看来,哲学史的发展和经学史密不可分。具体到易学哲学,"是依据易学自身的术语、范畴和命题展开的,而这些范畴和命题又出于对《周易》占筮体例、卦爻象的变化以及卦爻辞的解释,从而形成了一套独特的理论思维形式;其对哲学问题的回答是通过其理论思维形式来表达的。因此,易学哲学的发展,就其形式和内容说,都同易学自身问题的开展,特别是同对占筮体例的解释紧密联系在一起,有其特有的理论思维发展的逻辑进程极其规律"[7]2。

哲学问题和易学问题是不能割裂的,因此在论述易学哲学时,一个重要的内容就是对作为易学问题的占筮体例的解释和说明。其论王弼、程颐、朱熹等都是如此,这一点,只要看看该书的目录就可以发现。可以说,对占筮体例的探讨为易学哲学的理解提供了基础,而易学哲学的讨论又为一般哲学范畴和命题的理解提供了基础。

哲学和易学(经学)的交错,在语言中的一个具体体现就是其意义的双重性,朱先生将之称为"两套语言"。解释经典的文字,常常有两个不同方向的意义。一个意义和经典的旧义相关,另一个意义和解释者的新义相关。在讨论《易传》的时候,朱先生说道:

> 《易传》虽然是哲学著作,但它毕竟是解释《周易》和筮法的,又同占筮有着密切联系。《易传》中有两套语言:一是关于占筮的语言,一是哲学语言。有些辞句只是解释筮法,有些辞句是作者用来论述自己的这些观点,有些辞句二者兼而有之。……从易学史上看,对《易传》的解释也存在两种倾向。一种倾向是偏重从筮法的角度解释其中的哲学问题……另一种倾向是偏重从哲理的角度解释其中的筮法问题。[7]55

在"《易学》研究中的若干问题"文章中,[8]855-867朱先生专门讨论了两套语言即"筮法语言和哲学语言"的问题,可见他对该问题的重视。事实上,只有在经学和哲学关联的视野之下,这个问题才会提出来。就《周易》而言,它原本是卜筮之书,无论象、辞都和占筮有关,对它的解释也不能完全脱离这一点。但解释者有时又不是完全讲筮法,而是借筮法说哲学,这就使其语言包含着微妙而丰富的意义。不了解这一点,就会引起很大的误解。以《易传》中的"太极"为例,《系辞》说:

> 是故易有太极,是生两仪,两仪生四象,四象生八卦,八卦定吉凶,吉凶生大业。是故法象莫大乎天地,变通莫大乎四时,县象著名莫大乎日月,崇高莫大乎富贵。备物致用,立功成器以为天下利,莫大乎圣人。
>
> 探赜索隐,钩深致远,以定天下之吉凶,成天下之亹亹者,莫大乎蓍龟。

汉代人对这段话的解释,认为是讲宇宙形成的过程。所谓太极是指宇宙的本原,两仪是阴阳或者天地,四象指四时,八卦是八种自然现象。这样一种完全哲理化的解释,是否合乎《易传》的想法呢?朱先生认为,从整段话来考虑,尽管包含着可以从宇宙论角度解释的可能性,但《易传》应该主要是在筮法的角度来描述的。"从上下文意看,都是讲筮法。就筮法说,是讲画卦还是讲揲蓍,或者兼而有之,可以有不同的解释,但不是讲自然观中宇宙论或本体论,这是可以肯定的。"[7]66具体来说,这里的太极是作为筮法中的范畴而出现的,该是指五十根或四十九根蓍草未分化的状态,并没有万物本原的意义。只是从汉代开始,太极才具有了实体的意义,成为说明世界始基和本体的范畴。

这和流行的说法之间显然有着很大的距离。我们可以把朱先生对《系辞》中太极意义的理解与冯友兰和张岱年的说法进行一个比较。在两卷本的哲学史中，冯先生把太极和道、两仪和阴阳联系了起来，并把"易有太极，是生两仪"与"一阴一阳之谓道"对观。[9]353 这种理解在"新编"中仍然延续着，"'道'相当于'太极'，'阴阳'相当于'两仪'。易传认为，'易有太极是生两仪'是易的体系中的总原则，'一阴一阳之谓道'是一切事物构成和发展的总规律"[10]336。张先生认为："两仪指天地，太极是天地未分的统一体。"[11]500 冯、张二先生的理解显然是把《易传》中的太极看做是具有了本原的意义，而朱先生之所以得出不同的看法，与其经学和哲学的双重视野，以及在这种视野下形成的两套语言的认识是分不开的。两套语言的说法，提醒人们注意经学形式下解释性语言的特点，对于准确把握某些概念意义的转变，有着重要意义。

关于目前哲学史家研究古代中国思想史的不足，已经有多方面的反省。最近出版的余英时先生所著《朱熹的历史世界》中提道：

> 概括地说，现代哲学史家研究道学，正如金岳霖所说，首先"是把欧洲哲学的问题当做普通哲学的问题"，其次则是将道学"当做发生于中国的哲学"。至于各家对道学的解释之间的重大分歧，则是由于研究者所采取的欧洲哲学系统，人各不同。在这一去取标准之下，哲学史家的研究必然集中在道学家关于"道体"的种种论辩，因为这是唯一通得过"哲学"检查的部分。我们不妨说，道体是道学的最抽象的一端，而道学则是整个宋代儒学中最具创新的部分。哲学史家关于道体的现代诠释虽然加深了我们对于中国哲学传统的理解，但就宋代儒学的全体而言，至少已经历了两度抽离的过程：首先是将道学从儒学中抽离出来，其次再将道体从道学中抽离出来。[12]8

对余先生而言，他是要把哲学概念还原为实际的生活世界，这里所谓的生活世界特别是指政治文化。古代中国哲学家（以理学家为代表）与政治文化的联系，这也是他在该书中所讨论的主题。这和朱先生的反省角度虽然不同，但两者都意识到了传统哲学史在描述古代中国思想时存在着严重的不足，因此都欲做出某些调整。

概括地说，朱先生的《易学哲学史》对于哲学史的研究具有重要的价值。相对于传统的哲学范式，它更强调经学对于哲学史研究的深刻意义。不研究经学中的具体问题，很多哲学问题不能够得到很好的理解。这种看法，无论是对于哲学史研究还是对于经学研究来说，都具有重要的意义。时至今日，我们可以看到对于哲学史研究的反思已经进入了新的阶段，研究方法和角度呈现出多样性的特点。经学的研究在经过了几十年的沉寂之后,也重新成为学术界的重要关注。《易学哲学史》体现着这一时代的精神和趋势,而且在其中发挥了重要的作用。

参考文献

[1]冯友兰:《中国哲学史》,载《三松堂全集》,河南人民出版社1985年版。

[2]《陈黼宸集》,中华书局1998年版。

[3]《三松堂自序》,载《三松堂全集》第1卷,河南人民出版社1985年版。

[4]《中国哲学史》上册,载《胡适学术文集》,中华书局1991年版。

[5]《中国哲学史》下卷,载《三松堂全集》第3卷,河南人民出版社1995年版。

[6]冯友兰:《中国哲学小史》,载《三松堂全集》第3卷,河南人民出版社1985年版。

[7]朱伯崑:《易学哲学史》第1卷,华夏出版社1995年版。

[8]《朱伯崑论著》,沈阳出版社1998年版。

[9]冯友兰:《中国哲学史》上册,载《三松堂全集》第2卷,河南人民出版社1985年版。

[10]冯友兰:《中国哲学史新编》第2册,人民出版社1984年版。

[11]《张岱年全集》第4卷,河北人民出版社1996年版。

[12]《朱熹的历史世界》(上),三联书店2004年版。

(原载《邯郸学院学报》2005年第1期)

论朱伯崑先生的中国哲学史观和
中国哲学史的研究

乔清举*

论及中国哲学史学史,人们自然会想到胡适、冯友兰、侯外庐、石峻、张岱年、任继愈等重要人物。不过,这个序列中不能忽略而又常常被忽略的是北京大学朱伯崑先生的中国哲学史研究。客观地讲,解放以来我国学术界的中国哲学史研究,受益于朱伯崑先生者良多。然而,由于种种原因,朱先生所做的工作至今还不为中国哲学史界所普遍了解,他关于中国哲学史、尤其是易学哲学的一些重要结论,也还未得到学术界的广泛重视。这不仅对于朱先生来说是个遗憾,对于学术界来说也未尝不如此。出于对历史和学术的尊重,也出于对朱先生知识劳动的尊重,本文拟对他的哲学史研究和哲学史观等进行介绍和评论。

一、朱伯崑先生的中国哲学通史研究

朱伯崑先生1951年毕业于清华大学哲学系,毕业后即作为冯友兰先生的助手,留清华大学哲学系任教,1952年秋季全国院校调整,从清华大学哲学系调到北京大学哲学系,直到退休。退休后,又先后创建了"国际东方易学研究院"和"国际易学联合会"等,为推进国内外易学哲学的研究做了大量工作。

据一些老先生回忆,院系调整时北大哲学系集中了40多位教授、副教授,阵容十分庞大,教师多,学生少;再加上其他原因,并不是每个教师都有上课机会,朱先生是北京大学哲学系少数几个能够上课的教师之一。可以说,先生为培养新中国第一批中国哲学史研究工作者,作出了贡献。朱先

* 乔清举(1966—),男,河南许昌人,哲学博士,南开大学哲学系教授、博士生导师。

生所做的与通史有关的研究工作计有以下几项①：

1. 与石峻、任继愈先生合作撰写了《中国近代思想史讲授提纲》。该《提纲》完稿于 1954 年 10 月之前，由人民出版社 1955 年 3 月出版，印数 2 万册。②

2. 参与编写了《中国哲学史讲授提纲》，撰写了其中的先秦——两汉部分。该提纲连载于《新建设》1957 年第 2 期——1958 年第 5 期。

3. 与洪谦、任华、汪子嵩教授合作编写了《哲学史简编》，撰写了其中的中国部分，该书由人民出版社 1957 年 3 月出版，印数 4 万册。

4. 主编了《中国历代哲学文选》（先秦—隋唐）部分，由中华书局 1962 年出版。

5. 选编了《中国哲学史教学资料汇编》（先秦—隋唐），由中华书局出版。

6. 主编了《中国哲学史》上、下册，该书作为北京大学哲学系教学参考书，1973 年由中华书局出版了铅印本。撰写了其中的近代部分和隋唐佛教的部分章节和近代部分。③

7. 前述第六项，后来由中华书局 1980 年以北京大学哲学系集体编写的名义公开出版。出版前楼宇烈先生又做了统稿工作。其中隋唐佛教的部分章节和近代部分仍为朱先生撰写。

8. 主编了《中国哲学史教学资料选辑》上、下册，1982 年由中华书局出版。④

9. 撰写了《先秦伦理学概论》，该书 1984 年由北京大学出版社出版。

10. 撰写了《中国哲学史大纲》（讨论稿），该大纲至今为北京大学哲学系

---

① 关于朱伯崑先生中国哲学研究更为详细的工作，请看《朱伯崑先生学术年谱》，见《中国哲学与易学——朱伯崑先生八十寿庆纪念文集》，王博主编，北京大学出版社 2004 年 3 月出版，第 1—4 页。

② 关于此书，据朱伯崑先生回忆，是石峻先生为召集人，朱伯崑先生执笔，完稿后由任继愈先生审阅了一遍。撰写之前，他们还曾经与时任中宣部副部长的胡绳进行了讨论，吸收了他的一些建议。本书反映了朱先生的研究和思想。

③ 原书是北大哲学系学生参加编写的，以儒法斗争为线索，最后由朱先生统稿。按当时的社会风气，书上并没有出现"朱伯崑主编"的字样，而是以北大哲学系中国哲学史教研室集体编写的名义出版。该书隋唐佛教部分朱先生所撰写的章节具体有哪些，因为时间久远，他已经记不清了。

④ 这两套书也是朱伯崑先生统稿的，与前述原因相同，出版时也没有出现"朱伯崑主编"的字样。

教授中国哲学史参考之用。①

11.《中国儒学百科全书》的实际主持人。②

12. 150 万字的《易学哲学史》：1986 年由北京大学出版社出版上册，1988 年由该社出版中册，1995 年由华夏出版社出版全四册，1991 年由台湾蓝灯文化事业股份有限公司出版修订本四卷。

13. 1995 年以来，主编《国际易学研究》杂志，目前已经出到第 7 辑。

14. 其他与易学哲学相关的研究，如主编《易学智慧丛书》第一辑 10 册，由沈阳出版社出版；第二辑 8 册，由北京中国书店出版。

众所周知，中国哲学史研究在解放前即存在冯友兰冯派和以侯外庐为中心的侯派的不同，前者受新实在论和逻辑分析方法的影响，着重对哲学史概念范畴的逻辑演变的研究；后者则以马克思主义为指导，把哲学作为上层建筑中意识形态的一部分，着重对其与经济基础的关系进行研究。解放前在学术界影响较大的是冯友兰的两卷本哲学史。这是因为一方面，这套哲学史较为简练、系统、抓住了"哲学"，是哲学史而不是一般的思想史或其他史；另一方面，这两本著作出版较早，篇幅适中，冯友兰先生又是在清华大学，名牌大学的辐射力远非一般单位可比；尤其是第三，冯友兰先生属于主流话语。与此相比，侯外庐主编的《中国思想史》出版较晚③，篇幅过于庞大，④不便作为大学教材，而且恐怕专业圈子之外，很难从一般了解中国哲学史的目的出发来阅读。另外，这套书的时间跨度也太长，前后达 20 年，也不利于阅读。

解放后，中国哲学史研究进入了新的范式的探索与确立时期，即从过去的以各种思想为指导转变到全部以马克思列宁主义，尤其是毛泽东思想为指导来研究中国哲学史。后一点是研究中国哲学史学史必须注意的。因为毛泽东思想在解放前还没有进入学者的视野，尤其是没有作为指导意义的规范出现。这一范式转变的历史背景不必赘述。解放前后中国的翻天覆地的变化，使许多学者都十分真诚地拥护共产党，拥护共产党所领导的社会主

①　此《大纲》实际是为北大哲学系编写替代中华书局出版的《中国哲学史》上、下册的新哲学史的提纲，因为前者还有一些文革的气息。该大纲未正式公开出版。

②　此为孔繁先生语。据朱先生回忆，关于该书如何编写，有不同方案，最后大家一致同意采纳朱先生的方案。儒学百科全书的每篇文章，朱先生都亲自审阅过。

③　事实上解放前这部著作仅仅出版了一卷，解放后的 1950 年二、三卷由三联书店出版。此后又加以修订，第一卷 1957 年由人民出版社出版，第二、三、五卷 1956 年出版，第四卷两册 1959 年出版。

④　《中国思想通史》涉及到哲学、逻辑、政治思想等内容，五卷六册，260 万字。

义事业。当中国共产党号召进行思想改造的时候，梁漱溟、金岳霖、冯友兰、贺麟等学者，都自觉地虽不无痛苦但最终也实现了思想的转变。就中国哲学史界来说，冯友兰从解放之初，即致函毛泽东"决心改造思想，学习马克思主义，准备在五年内用马克思主义的立场、观点、方法重新写一部中国哲学史"[1]147。解放后，他一直从事着《中国哲学史新编》的撰写工作。范式转变的具体内容是以日丹诺夫的哲学史是唯物主义和唯心主义的斗争史和毛主席的"两个对子"的对立与斗争为指导研究中国哲学史，其学术意义则是从新的视角重新审视中国哲学史，促使对于历史的进一步深入理解，其目的则是为中国的社会主义建设服务。这种范式转变有无价值？应该说，在这一范式下工作的研究者们，并不是在违心地从事着虚伪的工作，他们都是修辞立诚的。任何研究，无论其成果如何，只要不是出自虚伪，就有其价值。而作为一种新的视角、新的研究范式来说，对许多问题给予了新的分析和认识，深化和扩展了理论思维的发展，其中的一些成果如对于中国哲学形态演变的过程与原因的分析，对于张载、王廷相、王夫之的气学唯物论传统的发掘等，都是中国哲学研究具有永恒价值的成果。需要说明的是，范式转换也绝非轻而易举的事情。新视角下的研究，要想取得成就，必定要付出大量的艰辛劳动。所以我们应有足够的历史意识，足够的尊重和包容意识，对前人的研究成果多加体会与学习，扬弃而不是简单地抛弃。

解放初朱先生的中国哲学史研究正是处在这一范式转化的洪流之中的。他是自觉地、真诚地运用马克思主义、毛泽东思想为指导，研究中国哲学史的。① 他的研究，属于率先确立新的研究规范的少数代表之一。《中国近代思想史讲授提纲》以近代以来中国社会的矛盾为背景，以近代以来的进步与保守、革命与改良、唯物与唯心两条路线的对立来编写的，突出了近代以来革命思想在与改良思想的对立斗争中萌芽、发生、形成和成熟的历史。这一过程的终点是中国共产党的成立，无产阶级作为独立的阶级力量登上历史舞台。所以，虽说是近代思想史，却一直讲到五四时期陈独秀、李大钊；显然是为了显示革命思想的成熟过程。《提纲》说："中国人民大众（各革命阶级）和帝国主义及封建主义的矛盾，是中国近代社会的主要矛盾，而帝国主义和中华民族的矛盾是各种矛盾中最主要的矛盾。这些矛盾的斗争及其尖锐化，造成了近百年来中国人民革命运动的日益高涨。"[2]14 "中国近代思

---

① 朱伯崑先生1972年还曾经与黄楠森、齐良骥、朱德生、张世英、王永江、邹本顺等人一起编写了《马克思主义哲学发展史》，据朱先生回忆，他所撰写的是该书列宁部分的一些章节，具体哪些章节，一时也记不清楚了。

想发展的过程,就是革命思想路线代替了改良主义的思想路线,无产阶级革命思想代替了其他阶级的革命思想、从而战胜了帝国主义和封建主义、在中国取得胜利的过程。"[2]17《提纲》对于具体人物在进行思想分析的同时,也突出了阶级分析。"中国近代社会中新旧的斗争是资产阶级、小资产阶级、农民阶级和无产阶级的新势力反抗帝国主义及封建阶级旧势力的斗争。资产阶级、小资产阶级、特别是无产阶级所表现的政治力量,就是近代中国的新的政治力量。"[2]14同时,这个提纲还有一个特点,就是自始至终自觉地坚持毛泽东思想。每一部分都有从指导的角度的对毛泽东著作的引用。应该说,这也是中国革命胜利的一个很自然的结果。

但是,朱先生对近代思想的研究并不僵化。这主要表现在,一是并没有把唯物唯心的对立过分强化到把研究仅仅停留在划分出唯物唯心两条线的层次上。也就是说,研究并没有把唯物唯心作为价值观、甚至仅仅作为符号来使用。其次,是对于人物的把握比较全面,分析评价也比较客观。如《提纲》对于严复的认识就非常深入,指出了他的"自由为体、民主为用"的思想、要求"科学"和"民主"的思想在中国近代思想史上的启蒙意义,并给予充分肯定,同时也分析了严复后期倾向保守的阶级与认识根源。对于谭嗣同、康有为、梁启超等,都给予了相当公允的评价。书中现在看来略显不足的是,对于一些人物事件的评价过低,如认为洋务运动加速了中国的殖民化。[2]50认为胡适"所提出的某些'新思想',本质上是和封建主义相妥协的,是和广大人民相对立的",等等,[2]145这可能是受当时批判胡适思想运动影响的缘故。

《哲学史简编》的中国部分是以日丹诺夫的哲学史定义的为指导,以"唯物主义和唯心主义的两军对垒"为中心编写的。[3]1虽然是"简编",事实上也是后来的中国哲学史的雏形。可以说,朱伯崑先生的开创之功,奠定了新的范式之下编写中国哲学史的基础。后来北京大学哲学系上下册的《中国哲学史》基本上是按这样的方式编写的。其特点是,每个历史阶段都划分出唯物唯心两个阵营;每个哲学家都从唯物论、辩证法、认识论、历史观、人性论或伦理思想等几个方面进行论述;认为在政治上,唯物主义者代表进步的政治力量,唯心主义者代表落后保守的力量;在阶级分析方面,唯物主义者代表新兴地主阶级(战国之前)、后来是中小地主阶级的利益、也部分地代表农民的利益;唯心主义代表当权的贵族、大地主的利益等等。当时学术界还没有一个新范式下的哲学史,《哲学史简编》是第一本。这本书用新的视角审视和整理原有的材料,得出新的结论,在史学史上是有充分的意义的。冯友兰先生的《中国哲学史新编》(第一卷)和任继愈先生主编的《中国哲学史》

分别到 1962 年和 1963 年才出版。本书也反映了朱先生研究的独到之处,如对孔子的评价,认为是"古代伟大的启蒙思想家";[3]235 二是把后来认为属于唯心主义阵营的老子、《易传》、郭象、周敦颐都纳入唯物主义阵营。这固然可能是为了与唯心主义阵营对抗,壮大唯物主义阵营。因为,客观地讲,中国哲学史上还是唯心主义方面大哲学家多,这跟中国革命胜利后经过思想改造唯物主义一统思想界的大局并不完全一致;另一方面也表现了朱先生对于历史和古人的温情的敬意和宽厚的态度。第三是,本书没有牵强地描述二者的斗争,以体现"斗争史"的特点。

现在看来,这部哲学史也没有着重从逻辑思维发展的线索看问题,书中对于惠施、公孙龙仅仅从割裂一般和个别、诡辩的角度研究,评价过低;对于唯物唯心没有讨论其相互吸收的一面。这可能由于本书只是一个很薄的小册子,并不是系统的通史,无暇顾及更为详细的内容的缘故。

为了适应当时的教学需要,朱伯崑先生还与张岱年、任继愈等先生联合写了《中国哲学史讲授提纲》,连载在 1957—1958 年的《新建设》杂志上。这个提纲仍有新范式下的中国哲学史的探索的性质。整个提纲从框架上贯穿了唯物与唯心主义斗争的线索,如第一部分:"奴隶社会发展和崩溃时期唯物主义哲学的形成及其反对宗教神秘主义和唯心主义的斗争(先秦)",第二部分:"封建社会确立和发展时期唯物主义反对唯心主义的斗争(秦汉至隋唐)。"但是,纵观整个提纲,有这么几个特点,一是并不过分强调阵营清晰、线索分明的两派斗争;尤其是,对于哲学家,并不在标题上就先给戴上一顶唯心的帽子。如关于孔子的标题是"孔子的哲学观点和社会伦理思想"、老子的标题"老子学派的哲学思想和政治观点"等,这样做是符合中国哲学的实际的,是实事求是的。因为自觉、鲜明的唯物唯心意识是西方哲学进入近代以后产生的,界限分明的唯物唯心阵营在中国哲学史上从来就不存在,不少哲学家都是既有唯物的因素,也有唯心的成分。《提纲》所体现的态度,固然可以被批评为还不太够马列,斗争史观贯彻还不太彻底;但也未尝不可以说是研究并不太僵化,没有把唯物唯心斗争史教条化。《提纲》对于哲学家的思想,客观具体地分析其唯物唯心、进步与落后的因素,并不一概而论,尤其是不盛气凌人地扣帽子。如对于孔子的关于天的概念、关于知识的看法、德治思想的人民性、在中国历史上的地位等,都体现了两点论的特点。关于孔子的评价,朱伯崑先生继续了在《哲学史简编》中的观点,认为孔子"代表了一部分向封建贵族转化的开明的奴隶主贵族的利益,也反映了人民群众的某些要求,因而使他成了古代中国封建主义思想的先驱";[4]38 "孔子的学说,不仅为剥削阶级的统治者提供了从精神上、尤其是从伦理道德上巩固封建等级制度的武器,而且在政治上,为封建统治者提供了缓和阶级矛盾从而维护其长远利益的对策。在他的学说中,也有民主和人道主义的因素。这样,孔子后来就成了封建时代人们所崇拜的圣人,他的学说对于古代中国的政治生活和文化生活起了巨大的影响"[4]41。孔子是"伟大的思想家和政治家","伟大的教育家","伟大的启蒙思想家,他创立了中国古代最早的学术流派,在中国历史上第一个提出了比较系统的理论体系。他的哲学观点,标志着古代思想从神权的束缚中解脱出来。他的重要贡献在于把人和现实生活提到了首要的位置,从人的实际生活的需要,观察和了解一切问题。他的学说,教导人们对现实生活采取积极的态度,其中追求真理、热爱知识、遵守道德和为理想不断斗争的精神,对后来中国人民起了很大的教育作用。在他的学说中含有唯物主义和唯心主义两种倾向。他所提出的问题,被后来的儒家学者发展了。孟子一派主要继承和发展了孔子学说中的唯心主义倾向,走向了唯心主义;而荀子一派又继承和发展了其中的唯物主义倾向,建立了儒家唯物主义传统"。[4]41这种评价是较为客观和公允的。整个《提纲》对于古人欣赏和赞扬的态度居多,不是一概"批"字当头,极力否定。不光朱伯崑先生如此,其他几位如张岱年先生也是如此。

但是,当时的氛围并不是如此客观和包容的。思想改造还未结束,反右运动的号角已经吹响。从人类理论思维发展和精神反思的角度研究中国哲学史,很容易被认为是"客观主义"、"修正主义"、资产阶级右派言论等,不仅领导不同意,学生也拒绝接受。我们可以引述贺麟先生1954年12月所写的《我同意克列同志的说法的思想斗争过程》,体会一下当时的情形。贺麟先生在文中说,他一不小心"把反动或反动作用较小的唯心论一时滑口说成是'有时也有进步意义的唯心论'",所以惴惴不安。"后来听到克列同志说'唯心论通常虽与当时反动阶级利益相联系,但也有例外情形'",便"大吃一惊"。因为他觉得自己"是随口说出来的,……既不是从历史唯物论观点出发,又表现了想为自己的旧唯心论保留一些地位的残余思想",因而"自认错误,而专家乃是一新观点、新立场、新论证说出来的",所以不免"惊异",引起"重新思考";开始他还是不敢同意,后来克列同志"更明确提出'在一定具体历史条件下,非科学的唯心论理论亦能起进步作用'"。于是,引起了自己"思想上的激变","急转直下,完全同意克列同志的说法"。但是,贺麟先生实际上仍然心有余悸,他还要煞费苦心地为自己找出一些理由壮胆。他说:"一、我相信克列同志的说法,不是他个人的意见,是有集体背景的。是代表苏联近来对哲学的新的进步的科学的看法。要认真学习苏联。对克列同志的话,应虚心体会。不可轻易放过。二、克列同志的说法,并不妨碍日丹诺夫的定义,乃是教人不要把它当做死的教条。因为我们一方面可以肯定某种唯心论当时的进步作用,另一方面我们仍然要向起过一时作用的唯心论作斗争。"最后,他虽说犹豫迟疑地信了,但还是不无狐疑和顾虑地为自己划了一个安全圈:"在坚持哲学史是唯物论对唯心论的斗争的定义下,在坚持为学习马列主义,为改造自己的思想,须不断地无情地对自己本人的及哲学史上的唯心论思想作坚决不调和的批判的原则下,在更细致采用具体分析个时代具体事实的历史主义的方法下,我同意克列同志的说法。"[5]478—481 作为一名哲学史教授,即使是正确的观点也不敢公开坚持,还得借助苏联的权威才行。这就是当时的情形。

所以,包括朱伯崑先生在内的诸多先生在《讲授提纲》中体现的客观公允的态度,与当时的思想形势并不完全一致,也不必为时势所容。当时北大哲学系就有学生给朱先生贴大字报,说是冯派、侯派,你究竟站在哪一派?希望站到侯派来。《新建设》1958 年第 2 期发表了北大哲学系中国哲学史教研室部分青年教师、进修生、研究生对《中国哲学史讲授提纲》的批判文章,主张用毛泽东哲学思想,改造中国哲学史的教学内容。当然,学生也未必不是真诚的,都是"形势逼人"的结果。人们真诚地相信,只有这样才是革命的,"革命"这个词具有天然的合理性和正确性,它是判断一切的标准。受时代的影响,朱先生也没有坚持《讲授提纲》中对孔子的评价。在 1984 年出版的《先秦伦理学》中,朱先生特别强调,"(一)孔子不是人民大众的思想家,其伦理学说不代表奴隶或者农民的利益。(二)孔子也不是不依附于任何阶级、不代表任何阶级利益的纯粹的知识分子思想家。"[6]12 "孔子的仁的学说是有阶级性的,因此,不能将其伦理学说归之为近代的人道主义",[6]34 并多方面批评孔子不符合唯物主义、调和阶级矛盾等。这个评价显然还带着 1957 年反右阶级斗争以及文化大革命的影子。

二、史观与方法的探求:中国哲学史研究的 "朱伯崑问题"的提出

但是,对于唯物与唯心的斗争、唯物进步革命唯心保守反动、唯物代表进步阶级唯心代表落后和反动没落阶级的整齐划一的评价模式,作为一名具有学术良知的学者,朱先生是有系统的反思的。这就是中国哲学史研究

的"朱伯崑问题"①的提出。1956年《人民日报》记者向朱先生约稿,请他谈谈哲学史研究中的问题,以便引起争鸣。朱先生写了《我们在中国哲学史研究中所遇到的一些问题》,发表在《人民日报》。② 文章涉及到当时中国哲学史研究的四个主要问题:第一个是"关于中国哲学史的对象和范围问题"。朱先生同意"把唯物主义哲学的发展即其跟唯心主义哲学的斗争,作为研究的对象和范围"。这是当时的共识,是由当时的形势和认识所决定的;哲学史的定义谁也无法改动。第二是"关于对历史上哲学家的分析和评价问题",在这一主题下,朱先生列举了四个小问题:

(1)唯物和唯心的界限问题。……有的哲学家的思想,既有唯物主义的成分,又有唯心主义的成分,二者很难说哪一方面是基本的。我们在教学中曾经把古代哲学家思想中的唯心和唯物的成分,都提了一下,结果同学反映说,阵营不清楚,有些混乱。后来做了改进,阵营清楚了,但有人又指出,这样做,太简单化了,划到唯心主义阵营的,有人认为有许多唯物主义成分;划到唯物主义阵营的,有人又认为有许多唯心主义的成分。有的同志认为索性不扣什么唯心和唯物的帽子。但讲哲学史,不指明一个哲学家是唯心或者唯物,那和过去资产阶级的哲学史又有什么区别呢?

(2)阶级分析问题。研究哲学史,总要指出某一派的哲学观点基本上代表哪个阶级的利益。按照一般的说法,唯心主义总是代表历史上反动的没落阶级的利益,而唯物主义总是代表历史上的进步阶级的利益。但这个问题,也不是那么简单。……中国封建社会中的哲学家,绝大多数都是和封建地主阶级有联系的。其中有进步的,也有反动的。他们之间的思想斗争应怎样去理解呢? 过去曾经这样处理过:反动的哲学家总是代表封建贵族和大地主阶层的利益;进步的哲学家代表中小地主阶层的利益。后来有人反对这种简单的处理方法。因为中小地主阶层的哲学家,基本上还是代表封建阶级的利益,用阶级的帽子,很难说明他们在封建社会的进步性。有人说,一部中国古代哲学史,说来说去,不是代表大地主,就是代表小地主,实际上没有什么阶级分析。

---

① 笔者之所以叫做"朱伯崑问题",是因为这一系列问题由朱先生率先提出,并且还涵盖了中国哲学史研究方法论问题的各个方面,综合性强,可以避免一一叙述之麻烦。

② 据朱先生回忆,文章发表前于光远曾经看过,认为写得很好。后来在反右时朱先生在北大哲学系受到批判,此文被认为是右派言论的先声;关锋在《反对哲学史研究方法论上的修正主义》一书(人民出版社1958年8月版)中,也把此文作为修正主义的一个例子点名批判。

这些问题,不仅仅是对具体材料如何分析的问题,同时也牵涉到有关历史唯物主义的某些理论问题。

(3)对唯心主义的评价问题。我们有些同志,尤其是一些年轻的同志,曾经对历史上的唯心主义者采取了全盘否定的态度。即使其中有些好东西,也不愿讲。并且对唯心主义哲学的分析,过于简单化,认为只要指明他是唯心主义者,是为反动阶级服务的,目的就达到了。并且为了加强哲学史的党性原则,在讲授中往往把唯心主义者臭骂一顿,以为就算完成任务了。显然,这种对待唯心主义的方式,不能满足目前的要求了。应该怎样分析批判呢?唯心主义体系有没有好东西?如果有,应该怎样估价?……又如有的同志认为历史上唯心主义哲学体系,对唯物主义的发展也起过一定的促进作用。唯物主义者是常用唯心主义者所提出的问题,来丰富自己的内容的。因此他们的贡献也不能抹杀。以上这些意见都是值得重视的和进一步研究的。

(4)关于辩证唯物主义和历史唯物主义的因素问题。过去,我们有些同志认为,只有马克思主义哲学出现以后,才有辩证唯物主义的观点。如果试图从马克思主义以前的哲学中寻找唯物辩证法的观点,就是用古代哲学比附马克思主义哲学,这是错误的,是违反了马克思主义哲学的党性原则。因此,在处理古代哲学问题时,只能说,某一哲学家,在某种问题上有唯物主义的观点,而在另外一些问题上,才有辩证法的因素。但实际情况,并非完全如此。就是对同一问题说,也有既唯物而又辩证的看法。例如,中国古典哲学关于气的学说……。有些同志认为,马克思主义以前的哲学,对社会问题的看法,都是唯心主义的。……但是否在社会历史方面的个别问题上,他们也提出过唯物主义的观点呢?……有人说,如果不把这类问题弄清楚,那就会把中国哲学史上对于社会历史问题的宝贵意见,都用唯心主义的大帽子抹杀了。这种意见,确实是有道理的。

这四个问题直到现在还是运用马克思主义研究中国哲学史所面临的根本问题,①诚如朱先生所指出的,有些问题其所涉范围有的已经超出了中国

---

① 粉碎"四人帮"三年后的 1979 年 3 月,学术界讨论中国哲学史的研究方法,所涉及的问题仍未出这几个问题的范围。详见《中国哲学》第二辑(三联书店 1980 年版)第 405—415 页,革锋的文章《在京部分历史、哲学史工作者座谈历史上哲学与阶级斗争关系问题》。研讨会所讨论内容除了阶级斗争外,还有唯心主义的评价、唯心主义与唯物主义的吸收与转化、中小地主进步论、农民哲学,共五个问题。

哲学史本身。比如阶级分析问题,就涉及到中国历史的分期、特点和历史唯物主义基本理论问题。对于唯心主义的客观评价问题,在当时极左的气氛下甚至不能提出,提出来就似乎是对于马克思主义理论的怀疑,所以人们避之唯恐不及。从上引贺麟先生的文中,就能窥见当时气氛之一二。至于说到阵营问题,中国哲学史上很少有哪个哲学家有自觉的唯物唯心意识,即使是唯物主义哲学家,如张载、罗钦顺等人,也不是从现代的"唯物"的角度谈论哲学的;同样,也没有哪个哲学家是从现代的"唯心"的角度谈论哲学的。唯物唯心是我们审视和整理哲学史的一个角度、一种方法、一样"范式"。研究肯定是要有一样"范式"的,唯物唯心自然可以作为一种尺度,康德、黑格尔、新实在论、诠释学、后现代主义等等,也都可以作为尺度。然而,任何尺度下的中国哲学史,都有一个如何体现中国哲学自身特点的问题。① 过去运用唯物唯心过于教条却又不容置疑与反思,这就是问题之所在。

第三个问题是"关于中国哲学的特点问题"。应该说这方面需要做的工作还很多。朱伯崑先生的《易学哲学史》在这方面进行了非常有益的探索。

第四个问题是"关于如何继承和发扬祖国的哲学遗产问题"。朱先生认为,一方面,要反对民族虚无主义;一方面,也要反对封建复古主义,如何能够做得正确,的确也是一件比较困难的事情。

关于传统文化的继承问题,不久就因为冯友兰提出了与毛泽东的"批判地继承"思路有所不同的"抽象继承法",而在学术界发生了较大范围的讨论并最终演变成为批判。在当时的情况下,确实显得中国哲学史这门学科似乎没有存在的必要;不仅如此,甚至哲学系都无存在必要。我们今天研究中国哲学,很自然会想到传统的接续、文明的传承、文化文明素质的提高、未来文化建设的基础等问题,但是,这的确又是当时的人们所不能提的。人们真诚地相信,有了马克思主义,就有了一切,这几乎是当时人们共同的潜意识。

朱先生最后指出:"以上这些问题的提出,一方面反映了过去有些同志受了教条主义的影响,但另一方面也反映了许多同志进行着独立的思考,在反对教条主义的研究风气。"[7]29—37

朱先生是坚持独立思考的。他的哲学史研究,在坚持唯物主义观点的同时,力戒简单化和教条化;注重研究的实证性,充分占有和发掘史料,并对之进行精细入微、分条缕析的辨证;在评价方面则字斟句酌,力求恰如其分。

---

① 由此言之,当前所进行的"中国哲学的合法性"问题的争论,从某种意义上说,也是当年中国哲学研究的朱伯崑问题在新的历史条件下的继续。

如《东晋南北朝无神论者反对佛教灵魂不死信仰的斗争》,[8]178—236史料的运用就涉及了《广弘明集》、《全晋文》、《南史》、《全宋文》,人物涉及到桓谭、王充、慧琳、何承天、宋炳、颜延之、慧远、宗炳、刘峻、朱世卿、彦宗、道安、萧子良、郑鲜之、范缜、曹思文等。文章在详细地论述了范缜之前中国哲学史上关于神灭与不灭的各种观点及其论证,具体分析了范缜神灭论的五点基本内容,指出其"形质神用"、"形神相即"观点在中国哲学史上的突破,及其存在的肯定圣人与常人生理不同,肯定祭祀、无法说明人的命运问题等。文章还把范缜的神灭论与西方哲学史作了对比,认为西方关于形神问题是到18世纪法国唯物主义阶段解决的,中国则通过朴素唯物主义达到了对这个问题的解决。范缜的"神者形之用"的命题和刀刃的比喻,在1400年以前就达到了法国机械唯物主义的水平,值得中国人民骄傲。1984年出版的《先秦伦理学》、王夫之的研究,也体现了这一特点。

进入20世纪80年代以来,朱伯崑先生的中国哲学史观和研究在经历了种种磨难之后有了新的认识和成就。首先是他的哲学史观的道并行不悖的宽容性。他不赞成哲学史研究中的独断论和不可知论。朱先生继承了冯先生的说法,认为哲学史"有客观的"和"人写的"之别。人写的哲学史不一定就是客观的哲学史,所以"哲学史呈现出多元的倾向,甚至形成许多流派"。[9]13"哲学史学史上形成的不同流派,并不妨碍人们对客观的哲学史的认识,只要是有所见,不违背历史实际,即成一家之言"。[9]13因为不同的研究者有不同的哲学史,就认为客观的哲学不可认识的观点,朱先生认为是不可知论,并不可取。同样,认为"只有依他那一派的观点写的哲学史才是正确的,从而排斥其他流派的哲学史",则是把自家的见解"片面夸大,不懂得认识过程的辩证性,又导向了独断论。总之,写的哲学史,只要持之有故,言之成理,成一家之言,对客观历史的认识,即有所贡献。将学派变成宗派,是违背科学精神的"。[9]13这是一个哲学史工作者在经历了一生的风风雨雨之后的肺腑之言,包含着丰富的历史经验和深刻的哲学认识。但是,朱先生的包容并不流于乡愿。他对于哲学史,还是严格区分"接着讲"和"照着讲"的。众所周知,这是冯友兰先生的术语。"照着讲"就是通常所说的哲学史研究;"接着讲"则属于体系的创造。朱先生说,有的哲学史著作,明明是"接着讲",却一定要说是"照着讲","并声称只有其对传统的阐发,才符合传统的本义或其真面目,俨然以卫道者自居。……将'接着讲'与'照着讲'混为一谈,从而在学术界引起不必要的争论",[9]91—92同样是不可取的。

朱先生认为,一部理想的中国哲学史,应该包括释义、明理、求因、评判四个方面的内容。释义就是文字训诂与文献考证,对于哲学家提出的概念、范畴、命题作确切的解释。明理是分析哲学家理论思维的特征,考察其流变;求因是揭示其理论思维形成的原因,包括社会条件;评判是指出其理论思维的价值与得失。从方法论上看,哲学史研究首先是要注重实证的方法,将史料的研究置于首位,充分掌握史料,有一分史料,说一分话;动辄将自己的猜想说成"揭开了千古之谜",是不严肃的。哲学史著作如果史料基础不扎实,其结论就很难流传。其次是逻辑分析的方法,即对于哲学史的概念、范畴、命题的内涵进行剖析,揭示其异同。朱先生指出,中国哲学史上的概念常常是文约义丰、言简意赅,而且不少学派都使用同样的概念,所以,如果不进行对于概念的逻辑分析,就无法揭示其理论思维的特征及其发展进程。极左年代,把逻辑分析等同于形式逻辑,又把形式逻辑等同于与辩证法对立的形而上学,这是极大的误解。80年代后,一些研究者又认为中国哲学是直觉型、经验型、体认型、不适合于进行逻辑分析,则是把禅宗和陆王心学的特点当成了整个中国哲学的特点,也很难苟同。再次是关于中西比较的方法。朱先生认为,近代以来,欧洲哲学传入中国,成为我们研究中国哲学的参照,其中的一些范畴,如形上学、宇宙论、本体论、机械论、目的论、唯物论、唯心论等,都成为我们解释中国哲学常用的范畴,现在研究或编著中国哲学史,不可能再回到《宋元学案》、《明儒学案》的路子上去。但是,在运用西方范畴时,也须对中西概念的内涵进行详尽的比较分析,不能进行简单的比附,如长期存在的把阴阳说等同于西方的矛盾论就是一例。"中学西释"可以作为"接着讲",而不能代替哲学史的研究。最后,关于运用马克思主义作指导研究中国哲学史的问题,朱先生认为,过去在极左思潮流行的年代,中国哲学史成了宣传马克思主义教条的教科书,马列主义原理的中国哲学证据集;哲学史只是给历史上的哲学家贴唯物或唯心的标签,对各个流派进行阶级分析,以为当时的阶级斗争服务,很少总结理论思维的成果及其教训,也没有把弘扬中华文化作为哲学史工作者的任务,这些都是有待克服的缺点。但是,由此走到另一极端,根本否认历史唯物论在中国哲学史研究方面的方法论意义,朱先生也是不赞成的。他认为,"唯物史观无非是说,将历史上出现的学说、理论和思潮,置于其所形成的历史条件下来考察,并以生产力和生产方式以及依此而形成的社会制度的变迁说明一个时代思潮兴衰的真正原因",认为哲学思维可以不受时代的影响,把历史与逻辑割裂开来,是片面的。历史唯物论的方法有助于对于历史上产生重大影响的学派,一方面分析其时代局限性,另一方面将其中具有永恒价值的内容分析出来,不至于流

入全盘肯定或否定的形式主义。[10]634—650

朱先生哲学史的研究贯穿重视实证史料、重视对概念内涵的精细的辨别和缜密的逻辑分析以及对思维本身发展的逻辑线索的探究和重视运用历史唯物论对思想产生的社会原因的阐述等原则。在评论冯友兰著《中国哲学小史》关于中国哲学的一些概念时，朱先生指出，冯先生由于受新实在论的影响，往往容易把中国的概念新实在论化。如冯先生把朱熹的理气关系解释为如同柏拉图的理念和事物、亚里士多德的形式和质料的关系，但是，朱熹的理还有事物的所以然和所当然之则的含义，与理念和形式并不完全相同。又如，关于老子的"天下万物生于有"的"有"，冯友兰先生解释为"Being"，即一般之"有"，"生"解释为"逻辑在先"。朱先生认为，这里的"有"是具体存在的东西，并非"有"一般；"生"有母生子那样的时间先后关系，也不单纯是逻辑在先。冯先生的解释是把老子新实在论化了。[11] "有和无，就其为形上学的范畴说，'有'指有形、有名的个别存在物，'无'指道体无名、无形、无欲、无为，但非虚无，乃无物之物。……总之，在老子看来，本原的东西，应具有普遍的性格，自身不应在是有形象的个别东西"；[12]543 "此本原乃'天地之根'，乃指世界的原初实体，……具有世界生成论或发生论的意义，尚未获得本体（Substance）的内涵"。[13]257 再如，关于朱熹的"人人有一太极，物物有一太极"之说，通常认为是华严宗理事无碍说的翻版。但是朱先生通过对朱熹理气关系的分析指出，二者还有不同，"因为朱熹并不否认个体事物之间的差别"。[14]741 诸如此类还有很多，读朱先生的论著，恰如走进一座物产丰富的矿山，随时都有可能发现珠宝与金子。需要说明的是，朱先生尽管非常重视概念的逻辑分析，但他并不把它作为唯一的科学方法。他认为，研究哲学史，"还要探求其理论思维发展的内在的规律，揭示其理论思维的逻辑的和历史的进程。就这方面的研究说，形式逻辑的分析方法就难以胜任了，还要进一步借助于辩证法"[8]85。如关于从禅宗到理学的演变，冯友兰先生《中国哲学小史》认为后者是前者的合乎逻辑的发展，从"担水砍柴，无非妙道"可以合乎逻辑地推出"事君事父，亦是妙道"。朱先生进一步指出，道学从李翱开始一直是以儒家的伦理意识反抗佛教的教义，其"事君事父"并非从"担水砍柴"中引申出来。这无疑为我们理解思想发展的逻辑提供了更为全面背景和线索。

关于过去以遗产继承的方式提出传统哲学与文化研究的意义问题，朱先生提出，研究传统文化，整理国故，开博物馆，提高民族自信心，培养爱国精神，未尝不可，但是，传统和现代是割不断的，"从人类文明发展的历史来看,任何新文化的诞生,都同传统有着密切联系",所以,必须以"创新"或者"更新"的形式,使传统文化获得新的生命力。"弘扬传统文化贵在创新"。[15]99—100关于创新的实质,朱伯崑先生指出:"是在传统的基础上更新。所谓更新,不只是用现代人习惯使用的语言,诠释中国古典哲学著作,便于现代人理解,更为重要的是,运用现代科学的治学方法,阐述中国传统哲学的特色,并以西方传统的思维方式为借鉴,发扬中国传统哲学中的真知灼见,进而创建适合时代需要的,而又具有中国特色的哲学体系。"[15]52 "所谓更新,是在传统文化精神的基础上,抛弃其中陈腐的东西,引进新的概念和新知识,并加以消化,创建新的理论体系。"[15]104朱先生特别指出,"以为用西方近现代某一流派的哲学,解释中国传统哲学,便走上了现代化的道路,实际上其对中国传统的阐发,成为西方某一哲学流派的注脚,没有摆脱欧洲文化中心论的影响"。应该说这是朱先生经过多年各种范式研究中国哲学史之后得出的真知灼见,有助于避免中国哲学史研究的殖民化,对于当前的哲学史研究尤其有警示意义。在创新问题上,朱先生也批评了两种不可取的态度,一是认为传统中有某种思想可以救治当前的某种弊病的"拿来主义",认为这种态度不仅起不到作用,反而会阻碍新的文明建设;一是把自己的解释说成是恢复了孔孟正统的"卫道主义"。"传统经学时代形成的'正统'观念,早已失去了生命力。对于传统的东西,有所异同,既是势之必至,也是理所当然。要勇于承认这一真理,无须再打出卫道的旗号。"[15]102关于创新朝哪个方向才有生命力? 朱先生指出,应是面向现代化、面向未来。这可能在一些人看来,亵渎了传统文化的理想主义和人文精神,但是"任何理想主义和人文传统,如果同当时的社会经济发展的趋势背道而驰,理想则流为空想,不可能在生活中产生实际效果"。[15]103关于传统文化中具有意义的内容,朱先生指出,传统儒家的义利合一、情理合一、仁礼合一、大同理念、人与自然的和谐、真善美并重的思维方式等,都可以成为 21 世纪人类文明的内容。朱先生强调:"对儒家文化的评估,不能局限于倡导人格自我完善一条,就这一条说,也要通过变异或者更新,吸取其尊重个人尊严的精神,而不是恢复维护等级差异的修养经。"[8]103—104

三、易学哲学:中国哲学研究的新成果

朱伯崑先生的 150 多万字的四卷本皇皇巨著《易学哲学史》,毋庸置疑是中国哲学史这门学科成立以来最重要的成果之一,完全可以和冯友兰先

生的产生了世界影响的两卷本的《中国哲学史》相媲美。之所以这么说，是因为这部著作：一、开辟了中国哲学研究的新领域；二、深化了对中国哲学的认识；三、改变了关于中国哲学的一些习以为常的错误见解；四、它可以进一步引发中国哲学是什么，各民族的哲学有什么特点，应该怎么研究的课题。但是，这项成果没有得到应有的重视，比如，它的出版就不很顺利，印刷装帧也说不上精美。这是我们这个社会尊重学术的传统丧失后还没有得到恢复所造成的。这么重要的学术成果，就那么轻易地让它以粗糙的形式出现在世人面前，是很令人遗憾的。固然，学术著作不是以印刷和装帧取胜的，但毕竟还是以文与质的彬彬相副为好，质胜过多之野，诚非中庸之道。还有，学术界对这部著作的结论也没有给以足够的重视。在朱先生的著作之后出版的不少中国哲学史通史，大都没有吸收他的结论。我自己主编的《中国哲学史简明教程》，就没有吸收朱先生的结论，这是一个缺点。的确，消化和吸收朱先生的研究成果，并非一件轻而易举的事情；但这是今后中国哲学史研究注定不可避免的一项任务。无视其他学者的重要成果，毋宁说是我们学术界的一个弱点。倒是东瀛中国哲学界，对朱先生的研究成果给予了足够的重视。北海道大学伊东伦厚教授主持了一个课题组，正在全文翻译这项成果，计划用十卷的篇幅出版。这在日本中国哲学界被列为一件大事。解放后我们的中国哲学史研究这么大部头的著作被全文翻译的，朱先生还是头一个。

众所周知，中国哲学史是从冯友兰开始真正成为一门独立的学科并产生世界影响的。冯先生编著哲学史的方法，是"即就中国历史上各种学问中，将其可以西洋所谓哲学名之者，选出而叙述之"。[6]23这样做一个明显的后果，是打碎了中国哲学的完整性，消解了中国哲学的特点，进而在一些关键问题上产生缺陷。比如，冯先生研究程颐哲学，就没有涉及到《程氏易传》和"体用一源，显微无间"的命题。可是，这个命题不仅对于程颐哲学、对于整个中国哲学来说，都是非常根本的。朱先生在给冯先生做助手时，曾经问过冯先生为什么未写《程氏易传》。冯先生回答说易学有一套术语，需要做专门的研究；写哲学史只能抽取一些概念进行分析。[17]651—652此后朱先生就萌发了研究易学哲学的想法。从中国哲学史学史上看，《易学哲学史》开拓了中国哲学研究的新领域。此前没有这方面的系统研究。冯先生之后的中国哲学史，其做法无一例外与冯友兰先生相同，包括解放后以马克思主义为指导编著的哲学史。这样编写中国哲学史最大的问题是概念脱离了历史的和文化的背景。可以说，这也是"哲学"属于外来学科给中国哲学史的研究所带来的先天不足，必须靠我们后天的研究来弥补。就是说，必须通过对中国哲学概念产生的历史、文化以及学术背景的全面研究,尽量减少运用"哲学"这个概念切割中国哲学史料时抛下的下脚料,恢复中国哲学在它的文化历史背景中的原生状态,只有这样才能接近于中国哲学的原貌。《周易》作为群经之首,历代围绕它产生的诠释浩若烟海,其中大多数是属于哲学领域的。没有易学哲学背景的中国哲学史,不仅仅是内涵单薄的问题,甚至可能包含误解。比如,《易传》有筮法和哲学两套术语,如果我们对此没有一定的辨析,可能我们以为是哲学论述的话,有时可能不过是周易筮法的演绎。[18]52这也涉及到一个方法论问题,即经学与中国哲学的关系问题。研究中国哲学脱离不开经学的背景。放在易学哲学的背景下,我们对于许多中国哲学概念的理解,自然会"别有一番滋味在心头"。

关于中国哲学的特点,可以说从这门学科成立以来,就存在一些人们习以为常的认识,如中国哲学缺乏形上学传统,形上学不发达,逻辑思维不发达等。金岳霖、冯友兰都有此论。后来还有一种观点,是说中国哲学史上的本体论是基于对于伦理问题的解决,是伦理化的本体化。中国哲学是伦理型的哲学。这些结论在中外学术界都有很大影响。但是,这些结论可以说都是在没有研究易学哲学的结论,有极大的片面性。

朱伯崑先生指出:近代与西方接触之前,中国哲学家是通过对周易的解释提高理论思维水平的。[18]4中国哲学史上与解《易》相结合,有一个独立的、线索分明的形上学系统。他指出:"历代易学哲学所讨论的问题,借中国古代哲学的术语说,既讲天道,又讲人事,而以探讨事物发展的一般规律为中心。"[18]5他非常清晰地为我们描绘了中国哲学的形上学传统和逻辑思维传统的形成、发展和特点。他说:"中国哲学中的本体论,从形成到发展,经历了漫长的历史过程,而且有自己的民族特色,不尽同于西方哲学中的本体论学说。本体论即存在论(Ontology),总是同形上学(Metaphysics)思维联系在一起。中国哲学中的形上学思维开始于先秦老子。……其所谓'道',乃无名、无为、无欲的实体,即以形而上解释本原的东西,以有形、有名解释形而下即物理世界。但老子所理解的本原,乃'天地之根',指世界的原初实体,……具有世界生成论或发生论的意义,尚未获得本体(Substance)的内涵。但其提出了形上学原则,后来影响颇大,经过庄学的阐发,到魏晋时期的王弼,终于将此原则推到本体论的领域,提出'天下万物皆以无为本'的命题。此命题是说,一切有形的个体,从天地到万物,都以无作为其存在的根据。其所谓'无',指无任何规定性的实体";[12]255"宋明道学作为中国古代哲学的一种形态,从周敦颐到朱熹,再到王夫之,就其哲学体系赖以出发的思想资料和理论思维形式说,是通过易学而形成和发展起来的。宋明哲学中的五大流派,即理学派、数学派、气学派、心学派、功利学派,都同易学理论结合在一起"。[18]5这个建立在坚实的史料基础上的结论,廓清了一些似是而非的片面见解,对于我们深入理解中国哲学,具有极大的意义。从这个角度来讲,朱伯崑先生的《易学哲学史》在中国哲学史学史上是有重要地位的。

汉易重象数,魏晋重义理。从汉易道魏晋易学哲学,是中国哲学本体论发展的一个重要阶段。朱先生在《易学哲学史》中,关于王弼的易学哲学,从"自然无为"、"乾坤用形"、"动息则静"、"得意在忘象"、"释大衍义"五个方面进行分析,指出汉代把"易有太极是生两仪"等解释为宇宙生成论;太极为混一不分的元气或北极星神,两仪为天地或阴阳二气,四象为四时、八卦为万物。王弼强调"象之所生,生于义",得意忘象;取消了汉代易学的太极物象说,把挂一不用的"一"作为太极,此"一"不参与揲蓍,所以"无用";又非四十九中之数,所以"非数"。筮法中的一是"无",四十九根蓍草是"有"、天地万物;这样,"一"与"四十九"的关系就变为无和有的关系。无不具有特定的性质,所以能够作为万有存在的根据。这样就把生成论变成了本体论。王弼在天地之外、事物之上,筮法的四十九数之上,寻找个体事物赖以存在的根据,"以太极为世界本原,进而将太极观念玄学化,视其为虚无本体,……将实体观念化"[19]280—300。汤用彤先生曾经说魏晋玄学是本体论,这是关于中国哲学的一个重要结论。朱伯崑则通过易学哲学研究较为详细地阐明了王弼是如何把宇宙论变成本体论的,具体地揭示了中国哲学从宇宙生成论到本体化的思维进展过程,即中国哲学的本体化过程。需要说明的是,朱先生并未失去分寸地过分拔高王弼,他指出王弼的太极本体,居于万物之上,并不像一些观点所说,已经达到后来程颐的体用一如的观点。这就给王弼易学哲学一个恰当的定位。准确地评价一个哲学家,并非易事,需要有对史料的充分掌握、准确分析和对于通史的全盘把握,需要有通识和史识。缺乏通识和史识的个别哲学家的研究,往往有拔高的倾向。

关于中国哲学形上学的发展线索,朱先生进一步指出,唐代孔颖达采纳郭象的说法,认为太极乃自然,即自然如此,这就取消了王弼的太极虚无说;孔氏指出,太极不在四十九之外,四十九合而未分为太极,自身展开分而为二为两仪。这样,虚无和实有就结合在一起了,"为从王、韩的贵无到程朱的理本论准备了前提"。程颐一方面继承了王弼的取义说,以义理通率物象,"以一理代替太极的虚无解释世界的统一性",这在逻辑上是一大进步;另一方面又扬弃了王弼的得意在忘象之说,提出"因象以明理"、"假象以显义"的观点,认为卦象和物象是现实义理的形器,没有这些形器,义理则无从表现。所以"体用一源,显微无间"。程颐以体和用、显和微解释理和象的关系,这既是他的解易的原则,也是他的本体论。"理无形,其为体;象有形,其为用;有体必有用,此即'体用一源'。理无形,隐藏在内部;象有形,显露在外部;理通过象显现出来,此即'显微无间'。即是说,理和象合而为一,不可分离,即无理无以为象,无象无以显理。……从而将玄学派的易学转化为理学派的易学"[13]258。朱先生指出,程颐把"玄学派的有无之辨引向理事之辨,却是一个进步。因为程氏的理事合一说,通过对《周易》的解释,鲜明地揭示了一般和个别、本质和现象的关系,这在认识史上是一个贡献";[20]222-223 朱先生认为,程颐"完成了从汉唐宇宙论到本体论的转变";因为王弼那里还保留着有生于无的发生论的内容,程颐的理事关系说,"以事为理自身的显现,以物象为其本质的表现形式,认为万事万象皆依赖其理而存在,这样,理便成为物质世界的本体。此问题提出后,哲学史上关于世界本原问题的辩论,便从宇宙论转向了本体论"[20]222。朱先生指出,"程氏本体论的形成,不是基于伦理学问题,如理欲之辨的需要,而是处于回答对易学中的问题即象意或象义以及道器之辨"[13]258。这对于中国哲学史来说,是一个非常重要的结论。①朱先生分析了"体用一源"在哲学史的思维意义。如,从理象关系可以导出象有生灭,理永恒存在的观点,这就是程朱的理本论。朱熹的理气关系中,理为逻辑在先者,亦是从一源说导出的;朱熹也根据体用一源把周敦颐的"自无极而为太极"的生成论改造为"无极而太极"的本体论;还有,朱熹根据体用一源还得出了理事合一的结论,不以有形为物性之累,这就肯定了存在的价值,建立理本论形而上学体系;根据体用一源,从因象明理出发,朱熹还提出了即物求理、格物穷理的理论。此外,体用一源对于心学派、气学派都有深刻的影响。朱先生最后得出结论说:"'体用一源,显微无间'乃中国本体论哲学的最重要的思维方式,不同于西方哲学中的本体论思维,即强调即本体和现象的对立,具有浓厚的辩证思维的内容,即辩证地处理了一类事物的内涵和外延,一般和个别的关系,这同易学发展的历史是分不开的。"[13]270-271 笔者认为,朱伯崑先生的易学哲学研究,是今后研究中国哲学必须通过的一座桥梁;其在中国哲学史学史上的意义,是无论如何都不会被高估的。希望有关部门为朱先生提供一个较好的条件,协助他把酝酿多年的《中国

---

① 朱先生对汉代宇宙论的评价似乎较低。我想,这可能正是典型的中国思维方式的表现,即把概念实在化、坐实化,一定要找出概念的实在的、切实可见过程。这具有科学的特点,比之先秦来说,可能也是一种深入。

哲学史》尽快编写出来。以朱先生一生教学科研积累为基础的《中国哲学史》，必将为理解中国哲学奠定新的基础，极大地推进中国哲学的研究。

参考文献

[1]《三松堂自序》，载《冯友兰全集》第一卷，河南人民出版社 1985 年版。

[2]《序论》，载《中国近代思想史讲授提纲》，人民出版社 1955 年版。

[3]《绪论》，载《哲学史简编》，人民出版社 1957 年版。

[4]《哲学史简编》，人民出版社 1957 年版。

[5]贺麟:《哲学与哲学史论文集》，商务印书馆 1990 年版。

[6]《先秦伦理学》，北京大学出版社 1984 年版。

[7]《中国哲学史问题讨论专辑》，科学出版社 1957 年版。

[8]《朱伯崑论著》，沈阳出版社 1998 年版。

[9]《中国大陆近五十年来中国哲学史研究》，载《朱伯崑论著》，沈阳出版社 1998 年版。

[10]朱伯崑:《在中国哲学与易学学术研讨会上的发言提要》，载郑万耕主编《中国传统哲学新论——朱伯崑教授七十寿辰纪念文集》，九洲图书出版社 1999 年版。

[11]《冯友兰著〈中国哲学小史〉(英文本)读后》，载《哲学研究》1984 年第 12 期。

[12]《老庄哲学中有无范畴的再检讨》，载《朱伯崑论著》，沈阳出版社 1998 年版。

[13]《谈宋明理学中的体用一源观》，载《朱伯崑论著》，沈阳出版社 1998 年版。

[14]《论〈易经〉中形式逻辑对中国传统哲学的影响》，载《朱伯崑论著》，沈阳出版社 1998 年版。

[15]《谈传统与创新》，载《朱伯崑论著》，沈阳出版社 1998 年版。

[16]《中国哲学史》上册，载《三松堂全集》第二卷，河南人民出版社 1988 年版。

[17]《深林人不知，明月来相照——朱伯崑访谈录》，载郑万耕主编《中国传统哲学新论——朱伯崑教授七十五寿辰纪念文集》，九洲图书出版社 1999 年版。

[18]《易学哲学史》上册，北京大学出版社 1986 年版。

[19]《易学哲学史》第一卷，北京大学出版社 1986 年版。

[20]《易学哲学史》第二卷，北京大学出版社 1986 年版。

（原载《邯郸学院学报》2005 年第 1 期）

陈来教授

著名哲学家、北京大学教授　陈来先生

　　陈来,哲学博士,北京大学哲学系教授、博士生导师,当代著名哲学家、哲学史家。1952 年生于北京,祖籍浙江温州。1976 年中南矿冶学院(现名中南大学)地质系毕业。1981 年北京大学哲学系研究生毕业,哲学硕士,同年留系任教。1985 年北京大学哲学系博士研究生毕业,哲学博士。师从冯友兰、张岱年先生。1986 年任副教授,1990 年任教授,1993 年被国务院学位办评定为博士生导师。1991 年被国务院学位委员会、国家教委授予"有突出贡献的中国博士学位获得者"。1992 年被国家授予"有突出贡献的中青年专家"。1998 年被教育部评为"跨世纪人才"。现任北京大学儒学研究中心主任、北京大学哲学系学术委员会主任、北京大学哲学系中国哲学史教研室主任,并在清华大学、武汉大学、香港科技大学等校兼任教授,教育部社会科学委员会委员、全国中国哲学史学会会长、国际中国哲学会(ISCP)副执行长。

1986—1988 年在美国哈佛大学费正清中心作访问研究,1995—1996 年任日本东京大学文学部外国人研究员,1997 年任美国哈佛大学东亚系客座教授,1999 年任日本关西大学东西学术研究所特聘研究员,1999—2000 年任香港中文大学哲学系客座教授,2002 年任香港科技大学人文学部客座教授,2003 年任香港城市大学客座教授,2004 年任台湾中央研究院历史语言研究所访问学人。学术领域为中国哲学史,主要研究方向为儒学哲学、宋元明清理学,其研究成果代表了目前本领域的世界领先水平。个人专著有:《朱熹哲学研究》(中国社会科学出版社 1987 年版)、《朱子书信编年考证》(上海人民出版社 1989 年版)、《有无之境——王阳明哲学的精神》(人民出版社 1991 年版)、《宋明理学》(辽宁教育出版社 1992 年版)、《哲学与传统:现代儒家哲学与现代中国文化》(台湾允晨出版公司 1994 年版)、《古代宗教与伦理——儒家思想的根源》(三联书店 1996 年版)、《人文主义的视界》(广西教育出版社 1997 年版)、《陈来自选集》(广西师范大学出版社 1997 年版)、《中国宋元明哲学史》(香港公开大学 1999 年版)、《朱子哲学研究》(华东师范大学出版社 2000 年版)、《现代中国哲学的追寻——新理学与新心学》(人民出版社 2001 年版)、《古代思想文化的世界》(三联书店 2002 年版)、《中国近世思想史研究》(商务印书馆 2003 年版)、《诠释与重建——王船山的哲学精神》(北京大学出版社 2004 年版)等多种。另编有《冯友兰语粹》(华夏出版社 1994 年版)、《中国现代学术经典——冯友兰卷》上下卷(河北教育出版社 1997 年版)、《传统与现代》(北京大学出版社 2006 年版)、《中国古代思想文化的世界》(韩文版,成均馆大学儒教文化研究所 2008 年版)、《东亚儒学九论》(三联书店 2008 年版)、《宋明儒学论》(香港三联书店 2008 年版)等。其中《宋明理学》(国学丛书一辑之一)获中国图书奖一等奖(1992)、《有无止境——王阳明哲学的精神》获中国图书奖二等奖(1992)、《朱子哲学研究》获国家图书奖提名奖(2002);由于教育教学成绩突出,荣获宝钢全国优秀教师奖(2003)、北京高等教育教学一等奖(2004)等多种奖项。(**康香阁**)

著名哲学家陈来先生访谈录

康香阁

康香阁：陈先生，您作为当代著名的哲学家，中国哲学研究领域里的领军人物，非常高兴能邀请到您做学术访谈。实际上"中国哲学"是 20 世纪才有的概念，请谈谈您自己的理解？

陈　来：这个问题可以说困扰了中国人一百多年。中国历史上有"哲人"和"哲"，但没有"哲学"这个词，现在汉字里的"哲学"是日本人翻译西文 philosophy 一词时，用中国的汉字所构造的一个词。有些词是中国历史上有过的，比如说"科学"、"宗教"，当然这些词并不是现代"科学"、"宗教"的意义。而"哲学"这个词在中国历史上就没出现过。

一般说哲学，都是指从西方，主要是从欧洲发展起来的一种学问，这门学问在欧洲历史上有它自己的问题，有它自己的特点，有它自己的历史。这样的"哲学"在历史上发展成为西方知识门类的一种。

哲学是属于文化的一部分，哲学并不是科学的一种。科学从某种意义上说受民族性和地区文化的影响不是那么大，普遍性比较强。可是哲学作为文化的一部分，一定和民族语言、地方性都有一些连带关系。但近代以来，因为西方是一个强势文化，所以全世界后发展的各个地区都是以西方为楷模。所谓西方楷模就是全面地学习西方，其中最重要的就是在文化和教育上学习西方，比如学习西方建立大学，建立大学制度就要移植西方大学对近代知识体系的门类划分。西方的这些划分有些完全是有普遍性，比如说物理、化学这些自然科学的门类。当然自然科学也在不断发展，这些科学的门类也在不断分化。另外，从人文社会方面来说，特别是人文学，这些门类不是科学，它带有西方的一些特点，比如哲学就是，因为哲学作为一门独立的学问，在世界其他地方没有这样独立地发展，中国可以说有哲学思想，但它没有独立的这么一门学问，西方是独立地把哲学作为知识的一个门类，这样发展起来的。

所以我们近代学习西方，就把西方根据它自己的历史文化经验所发展所沿袭下来的那一些学科的划分，也被我们作为近代化的一些标准移植过来了。移植过来当然就遇到一些问题。自然科学没有这个问题，文学、历史问题很小，但哲学一开始就涉及到这个问题。你把哲学移植到中国，我们可以学习西方那些叫哲学的东西，但碰到一个问题，就是中国有没有这个哲学。如果说建立历史系，除了讲西方的历史以外，还可以讲中国历史，中国有中国的历史。文学，中国有小说、有诗歌、诗歌理论等等，但是哲学，中国历史上有没有哲学？（**康香阁**：有的学者说中国历史上没有哲学）因为西方的哲学是一套理论体系，它这一套理论的体系虽然是研究宇宙、社会、人生，但它有一些特别的西方的问题。比如说它是受制于西方的语言，像西方哲学研究的"是"的问题，在中国哲学里没有这样的问题。可是"是"的问题就成为西方哲学的一个重要基本特征。你要拿这个"是"的问题作为哲学基本问题的话，中国就没有这样讨论。另外西方有许多其他各种各样的讨论，像古希腊哲学里对"相"的讨论，因为"相"那个东西讲的是个共相，比方圆是一些不太圆的东西的一个抽象的共相，但对古希腊人来讲"圆"不是一个概念，它是一个客观存在的东西，这个叫"相"。西方哲学它有自己的一套专有的概念、问题、体系。如果要这样看，在中国哲学中找不到这样的东西，所以有的人认为中国没有哲学。也有些人认为中国有哲学，只是我们没有更好地了解中国古人的那种讨论方式，比如说冯友兰先生说中国古代也讨论共相的问题，也讨论存在的问题，只是说中国的哲学它不是自然成为体系，它分散在思想的各个结构里。所以我们要把它抓出来捏在一块，这便是中国哲学。

康香阁：您是否同意近年来讨论的"中国哲学合法性"这一命题？请谈谈您的理解。

陈　来：这个命题实际是说"中国哲学"这个说法到底成立不成立，如果说中国没有哲学，那么你叫中国哲学不就成笑话了？法国的哲学家德里达近年说中国没有哲学，引来了大家重新讨论。中国到底有没有哲学？我的看法是这样的："中国有没有哲学"这个提法我不是很赞成，我认为这个提法应反过来，就是在我们这样一个时代，经过19世纪、20世纪整个世界文化的相互沟通，在当今全球化的时代，问题应该怎么提呢，应该是"西方式的对哲学理解的合法性"问题。我们以前很多人，包括西方人，它是以西方式的那种对哲学的理解来认识哲学。什么叫哲学？你必须讨论西方的问题，以西方人的那种方式去讨论，这才叫哲学，这就是西方式的对哲学的理解。这实际上是西方中心主义的一种表现，这种理解到今天如果还是如此的话，它有没有合法性？我的想法是说，在哲学观上要把哲学看成文化，哲学本身就是一种共相，哲学不能仅仅是西方意识及其文化经验所规定的那种东西。应该以全部的人类文化的视野来看待哲学。哲学在这个意义上我们用维根斯坦讲法，它是一个家族相似的概念。为什么？西方人有西方人对宇宙、人生的思考；中国人有中国人对宇宙、人生的思考；印度有印度人对宇宙人生的思考；日本人有日本人对宇宙人生的思考，所以一切关系宇宙、人生、人心、实践的各个地方的那种理论性的思考就是哲学。这种思考在中国叫义理之学，我们古代没有哲学这个词，义理之学就是对宇宙、人生、人心、道德实践在理论上的探究，世界各地具体讨论的问题不一样。比如中国人讨论"道"的问题，西方人不讨论；印度人讨论"梵"，西方人也不讨论；中西印哲学有它各自的问题。因为哲学是文化，文化是很特殊的，以前我们受一些传统思想文化的影响，认为所有哲学的基本问题一样：精神和物质的问题，思维与存在的问题。其实我觉得就哲学的具体讨论和问题意识来说，在直接意义上不一定是这样。在直接意义上，西方人和中国人讨论的就是不一样的。在抽象意义上说，都是对宇宙一种研究，都是对人生的一种研究，但具体来看，比如中国人讲"天人关系"，讲"道"讲"理"的问题，这些西方人不讨论，西方人讨论"是"的问题、"在"的问题，讨论"相"的问题，这个中国人也不讨论，像印度、日本都有他们的独特的问题。在这个意义上，世界各民族对超越、自然、社会、人生的那种理论思考，那就是哲学。所以我觉得在历史上西方哲学所讨论的话题和所讨论的方式并不是哲学所以为哲学的标准，在这个意义上西方哲学它也只是哲学的一个特例。当然中国哲学也是一个特例，比如说苹果它是一个共相，有烟台苹果，有大连苹果，有河北苹果，这是个体特点，不能说烟台的苹果就是苹果，是标准苹果，别的地方的苹果不标准，不能这样讲。就像今天我们理解全人类的文化，不能仅仅站在西方文化这一点，把西方文化完全作为标准。在这个意义上，当然中国就有哲学，只是中国哲学不是都讨论西方的那些东西，它有自己的一套概念体系，所以我们想哲学这个词（概念）它不应该仅仅是西方传统的一个特殊的东西，它应该是在世界多元文化里边有包容性的一个普遍概念，在这点上西方人到现在没有变过来。西方人认为他们历史发展的那个形态才叫哲学，我们认为不行。所以我想，现在我们这些非西方哲学家重要的工作就是我们要发展这种广义的哲学概念。西方式的理解是一种狭义的哲学，他是以一种西方的经验，看西方人讨论什么问题来界定哲学。我们要发展广义的哲学概念，所以要在世界范围内破除那种在哲学概念上理解的西方中心主义的立场，这样做才能真正促进跨文化间的文化对话,这样来发展 21 世纪整个人类的智慧。如果说我们把哲学还是仅仅了解为西方或者欧洲那个传统的哲学,甚至像美国一样更窄,是英美的一种分析哲学,那就赶不上时代的发展。在这一点,我强调"哲学"必须是立于人类全部文化的一个概念,凡是各个民族他对各个宇宙、社会、人生对自然对超越都有它的一个系统的理论思考,这就是哲学。我们中国思想历史上以来对这些问题的思考就是中国哲学。在这个意义上,我觉得现在对中国哲学合法性问题的提法是有问题的,还是把西方作一个标准说我们中国哲学合法不合法。我们要反过来问,在今天 19 世纪以来马克思叫做走向世界史的时代,从现代化来讲叫全球化的时代,从后现代来说是多元文化论的时代,那种西方中心的文化意识还要统治哲学领域多久? 我们必须立足以全部的人类的文化发展出一个包容性更大的一个哲学观念,这样我觉得才有意义。

康香阁:关于中国哲学学科的内涵与范围,您曾提出"培养"和"研究"的两面结构,请再谈谈您提出这个问题的意义。

陈　来:刚才我们讲了中国哲学就是中国历史上的中国"哲人"对自然界、对超越、对人生、对社会,对我们人心、对我们的实践的一些理论的思考。中国哲学这个词,有不同的概念,现在我谈的两面性这个结构,主要讲作为学科的这个"中国哲学"。刚才我讲的作为人类智慧的一个部分,中国有中国哲学,如孔子的思想体系是哲学的一个组成部分,比如老子思想那是中国哲学的一个部分,这些是就中国哲学它本来的思想体系而言。

但是作为学科的中国哲学概念,比如说我们现在学科概念有西方哲学,有中国哲学,有科学哲学,有伦理学,学科都分化了。作为学科概念的中国科学,是指对孔子的研究、对老子的研究。作为中国哲学智慧的体系,孔子思想、老子思想是中国哲学。但是作为学科的中国哲学是指对孔子的研究、对老子的研究,对众多中国古代历史哲学思想家的研究。学科的概念就不一样了,所以在这个意义上我们说中国哲学学科它是近代教育体制里的一个领域,科研体制里的一个领域,比如现在我们有好些学科点:有博士点、硕士点,这些点所开展的工作就构成了我们现在所谓的中国哲学学科的基本内涵。我讲的培养和研究的问题意义何在? 在于掌握我们学科发展、学科建设关系的一个区分。我们现在讲的中国哲学学科,就教育的层面来看,我们现在本科教学里边设有中国哲学的课程,有硕士点的开硕士生中国哲学的课程,有博士点也开设这个课程培养博士生,在这些方面来讲,主要工作是培养人,在这样一个"培养"的方向上的工作的性质跟"研究"的性质是不同的,这不同当然是跟我们国家的历史条件有关系的。我们这个国家的中国哲学学科的各个学科点,都是从以前的大学里的中国哲学史学科演变过来的,以前都叫中国哲学史,现在是叫中国哲学了,但是实际作为培养的内容没有变。我是强调,虽然我们是叫中国哲学,但就培养人来讲,我们就是教中国哲学史的,我们开的课程就是讲中国哲学史的课程,所以中国哲学学科的内容它主要是以中国哲学史为专业的这种教学和培养,在这个中国哲学学科里边我们给本科生和研究生所提供的就是中国哲学史的这种训练,特别是注重对古典文本的一种解读和分析,这是我们始终强调的。为什么强调这一点呢? 就是我们中国哲学的教学不是教学生如何当哲学家。就好像我们中文系教学生,我们的目的不是教他当作家,而是教他许多文学的知识。中国哲学也是这样,不是把每一学生都培养成为哲学家,而主要是提供哲学史的训练,使这些人能够具有独立地研究中国哲学史的能力,这是我们现在这个学科的自我理解。和这个培养相对的,就是研究,我刚才讲的主要是教学,教学主要是培养,培养主要是讲中国哲学史。但这个学科它有另一部分,就是研究。研究主要就是大学的老师和研究所的科研人员,这些研究的一大部分也是做中国哲学史研究,但也有一部分学者他从对中国哲学史的熟悉研究为基础慢慢就发展成为他自己提出一套哲学思想。这种自己进入到一种哲学发展研究也叫中国哲学,比如说冯友兰先生,最早他是做中国哲学史的,到了抗战期间他写的《新理学》六本书,《新理学》就是讲他自己的一套哲学。但是他不是跟中国哲学没关系,为什么叫《新理学》呢? 他以传统的理学作为一个根基来加以翻新,它是新理学,它不是纯粹西方的东西,纯西方的话那就不能叫中国哲学了。所以中国哲学,就研究的那一面说,它不仅仅是研究中国哲学史,还有一种从中国哲学出发以中国哲学为基础发展的一种哲学研究,这是培养和研究最大的不同。明确这个不同,我们就可以知道,做哲学家是在研究里边一小部分人做的事情。但是培养,我们作为中国哲学的硕士点、博士点一定要明确,就是要扎扎实实地做好对中国哲学史研究的基本功,这是我自己对国内中国哲学学科的建设和发展最重视。我之所以强调它,是因为国内有些学科点在这个方面的意识不是很强,比如说学生写一篇硕士论文和博士论文是讲他自己一套哲学,这是不行的。在我们现在这个环境里边是不行的,在西方也是一样。另外你也没有这个条件,做哲学家还是要有一定条件的,所以我们现在说中国哲学、西方哲学,学科和培养的目标一定要明确,还要以中国哲学史作为它的内容和特点,否则的话你做出的东西离开了哲学史,就变成了一种没有根的,一种自说自话的东西，这是我们现在不赞成的。另外从全国中国哲学学会来讲，对中国哲学的理解和把握也是这样的，就是要促进我们对中国哲学的研究。几千年的中国哲学体系本身是非常之大，这个体系近代以来它要进入一个学术研究的状态。以前大家都是自己讲自己的，即使是叙述或研究别人的东西也是采取非常简单的方法，像宋元学案、明儒学案是这样的。现在的学术研究不是，所谓近代大学的学术研究就要把古典的东西放在现代一个学术语言环境里，用现代的方法来研究，这个任务非常沉重，我们过去一个世纪根本就没做完这件事情。所以在现在这个学科体制里边有中国哲学史这一科，这一学科就是要做这件事情。我们要很好地来整理祖国的哲学遗产，这是我强调的。

康香阁：关于中国哲学研究的基本方法，您作为北大学派的中坚代表，很强调"内在性"和"主体性"，请介绍一下您对怎样研究中国哲学的看法。

陈　来：这个问题和前边问题也有些关系。中国哲学学科的建立其实还不到一百年，因为古代是中国哲学的一个本来的发展，现在的中国哲学学科是研究那些中国历史上的中国哲学思想。中国哲学学科是对孔子、老子的研究，对朱熹的研究，对王阳明的研究，这个历史的研究还不到一百年。这一个世纪以来，中国哲学研究总体来讲，它的任务是整理和重述的工作，这项工作还没有完成。这项工作是一项非常重要的基础工作，之所以称其为基础是有三个原因：第一个就是现代这种对中国哲学的研究，是属于近代学术研究。古代也有一些对传统学术的研究、分析，那个不是近代的学术。我们对古代哲学思想的一种系统客观的整理，那是近代学术的一个新任务。古代没有，古代都是简单地分分类，这个是江西的学者，那个是福建的学者，按地域分分派就完了。现在这种系统客观的对古代思想的整理是近代大学教育里的才有的，这是个新任务，任务很重，需要许多年做一个系统客观的整理。第二个原因是说，在新文化运动以后，我们语言有了很大的转变，就是白话语文的转变，所以我们的一些整理也好，重述也好，都是从现代白话的语文来整理来重述。我们现在讲中国古代哲学，你不能说用古话来讲，如《中庸》讲"天命之谓性"是什么意义？你要用现在的白话把他分析清楚，这个语言的变化是个根本性的转变，怎么把这种古典的语言用现代的白话语言进行整理和重述，这是第二个重要困难的原因。第三个原因就是，现在重述的现代白话的语文，使用的概念是在一个世纪发展中跟西方哲学有转移关系的这套语言。我们现在用的哲学概念不是在本土造的，大部分是从西方翻译介绍过来的这种哲学概念，也就是说我们在重述和整理的时候不仅是要用现代白话语言,而且是要用现代哲学的语言。现代的哲学语言是从西方翻译过来的,从西方翻译过来的这些东西在这一个世纪的发展中,已经成了我们现在中国哲学语言的重要的组成部分,你不能不用。为什么我说这个工作这么重要、那么困难呢?一个是历史,那么长久,两千多年的一个大体系,你把它作为一个近代学术的研究,这个学术的转型有很大的困难,然后整个用白话语言重新来说明整理,这有很大困难,你要用西方转移过来的现代哲学语言也是比较难的。最重要的困难还在于整理和重述过程里边要有一个内在的理解为基础。西方哲学有"存在"、"是"、"相"、"理念"等概念,你就用西方的这些哲学基本问题去套中国哲学问题,那是不行的。中国老一辈的哲学家就有这样的说法,认为西方哲学的问题就是中国哲学问题,所以就武断地把中国哲学史的讨论用西方的哲学概念去套,其实不是。当然,还有一些我们自己对西方哲学理解的偏差,造成了理解方面的一些问题,作为"内在的理解",是强调世界各个文化里边每一种哲学都有它自己的一套体系,你一定要到他内在的体系里边去了解、去摸索。内在地去掌握它的问题意识是什么,它的固有的问题、本有的体系是什么。世界各个哲学系统的问题意识是不一样的。以前我们有些老学者老是先入为主的认为世界的哲学的问题都一样,都是精神和物质的问题,都是思维和存在的问题,其实不是,现在实事求是地讲,中国哲学它直接讨论的哲学范畴所构成的那些哲学问题,其实都有自己的特点,所以要强调要在"内在的理解"中来了解中国哲学自己的问题意识是什么,它自己的那个体系构造是什么,否则我们的研究就只能把中国哲学当成了论证欧洲哲学的例子。以前我们很多的老先生就这样说:研究中国哲学是干什么呢?就只是论证辩证唯物主义。这是不对的。张(岱年)先生他始终强调,我们要有"好学沉思,心知其意"的精神。心知其意是一种还原的精神。你要真正了解中国古人讲的是什么,不是表面的一看,随意地去比附它。你要内在了解这个问题到底是个什么问题,揭示出中国哲学固有的问题意识是什么。中国哲学有的问题是西方没有的,这些问题像"道"、"理"等等都是中国哲学特有的问题。我强调内在性就是这个意义。另外,这样的一个研究当然也就是强调作中国哲学研究的主体性。我们不要不经过研究就把西方的问题当做自己的问题,我们要善于发现中国哲学自己的问题是什么。所谓主体性丧失就是说总是把别人的问题当做哲学问题,把西方哲学问题当做哲学问题,其实是忽略了我们固有的那些哲学问题作为哲学问题的意义,如说"道"是个哲学问题,一定要把道说成一个"思维"才是哲学问题,只有把道说成"精神"才是哲学问题,这就是主体性的丧失。所以内在的研究它是强调中国哲学主体性的一个方面。我觉得以前包括冯先生、张先生在早期这方面强调都不够,好像觉得东西方哲学问题差不多。因为冯先生、张先生那个时候时代不同,西方的文化力量比较强,多元文化主义、多元化的世界格局没有出现,而且中国民族文化自信心不强。我想我们现在随着研究的深入,应该理直气壮地把这个问题提出来,应该强调中国哲学的主体性,不能把中国哲学只当做欧洲的哲学的一些达不到标准的例子。

冯先生当时也这样讲,问题是一样的,西方人讲得清楚,中国人没有讲清楚。这样还是完全以西方人的意识为标准。我们没讨论它那个问题,自然就不符合它的那个标准了,比如说它对"存在"、对"相"的问题的强调,我们没有。但是如果我们看自己的问题,不是跟着他的问题走,而是跟着我们自己的问题走,按自己的方式,那我们自己就说得很清楚了。我想从治学的方法来说,内在性、主体性是跟客观性联系在一起的,但只有内在的了解,不丢失中国哲学的主体性,你才能客观地把中国哲学的特点,它的面貌,它的格局,它的体系客观地呈现出来,否则就不能做客观的呈现。

康香阁:关于中国哲学研究如何走向世界,作为经常到境外讲学和与国际学界频繁交往的学者,您在这方面有什么建议?

陈　来:最重要的是我们要有一个世界性的眼光,世界性眼光首先是学科的边界。我们国内的学科点,中国哲学学科的这些从业人员,你怎样理解这个学科的边界,你这个边界划在那儿,就决定了你自己的研究所必须要涉猎和参考的那些文献的范围,比如我们有些学者只看自己学校老师的著作、论文,别人的都不看,那就比较狭隘了;还有些学者只看我这个地方,比如我在北京,我在上海,只看这些地方学者的研究,也不行;更好一点的是全国都看,但这也还不行。如果你仅仅把你的学科的边界划在国内,你就只能了解在中国大陆这一块,那你是不能走向世界的。所以我说的这个世界眼光,就是要把这个边界划到全世界。这和科学一样,不能说你参考的文献只参考中国科学院的学者,外国的都不看。在中国哲学研究中,你要把你的学科边界划在什么地方,你就会去留心什么地方的研究。我们现在很多的学者对中国之外的研究完全不了解,也没有想去了解的意愿,当然在客观些条件是有些差别,比如我们想了解日本,了解美国的一些文献不一定能找得到,有一定困难,但不是不能解决。比如,你在河北可以到北京国家图书馆查资料,信息比较全也比较广。在江苏你可以到上海去查,条件总会有,你就是在云南也可以到北京去查。关键是我们的学科意识要走向世界,现在我们有些人不仅国内信息不了解，就是中文世界如中国的香港、台湾地区和新加坡等华文世界的出版物也不了解，就认为我最好，自说自话，孤芳自赏，其实是坐井观天。必须要跳出这个井口的心态，了解世界上中国哲学研究的发展。

第二是眼光有了，怎么做的问题，这个"做"要有一个评价的标准，你的评价标准必须是世界性的，不能仅仅以一个学校的水平作为评价的标准，要在整个世界范围内来了解这个评价的体系，到底什么是高水平的研究，什么是低水平的研究，要放在整个的世界学术体系来看。这样的话你才能站得高看得远，才能取法乎上。如果不在一个世界性学术社群上来取得这个标准，只是把自己限于一个很狭隘的地方，这个学术境界不会很高的。这不是一个简单的接轨问题。而是眼光的问题，没有世界眼光，别人研究什么都不知道、人家怎么评价好坏也不知道，只认为自己研究就是最好的，这是很可怕的。而且不了解世界，会导致你的学术根本没法进行交流，人家当然也没办法对你的成果进行评价，这样情况在我们学界是比较多的。我并不是说外国的都好，各地方都有自己的所长，比如说日本的研究，日本的中国哲学研究在很长一段时间是领先我们很多的，在 20 世纪 80 年代以前整个世界的中国哲学史研究是由日本来主导的，因为它起步早，人员也多，配备也很得力，所有中国哲学的专人、专书、专题它都有很好的很扎实的实证研究，我们对人家的研究都不了解都不看，那你写的东西人家一看就觉得都没有价值，因为你不仅没有参考人家，没有吸收已有的学术成果，你根本没有达到人家已经达到的成就和水平。英美在学术的实证研究上不一定比日本强，但英美善于提出一些大的分析范式，有些东西在学术界已形成一种很有影响的东西，特别是欧美这些学科之间的交叉是非常密切的，所以它会运用当代西方社会科学、人文科学的重要理论来处理中国问题。如果对此都不了解，那你的整个学术眼界，看问题的视角就跟人家差多了，你也就没有办法在这样一个世界体系里边得到同行的积极评价，我想这两个是最基本的。

最后一个就是我们的理想境界。就是说不仅我们要了解世界的中国哲学研究，而且期望中国哲学研究应该由中国人来主导，我们应该走在世界的前头，我们要负起中国哲学这个学科领导的责任，我们要有这种心胸，要能够应对整个世界范围内对中国哲学的研究出现的各种挑战，这是我们走向世界的一个更高的境界。日本、美国现在都有一些新的研究对我们很有挑战性，我现在做的工作其实很多方面都是要回答这些挑战。现代世界范围内对中国哲学研究范围的挑战我自己了解稍微多一些，另外我也有这样的一个责任意识做这些工作。我多年来做的不少工作都是回应中国思想史的挑战，因为现在日本和美国研究中国思想史的学者占多数，不是研究中国哲学史的占主流，当然中国哲学史和中国思想史是相通的，但是有差别，现在日本和美国流行的都是中国思想史研究。中国思想史研究有它的特点，它从那个角度对我们中国哲学研究提出一个挑战，我们要回应这个挑战，以掌握中国哲学研究的主导权，我们才能走向更高的境界。

康香阁:20 世纪的中国哲学研究，冯友兰、张岱年两位先生是奠基者，您与两位大师有密切关系，请谈谈您对两位先生的中国哲学研究的看法。

陈　来:冯(友兰)先生、张(岱年)先生是我们北大学派代表性的前辈，他们的哲学方法有一致性，这个一致性就是很都强调理论的分析。如果用 20 世纪的哲学语言说就是很重视运用逻辑分析的方法。把逻辑分析的方法运用到中国哲学史的研究，这是冯先生和张先生的共同特点，这个特点是来自老清华大学哲学系的特点。老清华哲学系和老北大哲学系不一样的是，清华强调哲学的逻辑分析，这是受罗素等人 20 世纪初西方哲学的影响，所以冯先生和张先生等作为清华学派的这些成员，他们的中国哲学研究很重要的一个特色是贯彻逻辑分析的方法，因为逻辑分析的方法能把那些概念分析得非常清楚，你看冯先生说"天"有几种含义，张先生对"理"等都分析的非常细致，这就是用逻辑分析的方法。冯先生的特点除了用逻辑分析方法来分析中国哲学固有的概念之外，对于中国文化的精神和境界他有一种体会，他的研究是跟这个体会联系在一起的，这样他就比较能够掌握到中国哲学的一些精神、神髓，能够达到比较高的境界。他不是完全西化的学者，对中国文化有一种心灵上的沟通理解，到底什么是中国哲学的精神、中国哲学的境界，他有一种内在的理解。这不是一般人，也不是一个西方的知识型的哲学家所能达到的，这个我觉得是冯先生很难得的一点。

张先生在哲学史方面所做的工作其实比冯先生更多。张先生除了逻辑分析之外，最重要的是强调:"好学深思，心知其意。"我叫八字真经。我跟张先生做学生所学来的方法就是这八个字，就是对古代文本你要细致的研究，你要了解他的意思到底是什么，不能随便看看就望文生义，随便地比附，不行。一定要有一种深入地还原的精神，因为我们近代以来研究中国哲学很大的一个问题是乱用西方的术语，不顾中国哲学问题讨论的本来意思。西方很多术语当然有助于我们分析，如本质、现象等，但在中国哲学的语言叙述里边，哪些可以用这些语言叙述，哪些是不可以的，你要做很细致的文本解读。张先生强调一种对文献深度的解读和一种还原的精神。冯先生不是特别强调这些，但在实践上也是贯穿着这种精神的。我作为张先生的学生，认为张先生这一方法论的示范意义非常重要。大家现在都不太强调张先生的这一点，很多人都讲张先生的综合创新的文化观，这个意义要在另一个地方讨论。我觉得就中国哲学的研究来讲，最重要的是张先生治学方法。我自认为跟张先生学到了一些治学方法。如果说我的研究有些成就的话，那就是比较好地运用了张先生提倡的这些方法。张先生讲的"好学深思，心知其意"是对文献的一种深入细致的解读，掌握它原来的意思，这是张先生治学的方法和特点。另一方面，你掌握了以后要用逻辑分析的方法把它一层一层讲出来，不能囫囵吞枣，说的糊里糊涂人家都不知道，用逻辑分析很清晰的方法，这在中国古代叫做"辩明析理"。朱（伯崑）先生也是继承了老清华（大学）的传统。我们现在虽然是北大学派，北大学派实际是融合、发展了老清华的传统，就是很注重辩明析理，当然我们也不完全是老清华传统，也有北大的一些传统，比如我自己，我们也很注意对资料的考察和考证，对文献资料的全面把握和考证也很重要。（**康香阁**：你在这方面的工作做得非常深入，应该说已经超过了日本等外国学者。）为什么我们要做这个工作呢？这个工作跟你的眼界有关系，你的眼界盯着谁呢？你眼界盯着日本学术界，你要比他做得更好，你才能做这样的工作。你眼睛只看着一个很小的圈子，你怎么去工作？世界上谁做得最好，我们就盯着谁，这样你的成果才能达到较高的水平。（**康香阁**：您每出版一部著作，外界的评论都是精品，我想这是您把北大传统和清华传统结合起来的结果。）

20世纪冯先生、张先生是奠基性的大师，为什么说奠基呢？因为冯先生对中国哲学史，主要还是通史的研究，主体上是通史研究。"三史"论今古，"六书"纪贞元，这是冯先生讲的。"三史"就是指他的《中国哲学史》两本、《中国哲学简史》、《中国哲学史新编》，都是通史性质的著作。张先生写《中国哲学大纲》也是一种中国哲学史，是以问题为纲的一种中国哲学通史，这是老先生们在奠基的时代给我们打下的好基础。可是学科的发展不能年年写通史，只有作教材才需要再写中国哲学史。学科的发展是从指通史的时代进步到专题研究的时代。20世纪80年代以来研究已经深入了，已经告别了通史的时代。当然为了教学的需要还可以写通史，但是学者真正需要去做的是这些专题性研究，要做这些深入细致的工作。我们今天和张先生、冯先生已经是在一个不同的阶段了，或者说我们所做的工作已不是张先生、冯先生时代所要做的工作了。比如说我自己做了很多专门的研究，像宋元明清大的哲学家我都研究过，比如朱熹的专门研究，王阳明的专门研究，王船山的专门研究。这以前都不是冯先生、张先生专门做的，他们那个时代不强调专门研究，但到了我们这一代要进行专门研究。随着学科的深化，不仅中国这样，全世界也这样，或者说世界上早就是这样。我们已经进入了和冯先生、张先生不同的时代，在这个时代怎样继承和发扬张先生、冯先生的哲学方法？我想，虽然处理的主题不一样，但处理的基本方法还是一样的，"好学沉思，心知其意"，逻辑分析还是一样的。我是张先生的学生，我又是冯先生的助手。我今天的工作更希望把冯先生、张先生治学的优点结合在一起，不是仅仅吸收冯先生，也不是仅仅吸收张先生，而是把老先生好的东西都吸收过来，运用到我自己的专题研究中去，做出最好的成绩，这是我对张先生、冯先生治学方法的态度。

康香阁：您的儒家思想特别是宋明理学研究的权威，对宋元明清时代的三大哲学家朱熹、王阳明、王夫之都有突破性的研究，请谈谈您的看法。

陈　来：我的经验第一条是要站得高，看得远，这是很重要的。我对这些任务和问题研究从来是在世界性的一个学科里边来找它的标准，给自己定任务。比如说对朱熹的研究，我做的时候我就注意了解世界上特别是日本学者已经研究达到的程度，你如果不了解别人已经研究到哪个程度，就很难比别人做得更好。我的特点是在比较早的时候就注意中国哲学史的学科在世界上的这种发展，不仅仅看中国人写的东西，还要了解这个学科在国际上已经达到的标准，知道人家做到什么程度，知道人家做什么，没做什么，然后做自己的，这是第一条经验。

第二条是要扎实，从基础性工作做起，在最基本的工作上下工夫。我做的研究都是从一些最基本性工作做起。做朱熹的研究我是从资料的考证开始的，别人以前都没做过的资料考证我来做。比如说我对朱熹的书信两千多封都考证了它的时间、年代。不考证这些时间年代你怎么用这些材料？你要用这些材料就要下工夫，下工夫以后你就会知道，自己的水平已经比别人高了，别人没做过这个研究，没有这么深入的去做这个材料的工作，这就保证了你的水平比别人做得更好。对王阳明的研究也是从很小的地方做起，从他的讲学地阳明洞这个地方进行考证，从很多地方志材料入手来做深入研究，这些都是以前人讲错的或者没做的这些工作，所以我的工作特点比较多的是从材料入手，从材料的考证入手。但是材料考证是基础，不是以材料的考证为满足，考证是为了使你有雄厚的材料基础，保证你以后开展哲学分析有基础，哲学的研究分析才是落脚处，即用张先生、冯先生的方法进行辨明析理的分析。另外就是比较留心西方哲学的发展，我写王阳明的时候，当时所能看到的 19 世纪以来的西方哲学的书我都看了,但我对西方哲学的研究基本是为我所用,不是要跟它走,看它能够帮助我们中国个问题阐发的更清楚,我就用。如果不用西方的东西可以讲清楚,我就不用。西方哲学一个是给我提供了一个理解中国哲学问题意识和特点的参照系;同时它可能成为一种工具帮助我把中国哲学的问题阐述得更清楚,如果不是这两个目的我不会盲目跟着西方哲学走,这是我研究的一个特点。此外,我对研究什么问题,在掌握上可能有一定特点,我比较注意的是一些别人没想到研究的问题,比如新出版的这本《诠释与重建——王船山的哲学精神》,我是从王船山对《四书》的解释,研究王船山他怎么研究《四书》,王船山对《四书》的义理诠释,这一主要部分占全书三分之二,以前没人想到研究这个问题。我抓住这个当然和现在流行的也有关系,现在不是流行经典诠释吗? 我就用王船山做例子。当然王船山的经典诠释很多,我的选择是有目的的,我研究和"道学"有密切关系的经典诠释。我一方面研究他的经典诠释,另一方面通过经典诠释来研究它跟整个宋明清道学的关系,因为我做的这些都是道学的经典诠释,不仅仅是古代经典。可以说我的研究比较注意抓住大的问题,比较注意有从世界性的眼光了解,注意从文献资料扎实做起,给自己的研究提供一个学术性的基础,最后也比较能够结合整个学术界的发展来选这个题目。另外我比较注意交叉学科的知识对研究的促进,像我对儒家思想根源的研究,就用了人类学、宗教学、社会学、考古学、历史学多方面的交叉学科的方法,这样就有了自己的特点。另外,在宋明研究方面我很少受新儒家的影响,我有一个研究的独立性,就是自己直接从文本出发,现在很多人受台湾新儒家的影响,像牟宗三等人。我有张先生、冯先生这套方法,仔细地读文本自己了解了,不用通过牟宗三来了解加深。现在很多人受牟宗三的影响,其实有些问题牟宗三讲的并不恰当,但是你没有读过原本你就不知道他讲的对不对,你不能摆脱他的影响,所以你就失去了自己的独立性。我的研究不太受新儒家什么影响,台湾学者也承认我是自成一家,当然他们有好的研究我也吸取。正因为如此,才可以做出自己的成绩,当然,我能够作出成绩来,最重要的我想还是继承冯先生、张先生的这个方法,冯先生强调的对中国文化的体会,张先生强调的对原典文献的那种深入的解读与还原的精神。

康香阁:上个世纪 80 年代末到 90 年代前半期,您是国内传统文化讨论中著名的反对批判儒学、反对批判传统文化的学者,甚至被称为文化保守主义的代表,但 90 年代以来,您很少论及于此,请谈谈您现在的看法。

陈　来:我是研究中国哲学的一个专业学者,当时参加文化的讨论是不得已的,因为上世纪 80 年代后期全盘反传统的思潮席卷全国,那时也没有人替传统文化说话,大家的想法是一定要把传统文化全部打倒,彻底推翻,这样我们国家才能搞好现代化。我不赞成这样的想法。我不赞成这样的想法跟我对儒家文化的了解比较多有关系,我不是像一般的人只是看巴金的小说来了解中国文化,看鲁迅的小说来看儒家传统。另外在 80 年代我出国比较早,对这些问题有一些对比性的思考。所以到 80 年代末 90 年代前期我身不由己地就参加了一些讨论,我想也是因为这个问题当时也是国家文化领域的一个焦点,即传统文化和现代化的问题。但到了 1994 年我已经开始留意其他问题了,因为我当时认为把传统的问题作为一个焦点来讨论已经快过去了。所以 1994 年我就讲,伴随着中国社会新的发展所产生的新的问题应引起我们的关注,而对传统文化进行科学的分析这个问题,在我看来虽然当时还有些人有糊涂的认识,但对社会整个来讲已经不是主要问题,已经正在让位给其他新的问题。新的问题我能不能参与,主要看跟我的专业关系的远近,跟我的专业关系很近,我当然乐于参与讨论。假如我们面临的新问题和我的专业不那么直接,我想我没有必要一定参加,跟这些问题有关的专业学者从他们那个角度来谈更合适,比如与经济有关的问题,经济学者他们来讲更有发言权。当然 90 年代以来我出国多一些,这也有一定关系,但总体来讲我认为每个时代有每个时代的问题,关于传统和反传统的问题在我看来到 90 年代中期以后这个问题已经不是多大的问题了。所以你看这几年随着国家整个经济的上升,像 80 年代河殇时期的那种完全鄙薄民族文化,完全没有民族自尊心的状态已经不一样了。当然,90 年代后期以来我更多的是关心中国哲学学科本身的发展,这方面我想多做些工作,我做的这些工作就是要给中国哲学学科做一些样子,做一些引导,对学科发展本身考虑的更多一些。除了学科以外,对社会文化的问题关注的相对少一点,但还是写一些。比如跨入新世纪的时候我给《人民日报》的杂志写了篇文章《世纪之交话传统》,也讲了传统;我在香港科技大学写的一篇文章谈民族主义思潮的问题;香港回归我也写了文章等,也写了一些跟传统文化有关的文章。但我认为特别需要关心传统的那个时代已经过去了,现在关心这个问题的人很多,比如"经典诵读工程"都有人做了,这个在 90 年代初是不可能想象的,那个时候我还是冒着被各种各样的势力攻击和打击的局面,当然现在也没有这个危险了。虽然有关"传统"的问题我现在已不关切,在文化教育领域相关的问题我还是比较关心的,比如教育问题等。

康香阁：请教最后一个问题，您从北大硕士毕业后又考上了张岱年先生的博士研究生，入学后张先生让您先读《荀子》。荀子是战国时期赵国人，我来自赵国的国都邯郸，请您谈谈《荀子》的研究情况。

陈　来：张先生认为读《论语》太简单了，读《庄子》有点难，他觉得《荀子》在难易之间，开始学这个比较好，从这里看出张先生教人的特点。我读《荀子》当时不是做深入的研究，主要是做基础训练，把这些文句搞清楚，我从书店里买来没有标点的《荀子》一句一句标点，培养读古书的能力。至于对荀子的深刻研究我没有做过，但我觉得《荀子》应该是值得好好研究的，这一点没有问题。因为先秦儒家思想里头《荀子》的系统最完整，文献也应该是最多的。你看《论语》就二十篇，《孟子》七篇，《荀子》有那么多材料，所以《荀子》应该是很重要的。以前从唯物主义，从法家都对荀子很推崇，我想现在应该从一个新的角度来加以研究。相对来讲，改革开放以来对《荀子》的研究还是不多的，你们以后做点目录方面的工作，我以后也多留意些《荀子》研究，看看能不能提出一些新的研究途径。

（原载《邯郸学院学报》2005 年第 2 期）

新时期宋明理学研究的典范

——陈来宋明理学研究介述

杨柱才[*]

从 20 世纪前期至今,宋明理学一直是中国哲学史研究的一个重要领域。就研究成果的表述形式而言,80 年代以前主要以总体的通论或概述为主,其后出现了不少有深度创见的个案研究,及基于个案研究的通论著述。就研究的方式、方法而言,20 世纪的宋明理学研究大体上有两类,一类是在观念上先有某种指导思想及体系框架,在此前提下分解宋明理学的人物思想。此种方法在 50 至 70 年代表现得尤为突出。一类是以深入理解宋明理学及其代表人物的思想为立足点,从其中的本有问题和思想主旨出发,结合现代哲学思想的资源,对宋明理学做深入的个案研究和系统的通论研究。此种研究在目前还不一定完全占据主流,但一定是一个必然的发展趋势。陈来先生的宋明理学研究就是这种研究在现时代的代表。

一、朱子哲学研究

陈来的宋明理学研究,众所周知,是从研究朱熹哲学入手的。他的朱子哲学研究专著初版为中国社会科学出版社 1988 年版,1993 年该社重印,皆题名为《朱熹哲学研究》。2000 年,华东师范大学出版社出新版,书名为《朱子哲学研究》。较之旧版,新版增加了"前论"部分凡二章(朱子与三君子,朱子与李延平),于"本论二"部分增加了"心说之辨"一章。这些新增内容都是初稿所已经包括的,只是为篇幅所限而未能收入旧版当中。旧版凡十四章,新版凡十七章。

陈来此书着力于研究朱子的哲学思想,这是因为,一方面朱子的著作涉及和讨论了北宋以来道学领域的所有真正的哲学问题,对这些问题朱子都

---

* 杨柱才(1966—),男,江西高安人,南昌大学哲学系教授、哲学博士。

做了总结和阐发,达到了当时道学的最高哲学水平。而20世纪的朱子学研究,总体上说,对于"朱子哲学"的研究存在着较大的缺陷。另一方面,陈来是凭着朱子哲学研究的论文取得哲学博士学位的,哲学思想的研究理所当然便成为陈来关注的核心。然而,欲治朱子哲学,其困难和问题非常繁多,首先是朱子的著述空前的宏富,虽然前人有不少的考证,但考证不善及未及考订的问题亦复不少;其次,现有的朱子哲学研究在许多重大问题上往往失之笼统或语焉不详,需要做进一步的深入细密的分析和论证;再次,在50至70年代的学术风气和写作方式已经定型并具强势影响的情形下,如何突出"朱子哲学",如何研究"朱子哲学",实在是一个颇具探索性的课题。陈来《朱子哲学研究》对于这些问题都有系统的解决和根本性的推进。

前论部分主要介绍朱子早年的求学经历。朱子出生于儒学世家,14岁既孤,遵遗命受学于刘子翚、胡宪、刘勉之,在三君子教导下出入释老,走上潜心经传的学术道路。既而在李侗教导下归本伊洛。朱子从24至34岁受学于李延平,通过李延平得道南之传而接续于二程,成为二程的四传。陈来指出,李延平所教,主要在于体验喜怒哀乐未发时气象,亦即于静中体验未发,然朱子此一时期喜好章句训诂之学,于延平所教之道南指诀未有心契,而是把未发涵养理解为穷理的主观条件,即为了认识义理而预先所做的一种主体修养,这成为朱子离开道南的本来方向而转为程颐主张的理性主义轨道的一个重要契机。[1]63,159—160延平的另一重要教导是"理一分殊",这对于"好笼统宏阔之言"的朱熹发生了较大的影响,成为朱熹走上格物致知道路的一个直接先导,甚至"真正渗透到朱熹哲学的骨髓,并产生出积极的结果"。[1]66,272

本论一为理气论,主要研究朱子在理气关系问题上所讨论的理气先后、理气动静、理一分殊、理气同异等问题。朱子的理气关系论有一个形成和演变的过程,乾道癸巳(公元1173年)《太极解义》定稿从体用关系角度理解理气关系的本体论思想为朱子早期思想,这个时期还"没有提出理气先后的问题"。[1]80朱子理在气先的思想是在淳熙最后10年(朱子50—60岁)与二陆及陈亮等的多次辩论中形成的,而此后即守漳前后理在气先的思想又有进一步的发展,比如明确提出"理生气"的说法。至晚年(朱子65—71岁)又走向逻辑在先说,这一方面是为了调和理在气先说与阴阳无始的矛盾,另一方面也是在更高的形态上返回本体论思想。这是从纵的方面来讲。从横的方面来讲,"朱熹对理气是否有先后的讨论可分为论本原和论构成两个不同问题。这种不同的讨论角度导致朱熹在理气关系上的一些不同说法"。"在本原上朱熹讲理在气先,但在构成上朱熹常常强调理气无先后。"[1]92,99这些辨析极其清晰,也极其重要,解决了在理气先后问题上令许多学者困惑和表述不清的问题。朱子关于理气动静主要有"理乘气而动"和"理有动静"两种说法。前者发端于《太极图说解》提出的"所乘之机"说,而形成于守漳前后,到晚年又发展出"人跨马"之说。后者即理有动静说有两个意义,"其一指理是气之动静的根据",其二指理"或为动之理,或为静之理",[1]104—105即理有动、静之理。朱子又有太极为性之说,此说将太极动静与心之动静结合起来,从而理气动静又与未发已发的性情问题联系在一起。关于理一分殊,朱子的系统看法主要体现在《通书解》,《语类》亦有相关的讨论。这一命题在朱子哲学中含有多种意义,在伦理的意义上,指道德原理表现为不同的道德规范,具体的道德规范又贯穿着普遍的道德原理;在性理的意义上,指宇宙本体的太极与事物之性的关系,此即所谓统体一太极,物物一太极;在物理的意义上,指事物的具体规律、性质是各个差别的,普遍之理在具体事物中的表现也不一样,但万物的具体规律在更高的层次上具有统一性,都是同一普遍原理的表现。总之,这一命题"被朱熹作为一个模式处理各种跟本原与派生、普遍与特殊、统一与差别有关的问题"。[1]123

本论二为心性论,亦从纵的方面论述朱子心性论的发展演变,从横的方面论述其内涵。陈来指出,历来习称的"中和旧说",不仅指乾道二年丙戌之悟,当亦指乾道五年己丑之悟。丙戌之悟即所谓"心为已发,性为未发",此说虽不得之胡宏,却与胡宏之见暗合。己丑之悟要点有二,其一,未发已发指心理活动的不同阶段或状态,从而"朱熹由原来主心为已发转为心有已发未发,心贯乎已发未发",[1]176相应地,在修养方法上区分未发的持敬功夫和已发的致知功夫,由此确立了朱熹以主敬致知为宗旨的"一生学问大旨"。其二,未发指性,已发指情。"无论性发动为情或未发动为情,心都贯通无间。心之体为性,心之用为情。"[1]178这包含着对性情关系的某种理解。但此两点当中,对朱子而言,第一点更为重要,目的在于"确立未发时心的涵养工夫",亦在于"克服湖南先察识之说偏于动和已发的倾向,突出平日涵养的地位"。[1]181,177而以未发已发论性情则是在己丑之悟后关于《知言》和《仁说》的讨论中得到进一步阐发。

本论三为格物致知论,从《大学章句》入手先讨论朱子对《大学》的考订,指出对于朱熹《大学章句》"移其文""补其传"的做法,我们不应囿于传统经学的立场而完全否定它。同时也应看到朱熹的《章句》是从理学诠释出发的,因而不可能科学地恢复《大学》的本来面目。朱熹《章句》的意义在于,

"为扩大理学思潮的影响提供了一个更为完善的哲学教本"。[1]283 朱子对于格物的解释,主要是继承二程而来的。而对于致知的看法,则要复杂得多。所谓致知之知,既指主体能知的知觉,还指主体知觉的结果即知识,即不仅指认识能力,也指认识结果。致知则是指主体通过考究物理而在主观上得到的知识扩充的结果,此即"推极吾之知识,欲其所知无不尽也"。格物之后,即是物格。致知之极,即是知至。但二者不是两种不同的工夫,而是同一认识过程的不同方面。格物的目的在于致知,而格物本身包括穷理和积累贯通的过程,经过格物穷理而积累贯通,即是致知,也可达到知至的境界。从二程开始,对格物致知问题的讨论就与知行关系问题联系在一起,朱子亦然。朱子所谓知行,涉及真知与乐行、致知与涵养等问题。就知行关系而言,朱子主张"知行常相须",但论先后则知为先,论轻重则行为重。朱子此说"并不承担论证人的认识(包括道德认识)何以得来、何以产生的问题",而是着重讨论"行—知—行这一过程中从知到行后面这一环节","讨论的主要是道德知识与道德践履的关系",[1]320,317 不能简单地归结为唯心主义。《大学章句》还讨论到"明德"问题,此明德兼指性和心之本体而言。但心之本体不是指现实的人心,也不是"心之体",而是指本然之心。心在朱子哲学不是一个本体层次的概念。这个问题在第九章《心之诸说》和第十章《心说之辩》有更详尽的论述。

后论部分研究朱陆之辩,对朱陆交往、争辩的过程做了非常详细、非常精到的疏理和辨析,在方法上亦有重要创见。陈来从分析鹅湖之前两家思想的殊异入手,论述鹅湖之争、鸣鼓攻陆、无极之辩等实在是两家思想主旨差异所必然导致的结果,并不是负气或争胜而导致两家的必然分歧。

总之,陈来先生《朱子哲学研究》,是在"认真阅读了朱氏的全部著作和语录"(张岱年序)基础上的一部精心之作。此书的优异之处,陈荣捷先生尝言:"叙述异常完备。分析异常详尽。考据异常精到。"[1]422 此外,陈来先生在研究朱子哲学的过程中,撰成《朱子书信编年考证》,此书虽是一个副产品,然足见陈来功夫之深湛,因而深受学界重视。

二、阳明哲学精神

研究朱子哲学的同时,陈来已十分留意阳明之学,故而《朱熹哲学研究》完成之后,即着手研究阳明哲学,于1991年出版了《有无之境——王阳明哲学的精神》一书。

该书着眼于从理性主义到存在主义的转向来把握宋代理学到明代心学的演变,以比较分析的方法将阳明哲学的问题及精神境界放在现代世界哲学的视野中做出深度开掘和现代语言阐述,而对于阳明哲学精神的把握主要是通过将中国传统哲学和文化中的"有我之境"和"无我之境"论证和提升为一对具有普遍意义的范畴,来阐释阳明哲学有无合一的精神境界。故此,陈来此书在现有的阳明学研究当中,显得别开生面,新意迭出。然而,正如陈来先生所强调的,"本书并不是文化研究或比较哲学的专著,事实上本书仍然是一个哲学史的研究。"[2]19其目的在于,通过对于阳明哲学所做的具体的、坚实的、历史的研究展示出儒家传统的文化——哲学的意义和其精神性的全部内涵。故此,毋宁说陈来此书是从一个特别而又切近的视角对阳明哲学所做的精到研究,是现代中国哲学史研究当中中西结合的典范。其"特别"表现在存在主义的立场,世界哲学的视野,有无之境的发掘;"切近"表现在中国哲学史的情境,阳明哲学的问题,传统儒学的演进。

按照阳明弟子钱德洪、王畿的说法,阳明学术思想的进程有所谓为学的前三变和为教的后三变,二人所言虽各有所见,然亦不能无偏差。对此,陈来做了详细的辨析,认为阳明的求学历程有五个阶段:溺志词章、循序格物、出入释老、归本身心、龙场大悟,"经五变而宗旨始立",[2]325这些可概括为"早年历程"。所谓后三变,钱德洪以静坐为一个阶段实不能成立,而不提甚至贬低四句教则是由于德洪"不了解阳明晚年思想的归宿"所致。王畿以江右以后专提致良知和居越以后"时时知是知非,时时无是无非"(实即"四句教"宗旨)为两个阶段是成立的,不以"知行合一"为一个特别阶段也是有相当道理的,但强调龙场之后有涵养未发之中的阶段则根据不足。陈来指出,阳明龙场以后的学问及教法的发展可归结为:"贵阳时首举知行合一之说,自北京吏曹之后皆发诚意格物之教,南都后更教学者致存天理去人欲实功,虽中间前后或以静坐补学者小学功夫,终未尝离克治省察大旨。经宁藩之变,乃有致良知之说,以为圣门正法眼藏。居越以后,其教益圆矣,天泉证道,虽未免急于指点向上一机,致出语不能无小偏处,然心体性体、本体工夫,有无动静、本末内外,打并合一,其为圣学,岂可疑乎。"[2]331至于心即理和知行合一,实际都是阳明哲学系统中始终不变的要素,因而都不能视作阳明学问的某个阶段。

陈来先生的上述看法是基于对阳明学术的深入研究得出的,对于读者来说,根据这个线索能够较顺利地阅读和理解此书,从而对阳明哲学及其精神有较好的把握。阳明在经历了亭前格竹之后,对朱子哲学格物论产生怀疑和批判,而转向陆象山的思想方向,至龙场悟道,则得出"圣人之道,吾性自足,向之求理于事物者,误也"的结论。也正是在此基础上,阳明提出了"心即理"说和"知行合一"说。心即理说强调"至善者心之本体",而理则是"心之条理"。关于心之本体,阳明尚有心之本体即是天理、诚是心之本体、知是心之本体、乐是心之本体、定是心之本体等说法。[2]73-81而阳明对于心即理的"强形式"的肯定便是"心外无理",与此相关,又有"心外无物","心外无义","心外无善","心外无学"等说法。心即理说所含有的如此丰富的意蕴,从根源上讲是来自孟子的本心概念,这个取向与陆象山是一致的,而其实质则是努力建立一个近似于康德的"道德主体"及道德主体的自律,集中体现了阳明"对于道德法则与道德主体间关系的看法"。[2]33但问题在于,阳明心学"并没有像康德那样把认识主体与道德主体区分开来,也没有区分意志与意念,统统由一个'心'字来表示,这样一来,注重认识活动及意念现象的人当然有理由反对在未加分疏的情况下承认'心即理'"[2]34。因此,阳明心学存在着一个"形式与内容的矛盾。他把他的思想(道德法则源于道德主体)安置在一个并不完全合适的命题形式(心外无理)之下,正如一个瘦人穿了一件肥大的衣服"[2]41而全部来自朱学对于阳明心学的质疑和批评,及"左派"王学所主张的"率性而行"、"纯任自然",都是因此而起。

正德三年戊辰(公元1508年)龙场悟道之后,阳明次年即提出"知行合一"之说。知行合一的基本观念之一便是"知行本体","按照知行的本来意义,知包含了必能行,这是知行本体,也是真知行。阳明使用'知行本体'代替真知行(宋儒说)的意义在于,在这个说法下,'晓得当孝弟而不能孝弟'的人就不是知而不行,而根本上被认为是'未知',这个态度对于道德践履的要求就更严厉了"。[2]95-96阳明知行合一的具体表述有:"真知即所以为行,不行不足以谓知";"知是行之始,行是知之成";"知是行的主意,行是知的工夫"等。关于知行合一的宗旨,很多学者把阳明所谓"一念发动即是行"看做知行合一说的唯一宗旨。陈来认为,这种看法是有问题的,因为阳明"提出一念发动即是行,对于矫治'一念发动虽是不善,然却未曾行,便不去禁止'有正面的积极作用;然而,如果这个'一念发动'不是恶念,而是善念,能否说'一念发动是善,即是行善'了呢?如果人只停留在意念的善,而并不付诸社会行为,这不正是阳明所要批判的'知而不行'吗?可见,一念发动即是行,这个说法只体现了知行合一的一个方面,它只适用于'去恶',并不适用于'为善',阳明的知行合一思想显然是不能归结为'一念发动即是行'的。""事实上,阳明更强调知行合一对于朱学知先行后说的批判意义"。[2]106—107关于知行合一的工夫,阳明讲"知行不可分作两事","知行工夫本不可离","元来只是一个工夫",这些说法所表达的思想是:"无事时念念存天理去人欲,既是知也是行;有事时亦常存天理去人欲,既是行也是知。在不间断地存天理去人欲中知行实现了合一,这个工夫就是圣学工夫"。[2]113—114

正德十五年庚辰(公元 1520 年),阳明 49 岁,在江西提出"致良知"之说。[2]164所谓良知,阳明有"良知即是非之心","意之本体便是知","良知即是独知","良知是谓圣","良知即是天理","明德即是良知","良知是未发之中"等说法。所谓致良知,就是"使良知致其极,就是'充拓'至其极","致极其良知",[2]179—180"一方面是指人应扩充自己的良知,扩充到最大限度,另一方面是把良知所知实在地付诸行为中去,从内外两方面加强为善去恶的道德实践。"[3]277—278良知为知,致则有力行之义,故在阳明看来,致良知体现了知行合一的精神。对于良知说,陈来总结为:"良知即体即用,既是本体,又是现成;既是未发,又是已发;既是立法原则,又是行动原则,尤其在工夫上使人易得入手处。较之发明本心,来得更为亲切。"[1]188

嘉靖六年丁亥(公元 1528 年),阳明于越城天泉桥上对高弟子钱德洪、王畿阐发"四句教"宗旨。四句的内容是"无善无恶心之体,有善有恶意之动,知善知恶是良知,为善去恶是格物"。其中提出了有、无问题。由于"无善无恶心之体"实质是阳明致良知说在晚年的进一步发展,可以包容在良知思想之中,故而,"阳明哲学中有无合一,而有无的结合模式,可以说,是以有为体,以无为用。'无'的境界可以使好善恶恶的实践因不着意思而更加便于发挥出主体的全部潜能,用'不染世累'促进儒者'尽性至命'目的的实现"。[2]227—228同年,阳明有严滩四句:"有心俱是实,无心俱是幻。无心俱是实,有心俱是幻。"把"有"置于首位,"明显表现出以有为体,以无为用的精神,使有与无,有心与无心,在儒家的立场上得到统一的思想更加明确。这种统一既表现为工夫的有无合一,也同时是心体(本体)的有无合一"[2]231。阳明的这种思想,"一方面强化了道德主体性的实践,另一方面表现出对人的深层存在的更大关切,使他的哲学明显具有存在主义的性格,及某种情绪现象学的特点"。[2]233从境界上说,阳明强调"无我为本",无我既是本体,也是境界,又是工夫。无我之境也表现为"狂者胸次",是洒落与敬畏的统一。有我之境是一种"仁者以天地万物为一体"的精神境界,也即至仁境界,此境界同时也是本体。对于这两种境界及其关系,陈来先生指出:"从宋明理学特别是王阳明所发展的哲学形态来看,其境界是'以有为体,以无为用'。其中'有'的境界也不仅仅是道德境界,也包含天地境界(仁者以天地万物为一体),'无'虽具有超道德性,但不是宗教式的外在超越,毋宁是面对人的生存的基本情态提出的超然自由之境。'以有为体'表明价值关怀仍有其优先性。""在这个境界的结构中,有无的体用联结在一定程度上可以看做是内容(有)与形式(无)、本质与情态的统一。这个'有无合一'之境才是儒学从孔子到王阳明的终极境界。"[2]275

陈来先生对阳明哲学的研究,非常重视意蕴的阐发和精神境界的开掘,但同时也非常强调基础工作的重要性。文献史料的搜集是陈来先生一贯强调的,他对于阳明的诸多散佚资料也做了很好的辑校,收录在他的《中国近世思想史研究》一书。这对推进阳明学的研究非常有意义。

三、船山哲学诠释

多年来,以王船山为启蒙思想家、唯物主义思想家,甚至"反理学"的思想家的看法在学界颇为盛行,而不同的看法却几乎为人们所遗忘。陈来先生的《诠释与重建——王船山的哲学精神》在继承前人较中肯看法的基础上,重新为王船山及其哲学定位,把船山哲学置于宋明道学的大背景下加以研究,认为船山哲学的问题意识几乎完全来自道学,尤其他对于《四书》的义理诠释对朱子表示明显的推尊,对朱子的异议也只是"正学内部的理论差异",而陆王则被船山看做"邪说"。[4]11-12 而所谓"希张横渠之正学"固然是船山的自觉选择和学术归宿,但更大程度上是出于对横渠严厉辟佛,于佛教"无丝毫沾染"的精神认同和追随。所以船山哲学的性质应当规定为道学正统的传续,而又致力于道学正统的重建。

有了这样一个基本定位,陈来先生在研究的策略上便采取"发挥自己的研究特长",同时自觉地"详人之所略,略人之所详",将其研究工作限定在船山哲学研究中的一个子题目,即"宋明道学与王船山",以《读四书大全说》为重点,研究船山与朱子理学的关系,以《思问录》为考察船山晚年思想的依据,以《正蒙注》为研究船山学术宗旨和归宿的依据。关于此书的特点,陈来说:"第一,以船山关于《四书》的义理诠释为中心,作为研究船山与朱子学派关系的基本进路。第二,以船山《张子正蒙注》为归结,突出道学的问题意识,与通常的哲学史问题意识不同。第三,致力船山思想资料及其义理的深入解读,注重内在的研究和客观的呈现。第四,立基于宋元明清儒家思想运动的历史考察,以观察船山思想的地位。"[4]17而陈来此书之所以特别提出哲学诠释的方法,乃是有见于"现在'经典和诠释'的主题研究很流行,但大多未能深入于诠释的具体实践,往往流于空泛"。[4]434—435事实上,我们通读《诠释与重建》一书,可以看到,陈来对于船山著作所做的内在的深入解读和精到的融贯诠释是极具特色的,也是非常成功的,无疑可以作为当前"经典和诠释"研究的一个示范。

前期船山哲学主要体现在《读四书大全说》,于此书中,船山提出了诸多重要思想。其一,提出了宇宙论的气本论。船山秉承濂溪《太极图说》,以太极两仪说明气无不善,形成气善论的思想。继而从《太极图说》"阳变阴合"说提出"变合"论,以变合为宇宙演化的一个重要机制,二气五行的变合导致万物生成,也造成善与不善的分化。这个思想主要体现在《读孟子》中。船山于《读论语》中形成理气观,认为理不是气外的独立实体,而是"气之妙者",没有离气独存之理,理在气中。理是气莫测变化的主导和根据,起着主导气的变化方向和节奏的作用。这个看法显然不同于朱子的看法。其二,在人性论上讲到气质与人性的关系,主张气质之性说,认为性不是离开气独立存在的,而是依赖于气,作为气质自身的属性、规定和条理。所谓性即理,不是说性是气质中的神秘实体,而是指性是属于一定气质本身的属性和条理。此说与船山气善论是相关联的。再次,船山提出了独特的工夫论。船山对《大学》"正心"的解释,以正心为"正志"。在《孟子说》则提出"静存动察",也讲存理、遏欲。但更强调对"几"的省察。此外,船山对于欲也做了详细区分,有人欲、私欲、公欲之分,公欲即是公理,公欲的实现即是公理的实现,而私欲、人欲则是必须克去的。这个思想表明,船山并不是无条件地肯定人的欲望。

《思问录》是船山晚年的作品,不像《读四书大全说》那样受到经典文本的限制,而是更多地体现了船山的个性主张。在此书中,船山集中讨论了心性论和工夫论,也更严厉地批驳陆王,"而对于朱子同情了解更多,其对濂溪、横渠的回归亦甚明显。"[4]286

《张子正蒙注》代表了船山晚年思想"归宗返本的自觉选择",其书以"存神尽性"、"全而归之"为船山思想体系的"终极关怀"。这种终极关怀也就是安生安死、全生全归。"全生全归"表明了"船山思想中的一种根深蒂固的意识,即人对于宇宙的责任意识,而所有的意义都是建构在这一责任意识上的:即人对于宇宙的原生生态的保持和净化,是一件具有根本意义的事情;人要以善生善死来承担起他对于宇宙的这种责任。船山把这样一种意识作为其整个思想的基础和目标,这不能不说是相当独特的"。[4]328而"存神尽性"主要是一种工夫,"存神尽性的为学意义是既要穷理,也要涵养;存神尽性的伦理意义是破除物欲的阻碍;存神尽性的工夫极致就能达到化物不滞,万物皆备、物我为一、死生为一的境界。而存神尽性的宇宙论意义,便是形死而神不亡,使神无所损益,全归太虚;这已经是一种超道德的、带有准宗教意义的宇宙意识了"。[4]37

陈来先生在《后记》中讲到,船山哲学研究是诸多因缘促成的,并不是预定的研究计划的结果。如此说来,陈来先生对于船山哲学的研究似乎事出偶然。然而,以陈来先生对于宋明理学的通体把握和深入研究来说,走到船山哲学这一步实在是理有必然,势所必至。而船山哲学研究的完成,则显示陈来先生的宋明理学研究已经跨过该领域的所有高峰,实现了对宋明理学的全面系统的理解。

就20世纪的宋明理学研究而言,以个人之力研究个别大家并撰著宋明理学的通论著作,且具极高的学术价值,在中国学界并不多见;而以个人之力研究所有的大家并撰著通论著作,且皆具极高的学术价值,无论国内国外,陈来先生而外,无有其匹。就研究的立意和进路而言,陈来先生始终胸怀全部中国哲学史,放眼世界哲学大局大势,致力于宋明理学的哲学智慧研究和精神境界发掘。而其所做的研究工作始终是以基本的史实和文献为基石,高度重视哲学思想的时空演进及拓展,始终强调立论根据的确凿务实,所取得的研究成果往往具有基础性的廓清意义和开拓性的建设意义。如果以20世纪80年代迄今为我国宋明理学研究的一个新的历史时期,那么陈来先生的宋明理学研究无疑是这个新时期的标志和典范,具有接续宋明理学和现代新儒学而又超越既往理学和儒学的新特点。凡此,足为我国学人的骄傲,亦足为后学的楷模。

参考文献

[1] 陈来:《朱子哲学研究》,华东师范大学出版社2000年版。

[2] 陈来:《有无之境——王阳明哲学的精神》,人民出版社1991年版。

[3] 陈来:《宋明理学》,辽宁教育出版社1991年版。

[4] 陈来:《诠释与重建——王船山的哲学精神》,北京大学出版社2004年版。

(原载《邯郸学院学报》2005年第2期)

"以哲学家的写法作古史的研究"

——陈来先生儒学及诸子学思想史前史研究述略

王 楷[*]

引 言

　　正如学界所了解的,陈来先生治中国哲学,以儒学思想为主。而儒学之中,又以朱子学与阳明学为用力最多。事实上,这样的叙述只能彰显陈来先生学术工作的一个方面。在其治学的实际历程中,陈先生为学的侧重点和研究方法一直在不断变化之中,是可谓"沉潜反复"、"上下求索"。大抵自1978年初入北大求学至1985年取博士立其根柢,凡此七八年间,陈先生专注于实证的哲学史和纯粹的学术史研究,而以朱子哲学及其发展演变的研究为代表。朱子之后,陈先生转攻阳明子,这一时期的哲学史研究较之以前,更注意以比较哲学、文化、宗教的视野展开哲学与文化的阐释20世纪90年代,出于追溯儒家思想根源之强烈而自觉的问题意识,三代(夏、商、西周)及春秋思想史研究构成了陈先生学术工作的主体。其间,陈先生更注意吸取宗教学、人类学、考古学、历史学、社会学等社会科学的方法,而在研究取径和方法上比较近于所谓文化研究。晚近,随着上古思想史梳理的告一段落,陈先生的注意力又回归到宋明道学。

　　陈来先生对儒学及诸子学思想前史领域的研究进展主要体现在《古代宗教与伦理——儒家思想的根源》(三联书店1996年版)和《古代思想文化的世界——春秋时代的宗教、伦理与社会思想》(三联书店2002年版)这两部其后相继的姊妹篇著作之中。事实上,这两部著作所进行的上古及前诸子时代思想史探索,在陈先生本人那里,一直被看做代表了其整个1990年代

　　* 王楷(1975—),男,河南封丘人,北京大学哲学博士。现为北京师范大学哲学与社会学院讲师。

最主要的学术努力。前者之主题所及,如其副标题所标示的,集中于对"儒学思想的根源"的考察。后者承前者确立的理论范式及文化史研究方法而"一以贯之",作为第一部春秋思想史,已不仅仅限于儒学前史的考察,而是兼及整个诸子学的思想前史的考察,即陈先生所谓"把孔子以前的春秋文化作为诸子学发生的思想史前史来研究"[1]2。借用雅斯贝斯的语言来说,这两本书所处理的共同问题就在于中国古代思想史上的前"轴心时代"。而这里所说的前后之分,在陈先生那里大致是以孔子的出现为标示的①。也因此,我想是不是可以这样说,《古代思想文化的世界》其实是《古代宗教与伦理》在问题意识及内在脉络上的自然延伸。也就是说,两者所共同关注的核心问题都在于对儒学思想根源——早期儒家的考察。即便《古代思想文化的世界》在考察视阈上作了扩展——"把孔子以前的春秋文化作为诸子学发生的思想史前史来研究",也仍然是以对早期儒家思想的考察为主线索与中心关切点的。②

　　学问之道存乎"批判之分析"式的"对话"之中,彼此问难始能互相发明而各得助益,从而使讨论得以深入与推进。事实上,在学问讨论之中,与解决一个有意义的问题相比,提出一个好问题同样是一种艰难的学术探索,非于其中浸淫有年自有根柢者所不能为也。直言之,此种批评,于笔者而言,"不能也,非不为也"。——这也部分地解释了本文标题止言"述略",而不言"述评",更不敢奢言"研究"云云的原因。——此种文字,于原著作者而言,不过徒增"非助我者也"之感叹与无奈。事实上,不特对于"批评的分析"力所不及,即便"同情之了解"也未必就能发而中节、得其分寸。究其实,对于为学而未立根柢如我者之敢于不揣冒昧,说穿了,是不无一种"无知者无畏"意味在其中的,是所谓姑妄言之也。

―――――――――――――

　　① 现代大陆学者治儒学,即使自身以之安身立命,亦少有以道统自命者。大儒如冯先生者曾谓早年治儒学,不无道统使命感。晚年日渐圆融,以为"好东西都是相通的",不必刻意于儒、道、释及耶等等分别。陈先生以孔子——而不是别的大思想家,比如老子——的出现分别"前子学时代"与"子学时代"。可见,所谓学如其人,学必及人,很难想象一个学者对所治之学缺乏内在的"同情之了解"而能极之至之而发明之。作为现代学者,陈先生虽无意于以道统担当自命,而其人其学尽在儒者六经之中者,明矣!

　　② 关于《古代思想文化的世界》一书写作的动机和定位,陈先生本人有着清晰的表述:"从思想史家的立场,把孔子以前的春秋文化作为诸子学发生的思想史前史来研究。……一方面从文化哲学和思想文化史的角度来看春秋时代的文化观念与西周文化的连续性,看它如何把西周的礼乐文化加以展开;一方面又把它作为诸子时代的背景和先导,看它怎样为诸子百家特别是儒家的出现准备了条件。"参见《古代思想文化的世界》,第2页。

一、"回到前轴心时代"

不管接受与否,晚近学者做古史研究,雅斯贝斯的"轴心时代"理论都是一个绕不开的问题,无论东西方都是如此。在雅斯贝斯那里,在公元前500年左右的这一时期内,人类的几大古文明经历了"超越的突破",由文化的原始阶段跃迁至高级阶段。从而,这一时期成了世界历史的轴心。在雅氏看来,"人类一直靠轴心时代所产生的思考和创造的一切而生存,每一次新的飞跃都回顾这一时期,并被它重燃火焰,自那以后,情况就是这样,轴心期潜力的苏醒和对轴心期的回归,或者复兴,总是提供了精神的动力"[2]14。作为一种新的史学观念,雅氏"轴心时代"说的提出,为历史学打开了一个新的视野。雅斯贝斯著名的"轴心时代"理论的提出,为世界范围内的古代文明的研究提供了有力的理论支点和新的解读范式。

在雅斯贝斯对"轴心时代"的描述中,公元前5世纪左右即春秋末至战国初这一时期乃是中国的轴心时代,因为在这一时期活跃着老子和孔子,而这个时期的精神过程也孕育着中国所有哲学流派的雏形。的确,孔子、老子的出现所标示的是中国哲学的第一个繁荣期,或者用通常的语言说,即所谓"黄金时代"。因而,应该说雅氏以孔子、老子等的出现作为中国的"轴心时代"是自有见地的,因而也不是不可接受的。对于做中国古史研究的学者而言,真正需要审慎对待和反思的是在雅氏"轴心时代"说的理论内部对"轴心时代"与"前轴心时代"的定位与解释。于此,正如陈先生的研究所揭示出的,中国古代文明的连续性决定了其从前轴心时代发展为轴心时代的独特道路和别具一格的方式。从而,就思想史的角度而言,陈先生从文化和历史发展的连续性阐明了前轴心时代或前诸子时代在思想史研究中的重要性。在雅斯贝尔斯的理论内部,"轴心时代"之为"轴心时代",就在于其对"前轴心时代"文化所发生的"超越的突破"。也就是说,正是对前轴心时代文化的对立、反抗、断裂、突变的过程中,轴心时代文化才得以确立起来。对此,陈先生争辩说:"中国古代文明演进的一大特色是文明发展的连续性。固然,春秋战国时代的精神跃动比起以前的文化演进是一大飞跃,但这一时期的思想与西周思想之间,与夏商周三代之间,正如孔子早就揭示的,存在着因袭损益的关联。因此中国哲学的第一次繁荣虽然是在所谓轴心时代,但必须看到,儒家为代表的诸子百家并没有一个神话时代作为背景和出发点,宗教的伦理化在西周初即已完成。"[3]4"所以,从注重文化的连续来看,公元前500年左右时期内的中国文化与三代以来的文化发展的关系,乃是连续中突破,突破中有连续。"[3]5正是基于中国古代文明"轴心时代"与"前轴心时代"之间的这种连续性,陈先生指出,"对中国文化的历史结构而言,寻找决定历史后来发展的'轴心',不能仅仅着眼在春秋战国,更应向前追溯,或者用雅斯贝斯的语言,在注重轴心时代的同时,我们还应注重'前轴心时代',这对于儒家思想的起源或根源来说,更是如此"[3]5。自觉或不自觉,在通常的中国古代思想史的叙述框架中,上古思想史基本都呈现为一种诸子学术兴起之后的思想史,仿佛中国古代思想史上的前诸子时代只是应该穿着七里靴匆匆跨过的蒙昧时期。在这种叙述框架中,无论归因于雅斯贝斯的"轴心时代"的影响与否,诸子时代文化与前诸子时代文化之间的断裂在其理论预设中都是一个潜存的事实。因而,在这种叙述框架中,前诸子时代的漫长时期通常被简单归结为神学世界观统治人的精神世界的时期。即使偶或提及其间某些零星的人文理性的闪光,也意识不到,或者说不能给予这种人文理性与所谓神学世界观之间漫长的消长演变关系以足够的关注和研究。进而,也就不能指出这一漫长的演变进程对于此后诸子时代思想文化兴起的影响与意义。事实上,这两者之间是互为因果的。是不是可以这样说,正是因为对古中国文明发展的独特模式缺乏清晰的了解,在其整体理论框架中意识不到所谓前轴心时代文化对于轴心时代文化的深刻意义所在,因而必然导致前轴心时代思想文化研究上的贫乏。究其实,这种研究上的贫乏根源于理论上贫乏。而陈先生上古思想史研究的努力使这种困境得以彻底的改观。陈先生的研究将把古代思想史传承的起点追溯至殷周之际,在一种新的视阈下阐释了中国古代文明演变发展的特殊品格与发展模式,从而提供了一种新的解读前轴心时代思想史的理论范式和可能途径。因而可以说,陈先生的研究在一种新的学术意义上凸现了前轴心时代思想史研究的意义,使古代思想史研究得以扩展与延伸。①

应该说,陈先生并不是第一个注意到前诸子时代对此后中国文化模式的型塑意义的思想史学者,譬如说王国维先生就特别强调殷周之际"中国政治与文化的变革"对此后中国文化走向的支配性、决定性影响。而陈先生的

---

① 在《古代宗教与伦理》出版之后,越来越多的学者,譬如余英时、李泽厚、余敦康这些大家,已经开始意识到古代中国文明"轴心时代"与"前轴心时代"之间的这种连续性对于诸子时代思想史及前诸子思想史考察的深刻意义。前者的相关论述,可参余英时:《轴心突破与礼乐文明》,载《二十一世纪》2000 年 4 月号,总第 58 期;李泽厚:《己卯五说》(中国电影出版社 1999 年12 月版);余敦康的相关论述,诸如"春秋中国时期中国哲学的突破"、"回到轴心时代"及"春秋思想史论"等,多可见于余敦康:《宗教·哲学·伦理》(中国社会科学出版社 2004 年版)。

研究是在一个新的宏观的学术背景下,凸现出中国文化"轴心时代"与"前轴心时代"之间存在的连续性这种特殊品格。因而,在一种新的思想史研究的意义上,陈先生的研究引导着古代思想史的研究回到"前轴心时代"。

二、"人文的转向"

如前所述,陈先生《古代宗教与伦理》和《古代思想文化的世界》这两部姊妹篇著作无论是在问题意识上,还是在叙述脉络上都是一个前后相继的清晰的整体。因而,梳理陈先生古代思想史研究脉络,我们仍可将之视为一体,而不必对之分别处理。陈先生对三代(夏、商及西周)及春秋(孔子出现之前)思想史研究的一个根本的、"一以贯之"的脉络,在笔者看来,就在于对古代中国文明之"人文的转向"的关注与考察。进而言之,如上文所述,如果说陈先生的研究为上古思想史的阐释提供了一种新的理论范式的话,那么这一新的理论范式是否可以就归结为"人文的转向"?

"人文的转向"是陈先生对应于"超越的突破"及"哲学的突破"而提出的观念。雅斯贝斯认为世界几大古文明正是经过了"超越的突破"方由文化的原始阶段跃升至高级阶段,各自形成特殊的文化传统。在这里,"超越的突破"即意识到人类自身的有限性,在对超越存在的探询中体验绝对。与此相一致,帕森斯把马克斯·韦伯的"哲学的突破"观念给予了大致相仿的解释。其所谓"哲学的突破"即"对构成人类处境之宇宙的本质发生了一种理性的认识,从而对人类处境及其基本意义获得了新的理解"。[3]3无论是雅斯贝斯的"超越的突破",还是"哲学的突破"都不足以对几大古文明不尽相同的演变模式做出完满的解释。也正因为此,坊间有学者指出,尽管雅斯贝斯"轴心时代"理论的提出是对此前"欧洲文明中心论"的一种冲击,但从其本人对"轴心时代"理论的叙述和阐释看,又未始不是一种新的欧洲文明中心论的折射。照雅斯贝斯本人的理解:"轴心时代的意识是与神话时代相对立的。……轴心时代意识发展成为普天归一的上帝的超然存在,反对不存在的恶魔,最后发生了反对诸神形象的伦理的反抗。在轴心时代意识发展的过程中,宗教伦理化了,神性的威严因此而增强。"[3]4然而,当落实到古代中国文明做个案研究的时候,我们会发现,正如陈先生所指出的:"儒家为代表的诸子百家并没有一个神话时代作为背景和出发点,宗教的伦理化在西周初即已完成。而整个中国的轴心时代,如果从公元前800年算起,并不是因为认识到自身的局限而转向超越的无限存在,理性的发展不是向神话的诸神进行伦理的反抗,更未导致唯一神论的信仰。在中国的这一过程里,更多的似乎是认识到神与神性的局限性,而更多地趋向此世和'人间性',对于它来说,与其说是'超越的'突破,毋宁说是'人文的'转向。"[3]4诚然,"人文的转向"之提出可视为受"超越的突破"或者说"哲学的突破"的启发并对之做出的一种回应。但另一方面,陈先生在其思想史研究中一个有意识努力的方向就在于尽可能以"一些中国固有的观念"及所习惯的问题意识来展开上古思想史的叙述。《古代宗教与伦理》是如此,《古代思想文化的世界》亦是如此。就前者而言,我们看到,所谓"轴心时代"与"前轴心时代",在陈先生这里,事实上是对应转换为"诸子时代"和"前诸子时代"来处理的。就后者而言,这一思想史方法在其"天官传统"与"地官意识"的叙述中得以最显明的表达。正如我们所熟知的,西方学界习惯于以"神话"和"理性"的对立为线索叙述古希腊的思想发展。然而,当我们试图借此观照中国古代思想史的演进时,审慎的比较与细致的分疏就显得尤其重要。于中国古代思想世界的实际而言,"理性"更多地表现为关乎政治社会和道德理性的人文理性,而不是指向自然世界的科学理性;同样,所谓"神话思维"也不只限于卡西尔意义上的"神话",而是包含各种神灵信仰。明确了此间种种分疏,于是,"就中国春秋时代而言,'神灵信仰'的没落和'实践理性'的成长,才更准确地揭示了它的发展线索"[1]12—13。在陈先生看来,"这样一种线索,用中国古代文化的表达,也可以概括为'天官传统'与'地官意识'的紧张和对立"[1]13。而"这里所说的'地官意识',是指世俗的政治理性和道德理性。'天官传统'即指类似卡西尔所说的神秘的神话思维,其中心是以神灵祭祀为核心的宗教意识"[1]13。在细致的分析比较之后,陈先生得出自己的结论,"春秋的思想发展,可以说就是地官意识与天官思维相抗衡,并逐渐压倒天官思维的历史过程"[1]13。应该说,陈先生以"天官传统"与"地官意识"的紧张与对立来呈现春秋思想文化之中"人文精神和道德精神的活跃萌动和蓬勃生长"[1]13,从而,对于春秋时代思想世界的分歧与演进这一思想史进程提出了一种深刻而有新意的描述。事实上,"地官意识与天官思维相抗衡,并逐渐压倒天官思维的历史过程",也正是"人文的转向"在春秋时代的展开。① 所有这些姑且置之不论,但就思想史方法而言,"天官

---

① 如陈先生指出:"春秋时代是宗法封建秩序从成熟走向衰朽的历史,春秋时代神—人关系的发展,决定了孔子及诸子时代不是以'超越的突破'为趋向,而是以人文的转向为依归……""在这个历史过程中,不仅已经开始出现针对神话思维的批判意识和反思精神,而且出现了人本思潮和实践理性自身的长足成长,为诸子时代的浮出准备了充分的文化基础,成为儒家等思想文化发展的根源。"(参见陈来:《古代思想文化的世界》,三联书店 2002 年版,第 16 页。)

传统"与"地官意识"此种指向专门问题之理论的提出,与"人文的转向"这一宏观的理论范式之提出,同样显示出陈先生在吸收现代学术,尤其是西学的研究成果与方法,因而获得更高的理论视野及分析方法的同时,依然努力开展一种于中国思想自身内在脉络而言真切而不隔膜的中国思想史研究。此种理论的提出,小而言之,显示出作者在吸收与创造之间所努力把握的一种平衡和张力。大而言之,在中国,至少是大陆的学术研究在国际学术话语之中整体处于弱势处境的学术格局之中,陈先生的思想史研究进展体现了一个独立学者对于西学及海外汉学所拥有的开放心态,或者反过来说,在一种积极的开放心态的同时又不失自信与从容,即在吸收与借鉴西学及海外汉学的研究成果与方法以展开中国思想研究的过程中努力寻找一种温情与冷峻之间的张力与平衡。

如果把《古代宗教与伦理》和《古代思想文化的世界》视为一个整体,其对古代中国文明的研究共分十七个问题依次分别作专章的考察,①即《古代宗教与伦理》中的"巫觋"、"卜筮"、"祭祀"、"天命"、"礼乐"、"德行"、"师儒",及《古代思想文化的世界》中的"占筮"、"星象"、"天道"、"鬼神"、"祭祀"、"经典"、"礼治"、"德政"、"德行"、"君子"。在这种以问题为中心的专题研究中,陈先生清晰地为我们呈现出三代及春秋时期文化漫长演变进程中所展现出的"人文的转向"这一内在的脉络。有必要强调的一点是,陈先生在这里所做的是一种"以史带论"充满实证精神的研究,对上述社会文化生活及精神世界的各个方面都尽可能做出一种实证的描述和分析,进而使贯穿其间的"人文的转向"这一内在脉络得以自然呈现。因而,自《古代宗教与伦理》至《古代思想文化的世界》叙述的展开,流动着一种清晰的逻辑感。

三、"以哲学家的写法作古史的研究"

理解一个思想家的思想,需要一种知人论世的意识与情怀。如前文所述,陈先生做古代思想史研究是在其浸淫儒学,尤其是宋明道学有年,已立根柢之后。这一方面,使其对古代思想史的考察是以一种"对追溯儒家思想的根源的强烈自觉"的问题意识为底蕴的,另方面又使其对思想史的考察拥有一种通常的思想史研究所不具备的高屋建瓴的眼光与分析能力。张光直先生认为陈先生的思想史工作是"以哲学家的写法作古史的研究",可谓是

---

① 这里所说的专章的"问题"考察,不包括《古代宗教与伦理》中的第一章"导言"。

一语中的。事实上,陈先生的古代思想史研究对于学术的推进不仅仅体现在新的理论范式的提出与具体问题上的诸多新解方面,其在研究方法及思想史的考察视阈方面亦做了有益的尝试和探索。这种研究方法上的创新与其理论上创新是相为表里的。对于一个逻辑性很强的思想史研究成果而言,在其理论叙述的整体结构之外单独讨论其研究方法是一件很困难的事情。这里,所尝试做的也只能是一种挂一漏万式的了解。正如陈先生所指出的"中国我们起源已成为人文社会科学共同关切的重要课题"。[1]2 于是,在陈先生本人那里,"在考古学、历史学的长足进展面前,思想文化研究的学者应当如何参与,并在吸收考古学和历史学的成果的同时做出自己的特殊贡献,这是我自1990年代初以来反复思考的问题。"[1]2事实上,在陈先生研究的展开中,不止是对考古学与历史学成果的吸收,诸如宗教学、人类学、民俗学、文化学等等均为其用而不泥。譬如,陈先生在《古代宗教与伦理》一书中运用社会文化学中的"大传统"(great tradition)、"小传统"(little tradition)理论对巫文化的研究就成为其中的精彩篇章。所谓"大传统"即"精英文化",而"小传统"即所谓"通俗文化"。在陈先生看来,"大传统规范、导引整个文化的方向,小传统提供真实的文化素材。大传统的发生固然是从小传统中分离出来的,是后于小传统形成的,而大传统一旦分离出来形成之后,由于知识阶层的创造性活动,经典的形成,使得大传统成为型塑文明传统结构形态的主要动力。大传统为整个文化提供了'规范性'的要素,形成了整个文明的价值内核,成为有规约力的取向"[3]14。"所谓中国文化基因的形成,正是主要在大传统分离出来以后逐步形成的。早期儒家思想正是这一大传统发展的结果。"[3]14进而,陈先生运用这一大小传统理论把《国语》中所载的"绝地天通"解释为大小文化传统的分化。陈先生通过对作为古代社会精神生活的巫觋活动的文化人类学的深入探讨,明确了"文献所记载的有关古巫的活动,都不是原生巫术,而是从原生巫术出发,……一种此生的、特殊的形态"[3]46。从大小传统的分野来看,尽管"原生性巫术在民间和小传统中仍然存活"[3]55,但已逐渐被"排除于政治—宗教的结构之外"[3]55,"不断地从上层文化逐渐地退缩到下层和民间,尽管在上层文化中也常常能看到其遗存"。[3]55但"已不能代表精英文化,已从大传统逐渐退到了小传统。"[3]55在这里,陈先生以大小传统理论对"巫觋"的重新解释事实上否定了张光直先生以巫文化作为商周文明根本特征的论断。并且,陈先生对巫文化所作的新的独特的解释也是对古代思想史研究方法和考察视角上的丰富。越来越多的古代思想史研究的学者对巫文化的讨论发生兴趣,使之成为一个重要的学术增长点。事实上，不止是对"绝地天通"的成功解释，在其整个以"人文的转向"为标示的理论展开过程之中，亦即对"超越的突破"之前三代（夏、商、西周）的文化与宗教的演变之分析之中，陈先生就完全取径于人类学的研究方法，如陈先生在《古代宗教与伦理》中所言："本书的基本立场是着眼于精神文化，其中又以伦理—宗教观念的演进为中心，因此决定了本书注重研究中国文化大传统的演生历程。"[3]150①陈先生运用人类学之文化模式与精神气质概念来理解先人的精神世界及价值态度，从整体信仰的转变的角度论述了三代文化之从巫觋文化到祭祀文化再到礼乐文化之"包容连续型"演进历程。如陈先生所言，"在中国文化的这个发展中，巫术在第一次分化（祭祀文化取代了巫术文化的主导地位）……祭祀在第二次分化（礼乐文化取代了祭祀文化的主导地位）……"而周代礼乐文化模式的最终形成奠定了中国文化的基调。在陈先生在分析叙述之中，我们可以清晰地体认到，三代文化模式之由巫觋文化到祭祀文化再到礼乐文化的这种演进，事实上是与这一时期自然宗教向伦理宗教的演变是同一事物的两个方面，而这两者又都不过是从不同角度所观察到的"人文的转向"历程而已。

另一方面，陈先生之在多学科背景下做思想史研究，不仅表现在利用其他学科有价值的研究成果和方法展开自成理论的思想史研究，同时也表现为思想史研究之中那种自觉的分别与比较视野下的问题意识。关于后者，对春秋时代经典形成的考察是一个有说服力的例证。如陈先生所注意到的："在中国文化中，'经'指书写文本而言，所谓'经'是指具有极大权威性和崇高地位的文献，在这个意义上，经书与宗教学所谓的'圣典'相当接近。"[1]171然而，作为文明的经典，儒家的经典又不同于宗教的经典，于是"在一个非宗教主导的文化中，如何形成经典始终是很重要的课题"[3]173。在这里，陈先生是从"引证"的角度考察角度形成的过程的，如其所言："一个经典之成为经典，在且仅在于群体之人皆视其为神圣的、有权威的、有意义，在这个意义上，经典的性质并非取决于文本的本身，而取决于它在一共同体中实际被使用、被对待的角色和作用。我们从'引证'引证来了解春秋时代对经典的需求，和诗书在春秋文化的地位，正是基于这样的理由。"[1]171进而，"从大量的'引证'实践来看，被引证的言说都是规范性的，教训性的，这表明经典意识的出现突出体现了文化对价值权威的要求。引证文本的本身就是实

---

① 其间，尤其注意的是李泽厚先生在其《己卯五说》中对巫文化的讨论（"说巫史传统"）。参李泽厚：《己卯五说》，三联书店2003年版。

际的经典化实践,更多地、更权威地、更集中地引述某些文本,这些文本就被经典化了。……所以,引证的实践是某些文本经典化过程的重要途径"[1]173。这里,尤其值得注意并为之击节的是,陈先生对经典形成过程的考察是与其对春秋之作为"德行时代"①的考察巧妙而自然地结合起来展开的。② 陈先生指出:"中国文化的伦理资源,在春秋时代,主要以诗书为经典文本,将其中的语句加以伦理化的解释,以满足价值、规范的需要。这是解释活动能动地建构道德资源的一个例子。"[1]173《诗》、《书》最先在实践中被经典化,尽管在开始的时候,《诗》、《书》的权威是出于仪典的需要,但慢慢地,《诗》、《书》作为规范资源的意义突出起来,经典在这个意义上产生了。"[1]15如果转换到伦理角度考察经典形成的这一过程,正如陈先生所指出的:"春秋礼文化注重礼仪或仪典的节度等外在形式性规范的取向是'仪式伦理',但在礼乐文化中也发展起德性体系。在伦理的层面,仪式伦理主导渐渐变成以德行伦理为主导。……春秋时代可以说已接于所谓的'德行的时代'。"[1]15简言之,经典形成的过程也恰恰表明,"春秋时代,已经在某个意义上,从礼乐的时代转向德行的时代,即'礼'(乐)的调节为主转变为'德'(行)的调节为主的规范系统"[1]286。

结　语

通观《古代宗教与伦理》及《古代思想文化的世界》,陈先生博采众家之说而出之,自成一家之言,为我们提供了一种完整的、自洽的、极富新意的"前轴心时代"或者说"前诸子时代"思想史阐释,其中更有一种新的解读古代思想史的理论范式的建立。然而,这一切并不是笔者所最想说的。因为,

---

①　"德行时代"提出,在我看来,不失为一个精美的概念。照陈先生本人的解释:"德字古亦作上直下心,《说文》释为'外得于人,内得于己',外得于人即其'行为'得到别人的肯定和赞许,内得于己是指个人内心具备了善的'品性'。因此,中国古代的'德'字,不仅仅是一个内在意义上的概念,也是一个外在意义的美行的观念,而'德行'的观念正好将德的这两种意义合并表达出来。"(参陈来:《古代思想文化的世界》,三联书店2002年版,第285页。)进而,陈先生指出:"说西周春秋思想的发展,是从'仪式伦理'到'德行伦理',不仅意味着'德行伦理'是从外在化到内在化发展的一个中间阶段,也意味着'德行伦理'在类型上是内外结合的,而不是非内即外的。"(参陈来:《古代思想文化的世界》,三联书店2002年版,第287页。)

②　如前文所述,陈先生古代思想史研究的展开表现为一个完整而清晰的"人文的转向"理论范式。就《古代思想文化的世界》而言,尽管,陈先生在"引言"中声言"一般的思想史研究以人物和历史发展为线索,而本书则依照问题为线索",但这些问题都不是孤立的,而是相互联系着的"人文的转向"之不同侧面。

所有这些作为其客观的研究进展,在某种意义上可以说是自明的,自然也就不待多言。事实上,在这之外,陈先生在其思想史研究中所体现出来的那种学术上的开放心态给人以深刻的印象。其一,如前文所述,这种开放心态表现为对前人及其他学科,尤其是西学及海外汉学研究成果及方法的吸收与借鉴;其二,则是行文之中尤其是新的论点提出的审慎,始终使自己的研究对于批判和质疑保持一种开放性。一方面,这当然是严谨的学风使然,另一方面,在笔者看来,与前一种开放性一样,这也同样出于一个独立学者的自信与从容。学术进步不也正是在一种严肃的怀疑与讨论之中得以一点一滴推进的么?且就这里所讨论的古代思想史而言,正如陈先生所展现给我们的,事实上,古代思想史研究的深入与突破在很大程度上有赖于考古学与历史学研究成果的积累。从某种意义上来说,这也正是古代思想史的生命力所在。一个最显明不过的例证在于,自上个世纪殷墟甲骨文出土以来,我们这些后世的学者甚至可以在某些问题上指出汉儒对三代文化的误读。也因此,在古代思想史研究中保持一种自觉而清醒的审慎与对新材料、新解释的开放性就显得尤其是一种难得的学术态度与品格。

参考文献

[1]陈来:《古代思想文化的世界》,三联书店 2002 年版。
[2]雅斯贝斯:《历史的起源与目标》,华夏出版社 1989 年版。
[3]陈来:《古代宗教与伦理》,三联书店 1996 年版。

(原载《邯郸学院学报》2005 年第 2 期)

现代中国哲学的追寻

——记陈来先生的现代中国哲学研究

高海波[*]

《现代中国哲学的追寻》是陈先生研究现代中国哲学的最重要著作。该书立足于哲学史,对于梁漱溟、冯友兰、熊十力、马一浮几位大陆最重要的中国哲学家思想进行了深入细致的剖析,从中我们可以强烈地感受到现代中国哲学的脉动,体察到后五四以来中国文化及哲学的问题意识之所在,并由此获得21世纪中国哲学建构的一些有益启示。

《现代中国哲学的追寻》由陈先生上世纪80年代以来在杂志上陆续发表的文章和在学术会议上提交的论文构成,各文貌似孤立,但实际上"思路和问题意识具有内在的一致性",[1]367 我们可以在全书展开的时候看到这一点。

一、文化观

文化问题是五四以来中国知识界面临的一个重要课题,也是陈先生研究近代中国哲学关注的一个焦点,在《现代中国哲学的追寻》中,他以梁漱溟与冯友兰的文化观为个案,探讨了二人在东西方文化冲突的背景下,其文化观的具体展开以及二人在东西方文化冲突的背景下对中国文化所做的调适与安顿。

(一)

《东西方文化及其哲学》是梁漱溟关注文化问题的最重要著作,在新文化运动为主流话语的时代背景下,该书曾被一些"新派人物"指摘为反对西方文化、反对民主与科学。陈先生反对这种不假分析的说法,在"梁漱溟的

---

* 高海波(1976—),男,江苏东海人,北京大学哲学系博士研究生。

《东西方文化及其哲学》及其文化多元主义"一文中,他详细剖析了梁漱溟早期的文化观,指出:"就早期文化观来看,梁漱溟根本不是反对西方文化,而是反对反东方文化;不是反对科学民主,而是始终称扬德先生和赛先生;不是代表农业宗法封建思想,而是主张生产社会化的社会主义;他对东方文化的看法与其说是文化保守主义,不如说是文化多元主义;梁漱溟的思想不是站在'过去'而'反对现代化',乃是站在'未来'来'修正'资本主义。"[1]39梁漱溟认为东西文化的差异,并不是"古今之异",而是"种类的差异"。由此,他肯定了东方文化的价值,反对把人类文化看成单线式的发展,反对把西方文化看成是这一单线发展的最高结果。

陈先生借此表达了多元主义的文化观,他指出:"五四前后有关中西文化的争论,其实并不是起于对科学与民主的诉求有何对立,而是全盘的反传统主义与其所引起的反反传统主义的论争;新文化运动的彼此争论的各派,是当时知识分子多元的进步观念的不同体现,都是20世纪中国进步过程的参与者和推动者。"[1]40

这种多元文化的立场也表现在他对"中国哲学合法性"的讨论中。20世纪末中国哲学的研究面临着许多挑战,中国哲学的"合法性"受到质疑,中国哲学的研究人员面临着行业迷失的危险。陈先生也曾撰文积极讨论这一问题。在"世纪末'中国哲学研究'的挑战"一文中,他详细地叙述了胡适、冯友兰、张岱年在这些问题上的讨论,指出应当解构在"哲学"这一概念理解上的西方中心主义立场。"我们应当把哲学看成文化,换言之,'哲学'是一种共相,是一个'家族相似'的概念。是西方关于宇宙、人生的理论思考(西方哲学)、印度关于宇宙、人生的理论思考(印度哲学)、中国关于宇宙、人生的理论思考(中国哲学),是世界各民族对宇宙人生理论思考之总名。……因此,哲学一名不应当是西方传统的特殊意义的东西,而应当是世界多元文化的一个富于包容性的普遍概念。"[1]359

如果说早期梁漱溟坚持用"意欲"来解释文化问题,40年代以后梁漱溟对文化的解释则发生了变化。"梁漱溟的《中国文化要义》与马克斯·韦伯的中国文化观"立足比较文化学的立场,比较了梁漱溟的《中国文化要义》与马克斯·韦伯的《中国的宗教:儒教与道教》两书的文化观异同。通过比较,陈先生指出,这一时期梁漱溟重点从社会学与文化人类学角度来揭示中国文化的特质,从社会构造和宗教方面解释"东西之异"。梁认为社会构造上的"伦理本位"以及"职业分途"以及古代周孔教化决定的理性早熟导致了中国一开始就走上了与西方不同的道路。这种看法尽管不同于《东西方文化及其哲学》,但在基本文化立场上并没有发生变化,仍然坚持东西方文化之差异是"种类的不同"。

(二)

与梁漱溟相比,一般的说法认为冯友兰似乎更强调中西方文化差异为"古今之别"。陈先生认为这种说法存在将冯友兰文化观简单化的倾向。在"冯友兰的《新事论》及其文化观中的现代性与民族性"一文中,他以历史的顺序梳理了冯友兰文化观的实际展开过程以及其中的曲折,借此说明仅仅把冯友兰的文化观理解成"古今"是片面的。

陈先生指出冯友兰对于文化的认识可分为四个阶段:"20 年代完成了从文化冲突的东西说向古今说的转变。30 年代通过社会化程度把握古今社会类型的区别,并在整体上表现为受马克思历史哲学影响的近代化(工业化)的'体—用'文化观。40 年代开始关注近代化过程中的民族问题,并通过'质''文'的模式以肯定文化形式的民族性,从而使得其文化观的结构和特质无法归结为某一种'中西体用'的模式,形成了前期冯友兰文化观的成熟形态。50 年代以后,与 40 年代以前注重'新命'不同,'旧邦'代表的文化意义即文化连续性与文化认同问题突出起来,重写中国哲学史的实践在文化观上是以历史唯物论与历史辩证法的结合为之论证,以此肯定'过去'在文化和历史中被作为'现在'的因素的必然性与合理性。"[1]106

"'新理学'的现代化论与现代性思维的反思"则在《冯友兰的〈新事论〉及其文化观中的现代性与民族性》一文的基础上,"讨论如何借助冯友兰文化观的分析概念,联系现代化社会和科技发展,对现代性思维加以反思"。[1]368

上世纪 30 年代中期冯友兰文化观受蒙太奇(W. P. Montague)新实在论的影响,注重从"个体"和"类型"上分析文化问题。他认为学习西方文化应注重类型,注重"共相",并且把工业化看成近代化的主要内容。1937 年七七事变以后,冯先生的文化观发生了很大的变化。《新事论》前后两部分貌似矛盾的地方就体现了这一点:"本来,新理学的哲学是要人通过逻辑分析掌握共相、舍弃殊相;而到了新事论后半部分又要人注重殊相。"[1]115

对于这种貌似的矛盾,冯友兰有自己的解释,他在后来回顾"共相说"时表示,"共相"的说法是为了解决改革中什么是必要的,什么是不必要的,确定一个选择的标准。陈先生认为冯友兰的这种"共相说"其实是一种横向的分析,是受马克思社会类型说所影响形成的。

横向的分析方法过于强调"共相",由之引出的结论倾向于把工业化等同于现代化,冯友兰在 1937 年以后似乎意识到这一点。从强调民族认同、肯定传统的角度,冯友兰开始使用纵向的分析方法,《新对话》中对社会基本道德的肯定用的就是这种方法。冯友兰按照他的"依照说",指出每个社会都有由某种社会之理决定的"可变的道德",也必然具有不由某种社会决定的"不变的道德"。"可变的道德"才有现代化,"不变的道德"就不存在现代化的问题。

陈先生指出,"'依照说'作为本体论,则关照到实存的整体性和机构关系,可以避免以共相为本质思维的随意性"。"如果进一步加以分析,可以这样说,所谓西方文化何者最重要的问题,本质上是一个关涉主体性的问题,是一个相对于要学习的西方的主体所发生的认识问题,而认识的本质和首要任务是把握共相。但新事论后半部所关注的则是民族个体的实存问题,它就不能依靠横向的共相分析来解决。事实上,这两种理解方式对于一个发展的社会群体来说,都是必要的。"[1]118

在文章的最后,陈来先生对流行的各种现代化观念进行了检讨。陈先生指出,以往的很多以"工具理性"为主的现代化理论是存在偏失的。这种理解实际上"忽视韦伯自己关于形式合理性可能导致价值非理性的重要洞见。也忽视了冯友兰关于基本道德不必现代化的坚定信念"。同时也忽视了哈贝马斯所说的"交往合理性"。所以说"事实上,科玄论战以来的文化保守主义者并不是要拒绝现代化,而是要求在现代性中容纳价值理性。甚至,我们也可以由此而了解到,晚清以来关于中西体用的争论,说到底,是如何从实存的层面完整地理解近代性或现代性"。[1]121陈先生这里的看法是与他在"梁漱溟的《东西方文化及其哲学》及其文化多元主义"中的观点是一致的。由此,陈先生又对现代性的"特殊主义"思考方式进行了检讨,他指出:"如果不仅从这种特殊主义思考,不仅仅注意现代社会与传统社会不同的特异之处,而是从实存的意义上去把握,即把握现代社会作为一个实存整体所需的各种条件,这样,现代社会之所以可能存在的诸条件就会浮现出与传统相联系的一些素质。其中最重要的就是韦伯所说的价值理性或希尔斯所说的实质性传统或冯友兰所说的基本道德。"[1]123也就是说,特殊主义的现代性观念,只是一个认识的观念,而不是一个存在的观念。这样说来,冯友兰的依照众理说仍有实际意义,它可以帮助我们"摆脱特殊主义的宰制,增益整全的、实存的关照"。[1]124

二、形而上学

《现代中国哲学的追寻》的副标题为"新理学与新心学"。陈先生在这一部分评述了熊十力《体用论》的宇宙论、马一浮哲学的理气体用论以及冯友兰《新理学》的形上体系。展示了三人"新理学"与"新心学"体系在形而上学方面的"新"字所在,凸显了三人在中西文化冲突的背景下"在引入、学习西方哲学的同时,继承、借鉴并发展中国古典哲学的传统,以建立起与传统有联结性的新的中国哲学"所做的各自调适。[1]简介

(一)

熊十力关于体用的思考,从根源上说,直接受到大乘性相之辨的影响。他反对把体和用看做是性质对立、互不相通的两个不同世界。在他看来,实体就是大用自身,就像"大海"就是"众沤"自身。大用是实体的表现形式,就像"众沤"由"大海"变现而来;实体变成功用。实体是完全变成功用,实体变成功用不是如母子的派生关系;即体即用、即用即体。"'即体即用'指实体变成功用(在此意义上说实体是功用)。'即用即体'指功用的自身就是实体(在此意义上说功用即是实体)。前者重言其体,后者重言其用。"[1]139

熊十力的"体用不二"的思想,与佛教以及程朱理学的体用论都不相同。陈先生指出:"熊十力体用论的基点是以佛教否认现象真实和西方哲学割裂本体现象为其对立面的。……按照程朱理学,虽然体用一源,体不离用,但体与用、太极与阴阳是'不离不杂'的关系,……程颐朱熹讲的体用一源,虽也肯定体在用中,体不离用,但体是存藏于用之中的、与用不离不杂的一种抽象实体。……这与熊十力强调实体如大海,功用如众沤的比喻大异其趣。"[1]135

关于实体的性质,熊十力坚持"实体既非精神、亦非物质,既含精神性、又含物质性。精神和物质都是实体的功用和现象"[1]143。实体在变为大用的时候变现为"翕"、"辟"的对立统一,"翕"是物化的趋势和作用,"辟"是神化的趋势和作用。"在精神和物质的关系上,精神是主动的,精神在物质中以不同的形式主动导引物质的改造和进步,从而实现宇宙发展的无穷过程,整个宇宙生生不息的发展正是由于精神的能动作用。"[1]144陈先生指出,熊十力主张的宇宙大生命实际上是受叔本华与柏格森的影响,在思维的某些方面与斯宾诺莎的思想也有相合的地方。

"总的来说,在基本思想上,熊十力所以坚持实体不在功用之外、肯定精神对于物质的主导、认定实体自身是变动生生的,显然是因为他以儒家世界观为基础。所以他的体用论可视为儒家刚健、崇德、用世等价值的本体论基础。"[1]147

（二）

马一浮的体用哲学是另一个较有特色的体系。

"马一浮体用论的结构,简单说来就是一个正、反、合:从体起用——摄用归体——全体是用、全用是体。"这一分析模式"脱胎于佛教的共时性统贯分析,不仅是分析的方式,而且具有实践的意义。马一浮以此为形式论述儒学中理气、性情及性修等一切相互关系及关系总体"。[1]156在理气关系上,"全理是气即全体起用,全气是理即摄用归体,两方面加起来即理气合一"[1]160,也就是"全体是用,全用是体",这才是真正的全体大用之学。"'全气是理、全理是气'的本体论突出体现了一种与西方哲学传统中二元论完全不同的另一种建构方式和理解,在这种理解中,理和气是本体与现象的圆融无间、互不相离的'互全性'的存在……既是一种对宇宙本然体段的描述和把握,又是人生的理想境界,他的理气体用论既是存在的表述,又是实践的方式,也是分析的方法。"

在陈先生看来,马一浮的理气体用论与熊十力的体用论,既有相同之处,又有不同的地方:"马一浮即用是体、即体是用的说法很接近熊十力的即体即用、即用即体的思想。不过与熊不同的是,马一浮是用传统的理气模式展开这一论说的,其全理是气,全气是理的思想并未越出传统理学的范围。这与熊十力'实体自身变成大用'的体用论(实体论)还是有一定差别的。相比较起来,马一浮强调摄用归体,熊十力则更侧重摄体归用,在这一点上熊十力哲学更有突破。"[1]162

但马一浮的哲学自有其价值,站在文化多元主义的立场上,陈先生对于马一浮从内容到形式上坚持古典哲学的论说方式给予了相当的同情:"看起来,这种态度更多是出于长期沉浸于中国文化(儒佛)所得安身立命的受用而发生的高度文化自信,这使得古典哲学论说的世界对于他仍呈现为一有意义的世界。这提示出,我们对'哲学'也许并不需要只有一种西方中心式的理解,而应据不同文化中的人的不同需要来发展。"[1]163

（三）

如果说熊十力和马一浮是"新心学"的代表,冯友兰就可以说"新理学"

的代表。"新理学"总的来说是一个伟大的建构。朱光潜曾经感叹道:"中国哲学旧籍里那一盘散沙,在冯先生手里,居然成为一座门户窗牖俱全的高楼大厦,一种条理井然的系统。这是奇迹!"[2]509不过"新理学"的形而上学也有些有待分疏和讨论的地方。

在《冯友兰〈新理学〉形上学之检讨》中,陈先生首先对新理学体系的一些基本概念("实际的事物"、"实际"、"真际")和命题("实际的物蕴涵实际"与"实际蕴涵真际")进行了澄清和分疏。另外,陈先生探讨了新理学与程朱理学的一些不同。通过对"新理学"体系中"理"和理的"在"以及"性"、"气"等概念的分析,指出了新理学体系理论上的一些不圆满,并以程朱理学为参照系,进行了对比。程朱理学的"理"在静态上是个表示根据的观念;在动态上是个法则的概念。理是在气之中,与气"不离不杂"的。"新理学"中的"理"主要是一个类概念,或者说是"共相"、"潜存"。"新理学"认为"理"是形而上的实在,只能存在于"真际"中,因此其不能有形下的存在。"气"同样是个主观逻辑分析得到的概念。"气"依照"理"和气运动秩序所遵循的所以然之理而成就现实世界,气对"理"只能依照之而不能有之。冯友兰的这种讲法等于否定了事物中有理,不仅不同于传统理学的讲法,与柏拉图、亚里士多德的讲法也存在区别。"新理学"始终不承认"理"可以在具体事物上存在,始终回避事物中有理。

陈先生指出新理学的理论上的根本失误在于"不仅肯定了一类事物有其共有性质,而且还肯定了此共有性质可以独立于实际事物而存在"。[1]182这实际上是混同了认识问题与存在问题,把逻辑上、语法上的在先当成存在上的在先了。从体用的观点来说,也就是体用分离。体用在思维中的分离是认识的需要,对于深化我们的思维是有益的,但是思维中的分离并不能否认在实际事物上的统一。这是我们应该牢记的思维教训。

三、心物论

"心物"问题是中国哲学的重要课题,任何一个中国哲学家都不能回避这个问题,熊十力、马一浮、梁漱溟也不例外。不过他们对于心物问题的看法是发生在中西文化碰撞的时代背景之下的,因此更呈现出一些与传统哲学心物论的不同之处。即使是马一浮的较为古典的心物论,因所应对的时代问题不同,其具有的意义与传统哲学也是有所不同的。

（一）

《明心篇》所包含的明心论包含了熊十力晚年对于儒学心物论的成熟看法，它被熊十力称为"哲学的心理学"，"它继承了唯识宗意识分析与儒家心性哲学的双重传统，兼含知识意义与实践(伦理)意义，实质上相当于宋明理学的心性论与格致论"；"这一明心论的主题，从心性的意义上看，是本心和习心的问题；从格致的意义上看，是智识的问题；而在总体上，又可归于心物问题"；"它最终着眼和要解决的是精神生活的开展(返心)与对物质世界的探求和研究(逐物)之间的关系"。[1]196

陈先生通过对熊十力哲学的明心论的习染论、本心论以及智识论的阐述，揭示了熊十力明心论"保住本心，转化习心，以智主识"的宗旨。熊十力哲学总的来说具有心学的色彩，他吸收了佛教唯识宗的一些说法，建立了以生命为本体的体用论。他肯定本心良知的先验性，但是明确反对心外无物和心外无理的说法，肯定科学研究的价值。他的尽心之学已经不是纯粹就伦理意义的修身来讲的，他在其中容纳了认识的功能。他反对阳明的格物论，赞成朱子的格物说，但他又不是像朱子主张的那样，以格物穷理来增进德性，而是承认科学研究具有独立的意义。虽然他在总体上坚持价值优先的立场，但是能够看出来，在他的体系中，他在努力消解价值与知识之间的紧张。

陈先生在这里借对熊十力明心论的阐发表达了自己对于知识与价值，价值理性与工具理性之间关系的思考。他指出我们既要防止工具理性对于社会的宰制，另一方面就"智识合一"来说，我们又不能过分强调价值理性的主导作用，追求一种一元化的功夫论，而是要承认知识的独立价值，认识到知识的学习和教育有自己独立的规律，避免导致泛道德化或者反智主义的结论。

（二）

马一浮的心物论则采取了一种较为传统的形式。"马一浮的哲学思想，就其理气论来说，是利用了华严宗理论思维的框架、表述方式论述理学的理气观，可谓以理学为体，以华严为用。他的哲学思想的另一重点是心物论。与其理气论不同，其心物论继承了儒学与佛教的'心学'传统。值得注意的是，如果说马一浮的理气论主要继承了程朱的理气观和华严宗的体用论的理论思维，那么，在心物论上，马一浮则继承了陆象山、王阳明唯心论和包括禅宗在内的整个佛教的'唯心'传统。在这个意义上,马一浮的心物论可以看做是中国传统哲学唯'心'论的一个综合。"[1]221通过马一浮心物论中"心外无物"、"万法唯心"、"离心无境"的详细分析,陈先生揭示了中国"唯心论"传统与西方哲学的关系。中国唯心论传统强调心物不分的本体论与明心见性的方法论,与西方哲学中强调主客分离以及认识功能不同。在这一点上马一浮与熊十力具有相同的地方。

陈先生由此进一步检讨了时下学界流行的"内在的超越"的说法。他认为这种说法并不能全面地展示从陆象山、王阳明到马一浮、熊十力的儒家心学的特征。"儒家思想中心学传统,表现在本体上,是'既超越又内在';表现在功夫上,是'由内在而超越'。"[1]243因此,如果用一句话来概括,儒家的心学用"即内在即超越"来表达要更好一些。最后陈先生指出了心学的"圣证"之学在现代社会中净化人心的作用,以及它所面临的现代困境。这是一个发人深思的问题。

(三)

较之熊十力和马一浮,梁漱溟的心物论则更多地吸收了现代科学心理学的一些成果,其理论的现代色彩更为明显。《人心与人生》是梁漱溟晚年的代表作,其目的是为儒家的哲学提供自然的心理基础。陈先生把梁漱溟的这一进路称为"注重心理学诠释的现代儒家哲学",不同于熊十力的"注重宇宙论建构的儒家哲学"。《人心与人生》前一部分主要叙述生命如何从"本能"发展出"理智",然后又从"理智"发展出"理性"。但是在该书的后一部分梁漱溟则大谈"生命本性"与"宇宙生命",完全脱掉了"心理学"的外衣。因此陈先生指出,梁漱溟的《人心与人生》讲的并不是一种科学的"心理学",而是一种哲学的"心理学"。按照梁漱溟自己的讲法即是"从知识引入超知识、反知识,亦即从科学归到形而上学,从现实生命上起作用的人心归到宇宙本体"[3]606。梁漱溟就是以此宇宙生命为形上基础来讲他的"人性善"与"人性清明"的。陈先生最后指出了梁对于人心论与宋明理学心性论的一些区别。分析了《人心与人生》以实然证当然,"以事实证理想"心理动机。

四、冯友兰哲学中的神秘主义以及对待情感的方法

在冯友兰研究中,"神秘主义"和"应付感情的方法"没有引起其他研究者足够重视,实际上"冯友兰从早年起,通过对道家、玄学(主要是庄子和郭

象)的研究,分两个方面切入精神境界的问题,一个是神秘主义,以万物一体为主体;一个是应付情感,以有情无我为核心。他对宋明道学的理解也是从这里切入的"[1]331。

(一)

一般的研究都认为冯友兰哲学是一个受新实在论影响的理性主义体系,其哲学中的神秘主义的一面往往被忽略。事实上,神秘主义也是冯友兰哲学的重要方面,冯友兰吸收了古代哲学中的神秘主义,并把它融入到他的新理学的建构中。陈先生"历史地检视了有关神秘主义的理解在冯友兰思想中如何发展、演变,以及在其哲学体系中的角色"。[1]276 1926年《人生哲学》中提到神秘主义,但是主要是指一种纯粹经验、宗教经验,并没有上升到更普遍的哲学与精神生活的高度。1927年冯友兰发表了《中国哲学中之神秘主义》一文,此时他把神秘主义界定为一种"哲学",而不是宗教的经验。在上世纪30年代的写的《中国哲学史》中,冯友兰也论述了直觉和不可知的思想,但是仅仅把神秘主义作为哲学史的类型学概念。"新理学"时期(1937—1945年)冯友兰提出了他有影响的境界说。其中"天地境界"与神秘主义关系极大。他还在理性方法与神秘主义之间建立起了积极的联系,认为哲学的理智分析方法只有达到同天的境界才能完全实现其功能。上世纪40年代晚期的冯友兰思想中的神秘主义,可区分为"境界"的神秘主义和作为"方法"的神秘主义。作为"方法"的神秘主义,也就是他所说的"形而上学的负的方法"。哲学就是要通过负的方法来达到作为终点的"不知之知"。

经过这些历史的分析,陈先生把冯友兰对神秘主义的理解概括为三个层次,即"体验"的神秘主义、"境界"的神秘主义、"方法"的神秘主义,并指出:"冯友兰的哲学实际上是一个理性主义与神秘主义结合的体系。这种神秘主义不仅使冯友兰肯定负的形而上学的方法,也使他把自同于大全的境界肯定为哲学的目标和人的最高精神境界。与一般的神秘主义不同的是,冯友兰始终强调的是一种作为哲学境界的神秘主义,而非作为宗教经验的神秘主义;始终强调理智和理性的分析综合是基本的哲学方法,是达到最高精神境界的必由之路;强调逻辑分析与负的方法两者之间的互相补充的关系。"[1]296

陈先生上世纪80年代以来就开始了对神秘主义的研究,该文实际上建立了国内研究中国哲学中的神秘主义的一个范式。

（二）

应付情感的方法是冯友兰哲学中的重要方面,它是冯友兰把握中国哲学精神的重要进路,也影响了他的哲学建构。陈先生对冯友兰对待感情的思想做了一个历史叙述:在《人生哲学》和稍后出版的《一个新人生论》中,冯友兰虽然没有真正涉及"应付情感"的问题,但是在主观上已经把消除痛苦作为达到幸福的重要方法。1926 年 7 月冯先生发表了《中国哲学之贡献》,在其中论述了动静合一的境界问题,并指出达到这种境界的方法是"以知识驾驭感情"。此时冯先生对于宋明道学的理解正是基于在情感问题上对于道家和玄学的了解。在 1934 年出版的《中国哲学史》下册中冯友兰明确提出了"应付情感的方法"的概念。在 1935 年 2 月题为《人生术》的讲演中冯友兰更是以"应付情感的方法"为主题,指出我们很多消极情感的发生是由于缺乏知识所致,正确对待感情的方法是对其发生有充分了解,做到有情而无我。在这篇讲演中,冯友兰同时指出,庄子近于无情论,而王弼与宋儒的看法则是有情而无我。在完成《中国哲学史》冯先生已经很少用"动静合一"的说法了,而较多使用"对付情感"或"应付情感"的说法。在"贞元六书"之《新世训》中,冯先生对于"应付情感"有全面的论述。他详细说明了道家"以理化情"为无情论,玄学则主张"有情而不为其所累",宋明道学家与之相近,显然可以归结为"有情而无我"。1948 年冯先生出版了《中国哲学小史》,他将《中国哲学史》完成以后提出的有关应付情感的论述都概括在其中。50 年代以后冯友兰更将其收摄到"精神境界"的讲法中。

完成了这些历史的叙述以后,陈先生指出冯先生的"应付情感的方法"存在一些可以进一步讨论的地方。首先,冯先生明显推崇无情无累说,但是无情无累说并不能说明道家、玄学、道学的分别,而且他在这种说法中把情感主要理解为消极的情感,并没有处理人如何应对那些积极、伟大的情感,即"冯友兰所说的'有情无我'是强调无我,而不是强调有情;他所说的有情也只是'不能无情'罢了,并没有主张、利用积极的情感的意思。这显然是因为,在这里冯友兰只讲无小我的一面,而没有讲有大我的一面,偏于'无'而未能重视'有',所以不能提出如何对待积极感情的说明"[1]330。

五、余论

"20 世纪中国哲学的发展显示出,在引入、学习西方哲学的同时,继承、借鉴并发展中国古典哲学的传统,以建立起与传统有联结性的新的中国哲学,始终是后五四时代哲学发展的一个重要方向。"[1]366梁漱溟、熊十力、马一浮、冯友兰几位近代哲学家就是在这样的背景下开始他们的哲学工作的,他们的努力大体上构成了这一方向的主体。通过以上的客观的研究,陈先生一方面完整地展示了这些哲学家在当时所遇到的问题以及各自的理论思考和努力;另一方面,陈先生表达了自己的文化关怀:1.文化上的多元主义。解构西方文化中心主义,消解中西、古今的紧张。2.正确处理价值理性与工具理性、知识与道德之间的关系。3.正确理解文化创新与文化认同、传统与现代化、现代化与民族化的关系。这些思考都是当今社会所面临的迫切课题,陈先生的研究为我们厘清了不少理论问题,对我们今后的研究具有重要的指导意义。

参考文献

[1]《现代中国哲学的追寻》,人民出版社 2001 年版。

[2]《三松堂全集》第 5 卷,河南人民出版社 1986 年版。

[3]《梁漱溟全集》第 3 卷,山东人民出版社 1989—1993 年版。

(原载《邯郸学院学报》2005 年第 2 期)

庞朴先生

著名哲学思想家、中国社会科学院研究员　庞朴先生

　　庞朴,著名学者、思想家、中国哲学史学家。1928 年 10 月出生于江苏淮阴。1954 年中国人民大学哲学系研究生班毕业,同年赴山东大学任教。1974 年调中国科学院哲学社会科学部《历史研究》杂志从事编辑工作,以后曾任中国社会科学院《中国社会科学》杂志副编审、副总编和《历史研究》主编等职。1981 年接受联合国教科文组织(UNESCO)之聘,担任《人类文化与科学发展史》国际编辑委员会中国代表。现为中国社会科学院研究员、荣誉学部委员、国务院古籍规划小组成员、"国际简帛研究中心"主任、国际儒学联合会理事、山东大学儒学研究中心主任,北京大学《儒藏》总编纂,并任复旦大学、山东大学、南开大学、杭州大学、武汉大学等校兼职教授,美国加州大学伯克利分校(1984)、哈佛大学(1997)、日本东京大学(1988)、挪威奥斯陆大学(1995)、挪威国家科学院(1999)等校访问学者、客座教授、客座研究员。

庞朴先生在学术研究上成就卓然,著作等身。他的学术领域十分广泛,在中国辩证思想、文化学、古代天文历法以及出土文献等方面尤有精到的研究。个人专著有:《公孙龙子研究》(中华书局 1979 年版)、《帛书五行篇研究》(齐鲁书社 1980 年版)、《沉思集》(上海人民出版社 1982 年版)、《儒家辩证法研究》(中华书局 1984 年版)、《文化的民族性与时代性》(中国和平出版社 1988 年版)、《稂莠集》(上海人民出版社 1988 年版)、《中国名辩思潮》(新华出版社 1991 年版)、《一分为三》(海天出版社 1995 年版)、《蓟门散思》(上海文艺出版社 1996 年版)、《庞朴学术文化随笔》(中国青年出版社 1996 年版)、《当代学者自选文库·庞朴卷》(安徽教育出版社 1999 年版)、《竹帛五行篇校注及研究》(台湾万卷楼图书公司 2000 年版)、《东西均注释》(中华书局 2001 年版)、《一分为三论》(上海古籍出版社 2003 年版)、《浅说一分为三》(新华出版社 2004 年版)、《文化一隅》(中州古籍出版社 2005 年版)、《庞朴文集》(山东大学出版社 2005 年版)等多种。此外,他还主编过《中国文化史丛书》、《中国儒学》、《中华文化通志》等书。

先生治学,严肃严谨,求是求真,同时又能独辟蹊径,大胆创新,其学术观点在国内外均有重大影响。早在 1978 年,先生就在《"火历"初探》一文中,提出了古代中国在使用太阳历、太阴历以前或同时,曾经使用过以大火(天蝎 α)作为纪时星象的火历的说法,这在文献、礼俗、天文知识等方面,都留有明显痕迹。此说引起了天文历法研究者的极大兴趣。1977 年 10 月开始陆续发表的关于长沙马王堆帛书《五行》篇研究的一组文章,认为马王堆帛书所谓的"仁义礼智圣"五种德行,即《荀子·非十二子》中指责的子思、孟轲所造作的"五行"。此说被 1993 年湖北荆门出土的郭店楚简进一步证实,遂成定论。1980 年《"中庸"平议》一文,提出了儒家中庸之道的四种形态——A 而 B,A 而不 A′,亦 A 亦 B,不 A 不 B,以抗争于非 A 即 B 的僵化的二分法,揭开了"一分为三"研究的序幕,之后又陆续发表了数篇文章,系统地论述了"一分为三"的思想。近年来,先生有致力于湖北荆门郭店楚简的研究工作,发表了大量研究论文,认为郭店楚简的发现,填补了孔、孟子之间儒家思想的一段空白,解决了学术界多年未能搞清的思孟的心性论是怎样发展出来,孔子的"性相近"说如何发展成孟子的"性善"说的谜团。(**康香阁**)

著名哲学思想家庞朴先生访谈录

康香阁

庞朴先生是我国当代著名学者、哲学思想家、文化史学家。他数十年如一日,勤奋治学,默默探索,求实求真,同时又独辟蹊径,大胆创新。其学术研究涉及哲学、历史、道德、宗教、天文、地理、音韵、训诂等诸多学科,成就卓著,主要著作有《公孙龙子研究》、《沉思集》、《稂莠集》、《儒家辩证法研究》、《文化的民族性和时代性》、《竹帛〈五行〉篇校注及研究》、《东西均注释》、《一分为三论》、《文化一隅》等等。其学术成就主要集中在以下四个方面:

1. 对"一分为三"的发现和研究。先生倡导"一分为三",偏好方法论的研究。早在 1952—1954 年就读中国人民大学时,便潜心于否定之否定规律的探索。1956 年在《哲学研究》发表《否定的否定是辩证法的一个规律》一文。后来转向中国哲学思想研究,开始对先秦名家产生兴趣,其成果汇编为《公孙龙子研究》和《白马非马——中国名辩思潮》两书。20 世纪 80 年代以来,庞朴先生致力于儒家辩证法研究,发现、整理并描述了以中庸为特色的儒家辩证思维体系并进而提出"三"是中国文化体系的密码,据此可以探测、透视和理解中国哲学思想的整体思维和天人合一的精深系统,逐步构建起"一分为三"这一认识世界指导行动的哲学理论体系。

2. 对"文化热"的鼓吹和投入。早在 1964 年,先生就提出过对文化遗产的批判、继承、创新三原则。20 世纪 80 年代初,又在《人民日报》上重申文化遗产的评价标准并鼓吹开展文化史研究。在此后兴起的"文化热"中,先生更多次发表有关文化学和中国文化史的文章,并在各种有关会议上和国内外许多城市发表演讲,论证其文化三个层面(物质层、制度层、精神层)、两个属性(民族性、时代性)的观点,阐明中国近代史的文化历程正是文化三个层面的展开过程,中国文化的出路在于把握文化的民族性和时代性等思想。相关文章收入 1988 年相继出版的《文化的民族性与时代性》和《稂莠集——中国文化与哲学论集》两书。

3. 对"火历"的钩沉和解说。先生读史发现,在以太阳和太阴为授时星象以前,古代中国人曾有很长一段时间以大火(心宿)为生产和生活的记时根据。大火昏起东方之时,被认作一年之始;待到大火西流,则预示冬眠来临。此外如大火晨昏中天、火伏、晨见,也都被作为从事相应活动的指示。先生称这种疏阔的但却固着于生产与生活的记时法为"火历"。他还证明,火历在文献中留有大量痕迹,在民俗中保存着浓厚的风习(如华人为何尚龙,龙为何戏珠,寒食、灶神,等等);天文学史上不少费解的难题(如二十八宿的顺序何以逆反,太岁纪年法的旋转方向为何与日月五星相左,干支古代写法中为何有两个"子"字,等等),也都只能以火历来澄清。山东莒县出土的陶文,德国内布拉的米特尔贝格山出土的星象盘,都是火历的有力见证。先生这些思想见于上世纪80年代的《"火历"初探》、《续探》、《三探》及90年代的《火历钩沉——一个遗佚已久的古历之发现》等文中。

4. 对出土简帛的整理和宣扬。1973年长沙马王堆出土了一批先秦典籍,先生指认出其中有属于思孟五行学说的篇章,并将其整理校注命名为《五行》。这一看法得到学界的普遍认同,并被20年后湖北荆门郭店出土竹书所证实,沉寂了两千多年的思孟五行之谜,因此得以迎刃而解。1998年,《郭店楚墓竹简》出版,先生又致力于郭店楚简的系统研究工作,发表了大量研究论文。他提出了儒家"三重道德"论、从心旁字看思孟学派心性说、"仁"范畴的演化等精辟见解,并据竹简材料对当年发挥过重大影响的《帛书五行篇研究》进行增改,重写成《竹帛〈五行〉篇校注及研究》一书,由台湾万卷楼于2000年6月出版。为推进简帛研究的深入发展,先生倡议成立了国际简帛研究中心,并创办和主持了"简帛研究"网站(www. bamboosilk. org/www. jianbo. org),此举得到海内外简帛学人的大力支持和一致好评。

2005年1月,庞先生应邀担任了山东大学儒学研究中心主任,这是一件很有意义的事情,访谈就从这里开始。

康香阁:最近山东大学成立了儒学研究中心,您被聘为主任,您能介绍一下研究中心的情况吗?

庞　朴:山东大学儒学研究中心于今年1月份成立。在任何地方成立一个儒学研究中心并不稀奇,可山东大学成立儒学研究中心还是稍微有一些特点。为什么?因为孔子、孟子都是山东人,在山东大学里没有一个儒学研究机构就说不过去。山东大学早就应该有一个儒学研究机构,但一直找不到合适的人愿意去做这件事,结果他们找到我,我是从山东大学调到北京来的,是山大的校友。因为这个关系,就把这个事安排到我头上,让我帮他们成立这个研究中心。这个研究中心是个实体,直属学校管理,可以有10个人员的编制。我们现在很需要有更多的学者来加入我们这个集体。

山东大学得儒家之地利，那么，它应该有什么特色呢？我们正在摸索，但大体上有这么一个想法，就是想以思孟学派的研究为重点。现在研究儒学的、研究孔子的机构，全国不下一二十家，但研究孟子的很少。实际上，儒家思想从孔子开始，到孟子这儿，轮廓才构建起来，从孔子到孟子是一个从奠基发展到成型的时代。韩愈说过："孟轲好辩，孔道以明。"所以，我们想把孟子研究作为一个特色，如果能把这件事做好，那也算作出了一点成绩了吧。

康香阁：就目前来讲，你们正在或准备做哪些工作？

庞　朴：现在正着手进行的大概有这么几件事情。一是编一套儒学学案。过去黄宗羲编了《宋元学案》、《明儒学案》，民国时期徐世昌编了《清儒学案》，解放后中国社科院杨向奎先生又编了《清儒学案新编》。但先秦的，也就是两汉以前的学案，一直没有。我们中心就是想把两汉以前的学案补出来。学案就是传统形式的思想史、学术史，整个学案的前半段是个空缺，我们就是想填补历史上的这个空缺。我们现在准备写《前儒学案》、《孔子学案》、《孔门弟子学案》、《孟子学案》、《荀子学案》共 5 本。我们请了梁涛先生撰写《孟子学案》。先秦以后的还准备再搞几本，一本是《两汉三国学案》，一本是《魏晋南北朝学案》，一本是《隋唐五代学案》，共 3 本。这样，就可以接上黄宗羲的《宋元学案》、《明儒学案》，徐世昌的《清儒学案》和杨向奎先生的《清儒学案新编》，整个学案就构成了一个系统。本来用学案的方式来写学术史不是最好的方式，但它是一个中国式的、传统的写学术史、思想史的方式，我们选择了这么一个方式。这是我们今后两三年的工作重点。

除此之外，我们还想搞一套《中华儒学系年》，对儒学的人物、事件和典籍，作出年代上的推定，以纵观儒学演进的历史脉络。刚才讲的学案，实际上也是一种学术编年，但它更有一点补历史上那个缺的意思，所以它不想离开黄宗羲《宋元学案》、《明儒学案》的标准太远。现在我们打算搞的这个《中华儒学系年》，便要抛开黄宗羲的那个框框，尽可能详细地对我国历史上的儒学人物（包含学派）、儒学事件（包含政策、论辩等）和儒学典籍（包含思想）的相关年日作出考订，把儒学放回到历史的长河中去。中心想到的而又想做的就是这样两件事情吧；当然它是三年二年做不完的。

康香阁：儒学研究是您学术生涯中最重要的组成部分，多年前出版的《儒家辩证法研究》应是您早期的一部代表作，您当时怎么想到从辩证法的角度研究儒学？您提出"一分为三"是否也与这一研究有关？

庞　朴：这个问题很有意思，实际上是很有趣的一个想法。因为过去很少有人从方法论的角度来研究儒学，一般都是从伦理的、政治的，或者从哲学的角度来研究。从方法论的角度谈儒学的著作不多，我还没看到过。我这个人有一个习惯，喜欢从方法论的角度考虑问题。比如说，我在接触中国哲学以前学的是马克思主义哲学，我学马克思主义哲学的时候，也是从方法论的角度切入，所以我带着这个观念来研究儒学。我觉得儒家的辩证法是很有特色的。儒家的辩证法和希腊的辩证法有很多共同的地方，但也有很多不同的地方。儒家辩证法对整个东方学术思想的影响非常深远。我是抓住几个点，开始是从中庸的角度深入进去，搞了一阵子中庸；之后更多的是从"一分为三"，从三分法这个角度来研究。总而言之，我研究儒家学说有点偏，不像人家从政治、从伦理或从哲学角度来研究。很多人说，你这个是研究儒家吗？不太像。我也觉得有点不那么正统。也没弄出多少成绩来，实际上就解决了一个中庸的评价问题，就是如何看待中庸思想，中庸在整个中国学术、社会、历史当中的地位和作用。最后落脚到一分为三，中庸问题实际上也就是一分为三问题。到现在为止，一分为三也没有弄好，整个体系没有收起来，我也弄不动，剩下的将来由别人去弄吧。

康香阁："一分为三"当然是一个学术观点，但除此之外，是否还有对现实问题的思考？

庞　朴：为什么我对中庸感兴趣，对一分为三感兴趣，后来明确谈一分为三呢？这又是一个非常现实的问题。"文化大革命"告诉我们一个很大的问题就是斗争哲学，文化大革命整个是一个斗争哲学的行动，行动中的斗争哲学。而斗争哲学的一个理论基础就是一分为二，就是二分法。二分法、对立、斗争、斗争哲学，整个一套思想在中国实践当中起着主导作用。到了现在我们基本上明白了，光讲斗争哲学是不行的。现在报纸上明确提出要构建"和谐社会"，和谐社会的问题，按我的理解实际上就是说让我们放弃"一分为二"，用"一分为三"。因为"和"的观念是标准的儒家观念，"和"这个观念就是"中庸"，就是"和而不同"，实际上就是中庸哲学。中庸哲学实际上就是"一分为三"的哲学，与一分为二正好是对峙的。一分为二就是斗争哲学，一分为三就是和谐哲学。在夺取政权的时候，在推翻旧社会的时候，更多的是强调斗争，强调矛盾双方的对立，这是很自然的。如果说那个时候强调斗争还有它的必要性和现实意义的话，到了建设一个社会，建设一个国家的时候，再片面讲斗争就不行了。这时要讲的恰恰不是斗争而是统一，讲矛盾既是对立的又是统一的。在夺取政权的时候更多的是讲斗争，建设社会的时候更多的是强调统一,这是花了几十年工夫才找到的。文化大革命是斗争哲学的最大的表现,把一切问题彻底暴露了,现在大家看得很清楚,统一是重要的。

联系到我呢,1980 年我写《"中庸"平议》时候,已经有"一分为三"的想法,但当时绝不敢提"一分为三"。提"一分为三"给人的非常明确的感觉是冲着一分为二来的,一分为二、两点论是毛泽东思想,冲一分为二就是冲毛泽东思想来的,所以我稍微转了一个弯儿,就写了《"中庸"平议》,一个现实的字没谈,就谈儒家的中庸。实际上儒家的中庸就是"和而不同"的哲学,就是"一分为三"。等到后来政治气候比较允许了,我就明确提出了"一分为三"的观点。三分法是 20 世纪 90 年代以后的事,现在谈的人就多了,前两天我还收到一本书,叫《三点论》。所以,你问到我,在研究儒学问题时,里面是否有现实的问题,我说有。我是从中庸开始已有这个想法,等到深入以后,才提出"一分为三",而这些问题都是现实问题。

康香阁:从上个世纪 80 年代起,您便十分重视文化的研究,对当时的"文化热"起到推动作用,不过从当时的环境来看,人们对传统文化批判得过多,而近些年来,人们则转向对传统的同情理解,您前不久也申明自己为中国文化的保守主义者,您是如何看待这种转变的呢?

庞　朴:上个世纪 80 年代"文化热"的兴起,跟现代化的提出有关。邓小平同志提出把现代化作为国策。现代化的对立面就是传统,所以在谈现代化的同时,很自然就有一个如何对待传统的问题。西方对这个问题是这样看的:要现代化就不要传统,要现代化就必须抛弃传统。我们国家没有明确这样说,只提出现代化了,那传统怎么办? 这是当年出现"文化热"的一个现实背景。大概是 1982 年吧,《人民日报》的记者问我文化问题,因为我比较早地注意到了这个问题。这并不是说我这个人有先见之明,是因为我有一个具体任务,就是联合国教科文组织布置的一个任务。他们组织了一套书叫《人类科学文化发展史》,这套书从二战一结束就开始编写,一直到 80 年代初,写了三四十年时间,刚编好第一版,马上就宣布作废。因为这套书整个是欧洲中心主义,遭到了第三世界、苏联、日本等国学者的纷纷反对,所以这套书编好后马上就被否定掉了。后来接着就组织第二版,第二版的组织者来中国找人,到北大、中国社科院到处找,最后找到社科院的历史学家黎澍先生。黎澍先生当时任《历史研究》主编,我在《历史研究》当编辑,黎澍把这个事接下来了,他让我去干这个事。我因为有这套书的任务,所以,我特别提出让大家研究文化。研究文化,我喊得比较早,是这个原因,并不是我有多么高明的地方。当然，提出四个现代化以后，如何安置传统？我思想里边隐隐约约是有这个问题，但当时并不很明确。当时我具体提出文化问题确实是联合国的这个任务把我压在那里，所以我提得比较早。开头问题不大，到了1985、1986年以后，自由主义文化观在社会上慢慢占据了主导地位，其具体体现就是《河殇》。《河殇》这个电视剧在中央电视台黄金时间连续播放了两次，这是一件非同寻常的事，在《河殇》之前找不出第二个例子。

《河殇》的编剧苏晓康，是个很有才华的人，但他的思想里边，说老实话，他对中国传统文化基本上是知之不多，他只知道现代的这些东西。他说中国是黄河文明，西方是海洋文明。他提出要用蔚蓝色的海洋文明代替黄河文明。然后，王元化先生提出"新启蒙"。五四时期有个"启蒙"，现在有个"新启蒙"，为什么叫"新启蒙"？因为五四时期的科学和民主问题没有解决好，现在要继续解决这个问题。"新启蒙"的意思就是说我们过去的传统是一直处在蒙昧时代，那么实际上也就包含了对传统文化的一个看法。这种看法加上《河殇》，整个是一种自由主义者对待传统文化的思想，或者就是从西方搬过来的那种东西——要现代化就不能要传统，把现代和传统绝对对立起来。《河殇》剧组在拍摄过程中曾采访过我，摄像、拍照，谈了半天，最后到中央电视台播出时，我的那个发言画面没有，很简单，那就是我的观点和他们不一致。我的观点基本上就是说传统文化不能扔掉，也扔不掉。我对文化的基本看法可以归纳为一二三：一就是一个定义，什么叫文化？文化就是人化。二就是认为文化有两个属性，民族性和时代性。我把民族性放在前边，文化首先是民族的，其次才是时代的。这是我提得比较明确的。三就是文化有三个层面，即物质的、精神的和制度的三个层面。当时我的观点就是说，文化是民族的根，文化的最基本属性是它的民族性；如果文化没有民族性，或者说一个民族没有自己的文化，这个民族最后就会蒸发掉。满族就是一个例子。满族占领中原，当时对他来说是个好事，结果也是个坏事。历史是很奇怪的，开了个大玩笑，满族统治了全国，最后满族自己没有了。为什么？因为他的文化和他的民族分离了，满族文化失去了他的民族性，他这个民族不需要这种文化了，最后这个民族就没有凝聚力了。这个问题当时我说得不是很清楚。《河殇》播出以后，人民日报、中央电视台，还有文化报纷纷打来电话让我发表观感，意思就是让我批判《河殇》，他们知道我的观点和《河殇》不一致，但我一个字也没批。因为我觉得《河殇》在那个时候出现，它的现实的积极意义是主要的，尽管它有否定文化民族性的倾向。

现在要说的是，当时的文化讨论，我觉得是一个很重要的历史阶段，它关注的是现代化和传统文化的问题。隔了差不多二十年,到今天文化问题有点变化,现在讨论的不是现代化和传统的问题,而是全球化和本土化问题。这个问题更大,它的深度和广度都远远超过二十年前。当时只是个现代化和传统的关系问题,现在变成全球化和本土化的问题了,这就非常明确地说,如果你保不住自己民族文化特点的话,你这个民族就会被全球化化掉。因为经济上的全球化和科技上的全球化是不可抗拒的,谁要是去抗拒经济上的全球化和科技上的全球化,那就是逆历史潮流而动。现在能够做的或需要做的实际上就是文化的全球化问题,一定要看准在文化和全球化的关系上面,我们应该怎么做。我的想法是:文化全球化是一种趋势,是一种强势文化要吞并弱势文化的过程。这时候,弱势的文化,弱势的群体,弱势的民族,如果不能保住自己的文化,不能保住本土文化的话,那么你这个民族慢慢就会消亡,慢慢就会被吞掉了。如果做得好,既保留了本民族的文化,又吸收了全球化的优良东西,这样就成功了。这个成功最典型的例子,就是电脑。电脑作为一个文化现象,它是一种工具。西方人发明了这种工具,本来以为中国人是很害怕这种工具的。因为西方是26个字母,这26个字母千变万化什么都有了。而中国的汉字,是一个一个的方块字,有好几万汉字,你中国人怎么办?中国人居然找到了一种解决汉字输入的最好方式。我们出现了中国的计算机平台,中国的字库,中国的输入法,最后完全可以接纳你这个全球化中的好东西,而且成就完全不比你英文或别的文种差。我昨天看电视,看到西南的一个少数民族把他们的文字输入到电脑里了。这就是说,在全球化的条件下,经济全球化和科技全球化是正常的现象。当然,如果仔细分析,里边还有一些小问题,但大体是对的。在全球化面前一定要有一个保住本民族文化的思想,而且有相应的做法。那么,怎样保住本民族文化,你不能用落后的方法,不能用原教旨主义那样的方法去保住自己民族的文化,那样非常糟糕。至于怎样去保护,我觉得最好的例子就是电脑。在这个意义上,我说我是文化保守主义者,保住我们的文化,守住我们的传统,我是这样的保守。你可千万不能丢掉,丢掉了整个民族就没有了。当然,中国文化博大精深,她是一个专门的、特殊的、原创性的文化,不是轻易就可以丢掉的。但我们不能白吃饭,只要我们活着,我们就要认识到在全球化的条件下,文化的地位以及我们应该做什么。这是我最近想得比较多的一件事情。

康香阁:最近郭店简、上博简的出土和发现,为我们理解古代文化传统提供了重要的文献,所以您提出要重写学术史,那么,应如何理解"重写"呢?

庞　朴:梁涛先生做了很多工作,他在郭店简方面的研究非常的系统和深入。郭店简是非常重要的一件事,也是非常有趣的一个事。原来在中国先秦文献里边,记录历史年代的书籍到《春秋左传》就完了,下面就没有记录了,再就是从《战国策》开始了另外一个时代。顾炎武在《日知录》中也说过,说从某年至某年,大概有一百多年是没有历史记录的,这中间空着一段,没有材料。但我们感觉这里边有问题,为什么?这一段正好上面是孔子,下面是孟子,也就是孔孟之间。我们谈孔子和孟子,当然两者都是儒家,都是儒家的祖师爷,但两个人的思想有很大的不一样。这个不一样,我们知其然,但不知道为什么。孔子谈"仁",孟子一定谈"仁义",一定要把"仁义"两个字连着谈,这就很不一样啊。谈"仁"是一回事,谈"仁义"是另一回事。那么,孟子为什么要在"仁"之后加个"义"字呢?孔子为什么不加?孟子谈人性的时候,一定谈性善;孔子就不谈性善,孔子谈"性相近"。这里边又是怎么回事?怎样从"仁"到"仁义"的,过去这方面说不清楚。没有人能说清楚,所以也没有人提出这个问题,提了也是白提,因为材料不足。

恰恰郭店出土的东西,正好填补了这一段时间空白。只要我们好好研究郭店简,你会发现,你就能把刚才的问题解决,就能解决从孔子的"仁"到孟子的"仁义"的问题。郭店竹简里边慢慢地出现了这个"义"字,出现了好多次。在郭店简里边的"义"字有六七种写法,而郭店简里边出现的大概七十多个"仁"字,不论是在道家思想的文献中,还是在儒家思想的文献中,都只有一种写法,无一例外。"义"有六种写法,这个现象说明什么呢?说明关于"义"的思想还处在草创阶段,"义"字用哪个形式更好、更通用,这个问题还没有解决,所以,"义"字会有不同的字形。而"仁"字这个时候已经非常成熟了,郭店竹简里边尽管也出现了许多次,但"仁"都完全是用同一种写法,这说明"仁"这个观念,这个范畴在当时已普遍被大家使用了,用得很熟了,完全用不着第二种或第三种写法了。如果再从思想上说,"义"包含有很多思想,那么"义"的最早思想是什么?"义"为什么出现?它怎样对"仁"起一种补充和调节的关系?郭店简仅仅在这个意义上(当然还有许多别的方面),就需要我们对过去的哲学史作出重新的解释。从"仁"到"仁义"就是个大题目,"仁义"的思想内容到底是什么?这是过去提不出来的问题,现在有了资料你不写,对不起古人;你写了一定和过去的哲学史不一样,你有意识地写了就叫重写。

康香阁:您对天文学比较重视,写过《"火历"初探》、《"火历"续探》、《"火历"三探》,您能再介绍一下这方面的情况吗?

庞 朴:这是个很特殊的问题。"文化大革命"期间,我在山东大学被批斗,最后被发配到曲阜,我的书都被贴上了封条,书拿不出来,干什么呀?到曲阜后,我发现了一个非常好的东西,那就是曲阜的晚上,天上的星星特别多,济南没那么多。地上没有书可念,我就念这个天书。天上没有阶级斗争,于是,夏天的晚上我就拿把椅子,在操场上看。我花了两年的时间,把各个星座基本搞清楚了。到了文化大革命后期,我的书给解放了,就可以读书了。有一天读到《左传》的时候,碰到一个地方说:今年四月初一这天有日食,这个日食不同于别的时候的日食,说这个四月是正月。四月为什么是正月?四月就是四月,正月就是正月,怎么四月也是正月?那一定是后边有什么东西。根据我在曲阜积累的天文知识,七弄八弄,最后我就发现,《左传》此处所谓的四月是正月,不是我们现在实行的阳历和阴历的正月,而是用另外一颗恒星来记时的,这个恒星在中国叫大火。它是根据大火的出没运转来定春秋,定出月份。根据大量的材料,我就提出远古中国在使用阴阳历之前有过一个历法,叫火历;这个火历不是用太阳作为授时星座,而是以大火星作为坐标。这个火历后来被阴阳历代替了,但是它留下了很多文化上的遗存。一直到现在,很多现象都是火历遗存下来的。比如,我们经常看到二龙戏珠,二个龙,中间一个火球,这是中国最普遍、最广泛的一种图案。为什么二龙要戏珠呢?我们知道,这个珠子是水里的东西,而二龙戏的珠子都有火,为什么有火呢?这个现象,用火历就可以作出解释。

关于火历的文章,我连续发了三篇,从三个方面来证明它。一就是《"火历"初探》,是从文献上钩稽关于火历的痕迹,包括我刚才说的那个四月是正月。今年还有一个大人物,闹出了一个笑话,他说:"七月流火,今年夏天真热!""七月流火"是《诗经》上的一句话,"七月流火"的"火"是指那个大火星。夏天大火星在正南,七月份它从正南跑到西南去了,这就叫"流"。"七月流火"恰恰不是说热,而是说大火星流过去了,天要渐渐变凉了。那个时候是把大火星作为授时星座,大火星本来是在正南,现在审到西南去了。"七月流火,九月授衣",九月份就开始准备加穿衣服了,这个说的不是现在夏历的这个时间。文献上关于火历的记录还有很多,比如有"火正"这个词,火正就是管大火的官。第二篇就是纯天文学的了。天文学上有很多问题,比如天文二十八宿的旋转方向问题,参商二星不得相见的问题。杜甫有诗云:"人生不相见,动如参与商。"就是说参星和商星不得相见,它后边反映了一个故事。这些天文学上的问题都是《"火历"二探》要解决的问题。《"火历"三探》主要谈民俗上的事情。二月二为什么龙抬头?耍龙灯的时候,为什么有个人拿个球,在前面耍?火神是怎么回事?灶神是怎么回事?本来还有四探，至今还没有写出来。四探就是从全世界来看，你中国可以用火星作为授时星座，外国当时情况怎么样？是否有类似情况或者相同情况可以证明？如果不同又是为什么不同？最后发现，世界上有复活节，复活节是从3月22号到4月25号之间，复活节是说基督死后复活了，西方人就这样解释。实际上，在基督以前就有复活节，犹太教中就有复活节。犹太教的复活节把这个仪式讲得很清楚，就是到复活节这天，大家都把火灭了，然后重新弄火分给大家。这个从灭火，到重新弄火的情况在中国完全有，在中国叫做"更火"，中国的寒食节就是讲这个事情。唐诗里有这个话："日暮汉宫传蜡烛，轻烟散入五侯家。"这就是描写在寒食节的时候，让大家把所有的火都灭了，不能举火，可能是两天三天，有些地方搞不好要有一个月的时间不能举火，大家都吃冷东西，这叫寒食。寒食节完了以后，天子重新钻木取火，把火种分给大臣，大臣把这个火种带回去，再分给自己的属下，寒食节事实上就是说大火星重新出现这件事。大火星绕着地球转（通俗地说），转到春分前后，东方人晚上看到它，这时候人们以为一个新的大火出来了，表示新的一年就开始了，一个新的春天开始了，这个时间都在春分前后。西方的复活节，拉丁美洲的狂欢节，都是在这个时候，都是在当年春分前后的一个节日。"春分"前后对农业来说是非常重要的一个日子，农民开始春播，就是在这个时候，所以从西方的民俗和中国的民俗中都可以看出，在以太阳、月亮作为自己历法的根据之前，大家都曾使用过另外一颗星。西方不是用大火星，他们习惯于早晨看星象，早晨看到的正好是大火星对面的那颗星，叫做昴星。埃及人、巴比伦人利用昴星作为授时星座，这颗星早晨重新出现了，复活节便到来了。中国根据的是大火星，实际上是一回事。这是我要写的《"火历"四探》，但我的外文太糟糕，不能直接读外文资料，一直不敢去弄，四探到现在也没有写出来，留着一个遗憾。

后来我把这个材料给李约瑟了，我和李约瑟因为联合国教科文组织的关系有过交往，我在他的图书馆里开过一个礼拜的讨论会。我把火历的材料给他，他很感兴趣，说科技史再版的时候，一定把它补进去。科技史还没再版，他就去世了。

（本次访谈得到了中国人民大学国学院梁涛先生、北京大学哲学系周锋利博士的帮助。此文在整理过程中又参考了庞先生的多部著作。中国人文社科学报学会会长龙协涛先生在百忙中审阅此稿，一并表示谢意。）

（原载《邯郸学院学报》2006年第1期）

庞朴先生的学术贡献

梁　涛[*]

　　庞朴,1928 年 10 月出生,江苏省淮阴县人,为我国著名的历史学家、哲学史家、简帛研究专家。庞朴先生 1954 年毕业于中国人民大学哲学系,研究生学历,曾任山东大学讲师,中国社会科学院研究员,《历史研究》主编,联合国教科文组织《人类科学文化发展史》国际编委,国际简帛研究中心主任等职,现为山东大学儒学研究中心主任,中国人民大学国学院特聘教授,庞朴先生一生著述甚丰,主要出版有《〈公孙龙子〉译注》(上海人民出版社 1974年版),《〈公孙龙子〉研究》(中华书局 1979 年版),《帛书五行篇研究》(齐鲁书社 1980 年版),《公孙龙评传》(《中国古代著名哲学家评传》第 1 卷,齐鲁书社 1980 年版),《儒家辩证法研究》(中华书局 1984 年版),《文化的民族性与时代性》(中国和平出版社 1988 年版),《一分为三——中国传统思想考释》(海天出版社 1995 年版),《蓟门散思》(上海文艺出版社 1996 年版),《竹帛五行篇校注及研究》(台湾万卷楼 2000 年版),《文化一隅》(中州古籍出版社 2005 年版)等。2005 年山东大学出版社出版了《庞朴文集》,共四卷,收录了庞朴先生的主要作品。综观庞朴先生的学术研究,他在以下方面作出了突出贡献。

一、提出"一分为三"说,揭示并发展了古代辩证法思想

　　庞朴先生是从学习马克思主义哲学开始其学术生涯的。1956 年,庞朴先生在《哲学研究》上发表了《否定的否定是辩证法的一个规律》一文,该文针对当时理论界讳谈否定之否定规律的现象,指出辩证法三大规律是完整的统一体,承认矛盾必然导致承认否定之否定规律的存在;当前理论界之拒斥否定规律,是教条主义流行的结果。时庞朴先生年仅 28 岁。不过,虽然在

---

[*]　梁涛(1965—),男,陕西西安人,思想史博士后,中国人民大学国学院教授。

马克思主义理论研究中崭露头角，庞朴还是决定转而研究中国哲学。他回忆当时的情况说，那时全世界只有五个人——马克思、恩格斯、列宁、斯大林和毛泽东能发挥马克思主义哲学，其余的我们就是照着念，只有犯错误的机会，讲对了是应该。我读《毛泽东选集》的时候发现里面中国的东西比马恩思想多很多，所以我决定转到中国哲学。

1980年，庞朴先生发表了《"中庸"评议》(《中国社会科学》1980年创刊号)一文，指出"中庸不仅是儒家学派的伦理学说，更是他们对待整个世界的一种看法，是他们处理事物的基本原则或方法论"。认为中庸可表现为四种常见的思维形式。最基本的形式，是把对立两端直接结合起来，以此之过，济彼不及，以此之长，补彼所短，以追求最佳的"中"的状态，可以概括为 A 而 B 的公式。如《尚书·皋陶谟》所列举的"宽而栗，柔而立，愿而恭"等"九德"。与此相辅，还有一个 A 而不 A′ 的形式，它强调的是泄 A 之过，勿使 A 走向极端。如《尚书·尧典》中的"刚而无虐，简而无傲"。中庸的第三种形式为不 A 不 B，它要求不立足于对立双方的任何一边，强调的是毋过毋无及。如《尚书·洪范》中的"无偏无颇"、"无偏无党"、"无反无侧"等。中庸还有一种形式为亦 A 亦 B，它实际为不 A 不 B 的否命题，重在指明对立双方的互相补充，最足以表示中庸的"和"的特色。故中庸的含义可概括为"执两用中，用中为常道，中和可常行"。《"中庸"评议》一文不拘泥于文献中对于中庸的个别论述，而是以宽阔的视野对中庸进行了审视，将其上升为传统文化世界观和思维方式的高度(庞朴先生论中庸不限于儒家，同时也涉及道、法等其他各家)，故能高屋建瓴，发前人所未发，二十多年后此文仍是研究中庸的经典性文献。同时，《"中庸"评议》也开始了庞朴先生对"一分为三"问题的探讨，"一分为三"的思想在该文中已得到初步表露。此后，庞朴先生又发表一系列论文，正式提出了"一分为三"说。

在庞朴先生看来，西方哲学喜欢以二分法说世界，世界被二分为理念和现实、灵魂和肉体、原因和结果、必然和偶然，等等。西方的辩证法，便建筑在这样两极的基础上，在两极之间寻求某些通道，本意为求适应世界的一体，无奈却更加强调了世界的两分。所以，西方文化所见的无不是一分为二和两极对立。而中国哲学则相信宇宙本系一体，两分只是认识的一种方便法门，一个剖析手段和中间过程，文化真正关注的是含二之一，而这个一，包含二端又不落二端，那么它就不是二，也已不是未经理解的一，而成为超乎二端又容有二端的第三者，或者叫已经理解的一。简单地说，西方辩证法是一分为二的，中国辩证法是一分为三的。一分为三在现实中大量存在，最常见的例子就是左中右,相对于中,才有左右。它也被广泛运用于政治实践中,如汉宣帝云"汉家自有制度,本以霸王道杂之",可见,在王道和霸道之外或之上,还存在着不同于王道、霸道,又杂糅了王道和霸道的第三种道。它才是被汉家所采用的制度。所以,二分法见异忘同(只见对立不见同一),志在两边(两极、两端),而三分法则兼及规定着两个相对者的那个绝对者。二分法也能认识世界、改造世界,由于它的偏执,有时甚至更深刻更果断,但也由于它偏执,总难持久平稳,不免常从一个极端跳向另一个极端。而三分法由于捉牢主宰相对的那个绝对者,所以能驾驭两极,游刃有余。

自近代西学传入中国之后,凡治中国哲学史、思想史的人,无一不是先学习西方某一家、某一派的理论,然后再以该理论为指导来研究中国哲学、思想。在这一点上,庞朴先生也不例外,读过庞朴先生作品的人,不难发现黑格尔辩证法对他的深刻影响以及由此产生的问题意识。但近代以来这种"西学为体,中学为用"的研究方法也存在着明显的不足,主要表现为它不是将中西哲学放在平等的地位进行比较、对话,而是大量套用西方的概念、术语和理论框架来比附、剪裁和说明中国哲学史料。故世纪之交,学术界终于引发了"中国哲学合法性"问题的大讨论,发出回到中国哲学自身的问题意识和义理结构的呐喊和呼声。应该说,庞朴先生对中国哲学研究方法有着比较早的反省和自觉。他回忆自己的为学经历时说:"带着以西方思想为普世思想的大认识,以欧陆理论为至上理论的重武器,闯进中国文化里,按图索骥,量体裁衣,上求下索,右突左奔,虽不免漫汗其形,支离其体,倒也不负苦心,时有收获。不料,在喘息之后,庆功之余,虽有可奉告了,却又滋生出另样的对不起之感——对不起自己祖宗伟大体系和深邃智慧的歉疚。"(《一分为三——中国传统思想考释》,海天出版社 1995 年版,第 1 页)可见,庞朴先生是在经历了"以西方思想为普世思想"的幻灭之后,重新踏上了一条探索"祖宗伟大体系和深邃智慧"之路。他的"一分为三"说便是借鉴而不依傍西方的辩证法理论,揭示、发展中国辩证法思想的重要尝试。以往人们从西方的视角看问题,往往把中国的辩证法说成是朴素或幼稚、粗糙的,而经过庞朴先生的诠释,中国的辩证法就不是简单地可以用朴素来概括,而是具有自己的独特风貌,是可以与西方辩证法并驾齐驱,是中国古代哲人贡献给世界的一份哲学智慧。

庞朴先生认为,中国哲学不惯脱离实际,宁愿藏在伦理、政治行为和议论之中,构成人们的思维方式,而不见诸竹帛形成篇章。故治中国哲学,不能像西方哲人那样满足于概念范畴的思辨和推演,而应更关注于古代哲人的具体论述,于小中见大,用"汉学"方法钩稽"宋学"课题。相信读过庞朴作品的人,无一不会对这一特点有深刻印象。如庞朴先生的《说"参"》(《中国社会科学》1981年第5期)一文,便是通过对古人有关"参"的论述,揭示了古人对对立统一规律的认识和表述。近人治中国哲学,多喜欢新概念、新名词、新方法,而对传统的国学研究有所忽视,岂不知这正是导致"中国哲学合法性危机"的原因所在,而庞朴先生对传统汉宋学术的重视以及有关"一分为三"的研究,无疑对我们寻找真正揭示中国哲学自身特点的方法有着重要的启示意义。中国哲学研究要走出"合法性危机",便应该多借鉴、吸收、关注庞朴先生的研究。

二、提出"火历"说,发现遗佚已久的上古历法

顾炎武曾说:"三代以上,人人皆知天文","后世文人学士,有问之而茫然不知者矣。"(《日知录》卷三〇"天文"条)当代研究文史的学者中,真正通晓天文学的更是为数不多,而庞朴先生则是一个例外。他不仅对天文有精深的研究,还提出"火历"说,发现遗失已久的上古历法,在天文学研究中成一家之言。

说到庞朴先生的天文学研究,还有一段曲折的经历。1971年,山东大学文科系并入曲阜师范学校,时在山大工作的庞朴先生举家随迁曲阜,发派至孔府劳动。在"文革"那段特殊的年代,庞朴先生的书被查封,根本无书可读,不过庞朴先生很快有一个意外的发现,曲阜的夜晚视野非常好,天上的星象异常清晰,是个观察星象的好场所。于是庞朴先生每天晚上都跑到操场上看星星,看了两年之后,把主要星座的运行情况基本都搞清楚了。那时社会科学的书虽然遭到查封,但自然科学的书还是可以看,于是他借了天文学的书籍,对天文学这个陌生的领域用起功来。那时候《人民日报》有一个栏目《每月星空》,介绍了很多星座的知识,庞朴先生成为这个栏目的忠实读者。起初看星星、学天文时,庞朴先生还没有研究的"野心",只是为了打发空闲的时间。但不久,《左传》上的一段记载引起了他的注意。《左传·昭公十七年》说某年三月底的时候,负责观察星象的太史就向国君建议开展隆重的抢救太阳的仪式,因为四月初一要日食,而且说四月也就是正月,在正月发生日食在古代看来是很不吉利的。四月就是四月,太史为什么又会说四月也就是正月呢? 这时,庞朴先生的天文学知识派上了用场,经过研究后认为,这是由于两种历法的坐标、参照物的不同而得出的不同结论。于是庞朴

先生写出《"火历"初探》一文（《社会科学战线》1978 年第 4 期），提出大约在伏羲神农时代，我们的祖先曾以大火（天蝎 α）作为记时星象，这即是所谓的火历。火历的最大特色是以大火昏见之时为"岁首"。《左传·昭公十八年》"火始昏见"的记录，正是这种历法的孑遗。火出以后的一项重要农事活动就是"出火"，即放火烧荒，着手播种。火历虽然后来被阴阳历所取代，但由此产生的一些风俗却长期延续，最著名的就是寒食、改火等等。庞朴先生后来又写了《"火历"续探》（《中国文化》第 1 辑，1984 年）、《"火历"三探》（《文史哲》1984 年第 1 期），从不同侧面对火历说做了进一步的阐述、说明。

庞朴先生是在下放农村时偶然学起天文的，起初只是觉得这门学问里面是非少一些，还缺乏必要的自觉性和目的性，可自从进入了天文学的领域后，才领悟到这片天地的神奇以及与古代历史、文化的密切联系。他提出，要学好文史，必须知天，至少要懂得一些起码的天文和历法知识。这是他的切身经验，也是研究古代文史的正途。

三、主张文化的民族性和时代性，
推动 80 年代的文化研究热潮

说起上个世纪 80 年代的文化大讨论，大家可能仍记忆犹新，而庞朴先生对这场文化讨论的兴起则起到了推波助澜的作用。因参与联合国教科文组织的《人类文化与科学发展史》一书的编写，庞朴先生较早注意到文化史的研究。1982 年，庞朴先生率先发出"应该注意文化史"研究的呼声；在整个 80 年代，曾就文化学、文化史、文化传统与现代化诸问题，数十次地发表演说撰写文章，推动文化研究热潮的前进。

80 年代的文化讨论虽然具有解放思想，破除教条，宣传改革开放的积极作用，但也存在很大的局限性。这主要表现在对传统文化采取了简单否定的态度，将传统文化简单地等同封建文化，将现实种种落后、不合理现象统统归之于传统，认为现代化与传统文化是截然对立的。整个 80 年代，批判、谩骂传统，宣传西化成为一种时尚和潮流，当时轰动一时的电视片《河殇》正是这种思想的产物。在这样的风气下，庞朴先生逆潮流而动，力倡文化的民族性和时代性，为传统正名，为文化正名，他认为"文化之为物，不仅具有时代性质，而且具有民族性质。就时代性而论，不同文化之间，可以因发展阶段不同，而生先进落后之分。若就民族性而论，不同文化类型之间的差别，正是不同民族文化得以存在的根据，无可区分轩轾"。也就是说，中国虽然需要现代化,但中国又必须是在自己的文化传统上来实现现代化,现代化并不能取代或否定文化的民族性,相反它应该使文化的民族特点得到充分的释放和表现。对于当时人们津津乐道的自私、圆滑、精神胜利法等国民性问题,庞朴先生认为它们恰恰不属于文化的民族性,而是文化的时代性产物,是可以与时俱"烬"的,中华文化真正的核心精神应是人文主义精神。庞朴先生充满深情地说:"中国的一个很重要的具体情况是:它有一套源远流长影响深远的中国学,哺育了且仍在哺育着古往今来的无数中国人,不承认这一情况,不熟悉这一情况,便不能有效地学到别国的真本领,也不能有力地发扬自己的好东西。"(《国人与国学》,载《新闻出版天地》1993 年第 4 期)对于 80 年代的文化讨论,庞朴先生认为它实际是一种"文化批判"。先有一个文化上的不满,再去找一个标准,以此来衡量现实,这就是用所谓"蓝色海洋文化"来衡量"黄土地文化",来衡量现实中的"不自由"、"不理性"。所以庞朴先生提出,在"文化批判"之后,还应有一个"学术反思",既反思现实、传统,又反思所借鉴的西学。"文化批判"的任务是求解放,从传统中解脱出来,是"破","学术反思"则带有某种程度的研究与探索,有"立"的成分。在"文化批判"之后,"学术反思"任重道远。

进入 21 世纪,西方文化(主要是通俗、商业文化)携全球化的浪潮滚滚而来,面对这种情况,庞朴先生公开宣称"我是中国文化的保守主义者","在文化上绝对不能搞全球主义,一个民族如果没有自己的文化,你这个民族就蒸发掉了,或者就淹没在人群当中了"。不了解庞朴先生的人可能会对此感到不好理解,其实,这是庞朴先生思想发展的必然结果,"一以贯之"于其对文化民族性问题的思考之中。

四、提出帛书《五行》为思孟学派的作品,
推动出土文献的研究

说到庞朴先生,不能不提到简帛《五行》篇的研究,这一学术难题的攻克是与庞朴先生的名字联系在一起的。《荀子·非十二子》篇中曾提到子思、孟子倡导一种"五行"说("子思倡之,孟子和之"),并批评其"甚僻违而无类,幽隐而无说,闭约而无解",但对于"五行"的内容却没有具体说明,引起后世学者的不断猜测。1973 年 12 月,长沙马王堆第三号古墓出土的帛书《老子》甲本之后,抄写两篇儒家佚书,其中一篇提到一种"仁、义、礼、智、圣"五行。庞朴先生经研究后,写出《马王堆帛书解开了思孟五行说古谜——帛

书〈老子〉甲本卷后古佚书之一的初步研究》(《文物》1977 年第 10 期)一文,率先提出此即荀子曾批评的,子思、孟子曾倡导的"五行"说。庞文一出,学界瞩目。1993 年冬,湖北荆门郭店一号楚墓中发现一批竹简,该篇内容与《缁衣》等相传为子思的著作相伴再次出土,并自名曰《五行》,证明了庞朴先生当年的判断,其观点也开始被学界广泛接受。需要说明的是,由于马王堆帛书的抄写年代较晚,经文的"说"中又大量引用《孟子》的文句,庞朴先生曾将《五行》篇定为"孟氏之儒"的作品。郭店本《五行》出土后,有"经文"而无"说",证明"经文"的年代可能要更早,于是庞朴先生又修正了自己的观点,提出《五行》经文为子思学派的作品,而"说"文完成的时间,当在孟子以后乃至《孟子》成书以后,是由弟子们拾掇老师遗说补作出来的。庞朴先生这种求真求实的精神令人钦佩,也与那些不顾事实,因出土文献与其已有的观点发生冲突,便千方百计否定出土文献的真实性和可靠性的所谓学者形成鲜明的对比。

郭店竹简以及以后上博简的发现,燃起了庞朴先生学术研究的热情,他先后发表了《古墓新知——漫读郭店楚简》(《读书》1998 年第 9 期)、《孔孟之间——郭店楚简中的儒家心性论》(《中国社会科学》1998 年第 5 期)、《三重道德论》(《历史研究》2000 年第 5 期)、《"太一生水"说》(《东方文化》1999 年第 5 期)等一系列重头文章,对早期儒学以及儒道关系进行了详细的分爬、梳理。他指出,孔子以后,弟子中致力于夫子之业而润色之者,在解释为什么人的性情会是仁的这样一个根本性问题上,大体上分为向内求索与向外探寻两种致思的路数。向内求索的,抓住"人之所以异于禽兽者几希"处,明心见性;向外探寻的,则从宇宙本体到社会功利,推天及人。向内求索的,由子思而孟子而《中庸》;向外探寻的,由《易传》而《大学》而荀子;后来则兼容并包于《礼记》,并消失在儒术独尊的光环中而不知所终。郭店十四篇儒家简,正是由孔子向孟子过渡时期的学术史料,它的发现,填补了儒家学说史上的一段重大空白,还透露了一些儒道两家在早期和平共处的信息,实在是一份天赐的珍宝。基于这种认识,庞朴先生提出要重写思想史,并鼓励有更多的青年学者投入到这项关系到中华学术薪火相传、繁荣昌盛的事业中来。为了推动出土简帛研究,庞朴先生以 70 岁高龄筹建了"简帛研究"网站,专门发表与出土文献有关的各类文章,网站一开通,便受到海内外学人的欢迎,成为学者们光顾、交流的重要窗口。

1998 年,笔者来中国社会科学院历史所做博士后研究,因课题与出土文献有关,故与庞朴先生交从其密,皂君东里 12 楼庞宅成为我经常光顾的场所;每有一文完成,庞朴先生必定是第一位读者;每有观点分歧,亦可无拘无束,自由辩驳。笔者在简帛研究方面的点滴进步,与庞先生的帮助实在是分不开的。中国人讲做人、为学的统一。我想说的是,庞先生给我留下深刻影响的不仅是他渊博的学识,睿智的见解,更主要的是他宽厚的长者风范。汤一介教授说,庞先生"跟各方面的人都能和谐相处,绝不会盛气凌人",信哉斯言! 庞先生是智者,更是仁者。"知者乐,仁者寿"。

（原载《邯郸学院学报》2006 年第 1 期）

中国文化密码的现代解读

——庞朴先生"一分为三"思想述略

周锋利 *

在庞朴先生近半个世纪的治学生涯当中,辩证法研究一直是他关注的核心问题。从早年学习马克思主义唯物辩证法,到随即转向研究中国辩证思想,最终形成自己的一套理论,其间虽有不少曲折,但庞朴先生对于方法论问题的探索一直不曾停止,而他研精覃思的理论结晶主要集中在他的"一分为三"思想当中。

庞朴先生在回顾自己五十年来的思想历程时,曾以三篇文章来表明自己在三个不同时期的思想进路,即《否定的否定是辩证法的一个规律》(《哲学研究》1956 年第 3 期)、《"中庸"平议》(《中国社会科学》1980 年创刊号)以及《忧乐圆融——中国的人文精神》(《二十一世纪》1991 年第 6 期)。[1]2以这三篇文章为线索,通过对庞先生不同时期关于辩证法这一主题诸多成果的梳理,我们可以大致勾勒出他的"一分为三"思想从初始萌发到基本形成,再到逐步完善的具体演进过程。

一、1980 年代以前:"一分为三"思想的萌发期

1952 年到 1954 年,庞朴先生被选派到中国人民大学学习马克思主义哲学。这是他正式走上学术研究道路的开端。在人大的两年,名义上是学习马克思主义哲学,但真正学到的则是斯大林的辩证法四大原则和唯物论三大特征,以及把辩证唯物主义推广运用于社会历史领域而形成的历史唯物主义等内容。庞先生对此很不满足。通过自己对马克思主义哲学原著的深入钻研,他对当时流行的一些教条主义的条条框框产生了怀疑。这个时期的思考结果主要反映在《否定的否定是辩证法的一个

---

* 周锋利(1979—),男,湖北黄冈人,北京大学哲学系博士生。

规律》一文中。

否定之否定是辩证法的一个基本规律,黑格尔倡之于前,马克思、恩格斯、列宁扬之于后,这本是毫无问题的。但到了斯大林那里,情况却有所变化。斯大林在《苏共党史简明教程》中列举了辩证方法的四个基本特征:普遍联系与相互制约;不断运动与不断发展;由量变到质变的发展以及由低级到高级的发展;对立面的斗争。这里并没有提到"否定之否定"这一规律。因此,当时理论界就有一种论调,认为斯大林抛弃了否定之否定规律,超过了恩格斯等等。庞朴先生认为,斯大林虽然没有提"否定的否定"这个字眼,但在四个基本特征中却无法排斥否定的否定规律,而是包含着这个规律。因为辩证法三大规律是一个完整的统一体,承认矛盾的存在必然导致承认否定之否定规律的存在;"假如说矛盾规律是辩证法的本质和核心的话,那么,否定的否定规律是辩证法的形式和表面。"[2]380而否定之否定规律和量变质变规律则是并列关系,它们共同体现矛盾规律,全面地显示由于对立而产生的运动和发展。

这篇文章虽然难免打下那个时代的烙印,但是它提出了一个在当时相当敏感的问题:要求恢复否定之否定规律在辩证法学说中的地位。在当时教条主义笼罩一切的情况下,这种不从流俗的理论探索是相当可贵的。有趣的是,这篇文章也奠定了庞朴先生此后的学术道路。否定之否定规律即肯定发展过程的三段性,实际上也就是"三分法",而这正是庞先生半个世纪以来一直关注的问题,只不过他的视线从马克思主义哲学转向了中国哲学。

在完成《否定的否定是辩证法的一个规律》一文之后,考虑到当时的条件并不适合真正的马克思主义哲学研究,庞朴先生决定转向主攻中国哲学史,研究中国辩证思想的发展。而首先进入他的研究视野的就是专以辩论认识方法为乐事的名家者流。

1963 年,庞朴先生在山东大学历史系讲授"中国思想史"课程,在其编写的讲义中有一章专门谈到他对先秦"名家"的看法。我们知道,冯友兰先生在论及战国时的辩者之学时,曾指出辩者当分二派:一派为"合同异";一派为"离坚白"。前者以惠施为首领;后者以公孙龙为首领。[3]163庞朴先生在此基础上进一步提出"名家三派"说,即在强调事物的相对性、共性和对立的同一性的"合同异"派以及强调事物的绝对性、个性和对立的斗争性的"离坚白"派之间,还有一个试图兼顾相对、绝对的墨家辩者派。"墨家辩者一面肯定事物性质的相对固定性,以反对惠施派的相对主义;一面又指出在不同条件下可以有相反的性质,以反对公孙龙派的绝对主义。"[4]245这三派刚好构成合乎逻辑的正反合三部分。① 在对名家三派研究的基础上,庞朴先生在60年代中期完成了《公孙龙子研究》一书。随即"文化大革命"爆发,正常的学术研究工作被迫中断。

20世纪70年代初期,庞朴先生一度对魏晋玄学产生了兴趣,《名理学概述》、《王弼与郭象》、《名教与自然之辩的辩证进展》等文章反映了这一时期他对玄学问题的思考。在这些文章当中,我们同样可以看出辩证法的自觉运用。例如,庞先生认为,从思想发展的角度看,汉末的月旦人物,魏初的名理学,正始以后的玄学,这三者之间,不是一个渐进入另一个的平滑进化关系,而是一个否定掉另一个的飞跃发展关系。[4]385而在分析魏晋时代名教与自然之辩的发展进程时,庞先生也为我们展示了一副精彩的辩证法图景:从王弼的名教本于自然理论到嵇康、阮籍的"越名教而任自然"理论,再到郭象的自然即名教、名教即自然理论,完成了这一时期名教与自然之辩的否定之否定过程。[4]389

1978年,随着思想学术界拨乱反正工作的展开,中国哲学与文化研究开始进入一个新的发展时期。这年8月,庞朴先生《孔子思想的再评价》一文在《历史研究》第8期与《光明日报》8月12日同时发表,开启了中国大陆重新评价孔子之门,这也成为中国哲学领域思想解放的一个突破口。同年秋天,庞朴先生在安徽省太平县召开的一次中国哲学会议上,首次提出了"一分为三"说,试图以此来针砭一分为二的流弊,从思维模式层面反思长期以来的左倾顽症。但一分为二或二分法在当时仍是一个十分敏感的理论问题,因此,庞朴先生真正从理论上系统论证"一分为三"之说,则是80年代以后的事情了。

通过以上的简要梳理,我们可以看到,在庞先生80年代以前的思想史研究中始终贯穿着辩证法这一主线,并逐渐形成自己的特色;虽然他在70年代末的一些学术讨论会上提出过"一分为三"的命题,但还没有经过系统的论证,还处于理论发展的初始阶段。

二、1980年代:"一分为三"思想的形成期

20世纪80年代,随着改革开放的逐渐深入,中国文化的研究也掀开了

① 此篇文章仅为一论纲式的概说,庞朴先生在其上世纪90年代初完成的《白马非马——中国名辩思潮》一书中对名家三派有更全面具体的论说。

崭新的一页,并在 80 年代中后期形成了一场声势浩大的"文化热"。作为这场文化运动的参与者和推动者之一,庞朴先生提出的一系列观点和看法在当时产生了广泛的影响,他的"一分为三"思想也在这一时期基本形成。

1980 年,庞朴先生《"中庸"平议》一文在《中国社会科学》创刊号上发表。这是一篇石破天惊之作,它形式上是在讨论中国哲学史问题,而实际上作者是试图借中庸之道来抗争在理论界长期盛行的非此即彼的僵化的二分法。这种片面强调矛盾斗争性的简单二分法曾给中国社会带来巨大的灾难,"文化大革命"即是其发展到极致的表现。庞先生后来曾经深有感慨地说:"最好的老师是'文化大革命'。……我从中学到的真理之一,便是'中庸之为德也,其至矣乎,民鲜久矣'!……正是'文化大革命',是那份因整个社会都陷入分裂、斗争、动乱、沉沦而引起的危机感,以及那种'吾党之小子狂简,不知所以裁之'局面所造成的恐怖性,才使人真的能够懂得中庸至德之可亲可贵,并亲身感触到了'民鲜久矣'的可叹可悲。于是,我有了认真看待'中庸之道'的酝酿。"[5]4

酝酿的结果就主要体现在《"中庸"平议》这篇文章里。多年以来,人们心目中的"中庸之道"大都偏重在政治伦理方面,而且常是一副乡愿式的丑态。这些应该说是出于误解。庞先生认为,"中庸不仅是儒家学派的伦理学说,更是他们对待整个世界的一种看法,是他们处理事物的基本原则或方法论";[6]1"称中庸之道为儒家的矛盾观或发展观,比起称它为伦理学说来,更能抓住问题的实质"。[6]2庞先生接着分析了先秦时期的三种不同矛盾观,即以侈谈转化为特色的道家矛盾观、以夸大对立绝对性为能事的法家矛盾观和表现为中庸之道的儒家矛盾观。

通过对儒家典籍中有关"中"和"庸"不同用法和解释的梳理,庞先生指出:"执两用中,用中为常道,中和可常行,这三层互相关联的意思,就是儒家典籍赋予'中庸'的全部含义。"[6]13而"中庸"的这些含义,又表现为四种常见的思维形式。庞先生以四个公式来概括它们:

(1)A 而 B。这是中庸的最基本形式,它是把对立两端直接结合起来,以此之过,济彼不及,以此之长,补彼所短,以追求最佳的"中"的状态。如《尚书·皋陶谟》所说的"宽而栗,柔而立,愿而恭"等等。这种形式主要在于以对立面 B 来济 A 之不足。

(2)A 而不 A′。这种形式强调的是泄 A 之过,勿使 A 走向极端。如《尚书·尧典》:"刚而无虐,简而无傲。"《左传·襄公二十九年》:"直而不倨,曲而不屈。"

(3)不A不B。这是A而B的否命题。它要求不立足于任何一边,把毋过毋不及的主张一次表现出来,因而最便于显示"用中"的特点,而取得一种纯客观的姿态。如《尚书·洪范》"无偏无颇"、"无好无恶"、"无党无偏"、"无反无侧"等说法。

(4)亦A亦B。这是不A不B的否命题,也是A而B的形式在时间和空间上的展开。不A不B利于表示"中",着重指明对立双方的互相制;亦A亦B的形式则重在指明对立双方的互相补充,最足以表示中庸的"和"的特色,并有别于以A为主的A而B的形式。这种形式又包含两种情况:一是不同时间的亦A亦B,从时间和过程的全体来看这也是用中,如一张一弛、一宽一猛。二是同一时间内对于不同领域的事物也可采取亦A亦B的办法,从而展现为空间上的用中,如施取其厚、敛从其薄。

以AB两端的不同组合来表述中庸的四种形式,凭借两端认识中间,而不为中间另立名目,此中包含着深刻的辩证思想。这是认识到中间与两端互不可分、三者共成一体的积极表现。庞先生接着指出,"中庸思想以承认对立或二为起点,但不停留在'贰'上,而要求过渡到对立的统一去。这种统一,又叫做'参',它也是儒学的一个重要范畴";而"'参'就是'三',大写的'三'。……'三'是对立的统一,数的完成,是包含有对立于自身的总体,这就叫做'参'"。[6]31这里还没有直接提出"一分为三"的命题,但其实已经是呼之欲出了。中庸所谓的中,就是第三者;承认二分又承认中庸,也就在事实上承认了一分为三。从这个意义上说,中庸问题,也就是"一分为三"问题。庞先生后来回忆说:"我在《中庸平议》之后则深深相信,中国文化体系有个密码,就是三。于是便用这个密码去开中国文化宝藏之锁,也用开了锁的宝藏文化来反证密码之存在。"[5]5

运用这个密码开启的第一扇大门就是"儒家辩证法"。在《"中庸"平议》中,庞先生业已指出,中庸不仅是儒家学派的伦理学说,还是其世界观和方法论,而且后者更为实质。整个儒家学说的体系都是按中庸原则架设起来的。庞朴先生的《儒家辩证法研究》也正是顺着这一思路来完成的。

庞先生认为先秦时期存在三种有代表性的辩证法学说,即道家用弱的辩证法、法家用强的辩证法和儒家用中的辩证法。"从认识发展的逻辑来说,儒家的用中的辩证法,应该是道家用弱、法家用强的辩证法的折中或综合,是它们的逻辑的必然。"[4]440儒家辩证法贯穿于儒学的一系列政治伦理学范畴之中,求和谐于对立,或者说研究对立是怎样同一的,是其中一个重要内容。通过分析仁义、礼乐、忠恕、圣智这些儒学基本范畴的对立同一关系,庞先生指出,"在运用这些范畴以确定自己对待事事物物的态度时,儒家还有一个更一般的方法或原则,叫做中庸"。[4]500承认对立而又尚中,这就构成了儒学的基本方法——三分法。三分法不是数学分割,而是辩证的逻辑。见对立而尚中,因对立、尚中而有三分法,这便是儒家辩证法体系的核心。

对儒家辩证法体系的揭示和分析,标志着庞朴先生"一分为三"思想的基本形成。然而,"一分为三"思想并非仅限于儒家,而是弥漫于整个中国文化;它也不只是一种方法论,还是一种世界观和本体论。对这些问题作理论上的系统说明,是庞朴先生在90年代以后的主要工作。而在80年代中后期,庞先生主要关注的是文化问题。即便在他的文化研究当中,我们也同样可以看到"一分为三"方法的具体运用。

1986年,庞朴先生《文化结构与近代中国》一文在《中国社会科学》第5期发表。庞先生认为:"文化,从最广泛的意义上说,可以包括人的一切生活方式和为满足这些方式所创造的事事物物,以及基于这些方式所形成的心理和行为。它包含着物的部分、心物结合的部分和心的部分。"[7]82正是对西方现代文化这三个层面的依次接纳,构成了近代中国的历史进程:从鸦片战争,经洋务运动,至1895年甲午战争失败,是在器物上承认不如西洋文明,需要"师夷长技"的时期;从甲午战争失败,经戊戌变法,至1911年共和革命成功,是从制度上承认不如西洋文明,而改变制度的时期;从辛亥革命,经粉碎帝制复辟,至1919年五四新文化运动,是东西文明全面比较,从文化根本上进行反思的时期。中国近代史的这三个时期正好是文化结构三个层面的逻辑展开。庞朴先生对文化结构三个层面的划分以及以此来描述中国近代史的逻辑演进,已经成为文化研究的一个基本范式。这也是"一分为三"方法的一次成功运用。

三、1990年代以来:"一分为三"思想的完善期

人们习惯把20世纪90年代称作"反思"的年代,这不仅是对80年代"文化热"的反思,更是对近代中国文化以至整个传统文化的深沉思索,同时还包括对世界文化潮流的主动回应。在这一时代背景之下,庞朴先生对"一分为三"的反思具有更加开阔的视野和更加博大的气象。他所讲的"一分为三"涉及的问题并不限于儒家哲学,也不只是一种思想方法,而是整个中国文化的密码,乃至整个世界的图景。庞朴先生在90年代的主要工作就是运用这个密码来解读中国文化,阐述中华智慧,从而为建立起系统的"一分为

三"理论奠定基础。《忧乐圆融——中国的人文精神》(首发于《二十一世纪》1991 年第 6 期)就是其中很有代表性的一例。[8]216

"忧乐圆融"说是针对"忧患意识"和"乐感文化"这两种关于中国文化特质的不同学说而提出来的。"忧患意识"说是徐复观先生于 1962 年在《中国人性论史》中提出的,他认为中国的人文精神躁动于殷周之际,其基本动力便是忧患意识。以忧患意识为基础的心性之学,不仅是儒家思想的基本品格,也是中国文化的基础,是孔孟老庄以至宋明理学乃至中国化了以后的佛学的一条大纲维之所在。"乐感文化"说是李泽厚先生于 1985 年春在一次题为《中国的智慧》讲演中提出的。其说认为,中国文化具有一种"实用理性"倾向,实用理性引导人们对人生和世界持肯定和执著态度,只求在现实的世俗生活中取得精神的平宁和幸福,即在人世快乐中求得超越,在此生有限中去得到无限。这种极端重视感性心理和自然生命的人生观念和生活信仰,是知与行统一、体与用不二、灵与肉融合的审美境界,表现出中国文化是一种不同于西方的乐感文化。

庞先生首先比较了两种学说的同异,指出二者都表现出强烈的文化认同感,都以儒家思想为母体,都强调中国文化的非宗教性,并以各自的方式证明其人文性。这是它们的共同点。但是,"忧患意识"说所欲寻求的,是中国文化的"基本动力";"乐感文化"说所要探讨的则是汉民族的文化心理结构。"忧患意识"只能是知识精英所具有的意识;而"乐感文化"所表示的文化心理结构则是汉民族的一种集体无意识。"忧患意识"说认为忧患意识本身已具有"最高的道德价值","乐感文化"说则超越道德灵光,而以审美的态度观照人生和宇宙。因此,二者差异很大。

庞先生指出二说各有偏颇。他认为,忧患意识作为一种心态,在中国文化中,未必始于殷周之际,殷人已经具有忧患意识了。"忧患意识"说难以将整个中国文化,尤其是与儒家对立的道家的反忧患意识网罗在内。而且,忧患意识在儒家思想体系中,最具特色的应该是一种居安思危的理性精神,而不在于身居"困难的处境"时"自己担当起问题的责任"。"乐感文化"命题的提出,为的是要同"忧患意识"说以及流行的西方文化乃"罪感文化"之说相颉颃,其前提是中西文化的对立。庞先生认为,这个以二分法来剖析中西文化的前提是值得推敲的。忧患意识说和乐感文化说都是西人二元观点与二元方法的一种运用。

庞先生指出,二分法错在对世界作了静化的处理,将一切都固化为对立的两极,未看到彼此间双向的互动作用。而他所主张的三分法,在承认两极是真实的同时,更指出由于两极的互动,在两极之间,必有一种或种种兼具两极性质和色调(也可以说是不具两极性质和色调)的中间实在。用三分观点看世界文化,文化便未必如惯于以二分法看世界的西方人想象的那样壁垒分明或水火难容。

庞先生接着具体分析了中国文化当中儒道两家的忧乐观。在儒家看来,忧乐本是共存共荣于人身和人生之中的。因此,按儒家的哲学,在人生态度上便不应扬此抑彼,畸轻畸重,只乐不忧,或是忧非乐。儒家对忧乐进行了理性主义的说明与规定。他们将忧分为两类:一为外感的,因困难挫折而遭致的忧,亦即物欲或难满足之忧;一为内发的,欲实现理想而生起的忧,亦即善性力图扩充之忧。君子所真正当忧的,是内忧。儒家将乐也分为两类:一为感性的乐,近于欲;一为理性的乐,偏于性。儒家所津津乐道的,是理性的快乐,亦即得道之乐。而这种得道之乐,也正就是那念念不忘的修德之忧。另一方面,理性的快乐也可以化解那些因物质匮乏或困难处境而引起的外感之忧。这种即忧即乐、化忧为乐的体悟,这种高扬理性之乐的原则,便是宋儒孜孜以求的"孔颜乐处"。

儒家这种自寻其忧自得其乐的理性主义忧乐观,却遭到了道家学派的迎头痛击。道家主张任自然。他们认为,应有的人生态度,就是还自然以自然,听其自然,齐万物,一死生,泯是非,等美恶,寄世以容身,乘物而游心。在道家看来,儒家之忧是不知天道而自讨苦吃,不自量力而忧有应得;儒家之乐究其实也是一忧,因为他们都还有所待、有所求、有所用,都还不曾忘身、不能无己、不知事天。与"长怀千岁忧"的儒家不同,道家对于变革世界的前景和世界变革的现实,早就绝望了。它不再忧愁,因为它已看透了天地间的一切,包括看透了忧愁本身。道家所推崇的大知或得道的人不止于无忧,也没有通常意义上的得之则喜的乐。这种"心不忧乐"的境界,便是道家心目中的"至乐"状态。它是自事其心的快乐,是物物而不物于物的快乐,是独与天地精神相往来的快乐,因而是最大的快乐。在这个意义上,道家不仅不反对乐,而且是最大的乐观主义者。

庞先生最后指出,西汉以来,儒道两家思想轮番地、混合地、谐和地在中国文化中起着主导作用,后来更熔外来的佛学于一炉,成就了中国文化的新的统一体;而其精神,可以"忧乐"二字予以概括:"所谓'忧',展现为如临如履、奋发图强、致君尧舜、取义成仁等等之类的积极用世态度;而所谓'乐',则包含有啜菽饮水、白首松云、虚与委蛇、遂性率真等等之类的逍遥自得情怀。"[8]237 这两种精神,有时分别统领了两个不同时代的文化风貌;有时又常常分别代表着不同人士的神韵情采。这些忧乐杂陈的状况,恰好表明了中国文化同时兼备这两种精神,即由儒家思想流传下来的忧患精神和由道家思想流传下来的怡乐精神。这两种精神的理想结合,便构成了中国人的理想人格。儒道两家虽存有偏忧偏乐的差异乃至对立,但忧乐圆融却是他们各自学说的最后一言和人格的最高境界。儒道的互相圆融构成了中国文化的独特传统;这也使得中国文化能顺利地迎接外来的佛学,并最终汇成了源远流长、雄峙东方的忧乐圆融的中国人文精神。

《忧乐圆融》谈的主要还是中国人的生活态度。这种态度弥漫于整个中国文化之中,自然有其形而上的根据。这个根据不止是作为实践理性的中庸之道,而更有其宇宙论的方面。庞先生在90年代的反思大多集中于此,反思的结果主要收入《一分为三》一书中。

《一分为三》探讨的仍是中国辩证思想,其涉及范围为先秦时代的华夏地区。在自序中,庞先生指出,中国的辩证思想,并非像人们常说的那样是什么朴素的,也就是说幼稚的、粗糙的,而是相当深刻的且深藏着的。只是由于它同西方的辩证法有所不同,从西方的视角看来,仿佛没有成熟而已。中西辩证法的根本不同在于:"西方哲学习惯以二分方法说世界,世界被二分为理念和现实、灵魂和肉体、原因和结果、必然和偶然,等等。西方的辩证法,便建筑在这样两极的基础上……中国哲学则相信宇宙本系一体,两分只是认识的一种方便法门,一个剖析手段和中间过程,即,将事物包含的不同因素和变化可能推至极端,极而言之以显同中之异,并反证着事物本为合异之同。于是,西方文化所见的无不是一分为二和两极对立;而中国文化所见的则是含二之一,而这个一,既经分析而知其包含二端而不落二端,那么它就不是二,也已不是未经理解的一,而成了超乎二端也容有二端的第三者,或者叫已经理解了的一。简单点说,西方辩证法是一分为二的,中国辩证法是一分为三的。"[9]2

中国文化中"一分为三"思想的形成也经历了一个逐渐发展的过程。庞先生认为,要描述这一思想的面貌和演变,不能简单求之于社会的经济与政治,也很难得之于范畴的推衍和翻新,比较可取的方法应该是一种文化史的研究方法。《一分为三》所集各题就是这种方法的具体应用。

第一篇文章《黄帝与混沌》探讨的是中华文明的起点。我们知道,《史记》以黄帝开篇,黄帝被看做中华民族的始祖,但黄帝事迹,已查不可考。司马迁当年写《史记》时也很谨慎,说"百家言黄帝,其文不雅驯"。庞先生通过对传世文献中有关黄帝记载的爬梳整理,为我们勾画出了黄帝形象逐渐演变的轨迹。《史记》中黄帝圣君形象的最终形成，经历了一个从神话时代到传说时代再到史话时代的逐渐理性化的过程。而最初的黄帝并非如此。经过一番考证，庞先生认为，黄帝就是浑敦、混沌；混沌就是陕甘间人横渡黄河时常用的牛皮筏子，其雅名曰鸥夷，混沌为其俗名。黄帝号轩辕。轩辕即殷代铜器铭文中的天鼋，天鼋是一个族徽，一种图腾。这个图腾的形象，即革囊即浑敦。黄帝就是混沌，中华文明从黄帝开始，也就是从混沌开始。而混沌则是宇宙生成、哲学架构以至一切科学的开始。因此，说中华文明始于黄帝，便具有了新的意境。

混沌初开之后，人们有所自觉，逐渐进入了杂多的世界。"类"和"数"成为这一时期初民认识世界的基本方法。文献中的一种叫做"六莶"的数类反映的就是中国辩证思想史上的杂多阶段。这是第二篇文章《六莶与杂多》所讨论的内容。从阴阳说兴起之后，杂多说便开始式微了。第三篇文章《阴阳：道器之间》指出，阴阳本义指的是自然现象，其次它还是人的行为义理，最后它还是一幅宇宙图式。作为宇宙本体之象的阴阳，其本性和特征用一个"和"字便可包括。所谓"和"，也叫"参合"，首先意味着阴阳彼此和合存在，其次是说它非动非静、亦动亦静。这就是中华文化的宇宙图式。

中国哲学家用一个"阴阳"，包容了天地人各界的对立，也概括了相反、相关等各类的对立。他们的兴趣偏重于考究对立如何结合的问题，从而也触及到对立种类上的差异。在《对立与三分》中，庞先生从中国古代文献中整理出三种不同形成方式的对立：并生的两、从生的贰、发生的匹；而在存在方式上，匹往往分化入前二者，事物于是只表现为"有两、有陪贰"的实存状态。物之矛盾是"贰"式的对立，不是"两"式的对立。对立不是固有的，而是生成的。对立既生之后，彼此相对着的双方和对立整体，也一刻不曾或停其运动变化。中国哲学中的"反"和"复"即是表示对立的动态或动态的对立。中国古代哲学所谓的"极"，也是来自对立的生成、消解、发生、演进。对立的两端是极，中间也是极，甚至是更重要的一极。于是，客观存在着的极，应该是三个。三极状态也包括三种：相赞（如天、地、人）、相克（如"剪刀、石头、布"）和相生（如志、言、信）。这三种状态，也是三极的：生克分列两端，它们的中和，便是赞。在中国古代哲学里，三极间的关系，三极之道，用一个范畴来概括，那就是"参"。

以上我们简要介绍了《一分为三》中几篇文章的主要内容，庞先生试图通过文化史的研究来描述中国辩证思想的演变过程，最终归结到"一分为三"这一思想精髓。其文创见迭出，异彩纷呈，妙不可言。尤其值得一提的是《相马之相》和《解牛之解》这两篇姊妹文章,前者以"伯乐相马"的典故谈认识的三阶段;后者从"庖丁解牛"的典故谈实践的三阶段。这两篇文章充分展现了三分法的独特魅力,正如庞先生所说:"这些典故之所以脍炙人口,历久弥新,就在于其中深藏有三分法的哲理。……而三分方法之所以能够探骊得珠,燃犀烛怪,具有无与伦比的直指事物本质的本领,也正是靠着诸如此类的文化实例来佐证和说明。"[5]6

庞朴先生的方以智研究可以看做是说明"一分为三"理论的另一重要文化实例。作为明清之际杰出的思想家,方以智的著作宏富,但流传不广,且因其陈义玄奥,素称难懂,一直少人问津。但方以智的著作中包含深刻的"一分为三"辩证思想,其中尤以《东西均》为代表。① 1996 年,庞先生开始注释《东西均》,历时三载才得以完成。2001 年,《〈东西均〉注释》由中华书局出版,为我们了解和研究方以智思想提供了极大的帮助,也为"一分为三"理论提供了一个强有力的例证。

庞先生的学术研究当中还有一个重要内容即是出土文献研究,这其中与"一分为三"思想直接相关的是他提出的儒家"三重道德"论。通过对《郭店楚墓竹简》中《六德》、《五行》诸篇的深入研究,庞先生指出这里面陈列着儒学的三重道德规范,它们组成了完整的儒家道德学说体系。那就是:人之作为家庭成员所应有的人伦道德(六德),作为社会成员所应有的社会道德(四行),以及作为天地之子所应有的天地道德(五行)。这三重道德,由近及远,逐一上升,营造了三重浅深不同而又互相关联的境界,为人们的德行生活,为人们的快乐与幸福,开拓出了广阔无垠的空间。[2]161 "三重道德"论开辟了儒学研究的新领域,同时也是"一分为三"理论的成功运用和具体体现。

进入新千年之后,年过古稀的庞朴先生开始着手对"一分为三"给出理论上的说明。2001 年 9 月,庞先生开始撰写《一分为三论》,2002 年 8 月完成,2003 年 3 月,《一分为三论》由上海古籍出版社出版。该书对历史上出现过的一分为三诸理论进行了分析梳理,并突出说明其理论价值。这里我们不可能一一介绍,值得一提的是,庞先生在第一节《对立的同一与统一》中区分了"同一(Identity)"与"统一(Unity)"的不同。他指出,所谓对立同一,是说对立者具有与其对立面同一的属性,因而虽然对立,却不曾分裂也不可分

---

① 庞先生曾称方以智为黑格尔思想的先行。他认为,《东西均》书中所阐发的,正好是后来黑格尔所经常讲述的三位一体的辩证法。其思想的深度,完全可以和黑格尔比翼齐飞,毫无逊色。而且由于早出黑格尔 160 多年,直可看成是黑格尔思想的先行。参见庞朴:《黑格尔的先行者——方以智〈东西均·三徵〉解疏》,载 1996 年《中国文化》第 14 期。

离。而所谓的对立统一,说的则是对立者如何统合成为一物,如何曾经是统一物,以及如何将成为一个新的统一物的问题。庞先生还创造性地提出对立的统一的三种形式:包、超、导。所谓包,是说对立的两个方面(A,B),以肯定的方式统合为一,组成一个新的有异于对立二者的统一体(亦A亦B)。如果对立的两个方面,以否定的形式统合为一,构成一个新的统一体(非A非B),那便是超,超越对立双方而成的统一。对立统一的第三种形式是导,统一者主导着对立的两个方面(A 统 ab)。[5]9—12 认清这些形式,是认识世界三分的必要理论准备。

尽管庞先生自己认为其"一分为三"理论体系还没有完全建立起来,但在我们看来,他从博大精深的中国文化中抽绎出来的东方密码,展现了中国文化在人类思想史上的辉煌一页,其深远影响是不容低估的。我们相信,"一分为三"的中国智慧在全球化时代必将散发出更加夺目的光芒,指引人们摆脱二元颉颃的困境,从而为构建更加和谐、繁荣的社会作出应有的贡献。

以上,我们以庞朴先生在三个不同时期的三篇代表性文章为重点,扼要介绍了他的"一分为三"思想从初始萌发到基本形成,再到逐步完善的具体演进过程,从一个侧面揭示了"一分为三"思想的独特价值。近两年来,先生比较关注的一个问题是全球化与中国文化的关系,他的"一分为三"思想对于人们深入思索这个问题具有重要的启发意义。先生已年近八旬,但仍然老而益壮,笔耕不辍。我们有理由相信,先生对于"一分为三"思想的发展完善过程将继续下去,并取得更加丰硕的成果。

参考文献

[1]庞朴:《蓟门散思》,上海文艺出版社 1996 年版。

[2]庞朴:《庞朴文集》第 2 卷,山东大学出版社 2005 年版。

[3]冯友兰:《中国哲学史》上册,华东师范大学出版社 2000 年版。

[4]庞朴:《庞朴文集》第 1 卷,山东大学出版社 2005 年版。

[5]庞朴:《一分为三论》,上海古籍出版社 2003 年版。

[6]庞朴:《庞朴文集》第 4 卷,山东大学出版社 2005 年版。

[7]庞朴:《文化的民族性与时代性》,中国和平出版社 1988 年版。

[8]庞朴:《庞朴文集》第 3 卷,山东大学出版社 2005 年版。

[9]庞朴:《一分为三——中国传统思想考释》,海天出版社 1995 年版。

(原载《邯郸学院学报》2006 年第 1 期)

周辅成教授

伦理学大师、北京大学教授　周辅成先生

　　周辅成先生，著名伦理学家。1911 年出生于四川省江津县李市镇。1933 年毕业于清华大学哲学系，并在该校研究院继续研究哲学三年。从此以后，周辅成先生辗转于祖国的大江南北：在四川担任国立编译编审，在四川大学、金陵大学、华西大学担任副教授、教授；任中山大学、武汉大学教授；1952 年开始任北京大学教授，直至离休。2009 年 5 月 22 日，周辅成先生在北京逝世，享年 98 岁。

　　周先生长期以来从事伦理学的研究和教学工作，出版的主要论著有：《歌德与斯宾诺莎》，1932 年发表在北京《晨报》副刊，后收集在《歌德之认识》一书内，南京中山书店出版。《格林道德哲学》，1933 年发表在《清华周刊》哲学专号。《伦理学上的自然主义与理想主义》，1933 年发表在中华书局出版的《新中华》一卷第 9、10 期。《哲学大纲》,1941 年上海正中书局出版。《论莎士比亚的人格与性格》,1942 年发表在《理想与文化》第 3、4 期合刊。《戴震的哲学》,1956 年初发于《哲学研究》,后加扩充由湖北人民出版社出版。《论董仲舒的思想》,1961 年由上海人民出版社出版。《淮南子的哲学思想》,1962 年发表于《安徽历史学报》。《从文艺复兴到十九世纪政治思想哲学家人性论人道主义言论选集》(主编),1966 由商务印书馆出版。《西方伦理学名著选辑:上卷》(主编),1965 年由商务印书馆出版。《西方伦理学名著选辑:下卷》(主编),1987 年由商务印书馆出版。《西方著名伦理学家评传》(主编),1987 年由上海人民出版社出版。《论人和人的解放》,1997 年由上海华东师范大学出版社出版。

周先生作为一位伦理学大师,在 20 世纪 60 年代初即提出了社会"和谐"问题,在他的伦理思想中,充满着对普通劳动人民的深厚感情。1962 年 9 月 9 日,他在《文汇报》上发表的《希腊伦理学思想的来源与发展线索》一文,即对社会"和谐"问题进行了阐述,并引起了毛泽东主席的关注,毛主席不仅自己阅读这篇文章,还批示给当时的国家主席刘少奇同志阅读。四十多年后,中国共产党明确提出了"构建社会主义和谐社会"的目标,构建和谐社会作为我党执政的主要任务之一。而四十多年前,周先生就有这样的哲学思想,是我们后人学习的宝贵精神财富。

周先生生前对邯郸学院非常关心,他说:我拜读了你们的刊物,我觉得你们邯郸学院还是很有气魄的,想为学术、文化作贡献,想培养新的人才,我们在这边看到了你们学报,还是非常欢喜的。现在还是比较缺乏人才,人家说,科学救国,科学救国就是学识救国、学问救国。但是现在这个学问呀,很多是在讲量化,不是讲质化,质上没有什么东西,量上夸大了,好像一个鸡蛋,冲一碗水不行,还想冲一桶水。其实,我们也希望量大,希望有大量的人才。但是量大要在质的基础上大,不要在量的基础上质大。一个大学(学报)要"求质量",不要片面"求数量",以数量带质量,是一个天大的错误,这个观念一定要纠过来,您们学报要担负这个责任,和大家一起用质量带出高数量。不能在量上求质化,要在质上求量化,我希望你们回去,把你们的学报办得更好。(**康香阁**)

伦理学大师周辅成先生访谈录

康香阁

1962 年 9 月 9 日,《文汇报》上发表的《希腊伦理学思想的来源与发展线索》一文,引起了毛泽东主席的关注,毛主席阅读后,写了一段话:

所谓伦理学,或道德学,是社会科学的一个部门,是讨论社会各阶级不相同的道德标准的,是阶级斗争的一种工具。其基本对象是论善恶(忠奸、好坏)。统治阶级以为善者,被统治阶级必以为恶,反之亦然。就在我们的社会也是如此。

毛主席不仅自己阅读这篇文章,还批示给当时的国家主席刘少奇同志:

少奇:

此文可一阅,如有时间和兴趣的话。阅后交陈伯达①同志一阅。然后还我。

毛泽东

九月十五日

从毛主席的批示,特别是从"然后还我"四个字可以清楚地看出,毛主席对这篇文章非常重视。这篇文章的作者就是我们要采访的北京大学哲学系著名教授、伦理学大师周辅成先生。

周先生的这篇文章讲了四个问题。令人惊奇的是,第三个问题的标题即为"围绕'中庸'、'和谐'为中心的表现形式",是专门论述社会"和谐"问题的。周先生认为:社会"和谐"是一种社会制度赖于存在的基础。伦理思想来源于社会矛盾,是调节社会和谐生活的一种手段。"和谐"一旦失去平衡,这种社会制度将会趋于消亡,将被新的社会制度所代替。希腊奴隶制是如此,希腊奴隶制之后的罗马奴隶制也是如此。

四十五年后,中国共产党在《中共中央关于加强党的执政能力建设的决定》中明确提出了"构建社会主义和谐社会"的目标,它表明构建和谐社会已

---

① 陈伯达,当时任中共中央政治局候补委员、中央政治研究室主任、毛泽东的秘书。

经成为我党执政的主要任务之一。四十多年前,周先生就有这样的哲学思想,是我们后人学习的宝贵精神财富。

周先生学贯中西,本次仅就西方亚里士多德伦理学问题和中国儒家伦理思想两个问题进行了访谈。

康香阁:作为著名的伦理学家,您在《希腊伦理学思想的来源与发展线索》一文中说到:亚里士多德"是第一个把伦理学变成了系统的学科,使它能独立发展的学者"。请你具体谈谈亚里士多德对伦理学的贡献,有哪些特征。

周辅成:亚里士多德可算是西方伟大的博学的哲学家。从他的哲学发展出来的伦理学,既是对西方,也是对人类作出的伟大贡献。亚里士多德的伦理学,在我个人看来,主要的贡献和特征有以下几个方面:

第一,在古希腊时期,伦理道德思想,有两种倾向。一是从苏格拉底传下来的理想主义:"知识即道德";恶性不外是由于无知与思考错误;行为不正常来自"无意"或非志愿或被动(involuntary),人并没有明知故犯的道德弱点(moral weakness;acrusia)。亚里士多德认为,这种思想也是一种极端,把有机会读书、能求名师的知识分子抬得过高了。但他也不完全拒绝为智派的理智道德,仍然被列在一般实践道德之上。另一倾向,是以普罗泰戈拉斯(Protagras)为代表的所宣传的"人为一切存在事物的尺度",以人为中心来讲道德:所谓人,就是一切现实的人,不论智愚贵贱,皆一律平等。亚里士多德,并不曾大声反对"智者"派(Sophist),似乎关心一般平民,但确实很不尊重当时的奴隶,这是他的美中不足之处,但也是当时社会或时代的缺点使之如此。他在这里的最大贡献,是看到了伦理学上自愿和意愿(voluntary)与非自愿或非意愿(involuntary)的区分,强调了意愿或意志的重要。这就为道德建立了稳固的基础,开阔了天地。从此,伦理学者们便知道,道德固然有赖于知识和理性,但也依赖于意志或意愿;否则,道德的范围就变得既褊狭而又干枯,成为有特权受教育者手中玩弄的魔术把戏。在此,亚里士多德似乎有意调和早期苏格拉底、柏拉图与智者派的争论。他不仅以专章来讨论自愿与不自愿之别,也提出"智性之德"与"意愿或意志性之德"的区别;前者或称为"哲学智慧"(philosophie,wisdom),包括技艺、科学、明智、直觉理性(nous,intuition);后者又称为"实践智慧"或"道德德行"(如希腊民间流传的勇敢、自制、慎思、公正)。这个区别让后人知道意志自由的重要,造成中世纪以来关于自由意志的热烈论战,也让康德依据他那个时代的心理学大讲智、情、意之分,强调道德优于理智;康德的这个论点一直到现在,很少遭受学者们的反对。

第二，亚里士多德的伦理学，大家知道以"中庸"为原则。但很多人对这个"中"或"中庸"似有误会，以为这是折中派论调，是一种乡愿派观点。其实不然。原来，亚里士多德所谓"中"，虽然有调和和妥协意义，可被乡愿利用；但更重要的，是面向一个更高远的目的，坚持不偏不倚的态度去接近它，恰如其分地取得它；有如射箭恰中目的，也如天平两面取得其平。这种"中"或"中庸"在物质世界中，在理智世界中，也许得之较易，但在道德实践中，牵涉到感情、欲望，却甚难得其"中"和"平"，即不易"适度"。所以我们不能随便说自己或他人做的事合乎中道。离去中道，也就是走向某一极端。这时我们就必须矫正。有时矫正，还须过正。① 这是一般人在日常实践生活中的态度，亦即所谓道德的真正基础。中，与其说是方法，毋宁说是一种理想或目的。亚里士多德在这里，完全顺从现实，是彻底的现实主义者（Realist）。"中"是现实主义的理想。正如《中庸》所说：

> 诚者，天之道也；诚之者，人之道也。诚者，不勉而中，不思而得；从容中道，圣人也。[1]1632

亚里士多德认为，一般人很懂得中道，也力求中庸，还想由此取得快乐幸福，成为有德之人。我们行德，也只能随俗逐渐接近目的或理想，不能妙想天开。亚里士多德的伦理思想，显然并无神秘成分。上世纪美国的希腊史专家富勒（B. A. G. Fuller）曾详细考证，认为柏拉图曾受东方传入的奥菲克密教（Orphie Mystic）的影响，因而在《美诺篇》（Meno）和《裴多篇》（Phaedo）中主张"现实"只不过是一场梦境，主张梦境之外还有一真实的世界：人只有脱离躯体，灵魂才能接近它；灵魂还能转世。而亚里士多德的思想，并没有这种痕迹。

第三，亚里士多德对正义或公正（Justice，righteousness）的论证，至今仍为学术界（特别是哲学、伦理学、法学、政治学界）奉为经典论述。公正是贯彻一切德行的最高原则，个人道德要依靠它，社会道德要依靠它。也许这不仅是亚里士多德个人的创见，而是古代人的普遍认识和普遍道德规范，如古希腊人用 justice 一字表示，古埃及人用 Meat 一字表示、古印度人用 Dharma 一字表示，古希伯来人用 righteousness 一字表示。中国法家始祖管仲讲"礼义廉耻"，墨子讲"贯义"，也是承认义或公正为百德之王。但亚里士多德讲公正，最大的特点，也是最大的贡献，则在于走入现实中，详细对现实中的公

---

① 见《尼各马克伦理学》第 2 卷第 7、8、9 章，中华书局 2004 年版。

正作了重要的也很详细的分类。他区分社会中有所谓"自然的公正"（justice by nature），有所谓"约定的公正"（justice by convention）。换言之，社会上的关系与行为规范，几乎都是"天生之，人成之"。社会上的道德和公正，绝大部分是靠习惯。这一思想，成为今日西方学术界区别社会和道德生活，分别地讲自然（nature）与约成（convention）的先导。亚里士多德进而又分析分配的公正、矫正的公正、回报的公正、政治的公正。这些创见此后成为经济学、法律学、政治学赖于成立的依据，也是亚里士多德在哲学、伦理学等学科上重大成就与贡献。

第四，亚里士多德在他的《尼各马克伦理学》中还用了两卷篇幅来论述"友爱"，表明道德伦理生活中，"友爱"占着十分重要的地位。他把家庭中的爱称为"家室的友爱"，把它看做友爱的一种，这种看法大约是受斯巴达社会的影响，或者也是由于雅典的社会生活还是在大氏族时代、还未完全进入家庭生活时期的缘故。不过，他形成这种看法的也许还有个更重要的原因，这就是古代希腊半岛上民族复杂、争战激烈、动辄全民族灭亡、沦为奴隶，人们无法过安静的家庭生活，所以一生只求有朋友互相照顾、慰藉感情，就已觉得足够快乐幸福了。看古代希腊人人必读的《伊利亚特》和《奥德赛》，就可知道他们为民族存亡与荣誉而战斗的生活何等紧张，哪有工夫想念个人家庭，中国人在这方面，似乎走在他们前面，能很早就说："孝悌也者，其为仁之本欤？""君子有三乐，父母具存，兄弟如故"是第一大快乐。但后来，中国人似乎强调"孝"过度了。但亚里士多德的友爱在后来却迎来了基督教讲的仁爱，这种友爱观讲在上帝面前人人平等，一切人都是上帝的儿女。基督教作为宗教当然不可取，但它说人人皆兄弟，连奴隶也在内，是比亚里士多德讲的友爱进了一步。总之，若不先有希腊人先"友爱"的基础，这种四海之内皆兄弟的仁爱恐怕也是难受人欢迎的。我们也可换个说法，友爱是仁爱的基础，仁爱是友爱的扩大。亚里士多德说：

> 友爱还是把城邦联系起来的纽带。立法者们也重视友爱胜过公正。因为城邦的团结，就类似于友爱——若人们都是朋友，便不需要公正，若他们仅只公正，就还需要友爱。人们都认为真正的公正，就包含着友爱。①

这番话，把友爱与公正列为同等主德，等于中国古代《国语》上说"爱亲之谓仁"，"利国之谓仁"；孟子说仁内义外；墨子讲"贯义"，又重"兼爱"（这与宋

---

① 见《尼各马克伦理学》第 8 卷第 2 章，中华书局 2004 年版。

代文天祥说的"唯其义至,所以仁至"非常接近)。他们都看到道德本质和特点,只是亚里士多德的思想受到城邦生活的限制,只注意友爱的重要,未见到大社会所需的仁爱。所以,他还说:

> 与许多人交朋友,对什么人都称朋友的人,就似乎与任何人都不是朋友,有少数几个,我们就可以满足了。①

这是城邦社会中的生活理想、基本道德,也是他们祈求实现的快乐和幸福。当然,我们今天已都听熟了西方追求的情爱、大同、四海皆兄弟的声音,也许会嫌友爱,太狭小、粗浅;但情爱等思想,确实是从亚里士多德的"友爱"上逐渐扩大的,正如中国人从"孝"展开大同思想一样。而在道德上最终的目标,都是治国平天下。

亚里士多德伦理学的特征和贡献,确实很多,我们只举出这几点。他的道德观点或伦理思想,是两千年来哲学家、伦理学家的指路明灯:立论持平、深刻、扼要,又易实践,很少人能够超过他。

我愿意在此告诉今日中国的一些哲学家、伦理学家,如要深刻研究,一定要好好学习亚里士多德。学哲学一定要先把伦理学学好;学伦理学也一定要先把哲学学好。否则,不是空谈,就是琐碎平庸,这种人只能做哲学或伦理学的传道士、宣传员,对于个人与社会并无益处。亚里士多德就不是这样:他的学问,几乎涉及社会科学自然科学全部,都有独创见解,也都留下不朽的著作。他的学问,既能分,又能合;他既能讲微分,又能讲积分。这是他的胜人之处。我们应该好好地读他的书。

康香阁:同西方伦理学相比,中国伦理思想产生的历史更为悠久。发端于殷周时期的古代伦理思想,历经三千多年。在理论上几乎涉及到伦理学的各个方面,提出了一系列特有的概念、范畴和理论体系,形成了形式不一、性质不同的各种学派。但由于中国古代哲学,始终是把自然观、认识论、人生观和伦理观融为一体,因而未形成独立的伦理学科。

以儒家伦理思想为代表的中国古代伦理思想,一开始就和哲学、政治思想紧密结合在一起,影响了中国两千多年。直到五四时期,儒学遭到了激烈的批判。近些年,儒学又受到了特别的重视,比如办国学院、孔子学院等。但也有学者认为,这是开历史的倒车,不值得提倡。请您结合儒家(伦理)思想在中国历史上的发展历程,谈谈对儒学的批判和继承问题。

周辅成:儒家,儒学,儒教,孔学,在英、德、法文,都译为"Confucianism,

---

① 见《尼各马克伦理学》第9卷第10章,中华书局2004年版。

Konfuzianismus，Confucianisme"，意即孔夫子主义，即以孔夫子为儒家始祖。但孔子留下的著作很少，"述而不作"，后人多半以其片言只语，再根据自己的观点、立场，作出种种解释。所以孔子与儒家未必相等，民间儒家与官方儒家未必相等，或其至相反。

有人说，中国过去两千多年，儒学的兴衰，代表了国家民族的兴衰，实际也不尽然。儒学虽然可以说是中国过去两千多年文化的主要传统，但这个传统，随时随环境，也常常变化。甚至十分矛盾的解释，也常常结合在一起。它在历代，也并不都是主流。特别是汉代以后历代统治者，依据需要与权势，随意修改，但也随时遇到抗拒，也因此还吸收一些论敌的意见，或者新增加一些新意见。这表明：儒家思想，是以自己的理论改变了实际。但也随时受实际的影响而改变自己的理论，所以要说儒家思想是铁板一块，一二千年没有大变化，今天也不会大变化，这话是大成问题的。有如阿拉伯半岛，过去并不一直是回教文化传统，欧美并不一直是基督教文化传统，甚至印度，也并不一直是印度教文化传统。

谈民族传统，也和民族文化一样，很容易，也很不容易。首先要注意的是儒学上的一与多、普遍与特殊（或"共相与殊相"）的问题。"一中有多，多中有一"，多与一总在一起，但很容易误以多（或特殊）为一（普遍），以一为多；你尽可和孔子一起说"吾道一以贯之"，但多中之一，往往是十分抽象的概念，不得已，也常用具体概念来代替，以例证代替原理。有的中国人，见到敌人的凶恶一面，于是就把敌人视作是一个凶恶整体；此外似乎一无所有。对自己呢，因为是受侵害的、无辜的，因而整个民族是普遍的道德民族。还有一些人，到过日本，见到日本人在维新运动时期，为了反对美英帝国主义向日本叩关，曾宣传过"西方技术"、"东方伦常"的理论，中国留日学生、中国洋务派，顺此提出"中学为体，西学为用"口号；经久后，又改为"西方以科学胜，中国以道德胜"。这些讲法有毛病，多半是混淆普遍与特殊、一与多；老实说，中国在19世纪后半期，不是缺乏科学，而是比较起来，中国的科学确实不如西方发达；西方不是缺少道德，而是道德的表现不同，在这种情况下，如何能说谁缺道德？谁缺科学？这本是"多"或"殊相"的不同的问题，而不是"一"和"共相"的差异问题。万不能说其间何者是普遍存在，何者不是普遍存在，或误以现象为本体，误以风俗习惯为原理，这种错误思想，影响可不小。以致后来人，都不敢深入理解对方，面对着长枪大炮的"洋鬼子"，理着自己的胡子，大言不惭地安慰自己说，他有洋枪技术，我有道德文明，他是蛮人，我是君子；君子动口，不动手，他打我，是儿子打老子。这种看法，表面上似乎有道理，实际则是玩弄概念，混淆事实。这种错误思想，欺骗了不知多少代所谓聪明人。

我个人的意见：对儒家的继承或批判，除了本身的一与多、普遍与特殊问题必须弄清楚外，还要看到儒学本身还有朝野之别。先秦诸子，虽然皆出"王官"（或几乎全出自王官），倚赖富贵、权势为条件，垄断知识，只让自己借所谓知识，大胆说假话，不许别人说真话。但在"百家争鸣"的社会条件下，也不免有人冲破樊篱，能为人民说一些公道话，以致自愿列入平民中，容纳一些广大人民所见的全面真理，愿过真正的人的生活。孔子说："礼失而求于野。"可见他本人也许可算是明显的例子。他周游列国，并不很受当时君主欢迎，他自己也随时想到："道不行，乘桴浮于海"、"用之则行，舍之则藏"。司马迁也非常感慨地说：

> 促尼殁后，授业之徒，沉湮而不举，或适齐、楚，或入河海，岂不痛哉！[2]1159

这是孔子一生的不可免的命运。我们也可说孔子是"世家"出身，但死时却在平民群内，脱离了"王官"地位或立场。在秦始皇死后，反抗君主的人民起义队伍中，儒家的信徒也参加了。儒家对君主的反抗，曾逼得秦始皇坑儒焚书。可见儒家，并不生来就是帝王或首领的同伙，有些人为了升官发财，争夺乌纱帽，闹得漫天风沙。这和孔子或真正儒家并不相干。《史记·儒林列传》上说："陈涉之王也，而鲁诸儒持孔子之礼器，往归陈王，于是孔甲为陈涉博士，卒于涉俱死。"可见原始儒家，不仅不是君主御用的智囊团或吹鼓手，甚至最早还是反专制主义的先锋战士。但汉武帝为了要利用儒家来作为专制集权主义的工具，宣布儒学"定于一尊"。后来，又经过东汉的《白虎通议》的规定，于是在朝的儒学，不得不变成了帝王的统治术的拥护者。正如《汉书·儒林传》所述，儒家变为"一尊"之学后，"一经说至百万余言，大师众至千余人，盖利禄之途然也"。这些注释家或经论家，大半都是借儒家之言来为当时统治思想作宣传或辩解。但附从统治者的一部分儒生或儒家，也并不是一帆风顺。魏晋时期忽然兴起的玄学，也并不是只是道家的变种，实是真正儒家不得不与道家结合的产物，其中所谓名教与自然之争，本是在朝与在野的儒家之争。有的人把名教与自然之争，看成只是一种学术争论，或者是一场宇宙与本体论的斗争。错了，这是一场真正的政治斗争，一场政治伦理的基础的斗争，一场人生论的斗争。可惜今日有些讲魏晋玄学的人，只讲其宇宙论、本体论，而不讲或少讲其人生论与政治论。自从汉武帝定儒家为"一尊"后，暂时压服了汉初的"无为"哲学。其实，"无为"并不是真正的"什么都不管"，当辕固生说了一句贬低老子的话，便被赐死，这难道不算是"定老学于一尊"吗？两种"一尊"相遇在一起，难免不发生矛盾，免不掉后汉魏晋，有人想起来调和二者。这种调和有两种情况，一是统治者或某些身在朝，实际在野的思想家，以"自然"为主。另外还有一种激烈派或在野派，则明白诅咒"名教"——"礼岂为我辈设"（阮籍）。这些人，多数也称颂孔子、圣人；但这只是未脱身的蛇壳，依据这种线路的分析，可知汉魏晋的玄学之争，或自然与名教之争，可以说，既是学术问题，更是政治问题。似乎都承认儒老或孔孟老庄，但是，也似乎都不承认孔孟老庄。表面上错综复杂，实际上却只是在朝儒家与在野儒家的区别。试看嵇康写的《与山居源绝交书》，可知当时真正的孔孟儒家，多不在朝，嵇康早年虽是"处朝廷而不出"，但晚年觉悟已决定"入山林而不反"，并衷心崇敬阮籍，敢于"非汤武而薄周孔"，以致在朝的礼法之士"疾之如仇"。现在有一些哲学史家，常以隐士视之，不标出反礼法的理论的先进意义，视其中许多人被冤杀，似乎乃罪有应得。这是欠缺公平的评述。竹林七贤以及同行者，在当时也只能逃居山林，佯狂涂面，或遭刑戮，祸及亲族，他们不是偏爱"自然"，实是逃避现实，不是反对儒家，而是憎恨当道诸公，假借儒家名教，实行封建专制。在嵇康被杀之后的160年的陶渊明（370—429），表现得更清楚：他在"名教"压迫之下，一面高声叫"久在樊笼里"，一面埋头写《桃花源记》；一面称颂汉代老翁整理儒家经籍，一面抱怨"为何绝世下，六籍无人亲"？这是人民中儒家的声音，但也是和在朝的儒家名教相对立的声音。由此可见，"在朝"与"在野"的儒家，各走一路。

在朝的君主官吏和豢养的士人，要想利用孔子之言统一天下，让人民绝对服从也遇到很大困难。唐代以后，实行了官吏考选制，不读指定的书，不遵守他们所讲的儒家教义，你休想有秀才、进士等类身份。没有这些身份，你休想在京内外做大小官吏，分享统治者从贫苦农民中强迫征收的粮食、布帛。这样，儒家传统，更畅行了，更"高贵"了，但真正的人民，却并不这样看。苏东坡说，唐代韩愈是"文起八代之衰"的学者。但真正文起八代之衰，恐怕应从宋代开始，在宋代，由于外敌兵临城下，朝野之间矛盾变小，不拘一格进人才，所以学术也比较昌明，人才也辈出，眼光也较远大。儒释道三家，都奋发有为，在某一阶段，互相都有取长补短的谦逊之风，以致比较相安。佛教、道教发展了天台、华严、禅宗等等，儒家依赖书院制的发展，迎来了程、朱、陆等人的所谓"新儒家"；其所谓"新"，是指为儒家新增了内容。朱熹似乎也是忠于皇室的学者，但他经历南宋四朝，在55年中只有40天立于朝，他曾借注

"楚辞",而大骂朝廷小人或小儒。他曾说:我忠于皇帝,不是忠于皇帝这个人,而是忠于代表民族的"皇帝"这个名位。所以新儒家不是凭空出现的,而是在举国人民抗金的潮流中产生的。也可说是"在朝"、"在野"儒家精诚团结的产物。它背后有人民的支持,有勇气,有智慧,尽管宋代最后亡于强大的外敌,但新儒家的思想,却永远长存(但决不能"定于一尊")。后来人,多不明白宋儒讲"理"的本意,只以为全是玄谈、"道学",其实,不论朱子也好,陆象山也好,都是在讲"抗战心灵"(或心力)的形而上的基础。后来的王阳明也有类似朱陆。有人想调和心学与理学,似乎也见到这点。其实,就在朱熹时代,朱熹已见到:

> 今朝廷之上,不敢辨别是非。宰相固不欲逆上意,上亦不欲忤宰相意。今聚天下之不敢言是非在朝廷,又择其不敢言者为台谏,习以成见,如何做得事。①

朱熹还见到这毛病,来源甚久:"秦法尽是尊君卑臣之事,所以后事不肯变"(《语类》128 页)。宋代亡国后,先是元代的灭儒,视儒与妓女同列,后是明代很多儒家曾得势于朝,为了名利、权势,乞怜于宦官、宠臣;智愚不分,善恶不辨,使有正气、才学的儒士,如方孝孺被杀,王阳明被贬贵州。宦官假儒家之名,设东厂又设西厂,和东林党儒家对立作生死的斗争,朝廷标榜的,是朱子理学,于是明代民间儒家,或在朝的有良心、有知识的儒家,只好继陆象山的新学改为王阳明的心学。王阳明虽然把"理"放在"心"之下,其实,原意并不否认儒学,所以明代儒学有朝野之分,变为程、朱、陆、王之争。王学注重个人人心,正如魏晋时代的天台宗佛学争论,"一阐提可以成佛",即人人皆可为尧舜。这是封建社会中人民争平等自由的一种理论斗争形式。果然后来日本人搞维新运动,便采取崇敬王阳明理论的形式,这绝非偶然。现代有些治中国哲学史者,看到王阳明重心,便以为这是唯心论,也即反动,这完全是误会。清代统治,本是少数民族统治多数,他们也看到朱子理学可利用来安"民"的麻醉剂,于是用高压手段,也定"理学"于一尊。群儒不敢明白抵抗,只好以经学代儒学,变在朝儒学为在野儒学,或如阳明弟子泰州学派王心斋处士等,主张"百姓日用即道",专以与社会平民谈学为乐。清代文字狱,对付这些反动派,其惨无人道,不亚于明代的太监统治的东厂与西厂。摧残民间学术,曲解人民的孔孟,莫此为甚。如雍正时期,就大杀异己人士:如"曾静之狱"、"吕留良之狱"等等;乾隆时期,有人刻吕留良遗书,有人删改

---

① 转引自钱穆《朱子新学案》下卷,第 1633 页。

《康熙字典》,亦被处死。谢济世注《大学》,陆生枏作《通鉴论》大骂秦始皇有私心,尹夹铨改孟子之"为王者师"为"为帝者师",皆遭死刑,还祸延家属。无怪经学家戴震说:在上者"以理杀人"。他几次考科举,均名落孙山,后有机会入京进翰林,但很痛心疾首,一年后即称病回家,不复回朝。

统观历代统治者,利用、曲解儒学以治国,大肆淫威,欺压人民,这不是人民之福,实是人民之祸。讲中国的儒家道统、传统,不分清这点,必定会分不清真儒家或非儒家或假儒家。以此而论儒,无不入歧途。

还有一个区别,即古今之别,我们也最容易混乱。朝野儒家,都会说古为今用。但稍一不慎,便会成为"变古为今",或"变今为古",这是无意识的。有时却是有目的的。甚至把自己要主张的理论说成是永久性的,古今不变的,或把自己要反对的,说成是可以改变的该取消的。后者如法家所讲的"守株待兔""刻舟求剑"。前者如董仲舒说的:"天不变,道亦不变。"

中国哲学史上的这两套传统知识论、本体论转来转去,花样无穷,很像民间传说的律师师爷们所具备的知识。据说,过去律师(或称师爷、刀笔吏、笔杆子)有一套本领和秘诀,包打赢官司。若问其秘诀或究竟,他们都是在玩弄词句。例如他们为原告写的"罪状"常是"查无实据,事出有因"。被告因此败诉。后来被告亦请原告师爷写状纸,那上面写的结论是"事出有因,查无实据",官司于是转败为胜了。这种争论,很似文化传统上的是非异同之争,这套技巧,传至封建制度废止时也未止。这些师爷智慧,不知先是经院大师传给师爷的,还是师爷先传给大师的,总之,都很有效,这样一来,不论什么理论斗争,什么诉讼案,只要是师爷在场,所讲的都有道理,都是真理,谁也不能与之争论。这也可算是"古为今用"。也许这情况,今日犹存。例如,有人讲创新与传统:一会儿说重创新,一会儿说重民族传统(即儒家传统);一会儿说是供参考,一会儿又说是中心;表面上似乎是在讲辩证法,但背后却只重自己的权位,心中并无人民的地位;有的,只是帮派的利益,帮派的思想;他们对于马克思主义,取一块,去掉多块,还自称自己是真正的社会主义者或马克思主义的真正信仰者。他们少数人的讲话或理论,还不许别人批评、反对。其实,他们不仅用过去统治者常讲的儒家的忠孝仁义为补,还以自己的偏好或亲友、团伙的偏好为补,这就使社会主义变得不伦不类了。还有人看见西方有伯恩斯坦以康德补马克思,于是妙想天开,以罗素补马克思,或自称是综合创新。其实,这不是创新,而是怀旧或返旧。有意作乡愿。作起来,很简单容易,颇似西方人说的:这是懒人想找短路到天堂。有时变得很厉害,成为狡诈者想戏弄人民的手段,不让人民发挥创造力。这也是一种驱今入古的复辟力量,与中体西用同属一流,不知今古区别。儒家如要有"今"的眼光,也该有独创一种适合今日人民的气魄。否则只是在超级市场上出售古董,这有什么意义?中国有一些大老粗,一听说外国人的儿子十八岁即独立成家,不养父母,父母到儿女家吃饭,还要付饭费,于是大骂外国人不孝父母,大逆不道,甚至诅咒人民向政府闹革命。因此,大声说,外国人应该读中国经书,中国人远比西方人文明。这种不知古今之别的人,真令人笑也不是,气也不是。总之,讲儒家不明白这个古今有别的道理,就等于"坐井观天"、"知一隅而不知其全"。

这里,牵涉到西方所谓旧瓶(西方圣经说的是盛酒的皮制"酒囊")与新酒问题。也即是"新与旧"或"古与今"之争。"今"虽不能离"古",不能弃"传统",但也不可夸大传统或"古"。儿女在未成年时必须依靠父母,但既成人,那就要独立自主。创业维新。否则,枉做一个人了。这是个浅显的道理,一个不能自食其力的人,或甚至依赖祖宗几代压迫剥削他人过生活的特权人士,是不能懂得这些道理的。我们对文化传统、对儒家,也要从这个角度看。拿着新商品放在旧瓶内出售,固然不好。但反之,把旧商品放在新瓶内出售,更不好。这种商品,不论新与旧,多半是骗人的,我们应该仔细对待。

我们不反对真正的儒家,而且还尊敬他们。只反对一些依赖权势或"愚而自用"的伪儒家——或者只是"口说一套,而行动又是一套"的冒牌儒家。我们欢迎真正的新儒家,还盼他们到世界学术舞台中去争胜负,但我们坚决反对古往今来有一些借儒家来施行压迫与剥削,夜郎自大,坐井观天。我们还要笑那国民党搞新生活运动,要学生读四书五经来救自己的危亡。我们认为儒家,特别是汉武帝之前的儒家,以及后来当民族危亡的时候的儒家,能抗异族侵略,努力建设中国新文化,不论是在朝派还是在野派,都功不可没。但历代其余在朝多数人士,喜用儒家之理,大挥忠孝大棒,大兴文字狱,以权谋私,以权杀士为得意,这却是令人厌恶的。所以,我们今日评估儒家,一定不要忘记儒家本身还有一多之别、朝野之别、古今之别。历史车轮转到今天,说明白点,像四人帮时代那样大骂儒家或孔夫子,我们是不会举手赞成的,反之,如果有人倒转来提倡尊孔读经,我们也是不赞同的。

临末,我们也要郑重声明,我们只是在理论上,对儒家要分清一与多、在朝与在野、古与今,并不是说实际上在朝的儒家,全都是借儒欺人,在野的儒家全部都是真正的儒家。换言之,我们对古今儒家,只是在理论上作一些区别和分析,以免上当受骗。我们所憎恨的,是那些借儒家(或所谓传统)欺压人民的野心家和伪儒学家。这种人,总是"口是心非",以能施剥削、压迫,甚至杀人为得意,不论他在朝或在野,都是不受人民欢迎的。

总而言之,我们只能让时代或人民来评价朝野儒家,不需要钦定的或御用的儒家,来评价人民的儒家,以此欺骗诚实的人民。

参考文献

[1]阮元:《十三经注疏》,中华书局 1980 年版。

[2]司马迁:《史记》第二版,中华书局 1982 年版。

(原载《邯郸学院学报》2006 年第 4 期)

周辅成先生人学思想管窥

孙鼎国*

周辅成先生今年高寿九十有五。他是一位学贯中西、知识渊博的大师。1978 年我考入北京大学哲学系读欧洲哲学史专业研究生,导师就是周辅成先生。周先生以他渊博的知识、宽容的心态、对学生严格要求与真诚关爱,赢得了我们这些学生的衷心敬爱。

周先生以研究伦理学著名国内,他的关于古希腊伦理学的论文,受到毛泽东的赞扬,并推荐给刘少奇等同志阅读,可见他的伦理学素养和功底之深厚。他编辑的《西方伦理学名著选辑》(上、下册)至今仍然是国内研究西方伦理学的重要参考书目。但是,在周先生的著作中,特别是在"文化大革命"结束以后的著作中,关于人、人的解放的研究,也成为一个鲜明的主题。实际上,周先生关于人的研究工作,早在"文化大革命"前就已开始。他于 1966 年编辑由商务印书馆出版的《从文艺复兴到十九世纪资产阶级哲学家政治思想家有关人道主义人性论言论选辑》一书,是朱光潜先生编辑、1971 年以北京大学西语系资料组名义出版的《从文艺复兴到十九世纪资产阶级文学家艺术家有关人道主义人性论言论选辑》一书的姊妹篇。这两本书虽然最初出版的目的是供批判资产阶级人性论用的,但对近一二十年我国国内兴起的人学研究,特别是西方人学思想史的研究,却起了索引的作用,提供了重要的参考资料。周先生一直认为,人生哲学是哲学的重要组成部分,没有人生哲学部分的哲学,不能算合格的哲学。因此,在他的许多文章中,广泛涉及了今天所说的人学思想的研究。他于 1997 年出版的《论人和人的解放》一书中,便涉及了许多人学思想。周先生晚年编辑了一本《老残留言——体验之谈》,收录了他九十岁左右的作品,其中也涉及了一些人的问题。本文就根据以上所述著作,对周先生的人学思想作一管窥式的初探。

---

* 孙鼎国(1941—),男,山东牟平人,中共中央党校哲学部教授。

一

人生哲学是哲学的重要组成部分，没有人生哲学的哲学，不是真正的哲学。周先生认为，"哲学是人类对于宇宙世界和人生的认识"。早在青年时期就对"人生哲学"发生过极大的兴趣。他把近年来兴起的"人学"（也叫"人论"）的主旨，概括为："新的人论，人学，是为'人'争人格独立、人的尊严与自由的理论；也是想要为'人'作一综合的、完整的探讨的壮举，要让人明白'人'是我们思想中最根本的问题。"周先生所说的"人学"（或叫"人论"）即拉丁文"anthropologie"所标识的学科。

人学一词是拉丁文"anthropologie"一词的中译。这个词最初出现于文艺复兴时期。1596 年，新教人文主义者卡斯曼用"anthropologi"作书名出版了一本书。他认为，"anthropologia"是关于人的两重本性的研究。这一术语后来被用来标识 18 世纪下半叶形成的一门科学，中文译称为"人类学"，划归自然科学的研究范围，以人类为研究对象，包括文化人类学和体质人类学两大部分。实际上，从语源学上说，"anthropologia"是研究人的科学。因为"anthropologia"一词就是由希腊文"anthropos"（人）加上"logos"（学说）构成的。卡斯曼最初也是在这个意义上使用这个词的。近几十年来国外兴起的"人学"，近十几年来在国内成为新兴的热门学问，其对象、性质、内容不同于自然科学范围内的"人类学"。为了区别两者，西方学术界有人主张用"homonology"称"人学"，以区别于"anthropologia"（"人类学"）。在西方一些学术著作中，例如埃利希·弗罗姆在《自为的人》（*Man For Himself*）一书中，把"人学"写作"science of man"（中译本有人译作"人学"，有人译作"人的科学"）。他们指出，人学与人类学不同，"人学"所涉及的范围比习惯上的"人类学"（anthropologia）概念更为宽泛。马克思在《1844 年经济学哲学手稿》中，使用过"Wissenschaft Von Menschen"，这个词组有人译为"人学"，有人译为"人的科学"。但马克思本人没有对这门科学的对象、性质、内容作出明确的规定。

对于人学的性质，目前国内外学术界看法不尽相同。一种意见认为，人学从根本上说来，是社会科学。理由是：人虽然具有自然属性和社会属性，但社会属性才是人的本质属性，而且它制约着人的自然属性。另一种意见则认为，人学是与自然科学、社会科学并立的独立科学。自然科学以自然为对象，社会科学以社会为对象，而人学以整体的人为对象，力图正确而完整地理解人这个有机系统。还有一种看法认为，人学是一门综合科学，虽对从不同方面研究人的自然科学、社会科学的综合，是对人的综合研究。其实，20世纪最早提出对人进行综合研究的是德国哲学家马克斯·舍勒（Max Scheler，1874—1928）。他晚年创立的学派"Philosophische Anthropologie"，中文通常译作"哲学人类学"，实际上译为"哲学人学"更为贴切。因为舍勒的目的，是想把不同学科对人的具体研究同对人的总体的哲学理解结合起来，系统化成关于整体人的哲学学说。他说："如果存在着一个在我们的时代需要拼命地寻求答案的哲学任务的话，那么，它就是一门哲学人学的任务。我指的是一门关于人的本质和构造的基本科学。"他把哲学人学看做其他一切科学、哲学的基础，称之为元科学、元哲学。

如果说新出现的这种"人学"是近几十年的事情，那对于人的研究，关于人的探求，不论中国还是外国都是古已有之。周辅成先生不同意说"人"或"人性"、"人道"或"人的解放"这些问题是近代才有的问题。他在《关于西方"人学"、"人论"的看法》一文中，就阐述了西方关于人的研究的发展脉络。

他认为，人类对"自己是什么"的初步答案，早在公元前一两千年就有了。古埃及流传至今的"狮身人首"石像，就是古埃及人对"人"的看法：它以奇特的形体让人知道，人并非是不朽的东西，它是从兽转化来的，有聪明的头脑，有勇猛的体力，人是智勇双全的东西。古希腊非常重视"人"或"人的研究"了。古希腊智者派主张"人是万事万物的准绳"，实际上也是一种人性论。如果不拘泥于文字，古希腊的人性论，还可以推早一点。早在底比斯的传说斯芬克斯（Sphinx）的故事，把人看做是早晨是四只脚的东西，中午是两只脚的东西，晚间是三只脚的东西，这也是一种人性论，即人对自己本性的认识。他指出，古希腊哲学家虽然知道"人"的重要，但在人论之上，一定要加上宇宙论、知识论，认为人是宇宙或自然的一部分，宇宙自然是"大"，人是"小"，知"小"必须先知"大"。这样一来，人论虽然在哲学中占一席之地，说是哲学研究，最后总是要落实到人。但是宇宙、自然科学变得更重要，人论的范围逐渐缩小，甚至变得无足轻重，直到有人认为"人"的问题，在哲学中可以不谈；形而上学或知识论，才是哲学的根本问题。中世纪注重上帝之学，也特别注重本体与宇宙，认为这是根本的根本；至于人，因其天生有罪，只可作为附带的研究。可以说，西方中世纪是天学压倒了人学，也就是神学压倒了人学。

近代之初即文艺复兴时期出现了人道主义或人文主义。但是，由于注重自然科学，注重对自然的分析与分工、分类的研究，而对自然科学的研究确实给人类社会带来近代文化和幸福,力量太大,结果对人的研究又变为次要,在一些科学家那里(例如笛卡尔为典型代表),人变成了小机器,可以像机器一样分成各部分进行研究,于是形成关于人的各方面的学科,但却缺少总的人的学科,或者有,也不健全有力。这个时期是"物学"压倒了"人学"。

康德是个代表人物,他继承并发展了休谟的人性论,将"人"分为智、情、意、信等诸方面,分别给予批判。他在分论时是博大精深的,理论严密的,但在讲总的"人"的时候,却是苍白的;他在《人类学》(或《人学》)中写的"人",似乎近于庸俗,不似一个有气魄的人。所以这书,也不甚广传。

黑格尔作为哲学家,是位很有眼光的人物,他就想把过去思想家分裂的"人",组合起来,变成活人。他的《精神现象学》,用"精神"来综合一切,就是要讲全面的人、整体的人。他用的方法,主要是综合方法。他的辩证法,就是要使康德之类学者从分析方法所见之正反矛盾,予以综合提高。黑格尔提高了"精神"或"人的心灵",实际也就提高了人的创造才能与人格地位。可惜,后来一些人利用或误解了黑格尔后期不正确的国家学说作为统治术,似乎黑格尔只重国家、集体,不重个人或"人",这是误解。两次世界大战,特别是第二次世界大战,在"国家至上"、"民族至上"、"领袖至上"的口号下,死了几千万人。新的文化论、新的人论,就是在对这大悲剧感到悲愤下发生的。新的"人论"作者中,不少人是亲自参加过、亲眼看到过反法西斯战争的。他们认为,过去对人的研究还不够,对人的重视和尊重还不够,所以要为人而大叫大嚷。不仅是存在主义者如此,连天主教哲学家马里旦,也大声疾呼要讲完整的人文主义,要天道合乎人道。

作为一名对西方哲学有深刻了解而又知识渊博的学者,周先生以洗练的笔触为我们勾画了西方人论发展的大概轮廓。毋庸讳言,对于几千年人学思想发现史,对于每一位哲学家的人学思想,都会是见仁见智的。但是,周先生的描述,真正做到了提纲挈领,同时把人学思想的发展脉络与时代发展的主题结合起来,为前者的演化挖掘出历史的根源。他对存在主义的出现的简略描述,一是指出它是黑格尔哲学分流后出现的以人为主要研究对象的流派,同时指出它是二次世界大战后争取人的尊严和自由的理论,联系萨特为代表的存在主义的理论和实践,及其在法国乃至欧洲社会中的巨大影响,不能不说周先生的描述是完全符合历史真实的。另外,值得指出的是,周先生对于西方人论的态度,即在认真研究、反复研究、真正弄清的基础上,才进行批判,取其所长,弃其所短,而批判也不是无理性的骂倒,而是"思想上、理论上的反对"。这些主张,对于我们今天的人学研究,也是应该接受的原则。

　　周先生不仅指出了人论的重要性,同时也指出了人学研究的方法。他在指出应该坚持唯物的、辩证的方法研究人学以外,还坚持用阶级论的观点研究人学思想史,把阶级论与人论有机地结合起来,而不是把两者根本对立起来。他本人就是用这样的观点和方法来研究人性、人格、人生观等重要范畴的。

二

　　黑格尔哲学以其内容博大、系统而又集唯心主义辩证法之大成,在德国辉煌了几十年。它解体之后,哲学便分流了。与其唯心主义相对立,经过费尔巴哈的中介,产生了马克思的辩证唯物主义;与其抽象的思辨性相对立,产生了实证主义;与其纯理性主义相对立,经过叔本华、克尔凯郭尔、尼采的开端,人本主义以人的非理性领域作为人的本质,在 20 世纪形成滚滚浪潮。人生哲学,就是其中的一股思潮。20 世纪 20—30 年代,正值中国人觉醒并起而抗争的时代,西方的人论,例如尼采的权力意志、超人哲学,奥伊肯的生命哲学等,大量翻译到国内,在青年学子中产生了广泛的影响。时至今日,在国内年代久远的图书馆的藏书目录中,都可以看到此类图书的出版规模。而国内学者的哲学著作中也多有人生哲学的研究。例如,冯友兰先生 1926年出版的《人生哲学》一书就把哲学分为三部分:宇宙论、人生论、知识论。他认为:"人生哲学即哲学中之人生论。"[1]5 "哲学以其知识论之墙垣,宇宙论之树木,生其人生论之果实;讲人生哲学者即直取起果实。哲学以伦理学之筋骨,自然哲学之血肉,养起人生论之灵魂;讲人生哲学者即直取其灵魂。质言之,哲学以其对于一切之极深的研究,繁重的辩论,以得其所认为之理想人生;讲人生哲学者即略去一切而直讲其理想人生。由斯而言,则人生哲学又可谓为哲学之简易科也。"[1]7 周辅成先生对于人生哲学的看法,大体上与他那个时代人的理解是相似的。他写的《吴宓的人生观和道德理想》一文,作为序言收于吴宓著的《文学与人生》一书。在这篇文章中,周先生在评述吴宓的人生观的过程中,阐述了自己对人生、理想、人生价值的看法。

　　周先生认为,人既生存于现实世界,也各自有一理想世界。不论是普通百姓,还是英雄豪杰,除了必须生活于现实世界中外,也都各怀自己的理想,即生活于自己的理想世界,希望在现实世界中能显现自己的价值、作用。因此,宇宙人生既有一与多的矛盾,又有统一和谐的一面。周先生赞成吴宓的看法,认为在生活中只有从对立与矛盾中求统一与和谐,才算是正见或真知,才算是正行或真实的创造与建设,这也正是人生价值之所在。他说,我们生活在事实世界,也生活在价值世界。我们在现实中立身处事,多半依据我们的理想和价值,把自认的价值作为目标和动力。人生努力,尽其诚,如天之运行,始终不懈,即可从行动上理解天道,尽天命,然后成为自己命运的主人。人既为命运的主人,就要求进步,求创造,人生就会由于自己的努力而获取价值。因此,周先生强调理想和现实的统一,认为把理想与现实割裂的人,或仅重视其一者,都是偏颇的。他在概括吴宓的有道德的个人的标准后,指出,在实际生活与行动中,要融合智、义与仁、情,融合公正与同情,即仁智合一、情理兼到。他的结论是:健全的有价值的生活,有赖于向上的道德;而向上的道德,亦必须以有价值的内外兼取本末同重的生活做基础。

三

人学理论认为,人性是系统概念,包括人的属性、人的特性和人的本质。所谓人的属性,是指人身上具有的一切要素。有了它们就成其为人,没有它们便不成其为人。所谓人的特性,即通常说的人性,就是人区别于一切他物的各种普遍属性之和。所谓人的本质,即人之所以为人的根本属性,它是历史的具体过程的质、系统的质、实践的质、多层次的质。用马克思的话说,人的本质,就起现实性而言,它是一切社会关系的总和。因此,对人性的研究,必须从历史发展的社会实际出发,根据不同的研究目的,从不同的层次即个性、群体性、阶级性、民族性、人类共性等层次上,去研究人性问题。周辅成先生在《论人和人的解放》、《从文艺复兴到十九世纪资产阶级哲学家政治思想家有关人道主义人性论言论选辑》的编者序言中,正是按照这样的原则来研究人性的。

周先生指出,历史上的人性论,虽然人言人殊,但依照社会发展史,仍然可以分为:(一)奴隶制时代以希腊人为代表的人性论;(二)封建时代以西欧人为代表的人性论;(三)近代资本主义时代的人性论。古希腊的人性论,乃是神人同形同性的多神论所推演的人性论,重视人的自然属性,即健全的灵魂寓于健全的身体;也重视公民生活;但抱着十分狭隘的城邦血族主义、贵族主义,几乎不承认奴隶和"蛮族"是"人"。中世纪的人性论,乃是超越的上帝或神性主宰下的人性论。一个人生下来就背着原罪的包袱,除哀求上帝基督或教会拯救外,别无他法。

　　周先生结合资产阶级革命的历史真实,深刻揭露了资产阶级的人性论。他指出,资产阶级的人性论和人道主义是在反对封建制度的斗争中产生的。在资本主义生产关系形成初期,这个理论用人的尊严和幸福、人的自由和平等等口号来反对神权观点和封建等级制度,在历史上是起过进步作用的。但是,由于资产阶级从个人主义的人性论出发,因此以个人的要求作为最高目的和最后目的。在社会生活中总是强调个人自由、个人幸福、个人尊严;作为政治主张,则强调自然权利或天赋人权。在他们看来,人的解放就是一切诉诸人性,让天赋权利得到充分发挥,在人性或人权受到摧残的地方,恢复人性,取得人权。在西欧最早的资产阶级革命即尼德兰革命和英国革命中,这种理论起到了鼓舞革命的作用。但是,这种理论的进步作用掩盖了它的缺欠方面。而到了18世纪法国革命资产阶级革命中,实践结果揭示了这种理论的缺欠和它的阶级属性。法国资产阶级利用人民的力量夺取了政权,但他们制定的法律却是有利于资产阶级自己的。周先生指出,法国革命中的如下事实,教育了法国劳动人民:大资产阶级知识分子如米波拉、西耶士等人,革命前高喊自由万岁,但胜利后在他们参与制定的第一部宪法中,却剥夺了劳动者的选举权;在有关教会土地处理的法律规定中,允许私人自由购买,资产阶级以自由竞争、自由买卖为招牌,抬高物价、囤积居奇,发国难财,使劳动者更加穷困;他们为了保住既得利益,甚至于把同他们一起参与革命的劳动人民称作"暴民"、"反革命",鼓吹一切有产者联合起来同劳动人民作斗争。这些历史事实使劳动人民觉悟到:资产阶级的人心或本性与劳动人民的本性并不是一回事,劳动人民的自由和解放绝不能指望资产阶级的人性论,必须另寻他途。劳动人民在激烈的阶级斗争中懂得了,应该争取的,不是个人的自由、个人的尊严,而应该是劳动人民的阶级的自由和阶级的尊严。他们逐步用阶级论代替了人性论,用阶级的解放代替了抽象的人的解放。这是周先生结合法国革命实践,对马克思主义产生前,劳动者阶级对资产阶级人性论、人道主义理论认知过程作出的概括。

　　需要指出的是,周先生不仅仅停留在18世纪法国大革命的人学思想史概述上,对于当前学术界理论界关于人性论和阶级论之争,也坦白地阐述了自己的看法。周先生的观点可以概括为:一是,"人性论与阶级论也未必是水火不容,关键是看我们对这两者的解释如何"。二是,既然阶级斗争的现象在社会中还有存在,就"要求我们站在劳动人民一边为他们的阶级利益作一些辩护或解释"。"我们自己不能因为有人利用劳动人民之名,我们便不为劳动人民的阶级利益讲话。"三是,"我们说阶级论还不能丢掉,这并不意味着人性论不可以讲,的确有时可能还须独立地大讲"。但是,"就社会发展的决定力量而论,只怕阶级论有时就比人性论更重要"。一位早在20世纪30年代就毕业于清华大学的老先生,在80年代能写出如此立场鲜明的观点,是多么难能可贵啊。

四

人格是周辅成先生人学思想中的另一个重要范畴。

"人格"一词有日常语言中的和哲学意义上的两种内涵。人格主义哲学认为,人格是人在全部生活实践中表现出的精神特质,是指人所具有的自我意识、主观意志、内在目的性等特性。这个范畴是现代西方人格主义哲学流派的核心概念。而日常生活中每个人都在自己的言语行为中表现出一种一以贯之的思想道德品格,固定的思维方式和行为模式,人们日常就把它称为人的品格或人格。不同的人,具有不同的人格,有的伟大、高尚,有的卑微、渺小,这是由于人们所处的社会地位、成长的客观环境、受教育程度不同造成的,周先生是在两者兼而有之的含义上使用人格一词的。他在青年时期写的《莎士比亚的人格》、《克鲁泡特金的人格》和晚年写的《吴宓的人生观和道德理想》、《许思园的人生境界和文化理想》等文章中,阐述了他的人格观念及人格追求。

周先生早年指出:"人格乃是一种价值上的存在,不是一种实物的存在。""人格,既是价值上的存在,那么,对它的理解与评价,就不能和对事物的事实判断与评价相同,一半要看评价者自身的主见。""时代的偏见,个人的偏见,总是我们客观地了解人格的障碍。"(《论人和人的解放》,第400页)周先生认为,作为一个作家的人格都反映在他的作品和生活内,从每一角落都可以窥到全体。他正是遵循这个思路,从莎氏一生的经历和不同时期作品的分析中,展示出莎氏的人格的。他也正是在对克鲁泡特金一生的评价中,揭示了克氏的伟大而高尚的人格。而在这种分析、展示、评价的过程中,表现出周先生自己的人格观念和追求。周先生晚年在《许思园的人生境界和文化理想》一文中评价了许先生的人格观念。他指出,许先生认为人格的构成有四层含义:从静的意义上讲,是身体、心、灵魂、良心(或良知);从动的意义上讲,是生理欲望、利己心、爱、义务感。在人格构成上,四者缺一不可。人有这样的人格所以不同于动物。他正是在评价许思园先生、吴宓先生一生的际遇中,展示了自己对人格的看法。

周先生认为,一个人的人格,是在生活实践中逐步完善起来的。只有人格已经成型并得到提高和完善,远离兽性的人,才能真实地过"人"的生活。在他看来,莎氏的伟大人格正是在他一生的坎坷经历和创作实践中,逐渐形成和完善起来的。莎氏人格的来源是:他是平民出身,因此对人的各方面的生活,都有体验和了解;他是真实的平民,故不为世俗的矫揉造作的生活所欺骗和蒙蔽,虽为女王所嘉许并结识许多贵族,但能独自超越不受其影响;他是自得的平民,故虽受苦,但不绝望,不愤激,依然冷静自处。总之,他懂得生活,懂得人类存在的地位所以能客观、宽容,对人类没有一点真正的恨和耻笑,从而能恬静自得。周先生对克鲁泡特金人格的赞颂也源自克氏一生的践行:他自己抛弃了皇族的地位,抛弃了当高官学者的引诱,从颠沛流离、亡命四海的生活中,从对穷苦大众的爱中得来快乐,也博得大众的热爱。他教人谦逊,他教人爱人,他重自由和牺牲的精神,这就是他的人道主义精神,这精神使他永远不朽。周先生从这些杰出人物的生活实践中,剖析赞颂他们伟大的人格,其目的正如他引一位哲人的话所说:"使一切人都能真实努力完成其人格,使人类社会成为一个人格互相欣赏的真善美之社会。"

周先生认为,一个人格崇高伟大的人,必须是有德之人。他借用吴宓先生的话,指出,这样的人,必须是:相信真正的人生本身是道德的,具有澄明的理性和热烈的情感,二者一个不缺;严肃对待生活,能将自己行事与他人的行事一律看待;具有反省和自审的能力;多读书并富有实际社会中的生活经验;富于想象力与同情心,能行忠恕,能做无私的事情;勇于实行,凡认为最正确的道路就立即趋附,不讳言自己的失败和错误。他认为,真实而又仁爱,就是人性或生活的本质所在。

周先生主张爱是人格中的一个重要构成因素。他指出,生命或人生不仅要求生存,而且要发展、成长、充实、完善;不仅要自爱,而且要爱人,把自爱和爱人、利己和利他结合起来。他爱人,人亦爱他,人格之所以有价值,就由于这一点。有了博大的爱的情怀,对人类的缺点就会宽容和怜悯,不会鄙视和排斥,坦诚地推动他人人格的完善。这才体现出卓越的人格。莎士比亚在他的作品中对人类弱点的哀怜,正表现出他伟大的人格。他指出,克鲁泡特金精神的伟大之处,实在说,还是一个爱字——建立在自由平等之上的爱,建立在科学社会主义之上的爱。同时他也赋有反抗的意志。他的施爱,使他能刻苦、忍耐;他的反抗,使他有勇往直前的精神。他热烈地爱人,也为人所爱。

周先生认为,自立自强是高尚人格的必要构成。他在评价吴宓先生的人生观时指出,人既然是命运的主人,就应该用自由意志战胜或利用客观环境,努力践行。他以莎士比亚为例指出,莎氏从未将自己的遭遇诿之于环境,不怨天,不尤人,自己努力去解决。莎氏晚年悲剧能正确对待人类的长处和缺点,冷静客观地对待他悲剧中的人物。他总是能从悲痛中跳出来,自己救自己,同时使自己的情感境界、人格都有所提高。莎氏人格的高超之处就在于他比我们更平实,就是说,即使遇到风浪,也能心不慌,意不乱,平稳地过日常生活。

周先生在评价许思园先生的人生境界时,涉及到义务感。他认为,义务感乃是人格的最高发展,也是根本的本质。没有义务感,对人不负责,比自私更可怕。这种义务感是人民在千万年生活中逐渐养成的。有了义务感,人才能过互助、平等、博爱、牺牲贡献的社会生活。义务感提高了人格,使道德生活成为可能。义务感还发展出正义观念,怀有正义感的人,对自己的过错,忏悔;对他人的罪恶,义愤。这是一个有人格的人必备的条件。他主张,人应该怀抱义务感,要有胆量去做应该做的事。

周辅成先生不仅在著作中深刻探讨人格的构成,而且他自己在生活中也躬行自己的主张,在生活实践中,展现出卓越高尚的人格。在他的书房里挂有一幅字帖,抄录了孟子如下一段话:

> 居天下之广居,立天下之正位,行天下之大道,得志与民由之,不得志独行其道:富贵不能淫,贫贱不能移,威武不能屈,此之谓大丈夫。

《中华英才》杂志社记者访问周先生的纪实文字,标题就是"富贵不淫贫贱乐"。上述孟子的话和这个标题正是周先生为人的写照,对此,他是当之无愧的。

参考文献

[1]冯友兰:《人生哲学》,广西师范大学出版社 2005 年版。
[2]周辅成:《论人和人的解放》,华东师范大学出版社 1997 年版。

(原载《邯郸学院学报》2006 年第 4 期)

周辅成伦理思想摄义

龙希成[*]

周辅成似乎执著于古人"述而不作"的风范,没有留下长篇大论;但他述人物的思想,述思想的历史,述文化的特征,从这些述文中我们依然能读出他的微言大义。他著述的文字不多,但时间跨度够长,最早 1932 年写作《论伦理学上的自然主义与理想主义》和《格林的道德哲学》,议论宏富分析精到,仿佛大家,那年他仅 21 岁;2004 年他以 93 岁高寿改写《论"礼失而求诸野"》与《〈道德生活论〉代序》,思维清晰,文笔雄健,不让后生。他应人之请作的多篇"序"文,了无应酬之语,而是寄寓了他多年苦思的独立见解。周辅成主编《西方伦理学名著选辑》(上、下卷)、《从文艺复兴到十九世纪资产阶级哲学家政治思想家有关人道主义人性论言论选辑》和《西方著名伦理学家评传》,工作"是相当艰苦的",[1]817 但他似乎不在意留下自己的文字。据说他有二十多万字的讲稿但无意整理出版;有人将他以往的论著选辑成书——《论人和人的解放》,他觉得那些"早该烧掉";[2]521 他把近年来写的感时之作,自印成两小册,题"俗人庸言"与"老残留言",仅供少数友好传阅。

是的,在经历了近一个世纪的艰辛和磨难之后,这位老人似乎认清,世间那些"引经据典、长篇大论"的理论,既能给人类带来好处或文明,但也能使人类比野兽更残忍!所以,每当有人在高台上向群众大声激昂慷慨讲书时,周辅成总爱低着头,看看那人的"心胸是否也有跳动"?不幸,他常常失望。因为"有些人的话,每每不是从心坎里发出的,只是从喉管发出的"[2]521—524。

那么,在这位老人自己的内心深处,究竟寄寓着怎样的道德自我和道德理想呢?

---

* 龙希成(1967—),男,湖南衡阳人,清华大学哲学系博士生。

正　义

　　周辅成一扫堆砌于书本上的众多范畴和价值，径直将"正义"置于伦理学的首位。

　　这并非说其他范畴不重要，而是说一般伦理学教科书只列"义务"、"良心"、"荣誉"、"幸福"或"集体主义"，不重甚至排除"正义"，是一个"缺乏常识的架构"。[2]9 周辅成也认为"一部伦理学史几乎就是一部公正思想史"。[2]195 这是说，在中外历史上，"正义"作为主德或百德之总，具有"照射和带领"群德之效。

　　周辅成费了许多笔墨论述"正义"一直是人类历史最主要的道德观念，这在中国、古印度、古埃及、古希腊或现代西方皆然。这主要体现在《论中外道德观念的开端》、《孔子的伦理思想》、《论社会公正》和《论当代西方的道德现实与道德理论》四文中。

　　一般认为中国的道德传统主要是儒家，而儒家思想以"仁"为中心，但周辅成论证，"仁"在孔子之前已成社会主德之一，只是到了孔子才把"仁"列为百德之总；而"义"作为道德观念，比"仁"出现更早，也更重要，"因为人类社会，如果没有仁，也许还可存在几年，如果没有义，只怕会立即瓦解了"。[2]121 人类文化的开端，义亦同时出现，其作用是维持政治社会的秩序，义是礼法之前的"礼法"，是使人类得以成社会的客观规则，任何成员必须遵守，因此也"是道德的根本原理"。只因后来"义"德太重客观理性，乃至滥用"大义灭亲"，古代才开始注重内心的"仁"德。自此，以仁济义的儒家传统得以形成和流传。[2]124

　　公元前30世纪左右，古埃及人就以公正作为法律和道德的最高原则，他们用 Maat 表示公义、公正的意义。无论是金字塔时期的遗文，还是公元前27世纪的墓志铭，都提到"公义至大"、"对一切人都要公正"等；到了公元前20世纪左右，内心制裁或良心让他们最早进入"良心时代"（Age of Conscience），这是说埃及人最先明白仁义并重。约在公元前15世纪，古印度人用 Dharma 表示公正或义，并以它来维持一个坚强的法制系统和道德系统，保证古印度等级制度社会的有序运作。[2]129—130

　　不仅东方，西方亦复如此。西方所谓犹太教、基督教和希腊文化，似异实同。犹太教《圣经·旧约》要人信神，就是要人相信道德原理或"摩西十诫"是至高无上的"道"，相信道义或正义的力量；而以耶稣为中心的基督教增加了新内容,《圣经·新约》明确把"仁爱"(Charity or Love)列为最高德,并把"摩西十诫"简化为两条:爱上帝和爱人。希腊最早著作之一《工作与时日》讲,天神宙斯把"正义"送给人类,人只要知晓并伸张正义,就会得到天神赐福;还说,有生之类若无正义,就会相互吞食;大立法家梭伦制定古希腊宪法,其原则即"无贵无贱,一视同仁,直道而行,各得其所"。柏拉图证明"正义"乃和平、快乐、道德生活之来源;亚里士多德既重"正义",亦重"友爱"。[2]132—136

近古以来直至当代的西方伦理学,亦将"正义"(Justice)置为首要。周辅成说 Justice,有的译为"公正",有的译为"正义",有的译为"公道",有的译为"义"。[3]ii康德提出"义务",要求尊重他人之权利;达尔文以《人类的由来》证明人类并非"爪牙血肉相见",而是必须"互助"方得成为社会;克鲁泡特金提出"自我牺牲"、"正义"和"互助"的道德世界。[2]17—41至于当今西方走红的罗尔斯正义论,更是基于"平等"的社会正义理论,强调公民有平等的自由与权利,强调保护弱势一方或得益少的人,以"做到人人皆有利"。[2]157

在周辅成看来,世界各类文明(文化)或不同民族传统,至少在道德观念起源和形成的根本原理上,中外并无殊异。说到底,人类只有组成一个相互帮助和同情的社会,才能得以生存和延续,这就需要维持共同利益的礼义原则,需要一个建立在公正原则上的政治和道德秩序。他认为,各民族传统的表现形式虽然有异,但注重"正义"的大同,不可忽略,这样才能保证世界文化的统一性,民族间的差异性也有了最后的着落。[2]138

这个思想发人深省之处在于:全球化深入各个领域,人类历史已进入相互交往频繁的时代,远古以来的道德实践,因时代、地理和条件不同,而给予今人以不同的影响,人们固然可以察"异",但更应该求"同";只有民族间的差异性向着人类道德原理注重仁义的普遍性努力,人类才能摆脱偏枯与狭隘,才能真正走向和平共处。

也因此,周辅成呼吁,21 世纪的新伦理学首先要把义或公正(或正义、公道)讲清楚,而不是把仁或爱(或利他、自我牺牲)讲清楚;伦理学应成为"社会公正"之学,而不只是爱人或利他之学;尊重和培养正义感,以之推动社会公正的发展。因为,人类自古迄今,一直以"正义"为道德中心,绝非偶然,而是伦理学要成为一门独立学科,就不得不遵循架构。而在实践上,周辅成的感受是,"爱而不公正,比没有爱更可怕!"[2]11—13

那么,什么是"公正"或"义"呢?周辅成说,从字源上讲,"義"指执干戈以卫羊群,即保护社群或个人的财产权利;谁保卫这权利,谁就是义人。[2]216

这是说，义与"利"密切相关，是维持政治经济秩序的。"仓廪实，而知礼义"，作为道德上的礼义，必须尊重他人或人民的劳动及收获（财产）。[2]220而随着社会发展，人的权利范围也逐渐扩大，义保卫财产或权利要达到"中"、"正"、"直"、"公平"、"和"的合理程度，才成为公正行为。而"礼"作为仪式习俗，须以"义"为助，才具有道德意义，成为客观的社会法则。

这里，周辅成对"中"的阐释颇有深意。他解释亚里士多德对"中庸"的看法。[4]viii一般人误会"中"或"中庸"，以为是折中派、乡愿派观点；而亚氏看法虽有调和妥协之义，但含着更高远之目的：坚持"不偏不倚"地接近它，"恰如其分"地取得它，有如弓矢"中"的。可是，道德实践表明，真正的"不偏不倚"、"无过与不及"难以达到，却往往被乡愿利用。这正是他欣赏许思园在《人性及其使命》[2]321对中庸的解释的原因。许思园不认为中庸是人类道德的准则，因为喜欢中庸的人常流于庸俗，不易产生特殊、卓越的人格，它让真实或有独创性的人才越来越少；中庸之流虽不能为恶，但亦不能为善。[2]324周辅成似乎坚持《盘庚》"各设中于乃心"和《庄子》"得其环中，以应无穷"对中庸的正解，[2]145—146而以《孟子》"执中无权，犹执一也"的"权"为助，坚持原则亦容有例外。[2]216

但调和妥协亦为中庸之一义，甚至成为导向政治公正的途径之一。周辅成1962年发表《希腊伦理思想的来源与发展线索》，毛泽东非常欣赏该文论述道德的阶级性；而今天，该文的价值则在于它很早提出了导向"和谐"社会的要诀：主动响应人民的要求，富于调和、妥协的中庸精神。梭伦宪法的进步性在于，它反映了人民的愿望要求，"保护双方，不让任何一方不公正地占据优势"，"调整公理与强权，协和共处"，承认双方的利益与地位；这样，能相安，则公正；不能相安，则不公正。相安的别名，即是和谐。所以，周辅成也说："公正是和谐，是中庸，是不偏不倚"。[2]88—91

由此，公正维持社会的和谐秩序。周辅成敏锐指出，政治上主张民主，经济上主张自由，社会上主张平等，但分析到最后，这些领域总牵涉到公正原则。若说所有这些问题只有靠道德或公正才能解决，这就越轨了；但若说在所有这些领域道德或公正不生效，这就荒谬了。所以，在道德、政治和法律范围内，公正原则是有绝对力量的；一过这界限，则只有相对力量甚至无力量了。[2]193—194此种见解实让那些深陷"法治"与"德治"之争的人顿感醒豁。这也激励人产生义务感，对借政治法律之名、行不公正之实的现象表示愤怒。

周辅成警醒说，讲社会公正，一定要强调人的道德自我和主体、人格的价值,要承认他人或人民有意志自由,不能被强加。这是说,人民自有他的道德观、正义观,无须统治者或其仆人(他把那些通过宣教"道德知识"来向统治者邀宠求官的文人叫做"团团圆圆"的学者!)来发布道德法典或规范;[2]11-13否定他人或人民有意志自由,不承认他人自有道德,硬要"教育"和管制人民,这是最不公正的现象[2]13。表面看来,这个观点太激进了,它似乎否定了道德教育!这是因为,在周辅成内心,有一个执著的人民或平民理念;在他看来,所谓社会公正,实即劳动人民或下层平民工作和生活中的友爱、互助、平等、朴直,为同胞同伴自我牺牲,为不公正而愤然主持公道,不剥削人,不压迫人。即使像孔子这样的伦理大圣,也不过是发现了并反映了人民的这些道德理念和价值而已。[2]61-68这是说,周辅成把他的公正理论建基于"人民"理念之上,虽然历来统治者或寄生阶级无不借"人民"之名以推销其"道德"。

无论如何,尽管以义主道、以仁济义的公正思想成为各民族道德传统共同的根本,成为文明社会的道德规则,成为世界伦理学史的主题,成为一切大哲人大思想家为之绞尽脑汁的概念,但在历史和现实中,不公正的现象几乎比比皆是,这难免不让人灰心。对此,周辅成回答说,正因为不公正无处不在,而人人又都需要公正,社会公正才成为社会理想,成为人类道德实践孜孜以求的理想和目标。[2]190-196

实　践

说伦理学者看重实践,这差不多是多余的话;但是,像周辅成那样把实践的重要性推至极端并提出富有启发性的见解,就值得特别一书了。

周辅成坚信伦理学乃践行之学。"伦理学,本是一门实践科学,伦理原理,如果不能实践,或在实践中甚至得到相反的结果,这就不能称为原理。"[2]111"伦理学很重要的是付诸实践的问题,差不多道德问题的答案之真否,也全视能否付诸实践而得兑现为定。"[2]40也因此,他看重歌德借浮士德之口改"泰初有道"为"泰初有行"。[5]225他说,人民日常行为即是过道德生活,他们有自己的爱与恨,靠积累经验,求实现理想,构成自己的人格,诚诚恳恳过生活,尽义务,他们平日里做一个好家人、好公民、好客人,一遇危机关头,也可变成应急的英雄:可落水救人,亦可捐躯疆场。这些都可不经谁教育就能做到,且绝非罕事。

在他眼里,伦理学之用,犹如文艺理论,世间伟大的作家、画家,很少是受"作法"、"指南"影响而成为大艺术家的,同理,世间没有道德宣教,照样出感人英雄,相反有了很多伦理学著作、讲座,未必会出更多有德之士。[2]75—79 这些思想也部分解释了为什么他不甚在意自己作为伦理学者所留下的著作。

他进一步认为,伦理学应为学者躬行之学。"我以为讲伦理学或研究道德生活的人,对他所提倡的道德规则或标准,首先是应该想着自己能做到,然后求人做到。""一种道德理想,自己做不到而要求别人做到,这不是道德教育,更不是伦理学,而只能是一种自上而下的'其目的不可告人'的政治命令。"[2]79—80 因此,他常引古训"身教者从,言教者讼",且以之自勉。他尤其反对"以吏为师"。当今世道,作伪现象时常发生,这恐怕与那些"会议上讲好事,背地里干坏事"、"白天当教授,晚上做禽兽"的"吏"与"师"的"身教",不无关系。

当然,他并未否定伦理学之用。他认为伦理学能帮助我们认知和"理解自己意志的意义与价值",[2]76 如康德的道德形上学即是为伦理学寻找哲学基础;同时明了道德原理和规则,亦有助于我们日常道德实践。

但是他提醒,伦理学须以普通人民的道德为出发点,从他们的道德生活或行为中找出其实践时所取得的经验与规则,这才是道德原理。要研究社会公正或一些重要德目如"爱心"、"信心"、"良心"等,就须深入古今实际社会中真实发生的丰富实践,予以总结,因为道德是"活"的。而这又要求伦理学者自身要有实行道德的经验。否则,妄谈主义、概念,从书本或死教条中归纳演绎出一套道德原理规则,要他人去实践,鼓动他人行善,只能是自欺欺人,绝不能动人心弦。[2]75—80 此种治伦理学态度,高出那些靠"知识"取胜的学院派伦理学者,何可以道理计!

这里,周辅成给出了评判实践的"公正"标准:不能"只问对个人是否有利有用,不问世间的实践与经验是否公正"。[5]223 至此,公正、人民、实践三者互不相离。

周辅成如此看重普通人的道德实践,以至他反对英雄(模范)道德教育。"我们要大声反对将人类特殊情况中产生的特殊道德,作为人类普遍的道德准则或典型。至多,那是一类人、一时的典型,绝不能作为一切人、一切行为的典型。""绝不可以将两军对垒时战士的典型,作为平时一般人民履行义务时的典型。"他认为,伦理学就是一般人的道德行为之学。道德行为总是常人所能做到的好行为,人们才因此称颂为道德。"英雄"或天使伦理学,只会被富豪、官员欣赏,不会为一般人关心。[2]76—79 相反,他本人倒是积极关心老乡和青年的苦闷——哪怕这苦闷来自羡慕别人发财！他认为"农民的道德水平，不是唯一的最高道德，但也是社会中最高道德之一种"。由此他理解他们的苦闷，有的出于利己带来的消极苦闷，这可通过引导转好；有的却并非孤立事件，而是有着深刻的社会根源，这就须由社会的管理者负责了。[2]178—184

为什么有人热衷于模范教育？因为炮制、包装和推销"英雄"成为维持权势的需要；为什么周辅成汲汲于普通百姓的道德实践？因为这里有人生的真实。[2]66

周辅成伦理学有一鲜明特点："时代车轮"滚滚向前。今人有今人的理想，但也面临这个时代的问题，这就需要与今日道德实践相适应的伦理学。"不是要大家回头看，而是向前看；不是眼睛盯住别人、古人，而是要注意自己"；我们"只有在自身中培养自己的模式，才能使自己充实"。[2]11他说，历史无情，"守株待兔"的故事说明援例并非上策；[2]11所以，他虽然称许学习古代文化，且主张"一定要懂得我们的祖宗先辈在（道德理想与现实）方面的努力和成绩"，[2]99但他明确反对恢复旧道德和胡乱尊孔、读经。[2]3—16因为新的生活要建立新的秩序，就要有新的道德规范。这种"与时前行"的看法，对那些拿"东方文化"或"中学为体"以自慰的人，不啻是一警钟。

周辅成欣赏孔子"鸟兽不可与同群"的社会道德观。他说，个人修养若离开社会道德，绝非道德。[2]12他还认为应该正视人的一些欲望，否则否定人的自爱自存，等于否定了人本身，哪还有道德可言？[2]322这些可算是他对道德实践的达观了。

人　民

周辅成讲授伦理学，有一个非常执著的理念，这就是"人民"——应该说人民是周辅成伦理学的主体。那么，周辅成的"人民"理念有哪些主要内容呢？

他认为，有统治阶级的正义与道德，有人民的正义与道德；要区分"人民的道德、伦理学"与"老爷的道德、伦理学"。[2]79而伦理学就是研究人民平时过道德生活的生活。且伦理学"最初发生，总是由于被统治的人民对于流行的统治阶级的道德标准或生活习惯，表示怀疑与反抗。经过怀疑与反抗，而后逐渐自觉地为自己所理想的生活方式，作理论的阐明"。[2]82同时，公正的本源在人民。"公正原则……是人民的一致呼声"；"站在鼓吹公正原则前列的,必然多半是受不公正待遇的善良人民,而凡是进步的理论家,都在不同程度上同情劳动人民".[2]190—191 在周辅成看来,正义或道德的人民性(亦可称阶级性)十分显然.[2]107

但是他提醒说,统治者总是利用人民的道德,曲解人民的道德,以欺骗人民。统治阶级伦理思想武器,多半采用人民道德及其理论,挟其政治权力加以曲解。那些作恶多端、手染他人鲜血的伪道学夫子,也可大讲道德伦理,掩盖罪名罪过。

而且,周辅成认为"'实践',是指生产实践或劳动实践,……主要指科学和千千万万劳动人民的实践。这种实践的本意,只有真正站在劳动人民立场的人才能说出。平常那些站在压迫阶级、剥削阶级的人,只把实践解释为理论联系实际的实践,不肯把实践还原于劳动人民的生产实践"。他还进一步赞同冯定所说:"实践,是只有劳动群众和革命者的行动,才能当之而无愧的。"[5]224

公正的本源在人民,伦理学的主题在公正,伦理学的用场在实践,实践的主体在人民。至此,我们大体可说,周辅成的伦理学体系是由人民、实践和公正构筑起来的三位一体的思想大厦。这座伦理学大厦,人民是主体、基础,实践是途径、方法,公正是理想、目标。

周辅成认为,"人民"就是同族同社会中那些自食其力(体力或脑力)的劳动者。自有政治以来,就分统治者与被统治者,前者称"官",后者称"民"。那些被人民推选的仆人,常由"仆人"变为"主人",压迫人民。他还特别指出,一些狡猾的知识分子往往自称"君子",视人民为"小人",愚弄人民。正是在反专制独裁,反压迫,反剥削,反愚弄的意义下,周辅成提出要恢复人民的主人地位。

且让我们看看周辅成经由"人民"这个理念所得出的伦理卓识吧。

周辅成说,人民评价道德高低,不是放在理论深浅上,而是注意说道德大话的人,是否真是说到做到,或者说的话是否真话。这是说,权势者尽可开足道德说教的马力,但百姓心中自有衡量,能够识别其中的假话。

他不但从古与今的角度,亦从朝与野的角度,来分别儒家传统。[7]1—4 这是说,同样的儒家道德原则,但在现实中的表现形态却是多样的:权势者利用它以维持统治秩序;老百姓信仰它以践行真实人生。因此,伦理学者须具体分析儒家原则在现实(历史)中真实的表现与功用,切不可笼统定其是非。

周辅成区分了官员与公民对于社会道德的不同责任。他借用孔子所言:"君子之德风,小人之德草;草上之风,必偃。"这是说,社会道德的好坏,官员要负最主要的责任,因为官员掌握着权力和资源,权力和资源的使用方式,直接牵引着社会道德的趋向。

他从古代帝王"求诸己"说的话"万方有罪,罪在朕躬"、"百姓有过,在予一人"推断,"忠"的原始意义是统治者先忠于人民,然后人民忠于统治者;统治者不可以秩序为由吓人民。这是社会公正的起码条件。[2]13这也是说社会道德的责任在权势者。

周辅成也注意到,"人民"作为一个集体概念被利用来打击个人的潜在危险甚至事实。集体主义常以"人民"、"国家"或"民族"的名义,让千百万的个人死于无辜。他告诫人们,希特勒党全名叫"德国国家社会主义党";"法西斯"一词原意乃是"社团"、"集体"。[2]96—97

在周辅成看来,劳动人民在低酬或被拖欠工资的情形下,还能安然出卖劳力,是道德上的高尚行为,是受压迫、受剥削的行为。他认为,劳力神圣,因为在劳力的后面有人的人格与尊严,有人之为人的价值。如此尊重劳力的看法,也许不为时俗认同,但我们回想林肯之见:"劳力先于且独立于资本;资本是劳力的果实,没有劳力也就没有资本;劳力高于资本,应得优先尊重"①,"财产是劳力的果实",②便知周辅成言之有据了。

周辅成指出,在某种情况或压力下,人民也会有缺点。他说,"因为人民或平民,既要受时代与环境的限制,更要受压在头上的剥削者压迫者的巨大影响。所以……免不掉有他们的缺陷的一面。""例如自私、落后的一面"。[2]63—73

可是,人民是谁呢?是周辅成关心的农民老乡(手脑劳动者)吗?是托尔斯泰皈依的那些平民庄稼汉吗?是巴黎公社战斗的那些劳动人民吗?是马克思墓碑上的"全世界无产者"吗?在周辅成看来,这些都是。

应该说,周辅成"人民"理念的形成有三个来源。首先是他亲历几乎整个20世纪,他眼见满清政府与国民党政府腐败无能,不顾人民水深火热,最后倒台,作为伦理学者的良知促使他不能不关心人民理解人民;其次是托尔斯泰发现所谓贵族、知识分子充满了虚伪,倒是庄稼汉、平民有良心、公道和信仰,最后皈依平民,并散财躬耕,这深深感染了周辅成并坚定了他的平民或人民理念;第三是近代社会主义者的阶级斗争学说,让他找到了"人民"作

---

① Abraham Lincoln. speech (1861):Labor is prior to, and independent of, capital. Capital is only the fruit of labor, and could never have existed if labor had not first existed. Labor is the superior of capital, and deserves much the higher consideration.

② Abraham Lincoln. speech (1864):Property is the fruit of labor...

为一个阶级获得解放的武器与道路。

坦率说，笔者窃意，把"人民"这样一个笼统的集体概念作为伦理学的主体，乃是犯了学术研究的大忌。伦理学应该研究人的行为——个人在各种现实处境下的行为与价值取向。而"人民"作为一个行为主体，含义不清，组成不定，范围不明。总之，我们无法在现实中通过研究"人民"得到确切的伦理学含义；这是说，伦理学要成为一门独立的科学，必须研究个人的行为。

可是，细读周辅成的著作，发现这竟是笔者的误会！原来，笔者不知不觉受了现今英美主流的实证科学（Empirical Sciences）或行为科学（Behavioral Sciences）看问题角度的影响；而这种把人仅仅看做（社会）生物学上的个体来研究的方法，正是周辅成所极力反对的，这就不能不说到他在伦理学上的另一重要洞见——

价值与理想

实际上，经由人民、公正和实践三位一体构筑起来的伦理学大厦不过一座大厦而已，真正超"凡"入"圣"，将此大厦"升华"为追求崇高理想的天路历程者，乃是周辅成的价值论。

周辅成说："价值问题又称人生理想问题。言其为价值，乃指其对人之关系；言其为人生理想，乃指其为人所努力实现之目标。""我们治哲学问题，也必归结于此（人生之理想及其实现），才可显出我们的一场理智努力不落空虚。"我们的人生待"理想"而为之推动，价值亦倚"理想"而有实现之可能；于是"理想"成了哲学问题的枢纽。但须注意，这里所论理想，并非个人理想——个人不择手段所追逐的名誉、财富或地位不过是"野心"而已——而是一个社会、民族或全人类藉以为生命活动之目标的"理想"，这理想具有"客观必然性"或"客观标准"。中西哲学正为探求这客观必然性的标准，而使我们人类能安心立命，虽久经折磨、久流汗血，终不致颓丧悲观，终坚信自己的努力必有价值。[6]147—150

周辅成认为，人与动物、文明人与野蛮人的区别，不仅在有无理性，更重要在有无崇高的理想，而理想不能不落到实际，这"实际"就是文化。[2]259—260人类追求理想和实现理想，均在于文化之中；人类之沐浴于文化，正如花鸟之沐浴于春风。人类一旦离开文化，正如人一旦没有理想，即为生物学所描述之动物。人类的活动即为文化寄托之所在，目标即在求理想之扩大，价值之保存，由一人传他人，一代传一代，务使人类去尽其粗恶之生物本能，而切合于人性所视为最善、最良之理想,务使我们原始的欲望和冲动,经过一番淘汰选择而终于纯化为一完洁之理想。[6]150—151

正是在这个意义上,周辅成不同意把"人民"拆分成个体来研究。按照自然主义(Naturalism)观点,以实验的方法,把人视为生物之一,以生物学原理论证人的欲望、动机或兴趣,因各人的欲望兴趣不一,故人的价值标准也不一。这等于把人的价值取消了!须知,价值过程乃如铁砂炼精钢,由粗至细至精,一级一级增加价值,每一增加都使得价值更为纯化。[6]152—153在他看来,人民道德是事实。使人民由个体成一体,以中正和平为目标的道德正是题中之意,也意味着人民中个人的权利得到公正对待。价值论全凭理想向上,使之实现。中正和平就是人类的至上理想,就是文化,人民能真正实现一分,就是道德增加一分。这也正是自我实现、道德实现的意义。他说,妄分等级(尤其是特殊等级!)或雅俗的"人民"绝非人民。实际上,当美国总统林肯宣誓"……民有、民治、民享的政府必胜"①时,亦含有人民道德的成分。

周辅成关于文化与伦理关系的见解亦有新意。他说,文化是人类求生存、求实现理想的创造力,创造的结果即物质与精神文明,仅为文化之表现,而更重要者则在于人的理想及求实现这理想的创造力、活动力。"天行健,君子以自强不息",人深受文化的洗礼,人类个别地"为理想而努力"以成"生生不息",并由此形成了自己的道德与人格。农民之种田种地以养全家性命,科学家之研究自然以发现科学规律,都是为理想而努力的活动,都是文化,亦是道德,无贵贱之别。故此,那些懂得亚里士多德、康德的学者之流并未有资格在道德上教训"粗俗"农民;农民的人格并不低贱,追求理想、实现正义的创造力也可能更为强健。[2]42—57

周辅成不仅是一位伦理学者,而且是一位"他的哲学中有人,他的人中有哲学"的哲人。在他眼里,市面上那些无"人"的人格与理想的哲学,虽然"讲得严谨清晰,但实际上全是一堆废话"。他说,德国哲人严分低级理智(理解力)与高级理智(理性)之界限,中、印哲人亦分知识(Knowledge)与智慧(Wisdom)之别;前者指一般现实的知识,后者则指宇宙人生的真知灼见(Insight)。孔子分别小人儒与君子儒,亦循此意。这是说,周辅成坚信,理性不仅有逻辑理性、自然理性,还有表示人类理想的道德理性、信仰理性;他把代表最高理性的"理想"作为自己哲学的中心。[2]261

---

① Abraham Lincoln, address(Gettysburg, 1863):... government of the people, by the people, for the people, shall not perish from the earth.

周辅成的最高理想是什么呢？反对人压迫人（政治上）、人剥削人（经济上）、人愚弄人（知识上）的等级制度，人人公正平等，中、正、和、平万岁！

参考文献

[1]周辅成:《西方伦理学名著选辑》下卷,商务印书馆1987年版。

[2]周辅成:《论人和人的解放》,华东师范大学出版社1997年版。

[3]周辅成:《西方伦理学名著选辑》上卷,商务印书馆1964年版。

[4]亚里士多德:《尼各马可伦理学》,廖申白译注,商务印书馆2004年版。

[5]周辅成:《〈平凡的真理〉就是劳动人民心目中的真理》,《平凡的真理非凡的求索——纪念冯定百年诞辰研究文集》,北京大学出版社2002年版。

[6]周辅成:《哲学大纲》,正中书局1941年版。

[7]周辅成:《论"礼失而求诸野"——儒学不能离开时代》,载《西南民族学院学报》(哲学社会科学版),2001年第1期。

（原载《邯郸学院学报》2006年第4期）

杜维明教授

美国哈佛大学教授　杜维明先生

  杜维明，祖籍广东南海，1940 年生于云南省昆明。1961 年毕业于台湾东海大学。后获得哈佛—燕京学社奖学金，在哈佛大学相继取得硕士、博士学位。先后任教于普林斯顿大学、加州大学柏克利分校。1981 年至今任哈佛大学中国历史和哲学教授，并曾担任该校宗教研究委员会主席、东亚语言和文明系系主任。1988 年，获选美国人文社会科学院院士。1990 年借调夏威夷东西中心担任文化与传播研究所所长。1996—2008 年任哈佛—燕京学社社长。

  杜维明已出版英文著作十余部，中文著作编为《杜维明文集》（五卷）。他是世界范围内最有影响力的华裔学者和思想家之一，被海内外多所知名大学授予名誉博士学位或聘为讲座教授，是达沃斯世界经济论坛成员，曾被联合国秘书长任命为推动文明对话杰出人士小组成员，并于 2006 年获得美国人文主义协会杰出成就奖。（**康香阁**）

新人文与新启蒙

——访美国哈佛大学教授杜维明院士

张丰乾[*]

2007 年 4 月 20 日,美国人文主义者协会和哈佛人文主义者牧师会联合向杜维明先生颁发了"人文主义杰出成就奖",杜先生被称赞为"儒家人文主义的世界领袖,中国哲学方面在世的最重要思想家之一。"这说明因为杜先生等人的不懈努力和中国文化的广泛传播,中国传统哲学,特别是儒家哲学中的人文主义特征正在受到美国思想界的关注。同时,美国思想界也正在兴起"新人文主义"的思潮,其主要特征是尊重宗教信仰,但是采取多元主义的立场,同情和接受怀疑论者、无神论者及其他人文主义的价值观。杜维明先生认为儒家的人文主义和"新人文主义"有契合之处,但是他认为西方文艺复兴以来的启蒙思想造成了人们对于宗教问题的不敏感,以及人类中心主义的泛滥,这些思潮也对中国造成了很大冲击。杜先生认为儒家的传统可以为"新人文"和"新启蒙"提供丰富的资源。

引 言

各国学者已经注意到,在经济一体化的过程中,原来有人曾经预测过的西方文化也会一统天下的局面并没出现。相反,文化多元化的势头在明显增强。尽管,在"势"的层面,基督教文化依然咄咄逼人,儒家文化依然被怀疑、被指责,但是杜维明先生在近几年以来一直强调,儒家参与各个文明平等对话的契机已经到来。参与对话的基础,就在于儒家深厚的人文主义。

可以印证杜先生的判断的是,2007 年 4 月,哈佛人文主义者牧师会(Humanist Chaplaincy at Harvard)在它成立三十周年的纪念会上,和美国人文主

---

* [采访者]张丰乾(1973—),男,甘肃古浪人,中国社会科学院哲学博士,中山大学哲学系副教授、硕士生导师,2006—2007 年度哈佛燕京学社访问学者。

义者协会(the American Humanist Association)一道,给杜先生颁发了"人文主义杰出成就奖"。美国人文主义者协会自1953年以来,先后给五十多位人文主义者颁奖,以表彰他们在人文领域的杰出成就,其中有十位是哈佛教授或曾在哈佛任教。可见,称哈佛为美国人文主义的重镇,并不为过。值得注意的是,这些人文主义立场的哈佛教授,其实来自不同的学科。比如,1999年度的"全美人文主义者"爱德华·威尔逊(Edward O. Wilson)教授,是世界著名的科学家,被认为是"新达尔文",被《时代杂志》评为"全美二十五位最有影响力的人物"之一。他的名著《蚂蚁》及《人性研究》都获得了普利策奖,他还获得过美国国家科学奖章,美国哲学协会富兰克林奖章等七十五项重要奖励。2006年的"全美人文主义者"史蒂芬·宾可教授是在语言和精神活动方面很有造诣的心理学家。2002年被授予"国际人文主义者"称号的,是印度著名学者阿玛蒂亚·森(Amartya Sen),他是1998年诺贝尔经济学奖的得主,目前是哈佛经济学和哲学教授。

哈佛人文主义者牧师会成立三十周年纪念会及2007年的颁奖大会,有一千一百多人参加,安排了多场演讲和讨论。哈佛人文主义者牧师会是一个非常值得注意的组织。它的创始人汤姆·弗里克(Tom Ferrick)是哈佛纪念讲堂(Memorial Church)的第一位人文主义牧师———一般而言,牧师都是有特定宗教信仰的,但是汤姆·弗里克在上个世纪70年代说服哈佛纪念讲堂给他一个牧师的职位,并成立了哈佛人文主义者牧师会。该协会的宗旨是"为哈佛及其他人文主义者,怀疑论者,无神论者和无宗教信仰人士建设、训练及培育一个丰富多彩的共同体"。现任牧师是格里格·爱泼斯坦(Greg M. Epstein),他少年时就对佛教和道教感兴趣,曾经在台湾学习禅宗,有宗教和中国文化的本科学位和犹太研究的硕士学位,目前在哈佛神学院攻读神学硕士。爱泼斯坦在颁奖辞中称赞杜维明先生是"儒家人文主义的世界领袖,中国哲学方面在世的最重要思想家之一"。

哈佛人文主义者牧师会和美国人文主义者协会所密切联系的人士,有各个宗教背景和文化背景的人文主义者,包括牧师、人文学者、科学家、政治家、作家和青年学生等等。杜维明先生近年来积极参与世界范围内的文明对话,并大力倡导"对话"文明,和各个宗教的世界领袖都有交往,这些宗教领袖和其他不同背景的有心人士对于儒家和中国传统文化的了解,均得益于杜先生的大力推介。同时,杜先生也认为儒家文明和中国文化,应该有更大胸襟向世界各个文明学习。他在颁奖大会上发表了"儒家人文主义:学以成人"的演讲,受到与会者热烈欢迎。

张丰乾：杜先生，再次祝贺您获得人文主义杰出成就奖，4月份我们虽然和您一起参加颁奖典礼，但是我们觉得您获奖是很自然的事情，因为儒家或者整个中国文化有很厚实的人文主义资源。我们对于西方启蒙思潮以来的人文主义也比较熟悉。但是，如果考虑到美国社会仍然是一个宗教社会，在美国讨论人文主义是比较容易的，而宣称自己是"人文主义者"而没有特定的宗教信仰，则有些"非同寻常"（unusual）。目前为止，在美国的国会议员中，只有一位公开宣称自己是人文主义者。从另一方面来看，获得美国人文主义者协会和哈佛人文主义者牧师会所奖励的，都是美国本土知识界、文化界、和政界的精英以及其他宗教和文化背景中的代表性人物。根据您的观察，在美国本土兴起的"新人文主义"思潮，其背景是什么？

杜维明：18世纪以来，很多重要的西方思想家都在讨论《旧约》之中亚伯拉罕把独生子献祭的案例。当然，美国社会的意识形态一直是基督新教占主导的，如你所言，依旧是一个宗教社会。但是，美国思想文化最活跃的新英格兰地区，很早就有人文主义的思潮。以哈佛为例，1838年，爱默生在神学院发表了著名的"神学院演讲"，他说耶稣只是一个伟大的人，并非神，人应该按照道德律令而不是宗教教条生活，在他演讲的中间，有一半的神学家和牧师退场抗议。在他发表演讲的礼堂，我曾经和著名的神学家考夫曼（Gordon Kaufman）有一次关于创造性的耶儒对话。最近几年，可以说美国的人文主义思潮一直是在成长中，一方面它已经成了美国当代哲学的重要组成部分；同时人文主义者的组织也在不断增多。在思想界，比较彻底地否定宗教的思想倾向也出现了，比如爱德华·威尔逊在美国科学界和思想界都有很大影响，他从社会生物学的角度，希望科学人文主义可以取代宗教，被称为"新达尔文"。

在基督教内部，一直有一派和"三位一体"思想相对立的Unitarian，好像一般翻译为"唯一神教"，这个译名还有问题。唯一神教和麻州（Massachusetts）的渊源很深。比如，哈佛园（Harvard Yard）对面的第一教堂（First Church）是1636年就建立的唯一神教教堂，和哈佛大学的历史一样悠久。唯一神教的教义也有一个演变的过程，现在差不多是最开明的宗教流派，以至于被认为不是基督教的一部分，但是在美国的新英格兰地区影响很大。我几次演讲的时候，都有唯一神教的人士说儒家思想和他们的理念非常接近，我也希望能和他们有进一步的交流。

张丰乾：我注意到哈佛人文主义者牧师会现任牧师格里格·爱泼斯坦对您的观点还有不同看法，比如，他说对于您公开批评"凡俗的人文主义"有些难以理解。我推测，"凡俗"是西方文艺复兴以来所苦苦追求的生活方式，而在汉语语境中，"凡俗"或者"世俗"一直是一个贬义词。

杜维明：这是一个非常重要的问题。他们虽然给予我这个奖项，但是我觉得有些不安。我在受奖辞的开始就说明我所理解的"人文主义"和一般意义的"凡俗的人文主义"有很大不同。"凡俗的人文主义"是启蒙以来发展起来的大传统，有很多资料证明，18世纪前后欧洲的启蒙主义多方面受到中国思想的影响，大家都知道法国的启蒙思想家特别是伏尔泰等人受到中国文化的影响，莱布尼兹的思想和朱熹的思想系统有相合之处。有人甚至提出疑问，康德的思想体系究竟是纯粹的西方传统，还是有其他文化传统的因素。当然，启蒙主义主要还是从欧洲思想界内部，对于中世纪的基督教神学的批评中发展出来的，启蒙时代的思想家对于基督教神学的反感是不得了的，有时候不惜使用血腥的字眼。

但是，因为启蒙思潮是从反对宗教和神学权威开始的，在批判荒谬的宗教信仰的同时，不仅消解了神圣性，把人的最高的精神追求和价值诉求也切断了。凡俗的人文主义或者说旧的启蒙思潮有两个盲点，刚才说的是一个，另外一个是相信知识就是力量，相信人类可以把握自然，了解自然的目的是征服自然，宰制自然，把自然界只当做人类发展的资源。这两个盲点，哈贝马斯的哲学里面已经涉及到了，他提出启蒙还没有完成，但是在他整个的理论体系中，宗教几乎不占重要的地位。

另外一方面"凡俗"是和"神圣"相对的，但不一定是对立的。儒家的思想特点是最高的人文理念，要在最平实的日常生活中体现，仅仅从"凡俗"的角度，是不足以理解"人文主义"的完整性的。所以我们提出，对于"人之为人"的理解不仅要超越人类中心主义，也要超越人类学意义上对人的理解，人要成为"完人"。1967年，林·怀特（Lynn White）发表过一篇著名的文章，批评基督教的信仰和神学，是生态危机的根源，因为基督教主张人类中心主义。目前基督教神学家仍然需要回应基督教是人类中心主义的挑战，很明显，基督教是对自然抱着宰制的态度，目前有一些神学家试图从生态环保的角度，把宰制改造为"爱惜"和"保护"，但是这种转向并不是很容易，因为思想界已经从政治、经济、社会、生物和神学的角度为人类对于自然的宰制提供了依据。

张丰乾：有一个有意思的现象是，从"人文主义"的角度批评基督教由来已久；而儒家又长期被批评为"缺乏宗教性"。

杜维明：陈来的观点就是中国传统宗教的人文转向很早，而梁漱溟先生则认为中国文化的理性和人文精神"早熟"。而另外的批评就是儒家只有"内在超越",没有"外在超越",造成很多缺失。按照韦伯的批评,新教主张世俗社会和上帝的分离,因为分离,所以从"上帝"的价值和角度,对世俗社会有很强的转化力量。而儒家则是因为认同现实社会,所以和现实政权和权威有千丝万缕的联系,因此比较缺乏批评现实和转化现实的能力。我和一些基督教神学家的争论也是在这里。如果你把儒家对于现实社会的认同当做是对于理想的放弃,那是很大的误解。比如,儒家常常把尧舜作为圣王的典范,作为君主,不仅在理论上应该学习圣贤,而且在历史现实中,就出现过这样的典范。因此,儒家的君主理想不是建立在乌托邦的基础上的。这样,它的转化的能力可能更强,甚至构成"非如此不可"的压力。

另外,很多儒家学者不仅是入世的,而且当过地方官,每天都要处理诉讼、税务、河道、建筑、军事、民族、祭祀等各种问题,接触大量最丑恶的现象,他们对于复杂的现实社会的理解远远要超过在像我们象牙塔里的知识分子。你不能说他们没有庄严的理想,他们更不是"肤浅的乐观主义"。

我也不同意中国儒家传统中压抑了"幽暗意识"的说法。"幽暗意识"和"忧患意识"的确不同。但是,很多儒家学者都是公共知识分子,对于人性的有限性、破坏性以及人的存在条件的阴暗面有充分的认识,没有"忧患意识"怎么可能。以前我们对于这一方面的了解可能太过简单了,现代的很多思想家对于"科学"、"民主"的理解也比较片面。

张丰乾:另外,爱泼斯坦也强调他们的"新人文主义"依旧非常坚持自由、民主、人权,包括宗教信仰自由,是不可剥夺的。而儒家历来和专制整体相辅相成。这个质疑很有代表性。梁漱溟先生指出过,中国是礼让社会,希望能建立"政党综合体",如果中国推行西方式民主,会导致"选灾"。

杜维明:我同意他们关于"新人文主义"的说法。至于儒家的思想,则没有那么简单,比如,思孟学派就是有很强的抗议精神。但是,我也很担心所谓"新左派与儒家结盟"的趋向。梁先生关于民主的说法很值得注意。在美国,现在大致上有两种理论,一种是认为民主是可以量化的,比如有多少公民可以投票,有几个政党竞争政权等等。另外一种是认为选举不能解决问题,而是要尽可能扩大公共空间,使政府的决策透明,有效率,不能一意孤行,这和选举文化不同。两种理论各有长短。海耶克(F. A. Hayek)是真正的自由主义者,彻底的自由主义者,但是他对于民主有深刻的忧虑,因为他自己是贵族出身,甚至有人说他是"反民主的自由"。埃塞亚·柏林(Isaiah Berlin)关于消极自由和积极自由的区分也值得注意。

张丰乾：我另外还注意到梁漱溟先生关于"和解"的思想，内容很丰富。目前世界上各种意识形态的尖锐对立还比较普遍，各个宗教中极度排斥"异端"的力量还比较强大，您怎样看待这个问题？

杜维明：这中间有自我文化身份的认同问题。没有身份认同，精神没有归宿，而狭隘的自我认同，必定会导致冲突和矛盾。身份认同，应该和"适应"相配合，适应越好，说明认同越有价值，越可以促进认同。一般认为，理性程度越高，越宽容。但是在美国和其他国家，原教旨主义也很有市场，他们利用电视和其他公众场合传教，结论就是你如果不信上帝，绝对会下地狱。这里面的分寸很难把握，但是需要自觉的自我认同的两面性。从长远来看，还是需要文明对话。阿玛蒂亚·森甚至认为任何认同都会导致冲突，最好不要强调任何身份，才能建设一个真正开放的社会。我认为需要多元，但多元不是相对。在坚持自己的文化认同的同时，也能够面对自己文化传统当中的阴暗面，在公共的机制下来讨论。

张丰乾：您和阿玛蒂亚·森和爱德华·威尔逊他们的区别是什么？

杜维明：这两个人我都比较熟悉，他们现在对于美国的思想界影响很大，一个在经济学、哲学，另一个在社会学、生物学。但是，我和他们的最大不同，在于他们是反宗教的，认为宗教是阻碍社会进步的，不仅是鸦片，鸦片只是害你自己，而是祸害。这恰好和凡俗的人文主义者对于宗教的不敏感是一样的。一个值得注意的现象是，20世纪上半叶，人们觉得宗教问题不怎么重要，但是冷战结束以来，宗教问题日益突出，达沃斯世界经济论坛也开始讨论宗教问题。这说明最高的精神追求不能被抹杀，但是儒家反对信仰荒谬、怪诞和背离"人之常情"的对象。我认为宗教问题，对于21世纪的世界和中国都是非常重要的，否则，一个"小"的、不成形的宗教，都有可能造成很大的麻烦，更不要说大的宗教。而"新人文"或"新启蒙"就是要从有机整体的角度理解日常生活和超越性追求，人和自然之间的关系。儒家这方面的资源非常丰富。

张丰乾：我们在美国也接触到一些华人基督教会，他们的组织形式很发达。而儒学或者儒家的宗教性要落实下去可能会有很大挑战，对于知识分子而言，通过阅读经典，参加讨论等等，实现对于终极关怀的追求大概没有问题，但是对于民众而言，儒学的宗教性或者儒教意味着什么？

杜维明：这个问题的确非常重要。我个人对于祭孔、塑像、建庙、汉服等形式化的儒教理解不够，所闻所知很片面。但是，儒教在印尼、韩国等地已经是成形的宗教，在中国民间，我想也有多样的形式。要注意一个有意思的现象,经过启蒙思潮的冲击,很多中国人对于传统的价值观念在形式上都有抵触情绪,但是这并不意味着这些观念的实质也在生活中消失了,比如一个华人企业家可能对"孝"的观念不怎么重视,但是每月会拿出三分之一的薪水来奉养父母;一个在美国任教的华人教授,会把退休金主要用在供孩子读书上面,这些在美国人看来都是不可思议的。现在的中国大陆,在观念的层面,儒家的思想也被广泛重视。另外,"文革"时期,关于孔子和孟子的很多文物都是靠当地的农民或工人所保护的。中国传统社会的农民是受尊重的,代表了最基本的美德,而西方则是长期鄙视农民,中国目前的社会生态对于农民是很不公平的。

张丰乾:您的意思是说,除了知识界、学术界的努力以外,也要注意民间资源和呼声。

杜维明:不仅如此,在文化中国地区,因为长期的反传统运动,现在知识分子成了思想资源最贫乏,创造力最苍白的群体。反而是更广大的人民,包括企业家、商人,他们身上有丰厚的思想资源和非常值得注意的思想活力,也包括民间宗教的信仰。所以,到民间去,不是向他们传教,而是向他们学习,他们在实践上有很多经验,而我们在理论上却又受干扰很多。我们最怕的是无知又傲慢的人。这也是"新启蒙"的一个重要方面。但是,也有一些积极的动向,比如白先勇对昆曲的推广,增强了大家对于传统文化的信心。

张丰乾:还有一个是思想资源发挥功能的机制问题。很多批评者认为,儒家那么强调"与万物一体",但是,中国目前的环境破坏和环境污染问题十分严重。爱泼斯坦就说,他自己在中国亲身见证了大好河山如何被严重污染而政府没有拿出有效措施来应对。

杜维明:我也非常担忧中国的环境问题。不经过制度建构,任何观念是没有作用的。但是,环保和生态不是孤立的,要信息透明,破除地方利益等。在孟子的时代,牛山之木已经被大肆砍伐,西方有的学者已经做了这方面的研究,他们也指出,生态的破坏往往和人口膨胀,社会动乱等外部原因有直接关系,而不是某种思想所导致的。我同意他们的描述,但是,我认为心态和观念的改变还是关键的,而且任何观念都不是孤立的,而是需要改变,能够改变的。比如,大家认为乘坐公共交通工具比开小汽车更好,吃素食比肉食更好,那我们的环境就会改善很多。

(原载《邯郸学院学报》2008 年第 1 期)

李学勤教授

著名历史学家、清华大学教授　李学勤先生

　　李学勤教授，著名历史学家、考古学家、古文字学家和文献学家。1933年3月生于北京，读书于清华大学哲学系。1952—953年，在中国科学院考古研究所参加编著《殷虚文字缀合》。1954年起在中国科学院（后属中国社会科学院）历史研究所工作，历任研究实习员、助理研究员、研究员。1985—1988年，任副所长。1991—1998年任所长。中国社会科学院学术委员会第一、二届委员。

　　现任清华大学出土文献研究与保护中心主任，历史系/思想文化研究所教授、博士生导师，国际汉学研究所所长，中国社会科学院古代文明研究中心主任，兼任多所大学教授，中国先秦史学会理事长，全国博士后管理委员会专家组成员，"夏商周断代工程"首席科学家、专家组组长。

　　九届全国政协委员，二至四届国务院学位委员会委员。

　　1984年获"有突出贡献的中青年专家"称号，1991年获国务院"政府特

李学勤先生与官长为研究员（左）和康香阁编审在一起

殊津贴"，2001年被评为"九五国家重点科技攻关计划突出贡献者"，2002年获"全国杰出专业技术人才"称号。

自20世纪70年代后期起，多次在欧美亚澳及港台地区任教讲学，如：1981—1982年任英国剑桥大学克莱亚堂客座院士，1985年任日本关西大学客座教授，1988年任澳大利亚国立大学远东史系客座教授，1990年任美国加利福尼亚大学（伯克利）校聘教授，1993年起任泰国华侨崇圣大学名誉教授，1998年任美国达默思大学蒙哥马利教授，2001年任台湾清华大学中文系客座教授，2003年任韩国明知大学客座教授。

1986年被推选为美国东方学会荣誉会员，1997年当选为国际欧亚科学院院士。

主要著作《殷代地理简论》（1959）、《东周与秦代文明》（1984）、《新出青铜器研究》（1990）、《比较考古学随笔》（1991）、《周易经传溯源》（1992）、《简帛佚籍与学术史》（1994）、《走出疑古时代》（1995）、《古文献丛论》（1996）、《四海寻珍》（1998）、《夏商周年代学札记》（1999）、《重写学术史》（2001）、《中国古代文明十讲》（2003）、《中国古代文明研究》（2005）、《青铜器与古代史》（2005）、《李学勤讲中国文明》（2008）、《李学勤早期文集》（2008）、《文物中的古文明》（2008）、《李学勤说先秦》（2009）等20余种，学术论文500多篇。有的已有英、日、韩译本，多种获奖。（**康香阁**）

著名历史学家李学勤先生访谈录

——早期特殊的读书治学经历(少年—1954)

康香阁

作为当今负有盛名的历史学家、考古学家、古文字学家和文献学家,李学勤先生早期的治学经历却十分独特。从小酷爱读书,对符号有特殊的兴趣;他希望学习数理逻辑,考进了清华大学哲学系。考进去之后,由于自学甲骨文颇有成绩,被借到中科院考古研究所参加编著《殷虚文字缀合》;再由于认识史学大师侯外庐先生的原因,又从考古所调到了历史二所做侯先生的助手,跟随侯外庐先生做思想史研究(直到"文革"后,李先生才完全回到先秦这一段从事研究工作)。

面对这么一位学术大师,许多人对李学勤先生的读书治学经历非常感兴趣,希望了解他的治学经历,学到他的一些治学方法。笔者带着大家的愿望,在搜集了李先生早期读书治学经历的部分材料之后,又带着相关问题,于2005年8月11日上午10时许,在清华大学荷清苑拜访了李先生,撰成此文,以飨读者。

读书成为他小时候最大的爱好

李学勤先生从小酷爱读书,七八岁起就迷上了上海出版的《科学画报》,每期必买,到上中学时,家里已攒下一大摞,堆在地上大概有一米来高。他说:"我对自然科学的很多知识都是从那上面来的,这些对我以后的工作影响很大。"[2]3

在上世纪40年代,像李先生这样家境不太好的学生,买新出版的书是相当奢侈的。他记得有一次购买到一本商务印书馆出版的《复兴丛书》中李书华先生的《科学概论》,可以说是一次豪举。平时能够买来看的,大多数是旧书。那时李先生家住在北京东城区,离金鱼胡同的东安市场不远。市场里书店集中在西部"丹桂商场"部分,有古书店,洋书店(中原书店),也有许多书摊,价钱比较贵。"丹桂商场"东侧有一条狭窄的胡同,书摊密密麻麻,书价要便宜不少。另外市场东部,靠近杂耍场和润明楼饭庄的二、三道街,也有零星书摊。李先生从小学时便经常去买旧书,看完又卖掉换没读过的。书店、书摊的主人都认识他,称他为"李学生"。他最喜欢的《科学画报》所缺的几期都是书摊上的朋友帮他留意补齐的,其中最难得的一本创刊号,就是东安市场书摊上的刘珣先生无偿送给他的。

李学勤先生有时候也去距离他家较远的古旧书业中心——隆福寺街和琉璃厂。那时,北京交通不便,自己又没有钱,由东城步行去趟琉璃厂是很辛苦的。他每次去,一定下决心从西琉璃厂的商务印书馆开始,逐处参观,穿过东琉璃厂,到杨梅竹斜街的中华书局为止。[4]433他看书不为学科所囿,尤其不拘泥于文科或者理科,上中学时,英国哲学家巴克莱、罗素,奥地利心理学家弗洛伊德,德国哲学家康德等人的著作都成了他掌中所捧的必读书籍。

李学勤先生不仅读书广泛,而且还有一个特殊的爱好,就是爱好符号,越是看不懂他就越喜欢看,很难解释是什么原因。这个奇怪的爱好,让他独具发现之眼,伴随着他获得了一次次的成功与辉煌。[2]

从金岳霖先生的《逻辑》到清华大学

康香阁:许多人对您的治学经历感兴趣,说到您的治学经历自然就要说到您和清华大学,请谈谈您的治学经历以及和清华的关系。

李学勤:我学习的经历很特殊,很多人都来问我这个问题。我常常讲,我的经历不足为训,不管好的地方和不好的地方,是经验还是教训,别人不会有这样的经历。

你要知道,我虽然在北京念书,但我原籍不是北京,我的父亲在北京工作,是北京协和医学院的。从小时候起,父母就希望我当医生。那时候有一个信仰,认为最高级的医生是脑外科。因为当时协和医学院有一个很著名的大夫叫关颂韬,非常有名。他是世界上第七个能开颅的医生。在当时,能把颅骨打开做手术是了不起的事情,在中国大夫中是最好的了。我家里人很希望我也做像关颂韬这样的人,可我不喜欢,因为我觉得我的手指不太灵活,做外科医生手指一定要灵活才行。可我在念中学时,是非常喜欢理科的,理科成绩还算可以。

后来我选择了一个特殊的学科,是因为我读到了金岳霖先生写的《逻辑》,当时中国人学的大学逻辑课本就是金先生的《逻辑》。系统介绍数理逻辑这个学科的,在中国金岳霖先生是第一人。书中有一章叫做"介绍——逻辑系统",就是介绍数理逻辑。打开一看,全是我不认识的符号,我的兴趣立刻就来了,对数理逻辑着迷了,我想学这个。那时我岁数小,不太懂,就打听:"金先生在哪儿?"有位老师告诉我:"金先生在清华大学哲学系。"于是,我就决定报考清华大学哲学系,考中了,时间是1951年,那年开学比较晚,大约是10月份。

现在可以讲,当我考进清华大学后才知道,那时候,整个风气是学苏联,当时数理逻辑和分析哲学是被混在一起的,分析哲学是和西方的罗素、怀特海和维特根斯坦混合在一起,所以,我考进去之后,不能学这个,也不好说学这个了。当然,今天不一样,今天的数理逻辑是文理科之间的一门学科,它是电子计算机的理论基础,计算机要利用数理逻辑原理来设计。那时哲学系的几位先生都调走了,比如著名数学家胡世华先生,当时调到了中科院数学研究所。还有唐稚松先生,前些日子还看到他,他是中科院院士,后来是搞软件的,他研制了一个XYZ系统,其理论与设计荣获国家自然科学奖。

康香阁:您虽然没有学成数理逻辑这个学科,但多年来,您一直关注着这个学科的发展,并尽力为这个学科做些工作。

李学勤:是的,我很关心这个学科的发展。金先生的一位学生王浩先生到美国后,和歌德尔在一起,歌德尔是一位著名数学家,几年之后,王浩也成为了一位著名的数学家和数理逻辑学家、美国科学院院士等。王浩的贡献很大(比如:1959年,王浩利用他首创的"王氏算法"只用9分钟的时间,就在计算机上证明了罗素和怀特海《数学原理》一书中的一阶逻辑部分的全部定理350多条,引起数学界的轰动,被国际公认为机器证明的开拓者之一)。前些日子,中科院吴文俊院士、清华何兆武先生和我共同推荐由山东教育出版社出《王浩文集》,准备出九卷,这套书已经在印了,其中三分之二是英文,印刷比较困难。我虽然没有学好这个,总算还为这个学科做了点儿事。

从清华大学到中科院考古所

康香阁:1951年,您考上了令千万莘莘学子崇拜向往的清华大学,可您入学时间才一年,怎么又舍得放弃,而到中科院考古所了呢?

李学勤:事情是这样的,从1950年起,我开始对甲骨文很感兴趣,并自学甲骨文。在我看来甲骨文就同逻辑符号一样,神秘难懂,令我着迷,我特别喜欢。后来有人问:"你为什么喜欢数理逻辑?又喜欢甲骨文?"其实,我说,我当时是个小孩，因为看不懂，越看不懂就越喜欢看。数理逻辑就是这样，打开全是符号，几乎不给中文字，甲骨文也是这样。当时，我常常骑自行车到文津街上的北京图书馆去学习甲骨文，人常说学甲骨文都有师承，我没有，是自个学的。

康香阁：这和去中科院考古所有联系吗？

李学勤：到中科院考古所是因为这么一件事，那时候《殷虚文字甲编》和《殷虚文字乙编》出版了。殷墟发掘从1928年开始，到1937年抗战爆发，一共有15次发掘。15次发掘的甲骨，只有第一次出土的甲骨在《安阳发掘报告》发表了，叫做《新获卜辞写本》，以后就没再发表。当时做这个工作的是董作宾先生，后来胡厚宣先生参加这个工作，胡先生后来走了，当时正是抗战时期，整天打仗，也没法印。真正出版是在1948年到1949年，先出版了甲编，后出版乙编的上辑和中辑，下辑还没有印。解放后这些书就由中国科学院内部卖。当时我听说了这个事，经过人介绍，就买了一部《乙编》的上辑和中辑。当时是人民币50万元，现在说是50元，那时是很大的一笔数字，我的家境不是太好，所以买起来非常困难，家里还是支持我买了一部。买了之后，我就自己看。

那时，学术界正在辩论"文武丁卜辞"问题。起因是董作宾先生写的《殷虚文字乙编序》，其中有一节说是揭穿了文武丁卜辞之谜。在这篇序里他就讲，在YH127坑的甲骨文里头发现有文武丁卜辞，并且由之创立了把殷墟分为新旧两派的说法。《殷虚文字乙编》出版，大家看到这本书和这个序，研究之后，就有人提出了不同意见，从而引起了一系列讨论。当时有些位学者反对这个观点，在国内就是陈梦家先生，在国外就是日本的贝塚茂树和他的助手伊藤道治。[1]127—128 [5]《自序》

陈梦家先生写的文章叫《甲骨断代学》，1951年开始陆续发表在《燕京学报》上，那时我看到了。那么，贝塚茂树和他的助手伊藤道治两个人合写的《甲骨文断代研究法的再检讨——以董氏的文武丁时代之卜辞为中心》，是到1953年，发表在日本《东方学报（京都）》第23册。陈梦家先生是清华大学的教授，他知道我在研究甲骨文，可是我没上过他的课，他是中文系的。当时，我看到《殷虚文字乙编》，就要做书中甲骨文的整理工作，因为很容易看到书中有很多东西没有拼缀，可是我的拼缀是有目的的，就是为了研究文武丁卜辞。很多人知道这个事，因为当时的学生少，谁做什么事，互相都知道。

与此同时，还有一个人也拼缀这个《甲乙编》中的甲骨文，是上海博物馆的郭若愚先生,他很快就做出成果,编成一本书,并把这个书稿送给了郭沫若先生。郭老当时作为中国科学院的院长,就把书稿交给考古研究所。考古研究所成立于1950年,当时的所长是郑振铎先生,当时不是院系调整嘛,陈梦家先生已经调到考古所,做甲骨文研究,又搞青铜器研究。陈梦家先生对这个书稿提了意见,说工作做得很好,但还不够完备,北京还有两个人在做这个工作,一个老的,一个小的。老的是北京图书馆曾毅公先生(他曾是明义士的助手,著有《甲骨缀合编》,陈梦家先生作的序),小的就是我。于是,我便去到考古所,时间是1952年的夏天,没有随清华哲学系并到北大。那时考古所不在现在的王府井大街,而是在北边,今天的三联书店那边。在那儿,曾毅公先生和我在一起,编著《殷虚文字缀合》。这个工作进行了一年多的时间,到1953年底结束。

康香阁:说到清华大学哲学系合并到北京大学哲学系的事,使我想起了去年5月份,北大哲学系在搞九十年系庆期间,请您去作报告,在演讲前,您先声明了一下,您说,"我不是北大的校友",当时我就在台下听讲,能解释一下原因吗?

李学勤:我1951年考入清华大学哲学系,1952年院系调整,调整后清华就没有了文科,而且也没有了理科,变成了一个多学科的工科大学,文科理科都调走了,哲学系的人员调到北京大学哲学系,而且不但清华的哲学系到北大,全国的哲学系都合到北大,当时全国就保留一个哲学系,就是北大哲学系,请金岳霖先生做系主任。按道理说,我应该一块儿过去,以至很多人认为我是北大的。我常讲一个故事,"文革"开始时候有红卫兵找我调查北大的情况,我说我根本没有到过北大,我不是北大的,他们认为我不老实,几乎挨打,这是在"文革"中碰到最为危险的一件事。也不知是什么人,他们觉得我应该是北大的,可实际我不是北大的。因为在清华大学哲学系合并到北大时,我已到中国科学院考古所了。当时我有一个箱子被同学搬到北大去了,但我没有在那儿注过册,也没上过课,情况就是这样。

从考古所到历史所

康香阁:您从事的研究工作主要是在先秦这一段,比如甲骨文、青铜器、金文和战国文字等,按道理说,您从考古所到研究先秦的历史一所去比较合适,怎么又到了研究中古的历史二所呢?

李学勤:当时经人介绍,我认识了侯外庐先生。侯外庐先生从西北大学校长到北京,担任中国科学院历史研究所第二所的副所长。历史所的情况你不太了解,1953年,决定成立三个历史所。原来有一个近代史研究所,范文澜先生任所长,是在1950年和考古研究所一块成立,可是没有古代史研究所。当时的想法就是成立一个古代的,一个中古的,加上已成立的近代史研究所,叫历史研究所第一、二、三所,当时的经费都是分开的,图书上的收藏章都不一样。一所所长由郭老兼任,尹达先生任副所长,主持工作。二所是陈寅恪先生,他没来,改由陈垣先生当所长,侯外庐先生任副所长。侯外庐先生当时已经是西北大学校长了,他和马寅初一样是全国为数不多的几个著名校长,西北大学本是西北联合大学,也是非常了不起的。

我认识侯先生,侯先生说:"你到历史二所来。"我跟考古所说,考古所领导说:"你先到历史所,以后再把你要过来。"这是怎么回事呢?因为考古所成立比较早,《殷虚文字缀合》编成之后,我的工作落实不下来,有点困难,正好历史所成立,就让我先到二所,以后再把我要过来。所以,在1953年底我到历史所报到,历史所当时是筹备,就在干面胡同宿舍那个院,我到那儿报到。负责筹备处的是吴宜俊主任,一位新四军干部,安徽人。他们对我说:我们这儿还没有开展工作,你回家休息一下,等通知吧。到1954年春天,我接到吴主任的一封信,叫我报到,正式上班,这是几月份记不清楚了。报到后,我在资料室工作过,又到图书馆工作过一段时间,那时还没有研究室。到了那年夏天,分配来大学生,才有研究室,那时只叫小组。再后来,有好多人都陆续过来了……

笔者与李学勤先生的交谈不知不觉已到了11点多钟,下午李先生还有一个重要活动,笔者抓紧时间又请李先生谈了谈他近期所进行的研究工作,这也是读者非常关心的事情。李先生说,他近一时期的工作主要集中在和中国古代文明研究有关系的方面,比如甲骨文、青铜器等,先做好西周青铜器的分期工作,然后上推到甲骨文等。李先生进一步说:"多年来我认为,不管是甲骨文,金文,还是战国文字,所有资料的一个基本钥匙是礼制,比如说甲骨文,是占卜,占卜就属于礼制,是当时礼制的一个重要组成部分……"具体内容,笔者将在适当的时机,另文撰述。

结　语

在文章的结尾,我们不妨简单地勾勒一下李学勤先生早期特殊的读书治学经历:从小博览群书,对看不懂的符号有特殊的爱好;上中学时,读到金岳霖先生的《逻辑》，随着迷于数理逻辑，高中毕业，18 岁的他考入了金岳霖先生所在的清华大学哲学系，希望学习数理逻辑，考进去之后，由于自学甲骨文颇有成绩，受到专家赏识，19 岁即被借调到中国科学院考古所，参加编著《殷虚文字缀合》，直至 1953 年底，由于认识侯外庐先生的关系，他不是被安排到历史一所作甲骨文研究，而是被安排到历史二所，做侯先生的助手，跟侯先生搞思想史研究。尽管这样，李先生还是利用工作之余写了许多有关先秦的东西，比如说，1954 年，他才 21 岁就写出了第一本专著《殷代地理简论》，以后不断补充些材料，到 1959 年出版。

李先生早期特殊的读书治学经历，就如同逻辑符号、数学、甲骨文一样，神秘难懂，令人着迷，越看不懂越有趣，越看不懂越有吸引力。

参考文献

[1] 李学勤：《李学勤文集》，上海辞书出版社 2005 年版。

[2] 潘可佳、张元智、周寅婕：《与清华结缘五十载——访历史系李学勤教授》，新清华 2005 年版。

[3] 杨鸥：《李学勤与夏商周断代工程》，人民日报（海外版）2003 年第 11 期。

[4] 李学勤：《中国古代文明研究》，华东师范大学出版社 2005 年版。

[5] 李学勤：《当代学者自选文库·李学勤卷》，安徽教育出版社 1998 年版。

（原载《邯郸学院学报》2005 年第 4 期）

为使读者更全面地了解李先生研究涉猎的领域和取得的学术成果，特对李先生多年来发表、出版的论文和著作进行统计（见表 1）。由于时间比较仓促，仅根据手中掌握的资料分类，其间难免有重复或遗漏的地方，容后再作补订。

表 1　李学勤教授论文、著作分类统计表

类别＼形式	综合	历史	考古	文献	古文字	科技史	文化史	思想史	学术史	其他	总计
论文	26	136	331	102	308	24	57	35	45		1064
著作	9	5	9	2	8				2	2	37

（该数据统计时间截至 2005 年 5 月）

追寻中国古代文明的踪迹

——师从李学勤先生读书记

宫长为[*]

　　大家都知道,李学勤先生作为我国著名的历史学家、考古学家和古文字学家,早已享誉海内外,为世人所熟知。

　　我师从李学勤先生读书,始于 1996 年。那一年的春天,当得知中国社会科学院历史研究所招收第二批博士后以后,心里十分高兴。因为全国设立历史学博士后工作站,是从 1995 年开始的。中国社会科学院历史研究所为第一批也是唯一的一个历史学博士后工作站,这是第二年连续招生,而这一年中国社会科学院也仅仅招收十七八名博士后研究人员。于是,我立即着手进行报名工作。不过,由于学校方面的原因,直到临近报考的最后两三天的时间,学校才勉强同意报名。按照要求办理相关手续后,用特快专递的形式,寄之于中国社会科学院历史研究所人事处。

　　接下来的时间,就是耐心地等待。据说,今年比往年竞争更加激烈,报名人员多达近二十人,我的心里也没了底。正好这一年的 5 月份,国家夏商周断代工程正式启动,东北师大世界古典文明研究所直接承担了其中一项子课题,即"世界诸古代文明年代学研究的历史与现状"。6 月下旬左右,李学勤先生专门来访,使我有机会陪同老师和师母几天。临走时,我们系领导询问李先生,李先生只是说,等待上面的最后批准。果然,7 月中旬前后,我收到了中国社会科学院历史研究所人事处的正式通知,被录取为第二批博士后人员。当时,我的心情真是无比的激动,也可以说无法用言语来表达。

　　随后的几天,我开始正式办理入站工作的手续,麻烦也就随之而来。关键的一点,按照人事部的要求,博士后研究人员到博士后流动站工作,等于办理正式的离校手续,包括个人档案材料也要一同带去,这下可就为难了。学校方面以人才为由,原则上不同意带走档案,最后与学校达成协议,档案

---

　　* 宫长为(1957—),男,吉林市人,历史学博士后,中国社会科学院历史研究所研究员。

入站以后再办。事实上，那已是好几年以后的事情了。

8月20日，我到北京中国社会科学院历史研究所人事处正式报到。由于事先得知住房还没有分配下来，只好暂时回去。俟至10月中旬，再去北京，分配住到中关村黄庄的人事部博士后公寓。收拾停当以后，与李老师联系，按照要求准备了博士后进站研究大纲。11月初，我到李老师家汇报，经李老师的建议，改作《周礼》官联研究。从此，开始跟随先生读书。

其实，我与李老师相知相识，还是很早以前的事。在上大学读书时，就已经知道了李老师的名字。一次，系里老师介绍学术会议，戏称李老师是当今研究先秦史的"小霸"，当然是相对那些前辈们"大霸"而言了。现在，我的案头上还摆放着一本《与青年朋友谈治学》的书，就是在读书期间购买的，里边都是名家与青年朋友谈治学。由夏承焘、朱东润、郑天挺、余冠英、周祖谟等诸多前辈，其中就有李老师写的《谈自学古文字》一文。从照片上看，李老师非常年轻，和我想象的差不多。这篇文章我用铅笔反复勾画，有的地方甚至用钢笔勾画，可是当时想也没有敢想，能有一天跟随李老师读书。后来大学毕业，读硕士，乃至博士，经常拜读李老师的大作，几乎李老师出的书，能够买到的一定要买到，一遍一遍地认真学习。其间，应吉林大学、东北师大之邀，李老师经常去讲学、参加博士论文答辩，这样逐渐地有了接触。先生给人的印象是平易近人、和蔼可亲，谈起学问则总是由浅入深、追溯源流，令人信服。特别是我的博士论文答辩，金老①特邀李老师主持，李老师总是说："金老之事，随叫随到。"记得主持答辩的时候，金老请李老师上座，李老师恭敬地说："有您老在，晚辈不敢。"博得大家的称赞，那时我已经被视为私淑弟子了。后来，我的大学挚友到北京读博士，返途路过长春时，特意转告我历史学也能招博士后了，而且就是李老师能招。于是，我托付在京的表哥了解情况，才有了文中开头的一幕。

现在仔细地回想起来，我辈特别是我作为李老师的学生，既感到十分荣幸，又感到十分惭愧，荣幸的是能够当上李老师的学生，感到无比的骄傲和自豪；惭愧的是虽然当上李老师的学生，感到李老师学问博大精深，我仅仅学到了一点点，时时内心自责。就拿我们给李老师编的两部纪念文集（一部已由复旦大学出版社出版，另一部即将由河北大学出版社出版）来看，李老师的学生真是桃李满天下，学生来自四面八方，国内国外都有，而且都学有专攻，包括历史、考古、文献、简帛、古文字、语言，以及哲学、文学、艺术、法

---

① 金老，即金景芳先生，著名历史学家，吉林大学教授——编者注。

学、民族、宗教等,几乎涵盖了人文社会科学的方方面面,甚至还包括自然科学,诸如天文、地理、自然科技史等,所以,我们也常说,把李老师的学生放在一起,才能彰显李老师学术的全貌。如果要用一句话来概括的话,以"中国古代文明研究"来表述,再合适不过了。

关于这一点,李老师早有论述。上世纪80年代初,李老师就提出了重新估价中国古代文明,而稍后出版的《李学勤集》,在《自序》中,李老师已经作了很好的表述。我们再翻开1998年出版的常玉芝先生《殷商历法研究》一书,李老师在《序言》中写道:

> 最近我常想,中国古代文明的研究应当作为一个特殊的学科来看待。对世界上其他古代文明的研究,都有着专门的学科名称。比如研究古代埃及的学科是埃及学,研究古代两河流域的是亚述学,研究古代希腊、罗马的是古典研究,等等。研究中国古代文明,没有一个单独的学科名称,这大概是由于中国文明一直绵延下来,中间没有断绝,而国际上所谓"汉学"这个词,同埃及学、亚述学等就无法同日而语了。其实,中国古代文明的起源,以至夏商周三代这一大段,既不同于史前时代的纯依据考古,又有别于秦汉以下的文献完备,必须同时依靠文献和考古两者的研究,这与世界其他古代文明的情形是一样的。我相信,中国古代研究将来一定会被承认是一个重要的专门学科。

在其他的地方,李老师也说过类似的话。

最近,由复旦大学出版社出版的《中国古代文明十讲》一书,李老师在自序中,又写道:

> 我所致力的领域,常给人以杂多的印象,其实谈起来也很单纯,就是中国历史上文明早期的一段,大体与《史记》的上下限差不多。问题是对这一段的研究不太好定位,有的算历史学,有的算考古学,还有文献学、古文字学、科技史、艺术史、思想史等等,充分表明这个领域学科交叉的综合性质。这一领域,我想最好称为"中国古代文明研究"。

并且,李老师还引述了张光直先生和曹兵武博士的说法,把这一学科称之为新的"先秦史"或径称之为新的"中国文明史",李老师以为"这样的想法,我是非常赞成的,只是感到叫'中国古代文明研究'或许更贴切些"。

从目前的情况来看,我们是非常赞成李老师这一见解的。尽管这一领域的研究,已经取得了长足的进展,但是,尽快建立起"中国古代文明研究"这一新的学科,不断充实和完善这一学科,从而更加有力地推动中国古代文明研究走向深入,本是摆在我们面前的当务之急。

我们认为,中国古代文明研究应当以中国古代文明形成和发展作为主要的研究对象,从时间上来讲,由夏商周三代上推到五帝时代,下沿秦汉王朝;从地域上来说,以黄河中下游为中心,向外扩展到不同的区域范围。这一阶段的历史,实际上恰好与我们常说的中国早期国家阶段相当。

中国早期国家问题,说到底也就是中国古代文明形成和发展问题。对此,我有如下几点认识:

其一,有关中国早期国家的分野与形式问题。

一般来说,按照早期国家发展模式,我们从中国古代文明进程的实际出发,把夏商周三代前后,以及包括春秋、战国时期在内,都看做属于中国早期国家的发展阶段,是比较适合的。也就是说,中国早期国家的分野,以秦汉统一帝国为分界,其国家形式正好经由邦国到王朝,再由分裂走向统一,完成了一次质的飞跃。

其二,有关中国早期国家的政体与国体问题。

这个问题的讨论,特别是有关国体的认识,似乎已不再引起大家的足够重视。相反,在我们看来,却是一个不可以回避的大问题。按照我们的以往意见,中国早期国家政体形式,无疑是君主政体。这种君主政体,更多地表现为原始的君主制,反映出国体的一般特征。尽管古代东西方世界的发展道路有所不同,但是,从总的发展趋势来看,人类社会的发展必然有其一定的规律性的东西。马克思、恩格斯所揭示的普遍原理,对于我们研究中国古代文明社会形态,至今仍具有积极的指导意义,相信随着中国古代文明研究的日益深入,问题会逐渐地得以解决。

其三,有关中国早期国家的产生与发展问题。

一个时期以来,我们主张夏商周三代都是统一的国家,应该说是不成问题的,所以,探讨中国古代文明的源头,本应由夏商周三代上溯到五帝时代,要从传说中的虞舜做起。

我们以世界上古史为例,最初国家的产生,都是小邦、小国,五帝时代也处在这样的历史发展时期,属于中国的前王朝时期。这个时期最大的特点,就是形成了邦国林立的局面,考古学文化集中地反映了这样的一个历史面貌。

由中国的前王朝时期过渡到夏商周三代,是中国早期国家的发展时期,在经由春秋、战国过渡到秦汉帝国,完成了中国早期国家发展的历史,历史又翻开了新的一页。

李学勤先生的中国古代文明研究

刘国忠[*]

中国是世界上少数几个拥有悠久文明的国家之一,中国古代文明的形成以及发展进程一直吸引着众多学者的注意力,特别是从20世纪以来,考古学在中国得到了飞速发展,与中国古代文明相关的重大考古发现层出不穷,从而为中国古代文明的研究提供了亘古未有的机遇,使得这一领域的研究得到了极大的发展,取得了丰硕的成果。

在这其中,李学勤先生以其独到的眼光及勤奋的探索在这一领域的研究中取得了突出的成绩,受到了国内外学术界的瞩目。

李学勤先生对许多领域都有所涉猎,尤其致力于对汉代以前的中国早期文明史研究,在考古学、古文字学、历史文献学、历史学等方面都有很深的造诣。著有《殷代地理简论》、《东周与秦代文明》、《走出疑古时代》等二十多种专著,发表论文五百余篇。这些论著涉及的领域很多,其中特别是对中国古代文明的研究具有十分突出的成就,这些成就主要体现在:

古代文明起源的研究。过去长期流行于学术界的观点是中国文明形成于商代,李学勤先生不同意这种看法,他根据考古学的最新发现,认为中国文明时代的开端要比商代早许多,并在1980年提出了"重新估价中国古代文明"的主张。这一重新认识、重新评价中国古代文明的思想贯穿于他整个学术研究过程之中。比如他根据历年来众多的考古发现,对于中国古代文明的起源及其早期发展做了不少考察;他还提出对中国古代文明进行区域性的研究,并提出了"文化圈"的设想。

比较考古学和比较文明史的倡导。李学勤先生认为,中国古代文明是整个人类历史文化的一部分,如果不把中国历史文化放到人类文明的大背景中去考察,对中国的历史文化就很难得到透彻的理解,因此有必要将中国古代文明与世界古代文明加以比较研究,也需要在掌握中国考古学成果之

---

* 刘国忠(1969—),男,北京人,历史学博士,清华大学历史系副教授。

外,去认识和了解外国的考古学,借鉴外国考古工作的理论、方法和技术,更好地认识中国考古学几十年历程中形成的自身特色,发挥我们的长处,弥补我们的不足。在这些方面,李学勤先生身体力行,出版了《比较考古学随笔》等著作,进行了比较考古学、比较文明史的有益探索,并主持翻译了《外国考古文化名著译丛》,把世界考古学研究的一些最新成果介绍给国内的学术界。

玉器的研究。玉器在中国古代往往被用作礼器,在古代文明中有着特殊重要的地位,最近几十年来在全国各地出土了大量的玉器材料,李学勤先生利用这些考古发现,对许多早期玉器上的刻画符号、图案及作用进行了探讨;他还对各地出土的牙璋作了对比研究;另外像良渚文化所出土的玉器、安徽含山凌家滩所出的玉龟玉版等玉器材料,李先生也都作了许多很有价值的讨论,如指出良渚文化玉器上的纹饰与商代青铜器上的饕餮纹有较密切的联系,含山凌家滩玉版与古代的八方观念及宇宙观有关,等等。

甲骨学研究。李学勤先生最早走上学术道路就是在甲骨学的研究方面。20世纪50年代,他缀合、整理殷墟发掘所获的甲骨,用排谱法研究甲骨文反映的史事和历史地理,并最早提出殷墟甲骨文中存在非王卜辞的见解,继而又就历组卜辞等问题提出两系九组的新分期法;他还首次鉴定出西周的甲骨文,并对周原地区所出土的西周甲骨的特征、文字释读、性质以及族属等问题发表了许多见解,为西周甲骨的研究奠定了基础。他在甲骨学的研究过程中,强调要把甲骨作为一种考古遗物全面加以研究,不仅要注意有字甲骨,也要注意无字甲骨,并要注意甲骨的出土地层、坑位及钻凿形态等方面的综合考察。

青铜器的研究。李学勤先生一贯主张,对于青铜器的研究不应以金文为限,而需要对青铜器的形制、铭文、字体、纹饰、功能、组合、铸造工艺等方面作综合的研究,他自己还在金文的释读以及青铜器的分期、分区、分国别的研究中取得了很大的成就;他还利用金文以及甲骨材料,对于商周时期的礼制、职官、家族、法律、土地制度等方面的问题作了许多讨论。另外,过去许多学者都强调商周之际存在着剧烈的变革,李学勤先生根据青铜器材料以及商周甲骨所反映出来的共同性,并结合古代典籍的记载,指出商周之际虽然有所变化,但更多的是文化的承继和发展。

战国文字及出土简牍帛书的研究。在20世纪50年代,李学勤先生发表了《战国器物标年》、《战国题铭概述》等文章,对战国时期的金文、陶文、玺印、货币及简帛作了综合研究,从而促成了古文字学领域的新分支——战国文字研究的建立。20 世纪 70 年代以后,在全国各地相继出土了战国至秦汉时期的大批简牍帛书,李学勤先生参加了其中湖南长沙马王堆汉墓帛书、湖北云梦睡虎地秦简、湖北江陵张家山汉简、河北定州八角廊汉简等多批出土文献的整理工作,对于 40 年代出土的楚帛书及近年公布的郭店楚简及上海博物馆所藏楚简,李学勤先生也做了大量卓有成效的研究工作,对战国文字的研究及出土文献的整理作出了很大贡献。

古籍文献与学术史研究。20 世纪新出土的大批简牍帛书,为古文献及学术史的研究提供了极为宝贵的材料。有鉴于此,李学勤先生一直主张根据众多的出土文献对学术史加以重写。他自己身体力行,对易学、尚书学、楚文化、黄老之学、秦汉之际学术文化的传流等诸多学术史上的重大问题提出了精辟的见解。他还根据出土文献中所反映出来的古书情况,为许多过去被疑为是伪书的古籍"平反"。指出:古书的形成往往经过很长的过程,不能用静止的眼光看待;过去不少古书被疑为伪书,其实往往是与古书的整理情况有很大的关系,不应轻易加以否定。

"走出疑古时代"的提出。晚清以来的疑古思潮曾在历史上产生了十分积极的影响,对当时人们的思想起到了"冲决网罗"的作用,有很大的进步意义。不过,由于当时一些学者疑古过甚,加上当时的研究方法主要是以书证书,因此许多观点已经为今天的考古发现所否定。李学勤先生不仅做了大量被前人斥为造伪的古籍与史事的"平反"工作,还进一步从理论的高度对疑古思潮进行了反思,指出,我们今天的古代文明研究需要从考古发现的实际出发,不仅要在具体研究上重新审视前人的已有结论,而且在指导思想上也需要摆脱一些旧的观念的束缚,走出疑古时代。应该说,李先生的"重新估价中国古代文明"与"走出疑古时代",二者是密不可分的,李学勤先生主持的夏商周断代工程及中国文明起源预研究等国家重大科研项目,从某种意义上也可看做是"走出疑古时代"后在新的历史时期对于古代历史和文明的重建。

文物鉴定及对海外所藏中国古代文物的研究。李学勤先生对中国古代文物有着精辟的见解,并经常走访国内外的各种文博单位,在文物鉴定方面积累了丰富的经验,对许多古代文物的真伪及年代问题都提出了独到的见解。近些年来,国内的文物流失情况十分严重,作为国家文物鉴定委员会的成员,李学勤先生做了大量的文物鉴定工作,为国家及时从海外抢救购回流失的国宝作出了重要贡献。对近代以来流散到世界各地的珍贵文物,李学勤先生则利用多次到海外访问讲学的机会,考察国外公私机构珍藏的中国古代文物,对它们加以介绍和研究,写成了《四海寻珍》等论著,他还与国外汉学家合作,编辑了《英国所藏甲骨集》、《瑞典斯德哥尔摩远东古物博物馆所藏甲骨文字》、《欧洲所藏青铜器遗珠》等著作,将这些珍贵材料介绍给国内读者。

国际汉学的研究。汉学是指国外学者对中国历史、语言、文化等方面的研究,在国外已有数百年的发展历史,业已形成一门成熟的学科。不少汉学家对中国古代历史文化有着独特的研究视角和方法,对我们的研究有着很好的借鉴作用。从20世纪70年代末以来,李学勤先生利用赴北美、日本、欧洲及澳大利亚等国家地区访问和讲学的机会,与国外的汉学家们开展了积极的对话与交流,并不断向国内报道国际汉学界的最新研究动态。他还一直提倡在国内建立国际汉学这门学科,对国际汉学进行学术史的研究。他亲自主持建立了清华大学国际汉学研究所,并主编了《国际汉学著作提要》、《国际汉学漫步》、《法国汉学》等著作和刊物,并主持《中国文化名著导读》一书及"当代汉学家论著译丛"等丛书的翻译,对国际汉学的介绍和研究做了不懈的努力。

李学勤先生在学术上取得这样巨大的成就,是与他勤于治学、勇于探索密切相关的。总起来看,李先生的治学大致有如下特色:

天赋与勤奋相结合。接触过李学勤先生的人无不赞叹他的聪敏睿智。但这只是他成功的一个前提,李先生的成就主要还是靠他的勤奋。李先生的勤奋是人所共知的。他自己从小最喜欢的事就是看书,最不喜欢的就是浪费时间。青年时代的勤奋已使他具备了渊博的学识,即使到了今天,他虽有繁忙的行政事务,而且经常到世界各地讲学,但是一有闲暇,他就用来读书和写作,几乎每月都有新的学术论文问世。这种锲而不舍、孜孜以求的学习精神为他在学术上的成功奠定了坚实的基础。

宏观与微观相结合。李学勤先生长年与文物考古和古文字打交道,这些都是属于"形而下"的具体事物,但是李先生在研究这些材料的时候却往往能从宏观的理论高度加以把握。李学勤先生具有很高的理论素养,他曾下了很大的工夫研读马克思主义的经典理论著作,通晓国内外各种学术理论和方法。正因为有了这样的理论造诣,李先生在研究"形而下"的器物时具备了"形而上"的眼光,能够把宏观和微观紧密结合,看到和发现别人没有注意到的细节,并上升到理论的高度加以认识。李先生指出,考古发现虽然都是物质的,但往往能反映出古人的思想和观念,有待于我们去理解和阐释。

　　博采众长与挑战自我相结合。李学勤先生走上学术道路，基本上是通过自学，由于没有专门导师的指点，李先生在长期治学的过程中就特别注意对许多先辈名家的治学特点和专长进行认真的揣摩，以期融会贯通，为己所用。因此，李先生始终反对学术研究中的门户之见，认为它限制了学术的发展。李先生自己在学术研究中一直坚持实事求是的态度，他尊重权威，但不迷信权威。如果发现真理，他勇于坚持，并敢于顶住传统的偏见；一旦发现自己的研究中存在错误，他则绝不掩饰，坚决加以纠正。

　　学科与学科相结合。李学勤先生在学术研究中，一直提倡采取王国维以来所倡导的"二重证据法"，注意将古代文献与考古学、古文字学成果相结合。除此之外，李先生在研究中还强调与其他学科诸如音乐史、美术史、科技史等相结合，进行比较研究。他所主持的夏商周断代工程，本身就是一个人文科学与自然科学相结合的成功范例，他所倡导的多学科结合及运用现代科技手段研究中国古代文明的观点已成为许多学者的共识。

　　中与外、古与今相结合。中西融汇、古今贯通是清华人文学术研究的传统，李学勤先生的学术研究也很好地继承了这一风格。他不仅博古而且通今，既熟悉中国文明又熟悉世界文明，并在自己的学术研究中将之有机地交融在一起。从他的许多学术论文中，人们都可以感受到他那渊博的学识和宽阔的视野。

　　　　　　　　　　　　　（原载《邯郸学院学报》2005 年第 4 期）

古史研究的当前趋向

李学勤[*]

一、中国有重视古史的传统

中国是一个有着悠久历史的国家,也有着非常长远的历史文献和历史教育的传统。

专门以书写历史为职务的史官,在中国出现甚早。根据多种古籍记载,这可以追溯到被称为"人之初祖"的黄帝的时代,即约为公元前三千年左右。如果说这不过是难于证实的传说的话,至少在公元前13世纪的商王朝廷里,已经有"史"或"作册"这样的史官在活动,见于殷墟出土的甲骨文。

史官或与之有关的人员,被任用于教育工作。最近发现的西周早期青铜器荣仲方鼎,铭文记述了名叫荣仲的人在周王给他建立的学校中教授王子和诸侯子弟的事迹,而这位荣仲就出身于"史"的氏族。

到春秋时期,各种体裁的史籍被用于教育,例如《国语·楚语》记载,楚庄王命士亹担任太子的老师,士亹去请问贤大夫申叔时,申叔时告诉他教太子的科目,其中有"春秋"即史书,"世"即谱牒,"语"即《国语》一类分国记述,"故志"即有关前世成败的专篇,这些都是历史文献,在教育中已有重要作用。

对历史的重视,一直是中国传统文化的特点。古时学者大都主张经、史应该并重,甚至规定读书必须"刚日读经,柔日读史"。即使是"蒙学"即儿童的教材,历史知识也占有相当大的比重。比如最普遍流行的儿童读物《三字经》,叙述历史的内容竟有约三分之一,以致民间称之为"小纲鉴",也就是史书缩影的意思。

---

* 李学勤(1933—),男,北京人,清华大学历史系教授、博士生导师,国际汉学研究所所长,国际欧亚科学院院士,中国先秦史学会理事长。

　　中国传统上重视历史，尤其突出的是重视古史，即中国历史的开首部分。这是由于历史和文明是在古代起始的，要认识今天必须追溯到过去。正与研究西方一定要探索希腊、罗马，甚至古老的近东一样，中国的古史对理解现代中国也具有特殊的意义。

二、中国古史的时限

　　上面我们已经谈到中国的"古史"，希望大家能够注意到这和在中国通常使用的"古代"一词有很大的区别。

　　在中国，也包括港台地区，常常说到的"古代"，并不是国外有关学者讲的 ancient China，也不是美国一些学者讲的 early China（指佛教传入前的中国）。中国很多人说的"古代"，所指的历史时间要长得多，实际上是相对"近代"而言的。

　　大家了解，很久以来中国学术界是以公元 1840 年的鸦片战争作为中国"近代"的开端的，因而 1840 年以前人们就说是"古代"，而明朝和清朝前半便算是"古代"的历史了。现在的问题是，在近几年，中国不少研究近代史的学者改变了观点，提出以 1911 年的辛亥革命作为"近代"的起点，这样，整个清代就都归入"古代"了。"古代"如此漫长，显然不便于研究。

　　其实，很多人知道，上世纪五六十年代盛行的"古代史分期问题讨论"，所指的"古代"已经如上面所说是广义的。当时学者间讨论的焦点在于中国历史什么时候是奴隶社会到封建社会的转变过渡，出现了西周封建论、战国封建论、秦汉封建论、魏晋封建论等等说法，涉及的历史时间相当长久。

　　到了"文化大革命"结束以后，有关学者更多强调要深入研究中国历史各个时期的特色和实质。不管是在通史编著还是专题研究中，学者们逐渐形成一种共识，即秦的兼并六国、建立帝国是历史的重要界标，在这之前之后，中国历史有着明显不同的性质，于社会、政治、文化等等方面都有着清楚的表现。

　　秦代以前的历史，中国学术界通称为"先秦史"，是相当于 ancient China 的历史时期，我觉得还是称之为"古史"或"上古史"，以区别于秦汉到明清的"中古史"。当然，不管是上古史还是中古史，都可以再细分为若干阶段。在 20 世纪学术史上先后出现的"古史辨"、"古史新证"、"古史重建"等等提法，所用的"古史"概念都是指先秦的上古史，所以将上古史简称作"古史"是有理由的。

三、中国古史的范围

在谈过中国古史的时限以后，我想再说一下中国古史所涉及的空间的范围。在这一方面，"文化大革命"以后的学术界也有新的进展。

传统上论述中国古史，总是以黄河流域的中原地区为主要的着眼点。这种被称为"中原中心论"的看法，其产生不是没有原因的。《史记·货殖列传》就说过："昔唐人都河东，殷人都河内，周人都河南。夫三河在天下之中若鼎足，王者所更居也，建国各数百千岁。"虞夏商周所谓"四代"的政治中心都在中原的核心地带，这赋予"中原中心论"以相当有力的依据。

"中原中心论"还受到在中国传统文化中居中心地位的儒学思想的影响。开创儒家的孔子，生于周王室衰微、诸侯力政的时代，从而力主"内华夏而外夷狄"，贯彻在所修《春秋》经中。这种观点，由于长期存在的历史原因，一直在后世学者间流传，以至总是低估华夏以外民族和地区的作用地位。主张"中原中心论"的人们显然有意无意地陷于这种看法的限制。

在考古学方面，"中原中心论"还是早期田野工作涉及范围有限造成的结果。由于二次大战前中国的考古发掘主要集中于中原地区，对中原以外考古文化的认识较少，从而对非中原地区存在比较高度发展的文化总是持保留态度。

一个典型的事例是四川成都平原三星堆文化的发现。早在 1929 年（或说是 1931 年），在成都以北的广汉月亮湾，当地农民掘地得到一坑玉石器，包括璧、圭、璋、琮等物。1934 年，华西大学博物馆的学者前往清理发掘，有报告于 1936 年发表。面对这样的发现，多数人局限于四川没有古老文化的成见，竟认为是汉代的。最有卓识的，也只推断为"周代早期"。直到近年，经考古学者多次发掘，特别是 1986 年距月亮湾不远三星堆两座器物坑的发现，出土了大量青铜器、玉石器等等珍贵文物，才证实那里是非常重要的商代城址。类似的事例还有许多。

现在中国学术界已经形成了一种公认的看法，即中国自古以来是一个多民族、多地区的国家，而中国的文明是由多民族、多地区共同缔造的。在这种观点的引导下，古史方面的区域研究兴盛起来。开始较早的，有如吴越文化、巴蜀文化；特别繁荣的，有如楚文化。中原地区也被视为一种区域文化，有人称之为河洛文化，但这个词包容的范围要小些。

因此，今天我们来谈中国的古史，应当把视野扩大到中国当时的各个地区和民族，才能概括古史的全貌。

四、东周历史文化的研究

中国古史既然如此漫长，范围又非常广大，所以我们最好根据历史本身的情况以及所能遗留给我们的讯息的性质，把它划分为几个大的时期。各个时期，有不同的研究途径和手段，也有不同的中心问题。

如果我们从公元前 221 年秦的统一中国向上推，东周（包括春秋和战国）可以算一个大的时期。或者也许应当采取《史记·十二诸侯年表》的办法，把这一时期的上限移到西周末的共和元年，即公元前 841 年。由公元前841 年到公元前 221 年，一共有 620 年。

这个大时期的特点，是我们可以依据的文献较多。在这个意义上，这六个多世纪属于"历史"（history），而不是"史前"（prehistory）或"原史"（proto-history）。比如我们有《春秋左传》，有《战国策》，还有多种多样当时的或稍晚但有关的典籍，可资稽考。

自然大家不会忘记秦始皇三十四年（公元前 213 年）颁布的"挟书律"，禁止"诗书百家语"。实际上，这是秦国早已存在的政策趋向，看《商君书》和《韩非子》便可明白。"挟书律"因汉承秦制，直至汉惠帝四年（公元前 191年）才正式废除。现在从发掘出土的墓葬随葬书籍看，凡在"挟书律"有效时间内的，都不逾越该律规定的范限，可见这一严酷的法律确实有效。对"诗书百家语"的禁止，造成东周时期产生的文化成果大量丧失，尽管汉代学者倾力挽救，仍不能弥补已有的损害。

幸运的是，近年在考古工作中发现了战国时的不少简帛书籍，还有若干汉代简帛也含有战国著作的抄本，都是前所未见的。其中内容最丰富的，当推湖北荆门郭店一号墓的楚简、上海博物馆收藏的楚简，还有湖南长沙马王堆三号汉墓的帛书。这些重大发现等于打开了地下的图书馆，对研究东周时期历史文化有非常重要的作用，尤其是在学术思想史方面影响深远。

郭店简的主要内容，是儒道两家的学术著作，上博简的情况也是一样。郭店一号墓的下葬年代不迟于公元前 300 年，上博简较之最多稍晚一点，所以这些富于哲理性质的作品都是孟子或庄子有可能读过的，其重要性可想而知。不仅如此，将郭店简、上博简、马王堆汉墓帛书与传世典籍对比，又可以证明很多过去遭受学者怀疑的传世文献，例如《礼记》和《大戴礼记》中的一系列篇章，其实是与这些简帛同时的。于是，以往几乎成为空白的孔孟之间、老庄之间的思想流传,一下子得到了充实。这也使我们有可能更为接近孔子、老子的本来面貌,当然是历史研究上的大事。同时,由于孔孟、老庄的时代是中国经典的形成时期,这方面研究会影响整个中国学术史,导致学术史的"重写"。

大家都不会忘记,钱穆先生《先秦诸子系年》一书在东周古史研究中所起的重要作用。今天,在新的材料和观点基础上,重编一部这样的《系年》的条件业已成熟了。

五、商晚期至西周历史的研究

由西周末年上推,一直到商代晚期商王盘庚迁都于殷即在今河南安阳的殷墟(约公元前 1300 年),是又一个大的时期。

这一时期保存下来的文献,比东周时期要少许多,有着很多模糊不清的成分;但是幸而有甲骨文和金文的发现,给了我们揭示这一时期历史奥秘的条件。

殷墟的甲骨文于 1899 年被发现鉴定,是学术史上极有纪念意义的事件。迄今为止,殷墟的有字甲骨已发现约十三万余片,所记内涵十分广泛,有关研究已成为国际性的专门学科。西周甲骨文到上世纪 50 年代才有发现和被认识,数量远不如商代,但也有重要内容。

殷墟甲骨文的年代,已证明上起武丁,下至帝辛即商代最后一王纣。甲骨文研究最重要的贡献,是确切说明《史记·殷本纪》等古书里的商王世系基本真实,只有个别地方须作修正,从而证实商代的存在不容置疑,这成为大家上溯更早的古史的起点。

商代已有青铜器铭文即金文,但一般都很简短,西周金文则远更丰富,是研究当时历史文化的重要史料。篇幅最长的是清代出土于陕西岐山的毛公鼎,现在台北的故宫博物院,铭文长达 497 字,以至学者以为足抵《尚书》一篇。金文长度的这一纪录迄今尚未打破。

西周金文虽然非常繁多,然而长期以来未能像殷墟甲骨文那样对西周的周王世系提供完整的证明。1976 年陕西扶风庄白发现的史墙盘,铭文叙及文王、武王、成王、康王、昭王和穆王,是共王时器,这只是世系的前半。直到 2003 年,陕西眉县杨家村出土佐盘(有人称为逨盘),是宣王时器,铭文在穆王后更有共王、懿王、孝王、夷王和厉王,终于可说把西周世系补足了。

甲骨文、金文的分期断代,是利用这些材料探索历史的必要前提,目前都已取得很好的成果,这里不可能详作介绍。应该提出的是,在中国作为重点科研项目的"夏商周断代工程",已经制定了以金文为主的"西周历谱"。这一历谱虽然尚有不尽理想之处,从排出后新出现的金文大多合谱看,还可说是迄今最适用的,可供研究西周的学者参考,下面还将谈到。

六、夏至商前期历史的研究

与商代晚期不同,盘庚迁殷以前的历史现在还没有发现像殷墟甲骨那样的文字证据。虽然商王世系已经证明,但只凭文献的有限记载,大家对商代前期历史所知不多。

夏代的情形更有甚之。《史记·夏本纪》同《殷本纪》一样,载有夏王的世系,而且能和《世本》等文献相印证。王国维先生在研究了甲骨文的商王世系之后,在1925年曾说:"《史记》所述商一代世系,以卜辞证之,虽不免小有舛驳而大致不误,可知《史记》所据之世本全是实录,而由殷周世系之确实,因之推想夏后氏世系之确实,此又当然之事也。"这一推论,应该讲是有道理的。

五十年代初,考古学者在河南郑州(还有辉县)找到了早于殷墟的商前期文化遗址,即现在公认为当时都邑的郑州商城。五十年代末,于调查"夏墟"时发现了更早的偃师二里头遗址,以之为代表的二里头文化在年代与地理位置上均合于夏,多数学者认为是夏文化。随后又发现更早登封王城岗城址,同禹都阳城颇觉相当。近年在山西临汾发掘的陶寺城址,年代早到公元前2600—公元前2200年,有学者主张是文献里的尧都平阳。

夏到商前期的研究,肯定有别于商的晚期。当前仍有学者认为夏朝并不存在,表明这个方面的研究很有继续深入的必要,而所采取的途径一定不能同于商晚期和西周。

七、夏以前历史的探索

中国传统观点认为文明始于公元前三千年的黄帝时代,从而说中国有五千年的文明史。黄帝、颛顼、帝喾和尧、舜,是《史记》讲的"五帝",所以近年若干探讨中国文明起源的学者把公元前三千年到两千年左右这一段历史称作"五帝时代"。

关于文献中记述的"五帝时代"史事,大家知道,曾有很多学者认为只是后人撰作,并无真实依据。早在 1909 年,日本著名学者白鸟库吉发表《中国古传说的研究》,否定尧、舜、禹是历史上实有的人物,被称为"尧舜禹抹杀论"。在中国,1923 年开始的《古史辨》(第一册于 1926 年出版)疑古思潮,也是以类似的讨论揭幕的。

中国在二三十年代的疑古思潮,有着文化史上的进步意义,但在否定古史传说之后,怎样正面地探求古史真相,仍是重大的问题。当时有的学者已经指出这一思潮的不足,如王国维在 1925 年便讲到"疑古之过,乃并尧舜禹之人物而亦疑之,其于怀疑之态度及批评之精神不无可取,然惜于古史材料未曾为充分之处理也"。他主张"上古之事,传说与史实混而不分,史实之中固不免有所缘饰,与传说无异,而传说之中亦往往有史实为之素地",而要揭示史实素地,必须采用"纸上之材料"(传世文献)与"地下之新材料"互相结合的"二重证据法"。这为重建古史开辟了道路,也是后来中国古史研究和考古学、古文字学密切联系的先声。

对文献记载中所见古史传说给以现代的科学的解释,用哲学家冯友兰先生的话说是"释古"。最近我们看到北京大学考古学家李伯谦先生的论作《考古学视野的三皇五帝时代》(见《古代文明研究通讯》第 36 期,2008 年 3 月),他给出了下列的表(见表 1),并加说明:"尽管两个系统使用的符号不同,也不敢说表列的对应关系没有一点差错或存在前后游移的余地,但从人猿揖别、人类社会出现以来,两者由低级到高级的发展规律基本相同,每个大体相对应的阶段所表现出来的特征基本相同,从而决定了无论是考古学构建的古史体系还是传统史学的古史体系都具有自己的合理性。考古学构建的古史体系固然是科学有据的,没有或甚少文字记载或仅有口耳相传的神话、传说形式流传下来的古史体系也不能说全是子虚乌有,正如尹达先生所言,这些神话、传说都有史实的素地,都在一定程度上反映了历史的真实。拂去附着其上的荒诞不经的尘垢,便可揭示出其合理的内核。"我觉得,李伯谦先生此文代表了中国学者探索古史,特别是远古历史的新趋向。

八、中国古代的年代学问题

上引李伯谦先生的表,已经涉及中国古史的年代构架。这里想简单介绍一下很多学者关心的"夏商周断代工程"。

"夏商周断代工程"是国家"九五"期间的重点攻关项目,从 1996 年 5 月启动,经过五年左右的努力,到 2000 年 10 月通过了国家验收。它是用自然科学和人文社会科学相结合、多学科交叉研究的方法来研究夏、商、周、西周的年代学问题。

表1　考古学重建中国古史体系与传统史学中国古史体系的对应表

考古学的中国古史体系	传统史学的中国古史体系	年代（B.P）	社会形态	主要经济生活方式
旧石器时代早期	有巢氏、伏羲氏	约二百万年—二十万年	游团	采集、渔猎
旧石器时代中期	伏羲氏	约二十万年—四万年	原始群	渔猎、采集
旧石器时代晚期	燧人氏	约四万年——万二千年	氏族	渔猎、采集
新石器时代早、中期	神农氏	约一万二千年—七千年	氏族·部落	渔猎、农业、畜牧业
新石器时代晚期	炎帝、黄帝	约七千年—四千五百年	部落联盟、古国	农业、畜牧业、手工业
新石器时代末期	颛顼、帝喾、尧、舜、禹	约四千五百年—四千年	王国（初级）	农业、畜牧业、手工业
青铜时代	禹、夏、商、周	约四千年—公元前221年	王国（高级）	农业、手工业、商业
铁器时代	秦——清	公元前221年—公元1911年	帝国	农业、手工业、商业

历史上有许多事件需要从量的方面给出一个尺度。没有时间就没有历史,历史是时间的流程,在这个流程中给出一个量度来是很重要的。为什么要研究中国古史的年代学问题呢? 这是因为中国古史和世界其他国家的古代历史一样,它的精确年代只能推算到一定的时段,愈远的就愈不清楚。越古老的历史,我们得到的信息越少。在司马迁《史记·十二诸侯年表》中,中国的历史一直可以往前推算到公元前841年,即西周晚期的共和元年。大家都知道,这一年,因为周厉王暴政,国人起来赶走周厉王,实行共和执政。但是,再往前的年代在司马迁的《史记·三代世表》中只能以世为单位,不能以年为单位了。出现这种情况,并不是说司马迁那个时代没有关于上古年代的资料。据司马迁本人记载,他看的一些牒记中"自黄帝以来皆有年数",只不过这些年代资料是相互矛盾的,不一致的,所以司马迁只编了《三代世表》,夏、商、西周(共和前)三代只有帝王世系而没有具体年表。有人说《竹书纪年》是准确的,王国维先生说这本书就是一种牒记,司马迁肯定是看过的,但是出于谨慎的考虑,司马迁也没有采用。中国的历史只推到公元前

841 年是不符合实际的,因为中国有五千年的文明史,《史记》只记录到公元前 841 年,相差甚远。因此,司马迁以后,历代都有学者试图推算出公元前 841 年以前的年代,其中最早的是西汉末年的刘歆。这是一个非常重要的课题,但一直都没有定论。现代的学者如何在前人研究的基础上,利用最新的考古资料和科技手段,对年代学研究作出新的贡献,已经成为迫切的需要。

1995 年春天,当时担任国家科委主任的宋健先生首先提出这个问题。为什么是宋健先生提出,而不是考古学家或是历史学家呢?这与宋健先生的工作有关。他长期主管科技工作,本身是两院院士,并对中国的历史有很深厚的修养。他到国外访问时,经常考察国外的考古遗迹,参观国外的博物馆。他发现,外国古文明大都已建立了详细的年表,并获得世界公认,可中国一直没有详细、公认的年表。所以,他一直在思考:能不能用自然科学技术已有的优势,来支持人文社会科学的研究,特别是历史学、考古学的研究,从而建立中国古代文明的年表。1995 年 9 月,宋健先生邀请在北京的有关历史学家、考古学家、古文字学家就这一课题进行座谈,提出了"夏商周断代工程"。到 1995 年年底,正式建立了这一课题,组成了由国家科委、国家教委、中国科学院、中国社会科学院、自然科学基金会、国家文物局、中国科协等不同单位的领导组成的领导小组,随后组成了由 21 位多学科的专家组成的专家组,由四位首席科学家分别担任专家组的正副组长。工程在实施过程中,设计了 9 大课题,36 个专题,后来随着研究的深入发展,专题不断增加,到 2000 年结题时,共有 44 个专题,涉及了历史学、考古学、天文学、科技测年技术等十多个学科。所以这个"工程"是一个自然科学与人文社会科学相结合的多学科交叉研究。经过五年的努力,到 2000 年上半年开始把各个课题成果加以整合,起草了《夏商周断代工程 1996—2000 年阶段性成果报告》(简本),2000 年秋天通过了验收。其后,工程又陆续出版了许多相关的研究成果,包括各种研究报告、相关论文等等。近期,我们已初步完成了工程报告(繁本)的编撰整理工作,在不久的将来会出版与读者见面。

"夏商周断代工程"推出了一份夏、商、西周的年表。工程从公元前 841 年开始往前推,推定夏代始年为公元前 2070 年,夏商之交为公元前 1600 年,盘庚迁殷为公元前 1300 年,盘庚以后的小辛、小乙、武丁、祖庚、祖甲、廪辛、康丁、武乙、文丁、帝乙、帝辛、都推出了具体的年代。商周之交也就是武王伐纣之年,工程推断为公元前 1046 年。武王之后,成王、康王、昭王、穆王、共王、懿王、孝王、夷王、厉王都有了具体的年代。这是到目前为止我国学术界多学科专家联合攻关所推出的比较理想的一份年表。当然,这不是定论,以后随着更多相关考古资料的出现,将会不断地完善这份年表。工程年表公布之后,得到《辞海》等出版物的采用。

仔细比较一下,大家不难发现,我们的古代年表与古埃及的年表有相似之处。我们的五帝时代与古埃及的古王国与第一中间期时代相似;夏代相当于古埃及的中王国与第二中间期时代;商代相当于古埃及的新王国时期的盛期,年数的上下限基本上不超过一百年,甚至有的不超过二三十年,这说明人类的发展是有规律的。"夏商周断代工程"给出了一个比过去更有科学依据的时间量度,这个量度的确定对于我们探讨整个中国文明的起源和早期发展打下了良好的基础。

(原载《邯郸学院学报》2008 年第 2 期)

林甘泉先生

著名历史学家、中国社会科学院学部委员　林甘泉先生

　　林甘泉先生,男,1931 年 11 月生,中共党员,福建省石狮市人。1949 年 4 月厦门大学历史系肄业。林先生在解放前上高中期间就投身革命运动,加入中共闽浙赣城工部地下党。全国解放后,先后在中国人民大学、中国科学院、中国社会科学院工作至今。

　　林甘泉先生曾任中国人民大学研究部干事,中国科学院《历史研究》编辑部编辑,中国科学院历史研究所助理研究员,研究室副主任,中国社会科学院历史研究所研究室主任、研究员、副所长、所长、党委书记。现为中国社会科学院学部委员,中国社会科学院历史研究所研究员、博士生导师。在承担社会工作方面,曾任全国政协委员、国务院学位委员会历史学科评议组成员,全国哲学社会科学规划办公室历史组成员,全国古籍整理出版规划领导小组成员,中国地方志指导小组成员,郭沫若著作编辑出版委员会副主任,中国史学会副会长、中国秦汉史研究会会长等。1984 年被国家科委授予"有突出贡献的中青年专家"称号,1991 年获国务院颁发的政府特殊津贴。

林甘泉先生的主要著作有:《中国封建土地制度史》第 1 卷(主编,中国社会科学出版社 1990 年版),《中国史稿》第 2、3 卷(合著,郭沫若主编,人民出版社 1979 年版),《中国古代史分期讨论五十年》(合著,上海人民出版社 1982 年版),《郭沫若与中国史学》(主编,中国社会科学出版社 1992 年版),《中国历史大辞典·秦汉卷》(主编,上海辞书出版社 1990 年版),《中国经济通史·秦汉经济卷》(主编,中国社会科学出版社 2007 年版),《从文明的起源到现代化》(主编,全国干部学习培训教材,人民出版社 2002 年版),《中国古代政治文化论稿》(安徽教育出版社 2004 年版),《林甘泉文集》(上海辞书出版社 2005 年版)等。先后在《人民日报》、《光明日报》、《历史研究》、《中国史研究》、《文史哲》、《文史知识》、《文物》等国家重点报刊发表有关先秦史、秦汉史、社会经济史、史学理论和史学史的学术论文四十余篇。

林甘泉先生承担过多项国家、中国社会科学院重点课题,并荣获多项优秀成果奖。

2007 年 7 月 17 日在采访林甘泉先生时,我们得知林先生主编的《孔子与 20 世纪中国》即将出版。该书对孔子及其思想一百年来的历史命运,从政治、理论和学术几个方面进行了系统的梳理,在一些重要问题上提出了独到的见解。此书在 2008 年已经由中国社会科学出版社出版。同年,《中国史研究》第 3 期发表了林先生《"封建"与"封建社会"的历史考察》(收入《"封建"名实问题讨论文集》,江苏人民出版社 2008 年版)一文,对"封建社会"命名的由来和作为一种社会经济形态的本质特征,从史学理论和历史实际的角度进行了较为深入的考察,阐明了世界历史发展是"多样性统一"的客观进程。上述一书一文,是林甘泉先生近年来史学研究的新成果,值得向读者推荐一读。(康香阁)

著名历史学家林甘泉先生访谈录

康香阁

搞历史的人并不感到国学有多热

康香阁：林先生，我读过您在《光明日报》发表过的《传统文化的现代作用》和《历史研究应当面向社会需要》等文章，您作为当代著名的历史学家，很早就开始关注传统文化和现代文化的关系问题。近几年来在全国兴起一股"国学热"，许多地方成立了国学院，儒学研究中心等，请您从历史学家的角度谈谈您所理解的国学，以及当前的国学热。

林甘泉：什么叫国学？说法很多，有的说十三经是国学，有的说十三经加上小学是国学，有的说经史子集是国学，有的说儒学就是国学，有的说儒道释是国学，有的先生认为《红楼梦》也是国学。仁者见仁，智者见智。

就学术史的发展来说，国学这个概念的内涵有一个发展的过程。辛亥革命前邓实等人成立的国学保存会，其所提倡的国学，即已涵盖了中国的传统文化。一般说来，国学最初主要指经学、小学、诸子学和史学，后来胡适为《国学季刊》写发刊宣言，他开出的书目，实际上是经史子集全包括了。

你刚才讲到，现在"国学"被炒得很热，许多地方成立了国学研究机构。照我看来，如果说国学就是传统文化，我们许多高校文史哲的院系都有传统文化的专业，是否有必要都再挂一个"国学"的牌子呢？

传统文化成为社会关注的热点，应该讲是个好现象。现在有些人对于丹颇有微词，我觉得没有必要。弘扬传统文化可以有不同的层次、不同的形式。对不同对象、不同群体应该有不同的要求。你认为于丹、易中天没有深度，讲的内容存在一些缺点，他们有哪些地方讲错了，你可以提出你的意见，没有必要都给否定了。说人家讲的根本不是正道，这样的批评我不赞成。

但有一点要注意，不论是做专门研究或是做普及工作，都要踏踏实实地做,不要炒作,不要哗众取宠。

我们讲传统文化是为了认识中国历史特点和国情,把中国今天的事情办好,不是要搞民族主义

康香阁:今天讲国学也好,讲传统文化也好,宣扬它的主要目的应该是什么?是为了扩大中国文明在世界文明中的影响,还是为了中国今天的现代化?

林甘泉:现在中国经济又好又快地发展,综合国力提高,全球兴起中国传统文化热,外国有人攻击中国是在搞民族主义。过去说中国的文明是四千年、五千年,我们现在经过研究,说中国文明起源可以追溯到五千年前,也有人说我们是一种民族主义,我看这是有些西方人的文化偏见。中国现在还是一个发展中国家,我们还有很多落后的东西,我们还需要做很多努力。我们今天弘扬传统文化是为了认识中国历史和文化特点,了解中国的国情,更好地建设有中国特色社会主义,是为了把中国经济搞上去,不是为传统而传统。传统文化是我们精神生活中不可缺少的东西,但讲传统文化要注意它的民族性、时代性,要以马克思主义基本理论为指导,对它进行具体分析,不要片面颂扬和加以美化。

21 世纪是一个多元文明的格局

康香阁:有人说21 世纪是儒家思想的世纪,21 世纪儒家文明要引领世界文明的潮流,你怎么看待这个问题?

林甘泉:这种说法我是不赞成的。21 世纪不可能是儒家思想的世纪,也不可能由儒家文明来引领世界文明的潮流。有些人希望中国文明对于世界文明有更多的贡献,这种心情可以理解,但是不科学,也容易授人以柄,成为西方攻击我们搞民族主义的借口。

大家知道,1993 年塞缪尔·亨廷顿在美国《外交》杂志发表了《文明的冲突?》一文,他后来又写了《文明的冲突与世界秩序的重建》一书。他站在西方的观点讲文明的冲突,许多观点是错误的,但是他在书里面承认21 世纪是一个多元文化的世纪,西方文明不可能维持一个霸主的地位。这个观点还是比较清醒的。他把发达与不发达国家的矛盾冲突归结为文明冲突,实际上是掩盖了资本主义、帝国主义侵略霸权的实质。

亨廷顿谈到21世纪世界多元文明的格局时,有一个很值得注意的问题。他说西方文化的渊源是希腊、罗马文明,后来是基督教文明,沿着一条线下来。直到19世纪,西方文明的中心一直是在欧洲,20世纪转到美国,它们之间有一个文明亲缘关系,这是一个事实。美国是一个只有二百多年历史的国家,是个移民国家。它的文明是承接了原来希腊、罗马的古典文明和中世纪的基督教文明,一直到英国、法国的近代欧洲文化。西方文明的中心从欧洲转移到美国,由于有一个亲缘关系,所以他们在转移之间不会发生冲突。

亨廷顿说21世纪有好几种文明,比如,伊斯兰文明、日本文明、中国文明,还有印度文明等,但他特别提到西方文明和中国文明的关系。从文明的结构讲,中国文明和西方文明没有亲缘关系,没有亲缘关系就存在着一个冲突的危险。他提出这个观点是希望给美国统治集团一个提醒,实际上也是知识精英的一种建议吧。亨廷顿认为大国之间应该避免冲突。但是他也知道,美国是不可能放弃它的那个西方价值观的,美国希望继续领导世界文明,比如,在伊拉克这个问题上,布什就是想用西方的价值观来改造中东,如果能够改造了中东,中东"民主化"了,他的反恐就有保证了,而且还牵涉到一个根本利益的问题,那就是他的石油资源也有保证了。

美国和西方的一些发达国家老早就叫嚷要中国搞政治改革,要搞"民主化"。我们讲中国不是不需要搞政治改革,但中国的政治改革,第一,要符合中国的国情,第二,中国的改革有自己的轻重缓急。中国的政治改革和西方说的政治改革不一样。西方讲的中国搞改革,实际上是要用西方的价值观,用西方的那一套所谓民主自由来改造中国。你如果接受了他的价值观,那中国的民主化就是西方化,那就跟西方一致了,从没有亲缘变成有亲缘关系了。美国和西方大国认为只有通过这样的变化,才可以相安无事。从历史的眼光来看,西方的这种观点是很不现实的,也是违背历史发展规律的。反过来说,我们现在讲传统文化也要注意这个问题,要实事求是。我们固然要讲中国文明历史悠久、丰富多彩,传统文化中有一些具有普遍价值的思想等等,这些都是事实。但像刚才讲的所谓21世纪中国文明要引领世界,好像西方全部都不行了,就靠中国了,西方资本主义国家现在出现的许多问题,要靠儒家思想来解决。这种说法就很不实事求是。

客观地说,西方有些东西确实是进步的,有些东西还没有过时。要从近代来讲的话,资本主义上升时期的文化,就比封建文化要进步得多,你要承认这一点,不承认这一点是不行的。那么,现在资本主义的矛盾越来越发展了,很多东西开始走向衰落,思想文化也走下坡路,很多的矛盾他们解决不了,光是想靠霸权,转移矛盾,那是不行的。我们的传统文化有很多东西可以为人家所用,可以得到很多国家的欣赏,这是好事。但你现在不要讲人家就完全不行了,就要靠你的儒家思想来解决,把儒家思想当做一个救世良方。再说呢,资本主义国家,尤其是几个主要的资本主义国家,他们的当权者是不会改变他们的政治立场的,从美国来说,说穿了还不是想方设法希望你中国和平演变吗?他怎么会听从你中国的这些东西,去引导他的思想潮流,这不是自说自话吗?人家听了能赞成你的观点吗?

宣扬传统文化要以马克思主义作指导

康香阁:近年来对传统文化的整理、宣传可以说是形式多种多样,五花八门。是否应有一个核心思想作指导,采取何种态度才能正确地吸收传统文化的精髓?

林甘泉:我们整理传统文化,发掘传统文化,弘扬传统文化是有一个指导思想问题。高校有的人讲,现在资本主义不行了,社会主义也不行了,马克思主义也不行了,主要靠儒家思想了,甚至公开提出要儒化共产党,儒化中国,儒化中国社会,这就是根本方向完全错了。

对传统文化的发掘、整理、宣传应该采取什么态度,我觉得还是应该按照毛泽东讲过的话,要吸取民主性的精华,批判其封建性糟粕,这是两分法。有人提出一个三分法,这也不是不可以的,除了糟粕和精华以外,还有中间性的一部分,中间性的东西也不是可以一下子丢掉的。总之是要有具体分析,你不能说传统文化一股脑就都是好东西,这是糊涂思想。

有些人打着弘扬传统文化的旗帜,否定五四新文化运动,说什么新文化运动造成了中国传统文化的断裂。海外的华裔学者提出了这个问题,我们国内的一些人也跟着讲。新文化运动批判封建旧思想、旧文化、旧道德是立下了很大功绩的。陈独秀他们缺少历史唯物主义的批判精神,好的就说绝对的好,坏的就说绝对的坏,这是他们的缺点,五四新文化运动有它的局限性,有它的缺点,但是它的伟大历史功绩是不能否定的。

你今天为了要宣扬传统文化,就去攻击五四新文化运动,说什么由于新文化运动把中国的传统文化断裂了。哪里断裂了?恰好是新文化运动过去以后,到30年代出现了一波国学热,北大出版《国学季刊》,清华有国学院,燕京大学、齐鲁大学等都创办了很有影响的国学研究部门。商务印书馆的《四部丛刊》,中华书局的《四部备要》,还有普及性的《国学基本丛书》等,都是在 30 年代出版的。有什么断裂呀？你就是看到陈独秀、李大钊他们有几篇文章很激烈，就断定中国传统文化断裂了，不对！不仅在知识界传统文化没有断裂，从官方来讲也没有断裂。传统文化的发展跟政治是分不开的。1927 年大革命失败后，蒋介石从 20 年代末到 30 年代初，为了要围剿苏区，他提出仅靠军事是不行的，还要搞新生活运动。新生活运动的指导思想是什么，就是要恢复固有道德。那个时候，从大学到小学都要挂"忠孝仁爱信义和平"和"礼义廉耻"的匾额，这哪里是传统的文化断裂呀？

老一辈的马克思主义史学家，像郭（沫若）老、侯（外庐）老、范（文澜）老他们都得益于五四新文化运动的洗礼，从五四新文化运动过渡到接受马克思主义。毛泽东讲五四新文化运动从思想上和组织上给中国共产党的成立准备了条件，这个话是对的。现在有人讲传统文化断裂，一个很大的问题是"文化大革命"。"文革"十年间，破"四旧"，打倒"牛鬼蛇神"，"批林批孔"，把传统文化全都丢掉了。但能不能说中国的传统文化就因此而断裂了呢？不能那样说，那十年间，传统文化虽然受到极大的摧残，但中国的传统文化根深叶茂，极富生命力。大多数知识分子并没有跟着"四人帮"走。"四人帮"一垮台，全国欢欣鼓舞。经过拨乱反正，新时期对传统文化的整理、研究出现了新的高潮。这二十多年间对孔子的研究、对传统文化的研究，大大超过了"文革"前的十七年，无论从深度和广度上都超过了"文革"前的十七年。如果传统文化断裂了，能一下子出来这么多成果吗？说文化断裂，没那么回事儿。

传统文化自身有它的发展规律，不是任何一种政治力量能够使它断裂的。如果文化可以断裂的话，那历史就不能发展了，这是马克思主义唯物史观的基本道理。恩格斯讲过政治跟经济的三种关系，政治最后必须服从经济，政治跟经济有关系，跟文化也有关系。政治权力不是万能的，你不符合经济发展的规律，不符合文化发展的规律，根本是不行的，所以说传统文化没有什么断裂的问题。

康香阁：说到以马克思主义为指导，请林先生谈谈在当前我们怎样才能做到科学地学习马克思主义，科学地对待西方的不同学术观点？

林甘泉：我觉得过去有两点教训值得注意，一是我们过去学习马克思主义有教条化、公式化的问题，设定一些框框，不考虑中国的实际情况，生搬硬套，理论与实际相脱节；另外一个是过去十七年当中，我们处于一种封闭的状态，对西方的一些学术，包括它的一些先进理论，没有注意去了解。其实西方有很多东西是可以吸收的，对我们是有好处的。比如西方的文化人类学就有值得我们学习的东西,我们过去根本就没有去接触。西方有些东西是不是跟马克思主义完全对立呢? 不是那样的。

只要我们能够坚定不移把马克思主义作为根本指导思想,又能够吸收西方有用的东西,有一个开放的心态,兼收并蓄,将来的发展结果可以是这样的:你西方有好的东西,我可以向你学习,我也有。但是我有的东西,你恐怕不能有,为什么? 因为你有一个偏见,你有一个文化偏见,因为你把马克思和共产党看成是你不能接受的对立面。如果我们能够有一个正确的文化审视,一个正确的文化选择,对我们文化将来的发展是有利的。科学地学习马克思主义就要用马克思主义作指导,吸收西方的先进成果,结合中国具体实际,把中国的事情办好。

历史研究需要勤奋,要处理好专和博的关系

康香阁:林先生,您作为当代著名的历史学家,从事学术研究已近60年了,肯定积累了很丰富的经验。每一位学术名家都有自己的治学风格,自己的治学路子,能否简单地给我们青年人讲几条经验。

林甘泉:研究历史需要勤奋。一个人的天分对治学当然是会有作用的,人有天分高的,有天分低的。但天分对不同学科的作用可能不一样。比如说,有二十几岁的数学家,二十几岁的诗人,而历史学家却没有这么年轻的,因为历史研究需要有很深厚的知识积累,需要付出很多的努力,在这方面,勤奋是很重要的,要多看书,多学习,这是基本条件。学历史不能靠灵感,你要成为诗人可以靠灵感。学历史要靠勤奋。真正成长起来的年轻人,首先靠勤奋,不勤奋根本谈不上。

研究历史要选择一个立足点,或者是断代史或者是专史。一个人的精力和时间是有限的,不可能什么东西都研究,总是要有一个着力点。就是断代史和专史的研究,也要有重点。没有专攻方向,必要的知识积累很难奏效。但是,又要处理好专与博的关系。博就是说要适当注意扩大一点知识量,不要钻到牛角尖里去了。我们的学术发展需要很专门甚至很冷僻的人才,但是从一个单位来讲,学术资源的配置要合理,要有利于历史学的均衡发展,不能都去搞一些非常窄,非常冷僻的东西。从一个人来讲,专是很重要的,但是现在有一种现象要注意,有些年轻人从硕士生到博士生,研究范围过于狭窄,博士生做的课题就是原来硕士课题的扩大,在原来的基础上再搞得更丰富些,博士毕业到博士后还是在这个范围。除此之外,好像别的都

不大懂了,知识结构有局限。你的博士论文可以做得很好,很丰富,书也可以出版了,大家欢迎,但是再往后怎么办呢? 你不扩大知识量,肯定是不行的,不能一辈子只搞一个题目。

清代史学家章学诚谈到博和专的关系问题,谈得很好,值得我们吸取。我们现在培养研究生的路子,就是博士生毕业了,把论文出成书,出书的目的恐怕是为了评职称,书也出来了,职称评上了,基本上就可以歇口气了。如果这样的话,我看这个人才的培养机制不能说是成功的。所以我说,研究历史要把专和博的关系处理好。

还要再强调的是,我希望研究历史的青年同志要学点马克思主义。西方一些著名的史学家和社会学家尽管不完全认同唯物史观,但都很重视马克思和恩格斯的著作,承认马克思主义唯物史观有强大的生命力。现在史学界有一种淡化马克思主义理论的倾向,这不利于我国史学的健康发展和繁荣。强调要学习马克思主义,并不是要求史学工作者像专门研究马克思主义理论的同志那样去学,而是说应该用马克思主义的基本理论来指导我们的研究工作,从研究实践中提炼出一些理论性、规律性的问题,用中国历史实际的研究成果来丰富和发展马克思主义唯物史观。

2003 年史学会在昆明召开会议,我讲中国文明的起源问题既是理论问题,又是专业问题,这个担子应该由我们中国的学者承担起来,而不是外国学者,西方学者不可能完成这个任务。中国文明的起源原来讲起源于黄河流域。现在讲是多元起源,长江流域,辽河流域,珠江流域都有原始文明的因素。但这又带来新的问题了,这几个起源点是不是同步的? 为什么有的文明能够得到长足的发展,有的文明不可能得到长足的发展,这些问题都需要研究。这种问题的本身既是理论问题,又是学术问题,需在学习马克思主义基本理论指导下进行综合研究。

康香阁:对国家文明的起源还有哪些值得研究的问题,请林先生给我们青年人作一提示。

林甘泉:国家的起源原来有摩尔根的部落联盟说,后来塞维斯(Etman R. Service)提出酋邦说。部落联盟还没有产生个人集中的权力,酋邦就带有个人权力集中的表现。恩格斯用了摩尔根的部落说,现在酋邦说似乎很风行。但摩尔根的部落说我看也否定不了,因为摩尔根有他的依据。我不研究这个问题,但是我曾经提出,中国国家起源有无可能是介于酋邦和部落两者之间的另一种典型? 尧、舜、禹时代,你要完全否定部落联盟很难。像禹这样的部落首领,遇到一些大的事情还要会诸侯,由部落首领共同商量决定,这是部落联盟的特征。但是他个人集中的权力已经呈现了。他可以任命职官,也可以惩治不服从命令的部落首领,这就具有了酋邦的一些特征。另外,从传贤到传子之间的过渡形态来讲,也说明中国可能是一种介于酋邦和部落两者之间的另一种典型。

从世界范围来看,国家的起源可能有几种类型:一种是从部落联盟过渡到国家;另一种是现在讲的酋邦形态,酋邦说并没有推翻部落联盟过渡的形态。酋邦形态基本上是比较封闭的地理环境造成的。还有一种类型可能就是像中国远古的形态。像中国尧、舜、禹三代,其政治社会组织似乎兼有部落联盟和酋邦的某些特征。

许多酋邦在封闭的环境下一直延续下来,并没有演变成国家。希腊罗马是由部落联盟演变成国家。中国的形态也演变为国家,这种形态很值得研究。中国现在有这个条件,考古材料不断地出,别的国家没有这种条件。但是我们既不要停留在马恩他们的说法,也不要跟着西方的说法跑。我们要运用马克思主义的理论、方法,吸收西方的新知识、新成果,从中国本土的经验出发来总结出规律性的理论架构。

康香阁:您说搞研究应该学点马克思主义,马克思主义有那么多书籍,具体地说,应该读点什么书呢?

林甘泉:中宣部、教育部起动了高校马克思主义政治理论课工程。现在已出版了《马克思主义基本原理概论》、《中国近现代史纲》,还有未出版的《史学概论》。学好这几门课可以帮助我们提高马克思主义基本理论水平。但归根到底,还是应该读马、恩、列的一些原著。如果能够花几年时间,把《马克思恩格斯选集》四卷读一遍,我看是大有益处的。

(原载《邯郸学院学报》2007 年第 4 期)

林甘泉先生的学术经历及治学特点

卜宪群[*]

　　林甘泉,男,1931 年 11 月生,中共党员,福建省石狮市人。1949 年 4 月厦门大学历史系肄业。早在解放前的高中生时代他就投身革命运动,加入中共闽浙赣城工部地下党。1949 年解放前夕,由于中共地下省委对城工部组织错误处理,他被迫离开厦门大学,经香港到华北解放区。此后,在中国人民大学、中国科学院、中国社会科学院工作至今。

　　中国科学院哲学社会科学学部、中国社会科学院及其所属的历史研究所是在党中央和老一辈无产阶级革命家直接关心和指导下建立的,与当代中国的发展历程息息相关,体现了我党对哲学社会科学的关心与重视。中国科学院历史研究所刚建立时,林甘泉就在这个学术殿堂工作。作为郭沫若、侯外庐、尹达等老领导的助手,他对历史研究所的科研组织工作付出了不少心血。在担任了历史所的主要领导职务之后,他认真贯彻党对哲学社会科学的各项方针政策,重视历史所老一辈学者所传承的严谨扎实的学风。林甘泉还参与了国家哲学社会科学规划的制订而且长期承担全国哲学社会科学基金的评审工作。

　　林甘泉在长期担任科研组织工作和行政领导工作的同时,注意不断充实自己的专业知识和提高理论素养。建国后史学界曾经热烈讨论的所谓"五朵金花"(即中国古代史分期、资本主义萌芽、土地制度、农民战争、汉民族形成等重要问题),林甘泉都十分关心,并且参与有些问题的讨论。他自己提出的"阶级观点与历史主义"问题,也一度成为史学界讨论的热点。"文革"结束以后,史学界在清理"左"倾思想对历史学的消极影响时,有的人完全否定了建国后我国历史学在马克思主义理论指导下所取得的成绩,把 17年的史学说得一无是处。林甘泉不赞成这种看法,认为对于"左"倾思想和

　　* 卜宪群(1962—),男,安徽南陵人,中国社会科学院历史研究所副所长、研究员,历史学博士。中国社会科学院简帛研究中心主任、中国秦汉史研究会副会长兼秘书长。

教条主义给历史学所造成的损害既要有足够的认识,但也要充分肯定建国后我国历史学所取得的成就。他对于自己以往研究工作中的失误也进行了反思。应该说,林甘泉是对建国以来我国历史学发展状况比较熟悉,而且也能够对其中的成绩和缺点比较实事求是地进行分析的学者。他所发表的《20世纪的中国历史学》、《新的起点:世纪之交的中国历史学》以及其他几篇有关评析中国近现代史学发展的文章,在史学界都产生了较大的影响。《20世纪的中国历史学》一文系统总结了近代中国从传统史学向马克思主义史学演变的历史过程,客观地评价了各学派的成绩和不足。在《新的起点:世纪之交的中国历史学》、《世纪等之交中国古代史研究的几个热点问题》等文中,林甘泉从新时期历史学的基本走势和时代特色,迎接新世纪的机遇和挑战的角度对中国历史学作了展望。针对一个时期以来史学界有些人反对用社会经济形态划分历史阶段,宣称"五种生产方式"是斯大林制造的理论教条,林甘泉通过对唯物史学说史发展的论述,批驳了所谓斯大林制造"五种生产方式"理论的无稽之谈,强调世界历史的发展是多样性的统一,划分历史阶段当然可以采用不同的标准,但只有马克思主义的社会经济形态学说,最能科学地揭示不同历史阶段的本质特征。

林甘泉的治学特点是坚持以马克思主义基本理论为指导,同时又不是教条式地理解马克思主义。他力图把马克思主义理论与中国历史实际相结合,作出符合中国历史实际的解释。在上世纪60年代初发表的《领主制与地主制:封建生产方式的两种类型》一文中,他认为不应把马克思主义经典作家著作中关于个别问题的结论僵化,而应从各国的历史发展中找出它们的共同性和各自特点。中国的封建社会从一开始就是一种地主制的生产方式,而不是像西欧中世纪那种领主制的生产方式。领主制和地主制是封建制的两种类型,而不是封建制必经的两个阶段。在上世纪80年代初发表的《亚细亚生产方式与中国古代社会》一文中,他指出马克思关于"亚细亚生产方式"概念的涵义前后是有发展变化的。马、恩关于亚细亚生产方式的论述与中国古代的历史实际也不尽符合,但这并不影响马克思主义唯物史观对我国历史研究的指导意义。在《中国古代土地私有化的具体途径》一文中,他根据新发现的考古资料并结合传统文献,论证恩格斯所说的土地从公有到私有,要经历一个公有和私有两种因素并存的"中间阶段"。文中指出,中国先秦时代的家族公社和农村公社土地所有制,即是一种具有公有和私有二重性的共同体土地所有制。由于生产力的提高和私有制因素的发展,授田制下的公社农民不可避免地出现贫富分化,土地也变成可以买卖,公社土地所有制终于瓦解而被土地私有制所代替。本有一块份地的农民因而遭到破产,甚至流离失所。中国古代土地所有制从公有到私有的演变,是经济发展的客观规律所决定的。但对于史学工作者来说,应该注意区别劳动者和非劳动者这两种不同性质的私有制的产生和发展。

林甘泉治学的另一个特点是注意占有尽可能多的史料,通过史料的实证,从中引出带有理论性和规律性的结论。他在美国科学院主办的"古代中国与社会科学的一般法则"讨论会上报告的论文《古代中国社会发展的模式》,通过典型的史料,从共同体、土地所有制、阶级关系和国家政体四个方面说明了中国古代社会形态和国家形式的历史特点。上世纪70年代,陕西岐山董家村发现周共王时代的一批青铜器,其中铭文记载了西周贵族之间土地转让的事实。林甘泉在发掘报道发表之后,立即写了《对西周土地关系的几点新认识》,就铜器铭文的内容分析了早在西周中期,土地私有化的历史过程已经发生,贵族之间的土地转让,已经出现了交换的代价物。这个问题在当时曾经引起了不少学者的注意。在提交第16届国际历史科学大会的《秦汉封建国家的农业政策》一文中,他通过具体的史实考察了政治权力与经济发展的关系,指出对农业生产进行组织和管理,是封建国家经济职能的重要表现。封建国家要巩固自己的统治,不仅需要有一个稳定的社会秩序,而且需要让农民有可能提供一定的剩余产品,才能保证封建国家和地主阶级对农民的剥削。所以,扶植男耕女织的小农经济,就成为封建国家农业政策的主要内容。在《"马上"得天下,不能"马上"治天下》、《中国古代的"民本"思想及其历史价值》等论文中,林甘泉反复强调的一个重要历史经验就是:暴力可以夺取天下,但治天下不能靠暴力;"民惟邦本,本固邦宁"是中国传统文化的优秀遗产。历代开明的政治家和政论家,都承认农民是社会和国家物质财富的主要创造者,主张轻徭薄赋,让农民有一个比较宽松的环境从事生产。一些政治家和政论家还强烈反对地主豪强兼并农民土地,主张重视安抚流民和对社会弱势群体的救助。林甘泉主编的《中国经济通史·秦汉经济卷》是迄今为止对秦汉各产业部门和经济生活的生产、流通、交换、消费各个环节作了比较全面和详尽论述的经济史著作,特别是对秦汉的农村、农业和农民的研究颇见功力。他在书中通过实证分析指出,自然经济的本质特征不是自给自足,而是自给性生产;封建的自然经济和封建商品经济可以在同一经济单位中并存,并且互相补充,构成了中国封建社会经济结构的一个重要特点。书中还尝试对农民的必要劳动和剩余劳动以及封建国家和地主阶级的剥削收入作量化分析,揭示农民所受的残酷的剥削。

林甘泉治学还有一个特点，就是关注现实，重视今天的中国是历史中国的发展，注意从现实生活的需要提出历史研究的课题。上世纪80年代，有一次中国、中国台湾和美国三方准备共同讨论中国的历史问题（后因台湾方面的原因未能举行），林甘泉提交的论文是《中国历史上的分裂和统一》。他指出在中国两千多年的历史发展过程中，尽管经历了许多次的改朝换代，也曾出现过分裂割据的局面，但国家的统一始终是历史的主流。即使是在分裂割据时期，统一也是大势所趋，人心所向。在我国历史上，大一统的观念之所以深入人心，有它政治的、经济的和表现为一定文化传统的民族心理的历史背景。为了加强民族团结，批判历史上遗留下来的大汉族主义和地方民族主义，林甘泉在《夷夏之辨与文化认同》一文中指出，中华民族凝聚力是历史形成的。中华民族凝聚力包括两个不同的层次，一是汉民族和各少数民族自身的凝聚力。一是各民族之间、主要是汉民族和各少数民族之间的凝聚力。儒家思想在历史上对民族关系既有消极作用的一面，也有积极作用的一面。对华夏族和汉族的统治阶层讲，"夷夏之辨"有大汉族主义的偏见，不利于民族团结。但儒家思想既讲"夷夏之辨"，又讲"王者无外"、"四海一家"。华夏文明有兼收并蓄的品格，历代一些比较开明的统治者大都认为蛮夷戎狄只要与华夏文明认同，就可视之如同华夏。而一些少数民族中比较富有远见的统治者，也乐于认同汉族的封建文化，并依靠汉族的封建士大夫来从事统一中原的大业。汉族和少数民族统治者在统治方略上的这种文化选择，对中华民族凝聚力的形成有重要意义。林甘泉这篇论文是一篇能够辩证和全面地论述历史上民族问题的重要文章。在《历史遗产与爱国主义教育》一文中，林甘泉着重分析了如何看待历史上的民族英雄问题。他指出在运用历史遗产进行爱国主义教育时，必须坚持今天我国境内各民族的历史都是祖国历史不可分割的部分这个基本观点。我国自古以来是一个多民族的国家，不论汉族或少数民族的民族英雄，都是祖国珍贵的历史遗产。岳飞、文天祥这样的历史人物，今天已经不仅属于汉族，阿骨打、努尔哈赤也不仅属于满族，成吉思汗不仅属于蒙古族，他们都属于我们整个中华民族。他们的光辉形象，是我国各族人民共同的历史财富。也正是在这个意义上，我们完全有理由把他们称为中华民族历史上的民族英雄。

林甘泉主张用开放和百家争鸣的胸怀看待西方和境外学者的学术成果，吸收对我有益的东西。但他反对国内有些人食洋不化、对西方和境外学者的观点盲目推崇，甚至对有些明显反马克思主义和反共的错误观点也加以吹捧的错误倾向。上世纪80年代末，国际共产主义运动的叛徒魏特夫的

《东方专制主义》一书中文版刚刚出版时,有人大肆宣扬书中的观点。林甘泉连续发表两篇关于该书的书评,介绍魏特夫的反动历史,分析其书中的理论错误和对中国历史的歪曲,指出魏特夫的《东方专制主义》是以美国为首的帝国主义统治集团在冷战时期反对马列主义和反共政策的产物。一个时期以来,美籍华裔学者余英时《士与中国文化》一书在大陆部分学者中影响很大。此书虽然也提出了一些有启发性的见解,但作者对知识分子在中国历史上的地位和作用的论述不但有悖于历史事实,而且其故意渲染历史上知识分子具有对抗政治权力和批判社会现实的"品格"的意图也是十分明显的。余英时认为春秋战国时代出现在历史舞台上的"士",都以"批评政治社会、抗礼王侯"的"道"作为"精神凭藉"。他们不但代表"道",而且相信"道比势尊"。秦朝的统治者"只知有政治秩序,不知有文化秩序",所以二世而亡。汉武帝尊儒,"与其说是由于儒教有利于专制统治,毋宁说是政治权威最后不得不向文化力量妥协。"林甘泉在《中国古代知识阶层的原型及其早期历史行程》一文中指出,以春秋战国的"士"为代表的知识阶层,从一开始就呈现多元化的趋势。所谓"道尊于势"是儒家精英的自恋情结。秦朝短祚而亡是各种社会矛盾汇集激化的结果,并非由于儒家与法家两种"吏道"观念尖锐对立的缘故。汉武帝"独尊儒术"不是"政治权威"对"文化力量"的"妥协",而是封建皇权加强专制主义中央集权的政治需要。中国封建社会的知识阶层就其整体的社会地位来说,是依附于封建统治阶级的。林甘泉的这篇文章影响很大,对于国内许多学者,特别是年轻学者学会用分析的眼光看待国外学者的理论有重要参考价值。

近几年来,贡德·弗兰克的《白银资本》和彭慕兰的《大分流》等书的出版,在国际上和在我国都引起了广泛的关注和热烈的讨论,反映了西方学者重新审视中国前近代经济史的巨大兴趣以及批判"欧洲中心论"的热情。我院经济所、历史所和首都师范大学等高校从事中国经济史研究的学者曾经就此组织过多次讨论。林甘泉参加了讨论并发表了《从"欧洲中心论"到"中国中心论":对西方学者中国经济史研究新趋向的思考》一文。他认为弗兰克对"欧洲中心论"的批评是切中肯綮的,但"欧洲中心论"在西方学者中的影响是复杂的,应该具体分析。至于弗兰克把马克思的学说也指为"欧洲中心论"则是风马牛不相及的。弗兰克认为在欧洲工业革命之前,世界早就存在一个以分工和贸易为基础的"世界经济体系",直到 1800 年,亚洲尤其是中国在世界经济中都居于中心地位。林甘泉指出,这种"中国中心论"的观点得不到实证材料的支持因而也是站不住脚的。中国封建经济在历史上曾经得到高度发展,并且对东亚地区产生过巨大而积极的影响。16 世纪中叶以后,白银作为交换手段成为中国和欧洲、美洲经济联系的重要纽带。但是中国从未成为"世界经济体系"的中心。在欧亚航路开通和西方殖民主义者入侵之前,中国封建统治阶级对于东亚以外世界所了解的知识是极其有限的。相对于欧洲一些资本主义国家的经济,中国是落后了。我们要批判"欧洲中心论",但要实事求是地看待欧洲在世界经济史上所曾起过的先进作用,更要避免陷入所谓"中国中心论"的陷阱。弗兰克等人在把 1800 年以前的中国说成是"世界经济体系"中心的同时,主张要"彻底抛弃"资本主义生产方式的概念而对世界经济作"整体主义分析",这个观点是西方经济史学界否定马克思主义社会经济形态理论的一个新趋向。

上世纪 90 年代,当西方各种史学理论和观念涌入我国时,林甘泉发表了《我仍然信仰唯物史观》一文,指出唯物史观是我们研究历史的科学指南,但它并不能保证我们史学工作者不出现失误。掌握这个科学的历史观和方法论对于所有史学工作者来说都是一个学习的过程。对于西方史学的学术成果和理论成果,我们要注意了解和虚心学习,但是和西方各种史学理论比较起来,唯物史观仍然是最科学也最有生命力的史学理论。离开了唯物史观的指导,脱离中国的历史实际和史学传统,中国史学是无法在世界史坛上争得应有的地位的。在《新的起点:世纪之交的中国历史学》一文中,他语重心长地提出,马克思主义史学在未来世纪中要保持自身的主流地位,一定要坚持马克思主义理论指导的正确方向,但马克思主义这种指导地位的确立,只能靠史学工作者用自己的实践来证明这一理论的科学性,不断用优秀的学术成果来推进我国历史学的发展。目前林甘泉正在从事《孔子与 20 世纪中国》这一课题的研究。

林甘泉是新中国培养起来的一位马克思主义史学家。他为人襟怀坦白,谦虚谨慎,办事公道,诚恳待人,加以治学谨严,视野开阔,始终能够坚持马克思主义的理论指导,因此,他在历史所和史学界都有较好的口碑。

(原载《邯郸学院学报》2007 年第 4 期)

熊铁基教授

著名历史学家、华中师范大学教授 熊铁基先生

熊铁基教授，湖南常德人，1933 年出生，1956 年毕业于华中师范学院历史系，1958 年华东师范大学研究生班毕业，长期从事中国古代史教学和研究工作，现任华中师范大学历史文化学院教授、博士生导师，曾任中国秦汉史研究会副会长，享受国务院特殊津贴。

近三十多年来，熊铁基先生致力于历史研究，取得了一大批学术成果。主要著作有《秦汉官制史稿》(合著)、《秦汉军事制度史》、《秦汉文化志》、《汉唐文化史》、《秦汉新道家略论稿》、《秦汉新道家》、《中国老学史》(合著)、《中国庄学史》(合著)、《二十世纪中国老学》(合著)等；主编《传统文化与中国社会》、《道教文化十二讲》、《中国帝王将相辞典》、《中国历史五千年》、《中国帝王百传》、《宰相百传》、《中华道藏：第 9—12 册》等；在《哲学研

究》、《中国史研究》、《光明日报》、《中国哲学史》、《文史哲》等报刊发表论文
数十篇。

　　熊铁基先生的学术研究，主要集中在秦汉史和道家道教文化研究两个
领域。在秦汉史领域，熊铁基先生系统地论述了秦汉官吏制度、军事制度的
基本构架和发展变化，详细地阐发了秦汉思想文化尤其是新道家的主要特
点及汉唐文化发展的轨迹和规律，深入地分析了汉代学术的基本成就及其
历史地位，为秦汉史研究作出了重大贡献。在道家道教文化研究领域，熊铁
基先生特别关注老庄学研究，重视老庄学发展的时代背景，把老庄学与中国
思想史结合起来展开综合性的探讨，无论是对中国思想史研究领域的开拓，
还是对道家道教文化研究的深化，都具有重要的学术意义。(**康香阁**)

著名历史学家熊铁基先生访谈录

康香阁

在当代秦汉史学界,同道者喜欢用金庸武侠小说中的东邪、西毒、南帝、北丐、中神通五位武林大师的名号来敬称山东师范大学的安作璋先生、西北大学的林剑鸣先生、华中师范大学的熊铁基先生、中国社会科学院的林甘泉先生和郑州大学的高敏先生,这五位秦汉史学术名家,引领着秦汉史研究的方向,占据着秦汉史研究领域的制高点。

熊铁基先生从事历史教学和研究五十多年,硕果累累。其成就主要集中在秦汉史和道家道教文化研究等领域。主要著作有:《秦汉官制史稿》(合著)、《秦汉军事制度史》、《秦汉文化史》、《汉唐文化史》、《秦汉新道家略论稿》、《秦汉新道家》、《中国老学史》(合著)、《中国庄学史》(合著)、《二十世纪中国老学》(合著)等;主编《传统文化与中国社会》、《道教文化十二讲》、《中国帝王将相辞典》、《中国历史五千年》、《中国帝王百传》、《宰相百传》等;在《哲学研究》、《中国史研究》、《光明日报》、《中国哲学史》、《文史哲》等报刊发表论文数十篇。

少年时代的历史知识来自于戏曲、小说和宗教

康香阁:您从事历史教学和研究已经有五十多年了,积累了丰富的治学经验。您的治学经历是我们青年人学习的一笔宝贵财富,您的治学方法能给我们青年人从事学术研究带来有益的启发和指导。我想今天谈经历,希望能够追本溯源,从您小时候获取历史知识的经历谈起,作为一位著名的历史学家,您小时候的历史知识是从哪里学来的?

熊铁基:这个问题提得很好,最近我也正在想这个问题。我们小时候的情况跟现在不一样,现在有电视、电影、报纸,又有新闻广播,各式各样的渠道很多。我们那个时期,就是抗日战争时期,在一些比较偏僻的地方,不用说没有电视广播,连报纸也很难看到几张。那个时候,青少年的历史知识从

哪里来？我想可能有这么几个渠道：

一个就是来源于戏曲、小说。我小时候，家是住在城市里的，城市里有戏院，我就去看了不少戏。到了抗战时期，城市里的环境不安静，为了躲避日本人的飞机轰炸，我们好多人就跑到乡下去了。在农村里面，有时候一个戏班子，在这个村子里面演上十天八天，在那个地方演个十天八天，像赶场子一样，演戏的时候大家就跑过去，去看去听。我们那个时候历史知识就是从戏曲中间获取的，比如，红脸的关公、花脸张飞、白脸的曹操，那都是戏曲上的台词。另外一部分就是看小说，我记得我读高小的时候，是在湖南桃源芦花潭乡的平阳小学，当时就看了《水浒传》和《三国演义》。那个时候也没有电灯，看到最上瘾的时候，天色越来越暗，眼睛离书越来越近，那是最伤眼睛的时候。就是在这种情况下，得到了《水浒》和《三国演义》上的历史知识。这样的历史知识有时候它也影响一个人的生活，就因为受到这些小说、戏曲的影响，在下了课之后，就整天在想自己将来怎么样当山大王，梦想当山大王的想法就是受戏曲小说的影响。过去说少不看《水浒》，老不看《三国》，看了《水浒》就容易造反，看了《三国》就容易奸猾，恰恰就是受这样的影响，你问到历史知识的来源，我想戏曲、小说就是很重要的来源。

另外，历史知识的来源还有一个很重要的方面，就是宗教。我们家里不一定信什么教，但是好像什么教都信，我记得我奶奶去世的时候，家里既请来和尚，又请来道士，请他们一起来念经。像这样一种现象，我们当时并不太理解，后来读了书之后才知道佛道之间的关系从唐代开始就已是并列的关系了。唐代初年宫廷里面如果有活动，请和尚来多少，道士来多少，要平起平坐，一碗水端平，这是后来读书后才知道的。

我还记得，我小的时候也跟着奶奶和母亲她们到一些尼姑庵里面去，到一些大庙里面去敬神，她们也不是什么佛教徒，就是一般的见神就拜的这种情况。从那些中间知道了天堂、地狱、玉皇大帝、观音菩萨、阎王、小鬼这样的一些历史知识，这些知识就是从宗教方面传播的，这些知识的传播是无形的，是潜移默化的。

康香阁：您从戏曲、小说和宗教当中获取的历史知识，可以说是利用空闲时间从民间获取的，您是在什么时候接触到历史课本的？

熊铁基：是在1945年，抗日战争胜利了，我进入常德隽新中学读初中。那时候的历史课本好像还是从三皇、五帝、尧、舜、禹讲起，把传说中的历史当做真正的朝代来讲，这倒没有给我留下太深刻的印象。解放以后，就不同了。我上高中二三年级时候，就按我们新的观点来讲了，当然新的课本还没有编出来,50 年代中后期以后才开始编出这些课本来。

一本书使我萌生了学史的念头

康香阁:每个人走上治学之路的方式都不尽相同,有的人很早就找到了治学的目标,有的人在一个偶然的机会就跨进了学术的大门,还有的人要经过多年的探索,多次的挫折才能找到正确的前进方向,你是什么时候喜欢上历史,走上学历史之路的?

熊铁基:我真正的喜欢上历史,决定走上学历史之路,还是应该从高中阶段说起。

在 1948 年,我到湖南长沙兑泽中学读高中,就是后来的长沙第六中学。解放前有很多运动,包括学生运动,我们也糊里糊涂跟着参加这些运动,参加这些运动的结果呢,也得到一些历史知识。我就记得是 1948 年的下半年,我们学生去游行,游到湖南省政府的大礼堂,当时的湖南省主席程潜出来接见过一次,解放以后,他还当了我们的军事委员会副主席。有一次我看一个电视剧,我看到的程潜,就和我在 1948 年看到的那个程潜是一个样,穿着长袍,袖子是卷起的。后来,再看到有些电视剧里的程潜就不一样了。

现在的电视、新闻、戏曲也给人传递历史知识。但是,从我这个年纪比较大的,过去经历过的事情来看,现在电视、新闻、戏曲里面传播的有些东西就是假的,现在有些电视播出的一些节目,气死历史学家。如果传播的都是一些不正确的东西,我想那就不是一个很健康的影视作品。像我们看蒋介石的样子,过去都看惯了他本来的样子,但是现在有些电视剧里的蒋介石就不是蒋介石本来的样子,看到后就怪不舒服的。可年轻人他没有蒋介石过去的印象,你给他传播一些假的东西,他也许觉得历史就是这个样子。长期下去,这些假的影视作品对我们历史知识的正确传播会不会有很大的妨碍呢,我现在不可以想象。

康香阁:您在高中阶段历史课成绩很好吗?

熊铁基:不是的,在高中一年级,我最好的成绩是数理化,并不是历史课。我的学习成绩也是很怪,我读初中的时候,从一年级到三年级的学习成绩都很差,几乎每年都要补考。我读初中的那个隽新中学,是湖南常德很有名的一所私立中学,进校的时候,我们这个年级有两个班,每个班有九十几个人,到毕业的时候,我们每个班就只剩下三十多个人,淘汰的很厉害。初中再上高中,就更少了。考上高中后,我的成绩突然上去了。我的印象非常深,有一个年纪比我大一点的同学就问我说:"你的成绩是怎么上来的?你原来的成绩好像是那么差。"我的数学、物理、化学成绩样样都好,得了好几个数学奖状,一直到 1982 年,我给他们 82 级的学生上课的时候,我还把我的数学奖状拿出来给他们看,为什么呢? 因为要做学生的思想工作。我给学生说,数学好,同样对学好历史有好处。数学好为什么对历史有好处呢? 数学能锻炼人的逻辑思维,我印象最深的是做几何题、三角题,几何题的每一个题可以有多种做法,我当时学的时候就把几种做法都写出来了,这对训练人的逻辑思维恐怕会有一定的好处,这是一个很重要的基础,我就这样给学生们讲道理。

当时,校内也搞一些墙报之类的活动,我记得我一个人就办了一期"科学"墙报,专门宣传数理化。可能是我太专注于数理化了,对政治就显得不够热心。

解放了,我进入高中二年级,那个时候学生会干部的选举,还搞了一段民主,学生自推代表,我就是落后学生的代表。共产党的政策是三三制,即进步的是三分之一,落后的三分之一,中间的三分之一的代表,我就以落后学生的代表当选为学生会主席。人就是这样,你本来是落后的,当把你推到一个什么岗位上去了以后,你就由落后变成了先进。我积极组织了当时学校的"抗美援朝"、"参军参干"活动,带头呼口号,到处去演讲。原来讲话都不敢讲,后来锻炼到作报告,能够讲上半个小时、甚至一个小时都不用讲稿了。在参加社会活动中,也能够增加一些历史知识。当了一个学期的学生会主席,课程耽误了不少,课桌上面常常是一层灰尘。期末考试,拼命赶作业,开夜车,累得我得了一场伤寒,几乎掉了性命。

不知是因为社会活动的影响,还是兴趣的转移,我对历史关心起来,教历史课的赵学钧老师,讲课非常认真,他给我介绍了一本《中国历史简编》,作者是上海华东师范大学的吴泽教授,我竟因此而萌发了学史的念头,几年后,吴泽教授成了我的研究生导师,当时不知道,这一切都是巧合。

到了 1951 年,我高中毕业报考大学,我报考的志愿是北京大学考古系,那一年我们可以填八个志愿,我只填了一个北京大学考古专业,可见决心之大。我当时印象最深的就是说,当时中国考古事业的发展,就好像是一锄头下去就可以挖出一个金娃娃来,我就立志要学考古专业。可能是我的基础不太好,那一年没有考取,那就等于失学了,生活无来源(家早已破产),就跑到长沙县车马乡教了半年小学。然后到 1952 年才考入了我们现在的华中师范大学,当时是叫华中大学师范学院,就是旧的华中大学和革命的中原大学合并,成立了华中大学师范学院,到这里来学历史,就这么走上了学历史的道路,你说这是偶然还是必然呢?

康香阁:那个时候,大学里的历史课程和现在大学的历史课程有区别吗?

熊铁基:和现在一样,在大学里也是学习中国历史、世界历史。开始一学古代史就学出兴趣来了,也就学得比较好。在大学四年当中要学两年的中国古代史,一年中国近代史,一年中国现代史。中国古代史第一年的考试成绩,我就考得特别好,教我们古代史那位老师叫喻存粹,他给了我98分。他是来自西南联大的老师,这个老师后来被打成右派了,就没有发展起来,但是他的同学,像南开大学的王玉哲、杨志玖等都成了知名专家。我就是从那个时候学古代史学出的兴趣,还当了古代史课的课代表。

解放初期,大学里面对马列主义课是很重视的,我们学的基本教材就是《联共(布)党史简明教程》。那个时候,我好胜心很强,一年级期末考试,这门课只考了78分,我觉得没有考好,就用了整整一个暑假,把《联共(布)党史简明教程》从头到尾重新学了一遍,直到现在家里面仍保留着这本《联共(布)党史简明教程》,上面圈圈点点的东西还是多得不得了。它的第四章第二节是讲辩证唯物主义和历史唯物主义,这一节把一些基本的辩证唯物主义的理论讲了一下,应该说还是很有作用的。

当时的历史课本也不是太多,资料也不是太多。历史课本一个是看尚钺的《中国历史纲要》,另一个是看范文澜的《中国通史简编》,主要是这两本书。原始资料接触得很少,我们接触到的原始材料就是由我们张舜徽教授开设的一门《中国历史要籍介绍及选读》,讲《陈涉世家》等几篇东西,其他的原始材料几乎很少看到。我就记得到大学二年级,有一次讨论王安石变法,才从资料室借了那么一本像样的书,让我们几个学生都来学《王安石传》,读王安石的万言书,这算是接触了一点原始资料。

理论训练和资料训练

康香阁:您大学毕业后,又考上了华东师范大学研究生班,在研究生班受到了哪些方面的学术训练?

熊铁基:1956年大学毕业的时候,我被保送考研究生,就考取了华东师范大学的中国通史研究班。我记得在当时全国有三所重点师范大学,一所是东北师大,一所是北京师大,一所是华东师大。这三所师大都办过历史学研究生班,有的是近代史,有的是世界史,像华东师大就还有一个世界史班,请的是苏联专家来教的。我们班叫做中国通史班,就是古代史班。这三种形式的研究生班,在当时办了三四届,培养出了一批人。这批人在50年代的后期,到"文化大革命"以前,乃至"文化大革命"之后的初期,都是全国各地高等院校的骨干,也有很多人在当时就当了各个学校的中层领导干部,因为那个时候也没有评教授、副教授、讲师这些头衔。解放后,讲师这些职称只是在60年代曾经搞过一段时期,没搞下去,"文化大革命"就发生了。粉碎"四人帮"以后,才恢复了评职称。

给我们研究生班上课的老师有吴泽先生、平心先生和束世澂先生等,还有施奇老先生、戴家祥先生等授过课,听的报告就更多了。平心先生是一位很有思想的人,他写过一部著作《人民文豪鲁迅》,他对甲骨文、金文做过考释,先秦的历史他也研究,很有才气,1985年华东师范大学出版社出版了《平心文集》。施奇老先生给我们讲《庄子》。就是在那种情况下,我们读了研究生班。当时得到的收获就是两个基本训练:一个是理论方面的训练,一个是文献方面的训练。

理论方面的训练,因为我们的指导教师吴泽先生是以马克思主义史学家的面貌出现的,而且是从年轻的时候,从解放前一直到解放后,一直都是这样一个面貌。所以在理论观点上面,他提倡要我们学习马列主义理论,要我们读马列主义的原著。我们读过《家庭、私有制及国家的起源》、《德意志意识形态》、《资本论》中的部分章节,再后来就是学习《反杜林论》,还包括列宁和斯大林的一些著作。我们说,马克思主义的基本理论我们没有学好,这是个事实,但我们那一代人都是经过这个基本训练的。我记得李泽厚在他的一本书的后记里写过这样的话,他说他自己是马列主义理论培训出来的。他的年龄跟我差不多,比我大一两岁,我和李学勤同年,都是1933年,我比林甘泉也要小一点,我们这一批人确实是经过了马克思主义基本训练。

对于马克思主义基本训练,我写了好几篇文章申辩这个问题。马克思主义后来被变成教条化,那是一个客观存在的现象,大家都在那个路上走过,但是另一方面不可以否认的是,马克思主义作为一个理论、思想、方法的训练,对一代人是有影响的。这个问题还可以研究,马克思主义究竟起到了一个什么作用。

我记得解放初期,翦伯赞就写过一篇文章,他就讲学马克思主义就是学立场、观点、方法,但这个立场、观点、方法怎么个学法,也是一个比较抽象的东西,它不是说让你去背条文,不是说一定要引一段毛主席怎么说。但后来教条到不仅要引用毛主席怎么说，还要引用马克思怎么说、列宁怎么说、斯大林怎么说，甚至于苏联专家怎么说，都成了所谓的理论依据，那是走歪了的一条道路。但是，在读马列主义著作之后，在思维能力方面得到的一种训练，还是值得我们考虑的。我想我们这一代人，不管他承认不承认，都经历了这个过程，这是个潜移默化的影响。对于年龄大的一些老师来讲，比如说，我们的张舜徽老师，他们都是一九一几年出生的一些人，他们这一代的人，有的是早就学习了马列主义，像侯外庐、翦伯赞、郭沫若他们。有些老先生，像张舜徽老师这样一些人，解放前就没学过马列主义。解放以后，学习马列主义变成了大家的一项任务，变成了一个指导思想等等。所以，像张舜徽老师也要学一点马克思主义，学习之后有没有影响呢？也有影响的。像张舜徽老师就写过《中华人民通史》，强调人民是历史的主人，就是在马克思主义思想指导下写出来的。在写《中华人民通史》之前，华中工学院还给他出了一本《劳动人民创物志》，我想这些著作的出现，就是接受了人民是历史的主人这个思想，也就是接受了马克思主义历史唯物主义的思想。在那样一个时代的影响下，从上世纪50年代到"文化大革命"前，这一时期的马克思主义的学习是培养了一代学者，或者是训练了一代学者，这个问题我想应该是一个客观存在的现象。

前些年我也听说，传来了很多西方的理论，而且有些西方理论是西方老早的、过了时的理论，我们再把它搬出来，是不是适用？这个理论训练究竟应该走什么样的路子，这倒还是个值得探索的问题。从我们的经历来讲，就是曾经受过马克思主义理论的训练，排除那些极左的、排除那些偏了的东西之外，这个训练是可以肯定的。

对于社会上不时出现的一些所谓西方新理论，我们这些老同志没有青年人接受的快。但有一句话值得我与青年同志共同注意——"青年人相信许多假东西，老年人怀疑许多新东西"，但愿都不犯这样的错误。

康香阁：在文献资料方面的训练是如何进行的？

熊铁基：在进行理论训练的同时，还要接受文献资料的训练。文献资料的基本训练就是读一些史料书，我们大学阶段是没有读的，研究生阶段可以读了。读原始资料是做学问的基础，非常重要，我们是从最粗浅的原始资料开始读起。我们的吴泽老师、束世澂老师让我们读《资治通鉴》，而且是读没标点的《资治通鉴》。为了把每一句话、每一个字都读懂，开始一个小时只能够读一页，一页就是四五百字。看不懂的词，就翻字典。看得多了，像《资治通鉴》中那些年号的记载，开始看不懂，以后慢慢就懂了，懂了之后，就可以读下去了，从开始每个小时读一页，到后来每个小时可以读一二十页，这样一个基本训练是非常有用的。

我们学院现在培养的秦汉史研究生，就要求他们读前四史，这也是基本训练。是不是说读了前四史，这些材料就都能记得了呢？那是不可能的，谁也不能都记得。但是，读总比不读要好，读了之后，你就知道这个书是一个什么样的结构，你就知道这个材料可能在什么地方。有时候，我给研究生上课的时候，就把我读《史记》的笔记拿给他们看，我这上面记着某月2日读的哪一篇，某月3日读了哪两篇，就记录在这个地方。但是，你现在要是写文章，还得要看《史记》，还得反反复复地看，你读了之后就知道这个材料可能在什么地方，或者是这个材料的价值你怎么把它化解出来，那你读了和没有读就是两回事。我们读研究生期间，就是得到了这样两个方面的基本训练。

在理论指导下进行研究，对材料运用要持怀疑态度

康香阁：理论训练和文献训练是从事学术研究的基本功，受到这两个方面的基本训练后，下一步应该如何开展学术研究呢？

熊铁基：研究也是跟读书一样，要把它们两个结合起来。我开始写文章的时候，就是从理论方面写的文章，在读研究生时期，我的第一篇习作，就是在华东师大《科学习作》上面发表的一篇关于封建制度形成的理论探讨，这个稿子现在也找不到在哪里了。后来我正式发表的一篇文章是在《历史教学问题》上面，题目是《石器时代的一般特征》，就是读苏联阿尔茨霍夫《考古通论》的一个读书笔记，这是从理论训练方面写的文章。

现在各种理论很多，如果你深入学了某一家的理论或某一本书的理论，你能不能出成果，就看你怎么理解他。就跟用马克思主义去理解问题的道理一样，《共产党宣言》上讲过：迄今存在的一切历史都是阶级斗争史，这是一句原则的话。到毛主席那里就这句话进一步发展成为：阶级斗争，一些阶级胜利了，一些阶级消灭了，这就是历史，这就是几千年的文明史，拿这个观点解释历史就是历史唯物主义，站在这个观点的反面就是历史唯心主义。阶级斗争史是马克思主义的一个基本理论，这个理论你怎么发挥、怎么理解。西方有些理论讲，一切历史都是现代史，你怎么理解一切历史都是现代史。

有的人能把一条理论理解得很透彻，发挥得很深刻，那就成了高水平的、创造性的东西了。如果对这个理论理解的不深不透，那就发挥不出什么

东西来,所以我想,这个理论的基本训练对研究会有一定的好处,不能够图省事,图省事实际上就是浮躁。

　　康香阁:从材料方面写深入挖掘的文章,应该如何入手? 注意哪些问题?

　　熊铁基:我早期从材料方面写的深入发掘的文章,是关于《周礼》中的土地制度这样的一些文章。写这样的文章,需要对资料作尽可能详细的分析,对这些资料要持怀疑态度。现在不是特别提倡口述历史嘛,这当然是个好东西。但是我相信有一条,口述历史回忆的资料,有很多是不完全真实或准确的,因为时间是变化的,条件是变化的,人的思想也是变化的。七十年以后的我,和七十年以前的我,或者是五十年以前的我,有些看法就不一样了,我现在回忆起一些问题来,有些东西不是十分准确的。对有文献记载的历史,我也是这么一个看法,有人说,书上写的还不可靠吗? 那是有文字记载的呀! 那我说,现在好多报纸上写的东西是假的呀! 现在有假的,过去就没有假的呀? 甲骨文、金文,石头上的文字,刻到竹板上的文字,就是真实的呀? 那也不见得。春秋战国时期,齐国齐威王铸了一个铜鼎,上面说他的祖先是黄帝,那就是真实的呀? 不是真实的,黄帝是附会上去的。就跟唐朝的皇帝讲他的祖先是老子李耳一样的,这个不是真实的东西,或不是完全真实的。

　　但从另一个角度分析,这些资料又是有价值的。齐国的钟鼎上说他的祖先是黄帝,它可以反映当时铸鼎的那个当权者,他当时是一个什么思想状况,他是怎么认同黄帝的,黄帝被造出来之后,产生了怎么样的影响。唐朝的说皇帝他的祖先是李耳,唐高祖李渊、唐太宗李世民,一直到唐玄宗为什么要把老子抬得那么高,这个问题是可以研究的,它的价值是在这个地方。至于老子是不是他的真正祖先,那是另外一回事,是两回事。所以我想,不管是文字记载、调查资料、口述历史,都是一些好东西,都是应该学习的东西,但是要持一种研究的态度,也可以说是怀疑的态度,这样对我们进行资料研究会有一定的帮助。

　　康香阁:在研究中如何将理论和材料这两点结合起来呢?

　　熊铁基:从理论和材料这两点怎么结合起来进行研究,这需要经过一个基本训练的过程。不管是马克思主义理论也好,西方理论也好,都要经过一个基本的训练。训练之后你才有了这种能力,有了这种能力你才能够驾驭材料,才能够从材料中看出问题,发现问题或者解决问题。比方说,现在电脑使用很方便,如果你想查一个词最早出现在哪里,在哪些书中间有,在过去你需要去翻书,虽然有"引得"这类工具书可以帮助你解决这个问题,但是只能解决一部分。现在你把这个词输入电脑,统统都出来了,不用那么辛苦地去翻书了。但是,如果你没有一个基本的理论和材料方法训练的话,即使你看了这个词也想不出这个词的道理来,也不一定知道这个词的价值意义在哪里,这恐怕还不是光靠打电脑,打出个词来就能解决问题。

一个人的学习和研究是一个过程,每一个人走他自己的特殊的道路,他有他客观的原因,或者是历史条件的关系,但是它也有一个共同的规律性的东西,共同的东西就是你必须要老老实实做学问,认认真真地读原始文献,这是一个基础;你必须要有一个理论基础,这个理论会训练你的思维,训练你的逻辑,训练你的研究能力,这些东西都是做学问的基础,是一个带有共同的根本性的东西。在此基础上你才能够做好历史研究,才能够做到求实和创新。什么叫求实? 求实就是来不得半点虚假,需要花费时间和精力,扎扎实实地在书本上搞"调查研究",不能粗心大意。什么叫创新? 你是否真正在创新? 有些东西本来不新,或者你不知道它,却把它当成新东西,那不是真正的新。较早些时候,史学界有人刻意构造新理论、新思想,其实并不是什么新东西。在历史研究中,真正的创新,我看主要有以下几种情况:新材料的发现和研究、对于老材料的新解释、新问题的提出和探讨、新理论和方法的运用。求实和创新的关系可以概括为:创新必须求实,求实才能创新。

搞历史研究要从具体问题入手,与现实相结合

康香阁:选题是研究的第一步,选题是否恰当,关系到研究成果的最终成败。有的说研究要选大问题容易引起社会的关注,有的说研究要选小问题容易做的深刻透彻,您怎么看待这个问题?

熊铁基:研究有大问题、小问题,有发现新问题。大问题中有小问题,小问题中有大问题,旧问题中有新问题,这要看你的理解水平如何。真正做研究的,首先要对已有的研究问题有了全面地了解,然后你再从现在这个时代,用你个人的眼光来审视还有哪些问题值得你去深入的研究,或者是重新加以解释,或者重新加以认识。

历史上的大问题多得不得了,我们一个普通的人能解决多少大的问题,恐怕难。再大的大师,他有贡献,这是肯定的,但他的贡献毕竟还是有他的局限性。像上世纪50年代初期,我们史学界开出了五朵金花,就是解决中国

历史分期问题、封建土地制度问题、农民战争问题、资本主义萌芽问题和汉民族形成问题,这五个问题当然是比较大的理论问题,这些问题解决了没有,应该说到现在还是没有。就拿历史分期来说,社会的发展,到底有没有从原始社会到奴隶社会,到封建社会,到资本主义,再到社会主义社会这样一个历史规律,还是说这个历史规律是一个特例,一般的社会是没有这个规律的,这个理论,史学界至今没有解决。

最近,有一位党的领导干部给我讲:熊老师,社会要进步,思想要先行,全国共产党员只有七千万,即使这七千万党员都是精英,都真的是信仰共产主义,那也只有人口的5%,还有95%的人口应该信仰什么?应该树立一个什么样的世界观?我这个共产党的领导干部不能讲搞别的东西,熊老师你能不能搞一个什么形式,比如说,搞一个孔学(不叫孔教,教是宗教),通过这种形式把大家都吸引过来,把人们的思想境界提得更高一点,这不就有利于社会的和谐发展吗?为什么宗教有人信仰,就是因为它有形式呀!基督教有基督教的形式,伊斯兰教有伊斯兰教的形式,比如它做礼拜等等。

我说,现在叫国学的、叫孔学的等等,都多得不得了,我们现在再用一个什么袋子把他们都装起来搞成一种形式,恐怕很难,这是个大问题,不是一下子能解决得了的。但从学术研究角度来讲,我们可以做其中的一些具体工作,可以在整个大的研究中间稍微有一点影响,比如说,我们现在搞的道家道教研究,就是想让领导人懂得应该怎么看待宗教的问题。对宗教可以从各个角度来看,比如说道教是中国土生土长的宗教,道教有它的好处,它是生活中的道教,是讲现在的人,不是讲来世,不是讲将来,你不去扶持它,不能宣传它,你说道教是迷信,那天主教、伊斯兰教它在社会上搞得厉害得很。这95%的人民群众,不能去信道教,他就到别的教去,或者去干别的违法的事,你说研究道教有没有作用呢?当然是有作用的。现在在宗教政策上也是有些问题,不能够与时俱进,难以适应社会发展的需要。

我曾经在我们学校里面办过一个道士训练班,我有一次还在省里开会讲这个事,好像有个别领导很拘谨地问,你这学校里搞这个道教活动行不行?我说如果不行的话,天主教、基督教、伊斯兰教在农村里面大力宣传,我在学校里培养一下道士的水平,提高一下道士的水平,这不是有益于社会和谐的构建吗?有些领导的思想就是转不过弯来,他就想,你搞道教是不是在做坏事,其实我是在做好事。

因为这95%的人民群众不欣赏这,就欣赏那,他不欣赏马列主义,他愿意信仰释迦牟尼,他愿意信仰太上老君,你不正确引导怎么办?我就告诉他,道教里面也有好东西,就是劝人为善,都是要人做好事,学雷锋是做好事,为人服务也是做好事,宗教里面也讲做善事、做好事,你正确引导就可以了。哪些是糟粕性的东西,哪些是精华性的东西,如何处理糟粕和精华,我们的研究可以做这些方面工作。比如说,我们研究湖北的道教,湖北省有一百四十多个道观,这一百四十个道观遍布全省各地,它可以影响很大一部分群众,它一个作用是可以使得人们心灵向上,对构建和谐社会是有好处的;另外一个,经济上也发展了,开发旅游景点,武当山是世界文化遗产,又是道教圣地,这个领导有时候他想不到这个上面来,我们的研究的一个作用就是想让他认识到这个层面上来。

康香阁:您目前所进行的道家道教方面的研究,是现代社会的一个热点问题。有的人说学术研究要与现实社会保持一定距离,有的人说学术研究要与现实社会的需要相结合,这个问题如何理解?

熊铁基:我想我们的学术研究是为现实服务的,我始终相信没有一个不受当时社会影响的学术,单纯的学术实实在在是没有的。你自觉不自觉地都会受到政治和社会环境的影响,自古以来都是如此。司马迁写《史记》,标举"究天人之际,通古今之变";司马光作《资治通鉴》,更直接表明以史为鉴的宗旨,脱离这一点就不能称之为良史。因而甚至今天,要讲爱国主义,要讲传统文化,都是为了现实,也是为了今后,这是一个既深刻又不言而喻的问题。

但如何为现实服务却大有文章,不外乎有直接的、间接的。直接的要避免"评法批儒"时那种影射史学。适当找历史根据未尝不可,什么都来个"古已有之",有时就不恰当了,这方面的事例不少,提出来引起注意罢了。间接的往往带有根本性的意义,属于精神文明建设的基本建设,是史学专业工作者的主要任务,百年大计更值得注意。就目前来讲,史学研究要能够为构建和谐社会服务。

(原载《邯郸学院学报》2008 年第 2 期)

熊铁基先生与秦汉史研究

赵国华　　贺科伟*

近三十年,是秦汉史研究的繁荣时期,伴随着改革开放的步伐,秦汉史学界日趋活跃,学术领域不断拓展,研究方法不断更新,涌现出一批学术成果。其中,熊铁基先生通过辛勤的耕耘,撰写出版了一系列学术专著,发表了数十篇学术论文,在秦汉制度史、思想文化史、学术史研究诸方面,取得了突出的学术成就,受到同行的广泛关注。

一

秦汉制度史研究,是熊铁基先生较早关注的学术领域。这一领域的学术成果,包括《秦汉官制史稿》(与安作璋先生合著)、《秦汉军事制度史》等。《秦汉官制史稿》在前人研究成果的基础上,系统地论述了对秦汉官吏制度的基本构架和发展变化。这部著作共分三编,第一编为"中央官制",分为三公和丞相、诸卿、中朝官、宫官等四章,对秦汉中央官制进行了详细的叙述,就其中一些重要问题作出了必要的论证。第二编为"地方官制",分为州、郡、县、王国、侯国、少数民族地区等六章,对秦汉地方官制进行了全面的叙述,说明每个官职的设立、演变、职掌和属官。第三编为"官吏的选用、考课及其他各项制度",分为选官制度、任用制度、考课制度、赐爵制度、秩俸和朝位制度、印绶、符、节与舆服制度、休假和致仕制度等七章,对上述制度分别进行了详细的论述。

《秦汉官制史稿》的编撰,所希望达到的目标是:"官制本身及其来龙去脉要努力搞清楚,主要问题的材料尽可能翔实,并结合内容进行必要的分析,一方面求温故而知新,另一方面也为国家问题的理论研究、为整个秦汉

* 赵国华(1963—),男,河南镇平人,华中师范大学历史文化学院教授;
　贺科伟(1981—),男,河南商丘人,华中师范大学历史文化学院博士生。

史的研究提供一些经过整理的比较可靠的资料。"[1]绪论从实际情况来看,这部著作体例完整、内容宏富,用七十万字的篇幅对秦汉中央和地方官制和设立及演变、职掌、属官,以及选举用人制度等问题,都进行了系统而详细的论述,从而揭示了秦汉官吏制度的主要特点及其在中国古代官制史中的特殊意义。同时,这部著作资料翔实、考订细致,收录了大量有关秦汉官制的文献资料,如《汉书·百官公卿表》、《续汉书·百官志》、《汉官六种》、《秦会要订补》、《西汉会要》、《东汉会要》、《三国会要》、《汉官答问》、《通典》、《文献通考》、《太平御览》、《历代职官表》、《玉海》等等,并充分利用了考古出土文物资料,如秦简、汉简、碑刻、金石、封泥、陶器、汉官印及秦汉瓦当等。因此,《秦汉官制史稿》达到了预期的目标,具有较高的学术价值,备受学界同行的重视,成为20世纪中国秦汉史研究的一部代表作。《光明日报》、《史学史研究》、《社会科学评论》等报刊相继发表评论,给予该书较高的评价,认为它"不仅填补了断代官制史方面的空白,而且在许多方面有新的开拓,它的出版在中国官制史研究的漫长进程中树立了又一块新的里程碑"。[2]41—44

《秦汉军事制度史》是《秦汉官制史稿》的姊妹篇。中国古代军事制度经过春秋战国时期的发展,到秦汉时期进一步系统化和规范化,成为秦汉史研究的重要内容。熊铁基先生选择秦汉军事制度作为研究对象,正是把秦汉军事制度放在当时整个社会的发展中进行考察,特别关注秦汉军事制度所表现出的不同发展阶段。《秦汉军事制度史》分为兵士、军队、装备、军马、给养、营垒、军法、兵法等十一章,对秦汉时期的兵役制度、军队的构成和编制、武器装备与马政、后勤保障制度、军营和壁垒设施,以及军事法律、作战方法等问题,都进行了较为详细的论述,是中国军事史研究的一项重要成果。

因为时代的久远和资料的残缺,秦汉军事制度史研究困难重重。熊铁基先生从恢复历史本来面目出发,通过对零碎的史料进行梳理和研究,并尽可能与出土文献相结合,大量征引秦汉简牍,如云梦秦简、居延汉简、敦煌汉简等,力图向人们展示秦汉军事制度的发展脉络。基于这样的学术探索,《秦汉军事制度史》改变了中国军事制度史研究的薄弱环节,并为广大史学工作者提供了一个研究方式。

二

秦汉思想文化史研究,是熊铁基先生用力最深的学术领域。这个领域的学术著作有:《秦汉新道家略论稿》、《汉唐文化史》、《秦汉文化志》和《秦汉新道家》,其中对秦汉思想文化的见解,有着鲜明的学术个性和创新特色,曾经引起学界的广泛关注。

《秦汉新道家略论稿》以论文集的形式,对秦汉新道家的代表人物、思想特点进行了专题讨论。熊铁基先生通过排比史料、甄别真伪、考镜源流,认为秦汉新道家的"新"内容主要包括:第一,"由批判儒墨变成了兼儒墨、合名法,当然,从战国后期开始,各家各派都在相互吸收、相互融合,只不过各自站在不同的基点上吸收,各自所标榜和强调的不同罢了。新道家是站在道家立场来'采儒墨之善,撮名法之要'的";[3]6第二,"由逃世变成了入世。新道家不回避现实矛盾,也不轻率地对待矛盾,他们的代表作都认真地讨论现实问题,这些代表作可以说都是政论书";[3]6第三,"发展了老子天道无为的思想,把它创造性地运用到人生和政治上去",从而把《老子》消极的无为变成积极的"无不为"。[3]7在这一认识基础上,他运用历史比较研究方法,在纵向上把秦汉新道家与先秦道家相比较,发现秦汉新道家在承认《老子》所推崇的"道"的同时,又与以老庄为代表的先秦道家有所差异,进而揭示了秦汉新道家与先秦道家"相因而实不同"的特征;在横向上把《吕氏春秋》、《文子》、《经法》、《新语》、《淮南子》、《论六家要旨》、《汉书·艺文志》等相关历史文献相比较,如紧扣"道家"或"新道家"政治思想中的核心概念"无为",比较《淮南子》与《吕氏春秋》有关"无为政治"的异同,进一步揭示了"秦汉新道家"的思想特征。经过反复比较研究,他认为秦汉新道家的"君主无为"与"仁义"相结合,主张"宁民"、"利民"、"顺民心",这种"无为而治"是"贤人政治",有别于以老庄为代表的先秦道家。

熊铁基先生研究秦汉新道家,前后持续了二十年时间。在这一段时间里,国内"文化热"的勃兴,引起学术界的普遍关注。他站在时代的高度,认识到汉唐文化博大精深,包罗万象,在中国传统文化形成和发展过程中具有承先启后的重要作用,因而选择汉唐文化为研究对象,撰写出版了《汉唐文化史》。这部著作分为"综论"、"分论"两篇,分别从宏观和微观两方面论述了汉唐文化的发展历程及其历史地位。"综论篇"着眼于宏观和整体性,把制度文化的建设到精神文化的发展作为汉唐文化的核心进行阐释,认为经过汉唐时期制度文化的建设到精神文化的发展,中国传统文化的体系基本确定下来,并且为唐以后文化的发展奠定了基础。汉唐文化相对于先秦时期来说是中国文化发展的"流",相对于唐以后来说又有不少"源"的成分。正是在文化的源和流共生中,他发现了汉唐文化发展的轨迹,即中国传统文化是呈波浪式前进,进一步指出汉唐文化发展的特点"在实际发展过程中是结合在一起的,汉唐文化是在不断地统一化(整合),在统一发展中既包括着各种文化的矛盾、斗争,也包括着它们之间的相互影响和吸取,同时,整个过程又是一个继承和创新不断前进的连续过程"[4]38。"分论篇"则侧重于家庭、经学、社会思潮、文学艺术、风俗习惯等方面,作出多角度、多侧面的重点阐发,既论证了这些思想文化的源流和背景,阐释了它们的时代特征及其对社会思潮形成的影响作用,又能够站在历史的高度,注意到各个时期思想文化发展的相关联性和独特性,揭示出它们共同的特点和规律。其中对汉唐文化乃至中国传统文化研究提出的若干问题,如怎样具体看待传统文化、传统文化的老翻新与推陈出新、文化的统一性、文化的交流与交融、精神文化所反映的人的个性、经学与文化等等,都促进了汉唐文化史研究的发展。

值得一提的是,在撰写《汉唐文化史》的时候,为了全面地论述中国传统文化的基本内容和特点,熊铁基先生组织一批青年学人,编撰出版了《传统文化与中国社会》。这部著作分国家、政府、经济、礼法、学术、教育、文艺、宗教、家庭、人生、衣食住行、民间信仰等专题,"主要是研讨文化成果形成发展的过程,并给以一定的规律性的认识和总结",[5]前言以求从不同方面和角度对中国传统文化有一个比较深刻的认识。从总体上来看,这部著作带有较强的学术性和可读性,给人们提供了一种特色鲜明的文化读本。

《秦汉文化志》作为《中国文化通志》的"历代文化沿革典"的一种,与其余各种著作合在一起,成为中国当代学术重点工程的一个组成部分。在这部著作里面,熊铁基先生概括地介绍了秦汉文化的历史背景,分析了与文化发展相关的政治、文化与教育制度;对秦汉文化的几个重要方面,如学术、文学与艺术、衣食住行与工艺等,都进行了较系统的论述;在"社会思潮"、"礼仪与风俗"、"文化的地域性"等章节,提出了一些独到的学术见解。为便于人们深入了解和研究秦汉文化的发展状况,书末附《文献与考古》一章,对有关资料进行了重点介绍。令人感兴趣的是,这部著作从新的视角来认识文化,力图从文化的视角观察秦汉社会,避免以文化为名义而写秦汉史的偏颇,将秦汉史与秦汉文化严格区别开来,这可说是对文化的深刻理解和认识。

经过近二十年的思考,熊铁基先生对秦汉新道家的研究,产生了许多新的认识,撰写出版了《秦汉新道家》。这部著作是《秦汉新道家略论稿》的增订本,较之前者篇目增加了一倍,字数增加了两倍,在论述的角度和深度上,都比以往有较大的进展。如果说前者只是对秦汉新道家的形成和特点作出理论概括的话,那么,后者则是对秦汉时期道家思想的源流及其与现实政治关系的系统论述。用作者自己的话说,这部著作"初步具备了比较完整严密的体系,分历史和思想两篇,是从纵横两个方面进行论述,也力求向历史和逻辑的统一方向上努力"[6]4。诚如评论者所说,《秦汉新道家》在对秦汉时期道家代表人物和著作的属性作出深入的探讨并补充以往不足的同时,注重对秦汉新道家演变的历史进程及其原因、特点进行分析,从而构成了一个完整的学术体系。这在近二十年秦汉思想史研究中有着鲜明的个性特点和学术创新特色。[7]82

三

秦汉学术史研究,是熊铁基先生最近关注的学术领域。这个领域的学术成果,包括《中国老学史》(合著)、《中国庄学史》(合著)等著作,对这些著作将有专文论述,这里仅就熊铁基先生近期发表的一系列论文,集中说明他对秦汉学术史的主要看法。

2002 年 12 月 24 日,熊铁基先生在《光明日报》发表了《重新认识古书辨疑》一文,目的在于重新认识"古史辨",强调学术研究"仍需有点辨疑精神",认为充分准确地利用新出土的文献资料,都要面临考辨的问题,"无论是历史问题,还是学术思想问题都是如此"[8]。由此进一步认识汉代学术,他发现以往学者对一些古书所记的细节问题不够重视,如先秦典籍到汉代大都不是原来的模样,这一点未被充分注意。究其原因,一是经过秦的禁私藏书令和焚书,一是传播方式本身所致,因为在书写条件较困难的情况下,口耳相传者较多,即便是著于竹帛,也往往是单篇流传,自然会使古籍传播走样。这种带着辨疑的态度和精神阅读古籍,释读出土文献资料,对深入地研究秦汉学术史,应该是一个重要的提示。

基于对汉代学术的深入思考,熊铁基先生发表了《汉代学术的历史地位》,[9]其中明确地指出,中国学术史上经学时代的形成,既有社会政治方面的原因,也有学术自身的内在逻辑,即各个学派从"同源异流"、"其务为治"到"相生相灭"、"相反相成",再到"兼综"他家的自我调适,最后形成新的学术整合。群经诸子的传世文本,大多经过汉人不同程度的整理和改造,汉代学术可以称为新学术,是中国传统学术的实际源头。秦朝建立统一的中央集权的郡县制,社会实现了一次巨大的转型,传统学术亦随之转向。先秦那种诸子百家争鸣的态势,转变为法、道、儒家意识形态。汉初总结秦亡的教训以及恢复战争创伤的需要,采取清静无为、与民休息的黄老学说。然而

"长治久安"的一个不可忽视的问题是思想统治。统治思想会体现在政策、法令之中,最后会集中到学术思想上面。统一思想就必定落脚到统一学术。汉武帝想使汉朝统治稳固长久,"罢黜百家,独尊儒术",立《五经》博士,开弟子员,设科射策,把经学作为主流学术。整个两汉时期,无论是典章制度、文学艺术、理论思维,还是经学、史学、天文、历算、农学、医药等,都有着辉煌的成就,为中国学术奠定了基本规模和范式。

图书作为传统学术的主要载体,直接影响着传统学术的发展,又是学术史研究的基本依据。熊铁基先生在从汉代文献整理的角度,分析中国传统学术的载体,撰写成《刘向校书详析》一文,[10]对刘向、刘歆父子校书群体、校书时间、校书方法、指导思想、校书结果等方面,进行了多方面的考释和举证,从中国学术史的角度重新审视刘向校书的意义。他认为西汉末年由刘向、刘歆父子组织一批专家学者,花费二十多年时间,对当时留存的图书逐本予以定著,并且分类编目和保存。这不仅仅是对书籍进行简单地集中和抄录,刘向等人适应当时的主流思潮,按照他们自己的认识和理解,对几乎所有的图书进行了整理和改造。他们的主观校定在所校古籍上必然要留下时代的痕迹,后世流传乃至今日看到的西汉及先秦典籍都经过了他们的理解、认定乃至改造,当然免不了打上时代的烙印。

熊铁基先生特别关注对汉代学术的整体认识,全面地呈现汉代学术的历史面貌及其演变的内在理路。他把汉代学术的各派各宗尽数地分源别流,进而归结出殊途同归、百虑一致之理;把汉代学术放在中国学术史的大框架内进行探讨,显示出学术整体的关联性,凸显中国学术"一以贯之"的内在逻辑的联系性。在《再论秦汉新道家》、《论汉代新儒家》、《试论中国传统学术的综合性》、《汉代经学垄断地位的确立及影响》等文章中,他主要探讨了学术思想的趋同与整合问题。先秦(主要是春秋战国)为"子学时代",诸子百家"争鸣"十分突出,甚至是水火不容,但不难看出诸子的言论、思想又是你中有我,我中有你。他把"百家争鸣"概括为:同源异流、殊途同归、相生相灭、相反相成、求同存异、齐万不同,这反映出学术思想的趋同与整合的必然趋势。诸子思想在发展过程中,每一派都会采取他者之善要,取长补短,以发展完善自己的特色。各派学者在实践、传播和发展的过程中,自然向综合的方向发展,但又有各自的基本立场。这样在汉代就出现了以黄老为特色的新道家,"其为术也,因阴阳之大顺,采儒墨之善,撮名法之要,与时迁移,应物变化,立俗施事,无所不宜,指约而易操,事少而功多"[11]3289。《太史公自序》对其他各家学说采取吸收其长的"整合"办法。经过叔孙通、公孙弘和董仲舒发展的汉代新儒家,理论上继承了先秦儒家学说,以从政、为政为主要目标,在政治实践中能够与时俱进。汉代新儒家适应政治统治的需要,大量吸收和运用阴阳五行学说,兼采各家思想,构造儒家思想的新体系,倡导大一统、君权神授、三纲五常等思想,把先秦儒家思想系统化、理论化、神圣化。这明显是学术思想整合的突出表现和结果。这种整合是历史发展的自然结果,有内、外两方面的因素:外因就是种种客观的条件和原因,特别是统治者的有关举措与重大活动和事件的影响,统治阶级有意识的统一;内因就是学术各派自动的调整。新道家、新儒家的外因的整合与内因的趋同,形成了新的学术思想体系。

四

上述成果之外,熊铁基先生对秦汉时期的法律制度、邮传制度、社会基层组织、历史人物评价等问题也做了一些研究,提出了个人的见解。

在秦朝法律制度问题上,熊铁基先生依据云梦秦简,认为秦自商鞅变法以后制定的刑法制度,不仅唐人所谓商鞅"改法为律"得到了证实,更重要的是突破了《法经》的体系和框架,立法的范围不断扩大,法律制度逐步发展和完善,提出严格的执法要求。秦始皇的立法思想,集中体现在"事皆决于法"的原则,与君主专制中央集权体制相一致,其具体的立法,包括有关维护君主地位的法规、巩固国家统一的法律、禁绝百家的法令,以及制定和编纂成文法典。秦始皇全面实行法治,充分发挥了法的功用,秦朝因"繁刑严诛"而亡,应该归咎于秦二世。

关于秦代的邮传制度,熊铁基先生分析有关的出土文献,认为秦代的邮传有封泥、检署等手续,具体操办者在边区是燧卒、燧长,在内地则是所谓"邮人",设置办法大致是"五里一邮",邮传工具有驿马、牛车等,主要作用包括传达政令和军令,传递消息和奏疏,以及为公差提供食宿等。对于秦汉时期的社会基层组织,熊铁基先生综合前人论述,断言里是一个基层组织,乡、亭、里的关系是"十里一亭"和"十里一乡",亭、乡都是县以下的行政机构,乡是管理乡村居民,亭则管理城镇居民,两者的行政职能不同。

在历史人物评价方面,熊铁基先生论述了秦始皇、项羽、汉武帝、汉光武帝等人的历史功绩,如认为秦始皇最后十年出巡全国各地,明显是为了巩固国家统一,应该说是颇有建树的;项羽活动于历史舞台,只有短短的八年时间,前三年是坚持反秦斗争的农民起义领袖,后五年是封建统治权争夺战中的失败者,其中失败的原因不在于分封,主要在于不得人心;汉武帝在开发边疆方面有着突出的贡献,主要是加强了北方的边防建设,开始有计划地开发大西北,完成对南方和东南地区的统一,进一步地开发了西南地区,从而巩固了统一多民族国家,这都是较中肯的评价。

参考文献

[1]安作璋、熊铁基:《秦汉官制史稿》,齐鲁书社1984年版。

[2]袁祖亮:《秦汉史研究的一项丰硕成果——〈秦汉官制史稿〉读后》,载《社会科学评论》1986年第8期。

[3]熊铁基:《秦汉新道家略论稿》,上海人民出版社1984年版。

[4]熊铁基:《汉唐文化史》,湖南出版社1992年版。

[5]熊铁基:《传统文化与中国社会》,华中师范大学出版社1993年版。

[6]熊铁基:《秦汉新道家》,上海人民出版社2001年版。

[7]臧知非:《道家黄老秦汉政治实践与学术发展——重读熊铁基先生〈秦汉新道家〉》,载《史学月刊》2004年第7期。

[8]熊铁基:《重新认识古书辨疑》,载《光明日报》2002年第12期。

[9]熊铁基:《汉代学术的历史地位》,载《华中师范大学学报》2003年第5期。

[10]熊铁基:《刘向校书详析》,载《史学月刊》2006年第7期。

[11]司马迁:《史记》,中华书局1959年版。

（原载《邯郸学院学报》2008年第2期）

熊铁基先生与老庄学研究

刘固盛[*]

老庄学研究是熊铁基先生继秦汉制度史、秦汉思想文化史研究以后,于20世纪90年代以来从事的一个新的学术研究领域。这一学术领域的辛勤耕耘,既是熊先生一如既往的求实创新精神的具体反映,同时也集中体现了他在道家文化研究方面的最新成就。

—

老庄学是历代学者对《老子》、《庄子》进行诠释和发挥而形成的一门学问,它涉及史学、哲学、宗教学、文学等各大学科门类,是道家文化的核心组成部分。老庄学不仅自身形成了一个十分浩繁博大的学术系统,而且跟中国文化史、中国思想史密切相关。老庄学是与汉代经学、魏晋玄学、隋唐佛学、宋明理学、清代朴学、近代西学的发展交融共进的,它与儒、道、释三教的关系盘根错节,十分复杂。

尽管老庄学蕴涵重大的学术价值,然而有关老庄学的研究却被长期忽视了。20世纪90年代以前,只有一些零星的研究,如王明先生提出的"老学三变",较早地注意到了老学发展与时代的关系;蒙文通先生曾在三四十年代提示从老庄学的角度研究道教哲学的发展演变,并提出了从唐代老庄学出发研究道教重玄学的观点,但前辈学者的这些卓见长期以来没有得到应有的重视。到20世纪90年代,在一些道家文化的研讨会上,朱伯崑、汤一介、钟肇鹏、熊铁基等先生一致呼吁要加强老庄学的研究。例如90年代初张岂之先生在西安连续组织主办了两届老子思想研讨会,在"第一届老子思想研讨会"上,朱伯崑、钟肇鹏等先生呼吁要重视老学的研究;在"第二届老子

* 刘固盛(1967—),男,湖南涟源人,历史学博士后,华中师范大学历史文化学院教授,博士生导师。

思想研讨会"上,熊铁基先生则指出,应该从中国学术文化史的角度去关注老子思想的价值,他从秦汉至隋唐、兼及宋元明以及近代魏源等人的解老著作的分析中得出结论,每个时代的老学研究都有不同特点,都有时代特色,而从学术史的角度,可以看出老子思想在今天的价值。熊先生的发言在大会上得到了很多学者的呼应,所以会议结束以后,他即着手组织《中国老学史》的撰写。很快,熊先生主持撰写的《中国老学史》由福建人民出版社出版,[1]该书出版后在学术界产生了较大的影响,被称为"见解卓特","开掘了《老子》与老学的深度价值";[2]"使学术思想史上的一片空白得以填补";[3]127"是中国哲学史及道家道教哲学诸科师生都应阅读的一个范本,不单因它是首本老学史,且因它取材恰切,参考资料丰富,言论可靠"。[4]137的确,《中国老学史》作为我国研究老学发展的第一部系统专门之作,在道家学术领域的开拓以及奠定老学研究的基本方法与范式方面,都是有重要贡献的。

熊铁基先生撰写完《中国老学史》以后,其老学研究并没有就此停下来,而是规划了一个长期的研究计划,诚如他在《中国老学史》的"后记"中所指出的,对于老学史的研究,可以从更加广阔的方面展开,如分政治、哲学、伦理等专题对老子思想进行阐释;分儒、佛、道等不同宗派研究老学史;也可以进行断代研究,侧重阐明老子思想与不同时代的社会、老子思想与社会现实的关系等等;还可以断代与专题结合研究,以及进行《老子》书的文献学研究等等。此外,熊先生还指出,《中国老学史》截止于清末,那么总结20世纪一百年来的老学发展情况,又是一个很有意义的题目,应该形成另一本专著。可以看出,熊先生对老学研究的规划是很全面的。从1997年开始,熊先生一方面指导他的博士生进行老学的断代研究,同时又开始组织《二十世纪中国老学》的撰写。经过几年的努力,该书于2000年完成初稿,2002年正式出版。[5]与此同时,熊先生指导的断代老学研究的博士论文陆续完成,有的已正式出版,如刘固盛的《宋元老学研究》、董恩林的《唐代老学:重玄思辨中的理身理国之道》、韦东超的《明代老学研究》、刘玲娣的《汉魏六朝老学研究》等等,老学研究逐渐形成了规模。

除继续老学研究以外,从2000年起,熊先生又开始了庄学的研究,他与刘固盛、刘韶军合著的《中国庄学史》作为国家社科基金项目的最终成果,由湖南人民出版社2003年出版。该著作运用历史文献与哲学思辨相互结合的研究方法,在充分利用原始材料的基础上,对中国庄学从先秦至清代二千余年来的发展情况进行了较为系统的总结。不仅用简要的笔触勾勒出了庄学发展的主要线索,而且用点面结合的立体式结构,分为庄子其人其书及其思想、秦汉时期的庄学、魏晋南北朝时期的庄学、隋唐时期的庄学、宋元时期的庄学、明清时期的庄学等几个大的部分,对各阶段有代表性的《庄子》注本作了较深入的阐发,指出了其对庄子思想有所创见的地方。与《中国老学史》一样,《中国庄学史》出版后即得到了学术界的好评,被认为是"一部真正意义上的专门思想史","对我们把握中国经典的诠释特性,极有价值",[6]141"它为中国哲学与道家文化的研究不仅仅开拓出了新的天地,而且打下了良好的基础"。[7]271

从《中国老学史》问世到《中国庄学史》的完成,熊铁基先生奠定了老庄学研究这一新的学术领域在道家文化研究中的重要地位。目前,老庄学研究越来越受到学术界的关注,其研究态势可谓方兴未艾。

二

熊铁基先生以历史学家的学术眼光研究老庄学,其研究的角度、方法都有自己的特点,具体表现在以下几个方面。

(一)注重老庄学发展的时代背景

中国老庄学的发展,离不开特定的时代条件。这一点,也是熊铁基先生反复加以强调的,所以他在《中国老学史》中明确指出,该书对老学演进的时代条件、发展过程特别注意,认为老学发展与时代特点分不开,"老学发展的过程,实际上紧密地联系着社会历史发展的过程";[1]前言同时在撰写《中国庄学史》时进一步强调,"仍然坚持注意各个历史时期的时代条件,……而特别注重学术文化的背景与条件"。[8]后记因此,熊先生的老庄学研究,并没有囿于老庄学本身,而是通过对各个时期社会历史状况的具体考察,力图探究老庄学衍变、转化的政治基础和经济基础,以及不同文化政策对老庄学所产生的重大影响,由此展开老庄学发展历史进程的分析。

例如写到战国时期"老学的初兴",熊先生首先提示"急剧变化"的时代特点,然后对当时百家争鸣的学术特点分四个方面即"殊途同归"、"相生相灭"、"同源异流"、"求同存异与齐万不同"进行了精到的总结,在此基础上,再展开老学发展的叙述。如总结老庄与黄老的不同分化;肯定杨朱是"从老子到庄子思想演变过程中的一个中间人物";[1]101追溯法家代表人物韩非子与老子的关系;对《文子》一书的重新研究,等等,这些叙述既透露出历史的客观与准确,又不乏真知灼见。

（二）将老庄学与中国思想史研究结合起来

熊铁基先生的老庄学研究既是学术史的研究，更是思想史的研究，将老庄学与中国思想史研究结合起来，这不仅是对老庄学研究的深入发掘，同时也是对思想史研究领域的新的开拓。

由于老子之道具有高度的普遍性、多义性和抽象性，因此，不同的时代，不同的学者，都可以对《老子》进行主旨不同的解释。唐代的赵志坚云："以文属身，节解之意也；飞炼上药，丹经之祖也；远说虚无，王弼之类也；以事明理，孙登之辈也；存诸法象，阴阳之流也；安存戒亡，韩非之喻也；溺心灭质，严遵之博也；加文取悟，儒学之宗也。"[9]卷六 宋元之际的杜道坚更从时代的高度加以概括："道与世降，时有不同，注者多随时代所尚，各自其成心而师之。故汉人注者为'汉老子'，晋人注者为'晋老子'，唐人、宋人注者为'唐老子'、'宋老子'。"[10]卷下 不同时代有不同的"老子"，每一个注释研究者也有其各自所理解的"老子"，这是老学发展的共同规律和重要特征。因此，韩非、严遵、王弼、孙登……历代注家总能从《老子》中解读出不同的宗趣，阐发出不同的新义，从而保证了老学发展的长盛不衰。对此，熊铁基先生总结说："这如此众多的'老子'与作为原典的《老子》之间，可以说既有联系，又有区别；既有继承，又有发展。而正是这种联系与区别、继承与发展的长久交织、演进，组成了老学发展的历史，且赋予了它极为丰富的内容。"[1]前言 熊先生的这一总结可谓画龙点睛，《庄子》与对《庄子》的诠释，其关系与此相同。也就是说，老庄学发展的历史，即是各个时代的学者们根据政治、道德、思想领域的时代变化，不断地对《老子》、《庄子》作出创造性解释的历史。据此，我们可以从思想史的高度重新认识和研究各历史时期的老庄学著作。

如果从思想史的角度对老庄学进行考察，大致可以分为三个层面的内容：其一，作注者对《老》、《庄》文本的领会与掌握情况；其二，作注者本人的理论建树及其思想特点；其三，老庄学的时代特色，即老庄学思想所折射出来的一定历史时期某些哲学思潮的特征以及思想文化的发展规律。

仅以对《老子》哲学思想的解释为例，汉代的学者大都从宇宙生成的角度来理解老子的道论，到王弼注释《老子》时，则融进了新的时代精神，他通过本末体用等范畴的运用，将老子之道本体化，从而建构了他的玄学思想体系。到唐代时，老学研究者对《老子》本体论的探索又进入了一个新的阶段，其标志便是重玄学的出现。重玄之学是成玄英、李荣、杜光庭等一批道教学者在注释《老子》时发展起来的，其建立和发展，既是对魏晋玄学的超越，又是援佛入道,佛道相激的结果。宋代以后,心性之学作为一个时代课题而为儒、道、释三教一起讨论,于是,以心性解《老》成为宋代以后老庄学发展中一个极为普遍的现象。我们可以看出,老学旨趣的这种变化,实际上构成了道家思想发展史上的重要脉络。

(三)注重综合性的研究

由于老庄学著作众多,内容极其丰富广博,所以熊铁基先生的老庄学研究注意以史学、哲学、宗教学等学科交叉研究的方法,对其主体内容进行综合性的阐析。文献、义理、宗教诸方面内容,无不涉及。

例如《中国庄学史》谈到《庄子》一书的版本,指出其书经历了一个从古本到今本的演变过程,认为古本《庄子》五十二篇为刘向选定,并有内篇、外篇之分,这种可能性很大,此本曾流传到魏晋南北朝,后为郭象删定的三十三篇本所代替。而"隋唐以后长期流传,我们今天能看到《庄子》,基本上是郭象所编的本子,隋唐及其以后的庄学史,主要是以这个本子为基础而展开的"。[8]25又如论及庄子的思想内容,认为他阐述了一种完整的以人为本位、以社会为归宿的思想,其要点在于"逍遥游、齐物论、养生主所说的精神自由、万物齐平、顺乎自然,这是庄子思想的三个基本支点。掌握了这三点,就可进而讨论人间世、德充符、大宗师和应帝王的问题。而这四者又可以说是庄子思想的目的:处世的修养,人性的德充,社会的宗师,帝王的责任",[8]29这样的归纳,十分恰切。

由于老庄之道的抽象性与开放性,使得儒、道、释各家思想都能够与之联系起来,那么,通过老庄学这一特殊的窗口,便可以看到儒、道、释是如何在《老》、《庄》这两部不朽的经典中找到互相对话与沟通的共同支点,他们又是如何交融与碰撞的。因此,就研究儒、道、释三教思想来说,老庄学都是一个极好的角度。对此,熊铁基先生也是十分注意的。试以道教对《老子》的诠释为例。《老子》作为道教的最高经典,教中人士对其进行富有时代精神的新的诠释,乃是理所当然的事。例如东汉张道陵创立五斗米道,借《老子》五千文以弘道阐教,所传《老子想尔注》,乃通过对《老子》的创造性诠释,建立起了其道教神学理论体系;又如唐代道教学者借《老》、《庄》之注而阐发重玄思想,由此使得道教哲学实现重大突破;再如宋代的道教学者一般不再将《老》、《庄》往神仙法术方面发挥,而是把它们与道教内丹心性论联系起来,以内丹心性释《老》、《庄》,或者说借《老》、《庄》而谈道教性命之学,成为此一时期老庄学发展的主要内容之一。

总之,对老庄学展开综合性的研究,是推进老庄学研究走向深入的必然

选择,而"深入全面地进行老(庄)学研究,是大有可为的"。[1]前言

三

熊铁基先生《中国老学史》、《中国庄学史》的先后问世,学术界总是用"开拓"、"拓荒"等词语来形容其"填补空白"的学术意义,认为是"开辟了道家文化乃至传统文化的新天地"。[11]的确,熊先生的老庄学研究,无论是对中国思想史研究领域的开拓,还是对道家道教文化研究的深化,都是有学术贡献的,下面略谈三点。

(一)确立了老庄学在中国思想文化史上的重要地位

《老子》、《庄子》在中国思想文化史上的重要影响众所共知,但老庄学的地位却长期没有得到学术界的足够重视。通过《中国老学史》、《中国庄学史》的研究,我们可以对老庄学的价值进行重新认识。首先,老庄学是中国思想文化特别是道家文化的重要组成部分。从道家的角度看,一部老庄学史,实际上相当于一部道家思想史;而从儒、佛人士对《老》、《庄》的诠释来说,其内容往往可以反映出儒、佛思想发展的时代特色以及儒、佛、道三者之间的彼此影响与互相融摄。其次,通过老庄学研究的独特视角,中国思想文化史上许多过去模糊不清的问题可以得到有效的解决。如老庄学在佛教中国化过程中的具体作用,老庄学对道教重玄学的意义,老庄学与宋明理学的关系,老庄学与中西文化的交融与碰撞等等,这些问题的深入研究,有助于我们获得对中国思想文化史准确清楚的认识。再次,《老》、《庄》对中国古代的思想传统、民族心理、价值取向、思维方式、审美情趣等多方面之所以产生重大影响,实有赖于老庄学,即各个历史时期学者们对《老》、《庄》的诠释与发挥。如果没有这种诠释与发挥,《老》、《庄》的各种影响都是难以想象的。

(二)有助于深化现当代的老庄研究

在20世纪80年代以来思想解放与"文化热"这一大的背景之下,道家文化研究也日益引起了学术界的重视,作为其核心内容的老庄研究,更是广受关注的重点,其研究不仅在方法上取得了新的突破,而且成果十分丰富,呈现出一派盎然的生机。然而,其中也存在着研究不够深入、某些理解较为牵强以及凭空发挥等弊端。于是,如何克服不足之处,更深入地开展老庄研究,便成为了广大道家文化研究者共同思考的问题。熊铁基先生与有关学者一致认为,要想促使老庄研究走向深入,就必须同时展开老庄学发展历史的研究。

对历代老庄学文献加以清理和总结,其于现今和以后的老庄研究至少有以下几方面的重要意义:其一,有助于正确理解中国古代两千余年以来的老庄学著作。今天研究老庄,不可能完全脱离过去的传统,不过,在古代数量众多、异说纷纭老庄学文献面前,人们往往无所适从,不知所取。而熊铁基先生倡导的老庄学研究,正是致力于老庄学发展主要线索的勾勒以及各个历史时期有代表性的老庄学著作的分析,并指出其对老庄思想有所创造和发挥的地方,这对今人正确把握这些老庄学著作,是大有裨益的。其二,有助于正确甄别现当代的老庄研究成果。不同时代有不同的"老子"、"庄子",这一老庄学发展规律既适用于古代,同时也适用于现当代。虽然现当代的经济、政治、思想、文化等各方面与古代相比都发生了质的变化,古今老庄学也显示出了巨大的差别,但老庄学与时代发展的相互制约关系,古今是一致的,当今的老庄研究,同样离不开相应的时代特点与时代需要。根据这一点,人们便可以区分那些日益增多的老庄研究成果的价值大小,并有意识地促使老庄研究朝符合时代主流的方向发展。其三,有助于正确领会《老》、《庄》思想的原意,以至深化当代的老庄研究。虽说《老》、《庄》文本的诠释空间很大,但也并非可以如天马行空,任意发挥。从老庄学研究中可以发现,研究《老》、《庄》应该有广阔的视野,将《老》、《庄》置于其形成与发展的具体历史过程中来加以理解和把握,也只有这样,才有可能真正阐发出《老》、《庄》思想的实际内涵,从而促进老庄研究的深入发展。

(三)为发掘老庄思想的现代价值提供启示

老庄学发展的特点告诉我们,衡量《老》、《庄》注释价值大小的一个重要标准,就是看是否在老庄原有思想的基础上作出了符合时代要求的创新,诚如加达默尔所言,在具体的解释活动中,"理解就只是一种复制的行为,而始终是一种创造性的行为"。[12]380因此,我们今天的老庄研究,就必须将老庄思想的强大生命力与时代需要紧密结合起来,力图把《老》、《庄》研究切入现代社会,用实事求是的科学态度去发掘老庄思想的现代价值。

以《老子》为例,上世纪80年代以来,学界对于它的研究,完全可以用"多元化"来形容,所涉及的领域极为广泛,包括哲学、宗教、政治、美学、史学、气功、养生、管理、谋略、处世、自然科学、环境保护、建筑、军事、经济、法律、教育、伦理、医学、心理学、语言学、逻辑、文学、文献学等二十多个方面,[5]338其中不乏传统的研究领域,如哲学、宗教、政治、养生等,但相当一部分都是80年代以后才出现的新课题,这充分反映了《老子》研究者的开拓创新意识。在研究的过程中,学者们还发现,《老子》这部两千多年前产生的经典，与当今社会并非格格不入，相反，它具有超越历史、超越宗教、超越民族、超越国界的品质，在许多领域，我们都可以从《老子》中获得启迪。例如《老子》思想与现代科学的关系，《老子》中的管理思想，老子思想与生态智慧等等方面，我们都可以阐发出可资借鉴的现代价值来。

上面的分析显示，对《老子》的诠释，主要在于注者的思想创新和时代特色，这当然是应该加以重视的，但不能忘了，任何创造性的诠释都不能离开《老子》文本的基本规定以及道家哲学的基本精神，否则，就会出现任意曲解乃至歪曲《老子》的不良倾向。这一点同样适用于对《庄子》的研究。

参考文献

[1]熊铁基、马良怀、刘韶军：《中国老学史》，福建人民出版社1995年版。

[2]郭齐勇：《展现老子学术发展的历程——〈中国老学史〉评介》，载《出版广场》1996年第6期。

[3]王葆玹：《读〈中国老学史〉》，载《中国哲学史》1996年第3期。

[4]王煜：《评〈中国老学史〉》，载《中国文化研究（夏之卷）》1997年版。

[5]熊铁基、刘韶军、刘筱红、吴琦、刘固盛：《二十世纪中国老学》，福建人民出版社2002年版。

[6]郭齐勇、秦平：《连续性与时代性的贯通——读熊铁基等著〈中国庄学史〉》，载《江汉论坛》2005年第2期。

[7]陆建华：《创新中见功夫——〈中国庄学史〉读后》，载《学术界》2004年第5期。

[8]熊铁基、刘固盛、刘韶军：《中国庄学史》，湖南人民出版社2003年版。

[9]赵志坚：《道德真经疏义》，载《正统道藏》文物出版社、上海书店、天津古籍出版社1988年版。

[10]杜道坚：《玄经原旨发挥》，载《正统道藏》文物出版社、上海书店、天津古籍出版社1988年版。

[11]昕旸、老学：《拓荒者的世界——评〈中国老学史〉》，载《中华道学》1996年第1期。

[12]伽达默尔：《真理与方法》，上海译文出版社1999年版。

（原载《邯郸学院学报》2008年第2期）

陈平原教授

著名学者、北京大学教授　陈平原先生

陈平原，1954年生，广东潮州人。1984年毕业于中山大学，获文学硕士学位；1987年毕业于北京大学，获文学博士学位。此后历任北大中文系讲师（1987年起）、副教授（1990年起）、教授（1992年起）。现为北京大学中文系主任、博士生导师，兼香港中文大学中文系讲座教授，教育部"长江学者"特聘教授、北京大学20世纪中国文化研究中心主任、中国俗文学学会会长。曾在日本东京大学和京都大学、美国哥伦比亚大学、德国海德堡大学、英国伦敦大学、法国东方语言文化学院、美国哈佛大学以及香港中文大学、台湾大学从事研究或教学。

近年关注的课题包括20世纪中国文学、中国小说与中国散文、现代中国教育及学术、图像研究等。

陈平原先生和夫人夏晓红教授

　　曾被国家教委和国务院学位委员会评为"作出突出贡献的中国博士学位获得者"(1991);获全国高校第一、二、三届人文社会科学研究优秀著作奖(1995,1998,2003),第四届国家图书奖荣誉奖(集体,1999),第五届国家图书奖提名奖(集体,2001),北京市第九届哲学社会科学优秀成果奖一等奖(2006),首届全国比较文学优秀著作一等奖(1990),第一、二届王瑶学术奖优秀论文一等奖(2002、2006),第三届全国教育科学研究优秀成果奖二等奖(2006)等。先后出版《在东西方文化碰撞中》(1987)、《中国小说叙事模式的转变》(1988)、《二十世纪中国小说史》第一卷(1989)、《千古文人侠客梦——武侠小说类型研究》(1992)、《小说史:理论与实践》(1993)、《学者的人间情怀》(1995)、《中国现代学术之建立》(1998)、《老北大的故事》(1998)、《文学史的形成与建构》(1999)、《中国大学十讲》(2002)、《中国散文小说史》(2004)、《当代中国人文观察》(2004)、《从文人之文到学者之文——明清散文研究》(2004)、《触摸历史与进入五四》(2005)、《大学何为》(2006)、《北京记忆与记忆北京》(2008)、《千年文脉的接续与转化》(2008)、《左图右史与西学东渐——晚清画报研究》(2008)、《大学有精神》(2009)等著作三十多种。另外,出于学术民间化的追求,1991—2000年与友人合作主编人文集刊《学人》;2001年起主编学术集刊《现代中国》。(**康香阁**)

著名学者陈平原先生访谈录

康香阁

陈平原先生是我国当今最耀眼的著名学者,他知识渊博,思想深刻,其研究领域包括了 20 世纪中国文学、中国散文史、中国小说史、现代中国学术史、文学史/教育史/学术史、图像研究、都市研究等。他独辟蹊径,勇于探索,在他研究的每一个领域都有开创性的贡献,被誉为"开风气的人"。2006年 2 月 6 日下午,笔者就陈平原先生的研究思路、目前正在研究和近几年要研究的情况进行了采访,并邀请郑欣欣等四位教授、博士从专精学术、人间情怀、课堂讲授和从师印象四个不同角度撰写了研究论文,一同发表,以飨读者。

康香阁:您的学术研究领域非常的广阔,包括了 20 世纪中国文学、中国散文史、中国小说史、现代中国学术史、文学史/教育史/学术史、图像研究、都市研究等,而且在每一个领域您都有开创性的著作。许多读者对您的研究迷惑不解,不知道如何来表达您的研究。我想请您谈谈,从研究思路来讲,您的研究是呈辐射式的,还是呈并行式的。我说的辐射式的意思是说,您的研究是以现代文学研究为基点,根据研究的需要辐射到教育史、学术史、图像与文字、都市文化等领域,但它都是以现代文学研究为核心根据不同需要辐射到不同领域;我说的并行式是说,您研究过一个领域的后,根据时代或兴趣的需要,转向了另一个课题,去开辟一个新的领域。比如,20 世纪 80 年代,您主要从事纯文学研究,90 年代后您进入了学术史、教育史的领域,近年又深入到都市研究等领域,这些领域的开拓和原来的文学研究从分类上讲是并行独立的,它与现代文学研究不一定有关联。无论用辐射式表达也好,还是还是用并列式表达也好,这其中是否有一条主线或明或暗贯穿其中? 如果有,这条主线是什么?

陈先生:我明白你的意思。学生有时候也感觉困惑,希望我谈一下。我试着表述。

第一,我的研究,相对于其他学者来说,有一个不太一样的地方,那就是

"变"。为什么会变？很大原因是，我对"发凡起例"感兴趣。哪个东西应该怎么做，经过一段时间摸索，大致明白了。做出以后，好多时候，我就转移了。比如，我做完《中国小说叙事模式的转变》之后，很多人问我，为什么不照这个路子，接着做30年代的小说研究、做50年代的小说研究，或者再做一下明清小说研究。我说，如果那样做的话，就等于是在同一个工作范式中，不断重复自己，我不太愿意那样做。研究思路依旧，理论框架没变，再重新做，就等于只是资料的重新收集整理，意义不大。做学问，有的人能转到上一层，有的人则一辈子在一个平面上不断展开；也有扩大，但不是螺旋式上升，那不是理想的状态。

第二，跟现代中国文学的特点有关系。做现代文学的人，本身的学术训练，与古代研究不一样。比如说，对文献功夫的要求，不像做上古史的那么严格，加上它本身的纯粹的文学价值不是特别大，因此很容易走向文化史、思想史的研究。你看现在搞文学史研究的人，很多都是这样，比如谈鲁迅，似乎也是从审美开始，可一转就是社会批评，或是变成了人生哲学。现在研究文学的人，大都有这个特点，做下去、做深入，一不小心，往往会触类旁通，走到别的地方去了。这种趋势，利弊兼有。至于我自己，从来读书就是这么读过来的。我小的时候，碰上"文化大革命"，到乡下去插队，幸亏家里有大量的藏书，既然没有办法上学，那就自己读书。我们家里的那些藏书，是没有分类的，也没人给予指导，所以，我就乱翻乱读。直到现在，我读书的范围算是比较广的，经常越界。有人说，你怎么读到另外的领域去了，我说："是吗，我不知道。"我就是这么读过来的，很自然，别无深意。本来，传统中国读书人也是这个样子，不太受所谓的学科的拘束。没错，我本身是做文学研究的，做着做着，转到了教育；其实，我转到教育，有一个过渡，那就是文学教育。比如说，我有一篇经常被引用的文章——《新教育与新文学》，是讲从京师大学堂到北京大学的文学教育的演变。在我看来，五四文学革命的兴起，跟一代年轻人知识背景的变化大有关系；而这，很大程度是课程设计变了的结果。五四那一代大学生，他们所阅读的书本，所接受到的知识，和晚清的，或明代的以及宋代的都不一样，所以，他们的文学想象也和过去不一样。我从这个地方进去，考察那一代人的知识背景，也考察当时的课程设计。我做博士论文时，专门设了一章，谈这问题，写了大概两三万字，最后没有用，就是只在序言里面稍微提了一下。那一代人知识结构的变化，是个关键性的问题。《大学堂章程》改变了晚清以降读书人的文学想象——晚清以前是以文章源流为主，1903年颁布的《奏定大学堂章程》改为以文学史为中心。以文学史教学为主,培养出来的学生,主要功力不是写文章,而是关于文学的知识。从"历代文章源流"转为"文学史",这一课程的变化,以及文学史里面,包括古代、现代,当时叫近世文学,也包括欧洲文学。这些课程设计,奠定了那一代大学生的知识结构,也决定了他们日后走上文坛,将如何表现。所以,一开始我是从文学教育进来的。无论我从事何种课题的研究,你都会发现,在我研究的背后,还老是有以前做文学研究的底子。比如说,我会说"老北大的故事",讨论的不仅仅是制度,还有关于大学的"想象"。对一个大学历史的叙述,大家很可能说,答案很重要,可我会说,流传在口头的对这所大学的故事的叙述,也很重要。我虽然也做北大的历史,但跟他们历史系做的不太一样,就是以前我是文学的,这个底子决定了我的趣味与方向。我会敏感意识到,报刊上对于大学的叙述,以及流传在校园里的故事传说等,在大学史建构上的意义。在这个意义上说,你会发现,虽然我跳来跳去,好像在不同的领域里面做,但背后有一个学科本身的内在关联。其实,传统中国读书人,是不太理会什么学科边界的;而且,现在我们不也在说跨学科研究等等。大家回过头来,重新感觉到,我们所说的"现代"或者"现代性",其中一个重要标志,就是各专门"学科"的建立。我们还会在学科的轨道上继续往前走,但必须学会从知识考古学的角度,反省学科的建立,以及穿越学科边界来思考这个世界。

第三,还有一点,我希望学问做得好玩儿。比如说,我做那个《看图说书:小说绣像阅读札记》,是讲传统中国的绣像小说,包括图像与文字,一开始纯粹是为了个人兴趣,逐渐就深入了下去。就像我告诉你说的,做《触摸历史与进入五四》一样,是带进了我对学术史和教育史的一些思路和方法,但写作此书的契机,却是很个人性的东西。有人说,你不做现代文学了;我没说过不再做文学研究,转一圈,回过头来我还要做,但是回来以后再做,就跟以前做的不太一样了。

第四,你在大学教书,我一说,你可能很快就明白。我在北大教书,学生选我课的很多,这就有一个很现实的问题,假如学生从大学三四年级就开始听你的课,然后又考你的研究生,跟你念硕士,跟你念博士,你总不能七八年间就讲三两门课,那太单调了。实际上,我讲好多的课程,有一个基本思路,就是希望学生跟着我学的时候,不是学我过去的著述,而是正在形成中的知识,还有眼光和趣味。如果你跟我学,我只让你看我十年前的著作,你学出来后,离整个学术界已有一大截距离了。所以,我带学生,会让他们知道老师最近在做什么,这条路有多长,有多远,有多少发展空间,学生知道老师的思路以后，会自己选择，或者参加进入，或者反叛出来。将来你毕业的时候，博士论文一出来，才能给人耳目一新的感觉。必须让博士生尽快走到学术界的前沿，这样的话，你的学生才能有大的出息。如果不是这样，你培养一个博士生，让他（她）做你十年前的题目，那就失败了。我现在有几本书还没有写完，学生都知道，他们如果有兴趣的话，可以参加进来，跟老师开展劳动竞赛。这样的话，可以让我的学生比较早地进入学术界。我之所以会在好几个不同的领域进行研究，有时候是出于这种考虑。我同时做两三个甚至四五个题目，这一个开了一个头，暂时还没有做出更好的成果，但这是一个有价值的课题，学生们可以进来，如果学生做得好，我也许就不做了。

至于我的研究中，是否有一条主线贯穿其间，现在还无法准确表达。因为，我还在研究的路上，路还很长很长，再过十年二十年，我的学术定型了，那时，也许会用一个词或一句话把它串联起来。

康香阁：通过您的阐述，我想不仅使我，而且也会使许多关注您的读者明白了您的研究思想；同时，也使我感到在目前情况下，机械地用辐射式或并列式去表达您的研究是不准确的，或者说您研究领域本身就是交融在一起的，是难于分开的，因为您接受的是传统中国的思想，比如说文史哲不分家就是传统思想的一种表达，但我用一种截然分明的极端的提问方式还是有趣的，因为不同领域的读者希望从不同的角度得到回答。

现在请您谈谈目前正在做哪些研究工作，即将完成哪些著作呢？

陈平原：寒假期间，我在做几件事情，最主要的，便是完成三本新书的编辑整理工作。

今年要出版的第一本书，是交给三联书店的《当年游侠人》。书名是借用黄侃的诗句："今日穷途士，当年游侠人。"这书是谈晚清以降的文人学者，是如何把学问和人生结合在一起的，比如谈八指头陀，谈康有为，谈章太炎也谈胡适，一直谈到我有过直接交往的、前几年刚去世的金克木、程千帆先生等。"尚友古人"，也就是长期跟有道德有情趣的古人打交道，久而久之，不知不觉受他们影响，这是养成人生的一个很好的办法。

第二部书稿是给北大的，题目叫《大学何为》。大学是干什么的？大学能干什么？已做了些什么，还能做什么？其中分为三组。第一组是"大学记忆"，是讲大学的过去，我写过好多这一类的文章。比如谈论"书院与二十世纪中国教育"以及"清华国学院"等；第二组是"大学理念"，是我最近这些年写的，关于当代中国大学改革的文章，包括《我们需要什么样的大学》、《大学排名、大学精神与大学故事》、《大学精神与大学的功用》、《大学三问》等等；第三组是"我的大学",是讲我读大学,做博士论文,教书等经历,包括《我的"八十年代"》、《"好读书"与"求甚解"》、《博士论文只是一张入场券》等。这部书的"学术思路",是从历史记忆、文化阐释、精神建构以及社会实践等层面,对大学的体制进行反省。谈论"大学",是我近年的研究工作中很重要的一块。

第三部书稿是《学术随感录》,现在正在编辑,很快也会做完。大概在1988年的时候,我写过一批关于当代中国学术的短文,不知道你们注意了没有,后来学界谈当代中国的学术规范问题,都是从我那个地方说起的,比如,如何做学问,做学问的过程与方法,还有学术规范与学科体制,等等。我当时写的《关于"学术语法"》一文,被作为倡导学术规范的发轫之作,得到较多的关注。这部书稿共收一百多则短文,分为"学界观察"、"出版遐想"、"文学散步"和"书林漫话"四辑,以随感的"体式",记录了近二十年来我对于"中国学术"的思考。别的不敢说,借此关注现实人生,尽量贴近当代中国文化脉搏,认真思考学问与人生,如此而已。

康香阁:您即将出版的这三部书各自表现了一个主题,即《当年游侠人》是谈追忆学问人生的,《大学何为》是谈大学体制改革的,《学术随感录》是谈学术感悟的,每部书虽然有若干篇文章组成,但都有一条主线贯穿其中。我深信,多年后您一定会构建出自己完整宏大的学术体系。

完成这三部书稿后,下一步又要做哪些项目,能否介绍一下?

陈平原:现在我正在做,还没有完成,但都有了一定的眉目,三四年内可以完成的,大概是以下三个题目。

第一个题目是"都市想象"。这个项目正在做,还没有出来,估计还需要四五年的时间才能做完。与从社会科学、自然科学的角度谈论北京的著述不同,我关注的是对于都市北京的想象。传统中国的文人学者,习惯于按照山林与朝廷对峙的思路,来理解社会与人生,这样一来,对都市谈得很少。其实,谈汉赋不能不谈都市,谈唐诗也不能不谈大唐长安。我希望从文学、艺术以及学问的角度,围绕"都市想象与文化记忆"来做点研究。这是我的个人爱好,也会集合若干同道来做这个事情。包括你们邯郸,肯定也会有很多这方面的文献,可以做点专业研究。每个都市都有属于自己的历史、民俗、文化,通过"都市想象"来把握与描述,会很有趣。当然,这样的研究,不是一下子能够完成的,但我会着力推进。

第二,"图像与文字"研究。一个是左图右史的传统,一个是西学东渐的大潮,这是我著述的两大支柱。现在做出来的,主要是关于晚清画报的研究。过去的画报跟现在的不一样,过去的画报是在同一个画面上,或图旁有字,或以文字为主,然后配图。大概从 1880 年代到 1910 年代,这三十年里面,画报成为传授知识的一个很重要的载体。这些石印画报的趣味与趋向,跟 1920 年代以后的以照相为主的画报不一样,明显带有文人趣味,也讲一点笔墨情趣。举个例子,就拿画报中的"女学"来说吧,既有启蒙思潮的激荡,又有男性窥视的目光。"女学"在这些画报里面是如何呈现的,将走在大街上的女学生作为"一道流动的风景",蕴涵着某种性别歧视。还有,公众潜在的欲望,又是如何通过这些图文并茂的画报而被调动起来的,这绝不仅仅是艺术技巧的问题。做这个课题,最难的是资料收集。在当年,这些画报被认为是大众读物,图书馆很少收藏,《点石斋画报》名气很大,相对来说好一些,但也无法找到完整的原刊本。大量的晚清画报散落各地,比如我在美国的哥伦比亚大学图书馆,还有英国的牛津大学图书馆,都看到不少国内没有的晚清画报。外国人到中国来,他想要了解中国,于是就买了若干时鲜的大众读物带回去,后来捐给了图书馆。可这些东西散落在不同的地方,而且零零碎碎,不成系统。关于这方面的研究,我发表了不少单篇论文,好多人知道。

第三个题目是"现代中国的述学文体"。强调的是,晚清以降,西学东渐,我们不只接受西方的思想、科技、制度,我们也接受了西方的学术表达方式。现在,我们越来越意识到,文章的体式,包括语法修辞、标点符号,以及写文章要分段、引文要标明出处等,都深刻影响着我们的思考以及表达。举个例子,我们今天讨论问题,要写学术论文,最好还是首尾完整的专著。但传统中国的文人学者,更多的是用序跋,用笔记,用诗话,用评点来表述。过去我们认为,这不是学问;今天不会再这么看了,我们承认,这也是一种学问,只是学问的类型变了。还有,现在写论文,你肯定得引别人的东西,而且必须注明出处;传统中国不是这样的,也许会说"子曰",有时候连这都不用,一看你就应该知道这是哪部"经"里面的。他追求的是,我怎么去体会古人的思想,如何进入古人的世界,我能和古人融为一体,这是我的光荣。现代社会不是这样,现代社会希望你把自己的思想和古人的思想区分开,要保持独立思考,保护你的知识产权,说清楚哪些是古人说的,不要把孔子的和你的混在一起。可以说,这是两个完全不同的学术思路。如何"引经据典",牵涉到当代中国的学术独立问题,不是小事情。

探讨中国人的都市想象,关注图像和文字之间的张力,思考述学文体,是我目前所从事的主要课题。

(原载《邯郸学院学报》2006 年第 2 期)

鲜活的历史与有趣的学问

——读《触摸历史与进入五四》

颜　浩*

作为课题的"五四新文化",曾经是中国现代文学界的显学之一。在八十多年的漫长岁月中,那个特殊年代中出现的人和事,被一遍遍地从不同角度复述、分析、评点和阐释。但是,最近十来年,学界对"五四"的关注逐渐退潮,甚至有不少人认为,"五四"已经"人老珠黄",失去了昔日的魅力和荣光,如今引人注目的"新宠",是以前备受冷落的"晚清"。作为很早就将研究视角延伸到近代的专家,陈平原先生却没有继续引领风尚,而是有些出人意料地掉转矛头,在 2005 年 9 月推出了新作《触摸历史与进入五四》,并且断言"五四"研究虽然如今略显寂寞,其实"仍然蕴涵着无限生机"。[1]1在陈先生看来,只要是关注"现代中国"的学者,就必须直面"五四",参与到建构"五四"传统的行列中来。对于 20 世纪中国思想文化进程中的这一"关键时刻",可以"追怀与摹写",也可以"反省与批判",但不能允许的,是"漠视和刻意回避"。[1]31因为"五四"对于后来者,"既是历史,也是现实;既是学术,也是精神;既是潜心思索的对象,也是自我反省的镜子",是研究者操练思想和走向成熟的"最佳对话者"之一。[1]334

陈平原先生对"五四"的历史意义和研究方法的思考,其实由来已久。早在 1993 年,在北京大学中文系召开的"纪念五四学术研讨会"上,他就做了一篇题为《走出"五四"》的专题发言,指出"五四"除了作为历史事件本身的意义外,还是"20 世纪中国人更新传统、回应西方文化挑战的象征"。尽管从 1930 年代以来就有人不断呼吁"超越五四",但时至今日,"五四"仍然未被超越,"在思想文化的领域,我们今天仍生活在'五四'的余荫里"。[2]69要想真正地"超越五四",首先要做的就是"理解五四",理解那代人的"历史语境、政治立场、文化趣味以及学术思路"[1]3,否则只能是隔靴搔痒,缘木求鱼,

---

* 颜浩(1975—),女,湖南株洲人,中国传媒大学文学院副教授,北京大学文学博士。

不得其门而入。尽管已经过去了12年,这些论断在今日看来仍显现出光彩和锋芒。

陈平原先生认为,对于五四运动的纪念,大致有三种策略:其一,"发扬光大",由政治家们唱主角,着眼点是现实需求;其二,"诠释历史",这是学者们的立场,面向过去,注重抽象的学理;其三,"追忆往事",这属于广义的"文人",强调把玩细节、场景与心境。前两者的声名显然比个人化的"追忆"显赫,后者因为无关大局,所以始终处于边缘。而陈先生认为,如果我们要进入真实的"五四",必须不再将其仅仅视为"政治/文化符号",而应从当事人的角度,"轻松自如地进入历史",进而"体贴、拥抱'五四'"。只有如此,才能做到"让'五四'的图景在年轻人的头脑里变得'鲜活'起来"。[3]358

沿着"于文本中见历史,于细节处显精神"的思路,借纪念五四运动80周年的东风,陈先生在1999年再度出手,和夏晓虹先生共同主编了一本图文并茂的著作《触摸历史:五四人物与现代中国》。这一次,借助大量的"老照片",陈先生将视角转向了细节中的"五四",为该书确立了"不谈大道理,只做小文章"的基本规范。在具体的操作过程中,强调"回到现场",暂时搁置"伟大意义"、"精神实质"之类的论争,力图通过颇具现场感的精彩细节和画面,尽可能地复原那段令人神往的历史。最终的目的是"突破凝定的阐释框架,呈现纷纭复杂的'五四'场景,丰富甚至修正史家的某些想象"。[1]335在两位主编看来,这是"小打小闹",是"自居边缘",因此不必承担全面介绍评价的重任,"仅就兴趣所及,选取若干值得评说的人物与场面,随意挥洒笔墨"。[4]49因此在编排方式上,陈先生没有按照惯常的以时间为经、事件为纬的体例,而是选取了与五四运动关系密切的45位人物,将他们分为4组:"为人师表"介绍北大的师长;"横空出世"描绘不同政治倾向的活跃分子;"内外交困"关注政府官员的尴尬处境;"众声喧哗"评点社会贤达的介入和反应。这些人物将"五四"当做舞台和背景,共同展现了"错综复杂的社会图景,也照亮了中国此后将近一个世纪的道路"。[4]53这种"花开四朵"的新颖手法,显然蕴涵着编者对于那个特殊时代的通盘把握:"借考掘五四人物,理解百年中国。"至于哪些人物应该进入研究的视野,哪些可以放在一旁,陈平原先生坦言看重的是"个体的感觉"。[4]50众多当事人及旁观者的回忆录,自然能为回到历史深处提供绝好的线索。而以具体对象为中心,体贴理解历史人物,借助一切可能的手段"模拟现场",这原本就是陈先生一贯的研究策略。在本书中,陈先生表现出同样的严谨和执著,面对数量庞大且风光无限的"五四故事"和"回忆史",秉持着"既欣赏,又质疑"的严肃态度。[4]52在写作过程中，尽可能采取将回忆录和"当年的新闻报道以及档案资料相对照"的手法。[4]50而对于那些半真半假但又实在无法考证的细节，则尽量将其"并置"，既保留丰富的史料，同时也提醒读者，并非所有的"第一手资料"都可靠。

最能淋漓尽致体现编者这一基本理念的，是陈先生所撰总论部分的"五月四日那一天"，这也是《触摸历史与进入五四》第一章的主要部分。在令人眼花缭乱的众多资料中，他选择了刊登在1919年5月5日《晨报》上的文章《山东问题中之学生界行动》，作为主要的叙事线索，并辅之以自家的考辨与发挥。例如，他首先从看上去最无关紧要的天气和衣着入手，通过"天气渐热"和"学生大多身穿长袍"等细节，让读者身临其境地体察了当年游行者"受气东交民巷"时的心境，确实使人耳目一新。而谈及著名的"火烧赵家楼"，他则主要讨论了两个重要情节："一是何人冒险破窗，二是何以放火烧房"。[4]35对于前者，陈先生并未贸然相信流传的故事，而是对诸多的可能性进行了充分的论证，并坦然承认此事的真实情形已无法证实。至于后者，他则步步深入地梳理了当时混乱的场景，得出了"这把超出理性的无名之火影响了整个五四运动走向"的结论。[4]41这些有趣而精细的考证工作，从具体而微的角度，关注"瞬间"、"私人"与"感性"，确实达到了"穿越历史时空，重睹当年情景"的效果。[4]11

这本书出版之后，因其独特的视角和新颖的形式，得到了学界广泛的好评，在一些奖项上也有所斩获。海峡两岸的报刊或纷纷转载，或以整版的篇幅予以介绍。尤其是陈先生"借此触摸那段已经永远消逝的历史"的自我陈述，[4]351使得"触摸"一词不胫而走。一时之间，将图像和文字结合、从细节中发现真相的研究方法成为时尚。作为始作俑者，陈先生眼中的"触摸历史"，既是学术态度，也是研究方法，既可"借助细节，重建现场"，也可"借助文本，钩沉思想"，或者"借助个案，呈现进程"。讨论的对象，既包括"有形的游行、杂志、大学、诗文集"，也包括"无形的思想、文体、经典、文学场"。基于这一认识，在用文字和图像呈现出"众声喧哗"的"五四"大场面之后，陈先生又一次调整了研究手段，"选择新文化运动中几个重要的关节点，仔细推敲，步步为营"。[1]5陈先生坦承，这种"小题大做"的学术策略，受到了鲁迅以药·酒·女·佛谈论魏晋六朝文章的启示，而在史学观念上，则有钱钟书、金克木和陈寅恪三位前辈的影响。钱氏之"拒斥过分的体系化，注重真切感受"、金氏之看重学问的"通"与"边"、陈氏之强调"对于古人的同情与体贴"，我们都能从陈平原先生的论述过程中看到继承与发扬。

这依旧是对历史的"触摸"，依旧是借助细节和个案，但陈先生并未因此将一场生气淋漓的文化运动,拆解成"一地鸡毛"。首先,全书对"五四"的议论,都没有遗忘"晚清",这原本是作者一以贯之的学术立场。因为在陈先生看来,这两者是无法一刀切的,"正是这两代人的共谋和努力,完成了中国文化从古典到现代的转型"。[1]3 这一思考在陈先生另一部颇有分量的著作《中国现代学术之建立——以章太炎胡适之为中心》中,也有充分的论证。在研究对象的选择上,或者"五四",或者"晚清",他考虑的只是其多面和立体,其间并无偏好。只是因为这些年"晚清"热的上升,学界有将"五四"漫画化的倾向,陈先生的工作重点才转为"着力阐述五四的精神魅力及其复杂性"。[1]4 其次,虽说全书是将作者数年来的"所读所感,所考所论,做个小结",[1]380 写作的时间跨度较大,但将"宏大叙事"落实在"若干个案的辨析上"的宗旨是一致的。这些个案包括《新青年》中的文体对话、蔡元培的大学理念、章太炎的白话实验、北大的文学史教学,还有新诗的经典化进程等,全部都有作者鲜明的"自家面目"。书中的各个章节看似零散,分别由一场运动、一份杂志、一位校长、一册文章及一本诗集入手,其实从整体上去看,其讨论的中心,便是进入"五四"的三个重要角度:"政治的五四"、"思想的五四"和"文学的五四"。[1]335 正如陈先生所言:"在这些有趣的人物和故事的背后,有着作者潜藏的理论意识"。[1]7

这种细致而严谨的写作方法,不仅需要对史料的爬梳整理、对文本的细心体会,而且需要调动研究者"自家的生活体验与想象力"。[1]336 或许在不少人看来,这是一个艰苦寂寞的过程,但陈先生却将其当成了愉快的"艺术享受",寻找的惊喜与发现的快感,在字句篇章中隐约可见。将学问尽量做得好玩有趣,这是陈先生一贯的追求。要实现这个目标,其实并非易事。不仅需要深厚的学术素养做基础,在行文风格上也要有所调整。看似简单的随意挥洒,其实才情、眼光、趣味和文笔,缺一不可。

本书中的部分文章,看上去很有些独特,既不是严格意义上的论文,也不是纯粹的随笔,用陈先生自己的话说,此乃介于二者之间、兼及"文"与"学"的"第三套笔墨"。第六章《写在"新文化"边上》收录了四篇考证文,无论是在海外"艳遇"傅斯年批注本《国故论衡》和老北大讲义,还是观摩把玩私人珍藏的梁启超手稿,其内容都是关于"旧纸堆里的新发现,都部分颠覆或修正了我们原先的文学史/文学史想象"。[1]265 也许因为这些文字大多成形于作者"在伦敦大学亚非学院图书馆和法兰西学院汉学研究所图书馆优哉游哉地翻书"期间,[1]383 所以这些"琐琐碎碎"的考辨,采用的是"轻轻松松"的笔墨。表面上看起来诙谐风趣,但压在纸背下的,还是作者的"学术史

眼光以及现实关怀".[1]265

借品评章太炎的机会,陈先生阐述了对于理想的学术文章的看法:"不喜欢以夸夸其谈的文学笔调瞒天过海,铺排需要严格推论的学术课题;但同样讨厌或干巴枯瘦、或枝蔓横生、或生造词语、或故作深沉的论学文字。"[1]159或许学者们笔下的最佳状态,就是既保持学术论文的严谨与规范,也不拒绝将文字经营得风趣漂亮、富于美感。在具体操作手段上,精研小说史的陈平原先生为我们提供了范例:不妨引进一些小说的写法:层层剥笋、步步为营、草蛇灰线、伏脉千里。当然,此处关注的并不是小说的虚构和幻设,而是技巧与手法。盘根究底的学术论证,和层层推进的小说叙事之间,不难找出相似之处。陈先生本人的写作实践足可证明,论文并不总是板着面孔、拒人千里,同样也能精彩纷呈,引人入胜。

1990 年代初,陈平原先生创办《学人》时,倡导的是"学术规范";十年后主编《现代中国》,他更关注的是"有情怀的专业研究"。[5]287之所以会有如此变化,来自于陈先生对自己和整个学术界的认识和反省:"越来越精细的学科分野、越来越严格的操作规则、越来越艰涩的学术语言,在推进具体的学术命题的同时,会逐渐剥离研究者与现实生活的血肉联系。"而对于人文学科的研究者而言,单纯的技术操作并不是最关键的,生活背景、情感体验、艺术想象和个人性情,才是学术研究必不可少的部分。"说出来的,属于公众;压在纸背的,更具个人色彩",[5]288惟其如此,方能真正实现"不着一字,尽得风流"。本书中那些挥洒自如的"第三套笔墨"在告诉我们,尽可能地将学问做得轻松有趣,也是"学者的人间情怀"的一种表现。

参考文献

[1]陈平原:《触摸历史与进入五四》,北京大学出版社 2005 年版。

[2]陈平原:《学者的人间情怀》,珠海出版社 1995 年版。

[3]陈平原:《北大精神及其他》,上海文艺出版社 2000 年版。

[4]陈平原、夏晓虹:《触摸历史:五四人物与现代中国》,广州出版社 1999年版。

[5]陈平原:《现代中国》第 1 辑,湖北教育出版社 2001 年版。

(原载《邯郸学院学报》2006 年第 2 期)

当局者的敏锐与旁观者的智慧

——读《当代中国人文观察》

叶 隽[*]

虽然自称对晚清的思想文化最感兴趣,但对当代状况并非是"两耳不闻窗外事,一心只读圣贤书",其实"大学者一般都不会将视野封闭在讲台或书斋,也不可能没有独立的政治见解,差别在于发为文章抑或压在纸背",[1]15 这又何尝不可看做是陈平原先生的夫子自道。

《陈平原自选集》中曾有两篇文章让我印象深刻,一为《近百年中国精英文化的失落》,一为《当代中国人文学者的命运及其选择》,乃是直接论及包括自身在内的当代学者的使命及可能,让我在相貌谨严的学者面相之外,对陈氏的"人间情怀"说有了更深切的体会。这两篇文章正是此部《当代中国人文观察》的开篇作,从 1994—2004 年的 10 年时间里,陈氏择文 10 篇,内容均关乎当代中国文化走向的根本问题,值得细加探究。这些年来,对于关涉根本的元命题,也曾略有思索,没想到在此处竟然有碰撞生发的感觉。可以列举的,如"文言与白话"、"小说与电影"、"传媒与学术"、"网络与传统"、"思想与民族"、"精英与大众"。没想到,此书皆有论列,而且有的命题,譬如小说(这当然是陈氏的本色当行),竟有多篇论及,且与通常的学术研究不一样,那要讲究材料论证、烘云托月、承转起合、步步为营,可这里的文章多半属于演讲稿性质,可以直抒胸臆,乃至直言无忌、直奔主题,将"思想的深刻"与"性灵的冲达"表现的淋漓尽致。这样的文章,真可以别开生面。让人大有见"同学少年,风华正茂"、"指点江山,激扬文字"的感觉。

还是以小说为例,陈氏当初一句判断,认为 21 世纪作为文类的小说将退居边缘,而诗文则有可能重返中心,引来"无数英雄上擂台",评论家、作家、学者等纷纷发言,成为世纪初文学之争的一道亮丽风景。这一判断,即使就

---

[*] 叶隽(1973—),男,安徽桐城人,中国社会科学院外国文学研究所副研究员,北京大学文学博士。

我个人的观点来说，也不太同意。在我看来，文学关乎国民精神，尤以小说为甚。在20世纪备感机械化与现代化压迫的人性之灵，很可能非常需要精神的解决之道。问题在于，我们的"国民精神建构者"——文学家（尤其是小说家），是否能创造出合乎时代需要的"精神产品"？首先是小说。新时代的挑战，其实更为严峻，李鸿章曾谓晚清遭遇的是"三千年未有之大变局"，以今日观之，这个变局一直在持续之中，而20世纪中科技的迅猛发展，则更为之做出诸多注脚。在我看来，电视的崛起，网络的出现，值得特别关注；这两者恰恰与传统的两大传播方式，报刊的印行，书籍的出版，形成了一种相峙的张力。然而，不管是这居于现代社会核心的四大传播载体，还是其他方式诸如广播、电影等，作为文类的小说，仍很可能占据值得认真对待的"主流话语"。

买书的人少了，上网的人多了。但看电视、读报刊，仍是现代人生活中不可或缺之事。而不要忘记，无论是电视、网络还是报刊，它们也同样是小说的重要载体。大众所津津乐道的电视连续剧，有几部不是改编自畅销小说呢？为了省钱而不得不劳累在电脑屏幕前的眼睛，其实很多是在阅读网上的小说电子本。倒是报刊，陈先生说得很对，相对比较前辈而言，确实是没有树立起自己的风格，尤其是报纸副刊的愁云惨淡，真是半点风骨未存。要知道，影响大众的方式，往往正在这些看似下里巴人的日报周刊，因为与阳春白雪的知识界行报或专业刊物不同，这里才是大众对话的平台，民众了解社会的窗口。如何搭建知识精英与大众趣味的对话交流阵地，真的值得一般报刊大做文章。

任何一个时代的发展，都不可能脱离时代精神与国民精神的构建而"踽踽独行"，当代中国的建设不慢，经济发展尤颇迅速，但独力难远行。"国民精神"的重建迟早必须提上议事日程。但一般来说，像搞运动那样的"一蹴而就"，不太可能；倒是经由公共舆论空间"众说纷纭"之后的"水到渠成"，显得更为可取。如此，则公共空间中的舆论导向与经营模式，就变得至为关键。但无论此间如何变化腾挪，有一点我坚信不疑，无论是"时代精神"还是"国民精神"，其最为深刻与优美者，仍将表现于本时代的文学之中，在19世纪以降的中国，我相信，小说应始终处于中心位置。不能因为时代精品的贫乏，而对这一根本原则有所疑问。其实，在本书中关于小说的论述与思考也同样居于主流位置。且不说《怀念"小说的世纪"》、《武侠小说与功夫电影》、《"通俗小说"在中国》等题目直接与小说相关，而其中透露出的对大众趣味的关心，更是别有深意。

原理与事实有时不一定就成正比。与当代中国人极为丰富多彩的生活面相比较而言，能反映这一大变动历史时代的"大气小说"，实在是凤毛麟角。而文学，本应是走在时代最前列的"感声筒"。在 18,—19 世纪德国国民精神的构建过程中，文学扮演了极为重要的角色。一般我们都会称道德国古典哲学是马克思主义的重要来源，亦是西方文明史上的辉煌时代，但如果没有德国古典文学的辉煌灿烂，前两者同样不可想象，彼此间是相互生发的关系，不存在非此即彼的可能。他们的特点，在我看来，是"超出潮流之外，立定现实之中"，也就是说，不应为时代所流行的所谓潮流而轻易左右，所以歌德会在狂飙突进的时候悄无声息地走了，去魏玛开始了他的官宦生涯；席勒也会戛然止笔，到耶拿去当他的历史学副教授去了。然而，正是经过了这样自我心灵的"凤凰涅槃"，才沉淀出他们日后光照万世的"魏玛时代"。在理想坚守之外，还要体验社会，在激情澎湃之后，必须进行理性反省。只有不人云亦云、东施效颦，才能走出自己的路来。未来二十年的中国，必将是历史上波澜壮阔的大时代，未来的"小说中国"，也应当能担负起与这时代精神相称的"文学之声"。

陈氏对于小说的判断，集中在以下这段话："在'新世纪'，小说如何调整自己的姿态，寻找重新崛起的契机，是文学史、也是思想史的重大话题，非三言两语所能轻易打发。至今我仍在思考，还没有成熟的答案。但有一点我敢肯定，中国小说目前的'外强中干'（品种多而销量少，足证其面临巨大的信任危机），不是一个单纯的技巧问题，牵涉到外在环境的变迁以及读者趣味的转移。至于作家的创作心态——而不是能力，更是令人担忧。"[2]239 这段话相当集中地表现出作者的"总结历史、忧思未来"的思路，这其实涉及到当代中国小说"不死不活"的症结所在，其中既不乏那种对问题直觉性的敏锐判断，也展现出对问题出路可能的智慧洞达——作品的问题不在技巧，而在作家心态。我再补一句，在与时代的互动及"自我的立定"。另一个相关的问题，是语言，这个问题是五四留下的遗产，既有"好家当"，也有"后遗症"。我总认为，当代小说面临的一个致命的内在难题，是语言的难以逾越。德国古典那代人，最成功地就是通过文学的创造构建出了"德意志语言"；而在我看来，五四那代人因为过于躁急的"纠枉过正"心理，极端地"扬白话"而"抑文言"，没有能解决这个问题。虽然蔡元培毫无疑义是胡适等人的支持者，但他的立场仍与这些"新进"有所区别。所以，他一方面说："我敢断定白话派一定占优胜。"但仍留了一个尾巴："但文言是否绝对的被排斥，尚是一个问题。"这既显出那代人对"文言"的情结，同时也表现出他们的判断力。

蔡氏的想法，是将"应用文体"与"文学文体"分道而行。后者，他用"美术文"的概念表示，认为其中"或者有一部分仍用文言"。可惜的是，蔡氏并未刻意强调这一观点，而新文化人似乎也未能注意到蔡氏的意见，毕竟，连蔡氏自己都认为："至于文言的美术文，应作为随意科，就不必人人都学了。"①白话文之一统天下，在某种意义上也决定了至今为止的汉语格局。当初的开天辟地、创立新境界，自然有"纠枉过正"的必要，将孔孟儒家打倒在地，将文言一概视作"封建余孽"，都有其历史原因，但如果时至今日，我们仍沿用那样的思维，那就不仅是过分，甚或是可怕的了。因为，国文者，即文章之道也，所谓"文章者，经国之大业，不朽之盛事"，或许有些言过其实，但就本质而言，说文章关乎经世，国文关乎国运，委实不虚。陈先生为此而专论《当代中国的文言与白话》，足见其学术思想的敏锐度，但他的观点似乎取折中之态，一方面承认"白话的一统天下必须打破"，另一方面却又拒绝文言过分占优，归总言之，还是将其纳入历史的脉络："不管是历史上还是现实中，白话与文言一直在相互吸纳，其边界有时显得很模糊。以是否'通俗易懂'来断文白，其实行不通——在现实语境中，既有脱口而出的文言，也有佶屈聱牙的白话。将'文白之争'放在汉语的千年文脉中来解读，'你生我死'不占主流地位，更多的时候是'此起彼伏'。不说大的文化思潮，单就具体作家论，不同时代不同流派的作家面对不同的拟想读者、使用不同文类进行创作时，其调适文言与白话的功夫，觉得了作品的基本趣味。"最后亮出自家观点："相对来说，我更欣赏周作人的思路：'混合散文的朴实与骈文的华美'，并借杂糅口语、欧化语、古文、方言等，以造成'有雅致的俗语文来'。"[1]145—146 这一判断，在理论上颇为让人神往，但具体落实，恐怕还需要一个"不断实践"的过程，就是周作人的文章，在我看来，理论与实际差距仍然颇大。对于现代中国的建设进程来说，以超越五四为目标的"汉语重构"无疑是一个极为重要的命题，这既关系到前述的"小说中国"的可能，亦同样很可能兼及"国民精神"的构建与"时代精神"的阐发。但两者在实际进程中，很可能又是相辅相成、互相生发的。这且按下不论。

　　总体而言，陈氏此册文字，论述当代中国文化问题，落笔处小，关涉者大。而其思辨之精微、关怀之幽远、点题之敏锐、见解之智慧，都值得关注未来中国建设之进程者，细加体味推敲。而之所以能这样从容与智慧，在我看

---

　　① 《国文之将来——在北京女子高等师范学校演说词》(1919 年 11 月 17 日)，原载《北京大学日刊》1919 年 11 月 19 日，收入《蔡元培全集》第 3 卷，第 731—733 页。

来,与作为学者的陈氏能够"出入其中"大有关联。所谓"出入其中",乃是指作为 1980 年代以来中国现代学术场域里身影矫健、影响颇广的学人,说他乃当代中国人文学术场域里的当局者(Insider),自不为过。但通观全书,作者所表现出的那样一种冷静的、理性的审思态度,却又很难让人感觉到此乃"个中人"的夫子自道。这是因了作者有自觉的"旁观者"(Outsider)的思路,希望能以"局外人"的身份来从容评判。下棋时的感觉,可能恰可印照此点,往往是"当局者迷,旁观者清",实际上各有各的好处,不可一概而论。能做到融通其间,而出入自如的,真不多见。作者在自序中已预先表明:"本书的论述'鲜活'有余而'深邃'不足。"[2]2 倒也是一个好方法,此书本乃"业余客串"之作,不必作学术专著看,观其思想如珠、晶莹流淌,真是一种享受;当然,即便站在学术立场上,也颇有可钩稽发挥之处,譬如可以参照以"文化研究"视角对当代中国文化探讨的学者之作,如对 1990 年代的文化现象进行的学术研究。① 能如此,则颇可相得益彰,陈著虽非严谨的学术论文,但其中表现出思想灵性的蛛丝马迹,或许更值得有心人细心品味。因为,作为典型的学院中人,以"现代中国"为治学对象的陈氏不太多在大众媒体(这个概念不同于文化媒体)上抛头露面,即发言的对象除了学术界之外,最多即止于文化界、知识界。但这 10 篇文章,却都是与当代中国文化相关的论述,虽也一本正经地按照学术注释与论文模式,但其走笔轻松、思考明白,对于大众来说,接受并不太难。大学者写小文章,一直是一种经典的阐述,但由于学术文化体制的诸多约束,真正做到这一点的,还是太少。从这个意义上来说,以演讲稿为主体,以对当代文化问题探讨为中心的此书撰作,或许为现代中国的"述学文体"与"大众接受",提供了又一种新的"范式可能"。

参考文献

[1]陈平原:《中国现代学术之建立》,北京大学出版社 1998 年版。
[2]陈平原:《当代中国人文观察》,人民文学出版社 2004 年版。

(原载《邯郸学院学报》2006 年第 2 期)

---

① 参见戴锦华:《隐形书写——90 年代中国文化研究》,江苏人民出版社 1999 年版;王岳川:《中国镜像——90 年代文化研究》,中央编译出版社 2001 年版。

从文人与文事到文心与文脉

郑 勇[*]

关注陈平原近年来研究路向的人，尽管对其从小说史、文学史到学术史，进而兼及大学教育和图像研究的跳跃式不断转向有所适应，但可能依然对这本列入三联讲坛的《从文人之文到学者之文——明清散文研究》感到不解：这次选择的研究领域和问题意识似乎和此前的移步换形又有不同——此前无论怎样闪转腾挪，仍大致聚焦于 20 世纪这一时段，但这次却前推至明清两代，跨度之大，不知会不会被古代文学专业的学者视为"越界言事"——虽然现代文学博士出身的陈平原早已走出现代文学，打通近代、现代、当代这些专业学科之间人为设置的时段概念的藩篱。

不过，如果联系五四新文化运动期间陈独秀猛力挞伐古文"十八妖魔"的一段历史公案，则不难理解陈平原这一研究的背后理路。这在本书的"开场白"和"后记"中，有着较为明晰的"夫子自道"。与钱玄同不遗余力地攻击"选学妖孽"、"桐城谬种"相呼应，陈独秀向前后七子及八家文派的归（有光）、方（苞）、刘（大櫆）、姚（鼐）这"十八妖魔"宣战，目的乃是为"白话文运动"张目，属于"文学革命"情势下的偏激策略。因此，基于"古文"该死、"白话"当活的信念，把"十八妖孽"的文章说得一无是处，这可以理解；但事过境迁，在"白话"早已一统天下的今天，回过头来用理性的眼光重新打量被乱棍打压得抬不起头来的"古文"，一方面努力描述呈现其历史面目状态，一方面以"理解之同情"态度重新分析其功过是非，则是后人应尽的承担。这应该视为另一种矫枉过正，而不应看做是翻案文章：用正在做这项工作的陈平原的话说，是"为五四新文化运动'打扫战场'，呈现当初情急之余，被当做脏水泼掉的'明清之文'的另一侧面"。[1]265

由此可以理解陈先生这本书最初命名为《明清散文十八家》的用意，"十

---

* 郑勇（1969—），男，安徽淮北人，生活·读书·新知三联书店副编审，北京大学文学硕士。

八"这一看似偶然巧合的数字，背后其实隐含着这样一种理路，在拂去历史尘烟与明清文章及其作者进行对话的同时，还有着与五四新文化运动一代人的潜对话。在这样的坐标系中，作者的工作也是双重向度的：一面是呈现与还原，一面是辩诬与去蔽。尽管课堂讲录中的"十八家"在整理成书时，缩减到李贽、陈继儒、袁宏道、张岱、黄宗羲、顾炎武、全祖望、姚鼐、汪中九家，归有光、徐弘祖、刘侗、王思任、傅山、李渔、袁枚、龚自珍、章学诚等同样重要的九家却因技术原因未能转化成文字，但三百年间明清散文发展的基本面目和转型的大致脉络还是较为完整地呈现出来。

呈现明清散文发展的"大致脉络"，也就是以历史眼光勾勒出三百年间的"文脉"，这体现了这本专著——准确地说，应该是这门课——的文学史性质，即如正题"从文人之文到学者之文"所揭示的。在作者看来，自周作人、林语堂始，直到当下诸多论者，仍颇为推崇的晚明小品——其中又以张岱和"公安"、"竟陵"等为荦荦大端——"乃典型的'文人之文'，独抒性灵，轻巧而倩丽"；而不太被看好、其实也少为人知的清代文章，"则大都属于'学者之文'，注重典制，朴实但大气"。[1]5

由于从周作人、林语堂等"性灵派"现代作家的鼓吹张目，晚明小品形如"秦淮八艳"之艳帜高扬，舍此之外的诸家，却如良家妇女、大家闺秀，反而声名消歇，一如清初遗民三大家之隐逸，或隐于山林，或隐于文史，或隐于浪游。于是，在五四以后的近百年间，张扬前一派的同时，无疑也遮蔽了其他各派的声色光华。以至清代文章，除了桐城派及其"义理、考据、辞章"的主张之外，世人所知甚少。即使谈论顾（炎武）、黄（宗羲）、全（祖望）等大家，也多是从学术史、文化史的角度和框架来说，对其文章却大多语焉不详。在这种历史现状下看陈平原对顾、黄、全的钩沉阐幽，乃至大力揄揶，便有了发现的意义——不是颠覆众说，故作翻案文章，而是类于考古挖掘工作的去蔽彰隐，目的在于使陷落时间深处的历史遗存重见天日。因此，本书中清初三大家的专章，读来便觉意义非同寻常。黄宗羲"古今来不必文人始有至文"的论断和"元气淋漓"而又"气象阔大"的散文风貌；顾炎武"能文而不为文人，能讲而不为讲师"的人生定位和"文须有益于天下"的立意；全祖望融史学、气节、文章于一身，文章面目"芜杂"却"大气"……这些筋骨脉络的呈现，确实使我们有耳目一新之感。

这样的描述性结论固然简明扼要；值得重视的是，作者在勾勒这一走向脉络时，乃是以大量的社会生活和历史文化材料为依据，也就是说，在散文这一气候的背后，隐藏着文学、思潮、生活、社会这些渐次放大的大环境的影响和制约,作者令人信服地揭示了这一时段散文发展的外部环境生态,而不是把散文剥离出来,当做样本孤立地考察。即如近百年间谈论较多的晚明小品,在陈平原的研究视野里,一方面梳理出苏东坡在明人欣赏趣味从"高文大册"转变到"小文小说"过程中的关键影响,一方面出版业繁荣和商业发展角度,解读"文人与书商的结合"对明代文学转向的作用、山人文学盛行与商业社会背景的彼此慰藉关系。[2]158—160这种由现象而及深层规律开掘的探讨,其意义也可以等视为前述的"去蔽"与"还原"。

这是作者从"明清散文"往外看,与此同时,作者的研究呈现出来的另外一面,同样值得注意的是"向里看",即作者对散文的内视与对具体作品的细腻解读,对"文心"的独到发现和把握,比如全祖望的"大气与芜杂",又比如陈继儒的"热肠与幽韵"。正是有了这些坚实的散点支撑,连接这些"文心"的"文脉"才有证而可信,不至于像踪迹缥缈难寻的"见首不见尾"的神龙。这涉及到作者的文学教育观念和教学实践两个层面的思考和选择。有感于"喜欢高屋建瓴,指点江山,而不习惯含英咀华,以小见大。重理论阐发而轻个人体会,重历史描述而轻文本分析"[1]2这一中国文学教育的流弊及近年来中文系学生的通病,陈平原格外强调"读书时的个人体味、研究中的问题意识、写作中的述学文体"[1]2,表现在本书中,便是由作品出发,经由对大量散文的精细品味、析读、判断与比较这一过程,步步为营,最后抵达文学史的描述性结论,这样推演出的"文心"、勾勒出的"文脉",才显得坚实而稳妥。所以,我以为阅读这本书,最好把作者编选的《中国散文选》和专著《中国散文小说史》(前身原为《中华文化通志·散文小说志》)分置左右,随时参证对照,方可得其真趣。前者是更显感性的作品,可细读明清部分;后者是更见理性的史述,可参看第五章"八股时代与晚明小品"、第六章"桐城义法与学者之文"。本书夹处其间,刚好组成这一课题的三部曲结构。

作者在本书中锁定的研究范围何以界定在明清两代:既不是更宽泛的通史性质的中国散文,也不是断代性质的明代或清代散文?我揣测,其内在思路不只限于前面提到的针对五四一代人划定的"十八妖魔"范围的对话,还应该有这样一层考虑:明代和清代散文,正是在互相打量和对比中,彰显各自面目和特点。具体来说,明人文章的"文人"路数,一变而为清人文章的"学者"气息,其间起承转合的发展脉络固然重要,而彼此互为镜像的映照和反衬,却更能清晰地"表现自我"。

在研究范式上,本书采取了"内部研究"与"外部研究"相互支持的方法,也就是说,既有从"文心"到"文脉"这一条文学史线索,又有从"文人"到"文事"这一条文本外部的社会线索。当然,这两条线索并非平行发展,而是纠缠互动为一体,所以我们看到书中每一讲的副标题都是某某的"为人与为文",这种个案研究吸纳了作家研究和传记研究的特长,也可以说是"知人论世"的路数,但不同的是,作者无意于生平概述,而是选择对形成其独特"文心"的典型"文事",在"为人"与"为文"之间往返,内外互为援证与诠释。举例而言,在作者看来,李贽其人的"才高气豪"正与其文的"放胆为文"互为表里和因果。在分析山人文学代表的陈继儒时,作者引入文人生计这一社会问题,把"妆点山林大架子,附庸风雅小名家"的著述为文特点与"形同商贾"的编书生涯、"翩然一只云间鹤,飞来飞去宰相衙"的生活方式关联起来讨论,[1]38—44进而揭示出晚明小品文盛行背后的社会因素。

最后应该提到,与书斋著述不同,这本基于课堂录音整理出的书稿,虽然没有了句式不完整或重复、磕绊等口语习见之病,但还是最大限度地保留了口语色彩,同时保留了现场穿插、抚古思今式即席发挥和记录学生反应的现场氛围,让我们因此有了一次如身临其讲坛、如聆其面谈的机缘。黄宗羲曾有言:"古今来不必文人始有至文。"这句话也可以延伸到当代。读书界经常提到陈平原的"两副笔墨",即一手经营学术专著,一手挥洒随笔小品,而两手都博得喝彩,就本书而言,作者的两副笔墨因为讲坛实录这种成书体例,"二美具"得到难得的呈现。时有会心微笑的快意阅读,因之不再是惯常面对学术著作时那样的对自己耐心的考验。

所以,我最后要说的是,如果我的这些缠夹不清的评点早已让你昏昏欲睡的话,我除了要向作者道歉以外,还要建议你最好去听作者课堂上的精彩发挥。陈先生针对具体对象的夹叙夹议,既可见出沉潜把玩古人作品时的灵气与悟性,又能看到尚友古人时的机智和精敏。"三联讲坛"秉持的课堂实录精神则最大限度地再现了那种原汁原味的现场效果。因此,读这本"讲坛",或许多少可以弥补我辈无缘北大教室,听讲陈先生这门已开设了三轮的选修课的遗憾。

参考文献

[1]陈平原:《从文人之文到学者之文——明清散文研究(三联讲坛)》,生活·读书·新知三联书店 2004 年版。

[2]陈平原:《中国散文小说史》,上海人民出版社 2004 年版。

(原载《邯郸学院学报》2006 年第 2 期)

陈平原老师印象

郑欣欣*

我于 2003 年 9 月至 2004 年 6 月在北京大学跟陈平原老师访学一年,期间虽与陈老师交谈不多,但好在有他写的书可供随时阅读,得以见识一点"庐山真面"。一直对陈老师既敬畏,又欣赏,值此学报"专访"之际,写出我的印象。

妙手为文——能文辞但不以文辞为高

知道陈平原老师,是从读他的文章开始。之所以对其文章感兴趣,在我又首先是因为那既赏心又悦目的上乘文辞。记得是 1988 年底在邯郸书店里买到一本《二十世纪中国文学三人谈》,这是一本日后对中国现代文学研究格局产生重大影响的小书。其时"二十世纪文学"命题已很走红,可最吸引我的既不是文中对这一命题的理论表述,也不是三人那神采飞扬的学术聊天,而是开卷便入目的"写在前面"。文中对中国古代文人"清谈"的描绘,对"努力争取一个被在较高的层次上误解的权利"的正反阐述等,都让我恍悟:话原来可以这样说,领略了文字可以有如此魅力。

当然,这可能是对陈老师最表象的认识,因为,辞采文章的背后还有学识、有修养,可毕竟这才情太让人易于感受了。进修时,在北大的课堂上,不止听到一个老师讲起过陈老师投文拜师时王瑶先生的"才气横溢"的评语,而且老师们也津津乐道。

对陈老师这样的学者,只看好其辞采文章,似乎有点不得要领。但我问过一些人,发现因激赏某学者的文采而去拜读其一系列著作者大有人在。此种追慕,是学问传播的重要因素,也是学者能广为人知的重要途径。而对"文非学不立,学非文不行",陈老师深得个中三昧,所以他说:"有学问,而又

---

* 郑欣欣(1956—),女,山东东平人,邯郸学院中文系教授。

善于表述,方能成就一番事业"。[1]3他极懂得文章的经营之道,其态度是虽不主张"以文代学",但却非常欣赏"学中有文",[2]69而且从不本末倒置——他的文章在流畅清新的文辞背后是以学识深厚为根基的。

陈老师主张"政学分途",因此他下笔为文有两副笔墨:一是专业著述,一是散文随笔。前者那些属于"正襟危坐"而写就的学术论文,虽严守学问的界限可读来并不枯燥无味。陈老师认为"学术著作并非'观点'加'材料',同样必须讲究'修辞'"。[3]396他所治之学本就新旧杂陈,中西合璧,高明之处便是能把"明白如话的自家论述"、"佶屈聱牙的古人文章"、"还有作为参照系的曲里拐弯的欧化语"协调在一起,容纳于合适的文体中,特具一种清新的气象,这本身便是功力的体现。

相比那些严谨的学术文章,我想陈老师的第二副笔墨——散文随笔可能拥有更多的读者。这些借以"调节心境和文气"的小品,是作者在述学之余给自己所留的品味人生的"一扇窗口"。[4]2话题不拘一格,文体也不拘一格,记师友,忆故人,谈读书,"散淡而有文化意蕴"、"篇幅短小且注重个人品味"。[4]2直面当代中国时,更是"有洞见,不媚俗,能裁断",[5]2而行文则平正通达。这些散文随笔更显作者才情,有时候光是看看目录就挺过瘾:"永远的高考作文"、"徜徉乎书库之间"、"王瑶先生的烟斗和酒杯"、"学者的人间情怀"、"小扣大鸣与莫逆于心"、"众声喧哗与想象中国"、"历史需要细节,但不等于只是细节"、"哪个'东方'? 谁在'崛起'?"……

陈老师的"书前书后"也别具一格,他每出版一书必定自己写"序"和"跋"。在作者是"除交代写作背景外,更往往表达人生感慨与学术追求",在读者则可借此了解一个"现代读书人的胸襟与心路历程"。[4]3在陈老师笔下,无论经营哪种笔墨,都"出手大方且精彩"。真正是著述之文亦潇洒,文人之文不乏见识。

大家气象——有专业但不为专业所限

去进修之前,对于作为学者的陈老师,在我心里其面目曾经十分模糊,一是因为我的阅读范围太小,2003年之前又不会上网,二是因为陈老师那"自我陌生化的研究策略",让人难望其项背。总之,那时我真的不知道陈老师都做了什么。及至到北大后,第一次进图书馆在电子查询机上打出"陈平原"三字时,结果一下子出来几十个书目,我都看傻了。北大一年,"阅读陈平原"成为我的功课之一,而且受益极大。限于我的学识,虽然此种阅读只能"心领"而很难"神会",但毕竟见识了学者的大家风采。

陈老师善开学术风气,研究课题一直在变。在当今社会分工趋细,人文研究也越来越专门的时候,陈老师出经入史,不断"越界",而且凡他涉足的领域都身手不凡。治小说史,有《中国小说叙事模式的转变》、《二十世纪中国小说史》第一卷,《千古文人侠客梦》;值风头正健时,陈老师又转而去做学术史研究,以《中国现代学术之建立——以章太炎、胡适为中心》开拓出一片新的研究空间;与此同时,兼治教育史——大学史,于是又有《老北大的故事》、《北大精神及其他》、《中国大学十讲》,前两本虽不属学术专著,而被陈老师称为"第三种笔墨",却能让我们借以了解"过去的大学",窥见"教授当年"。此外他的学术兴趣还有 20 世纪中国文学、在图像与文字之间等。对此治学过程中的"跳跃",陈老师自己是这样解释的:"一方面是自觉学术尚未成熟,总想多试几套拳路几种枪法,不愿就此摆摊卖药,另一方面也因天性好强,老跟自己过不去,总觉还能往前挪半步,不想就此打住。""一旦我自觉已经征服某一课题时,很可能就会中断思路,另起炉灶,或者干脆悄然引退。"[6]1172此种表白显示的是作为学术大家的胆识和自信,于是在陈老师潇洒前行的后面,留下了很多可供人继续拓展或开掘的题目。

在文学研究领域内,陈老师也是游刃有余。他崭露头角的《在东西方文化碰撞中》,就是到"比较文学"研究领域游走一番的结晶;研究现代文学出身,却走出五四,由探寻"中国小说叙事模式的转变"而进入晚清,并把此作为"中国现代小说的起点"来考察。接下来游走得更远——由当代武侠小说追溯到唐宋的豪侠小说,而当人们在他的不断拓展中,已看到许多新的学术生长点时,他自己又回来了——通过"触摸历史"而"进入五四",这一"出"一"进",应该都是要"深入理解五四那代人的历史语境、政治立场、文化趣味以及学术思路。"[7]3陈老师的大家气派还表现在跨越文类的研究上,他"用三十多万字的篇幅,描述两千年来'散文'、'小说'两大文类在中国的演进",把古今分别处于不同等级而在历史进程中位置又有所调换的散文、小说放在一起描述,于是成就一部《中国散文小说史》(上海人民出版社 2004年 9 月版)当他再把对中国散文的"宏大叙事"落到实处时,又有了贯通"千年文脉"的选本《中国散文选》(百花文艺出版社 2000 年 9 月版)以及带有作者"自家对明清散文的感觉、体味与判断"的《从文人之文到学者之文》(三联书店 2004 年 6 月版)。

专业是文学,但陈老师除了做专业文章之外,还谈文化学、教育学、史学甚至考古学。特别是他在表述中显示出来的对史料的钩沉、稽考的史学功夫也真了不得。如此种种,我想既得益于其导师王瑶先生的影响,也得益于他的研究对象——章太炎、鲁迅、胡适、蔡元培等人。多年的沉潜把玩,精神气质交融自不必说,而这些大学者的学识渊博和功力深厚,也会使研究者在进入他们的领域后"成长"自己的。可话说回来,并不是谁都敢贸然把这些大家作为研究对象的,研究者本身也需要相当的学术积累和学养做底,没有几十年的读书岂敢为之。

说到读书,陈老师的涉猎广泛和博闻强记是有名的,并且每用便可从中摘出所需。最让我佩服的是陈老师的古文阅读。对今天的学者来说,读外国书,相对容易,既有人给译成白话,又顺应潮流,何乐不为。可面对古书,只能"望之兴叹",仅有的一点古文训练使人走不了多远便得停下来,不如就来个扬长避短。陈老师在谈到如今学界重"西"轻古时,有段话切中要害:"五四那代人,说不读中国古书,或者把线装书扔进厕所里,那都无所谓,他们那代人本来就是从古书堆里钻出来,担心的是无法摆脱古书阴魂的纠缠。可'不读古书'这口号,经过几代人的复制,传到我们口里,已经由于脱离特定语境而变得有点滑稽可笑。……背'老三篇'起家的一代,与背'十三经'起家的一代,学术背景天差地别,也跟人家嚷嚷'不读古书'?在我看来,年轻一代学者的主要缺陷,不在于可能出现复古倾向,而在于学术上'无根'造成的漂泊感。"[8]65-66不过,陈平原老师好像不在此列,光是看其著述中的注释或书后所列的参考书目,就让人叹为观止。

"我希望学问做得有趣"[9]57,这话说说不难,难的是说过后的名至实归——有趣且有成。有人可能仅是性情使然,有人可能是故作轻松,而陈老师应是心中有数,举重若轻,知其可为而为吧。

为人师者——正在成为北大的"校园风景"

陈平原老师在《中国大学百年》一文中写道:"时人乐于传诵梅校长的名言'所谓大学者,非谓有大楼之谓也,有大师之谓也',却不大追究这句话的真正内涵。对于大学来说,'大师'之所以至关重要,不只是因其学识渊博,智慧超群,更因其可以为学生提供追慕的目标。"[10]35我想,身处北大,陈老师是在按自己的理解努力去做一名好老师的。

在北大,陈老师的课是深受学生欢迎的课程之一。在我进修期间,陈老师开有两门课:"明清散文研究"和"现代都市与文学"。两课的开课方式不同,前者完全讲授,后者以讨论为主。讨论课居然也有那么多人旁听,这是我没想到的。第一次上课时,虽然从原定的教室换到了中文系的二楼会议室,座位仍然不够。我因为在陈老师开出的一串书目中只读过一本,所以听了三次后便退出了。印象中,陈老师对所讨论的话题有非常好的控制力,而且能极准确、迅速地体会学生的思路。他对学生的指导也很具体,包括怎么训练读书,如何准备发言,写成文稿的具体步骤等。至于陈老师的讲授课,是在可容一百人的大教室上,每次教室里都早早坐满了人,有时走道上还要加不少座位。陈老师讲的是潮州普通话,能听懂,只是看着觉得心里有些累——因为他把每个字音都要极认真到位地从口中说出,不过这并不影响其内容的表达,他能把严谨而敏捷的思维外化为流畅而准确的语言。讲课中传达的信息确实非常密集,要全神贯注才不至于有所遗漏。听陈老师的课也有不费劲的一面,因为他很讲究讲课的艺术——对他自己所说的“干湿度”有极好的把握,让听者很自然地跟着他的讲述走,保持“最佳状态”。

陈老师可不仅只是会写文章会讲课,进修期间有幸旁听了两次他筹办的大型活动:《胡适全集》出版的新闻发布会和“北京:都市想象与文化记忆”的国际学术研讨会,算是比较近距离地领略了陈老师的人情练达和领导有方。特别是那个学术研讨会,从精心制作的会议“议程表”,到主席台上方悬挂的旧北京的巨幅照片;从会场外摆放的一系列展板,到会场后面为与会者提供的免费咖啡和茶点;从对每位发言者得体的介绍,到对违规的提问者的及时提醒,处处体现着东道主的细致、周到和组织能力。陈老师带着他的学生们把这个三天的会议办得秩序井然、有声有色。

陈老师还是一位十分丰富且有真性情的人。我看到他在课堂上很风趣地告诉学生自己身为文人不会喝酒的“遗憾”,神态可爱。他还能“面对众多学子热切的目光”老老实实地告诉他们“世上有值得倾听的读书甘苦,但无可供传授的读书诀窍”。[9]48 身为普通大学教师,他持之以恒地关注大学命运;作为著名学者,他又愿做“北大边缘人”的知音,并为他们的书写序。他在《大众传媒与现代学术》中,对“当一回替罪羊”既豁达又不失分寸地阐述自己的立场,在《君子方正,未必可欺》中他又可以对“随笔丛书”编者的“无所畏惧”的态度发火并发出了“最后通牒”。陈老师不光为自己的书写序,还喜欢为同是著名学者的妻子夏晓虹老师的著作写序,而夏老师就在这样的文字里变得格外生动,认识陈平原老师,不读这些文字是断不可以的。据说陈老师极有品位,连喝茶、烧菜都是专业水准。[11]有一次我在北大的大讲堂听完音乐会出来,忽然看到夜色灯光下的人流中陈老师和夏老师的背影,他们正拐向通往中文系所在的五院的路上,此地此景,让我感受到这对学者夫妇在书斋生活之外的情趣。

走进北大以后,陈老师寻找到了"'最好'的感觉"[9]40,可他一直"以平常心处世,也以平常心治学"[5]2。目前,怀着这颗平常心一路走来的陈老师,正在成为与"最好"的大学相映生辉的风景。

参考文献

[1]陈平原:《新世纪中国大学生(文科学士)毕业论文精选精评·文学卷·序言》,西苑出版社 2002 年版。

[2]陈平原:《掬水集·作为"文章"的"著述"》,百花文艺出版社 2001年版。

[3]陈平原:《中国散文小说史·新版后记》,上海人民出版社 2004 年版。

[4]陈平原:《书生意气·小引》,汉语大词典出版社 1996 年版。

[5]陈平原:《学者的人间情怀·自序》,珠海出版社 1995 年版。

[6]陈平原:《中国小说史论集》(下),河北人民出版社 1997 年版。

[7]陈平原:《触摸历史与进入五四·导言》,北京大学出版社 2005 年版。

[8]陈平原:《学者的人间情怀·超越规则》,珠海出版社 1995 年版。

[9]陈平原:《茉莪集》,春风文艺出版社 2001 年版。

[10]陈平原:《中国大学十讲》,复旦大学出版社 2002 年版。

[11]郑勇:《陈平原——学者情怀与书生意气》,2003 年 2 月 14 日《人民日报(海外版)》第 7 版。

(原载《邯郸学院学报》2006 年第 2 期)

周汝昌先生

红学大师、中国艺术研究院研究员　周汝昌先生

周汝昌先生，字玉言。1918 年 4 月 14 日生于天津咸水沽镇。中国艺术研究院研究员。我国著名红学家，被誉为新中国研究红学第一人，享誉海内外的考证派主力和集大成者。他与丁肇中、蒙代尔、杨振宁、李政道等并列为中央电视台《百家讲坛》播出之前出镜的标志性人物之一，目前已有梁归智教授撰写的传记《红学泰斗周汝昌》和中央电视台《大家》栏目推出的《一生为红楼解梦——周汝昌传》。

周汝昌先生曾就学于燕京大学西语系本科、中文系研究院。先后任华西大学与四川大学外文系讲师，人民文学出版社古典部编辑，中国艺术研究院顾问，是第五届——八届全国政协委员，中国曹雪芹学会荣誉会长，燕京研究院董事，全国和平统一促进会理事等。1980 年赴美国出席"首届国际《红楼梦》研讨会"；1984 年受国家委派赴苏联考察列宁格勒藏本《石头记》；1986—1987年获美国鲁斯基金，赴美国访学讲学一年并任威斯康辛大学客座教授。

周汝昌先生一生坎坷，三十几岁，双耳失聪，后又因用眼过度，两眼近乎失明,仅靠右眼0.01的视力支撑,顽强治学至今,精研中华大文化六十余年。其领域广及红学、语言、诗词、戏曲、书法、校勘、中外文翻译等,成绩骄人,著作等身。

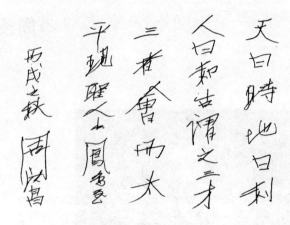

周汝昌先生为《邯郸学院学报》题词　2006 年 10 月 13 日

红学著作:《红楼梦新证》、《曹雪芹》;《曹雪芹小传》、《恭王府考》;《献芹集》、《石头记鉴真》;《红楼梦与中华文化》、《红楼梦的历程》、《恭王府与红楼梦》、《曹雪芹新传》、《红楼艺术》、《红楼梦的真故事》、《红楼真本》、《周汝昌红学精品集》、《文采风流第一人——〈曹雪芹传〉》、《红楼小讲》、《红楼夺目红》、《红楼家世》、《文采风流曹雪芹》、《周汝昌点评〈红楼梦〉》、《曹雪芹画传》、《石头记会真》、《诗红墨翠》、《周汝昌精校本〈红楼梦〉》、《红楼十二层》、《周汝昌梦解红楼》、《周汝昌红楼内外续红楼》、《解味红楼周汝昌》、《定是红楼梦里人》、《和贾宝玉对话》、《红楼真梦》、《红楼无限情》、《红楼梦艺术的魅力》、《红楼别样红》、《周汝昌红楼演讲录》、《周汝昌汇校本〈红楼梦〉》、《周汝昌评说四大名著》、《红楼脂粉英雄谱》、《谁知脂砚是湘云》、《红楼梦真影》、《周汝昌校订评点〈石头记〉》等。

其他著作及作品:《范成大诗选》、《白居易诗选》、《杨万里选集》、《书法艺术问答》、《诗词赏会》、《东方赤子·大家丛书·周汝昌卷》、《当代学者自选文库·周汝昌卷》、《脂雪轩笔语》、《千秋一寸心——唐宋诗词讲座》、《北斗京华》、《天·地·人·我》、《永字八法》、《神州自有连城璧》、《我和胡适先生》、《石头记人物画》(题诗 40 首)、《岁华晴影》、《胭脂米传奇》、《砚霓小集》。

此外,主编了《红楼梦辞典》、《中国当代文化大系·红学卷》;校订过新版《三国演义》、《红楼梦》、《唐宋传奇选》,并撰序文;另有大量学术论文、序跋与专栏文章发表于各地报刊。(**康香阁**)

红学大师周汝昌先生访谈录

康香阁

1996 年,北京大学中文系著名教授、中央文史馆研究馆员吴小如先生读过周汝昌的《红楼艺术》一书后,写过一篇书评,其中写道:"我们与其说曹雪芹是个特异天才,毋宁承认周汝昌先生对我国传统文化艺术所具备的高度素养。从这本书即可看出,作者诚然是一位红学家,而同时他还是文学批评家、书画理论家和音乐评论家;他不仅通小说戏曲,而且长于旧诗词和骈体文的写作;大而上自中国文化史,小而下至民间底层的风俗习尚,他无不有深广而细致的研究。否则它是不可能把《红楼梦》析解得如此深透细腻的。读者可以不完全同意这本书里的某些意见,却无法不承认此书作者广博的文化知识和精深的功力学养。"[3]163

诚如吴小如先生所言,周汝昌先生不仅在红学研究领域成就斐然,而且在诗歌、书法、语言、校勘、翻译等方面均有多部专著问世。他的综合知识之广,专业功底之深,令人高山仰止。他成了与丁肇中、蒙代尔、杨振宁、李政道等并列的中央电视台《百家讲坛》播出之前出镜的标志性人物之一。本次访谈仅选取周汝昌先生学术成果的冰山一角,从《石头记会真》说起。

康香阁:2004 年 5 月,您出版的 10 卷本《石头记会真》又一次震动了学术界,中央电视台、《光明日报》等多家媒体给予了多次报道,多家高校图书馆也专门收藏了这部巨著。《会真》被誉为是红学研究中的一项重大工程、中华文化史研究中的一部集大成式的文献大典。我们高校中有许多教师和学生都很喜欢这部书,关心这部书,请谈谈我们应如何去认识它、理解它?

周汝昌:谈起《石头记会真》呢,我们先得从红学史来衡量这个问题,《红楼梦》是我们中华民族最值得骄傲的伟大作品。曹雪芹用一生的心血写出了它。在创作过程中,书名几经更改,到乾隆十九年(1754),最后决定还是叫做《石头记》。当时,由于复杂的历史原因,书稿只来得及初步整理出前八十回,就开始私下里传抄,不敢公开。这种八十回抄本,当时被人视为枕中之秘籍,要花几十两银子的高价才能求到一部。只有八旗贵族、官宦人家才能买得起,这样的情形足足过了三十年的光景。

到了乾隆五十六年(1791年),忽然有一部印本出现了,不但印刷整齐,而且比传世的八十回多出四十回来,前面有序文,说是多年辛苦搜访的结果,获得了原书的残稿,因此编缀而成为"全璧",所以刊印"以飨同好"云云。这部书印刷出来的一百二十回的小说,已经不叫《石头记》了,正式改题为《红楼梦》。此本一出,风靡天下,堪称盛况空前。郝懿行的《晒书堂笔记》里记载说:"余以乾隆、嘉庆间入都,见人家案头必有一本《红楼梦》。"[4]1-2久而久之,大多数人认为这个印本就是"全"本"真"本了,而当初传抄的八十回本《石头记》渐渐湮灭了。

但是,这部《红楼梦》印本并不是曹雪芹的真全稿,只不过是由程伟元、高鹗等人伪续了后四十回书,而托名号称"全本"。这个"全本"的炮制和印行是有其政治背景的,并非一般文人好事者的偶然"遣兴"。[5]132

这件事起因于乾隆朝后期编纂的《四库全书》。乾隆好大喜功,他知道明朝有一部《永乐大典》,规模巨大。他就下诏编纂一部规模更为巨大的《四库全书》,超越《永乐大典》,以博稽古右文之美名。客观地说,这是当初的本意,在那时,满洲人学习汉文化,那可是拼命地学,这一点不用怀疑。但在编纂之中,渐渐发现前朝历代史籍里边,时有不利于清廷的各种记载,于是便想出了篡改以至销毁书籍的阴谋诡计。除大量焚毁外,最常用的手段是删、改、抽、撤,书的外形似全似真,可是内容变了,而一般读者不得而知其奥秘。后来,乾隆的宠臣和珅执掌了修书和其他文化事务的大权……

康香阁: 和珅什么时候执掌了修书和其他文化事务的大权?

周汝昌: 乾隆四十五年(1780年)。乾隆四十四年,《四库全书》的正总裁于敏中去世,第二年和珅被任命为正总裁。和珅执掌修书大权后,便将删改抽撤补的办法推广到民间通俗文学上去,包括小说野史,唱词戏本等,只要认为对清廷有碍,就要遭到同样的或相似的命运。这个一百二十回的假全本《红楼梦》就是由和珅主张,聘请了高鹗一伙人炮制出来的。

更耐人寻味的是:伪续的主要代表人物高鹗,在书的前面竟敢用上"臣鹗"的官印,特别指明:"此书久为明公钜卿所赏!"怎么原来是禁书的《石头记》,作者、阅者都有避忌的《石头记》,一下子变得如此"堂皇正大","光明磊落"起来了呢?岂不是天大的怪事!当时已有明眼人识破,但不敢明讲,只有微言暗示。乾隆朝的吴云和稍后的著名学者宋翔凤等,就记下了《红楼梦》是在"《四库全书》告成时"才开始流布——公开地印行面世,以及和珅与乾隆"讨论"《红楼梦》问题的事情。

我不用多说,你们也明白。因此发生的这个伪续四十回,整个的针锋相对地改变了曹雪芹的思想、感情、笔法,整部书的高超艺术被抹杀掉了,它不是一个尾巴问题,前边每一个地方,每一句话,它都有伏线附在那儿,隐隐地呼应着后边,那个巨大的剧变,那个震撼人心的情节都在后边,经高鹗这么一改,就把那个线都给你割了,都给你改了,你看前边什么问题都没有了,就能看到一男二女在争风吃醋,明白了吧?这是个大阴谋。它的目的就是篡改歪曲,以假代真,混淆耳目,欺世惑民。这就是简单的、粗略的红学史。

康香阁:您什么时候发现了这个大阴谋,并发誓要校订出一部接近曹雪芹原本的《石头记会真》的呢?

周汝昌:1948 年发现的。1947 年 12 月 5 日,我在天津《国民日报》上发表了《曹雪芹生卒年之新推定——懋斋诗抄中之曹雪芹》[6]3一文,引起了胡适先生的关注,他写信来与我讨论。几次讨论后,经赵万里先生介绍我在1948 年 6 月底见到了胡适先生,并冒昧地向他提出要借阅《乾隆甲戌脂砚斋重评石头记》(简称“甲戌本”),他竟然应允了。当时,我只是燕京大学的一名学生,胡适先生时任北京大学校长,在毫不了解我的情况下,没问任何原因,就让我把这一珍贵典籍拿去运用,是很不寻常的做法,它对一个陌生的青年的信任,是我永远难忘的。

看到“甲戌本”,这才“如梦方醒”,悟到了世界上流行的《红楼梦》早已不再是曹雪芹的原文真句,被程、高妄改、乱篡、偷删、硬加的回、字、句,无计其数!太可悲了!从此,引发了我与四兄(祜昌)的一段宏愿:誓为《红楼梦》校订出一部接近雪芹原文的真本。

就在这年暑假期间,我与家兄祜昌费两月时光,抄得一部副本,以便深研细读。我给胡适先生写信,一是告诉他,为了保护原本,我们冒昧地录了副本,如不同意这样的做法,当将副本和原书一并归他所有。一是提出:当前一大事,是应当聚集真本,汇校出一部接近曹雪芹原著真手笔的好版本,不要再宣扬散布那种被伪续者大肆删改的《程乙本》了。《程乙本》即一百二十回本,是胡先生提倡,由亚东图书馆排印的当时流行的本子。我彼时年轻,说话憨直,胡先生并不计较,却立即复信说:“我对于你最近的提议——‘集本校勘’——认为是最重要而应该做的。但这是笨重的工作,故二十多年来无人敢做。你若肯做此事,我可以给你一切可能的便利与援助。”[6]18

暑假后,我自津返校,胡先生就烦孙楷第先生(中国版本小说研究的首席学者)把一部二十册两大函的大字《戚序本》捎给了我。此书当时也很稀少,胡先生用报纸包好,以很浓的朱笔大字写在外面:“燕京大学四楼周汝昌先生"。

正如胡先生所云,这个工程是太繁重了。从1948年发愿,到2004年方告梓成,竟消耗了我兄弟俩五十六年的心血。这期间,胡先生早作古人,那是20世纪70年代的事。而家兄祜昌亦在1993年辞世。他们俱不及目见这部印本,我不知以何言词表我心情,悲喜二字,是太简单太无力了。[7]

五十六年的校书过程,真乃万言难罄,也非局外人所能想象,只有一层值得叙述一下,即早在"文革"之前,四兄那儿已因校勘《红楼梦》而被抄家三次了。前两次还是由于"运动"而成为重点对象;后一次则更奇——时在1964年,当时无有事故,却因邻居"告密"而成为当时当地一桩特大"政治要案"。告密者说他每日在写作一部"反动书",是和胡适有联谋的事件。于是,当地六个部门(公安部、武装部在内)联合查抄。最后"扫地出门",片纸不存。(八口之家,撺到别处一间小屋存身,生计无着……)。

这一抄,所有书稿、各种应用的版本,一下子精光! 我费了三个月之细校的那部胡适借给的"戚本",亦在其内。(听说为某人私窃,藏为己有。)[8]序言

这个打击之沉重不必再加形容了——简而言之,如今读者看到的这部10卷本,五百万言的《石头记会真》是在那场灾难之后重新开始逐字经营的新书稿,以往的辛苦功夫,成为废纸。[8]序言

所以说,《红楼梦》作为中华文化史上的一件大公案,是由我们亲身经历的。为了针锋相对地戳穿乾隆和和珅的巨大文化阴谋,恢复《红楼梦》的真面目,我们兄弟俩,凭个人的那点儿微薄力量,和朋友的帮助,包括侯(廷臻)先生在内,把它做出来,首尾五十六年。将近六十年做出来的《会真》你怎么评价它,就听我个人说好,还是说它不好,这都不行,这都是最简单的一个说法,世界上哪有这样的事。

至今还有人对我们的工作不理解,仍然被这个大骗局蒙在鼓里,他们不但不醒悟,他们还反对我们,某大学的教授公开说,伟大的是高鹗,不是曹雪芹。我不知道他们是看不透,还是不愿意承认,这个咱没法判断。

过去,在文化界引起大风波的胡风先生也写过红学方面的文章,他原来不是弄这个的。在那个特定的历史阶段,他的问题还没有解决的时候,就直白说吧,他还在狱里的时候,守狱的问他,你要不要看本书? 他说那我当然愿意。你愿意看本什么呀? 给我本《红楼梦》吧,就给了他一本最不考究的本子,就是一百二十回的那个本子。他看来看去,看到后边,他写了一篇文章,一针见血地指出:高鹗续书不但和曹雪芹的斗争目标没有任何继承关

系,而且是居心叵测地企图消除掉曹雪芹的整个斗争精神,是中国文学史上的一个最大的骗局!

胡风先生他不是弄红学的,他是革命的老作家,是鲁迅门下的。我在美国遇见他儿子,他的儿子在美国,给了我一本胡风的书,我才明白,他在狱里什么参考书都没有,他也没有听听我们这些所谓红学家的那个论调,就凭两双慧眼,竟能看出了事情的本质。你看看人家那个头脑,那个文化水平档次,那个眼力。

康香阁:1998年,华艺出版社一次集中出版了您的六部代表作,定名为"红楼精品集"。1998年之后,你又出版了二十多部的著作,其中多部是新作。我认为要是从你的数十部红学著作中,精选出两部最具代表性作品的话,还是应该首选《红楼梦新证》和《石头记会真》。这两部都是集大成式的代表作,我们作为普通的教师和学生,如果把这两部书放到一起读,你觉得应该怎样读,能否给我们一些启示。

周汝昌:好!这个问题提得真好,我不会虚情假意,我记得来采访的朋友不少,还没有人这样提问题,这是第一次,很好!这两部作品的关系,一部是早期作的,一个晚期相隔六十年后作的,这是个表面关系,你一提就接触到了问题的核心。这两部书应该说是"表里"关系,表里就是内外,表里相依、相关不可分割的两部东西。这个话的意思是什么呢?《石头记会真》是为了作品、文本。《红楼梦新证》是为了创作的背景、时代、社会、政治、作者、家庭身世一切一切的文化都包括在内。

《新证》是前期工作,为了《新证》,我从浩如烟海的清代的史料里边去查检,每一条跟《红楼梦》一发生任何关系的资料都被摘了出来,查检图书最少一千几百种(部书),引入《红楼梦新证》的有七百多种,这是数据,这个我也不自夸,也不自贬,我说的是事实。就因为这个原因,《红楼梦新证》在海外获得好评,说所有的《红楼梦》材料都让周汝昌给搜罗尽了。一部《新证》提出了多少问题?多少人从中受到启发,沿着这个路子作了新的探索。但同时,另外一种反对意见就随着出来了,说周汝昌什么都研究,曹雪芹朋友的朋友,亲戚的亲戚都研究,就是不研究文本,你说可笑不可笑?我是为了什么而做一部《红楼梦新证》,就是为了解决文本而作。你要不了解《红楼梦》的来龙去脉,你的文本根本就读不懂,就是这么简单的关系,他们搅了几十年,还是没搞懂。

做好《新证》,就为我们研究曹雪芹的真文本打下了基础。从1948年收集到的三个文本开始,一直到后来陆续收集到十多个文本,历尽千辛万难,累积资料数百万言,数易其稿,最终校订出这部 10 卷本《会真》,把曹雪芹的真文本清清楚楚地在这里摆了出来。六十年来,我们倾尽全力,包括朋友的帮助,就是为了文本。有人说我不研究文本,他的那个文本是怎么研究的,拿出来看看。

康香阁:通过你的讲解我明白了,如果把这两部著作结合在一起看的话,一定要先看《新证》,再看《会真》,《新证》是打开《会真》的钥匙。

周汝昌:对。如果你从中华文化学的角度看《红楼梦》,不是把它作为一般小说,即使你把它当做一般小说看,你说我一定要把它看懂,你怎么看懂呢? 你光就是抱着《红楼梦》本身翻一百遍,那个字义词义你仍然不懂。你一看《新证》跟你的研究有关系,你就明白了他的那个讲话,他的那个词义指的是什么,他为什么要这样去讲,所以这两部书应该搁在一起读。假如我是出版社老板,为了中华文化,不光是为了赚钱,一部《新证》,一部《会真》都弄好了,把这两部书合在一起,用一个很好的厚厚的盒子装在一起,作为一部书卖,将来就会明白这样做是对的。

你看,我说着说着就自夸了,当然,我要说咱们不能把这个事情作为张三李四的个人问题来看,那样的话毫无意义。你看看现在要拍新版《红楼梦》的已经不是一家了,你要是嘲笑他,你说他们吃饱了没事干,也不能这么看,在这个表面现象的内核里裹着一个中华文化的大问题,搞这个事的人,他本人的意识也不一定很清楚,但是,他忽然对《红楼梦》发生了兴趣,除了名利思想,这是不可回避话题之外,他只要对《红楼梦》有所认识,他发生了兴趣,有一个愿望,他说"我要对《红楼梦》贡献一份力量",这就是个文化问题,这不是个文艺问题,不是个文学意识问题。否则的话没有办法解释黄遵宪、梁启超、胡适、鲁迅等对《红楼梦》的不同见解。鲁迅对《红楼梦》的见解我最佩服,鲁迅的红学见解跟胡适一比,那真是不一样,鲁迅也不是红学的人,他是为了写《中国小说史略》,你看《中国小说史略》第二十四篇《清之人情小说》,几个重大问题都写在那儿,清清楚楚,有一些人,就是不承认,那不对。所以说你佩服谁,不佩服谁,那得讲真的,不是一个个人感情问题,是一个学术问题。

那么您刚才那个问我,比如这个 10 卷本,我们怎么读,怎么运用,我也没有好好想过。这是即兴地讲,这个 10 卷本《会真》不是一个读物,特别是对青年学生更不是一个的读物,它本来是一个研究著作,而这个研究著作说的不好听的,它是一个工具书。我是反对用工具书这个词儿的,我有好几篇文章都反对它。怎么叫工具书了,这个不通啊,你要是个木匠,你有个刨子、锯子、榔头、斧头，你工作完了，把它们摆在那儿，它们是个死物，它本身没有任何主动作用，我们这个《会真》怎么成了工具书了。一个字典是一个工具，这简直太荒唐了，一个字典里的一个汉字的本义、引申义、通假义，种种的线索都在里面，你读字典、辞典，才能长学问。古人呀，没有现在的工具书这个叫法，宋朝人读韵书，韵书就是当时的辞典、字典，人家不叫工具书。我现在用它，是因为我想不出来代替它的词儿呀，不得不用它。现在只能这么说，《会真》是一部很高层、很庄重、很认真的研究《红楼梦》的一部辅助书，这个辅助的意思是说，你自个儿为研究一句话要找十一个本、十二个本，那就累死了，现在你一打开，斑斑俱在，清清楚楚。比如说，第一句话，我挑选了一个异文，我说这个才是接近曹雪芹的，一般的那个反而不是。那么，你就要想，他这个人怪，这个最不通，最不顺，怎么他会选这个呢，你就要琢磨，您可以不同意，但是您已经开始记住文本研究了。那么多复杂的文字，我做的决定都正确，那不是骗人吗？但是我是起引路作用。一般人读惯了一百二十回本的《红楼梦》，觉得这个本子文理顺通，天经地义。你稍微换一个字，他不习惯，那对吗？他会产生疑问。但曹雪芹用得就是这个词儿，他那里面有用意，你把它改成了一般话，你就把他的个性消灭了。你用一般的词讲啊，当然容易懂了，但它就不是曹雪芹的本义了。我们搞这个文本（《会真》）就是尽一切办法，寻求曹雪芹真正的原文原意，反对把一个有巨大个性、特色的艺术作品，拉向一般化。

无论是老师也好、有点水平的在校学生也好，如果他有兴趣接触这个10卷本《会真》，我有一个建议，你不要被这个浩如烟海的10卷本吓坏了。比如说有一个同学，来找我，我就这么给他说，你选择《红楼梦》给你印象、感情、交流最深刻、百读不厌那一回，你总有这样一回吧，然后，你就打开10卷本《会真》，专看这一回，别的你先别管，你看看你原来熟悉的那个文句，和现在《会真》定下来的这个文句，有多少是相同，有多少是不同，为什么不同？这不就进去了嘛，你这样做，一不挫伤他的勇气，二不让他知难而退，你得给他找个门路，而且他对这个门很感兴趣，你教育人应该是这样的，循循善诱，不是先定个框子，你这么做，你那么做，那样做不好，我也当过教师。

康香阁：关于《红楼梦》，您一直主张它是一部伟大的中华文化小说，不是一部普通的小说。1999 年《北京大学学报》主编龙协涛先生，[9]84—92 给您做了一次访谈，在这篇访谈里，您提出"红学应该定为新国学"，现在对"国学"有各种各样的理解，您提出了"新国学"，那就是说过去还有个"旧国学"，这两个国学应该怎样理解？

周汝昌：我这个狂妄的念头和提法，经过了龙先生的鼓舞，我不知道他有这个胆量，他作为一个《北京大学学报》主编出面来专访，而且给我设置了这样一个题目，当然我觉得很光荣。最近，台湾的《联合报》也给我做了一个专访，分上下两篇刊登。《联合报》是一家好报纸，不偏不倚，大家都有好感。我在这次访谈中提出"《红楼梦》应编列为第十四经"。咱们中国的十三经是国学的基本，我说"第十四经就是红楼梦"，这个正式提法在台湾出现，这跟你刚才说的新国学是一回事。

康香阁：您的意思是说，原来的国学是十三经，加上《红楼梦》是十四经，这"十四经"合起来叫新国学？

周汝昌：这个是简单的回答。如果再多说几句，我有一个主张，也公开过，好像是那个上海社会科学院有一份《社会科学报》，很有水平。我在那一篇访谈里面好像提到过：我主张弘扬国学，但是我不主张让小孩儿一开头就念五经四书，十三经、二十一史，那个太困难，小孩儿恐怕消化不了，反而发生副作用。我有一个主张，如果是引导青年一代温习一下，熟悉一下，接触一下我们的国学，应该倒着学。意思就是你先让他先读懂了《红楼梦》，然后一步一步的倒着来，先易后难。你一开始就让他学《易经》、《书经》、《周礼》太困难了，他读不懂，没有兴趣，那不能说是一个好办法。

这个倒着学，我倒不是指一般的孩子，我是指一般人，没有接触过，而又有意识接触中国国学的人，想看看国学是怎么回事，你先看《红楼梦》，所有的国学内容都包含在里面。如果你有点目的，对哪个问题发生了最浓厚的兴趣，你自个儿就会去找相关的那一类书。过去说《红楼梦》是百科全书，我也同意，它的内容太丰富，里面包罗万象。说它是百科全书有道理，但是也有毛病，毛病何在？百科全书是死知识，是个摆摊儿式的知识，这一条，那一条，谁也不挨谁，谁和谁之间没有内在联系。《红楼梦》却不是这样，它是一个整体，千丝万缕，是网络式的，哪一个孤立起来都不行，一孤立起来你就看不懂了，如吃酒、行令、玩乐这里边都有互相联系，这就是《红楼梦》。

所以呢，我回答你这个新国学和老国学的关系问题，一个是次序问题，一个是引路问题。一个是说在《红楼梦》里包含了中华文化传统，几乎是每一个问题在里边都接触到了，但是《红楼梦》的那个接触不是教训人，它不是每一章每一节都预设好了，像经书一样教你如何如何去做，它不是这样的，不好直接表达出来，如果是那样的话，《红楼梦》就不值钱了。比如说侯（廷臻）先生对《红楼梦》做了那么多工作，但你让他讲，你说《红楼梦》是怎么样的一部书，它怎么个好法，他大概也没法马上回答，因为不是两句话就能说清的。你记住,这个新红学的"新",就是在于你读遍了十三经,二十五史这些书,你也找不到《红楼梦》里边提供的另外一部分崭新的那个生鲜活泼的那部分的因素,所以它是新,我解释我这个"新国学"就是这么解释。

康香阁:您虽然近90岁高龄了,看上去身体很健康,还可以做许多工作,在今后的时间里,您最希望去做哪一门学问,如果我们年轻人想研究中华文化应注意哪一门学问?

周汝昌:汉字。在以后的岁月里,假如我的身体还能够继续维持现在这个状况,能够继续工作,我最希望做的工作是研究汉字。汉字是中华文化的根本,一切学问都要从认识汉字、理解汉字开始,古代称这门学问叫小学。小学就是从认字开始,讲这个字怎么构成的,什么意义,为什么这么讲,为什么这么造字,它怎么念,通过文字学,训诂学、音韵学和其他知识对汉字进行研究。我希望今天的高等院校,能适当地给同学讲一点这样的基本知识,我们的汉字现在处于一个不完全正常的状态中,许多汉字遭到破坏,学生不知道这个字为什么这么写,它为什么是那么个构造,左边三点水"氵"是干吗用的。比如说咱们这个汉族的"汉"字,左边一个三点水,右边弄出一个"又"字,这是什么玩意儿?是怎么来的?当然我是举例。假设我们作为一个大整体来说,就说咱们这个汉字文化,你这个学校教了四年,学生毕业要走了,你要问他这个"汉"字怎么讲,怎么来的,怎么回事,学生能讲出来吗?有人动脑筋想过这些问题吗?

中国汉字字典的部首,从"一"开始,一直分布下去。比如"马",在"马"部下面排列着那么多跟马有关字,你看看古人对"马"学的那个高度理解、高度分辨,连那个马蹄子的毛的不同都会有一个汉字来区别它。在西方文字里,有哪个专门儿的英文单词能说马蹄子是黄色的是另外一个字?有吗?我就是要这么问,你们这不是崇洋媚外吗?你服不服?今天的字典,打开一看都是拉丁拼音的排序,第一个是"ā"(啊),第二个是"āi"(哎)。我说这是"哀叹"民族的字典,我就是这么公开说。你比我年轻,你受的教育大概没有受过我们那样的教育面,所以你大概用的字典你也没办法,也只能用那"哀叹"字典。你说这有什么办法,这个问题很复杂,不是咱们个人的事,我是要说在高等院校地方,要提高学生的见识,不妨试行让老师交给学生一些训诂学知识,一个基本的说文解字的知识。

康香阁:我们学校现在已给学生开设了《训诂学》选修课,专门讲授文字训诂学知识。

周汝昌:好。这个才是中华文化最基本的知识。一个汉字是带着中华文化的一个文化信息库,比如说一个"水"字,它不是洋文 H_2O 构成的那个水,我们中国人一看这个"水",哦,我想起来了,比如说:半亩方塘一鉴开,天光云影共徘徊。问渠那得清如许,为有源头活水来。他要看见这个水,看见的可能是另外一个仁者乐山,智者乐水;你要看见这个水呢,在你的知识文化层次之内又有好几个层,又有好几个联系——那就是信息,就是信息库跟你认识的那个水发生作用。我们这个汉字对于任何一个人发生的文化作用就是如此的重要与不同,我讲的是这个。

为什么你写出一篇文章来,跟他写出一篇文章来,虽然都是用汉字组成的,可就是不一样,怎么会事儿?这叫文字风格。什么叫做风格?哪个字和哪个词联系起来能发生另外一种意义,有人讲这个吗?我说一个例子,有一个杂志登了我一篇文章叫《谈"笑"》,后来莫名其妙地被选进了中学教材,我多年以后才知道的。他们认为我这个文章写得有趣味,我给他们解释说我没什么趣味。我写这篇文章的意思是说咱们中国当时写文章用的词汇太贫乏,你说那个"笑",我们历来有那么多词汇形容不同的"笑",一个也不会活用,就会说一个"笑",我的用意在这儿。

福建一个老师给我来一封信,说你那个文章里净是错误,我说怎么错误呢?他说你文章里头有一句"证明笑和脸的关系","证明"这个词用得不对,应该用"表明",表明你心里的那个喜欢,而不应该用"证明"。他不知道我是故意用"证明"这个有趣的话,来表达心里的感情,我就是要特意用"证明"。他说这不行,你错了,是"表明"。

文章的后边呢,有一个似问非问的句法,用了一个"吧",这大概是什么什么的吧。我不用问号,我不是要问什么,我这是委婉地说大概就是这么回事吧,这是个句号。他说错了,这个地方应该用问号。我说我不是在乎人家老师认真,给我提意见,我是说,你看看这个教育制度把语言教到了这么一个僵死的地步,这样教出的学生怎么能写出活文章来呢?这个标点都是从西方硬拉来,用在咱们这个活文字上面,弄得一点活气儿都没有,你说咱们教育人,规范化,你把这小孩子们都领到哪里去呀。

参考文献

[1]梁归智:《红学泰斗周汝昌传》,漓江出版社 2006 年版。

[2]央视《大家》专访周汝昌:《选择红学是一个悲剧》[EB/OL]。

[2006 – 12 – 26]. http://news. sina. com. cn/c/p/2006 – 01 – 16/12448882074. sht-ml.

[3]吴小如:《读周汝昌著〈红楼梦艺术〉》,载《今昔文存》,湖南人民出版社1998年版。

[4]周汝昌:《红学小讲》,北京出版社2005年版。

[5]周汝昌:《红楼梦"全璧"的背后》,载《当代学者自选集·周汝昌卷》,安徽教育出版社1999年版。

[6]周祜昌、周汝昌、周伦玲:《石头记会真》,海燕出版社2004年版。

[7]周汝昌:《〈石头记会真〉:五十六年一愿酬》,载2004年7月22日《光明日报》。

[8]《红楼梦(上、下):八十回石头记:周汝昌精校本》,海燕出版社2004年版。

[9]龙协涛:《红学应定位于"新国学"——访著名红学家周汝昌先生》,载《北京大学学报(哲学社会科学版)》1999年第2期。

(原载《邯郸学院学报》2007年第1期)

周汝昌与红学论争

王　畅[*]

一

2006 年 4 月,梁归智先生巨著《红学泰斗周汝昌传》出版,[1]这大概要算是我国的第一部红学家的传记。这一部传记的出版,意义非同寻常。因为红学作为一门专学乃至显学,是伴随着其中无数的谜团与无休无止的论争而形成并发展起来的。可以说,迄今为止的红学史,实际上就是一部红学论争史。而红学的论争,又有与其他学科迥异的特殊性,那就是绝大多数长期论争的问题,都没有能够得出公认的、统一的意见或结论。在这种众多的问题与长期的论争中,周汝昌先生大都置身其内。也就是说,周汝昌先生几乎一生始终处于红学论争的旋涡之中,他或者是论争的参与者,或者成为论争的对象。正像梁归智先生在这部传记的"写传缘起"中所说,周汝昌既成了红学界"最引人瞩目的人物,也是一个'毁誉参半'的人物"。[1]写作缘起周汝昌先生一生"为芹辛苦为芹忙",却不免"遍体鳞伤",[2]69而又终生不悔,那"悲情"也带有一种豪壮之概。

1998 年 11 月,全国"红楼梦文化学术研讨会"与"《周汝昌红学精品集》首发式、周汝昌先生 80 华诞暨周汝昌先生研红五十年纪念大会"在北京召开,梁归智先生在《红学泰斗周汝昌传》中记述此会,首先提到北京的华艺出版社于 1998 年 7 月推出《周汝昌红学精品集》一套共六种,其中周汝昌在《红楼梦新证》第一章"引论"中开门见山提出:"'红楼梦现象'是中国大文化的一种显象,绝非文学艺术的观念所能阐释。理解曹雪芹的这部伟著,离开中国文化是什么也弄不清的。"[1]396梁归智指出:"这就十分明确地把《红

---

　　* 王畅(1939—),男,河北涿州人,河北省社会科学院研究员,中国东方文化研究会常务理事。

楼梦新证》终极的研究目标即文化品位标举出来,并特别论及'雪芹与庄子'的渊源",[1]396 又"将笔者(梁归智)关于曹雪芹与庄周作比较之十点异同的意见,以及辰戈(王畅)关于'曹学'与'红学'之关系的意见,皆写入其中。……以此为契机,1998 年 11 月 19 日至 21 日在北京市南的北普陀曹雪芹祠庙召开由中国艺术研究院、燕京大学校友会等 13 家单位联合举办的庆贺周汝昌 80 寿辰、从事红学 50 年暨《周汝昌红学精品集》首发式的学术讨论会……河北省曹雪芹研究会会长、河北师范大学教授韩进廉致开幕词,中国艺术研究院常务副院长曲润海、中国艺术研究院红楼梦研究所所长张庆善发表了祝贺讲话,中央统战部的代表宣读了贺函,李希凡和蔡义江也作了大会发言。美国的周策纵教授、著名书法家欧阳中石等寄来贺画、贺诗等,天津朱一玄(南开大学教授)和石建国来函倡议尊周汝昌为'红学大师',周汝昌的老友上海红学家邓云乡亦到会祝贺"。[1]396—397 在介绍了大会的盛况之后,他又说:"这次盛会得以实现,真正的'原初动力'其实是河北省社会科学院的研究员王畅,他是最积极的发起、组织者。"[1]397 梁先生在这里既然提到我,我就想到用周汝昌先生写于此会前后的两首诗来说明一下当时的情形。第一首诗已刊发于《诗刊》1999 年第 4 期,诗题为《王畅兄来晤,语及为余纪念治红五十周年之至意,感而赋诗》,诗写于"戊寅三月",即 1998 年 3 月。诗曰:"回眸五十费年华,惭愧人称红学家。遍体鳞伤还是我,一心横霸岂由他。入宫见妒非描黛,依阁相怜似枕霞。此日叨蒙为盛会,感深知己聚天涯。"[2]69 周先生会前的境遇与心态,于此可见一斑。第二首诗已刊发于《红楼》1999 年第 2 期,诗题为《读贵州〈红楼〉新一期赋谢韩、王、梅诸君子》,诗题"注"曰:"韩、王、梅:指韩进廉教授、王畅研究员、梅玫主编"。诗写于"己卯二月",即 1999 年 2 月。诗曰:"大会京华事可思,凤鸣楼傍雪芹祠。八方士女缘千里,十月风云献百知。反正人瞻空际字(原注:巨球高悬大字),让贤书寄海西诗(原注:为策纵教授)。新刊也与丰碑似,贵岭梅花力主持。"[3]54 诗"注"中谓"巨球高悬大字",指会场外高悬蓝天的彩色大气球的缎带上所写的标语,其中有两条应在此明示:"百家争鸣,求同存异,促进红学界大团结!""端正学风,拨乱反正,还红学以学!"这两条标语的内容、含意,与会人士以及当时的红学界中人都当会深有所感。所感者何? 是与本文之题目《周汝昌与红学论争》密切相关。另一诗"注"谓"为策纵教授",指美国威斯康星大学教授、被称为红学界东、西方"两周"之一的"西周"周策纵先生,为祝"东周"周汝昌先生八十寿辰所写的贺诗,因为梁归智先生在《传》中已全文引录了周策纵先生写给我的信以及委托我转达周汝昌先生的贺诗,[1]398故此处不再赘引。

二

红学本应属于圣洁的学术研究殿堂。但是,正像其他社会科学类学术研究领域一样,从历史上看,它们也常常不免受到政治、经济、社会等诸多因素(其中也包括人际关系因素)的影响。这就使得学术研究中或多或少地掺入非学术的成分。这种情况在我国的红学界、特别是近五十余年来的红学界尤其突出。我们在考察周汝昌与红学论争问题时,不能不特别指出这一点。

前不久,周汝昌先生在一篇短文(《〈江宁织造与曹家〉序言》)[4]2中,谈到一件往事时写道:"在此,不妨讲一下被人误会、轻蔑乃至反对的所谓'考证'的治《红》研芹的问题——拙著《红楼梦新证》于1953年秋问世后,受人注目的一个小小'考证'乃是考出曹寅有弟,实名曹宣(而非曹宜)。宣北音犯帝讳'玄',有同声之嫌,方又改名'荃'。这'宣'的考证先受讥嘲,而后获证实,群以为'佳话'。然而,评者只对'幸而言中'称奇,却罕言这不止是一个名字的辨判之问题,而更是考明雪芹并非寅之嫡孙,实乃寅弟宣之四子过继与寅而后生的'假子真孙'。——而且,由此方能谈得到曹雪芹实际生卒年月的确定。这是何等不容不思不议的大课题?空赞'宣'之发现,又贬之为这种'方法'不可多用,云云,岂为真知治学之苦心与有益于学人乎?"这说的是《红楼梦新证》出版之后,因书中第二章"人物考"第二节"曹宣曹宜"[5]58的内容,于60年代初所引发的一场争论。对于《八旗满洲氏族通谱》中所记曹玺之子曹寅、曹宣两兄弟,周先生经过考证认为,曹寅的胞弟即字子猷、号筠石的人,名字应是曹宣而不是曹宜,正像字子清、号荔轩的曹寅,其名、字出自《书经·舜典》:"夙夜惟寅,直哉惟清"一样,字子猷的曹宣之名、字出自《诗经·大雅·桑柔》:"秉心宣猷,考慎其相。"但宣字在康、乾时期因与康熙皇帝之名玄烨之玄字音通,故避讳而改为荃,如此曹荃即曹宣之改名。而曹宜是曹玺之兄曹尔正之子,是曹寅年幼的堂弟而非其胞弟。因宣、宜二字在书写中极易混淆,故对于大都认为字子猷、号筠石者即曹宜的看法,特别是对《八旗满洲氏族通谱》中曹玺之子为寅、宜的记载提出质疑。当时周先生的这一考证遭到很多人的"轻蔑"与"讥嘲",然而后来发现的清宫档案及其他文献资料,证实了周先生的考证完全正确。照说,至此论争应该结束,但当时却少有对于周先生的考证之功(或者应该说是功力)予以客观、公正的首肯者,倒是仍有一些"不必再追究曹宣一名"而"直截了当用曹荃一名算了"、"似无……另行假设有一'曹宣'为其(寅)亲兄弟之必要"[5]67—68之类的不予认同的曲辩之论。而周先生于近五十年后的今天"旧话重提",其感慨之深实因非只一端。即如今天红学界再无疑义的曹雪芹家的旗籍,人人皆知为"内务府包衣旗人",而不是汉军。但当初周汝昌先生在初版《红楼梦新证》中公布这一考证新见时,连大名鼎鼎的俞平伯先生都不予认可,说这是"周君标新立异",曹雪芹家还是"汉军"。[6]231

关于曹雪芹家世、祖籍之争又是一例。1921年,胡适在《红楼梦考证》一书中认定《红楼梦》的作者为曹雪芹,并据清代官修《八旗满洲氏族通谱》,知道曹雪芹上六世祖曹锡远"世居沈阳地方"。[7]423—439至1931年,北京故宫博物院李玄伯在《故宫周刊》上发表《曹雪芹家世新考》[8]111—122一文,据尤侗在《松茨诗稿序》中说,好友曹寅推荐其"乃兄"丰润曹鈖(字冲谷,号松茨)的诗稿请他作序,他在《序》中写道:"信乎兄弟(指曹寅与曹鈖)擅场,皆邺下(指曹操、曹丕、曹植父子)之后劲也。"又说:"予既交冲谷,知为丰润人。"李文得出结论说:"观此则知寅与河北丰润之曹冲谷为同族兄弟也。"李玄伯提出曹雪芹祖籍"丰润说"后,至1947年底北京《新民报》、青岛《民言报晚刊》[8]352分别有"守常"、"萍踪"谈曹雪芹籍贯二文,都说"雪芹上世本为丰润人",而认为"其称沈阳,殆为寄籍"。再至1951年,上海《亦报》连载余仓《曹雪芹》一文,重倡曹雪芹祖籍"丰润说"。[9]3这就是说,自李玄伯提出"丰润说"之后,20年来有重倡而无异议。到了1953年,周汝昌《红楼梦新证》一书出版,书中第三章"籍贯出身"第一节"丰润县人",[5]111—121通过曹寅在《楝亭诗钞》中所写关于丰润曹鈖、曹鈖兄弟的诗,记述曹寅自幼即与曹鈖兄弟在丰润曹家一起读书、一起玩耍,对丰润曹家的松茨园、庭院树木等都极熟悉,并称丰润曹氏兄弟为"连枝"、为"骨肉",呼曹鈖为"二兄"、曹鈖为"四兄",以及通过对尤侗《松茨诗稿序》中"阿奴火攻"典故的分析,明确提出曹雪芹祖籍为河北丰润,从此确立了"丰润说"。此后《辞源》、《辞海》等工具书均取此说,至今犹然。

曹雪芹祖籍"丰润说",并非周汝昌先生首创,但在他之前,所据仅限于尤侗《松茨诗稿序》。而周汝昌先生在此基础上,从曹寅的诗文著述中找到了非只一条的证据,这才使"丰润说"得以确立,这就不能不说是周汝昌先生的特殊贡献了。当然,曹雪芹祖籍"丰润说"也还存在不够完备、不够严密的地方,故此仍然出现争论也是完全正常的。

1957年,《文学遗产增刊》第五辑发表署名"贾宜之"的文章,题为《曹雪芹的祖籍不是丰润》,[10]318—328文中根据丰润《浭阳曹氏族谱》中没有关于曹雪芹上世曹锡远、曹振彦等人的记载,以及他对曹寅有关诗文的不同理解,不赞同周汝昌先生的曹雪芹祖籍"丰润说"。而他又据周汝昌先生在《红楼梦新证》中提出的嘉庆《山西通志》、《大同府志》中关于曹雪芹的高祖曹振彦"奉天辽阳人"的记载,提出:"辽阳者,其雪芹之祖籍也。"尽管文中并未提供其他证据,但贾宜之却是在曹雪芹祖籍问题上第一位不同意"丰润说"而又首倡"辽阳说"的人。

1963年,因为一部新发现的《五庆堂辽东曹氏宗谱》[11]中记载着曹雪芹上世曹锡远一支"六世"11人的名字,引起红学界关注。至70年代末,又有人发现辽阳《大金喇嘛法师宝记碑》和《重建玉皇庙碑》的碑阴题名中,有雪芹高祖曹振彦的名字,另有一块《东京新建弥陀禅寺碑》碑阴题名中有《五庆堂谱》上的曹得先、曹得选等人的名字,这就是当时引人注目的"辽阳三碑"。以上两种文物资料对于曹雪芹家世、祖籍研究的价值亟待评估。

冯其庸先生以《五庆堂谱》和"辽阳三碑"为主证,于1980年由上海古籍出版社出版了《曹雪芹家世新考》[12]一书,倡导"辽阳说"。这是一部在1953年周汝昌先生《红楼梦新证》出版27年之后,确立了曹雪芹祖籍"辽阳说"的重要著作。

《五庆堂谱》是清代同治末年曹氏惠庆、溥庆、荣庆、积庆、裕庆等"五庆"兄弟重修的手写曹氏宗谱,该谱修成当在光绪年间即1875年以后。而作为《五庆堂谱》重修根据的"老谱"《辽东曹氏宗谱》,是清顺治十八年(1661年)曹士琦、士珣兄弟所修。谱中所记该曹族始祖曹良臣为明初名臣,封宣宁侯、安国公,有三子:泰、义、俊,俊五子:昇、仁、礼、智、信,此谱所记"三房""礼"下一支较详,曹士琦与晚他五辈的"五庆"兄弟都是曹礼的后人,可知"老谱"与"五庆"新谱,都是"礼"下一支人所修。而此谱却在"四房""智"下,空白五世突然记入曹锡远以下六世11人的名字。根据冯其庸先生的考证,《五庆堂谱》所记的第一世始祖曹良臣和二世曹泰、曹义都是"撰谱人'强拉入谱'或'讹传窜入'的",[12]2冯先生认为该谱所记的"真正的始祖是曹俊"。[12]2其实,该谱所记的"礼"字辈及以上各世,都存在很多问题,可以说错乱不堪。但冯先生认为谱中所记"二世"中的曹义也属"强拉入谱",却需讨论。曹义也是明代名臣,江苏仪真人,因征辽东有功,封丰润伯,世袭。他的世系有可靠资料记载,故与曹良臣、曹泰绝无关系。《五庆堂谱》中收入曹士琦写于顺治十八年的《辽东曹氏宗谱叙言》中说,他家的原谱因"失遗兵火中,从前世系宗支,茫然莫记。犹幸封润伯处全谱尚存,不意未及缮录",[12]65而在李自成攻陷北京时,"叔丰润伯匡治及兄勋卫鼎盛俱尽忠死难,而家乘益无征焉。"[12]65如果曹义是被"强拉入谱"作祖先的,那么传至第

11 世曹士琦时,他绝不会还想到找曹义之后已传至第 10 世的"叔父"丰润伯曹匡治处,借阅他家"尚存"的"全谱",以作重修自家宗谱的依据的。这充分说明"五庆"曹族与丰润伯曹义一支为同一宗支曹族,其出关前的籍贯也定与扬州仪真有关。

冯先生认为曹俊是"五庆"曹族真正的入辽之"始祖",而曹士琦《辽东曹氏宗谱叙言》记述曹俊"以功授指挥使,封怀远将军。克复辽东,调金州守御,继又调沈阳中卫,遂世家焉"。[11]65 那么这个曹俊应该是沈阳人,其后直至第十世曹仁先、曹礼先等都"世居沈阳"。曹俊后人虽可能有分居辽阳的,但"五庆"曹族入关前实为沈阳曹族而非辽阳曹族。而冯先生根据一块辽阳孙氏"圹记"[12]37中提到的曹俊为辽阳人,就把这个曹俊与《五庆堂谱》中的曹俊看做同一个人,由此而把"五庆"曹族的祖籍"考证"成辽阳人,这显然是不能成立的。对于该谱记入曹锡远一支的问题,首先,该谱先祖昇、仁、礼、智、信五兄弟的排名就有疑问,有没有"智"这么一个人还成问题,而"礼"字辈后人编修的宗谱却在"智"字后空白五世而记入曹锡远一支,有什么理由让人相信呢? 其次,曹锡远一支五世十一人已载入官修《八旗满洲氏族通谱》,载入该谱的人都是有官职身份的人,而曹锡远一支仅此五世就远不止这十一个人,但《五庆堂谱》记入的比《通谱》一个不多,一个也不少。所载十一人的职分、事例,也无一超出《通谱》范围,少有的"异文",又有许多明显的错误,这些错误已被不少红学家指出,如传代的嫡嗣关系,已知名而缺漏的曹寅、曹荃等人的子女,人物诰命封赠的讹错等。这就让人想到,《五庆堂谱》把丰润曹族的曹邦一支也"强拉入谱",只因曹邦曾任"户部尼堪启心郎"的官职,且同样也是已经载入《八旗满洲氏族通谱》的,而仅有的"异文",也像曹锡远一支记述的错误一样,说明修谱者除去无知臆改之外,没有任何《通谱》之外的可信材料做依据。试想,连始祖都可以编造而"强拉入谱"的修谱者,同样把不相干的曹锡远一支与曹邦一支"强拉入谱",这就并不奇怪了。

再说"辽阳三碑"。1621 年,后金攻陷沈阳后跟着又陷辽阳。并定议在辽阳建都。曹锡远一家在沈阳陷落后做了金人俘虏,随被金兵带到辽阳,于是曹振彦来到辽阳,之后还在辽阳做了"教官"。《大金喇嘛法师宝记碑》和《重建玉皇庙碑》都是后金皇帝努尔哈赤诏旨"敕建",并都于后金天聪四年(1630 年)建成。建碑资费由王府贝勒、皇上侍臣等臣民议出,所以两碑碑阴所列捐资的题名人,许多都是后金皇帝的文武侍臣,这些人并非都是辽阳人,其中有辽东开原人、锦州人、铁岭人,也有辽东以外的人(如鲍承先为山西应州人)等等,[12]304—307 所以,以辽阳之碑的碑阴题名之人而判定其上世籍贯为辽阳显然是不行的。所以，因二碑碑阴有曹振彦题名而判定其祖籍为辽阳也是需要讨论的。当然，在《山西通志》与《浙江通志》中，曹振彦的籍贯确实记为"奉天辽阳人"，但这和曹锡远一族的祖籍是两回事。在官修的《八旗满洲氏族通谱》中记曹锡远"世居沈阳地方"，康熙《江宁府志》记其"宦沈阳，遂家焉"；而《皇朝通志》记曹振彦之子曹玺也是"世居沈阳地方"。再看曹玺之子曹寅，官修的《清史稿》"文苑传"和"李锴附传"均记为"世居沈阳"，《八旗艺文编目》也记为"世居沈阳"。所不同的，是康熙《上元县志》记曹玺上世"著籍襄平"。《施愚山先生全集·诗集》、蒋景祁《瑶华集》二书记曹寅籍贯为"长白"，韩菼《有怀堂文稿》称曹寅籍贯为"三韩"，曹寅在《楝亭诗钞》、《楝亭书目》中都自署为"千山"。考襄平、长白、三韩、千山等，实际都是泛指辽东，并非指沈阳、辽阳等某一具体地点。"襄平"，古代曾为县、郡、国，治所有很大变化，如《水经注》卷十四就把辽阳与襄平两县分列并提，说明当时辽阳与襄平不是同一个地方。另据《盛京疆域考》称："元魏襄平，今锦县境"就是说南北朝时期北魏的襄平，在今天的锦州境地。这说明，襄平治所历史上虽曾在辽阳，但襄平之名不能与辽阳画等号。而且"襄平"作为地名，魏晋以后，已废弃不用。至清代人而沿用魏晋以前的古地名，其意绝非仅指某一具体城市，而为泛指。这有《尚史》一书作者、铁岭人李锴自署里籍为"襄平"，以及原居开原、继迁抚顺的佟养真族子佟卜年自称"襄平先生"等例可作证明。那么，为什么独有曹振彦记为"奉天辽阳"呢？那是因为曹振彦实为"辽阳生员"，并曾在辽阳做过"教官"，他在变动不居的家世署籍中自报"奉天辽阳人"，自有其道理，但这不能说明曹雪芹上世一族祖籍即是辽阳。

此后，"丰润说"提出"灵寿—南昌—丰润—铁岭—沈阳—辽阳—沈阳—北京"[13]523这样一条曹雪芹上世籍贯演变的路线图，其中包含了曹振彦曾落籍辽阳这样一个阶段。而"辽阳说"对于"世居沈阳"与"祖籍辽阳"的矛盾，以及既然不是沈阳或辽阳土著，雪芹曹族究从何处迁来，都还不甚了了，那"辽阳说"又如何能成"定论"？但"辽阳说"在与"丰润说"进行论争中，不仅反复宣称自己"已成定论"、"证据确凿、无可置疑"、"有三碑为证，虽百世不可移也"，而且在对"丰润说"的驳难中，用了许多非论辩性、非学术性的语言，诸如说"曹雪芹的家世不容篡改"、"丰润说一类的假考据尽管得逞一时、风光一度，但我始终坚信它逃不脱'捣鬼有术，但亦有限'的规律"、"但愿丰润曹之说仅仅是出于做傻事与做错事的'自我分裂、知行歧出'罢"，说周汝昌先生论证的"丰润说""不是考证"、是"假考证"、是"弄虚作假"、是"被邪气吞没了"等等。

其实,不仅"辽阳说"本身也还存在许多问题,就说嘲讽"丰润说""不是考证"、是"弄虚作假"的那位"大家",在"考证"《五庆堂谱》收入的曹士琦《辽东曹氏宗谱叙言》中:"叔丰润伯匡治及兄勋卫鼎盛"这句话时,居然把与"丰润伯"一样本为职衔与封赠的"勋卫",说成是与鼎盛并列的兄弟之名,成为"兄勋卫、鼎盛",[12]65于是本为一人的鼎盛,一下子变成"勋卫、鼎盛"兄弟两人了。不仅如此,还是在曹士琦《辽东曹氏宗谱叙言》中,原来的"后因辽沈失陷,阖族播迁"[12]65之句,为了确立"辽阳说"的需要,居然被"校改"成"后因辽阳失陷,阖族播迁"了。[12]218请看,周汝昌先生与这位"大家",究竟谁的考证"不是考证"、是"弄虚作假"呢? 究竟是谁"捣鬼有术"、谁在"做傻事与做错事"呢?

三

周汝昌先生的《红楼梦新证》,"首先以其内容的厚重和引用材料的丰富而具有震撼性",是"新红学"的"一部真正有分量的红学大著作",出版后引起强烈的反响和巨大的轰动,好评如云。[1]113当时著名学者顾羡季先生有一首《木兰花慢》评周著《新证》说:"燕京人海有人英,辛苦著书成。等慧地论文,龙门作史,高密笺经。分明去天尺五,听哲人褒语夏雷鸣! 下士从教大笑,笑声一似蝇声。"[6]234这是把周著比做刘勰之作《文心雕龙》、司马迁著《史记》、郑玄笺注经书,具有文评、史证、笺注三者相融的功力。而对那些攻击、嘲笑之声,词中痛予鄙斥。还有著名学者缪钺、谢国桢、牟润孙、梁仲华诸先生,均有诗、文对周著予以很高赞誉。客观地说,《红楼梦新证》乃是红学史上少有的经典著作。当然,这部书中的许多观点,不同学者可以有不同看法,展开争论固属正常。这部书也并非尽善尽美,予以指摘、批评亦无不可。但是,以"不知妄说"、"不伦不类"、"张冠李戴"、"辗转稗贩"、"数典忘祖"[14]403—417等类语言对《红楼梦新证》进行评价,恐怕有失公允、偏颇太过了。对此,周先生感慨万千地写道:"顾词缪句抑何崇,人谓褒扬要至公。功罪自非由一口,西昆鼎盛义山穷。"[6]238

其他在有关脂砚斋、大观园、曹雪芹生卒年、曹雪芹生父、张家湾曹雪芹墓石等等问题的论争中,周汝昌先生都不仅仅是论争的一方,且常常是遭到围攻、谩骂、甚至恫吓的一方。这不禁让人想到鲁迅先生生前,也遭遇过十分类似的情况。由此又不禁让人想到鲁迅先生讲过的一句话:"辱骂和恐吓决不是战斗。"[15]451这还令人想起一位哲人讲过的一句话:老鹰有时比麻雀飞得还低,但麻雀永远也达不到老鹰所能飞达的高度。在红学论争中,周汝昌先生既得到肯定、赞誉,身上罩着光环;也受到讥嘲、攻击,乃至"遍体鳞伤",然而,尽管遭遇到很多而且很长时间的不公正对待,但在红学方面探研之广、之深、之独到,在红学界目前还很少有人可以与他相比肩。应该说,他是一个真正的红学大家、他的功力之深与功绩之伟,使他当之无愧地成为中国当代的红学泰斗。他在一篇题为《还红学以"学"》[16]36—49(尽管这篇文章也同样引起论争,同样被一些人攻击)的文章中所提出的问题,其实很应引起人们的冷静思考。

参考文献

[1]梁归智:《红学泰斗周汝昌传——红楼风雨梦中人》,漓江出版社2006年版。

[2]周汝昌:《王畅兄来晤,语及为余纪念治红五十周年之至意,感而赋诗》,载《诗刊》1999年第4期。

[3]周汝昌:《读贵州〈红楼〉新一期赋谢韩、王、梅诸君子》,载《红楼》1999年第2期。

[4]周汝昌:《〈江宁织造与曹家〉序言》,载《红楼》2006年第2期。

[5]周汝昌:《红楼梦新证》,人民文学出版社1976年版。

[6]周汝昌:《天·地·人·我》,北京十月文艺出版社2001年版。

[7]胡适:《胡适文存》,黄山书社1996年版。

[8]人民文学出版社编辑部:《红楼梦研究参考资料选辑》第3辑,人民文学出版社1976年版。

[9]人民文学出版社编辑部:《红楼梦研究参考资料选辑》第4辑,人民文学出版社1978年版。

[10]贾宜之:《文学遗产增刊》第5辑,作家出版社1957年版。

[11]《五庆堂辽东曹氏宗谱》(影印本),北京燕山出版社1990年版。

[12]冯其庸:《曹雪芹家世新考》,上海古籍出版社1980年版。

[13]王畅:《曹雪芹祖籍考论》,河北教育出版社1996年版。

[14]红楼梦研究集刊编委会:《红楼梦研究集刊》第2辑,上海古籍出版社1980年版。

[15]鲁迅:《南腔北调集·辱骂和恐吓决不是战斗》,人民文学出版社1982年版。

[16]周汝昌:《还"红学"以学——近百年红学史之回顾》,北京大学学报1995年第4期。

(原载《邯郸学院学报》2007年第1期)

《石头记会真》校勘纪略

侯廷臻*

按语：《石头记会真》是红学研究中的一项重大工程，全书文字逾五百万言，浩瀚繁杂，书稿交出版社后，编校工作异常艰难，出版时间一再推迟。1998年由《红楼梦新补》作者张之先生推荐，周汝昌先生同意，海燕出版社聘侯廷臻先生为《会真》特约编审，侯先生利用11种入校古本，逐字逐句对《会真》作了长达5年的编审工作，保证了10卷本《会真》的顺利出版。本刊特邀侯廷臻先生就编审过程中遇到的问题及解决的办法进行了总结，以帮助读者进一步理解《会真》。

只是一个偶然的机缘，使我与《石头记会真》结下了不解之缘。

一、情系《红楼梦》，结缘《石头记会真》

上世纪1998年元月一天，尊师张之①先生做客寒舍，闲谈不外《红楼梦》和红学逸事。言及拟由河南人民出版社出版周汝昌先生的《石头记会真》（下简称"会真"）。因我素喜《红楼梦》，也爱好《红楼梦》的研究著述和评论。记得我读的第一部红楼专著即是1976年4月人民文学出版社出版的周汝昌先生的《红楼梦新证》。到80年代又因文字之缘，我结识了周汝昌先生，致使与先生椽笔雁足之谊二十有年。因张之先生是著名诗人又是颇有名的红学家，所以我们的话语一开，《红楼梦》就有言之不尽的话题。

是年五月，张之先生告之《会真》书稿在河南人民出版社已滞延了近十余年，因个中原因该社仅把纷乱的原稿作了梳理，复印了全部原稿，同时排

---

* 侯廷臻（1942—），男，河北邯郸峰峰矿区人，《石头记会真》特约编审。

① 张之：河南省安阳市人，著名诗人，考古学家、红学家。原河南省政协常委，濮阳市政协主席，其代表作《红楼梦新补》。《石头记会真》向河南出版社的推荐人。

印出前二十七回的样稿。后因《会真》的责任编辑刘建生①先生工作调动，《会真》随由海燕出版社承接。据闻耽延多年的《会真》书稿，拟年内起运作。特聘张之先生引领书稿审校人。张先生询问我有无兴致为校对书稿充任，我当即欣然应命愿试试看。我想能做张之先生的助手，岂不正好是我向老一辈红学家学习充实知识的难得机遇？

这年12月初，应河南海燕出版社之邀我和张之先生前往郑州。次日，在下榻住处，目睹了周氏兄弟（即周祜昌、周汝昌先生）《石头记会真》的手稿，在一个破旧大纸箱内，满满码放着全是书稿。我像观赏文物瑰宝一样，小心翼翼地拿出一叠文稿，只见字迹洁净隽永，上面布满沾有大小长短参差不一的各色纸条，有的快要掉下来，不知是年久，还是因翻阅之故，有的纸页已损磨的破烂不堪。我不知张之先生此时作何感想，我的心却一下子凉了下来，想到要把如此大量纷乱的文稿梳理出来，那是何年月的事呵。随后刘建生先生就《会真》文稿的体例概况，校审操作程序作了简要说明。为了尽快了解熟悉文稿进入角色，我和张之先生经过三个昼夜连续翻阅之累，我竟没想到张之先生已古稀之年的身体；他突然心力不支病倒了。为了能有效医治，张之先生与社方商议就返回安阳家中去了。张之先生一走，面对杂乱书稿，我心理很是发慌，怎么办？我对能否荷承这数百万字的审校之任，很是忧虑。在郑州旅次寓中二十多个日日夜夜，经独自摸索，细厘爬梳，渐渐对书稿眉目清晰起来，仅据携带有限资料，粗校出《会真》第一次样稿的前六回，经刘建生先生过目，竟得到他的认可，倒也增强了我决心干下去的信心，使我对《会真》书稿也逐渐有了挥之不去的兴趣。

校勘《会真》，入校的十一种古抄本《石头记》是必备的。我庋存的仅有：《胡适藏乾隆甲戌脂砚斋重评石头记》（入校简称"甲戌本"或省作"甲"）、《戚蓼生序本石头记》（简称"戚序本"或作"戚"）、《乾隆己卯四阅评本脂砚斋重评石头记》（简称"己卯本"省作"己"）、《乾隆庚辰四阅评本脂砚斋重评石头记》（简称"庚辰本"省作"庚"）、《苏联列宁格勒藏本》（简称"在苏本"省作"苏"）、《梦觉主人乾隆甲辰序本》（简称"梦觉本"省作"觉"）、《郑振铎藏本》（简称"郑藏本"省作"郑"）、《乾隆辛亥程伟元刊本》②（简称"程甲本"省作"程"）。我托在京友人，从中国社会科学院图书馆借得《舒元炜乾隆己

---

① 刘建生：河南省郑州市人，原河南省海燕出版社社长，现为中宣部新闻出版局副局长。

② 程伟元刊本是清乾隆五十六年（1791年）萃文书屋木活字刊行。次年程高将初印本作改动重印，为了区别，初印本为"程甲本"，重印本为"程乙本"。1992年3月书目文献出版社影印"程甲本"行世。

酉序本》(简称"舒序本"省作"舒"),烦刘建生先生从河南省社科院图书馆复制了《蒙古王府本石头记》(简称"蒙府本"省作"蒙")。1999 年初,我与刘建生到京造访了周汝昌先生,并带去《会真》前数回粗校稿样让周先生过目,就初校中一些具体细节问题征询聆听了周老的意见。周老还颇多感慨地讲述了《会真》半个多世纪以来艰难成稿过程。真可谓"磨难千端,灾秧百态"。他们周氏兄弟二人一直力作到古稀耄龄之年,祜昌先生于 1993 年 3 月,未睹《会真》书成即含恨辞世。周汝昌先生耳聩目疾只能靠女儿伦玲的协助"听读"定稿。为酬《会真》书成夙愿,矢志无悔,也曾千方百计向人求助,"多年碰壁,无人肯顾"接受出版。80 年代后期经张之先生推荐认识了刘建生先生,在当时出书难,出学术著作尤难的情景下,刘先生义无反顾,破格破例,毅然承接书稿,玉成此事。我甚为周氏兄弟执著苦耘所感动,也为刘建生先生的独具睿智眼光不计眼前利益所钦佩。我开始意识到《会真》书稿的分量,甘愿助周氏兄弟酬此五十六年的夙愿,抢救、保存、弘扬和传承中华传统经典文化做点奉献。当临告别时,我又向周老借得《杨继振藏红楼梦稿本》(简称"杨藏本",省作"杨")。盖十一种入校古抄本全聚齐,在我蛰居的陋室中,就这样开始了日复一日的勘校《石头记会真》的征程,不想一干就是五年多。

二、更教椽笔墨生波[①]

何为《会真》,周汝昌先生曾释有数层含义。"程高"有百二十回《红楼梦》"全本"是假《石头记》(《红楼梦》),故《会真》者,揭假显真,相对于假刊本而言。而凡古抄本皆可视为真本。目前古抄本被发现或公开刊行的可得即前所述十一种,将其会聚而总校之,梳理考稽写为清本,故曰《会真》。然诸真本,经历各异,览抄传递,不时难免混入杂质,讹文误句,谬改妄增,无不有之。"扫荡湮埃,斥伪返本"(鲁迅语)务领雪芹本意,求其真文,尽力恢复雪芹《石头记》原有的思想艺术,个性和特征,是《会真》一书的终极目标。而《会真》中经周氏兄弟精心校订的清抄《石头记》(《红楼梦》)[②]堪称自《石头记》传本以来,第一个接近曹雪芹真本原貌的本子。

(1)今日见存的《石头记》抄本无一同者,其异文繁颐,使人惊心,令人迷

---

① 此诗句摘自周汝昌先生,奉赠本拙文者的诗句。

② 此书已于 2004 年 9 月由河南省海燕出版社出版发行。

离,疑怪而不能索解。周氏兄弟历多年精心剔厘,悟其有雪芹自家润色,也有他人妄增妄删。而抄手之失误,还是次要的,他人改动,又可分为两类:好意的和非好意的,或称别有用心的。非好意的当以"程高"篡改为代表,从思想灵魂到艺术境界,他们全不以雪芹为然,甚至有意处心积虑窜乱,直至针锋相对。

好意的改动,即从精神到文字,虽为善意,皆不能深刻理解雪芹本义,凡遇雪芹独特的句法、字法便生不解之心,大动斧钺,奋笔删削;其个性和特色,多遭泯灭。凡能体现雪芹思想艺术个性与特点,悉被改变者归于"文从字顺"或俗成定见,或拉向一般化,或大加涂抹。就抄本中讹改诸弊列举如下:

例一,如第六回,刘姥姥至荣府门前,雪芹用一"伣"字,读音如"称"音,义为走也。"舒序本"误为"侦",犹存字形;现通行本改作"蹭",是循音妄测,因蹭又改"蹲"愈改愈可笑,或觉皆难通,字音形全不顾,悍改为"挨";对雪芹遗词用字之精妙,荡然不见。可叹只读俗本《红楼梦》的读者何能想到这个"伣"字,何以体味到雪芹笔墨特色。

从"伣"字例,已涉形、音之讹,但"己卯本"写作"缜"则觉可怪,周先生则睿意断言,原来"己卯本"的底本(或从雪芹原稿沿来的)是行草书法,双立人旁与绞丝旁相似,遂至抄讹。进而推断雪芹原稿为行草写就的。再如,第一回,"无材可去补苍天","去"字行草和草书"与"字极相似,传抄人误"与"为"去"。这就是从行草形似辨出很多误字,这一发现的实践,也是《会真》校勘定字的一大特色。《会真》定字,基本以"甲戌本"为依据,以"己卯本"、"杨藏本"为佐助,经过曲折思辨校读,周先生始将上例"伣"和"与"等字为定案,一字千金,务存雪芹笔墨真面,《会真》中此佳例甚多。

(2)习惯"从来如此","俗成定见"之例举;如第五回"鸟惊庭树"多本相沿不疑,至"舒序本"独作"鸟惊匝树"乍看"庭"字文从字顺,"匝"字就显生硬离奇。殊不知此句雪芹变用魏武诗乌鹊"绕树三匝"之语意,不解者以形讹而为"迎树",再度成"庭树",于雪芹文心尽灭。周老进而指出"雪芹是大诗人,《石头记》虽是小说,文字亦韵律声容在口考究,以校理功夫,须通平仄之音,骈俪之式,此乃中华汉字文学之一大特色。"如"鸟惊匝树,月度回廊"不但"匝、回"对仗精工,"鸟"与"月"亦同一理,益知"庭树"、"影度"之谬。

《会真》中定字,时有迥常人意想者。如第五回,王熙凤的曲子云"枉费了意悬悬半世心",二百余年无异词,不知本是"意懋懋"。"悬"是形讹,失其本意。又如第七回,"寒儒薄莒","莒"字"己卯、庚辰、在苏、舒序"四本皆同,必非偶然。而他本改"苢"为"宦"则形似义远。周老定为"苢"字,盖本于《诗经》有家室之义。再如第一回,贾雨村的中秋诗"满把晴光护玉栏",也是相沿不疑,且不知"玉栏"当为"玉盘"。如此之类,再所多有,可谓石破天惊。

(3)《会真》不同于通常的整理、校点做法,也不同于语文规范化书物;凡雪芹用字法、造句法、变用成语法、造词法、乃至书写习惯法,尽量存其真相,而不是以今天的做法去改二百多年前的文学艺术大师曹雪芹的一切。这是《会真》校勘的一条原则。例如:"狠"不作"很","淌"不作"趟","礴"不作"碰","已后"不一律作"以后","能奈"不必改"能耐","正紧"不一律改"正经","委曲"不一定用"委屈"等等。至于"到"与"倒","傍"与"旁"并见或两歧,酌情而从,不求绝对。又如"嬷""姆""妈"等字杂出互见,则与清代旗家风习相关,不但音义有分,其称谓所表身份有异,故斟酌依违,殊费心力。

三、辨析毫芒匡疏失[①]

《会真》的入校版本已备,我又补校了粗校的前数回。在开始的"凡例"和第一卷中,把复印的原稿和排印的样稿两相对照,发现原稿和样稿都有多人校改的痕迹,尤以样稿的增删窜乱为最。有的校文改过来改过去,不知何人所改,为何而改?对文稿本来我就很拘谨敬畏,加上初对文稿运作并不谙熟,岂敢妄意笔校,只好不计烦琐地作校记。如《凡例》(见《会真》第一卷9页),一则"按语":"此则……昭题旌式之俗意"。将"题"字妄校作"显"字。又如第二回,正文"这两年遍游名省",改"名"作"各"(《会真》219页)。再如,有的原稿正文将"黛"简作"代","凤"作"风"、"舅"作"旧",等等。还有的校者将异文部分的文字随意妄改,例如,把《觉、程本》的"贴儿"改作"帖儿",这一改顿失《觉、程本》的原义原貌,将无法与其他本子比较,只能造成新的混乱。又例如,第四回(《会真》511页),正文"凡族中大小事体",此文"甲戌本"至"凡族中"即止,而"凡族中"这三字却被校者删去了。把"事体"以下由胡适先生依"庚辰本"所补的有94字,也当做"甲戌本"的文字进行了校对。校者不仅把"甲戌本"与补文两种截然不同的笔迹视而不见,竟连胡适先生昭然警示的文字也不屑一顾,引发正文与异文涉及校勘连带性的舛误。另据校记记录,仅以第三回初校的样稿为例,此回样稿159页,每页16

---

① 此诗句摘自周汝昌先生,奉赠本拙文者的诗句。

行,每行以 30 字计,是回约 7.6 万字,大致分为:(1)有异文应列未校列的,异文错位错项的或归类不当的有 112 处;(2)补遗漏,即有的原稿文字和样稿的异文出现错抄或漏抄的;还有整页文字需作重校或需补充内容的计有 398(条)则;(3)原稿或抄本特殊用字,被不知名的校者或白或简改错的,如"箇"改为"个"或"個"。"唉"改为"笑","喒"改为"咱","已后"改"以后",等等,约 650 余处,共计约 1160 处(条),每页平均 7—15 处(条)。校正工作量之大,如不亲眼目睹是难以置信的。到 2000 年 8 月,除对校记中存疑有 630 余条(则)疑问尚待解决外,经一年多时间《会真》八十回文稿(实际七十八回)第一校稿完成。

是年九月我和张之先生应邀在郑州参加了召开的《会真》编校协商会。会议决定把《会真》编辑出版列入本社重点出版书目,审报了专项经费;设立了以特约资深编辑张焕斌先生为主的临时办公室,还配备一名在职编辑校对和一名处理日常工作的同志。社方从文化传承的责任感出发,给《会真》以高度的重视和大量的投入。在人力、物力、财力和工作条件等方面提供了后盾保障,由原来我个人的孤军应战,《会真》编校开始走上新一轮的按正常工作运作的程序。

四、细绎文意悟辨讹

2001 年初春伊始,随着《会真》文稿第二次边校边排,我居家仍以审校书稿文字为主,张焕斌先生以深层校对,文稿体例,编排规范等事宜,穿梭于郑州与邯郸之间。在后来四年的工作上我们时分时合一直融洽相处,共同探讨解决问题,几年中有数不清的电话,数不清的商讨。为保证全书稿的质量,一条一条引文,一个一个用字,甚至一处一处标点,都认真地核对,仔细地推敲,整个编校审核过程远远超出了规定的三审三校。有些章回,仅校对就达八遍。就二次审校稿诸多问题,都能坦诚的商讨取得共识。(1)如统一《会真》入校的古抄本问题,原稿除"甲戌本"等十一种古抄本作主校外,还有"参助摘校本"即有《南图本》①、《藤花榭本》、《芸香阁本》、《王雪香本》②和《金玉缘本》等。除《王雪香本》在《会真》原稿中有参校外,其他本子参校的甚少。尤显杂乱,也尚欠贯通。意想把参助本一律删除。(2)《会真》原稿每

---

① 《南图本》:南京图书馆藏抄本,与戚序本大同,亦有个别异文。

② 《王雪香本》:王希廉字雪香,号护花主人,举人,江苏吴县人,道光十二年(1832 年),双清仙馆刊本,120 回,附有程伟元原序,属程伟元乙本系统。

回汇校毕,回后附有存批分类数量情况的统计。对研读无不有益。然经校核繁错纷呈,颇费披寻,只能给书稿平添混乱和增加篇幅载量。(3)《会真》原稿的体例每回分前后两个部分,前者为正文、汇校异文记录、脂批汇校、按语等;后者为每回《石头记》的正文写定之清本。前后合看,无疑相得益彰,而前有正文后又有清抄文,这无形中也显重出。倒不如抽出清抄文,单独编辑成校订读本对研、读两便。这三项建言都得到周汝昌先生的理解和支持。诚然因张焕斌先生编辑生涯经验丰富,见解独到无形加速了工作力度。如我对二次样稿的审校,除了样稿的正文参照原稿的正文外,异文的汇校基本摆脱了原稿,而纯粹以各古抄本为主进行细绎辨讹,如此一次到位,可免生枝节和时力,文字准确度也较高。是年,又作校记有 180 则(条),其中字、句方面的有 122 则(条);按语方面的 58 则(条)。以下就对审校中字句和按语等方面的弊端例举之。

(一)按语是《会真》书稿中特色之一,全书按语计 1882 则,"于盘根错节之所在,交代疑难问题之性质,异文取舍之理由;或兼及本处涵义之隐显,前后脉络之起伏,就其所见,陈其涯略,以助研寻,务求真际①"

例一,第四回(《会真》第 484 页)该回有入校本十本,正文"皆报名达部",此句从"甲戌本"。而"庚、己、戚、舒、苏、觉"六本皆作"皆亲名达部";"杨本"作"皆亲达部";"蒙本"作"皆亲送名达部";"程本"作"皆得亲名达部"。有按语却云:"亲字恐不误,此关系当时内务府旗家选秀女制度实况"。既认"亲"字不误,而正文不采用"亲"字,而用无"亲"字的"甲戌本",何耶?

例二,二十九回(《会真》第 215 页),正文是"辮嘴"。按语:"辮嘴"是原笔。到三十回(《会真》第 242 页),正文"又办了嘴似的"。又有按语:"辮嘴是原笔,伴乃后改"。此回入校的八个本子,《杨、蒙》作"辬",《苏、庚、舒》作"辩",《戚、觉、程》作"拌"。且不说此按前后重复,而八本无一本用"辮"字。到三十一回(《会真》第 332 页),正文"和我辩嘴呢"此处的正文又用"辩"字。在三个章回中,正文同一义就有"辮"、"辩"两种校订用字,何者为原笔?

例三,第四十七回(《会真》第 101 页),在正文"凤姐"句下有按语:"凤姐加'儿'扩及全部,自'庚'原本作俑,'觉、程'因之。"到四十九回(《会真》第 302 页),在正文"凤姐儿忙说,"句下恰有"庚、苏"本作"凤姐忙说"。"庚

---

① 见周汝昌先生《石头记会真》叙例。

本"并没加"儿"。按语似有点欠严谨。又如三十一回(《会真》第379页)，正文在"留下翠缕"处。原二样稿有按语："苏本凡翠缕皆作翠楼。"然到六十二回(《会真》第679页)，正文"翠缕、入画"句处，苏本偏偏出现"翠缕"而非"翠楼"，岂不难圆自说。

(二)在校勘中,有关人名的舛误与纠误也较凸显

例一,第二十八回(《会真》第100—102页),正文"司棋"作"司琪"。到二十九回(《会真》第141页)和三十三回(《会真》第488页)的正文的"琪"字,又改作"棋"字。"棋"、"琪"其义有别,岂可互代乎?又如第二十九回(《会真》第187页),原稿和二校样稿,正文"湘芸有这个","芸"字从"杨本",但"杨本"也不是"湘云"统作"湘芸"。其他抄本概莫用"芸"字者。所以《会真》统校依"云"字。

例二,第二十五回(《会真》第607—615页),有"彩云"和"彩霞"互见两歧。后至六十回(《会真》第499页),正文"彩云"出现凡见八次,对此一人两名抑或二人一名?终未统一取舍,只好两歧并存。又如第三十一回(《会真》第337页),正文"只得跪下了,碧浪"此句有按语"碧眼亦可推为'碧浪'之写讹,'碧痕'一名殊无字义可寻,应是本作碧浪。"然而本回入校的九个抄本,(独"舒本"作"碧眼"。)无一本作"碧浪",唯"觉本"是"痕"改作"浪"字,"觉本"到第964页才出现有"碧浪打发你洗澡"。此处各本仍作"痕"字。

(三)在《会真》文稿中错校、漏校的也不乏出现

例一,第十二回(《会真》第205页),正文"合上眼还只梦魂颠倒,满口说胡话"。原稿此句从"苏本"。此句原有按语称,其他入校本均无"合上眼还只梦魂颠倒"九个字。经校核实质入校诸本和"苏本"一样,此九字无一字缺之。何有如按语缺九个字云云。

例二,第十九回(《会真》第21页),"苏本"有侧双批"妙!宝玉心中早按了这着……又字筍楔细级"有84字,误入"正文"作校(见苏本第698—699页)。原稿将此"苏本"侧双批与"正文"几乎是平列书写,故铸成将"侧双批"84字误按正文校之。

例三,"庚辰本"十三回第273页,在"彼时贾代儒、代修……"右侧,有朱笔侧批"将贾族约略一总,观者方不惑"。而在原稿和一、二次样稿,此批均

无。属原稿抄录遗漏之故。又如"戚序本"第 2625—2627 页，此近有两页的原文经淡墨笔涂抹，经查核涂后添改的文字与"程甲本"六十八回（第 1833—1834 页）基本一致。而《会真》原稿所用戚本入校的文字，正是采用被涂改后添改的文字。这段改文已证明来自"程甲本"，后提示周先生应予恢复"戚序本"原来文字入校。把改文附录该文后记之。

又如，第二十四回（《会真》第 534 页），原稿和两次样稿在正文"还提起姊姊来"，有"蒙侧批"："为大千世界一哭！"经勘对此批应在下相隔有 250 多字的"因此我就想起姊姊来"。句处（见"蒙本"二十四回第 539 页右侧）遂纠之。再如，第四十四回（《会真》第 694 页），正文"打老婆，又打屋里人，你还是大家子的公子"。在原稿和两次校稿中都漏掉了"又打屋里人"五个字，也及时作了补救。

（四）有关错句、字的校正例举

例一，第七十八回（《会真》第 772 页），在原稿的第 46 页正文"实攘诟而终"，有庚双批"离骚朝许〈讦〉夕替，废也。恐尤而相询詥同，攘取也。"无独有偶，在《石头记》的第十八回"林黛玉误剪香囊袋，贾元春归省庆元宵"回，有"惟朝乾夕惕，忠于厥职"句。"乾许〈讦〉夕替"与"朝乾夕惕"，这是两个成语，还是一个成语或中有一对一错？经查"乾许夕替"和"朝讦夕替"皆无。而"朝乾夕惕"《辞海》有解："《易·乾》"君子终朝乾，夕惕若，厉，无咎。"乾乾自强不息貌，惕若戒慎貌。后人以"朝乾"和"夕惕"连用，形容终日勤勉谨慎、不敢懈怠。"庚本"误抄"朝乾夕惕"作"朝许夕替"，周先生原稿又误"乾"作"讦"字，错上加错。"讦"为攻击人短处或揭人阴私，此处文义大相径庭。

例二，第四十六回（《会真》第 54 页），和五十七回（《会真》第 323 页）原稿对"趌"、"扚"都有按语曰："未详解"。此两字莫非雪芹原稿的自造自创字？在现通用的一般汉语字词典是找不到的。如果能找到解释，总比在《会真》中留下"未解"的空白好。经查核终于还是找到了满意确解，"趌"音"今"（jīn），低首疾趋谓之"趌"。"扚"音"仇"（chóu），以手扚物也，一曰取也。上述校例周先生悉知后均虚怀若谷，果断予以改削或修正之。

2002 年 10 月，《石头记会真》第一、二卷的样书印出了，社方送了样书让周先生过目审校，焕斌先生也携《会真》样书到峰峰来，我见到装帧精美的样书，心中有说不出的欣慰，经过几年的艰苦劳作终究看到了成果和希望。是月在收接周先生来信中附有一首很感慨动情的诗句：

诗赠廷臻先生

相逢同世作痴人，一片丹诚助会真。

岂是邯郸寻梦枕？翻经截伪忆禅因。[①]

2004年5月，十卷本《石头记会真》正式由郑州海燕出版社出版。是年9月，普及本《周汝昌精校订〈红楼梦〉》也相继出版了。是年4月，周汝昌先生在给我的来信中，又有诗文写道：

《会真》十卷已装成不禁百感交集

(甲申四月)

会真十帙报装成，校字辛苦百感生。

多谢故人分鼎力，千秋事业义非轻。

此际我异常兴奋的心情是不言而喻的。我为之审校五年有余的《石头记会真》总算画上一个圆圆满满的句号。

(原载《邯郸学院学报》2007年第1期)

---

① 周汝昌先生自注：唐太宗命玄奘译佛经"分条析理，广彼前闻，截伪续真，开兹后学"，玄奘助者道内法师乃姓侯也。

丁学良博士

香港科技大学终身教授
丁学良博士

丁学良博士，男，安徽宣州人，香港科技大学终身教授、博士生导师。

丁学良出生于皖南农村。自幼失怙，颠沛流离，幸有慈母鞠育，饥寒之中，不敢丢弃学业，"读书才能翻身"是他家乡的传统。

1983 年，他的硕士学位论文《马克思人的全面发展观之概览》破格发表在《中国社会科学》杂志上，并且在中华人民共和国成立后首届全国"中青年社会科学奖"的评选中荣获一等奖。这个奖，促成他获得了美国匹兹堡大学"大学校长研究奖学金"，于 1984 年 8 月赴匹兹堡大学学习。到美国后不久，即受到哈佛大学、哥伦比亚大学、普林斯顿大学、约翰霍普金斯大学、加州大学伯克利分校等邀请前去作学术报告。1985 年初又获得"哈佛大学奖学金"和"福特基金会个人研究基金"，进入哈佛大学学习。在哈佛受到美国著名社会思想大师丹尼尔·贝尔的赞赏，被收为关门弟子，接受其古典式的

单独授课;1992 年 6 月获哈佛大学博士学位。

过去十七年来,丁学良博士先后在哈佛大学本科生院、国立澳大利亚大学亚太研究院、香港科技大学等环太平洋国家和地区从事教学和研究,并兼任国内多所大学的特聘或客座教授、国内外数家学术刊物的编委等。

2006 年 8 月,丁学良获得美国"卡内基国际和平基金会"聘请,被委任为在华合作项目代表、高级研究员,是首位获此职称的华人学者,从事全球化影响下的美中关系、中国在可持续发展中面对的挑战等重要课题的研究和协调。2008 年 8 月结束课题后,返回香港科技大学继续任教。

丁学良博士的研究领域主要包括:大学制度、转型社会、全球化、发展与腐败、华人社会的互动等问题。近年来,多次应邀在北京大学、清华大学、中国人民大学、哈尔滨工业大学、浙江大学、中国政法大学、中央财经大学、复旦大学、同济大学、上海财经大学、中南大学、西南财经大学、武汉大学、北京交通大学、南京理工大学、云南大学、华中师范大学、中山大学等国内数十所名校,就如何创建世界一流大学等专题进行演讲,影响广泛。主要中文著作有:《什么是世界一流大学?》、《中国经济再崛起》、《从"新马"到韦伯》、《丁学良集》等六部;英文专著由英国剑桥大学出版社出版;十多篇英文学术论文由英国《政治学季刊》、《中国研究季刊》、《共产主义后问题》、《亚洲概览》等发表。(**康香阁**)

著名学者丁学良先生访谈录

康香阁　李俊丹　周冰毅

2006 年 12 月 5 日，丁学良教授应邀到邯郸学院讲学，并就当前高等教育中的若干热点问题接受了学报编辑部专访。

建设世界一流大学：软环境更重要

编辑部：您已就"世界一流大学"这个话题发表了许多言论，并产生了广泛影响。您能否用最简练的语言概括您关于这个话题最核心的思想？

丁学良：用简洁的语言概括这个话题，我只能这么说，创建"世界一流大学"这个目标提的是对的。这些年来，我的很多言论，就是告诉国内的人们，只有明白了国内高校和世界著名高校的距离在哪里，然后你才能够设计出前进的目标。如果不明白这些距离在什么地方的话，即使再投入更多的物质的财力的资源也不一定能够达到。要想从实质上缩短中国的大学与世界一流大学之间的距离，就要明白这个差距在哪里。当然这个差距有好多类，有硬件的、有软件的、有体制的，还有大环境的，有小环境的，等等。

编辑部：中国领导人自 1998 年提出建设世界一流大学以来，已对若干重点大学进行优先投入，这些大学自己也在朝建设世界一流大学目标进发。据您近距离地观察，您认为国内大学这些年已经取得哪些重要进展？不足之处是什么？

丁学良：自从 1998 年到现在为止，将近八年的时间，若干著名大学得到了国家有限的投入，这些有限的投入按中国经济发展的标准看来，都是很巨大的增长。

我看取得的重要进展有这么几点，第一个，房子盖得更多了；第二个，校园变得更大了，校园里面的草地更漂亮了，从教师到学生的工作或生活环境来看，有显著的改善，这些对于办好学校都是有直接关系的。

但是，像另外一些更重要的方面，我还没有看到显著的变化，例如，对教师的招聘、教师职称评定的改革还不那么显著,不那么全面。换句话说,在大幅度的改善学校里面的研究的软环境方面,我看到的变化还很少。

编辑部:能否具体谈谈。

丁学良:举一个很小的例子,就说开会要报批这件事。国内一所大学,如果要开一个国际研讨会,超过多少人,就要拿到相应的那一级主管部门去审批,常常是,那个会计划的日期已经过了,批文还没有下来。

我听了以后觉得很纳闷,这和我二十几年前出国时的情况差不多。我的意思就是说,学校要开一个纯学术性的会议,为什么需要这么多机构审批。在国外,哪怕是三流大学,把开会的钱拿来了,然后找到了开会的合适的人,就可以开。至于开会的效果怎么样,那倒是更难、更关心的一件事情。开一个会,能不能在这个会议的学术主题上面有一个很好的学术研究成果的交流,这个交流的本身以什么样的形式发表出来,比如是出论文集,还是在哪一个学刊上能出版一个专刊,这倒是有一个很大的差别。越是好的研讨会,越是需要带来的是与会者最近的研究成果,能够使得参加会议的人在学术研究成果方面有很尖锐的面对面的碰撞,如果没有这种碰撞,也不可能产生促进这个学科研究的效果。任何一个大学都要开学术会,如果在软环境方面你不改善的话,你就是多出钱,我看效果也是不会好的。

从 1998 年到目前为止,国内高校在硬件建设方面取得了显著的改进,是值得肯定的。但在软件方面改善的速度远远滞后于硬件方面的改善,更基本的、更基础的,更核心的软件,包括体制、包括措施、包括机制这些方面的改善,不能说一点没有,但很不显著,很不全面,很不系统,很不牢固。

编辑部:就大学的外部环境而言,您认为要建设世界一流大学,国家的教育行政管理体制还要在哪些方面进一步改革?

丁学良:中国教育行政管理体制的进一步改革,就是需要借鉴中国经济改革的经验。最重要的一点,就是要明确,企业如果成为衙门(行政部门)的附属品,企业是搞不好的,不管给这个企业投多少钱。大学也是这样,如果大学也是衙门(行政部门)的附属品,不管投入多少钱,这个大学都是搞不好的,这个大学也不可能成为一个教学或研究创新的一个机构。

大学的管理,应该是一个宏观的管理,不应该是微观的管理。各地方的大学都反映,上面的教育行政部门,对大学的管理,越来越从宏观管理变成了一种微观管理。管理的越来越多,越来越细,慢慢地变得越来越机械,越来越数字化。我认为这是最核心的问题,这些问题解决不了,你就是投入再多的钱,也不能产生出我们所希望的那种长足的进步,这个是一个大问题。

教育的产品是学生

编辑部：国内这些年，就高等教育成为产业化有很尖锐的争论，您怎么看待这个问题？

丁学良：我在一个多月以前，在两个场合就这个问题讲了我的看法。产业化的概念是从英文 industry 翻译过来的，英文"industry"这个词在中文里有很多的翻译法，最早的一个翻译法就是翻译成"工业"。从政治经济学角度讲，可以说 industry 是一个产业，医疗是一个 industry。这个产业是要计算它的投入或效果的，它能给社会产生什么效益，能够多大程度上改善社会。国外讲的"产品"，也不等于是我们讲的物质产品。在国外，服务就是一种产品，比如说，国外的银行，他们讲"我们最新的 products 是什么"，邮局他们讲"我们最新的 products 是什么"。他们的产品讲的就是服务，一个更好的、更新的、更多样化的服务项目就是一个 products。从这个意义上来讲，教育本来就是一个产业，不是一个什么很奇怪的概念。

国内很多的争论，在于它事先没有把高等教育产业化的概念讲得很精确，一谈到高等教育要产业化的问题，大家一开始是很动感情的，很情绪化的，说不了几句话就开始争吵。我认为高等教育，包括任何教育都是一个产业，但并不等于说，教育的每一个方面，每一个层次它都要以赢利为目标，这是两回事儿。为什么说教育是一个产业，因为教育是需要资源投入的，教育的投入同样是要讲究它的效益的。这个效益比如说，可以是训练更多的学生，训练学生的素质更高，能对社会的发展、国家政治方面的改进有更多的推动，这都是它的效益。它只要是这样的一个互动，它就可以称之为产业。

我们国内真正的焦点，实际上不是说教育是不是一个产业化的问题，而是讲教育是不是在各个层次或各个方面都要以赢利为目标，这才是关键的问题，真正的问题你不把它讲清楚，后来很多的争论都是废话，都是误导性的争吵，吵到后来没有人搞科研项目，都想着去赚钱了，那就错了，今天我来讲这个问题，就是要把这个概念讲清楚。

编辑部：既然高等教育是一个产业，那么对于不同类型的大学，对于同样一所大学中间不同类型的系科，对于同样一个系科里边不同水平的教育，我们怎么样来衡量它的所谓产出？

丁学良：这才是最关键的问题，是概念清楚化的一个问题。比如说，对工科，对应用学科来讲，它们之间的关系很密切，很容易理解。在西方，尤其在美国很早就将"教、科、工"这三个环节结合在一起。"教"是"教育","科"是"科研","工"是"工业"的意思,"工"的严格意义应该是"工商应用",这三个环节的结合美国是走得最快的,而这三个环节凝结所产生的效果,今天不仅对美国生活,对全世界绝大部分的人的生活,都产生了很大的影响,我们今天的很多跟 IT 信息有关的产品,都来自于美国这三个环节密切结合而来的。比如药品,现在每年在全球都有几千亿的产值,药品在美国就是教育、教学、科研、工商应用者相结合的产物,这个看得很清楚。

社会科学有些门类也容易体现"教、科、工"这三个环节的关系。比如说工商管理、经济管理属于社会科学,它很容易就把它的一些成果直接推广到一些公司的管理里面,也可以推广到国家,甚至于比较宏观的经济调控管理里面,这看得很清楚。法律也是广义的社会科学的一部分,比如说,法律方面的教育、法律方面的研究,对于改善这个国家的法制,推动这个国家的法律系统变得更加合理,更加公平,这也看得很清楚。现在的律师,对社会就有很大的帮助,这也是很明显的。

编辑部:对于一些与社会结合不太直接的基础研究,比如自然科学方面的基础研究和纯粹人文学科方面的研究,如何衡量他们的产出?

丁学良:这倒是一个非常有争议的问题。对自然科学方面的基础研究,衡量它的目标,显然不是说你能不能马上用得上它。这个问题在国外已经争吵了七八十年了,焦点是一个国家应该把多少钱花在应用研究领域,把多少钱应用在基础研究领域。搞应用领域研究的人都希望国家的钱投入得越多越好,马上就能产生效果,搞基础领域研究的人也要论证,希望国家,不仅是政府,也包括工商部门乃至私人的投资多朝基础研究领域投入。

论证投入的方式基本有两种,第一种论证方式说,你所有的应用的研究,都是从基础研究衍生过来的,如果没有基础研究的源头,那么应用的后面的中下游的东西都出不来。

第二种论证方式就反驳说,全球做基础研究的国家有的是,我们自己花钱去做基础研究,还不如买人家的研究成果。这一点在香港很明显,因为香港是一个国际商业化城市,美国人、英国人只要有什么好东西出来,香港就出钱买过来,这种观念在香港很强。而对于中国这么一个大国的话,这种做法就要打一个很大的折扣。

我认为,基础研究之所以是基础研究,根本就不是看能否产生好的中游或是下游的应用,能产生中下游的应用当然更好,但做基础研究的目的可不是为了有个什么中游或下游的应用目标预先在里边,基础研究的最基本一点就是好奇,我对任何一种现象发生好奇,我就研究,如果没有好奇的话,世界上就没有科学,就没有很多新东西。好多东西你回溯起来,世界上最重大的突破,都不是预先设有的那个目标,而是来自于好奇研究所导致的突破性的发展,我是把这个问题放在更高的层次上来讲。

第二种论证方式的观点在中国很早就有市场,因为中国是讲究功利和实用的一个国家。如果你要讲让国家给你几千万,几亿块钱,为了你好奇,那政府的官员第一句话就是,你好奇你有本事,你就好奇去吧,我们干吗花钱给你。在西方古希腊的传统中间,就有着很强烈的对不可知现象的好奇,爱因斯坦对我们来讲是最伟大的,他认为科学最大的动力不是应用,不是产生经济效益,就是好奇,因为他自己的东西都是好奇出来的,谁也不知道爱因斯坦的成果为我们产生了原子弹,那时候谁也不知道。从这个意义上来讲,基础研究在哪个国家都是一个争论的对象。

在中国,我们要论证基础研究的话,那只能说我们应该把三分之二的精力用在论证基础研究是源头,后来他能够产生中下游很重要的应用产品,把三分之一的精力花在用科学史的实际材料来告诉人们,尤其是告诉手里掌握资源配置的这些官员们,告诉他们基础研究的很重要的一点,就是要满足人类对不可知现象的好奇,就是这种好奇才是推动好多的科学成果的产生。

对于纯粹的文科的研究,它的意义在什么地方?比如说,我们研究宗教、研究道德、研究哲学、研究伦理,中文研究文学、研究考古、研究历史,这些方面的研究你很难说清他怎么样能产生效果,我只能说这个东西是一个国家、一个社会、一个文明传承的最基本的东西,它最重要的一个效果就是它造就了一个合格的社会公民,一个合格的社会新人。如果你这个社会在造就一个合格的社会公民方面都舍不得投入,那你这个社会怎么延续下去,你这个文明怎么延续下去,这个问题在国外老早就解决了,这一方面没有办法跟工商应用挂上钩,但它比工商应用的价值要高得多,它是一个塑人的东西。教育不仅仅是要解决"用"的问题,首先解决的就是"人"的问题。

编辑部:现在有些学校的毕业生就业不好,招生名额被削减,甚至有的学科也取消了,您怎么看?

丁学良:这是一个很实际的问题,有些专业招学生招不到,招来的学生,毕业后找不到工作。这些人分成两类。

一类是有文明传承价值的专业,这些专业虽然招生、就业困难,但不能没有,不能断,这样的专业人不要多。比如哲学,在任何一个国家,都不需要有很多学哲学和教哲学的人。现在国内的很多大学都有哲学系,招很多学生,毕业后找不到工作。在国外只有很少人去学哲学,哲学是贵族学的东西,学哲学首先要衣食无忧,什么都不用管,那时候才能想哲学问题,才可能出现新的思想。

历史与哲学它又不大一样,历史是一个国家在公民教育中的一个很核心的部分,就全国招生的规模来讲,它至少应该是哲学系的 10 倍。因为广义的历史门类其实是很广的,科学史、军事史、经济史、思想史、政治史,都属于历史。历史就跟文学一样的,它培养出来的人,不仅仅是要教书,还有其他的一些东西,比如当官需要懂历史,做记者也要懂历史。综合起来讲,历史是一个很基本的东西,不能没有,但并不是说每个大学都要有一个历史系。

另一类是有些专业招生、就业困难,同时又与文明传承无关,就不应该勉强保留。而对于有些分的很细很窄的学科,可以考虑和相关的专业合并。比如,现在很多学校把马克思主义作为一级学科,马克思主义不是一个学科,它是一种政治思想体系,它的一部分内容是属于政治系教的,一部分是属于社会学系教的,一部分是属于历史系教的,还有一部分是属于哲学教的。你把它集中在一起,面太窄,既不容易招生,就业也相当困难。西方国家的好多大学里面也教马克思主义,但他们不是把马克思主义当成一个独立的学科,而是把它放在不同的学科里面去处理,因为在同一学科里边不同学派之间有一个互动的过程,它不是一个自我封闭的系统,通过互动反而使好多东西能发展起来,马克思主义的生命力就更强了。

编辑部:现在国内正是评估的热潮阶段,这种来自教育部的评估引发了很多的问题,美国的大学是如何进行教学评估的?

丁学良:国外大学因为办学方式不一样,评估也有很大的区别。我在美国学习工作了十年,我还没听说过美国教育部出去搞评估,不可能的事情。美国的法律就规定大学办学自主,你教育部凭什么来评我们,你教育部是为高校服务的,因为美国办高等教育是一种多元化的办学,你说美国的教育部怎么能跑到私立大学去搞评估。美国教育部只能管一个区域,比如说,哪些院校合格,它能颁学位,哪些不合格,不能颁学位,不能去骗人家的钱,它防止的是这种事情。每隔两三年、三五年,在每个大地区里面,它都要评估一下,评估哪些院校有资格授予学士学位,哪些不能授予学士学位,哪些能授予两年制的大学的文凭,哪些只能授予职业学校的文凭,哪些学校是可以授予硕士学位的文凭,哪些学校是可以授予博士学位的文凭。

那么这些评估的标准是谁定的呢,也不是由教育部一家制定的,它是由一个专业团体制定的。因为一个专业的团体才是懂行业的团体,这不是外行来管理,而是内行来管理。全美国最新的资料还没有出来,据统计,从1995年到2000年期间在全美国范围内至少有一百二十多所院校被取消了,多数是规模较小的学校(college),规模大的学校被取消的非常少,教育部管的是这种评价。至于每个大学内部的评价,那是另一码事,校内的评价是很复杂的,那是常规性的评价。比如说在一所大学里面对一个教师从中级到高级的评价,甚至高级以后过几年还要对他评价,那是对教师、教授个人的教学或研究方面做的评价,而不是对学校整体的评价,对学校整体的评价,在美国是最多样化的。

编辑部:美国以外的国家呢?

丁学良:欧洲的好多大学是公立大学,关乎纳税人的钱的问题,所以需要教育评估。比如英国的大学,多数为英国政府拨款。香港也是公家拨款,每两三年,对所有的公立大学进行评价,全校从上到下忙得昏天黑地,一些从美国到香港的学者们,对这些都不耐烦,很反感,说在美国我们一天到晚忙,那是忙着做研究,在香港一天到晚忙的是填表,告诉他们我们在做什么研究。

据我了解,国内的情况就更严重了,一刀切从来就是中国形式方面的基本的特点,评估前先把评估的标准数量化。只要是官僚部门做事,它一定要把它搞成一个很机械化的东西,因为这样做他省事儿,官僚们都是考虑他怎么省事儿就怎么来。从这一点讲,不仅仅是中国的官僚是这样,美国的官僚、英国的官僚、法国的官僚、日本的官僚、欧洲的官僚,全世界的官僚都是这样。美国之所以这种现象比较轻,是因为美国的法律上有一些规定,官僚系统是不能够去学校惹事的。我所听到的国内有些高校的评估,不是提前一年,而是提前两年就开始忙的昏天黑地了,两年之内在这个学校里边评估就是头等大事。评估时,根据规定的指标,专家组提出一个问题,你这个学校必须在20分钟之内把这个资料送到这里,超过20分钟就要扣分,这算怎么回事儿? 搞的就好像是刑事犯罪调查似的,这哪是大的高校评估的一种方式呢。

编辑部:您是说公立大学的这种评估还算是应该的和正常的?

丁学良:公立大学不是说应该被评估,而是说公立大学是容易被官僚们拿来作为评估对象的,公立大学实际上是可以不评估的。在美国,因为私立大学很强大,所以教育部连公立大学都不能随便去评估。教育部要搞评估办法,伯克利大学(公立大学)就说,我们学校最好的毕业生都不到教育部去,你还反过来评估我呀。哈佛法学院的学生跟美国政府打官司,几次都把美国政府打败了,为什么? 哈佛大学法学院最好的毕业学生不会到政府去的,你怎么跟我打官司? 你不懂,你差远了。因为在美国有私立大学这种多元化的体制,即便是公立大学,政府也很少到学校去评估。公立大学就讲,你看哈佛、斯坦福、普林斯顿、麻省理工学院,你们不去评估,人家办的一样好,我们要和他竞争,靠你评估能办好吗? 把道理说得很清楚。评估是应该有的,但评估不应该太频繁,而且尤其是评估的那个体系,怎么评估,这一点,不应该是由行政官员来定的,应该是专业团体来定的,这是专业团体的事情,我一直都在强调这一点,要专业团体自己来评价这些专业的标准,是这样的,这才是合适的。

编辑部:国内高校的招生制度在短期内不会有太大的变化,去年复旦大学和上海交通大学实行自主招生,但只是小范围,也有人指责其花的人力成本太大。招生改革的焦点在哪里?

丁学良:第一点,对高校实行招生改革我是很看重的。假如国内报刊上对复旦大学、上海交大实行自主招生的这个报道是比较实事求是的话,我是很认同的。自主招生在美国已经实行了六七十年,七八十年,甚至上百年了。每一个高校,尤其是比较好的高校,他们的课程是不一样的,他们的招生是不一样的,他们训练方式都是不一样的,只有这样,你出来的产品才能不一样的,你的学生就是你的产品,是不是? 你培养什么样的学生就是你们的产品,像美国非常优秀的大学,名牌大学,每一个学校在招生上都有自己的一套,在全美国通用的考试指标是考 SAT(Scholastic Aptitude Test),还有很重要的是美国学校要考 personal essay,就是考个人的文章,这个文章可以谈他的人生观,谈他的理想、谈对他影响最大的那些人、那些书、那些事儿,因为这些方面最能考核人的综合能力。我觉得在中国这些路子也必须实行下去,如果不实行,以后中国的大学的招生,就没办法再考下去了。我不是讲过吗,在中国把一些高中的课程放入初中的课程,而把一些大学本科的内容往高中里放,为什么? 就是因为你的考学办法就是考学生积累的知识,而人类社会知识的积累是没有穷尽的,知识积累得越多、越深、越细你还有办法考吗? 你总不能把微积分放到幼儿园里去上吧,你还能考完吗? 如果按中国这个传统思路考下去,要考全世界最好的十所大学,那恐怕要把百科全书背下来了,但人家不是这样的思路,人家是用多种方式来衡量学生们的综合素质和能力,所以我说,中国应该加强这种实验,在中国的这种特殊的形势下,这种实验可以灵活一下,不对是可以改的,要有不同的考试方法,这可以从几所高校开始,慢慢地扩展到更多的高校。

第二点,招生改革要透明。中国遇到过这种情况,上大学不用考试,而是用推荐,比如"文革"时期上大学就用这种方式,哪个有权,哪个有后门,哪个就能上大学,没有权就不能上大学。用多种方式考核学生上大学的灵活方法要做到开放、透明。这样讲,不仅仅是对名牌大学,在美国一些很小的大学,它培养的学生是地区性的,不是全国性的,它也很讲究自己的特点。它说你们哈佛、斯坦福很了不起,但我们的学校不是要办成哈佛,也不是要办成斯坦福,我们就是要办成一个很小的 college,我们的学生进来要受到家庭一样的照顾,我们学生学的东西要学而致用,我们培养出来的学生以后不是去做研究的,而是要找到一个很好的工作,作出很好的成绩,形成自己的特色,而且它们反对把他们定性成为一个研究性的学院,他说我们不是研究学院,我们就是要重视教学。一个好的高教体制应该是多元体制,不要把学校办成一种模式。

大学校长应具备的三个条件

编辑部:大学校长应具备哪些条件?

丁学良:第一点,当校长的人首先要是个学者,要是一个很不错的学者,不一定是一个顶尖学者,顶尖学者你不要让他搞行政,爱因斯坦如果当校长,那不是浪费了吗?但校长也不能是一个很差的学者,要是中等以上的,这是很基本的一点,这样他才能尊重学问,尊重别人的学问、尊重学术。

第二点,懂教育,不一定非是教育系毕业的,但要有在高教系统工作了一些年,对教育应该有切身的经验。你不能说他原来是一个烟草局的局长,是厅级,校长也是厅级,就让他到学校当校长了,这是不行的。

第三,当校长必须是一个懂得运作教育资源的人。教育资源包括很多东西,你要不会这一点的话,你可能是一个很好的学者,你可能是一个很好的另外一个领域的行政干部,但给你个学校你搞不好,哪怕你有心搞好。教育是一个很复杂的系统,并不是说你有这个心,你也是一个很好的学者,然后你的品德也很好,你就一定能把一个大学搞好,那不一定的。搞好一个大学,你不仅要懂得怎么样运作教育资源,也包括怎么样去找教育资源。在美国特别强调这一点,不管是私立大学还是公立大学,很多的资源是靠校长出去找来的,他找来了更多的资源,他就能办一个新的、更灵活的一些项目。

在英国及欧洲的传统制度下,大学校长不干这种事,英国的校长还瞧不起美国的校长做这种事情,说校长出去找资源等于是拿着盘子要饭,讲得很难听。但这两种体制竞争几百年下来以后,现在英国服输了,完全靠政府拨款的道路坚持不下去了,全世界都是这样。前几年,剑桥大学就把他们学校以前毕业的一个学生从耶鲁大学请回来了,这位学生叫 Alison Richard(艾莉森·理查德),在美国已经做到了耶鲁大学第二把手教务长的位置(耶鲁大学没有副校长),请她回来的目的就是要她把美国办大学的机制能够带回来,解决剑桥大学入不敷出的问题,她回来后就提出了一个筹集 10 亿美元的计划。美国办大学的机制很重要的一点就是当校长要会找资源,不会找资源的话,这个大学就很难办好。找资源当然是合法地找,而不是非法地找。像剑桥这样底子厚的大学尚且需要这样,中国公立大学的校长也得要学会去募捐,这对一个学校的可持续发展会起到非常重要的作用。香港的大学也是这样的,特别是九七、九八年金融危机以后,政府大大缩减财政,他们的校长也开始到外面找资源了,你不找资源,你就不能办一些新的项目,凭你现有的硬件或软件的条件,你就不能实行一些创新的东西。

除此之外,一个大学校长,他必须对他管理的学校有真正的爱心,爱校如家,爱校胜家。如果你对这个大学毫无感情,你跑到这个大学当校长,绝对是办不好的。在国外,好的大学在选校长的时候,它有一个基本条件,就是你必须在这个学校拿过一个学位,而且以前还必须是拿到学士学位,拿过博士学位都不行,为什么,他们认为本科阶段是孩子成长最重要的一点,他对这个学校就像家一样,感情特深,你这拿博士学位时,你已经是成年人了,对学校不够忠诚。后来随着高等教育的发展,这一条件有所放松了,你只要拿过博士学位就行了。

编辑部:虽然需要校长出去找钱,但您在《创建世界一流大学》一书中说,出外找钱并不是什么钱都能要,校长在国内找钱应注意哪些问题?

丁学良:是呀,不是什么钱都可以的。第一,找来的钱必须是合法的。你不能去找人家犯罪的钱,有的钱不干净,他通过很有名的大学来洗钱,这一点我们要慎重考虑。第二,找来的钱不能影响这个学校的独立自主运作。有人给你捐几千万,就要求你这个学校这样或者那样,那你这个学校不是越搞越糟了吗?对于捐款的条件和使用,双方要有法律保障的协议,哪一方违反都不行。人家给你捐款,是要做这方面的研究的,结果你拿来做其他方面的研究,那就是你破坏协定了,当然不可以。

扩大招生不是就业难的主要原因

编辑部:近两年毕业生就业难,人们普遍认为大学扩招是造成这一问题的主要原因,您如何看?

丁学良:中国大学过去几年进行的大幅度的扩招,扩招有它的合理性。全世界经历过工业化的国家,其高校发展的历史,也有过大幅度的扩招,这是国家工业化发展的速度带来的,因为在农业社会很多是靠经验做的,进入工业化的社会,它就需要培养出大量的专业人才,高校就起到了这个很重要作用。

就业难的问题一部分是和扩大招生快有关系,还有一部分是更深层的原因,包括一些专业不能够与时俱进有关系,例如某些专业根本没有就业市场,还成倍地扩招,自然会出现这些问题。

在美国对高等教育影响最大的既不是政府也不是别的,而是就业市场。你说你这个学校再牛,你培养出来的毕业生很多人找不到工作,你就不能按现有的方式办下去了? 你这个学校的内部专业设置、教育方式就必须改变,你不能说是就业市场不对。就像一个企业是搞电脑的,你说你们的企业再牛,你造的电脑别人不买,人家不买你就得想办法,你不能说使用电脑的人不对。

中国的高校应该好好地思考这个问题,尤其像你们这样的地方性学校,应该增加一些其他大学没有开设的专业,给你们的发展创造一个好的就业环境。你们应该专门设立一个研究调查高等学校专业设置与就业市场进行关联的机构,这种事情在地方性的院校尤其应该做,因为你们调查的范围不是很大,比较好做,有的学校它是全国性的招生,它必须调查全国市场,成本太高了。地域性的调查顶多是一个省或是加上周围的地市就行了。根据调查分析的结果,对你们的专业设置进行改革和调整。

今年 5 月份我开始做中国政法大学客座教授,开始了解到全国法律系法学院毕业生的情况,去年法律方面毕业的本科生、硕士生、博士生有五十多万,其中百分之八十找不到与法律有关的工作,今年跟去年基本上没什么差别,这个问题很严重啊。美国的高等学校招生、招多少生,就业怎么样,它都提前做一个预测,也就是市场的预测,你不作这个预测,大批的毕业生找不到跟他匹配的工作,那不是害了学生吗?

就业难的另一问题,就是有很多部门对没有本事的人来说,他有关系就能够进去,你有本事,没关系就进不去,这样的事情你们是都知道的,很多的部门里面被三亲六戚的关系塞满了,你要是分一个大学生来,当然是进不去了,这些不仅仅是大学扩招引起的,是很多方面的原因造成的。在中国所有的体制中间,最难改的就是人事体制,人事体制改好了,中国的其他体制就好改了,中国2000多年的智慧绝大部分是用在了怎么管人上,而不是怎么用人上了,人事制度是最难改的一个方面了。

编辑部:大学生就业难现象,难免不波及地方性院校的办学和招生。从世界各国办学情况看,如何办出一所有特色、有需求、有地位的地方性院校?

丁学良:如何办出有特色的地方性院校,还是以美国作参照,因为美国和中国一样是个大国,地域大,人口多,名列世界第三,有可比性。要是拿中国和新加坡、新西兰这样的小国比,很多事情不好比,因为他们只有几百万人口。

美国不仅有全世界人人皆知的大的名校,还有三分之二的大学是学院性质的,这些地方性学院在美国是起了很大的作用,一方面它为研究生教育提供了很好的人才,另一方面,它对于那些家庭收入不是太高的学生很合适,它的学费、生活费用,交通费用比较低。更重要的一方面,就是为地方经济持续发展输送各种人才。许多地方性学院的大学生还没毕业,工作就定好了,就是因为他们对周边或者邻近州的就业情况很熟悉,而且他们培养出来的学生多是为当地服务,对本地有承诺,有感情,比较敬业。地方性院校为本地的政治、经济、社会作出了贡献,反过来,地方政府也会给学校相应的支持,形成良性互动,所以说,地方性院校一定要了解本省和周边地市的人才需求情况,充分利用好这个资源,做出自己的特色专业。

据我所知,有些地方院校已经取消了幼儿教育这个特殊训练,其实幼儿教师是很难的一件事,幼儿教师又是妈妈,又是阿姨,又是护士,又是老师,又是心理医生等等,现在国内很多城市生活水平的提高,大家对幼儿的教育越来越重视了,但合格的幼儿教育太少了,国内现在有市场需要,为什么不把幼儿教育发展起来呢? 还有残障人教育,中国社会现在的残障人大约已经超过七千万,残障人的教育是一个很大的问题,是一个很大市场。再比如,中国现在开始进入老年社会,以前老人都是靠家庭照顾,以后就要走向社会化的照顾,在你们学校里边能不能设置出照顾老年人的这种特殊的专业,这种专门培养照顾老年人的专业是美国最兴旺的专业之一,而且收入也非常高。

如何公平对待"海归派"和"本土派"

编辑部:在中国的大学或科研院所人才评聘过程中,似乎一直有所谓"海归派"和"本土派"之争。在您看来,这两派之争的起源和盛行究竟出于什么原因？已经导致了哪些弊端？有没有什么好的解决办法？

丁学良：我现在还没归来，不算"海归派"，我还是基本上站在大海的另外一面来看问题，假如我已经归来了，偏见的程度可能就更大了。

笼统地用"海归派"这个说法，我们都是"海归"，中国大陆之外所有的天下，都叫海外。由于不同国家的高等教育的水平是不一样的，你把所有的在海外受过教育的人统统放在一个篮子里，这就很容易产生误导，海外还有一些大学是野鸡大学，差别很大。甚至在国外正规的大学里边差别也很大，比如法国的博士分两种，一种博士叫做哲学博士，还有一种博士叫做国家博士，按照中国人的观念，国家博士肯定是最高的，其实不是，国家博士相当于英国的哲学硕士，你把所有的海外归来的人都放在一个篮子里，这本身就是一种很混乱的评价标准。

有些人在国外念书，大部分时间是在干其他的事情，可能花点钱买了一个证书回来。还有些人在国外拿了两个硕士学位，这不一定是好事，可能是他读不成博士，然后再换一个更差的学校读硕士。用人单位不了解情况，录用之后发现名不副实，造成很坏的影响。

我认为，应该在国内的一些高校比较集中的城市，建立海外学历人员信息服务中心，由国家教育系统主办。现在全球的人才市场是在流动的，海外归来的人把自己的各种证书和受过那种训练的资料放在中心，用人单位通过你的资料就能查找到你所毕业的海外学校，所在系科在国际上是一个什么样的档次，给他多少待遇才算吻合，既不要给得太高，也不能给得太低，这样才是公平的，公平和公正是在信息透明基础上才能作出来的。

编辑部：现在中国有一个海外文凭认定中心。

丁学良：中心城市都要有一个，像北京、上海、西安、哈尔滨、南京、广州、武汉、重庆、成都等大城市都要有，在偏远的地方再选一两个，中间的地方再选一两个，这个中心不只是管本省的，而是跨地区的服务中心。因为海外归来的人越来越多了，一个认定中心太少了，容易马虎，比如说，"全国牙病防治指导组"搞牙膏认证，全国做牙膏的有几千家，有 13 亿张嘴，他一个机构你能管得过来吗？结果出了问题。

验证只是一个起步，验证海外回来的人不要是一个骗子，有的是半个骗子，有的是百分之百的骗子，有的是百分之八十的骗子，有的可能是百分之二十的骗子，我不是说"海归"都在骗，而是说，中间有这种现象。我们国内这些年，大学中间也有混文凭的现象，不是说"海归"混文凭，国内的也是一样，也很严重，而且越来越多了，有的论文也花钱找人代做。所以从这个基础上来讲,第一步要认证,搞清楚,认证就是有一个合适的起点,这个认证信息的过程是透明的,这样的话,你这个单位无论是招"海归派",还是招本土的人才也好,你只要是过程透明,你就会有更高的可能性把一些不符合事实的部分很快地揭露出来,这样就使招人的单位不至于被误导很长的时间,如果你有猫腻,你不公布,那你这个事情就是越来越严重了。

第二步就是要看知识才能,这一点更重要。经过验证的"海归派",却是货真价实,那他的起点待遇就会高一些,因为他国外念书的成本高,经济学上是有这个规律的。你看这个菜单——特级肥牛,澳大利亚进来的20元一盘,草原肥牛15元一盘,内蒙过来的,为什么?因为澳大利亚的肥牛成本高,这不是一回事儿吗?

验证只是在起点上的一个公平,公平不等于平均,平均往往是不公平的。"文化大革命"的时候是最典型的,在医院里让一个开刀的主治大夫去洗瓶子,清洁员也洗瓶子,这是平均但不是公平,因为培养一个开刀主治大夫的成本要高得多,你就不应该让它干低档活儿。就像植树节那天,国家领导人去植树,这是一个象征性的东西,鼓励全国的人民去植树,但是你不能365天让中央政治局委员去种树吧!

把成本问题搞清楚,起点搞清楚,在这个起点之上,就要看他的实际的工作绩效、工作的实际成果,在工作成果的衡量上,我认为要看看他读的是哪些专业,受到的哪种训练,更具有优势,这是不一样的,比如说,你外语系聘请国外学语言回来的人,那肯定要比国内学外语的人要好得多,英国培养出来的讲英语的和国内培养出来的讲英语的还是不一样的,除非他在国外是骗人的。

当然,海外有些专业与国内相比也不一定有很大的优势,比如说,有些博士在海外研究的是中国历史,国内研究中国历史的力量是很强的,国内受过严格训练的博士往往比在国外的要好。除非他本人在国外有一种新的方法,新的史料,有了开创性的研究。这个以前是有过的,胡适就是这样的一个典型,但直到现在为止,还没有哪一个能超过胡适。冯友兰开创了中国哲学史的研究新方式,也是如此。

编辑部:现在争论比较多的是一些"海归"学者在国内做研究的时间太少。

丁学良:主要原因是国内的教师的招聘信息不透明。国内一些好的大学,资源比较好的,想缩短一些专业跟国际上的差距,就想聘用国际上比较好的学者,问题就在于用的那些标准、过程不透明,不透明就在外面产生很多的说法。

丘成桐先生批评这些人在国外是全职教授，他怎么可能在国内也挂一个全职教授呢？一个人在海外不可能在两个大学里面教书的，就像一夫一妻制一样的，你不可能是两家人的太太。你是一个家的大太太，在另一家就只能是二奶，我称这类人叫"二奶教授"。

在国外好多大学都有访问教授和客座教授这个头衔，这就名正言顺地表明访问教授和客座教授不是长期的或者全职的，只是利用休假时间或者业余时间在国内做研究，不是拿全职工资。关于职务你可以叫得好听一些，你可以设立特聘教授这个头衔，但要清楚的是，一定要把他同国内的全职教授区别开来。

今年最显眼的，最有争议的一件事情，就是有的大学是以全职的名义从海外引进了一个特聘教授，并向上级主管部门要了十二个月的钱，但也没有给人家十二个月的钱，而是给了人家三个月或四个月的钱，引起了一阵争吵，这是很重要的一件事。如果按照国际上大学的常规的做法，这是不应该出现的，比如说，某某人是普林斯顿大学的一个全职教授，利用假期来北大三个月，给北大帮了三个月的忙，如果以后每年夏天都来了，就可以给他一个特别教授的头衔，说明他每年都来，按照美国的标准给他三个月工资不就行了嘛，所有吵的地方，都是信息不透明，为什么信息不透明，准有猫腻，体制上不互动。

（原载《邯郸学院学报》2007 年第 2 期）

对快速融入世界的中国的建言

——丁学良公共管理思想研究

龙希成*

丁学良称其专业为社会政治学,从事比较现代化或比较发展研究。准确地说,他更关注中国在快速发展中的制度建设——大学制度、公共政策、行政和法律体制以及社会公正等公共领域。二十年来,他怀着"中国心","头等关注"中国的问题。他的观察和研究不仅立足内地,亦涉足港、台等华人社会,以及北美、澳洲、东南亚和欧洲等地,诚如他说要有"中国心,世界观"。[1]4

一、国际比较的视野和方法

读丁学良文章,总有一体会:"比较"是丁学良的根本思想方法。他之"比较发展研究",实即观察分析中国的问题,提出建言,无不基于"国际比较的视野"。他的观点新颖,也催人时刻醒记着他的判断:"21 世纪上半叶中国要成为世界体系中的全职成员。"[1]49因此,在制度创新方面,中国应参照、借鉴其他国家的经验或教训,切实改革,在全球化浪潮中"刷新"自身的公共管理体制,获取国家竞争优势。

不过,丁学良并未对其"国际比较"方法作理论的阐述。这方法也许源自他的亲身经历:他在三个华人社会(内地、香港和台湾)和两个西方人社会(美国和澳大利亚)生活、学习和研究教学,长时间的国际流动生涯,使他习惯于从国际比较的视野思考问题。

丁学良清楚,现代化也是"理性化的过程",知识分子建言,应尽力远离意识形态,而理性主义根植于"比较","当你学会横的、竖的作多重比较后,就一定会变得更加理性"。[2]2他相信,"比较"作为方法,极有助于清醒、理

---

* 龙希成(1967—),男,湖南衡阳人,清华大学人文社会科学学院博士生。

性、平衡和前瞻地提出问题、思考问题和尝试问题的解决方案。[2]1他说"总结和判断"要有启迪意义,须由"比较"基础上作出:单看一个国家,它所显示出来的问题的深度以及问题所蔓延的广度很难把握;而在"比较"基础上进行不带成见的审视,问题所包含的现有意义和潜在意义才能得到更充分的展露。[2]13

丁学良不认同"就中国看中国"的思路和方法,因它似乎"完全"关注中国,却容易产生非常狭隘偏颇的结论,误导人。也许这种方法之异,埋伏了许多内地学者对他的争议。

足跨华人社会和西方社会,丁学良当然明晓,东西方人的历史有别,经验有异,制度难免不涉文化。但他自觉立足中西文化和制度交汇之前沿,着意从比较发展的视角理解中国,提出建言,建设中国,恰成为他眼界长于内地学者之处。

二、世界一流大学理念的传教士

丁学良说他"对在中国的土地上建立世界一流大学的长远目标,抱着宗教般的热忱",[1]1把"内地的大学改革",看做他的"志业"。[1]51这原因,首先是他留美时所"经历的强烈刺激和理性反应"。美国研究型大学总体上具全球竞争优势,吸引各国学子每年花巨资前来深造。我们当然不必认同美国人的价值观,但积极之道乃是"以美国大学知识创新的精神与制度,来改造本国的大学,使之成为吸引各国留学生的另一中心,使世界价值观念更加多元";[1]2他希望,中国的好大学能借鉴国际上好的大学制度,经过改革发展,变成国际上受"敬重的学府",甚至美英法德等国官员愿意来中国的大学受训、拿学位,作为他们回国成功的阶梯,"那就证明中国真正具有软力量"了。[1]102深层原因则在于他"对自己出生长大的国土自然就有这种感情",这促使他"对自己的国家的未来"要有信心,要有承诺,要做事情,"不做就是对不起国民",[1]101所以每当他的演讲影响到内地学生的思想时,他更受激励去做"传教士"。[1]82丁学良自认其做法与态度正是秉承"中国现代科学和高等教育的开创一辈的思行之道":中国科学社1915年创制于美国,中央研究院之创建"仿照西方发达国家的国家科学院体制",身兼北大校长与中央研究院院长的蔡元培深受德国大学理念影响,北大另一伟大校长胡适则由美国留学归国。

丁学良有关内地大学改革借鉴世界一流大学制度的思想与见解,至少有十个方面启人深思。

作为现代社会核心制度之一，大学自诞生之日起，其精神即为普遍主义，体现"普天之下都是我的领地，世界人才为我所用"：[1]26它凭借好奇，对开放性(open-ended)问题进行独立研究，在最广泛领域探索奥秘；教员来自五湖四海，学生充分国际化，学派则"三教九流"。研究领域的无疆界与研究者的跨国界，决定了全世界的大学处于持续竞争中："研究"(成果及其素质)的竞争、"人"的竞争。全世界优秀教员和学生流向高素质大学，学成后又流向世界各地再建高素质大学，彼此竞争。中国优秀学子多趋留学，丁学良认为主因是内地大学办得太差，故被指为"留学预备学校"。彼此竞争，大学制度方显出各自优劣。中国当务之急是按国际高标准改造内地大学，把人才"抢"回来。丁学良说，大学素质与"国运"密切相关；中国要崛起为世界大国，最终取决于本国大学的素质，因为在观念、政策、战略等国家"软力量要素"上，大学是国家整体利益的代言人和推动者，[1]7是造就新观念、新知识、新人才之源泉。

丁学良强调研究型大学的首要职责是"研究"。教学固然是大学职责之一，但研究型大学目标是培养研究人才，将其领至学科前沿，提升其研究能力，而教员之"教"也要把学科最新、最重要的研究成果带入课堂。大学第三项职责"社会服务"，亦须从"研究"这个高度来理解，即大学以研究成果——新的思想、观念和知识，以及新型人才，服务社会。[1]83国人惯以高考分数和教学效果评价大学，丁学良说法不啻刷新一旧观念。

因此，评价大学高下的首要标准是教员素质。而衡量教员素质的首要指标是研究成果：此人在全国乃至世界公认的学术刊物(出版社)发表(出版)的论文(论著)的质与量(或未刊稿)。这就引出世界一流大学核心制度之一：评价教员的研究成果即已刊或未刊论文论著的质与量的规则——丁学良概括为六个字——"专业"、"外部"、"匿名"的评审制度。"专业"指评审人是被评审人研究领域的专家，具评鉴研究成果的专业能力；"外部"指评审人与被评审人不能有利害关系；"匿名"为保证评审人"只对文稿不对人"，后两项乃为防止利益输送(the exchange of favors)。丁学良强调该制度之重要性，因它是高水平学术刊物审稿的规则，亦是一流大学教员招聘、晋升和淘汰的规则，其根本原则是监督与制衡(checks and balances)。[1]113—115显然，研究成果的评鉴直接关涉学者的名、利、势(地位、权威)，进而关涉大学素质和国家兴衰。

在这一点上，丁学良指责内地大学招聘教员或评审成果，局限于身边小圈子,未把招聘的大门开得尽可能广阔,未把评审的规则定得透明、公正;学术刊物也是停留于"同人刊物"模式。当然,丁学良意指应聘者和评审人应包括海内外华人学者,因为他们熟悉一流大学运作,又在国际上取得成就。然而,一些大学主事者或教授之排斥国际性、拒绝海外华人学者,或出于既得利益考虑,或坐井观天,称因语言文化特点,国内学科与国际上"不具可比性"。丁学良则疾呼,全世界研究中国史——无论是唐史、中苏关系史或"文革"史、中国古诗、方言等等方面的洋人学者多得很,大师级人物也不少,而在这些方面拿到学位、取得成就的华人学者则更多——其中很多人即是从内地毕业留学、现在国外教书,他们当然够格应聘内地大学教职或担任评审人。[1]74,143,184丁学良言,设若当初中国产品只瞄准国内市场,中国经济不会有今日之水平;同理,中国的好大学须面向海内外华人招聘教员,才能提高素质。此亦即在大学改革发展上落实邓小平关于教育"三个面向"的思想。

但众人以为,"文化"与"经济"有别,因此学术规范须"本土化",要"学术自主",似乎若此我们"华人理念"大学方可与洋人大学争峰。对此,丁学良说他本人即是反"英语霸权"先锋之一,强调学术评鉴不能以语言、而要以论文论著的质量为尺度。但是,他指出,中文出版物不被国际学界看重,主因是中文期刊和出版物缺乏严格的外部匿名评审制度,导致买卖刊(书)号、相互抄袭。他赞赏台湾学界坚持用中文,但采纳国际通行的评审制度,以"建立公正的学术秩序和学术标准"。[1]120丁学良退一步说,即便学术规范"本土化",学术标准也要"国际化",因为在现今全球化时代不能"老是提倡乡下的龙灯乡下玩,自己跟自己比"。[1]97或许,挫败丁学良的"利器"是:否认国际竞争;否认海内外华人或洋人也能研究中国的人文学科,或他们的研究赶得上我,因为我是"本土学者"在"本土大学"以"本土语言"利用"本土材料"在"本土学术规范"下研究中国"本土问题"。

丁学良第六个启人深思的见解是,他把人们模糊的"教授治校"、"学术民主"等观念转换成了清晰而理性的大学制度。如同"人民当家作主"理念不能无符合法治程序的民主制度支撑一样,"教授治校"、"学术民主"观念亦只有融入世界一流大学长期演化而成的制度中,方才有益。为保障学术自由和管理自主——学术研究应由教授们自主,而不由行政官员指令——丁学良说,先须有与大学有关的现代法律①,保证大学独立运作不受行政干涉。

---

① 在丁学良看来,唯有与世界一流大学制度和发展趋向相匹配的现代法律才是真正意义上的大学法。

在此法律框架下,大学须有"大学条例(宪章)"——它由立法机构审定通过,规定大学作为法人的权利和机构设置,以及"大学章程"——它是前者的具体化细则,明确各机构职责等。从组织架构看,大学最高机构为校董会——其成员多是具很高威望的社会贤达或很高成就的专家,也有成员来自行政或立法机构,其职责是对大学的发展方向和重大举措予以指导、规划和监督,但不参与实际运作——关键是校董会不能是政府部门的附属,而是具社会公信力和学术领导力的监领机构。[1]140—141在丁学良看来,大学以研教为首务,而"教授治校"体现在由教授组成评审委员会,选择外部评审人,并据其学术评鉴意见,决定教员招聘、晋升和淘汰;而行政人员则按既定人事、财务政策具体执行研教系统作出的决定。若此,大学的行政主导才逐渐让位于学术主导。[1]71,201

这里,丁学良提出的策略颇有启发:由改革教员评审制度开始,将行政主导逐步引向学术主导,并有利于行政与后勤改革,最终破解内地大学"官本位"改革难题。他深知改革最难在"官本位",任何首先挑战强大行政体系的改革企图,或出于无知,或易于失败。策略来自香港科大在政府管制下创新教员评聘制度的经验。当初,科大面临的管制与内地大学类似:大学财源由政府拨款,教员与政府公务员体系挂钩,人事体制官僚化,政府不鼓励教员做开创性研究,因为这会助长批判精神和独立思想。但科大创新教员评(引入外部评鉴)聘(面向最广泛地域招聘最优秀人才)制度后,不但促使行政主导向学术主导良性演化,且因由研究基金的争取和优秀人才的吸引,刺激香港地区高校整体学术生态良性化。[1]52—73

更具启发的是丁学良建议北大改革的另一策略:在改革方案之先要"吹风",吹国际风,吹世界潮流风。因为内地大学很多不知晓自己跟世界一流大学差在哪里,跟国际学术标准差距有多大。丁学良建议先选出一些重要的科、系、学院,请国际一流大学的管理者和著名学者来讲他们的体制如何运作,他们的研究和教学怎么做,一个月讲两场,一年二十四场讲下来,大家就会有紧迫感,就知道下一步该怎么办。[1]90事后看,北大改革本想借鉴世界一流大学新体制,却未先做"吹风换脑"的功夫,而是想让新旧观念在对新体制的纷纷争议中达成"共识"、再据此"共识"修改方案,这或许是一个关涉成败的遗憾。其实,丁学良说,任何改革之先,都要"确立理性主义的普遍态度",这所以当初邓小平推动"实践是检验真理的唯一标准"全国大辩论。

改革或借鉴新制度遭遇阻力,除利益、认识外,丁学良对思维方式的辨析亦有价值。首先他指出,制度优越是"相对"的,而国人常以"绝对主义心态"苛求,此传统思维方式极不利制度创新。像"专业、匿名、外部评审制度"当然有其代价,但"相对"于垄断、滥用公共权力而言,它又是我们所能找到的最公平合理的制度;再像招聘教员强调博士学位,也是"相对"于博士训练已成现今大学培养研究专才的通行方式。[1]114同时,引入"相对"优越的制度,是为了"针对"中国紧迫的现实,因为像搞关系、送钱发表论文甚至大面积剽窃,像大学毕业生留校、近亲繁殖等,情势已然非常严重。其次他认为,"照搬国外制度"的指责本身带有误导性,因为对任何制度的引进都不可能"照搬"——无论原始意图如何百分之百地想"搬",实施时必得做适应本土的调整。任何改革都是在过去与未来之间的妥协,关键是此"妥协点"选在哪里。丁学良告诫,若不作调整,把"点"选在太靠未来一边,则改革很难推进;但若调整太多,把"点"选在太靠过去一边,则改革没有实质意义。[1]170故此始终存在着"策略性考量";而考量若能放眼全球,则启发愈多。第三,他提出"通例"与"特例"的思想,即制度的目标是考虑普遍通例,而非特殊个案。任何制度必有"漏网之鱼":异才维特根斯坦的论文数可能不够评聘今日的教授,硕学陈寅恪无博士头衔甚至当不上普通的教员,但若缺乏管"通例"的制度,则会有成千上万的维先生爱先生肆行欺骗。事实上,也只有基于管"通例"的制度,才能发展出灵活的机制,识别天才,利其出人头地。[1]146—149最后,他认为对改革不能存"要么革命,要么死亡"的心态,既不能无视困难而大跃进,也不能因强硬体制羁绊而无所作为,总要有所推进,要有"现实主义的智慧"。[1]200

市场经济与知识经济融合,教员们"机会"越来越多,大学不再是"清水衙门"。丁学良有关大学"有形资产与无形资产"的见解,意义不凡。他指出,教员在校外创收的时间精力挤占在校内的研教活动,这种资源分配及其创收(创收有时还利用校方知识产权)应该透明化,纳入规范管理,必要时须决断:是回大学专职研教还是彻底脱钩?[1]33针对商人和官员因掌握财经、信息或"知识"资源而被一些大学聘为客座或兼职教授的做法,丁学良指出教授乃一专业职称,须符合学术标准,否则为获取资源而以"教授"名衔相酬,实为大学自降标准、自毁声誉。[1]150—151现代社会,公益捐款成为大学重要财源之一,为此须有透明的制度和严格的程序,保障大学的自主运作和学术独立,确保作为大学无形资产的声誉和品牌不受损害,也保障捐款人权益。而中国亦应改进所得税、遗产税制度,推动公民作公益捐款。[1]87,152,160

丁学良认为在内地大学迈向一流大学的进程中,除引入竞争和外部评审制度外,政府部门也可为中国的大学整体素质提升创造条件。首先——

关键是要有法律保障——允许大学办学财源多元化,除公立大学外,允许私立、民办大学获得发展,同时允许建立少量外资教育机构,它们体制不同,可有相互竞争、优势互补之效。[1]101-102 其次是改进大环境,让大学之间开放教员流动,创造灵活的"大学教员市场"。[1]175 也许,为防止优势垄断,国家不能只对北大、清华等一两所大学倾斜扶持,全国要有十至十五所大学维持均势的竞争,大学间的教员流动方能活跃。再次,为保证不同类型大学的办学质量和健康发展,政府应推动建立"教育机构资质评鉴委员会",其中政府代表可多一些,但不应成为政府附属机构,建立独立、透明、公正的教育资质评鉴规则,要有专业水准和社会公信力。[1]157 最后,政府应推动科学院"非实体化",逐步变成全国研究人员自己的荣誉和规范组织,发挥超然的、维系普遍科学规范、学科标准和学术荣誉的功能。[1]36

我们以为,丁学良"传教"的这套理念和制度,基于三个基本的理念:"全球化"乃大势所趋,中国要积极成为此进程中的强者,唯有中国的大学首先成为世界大学群中的优秀者;"竞争"是学术活动和研究产出(research output)的主要动力;"外部制衡"是保证学术研究公正和提升学术品质的核心机制。当然,它们又基于一个前提理念,即制度"他律"比人"自律"更重要。

但是,这些理念都是中国传统学人或内地大学教员还不熟悉、不习惯甚至不愿接受的;历史甚至现实中,许多学人凭借学术自觉或志趣——无须他者评比、竞争或制衡——也做出了优秀成果。因此,除利益外,也因为认识和理念之异,丁学良的建言遭遇到激烈的批评①。而且,我们也意识到,这套理念和制度确也有其不得不付出的代价,如研究范型"麦当劳化"、评比和竞争中难免非学术标准掺入、本土特色或传统的丢失,等等。

然而,我们不得不说,"全球化"和"竞争"乃既定的现实和趋势;丁学良意欲推进这套大学理念和制度,有一个压倒性的理由,这就是它"强"(powerful),它是胜者的利器。人类在自身的演进中,很多优雅(noble,graceful)的东西都消失了,只因为它们不"强"。人类在相互竞争——和平或非和平的方式——中,发展并持续强化着"组织",这就意味着治理和制度,这就不得不让"个性"承担某种牺牲——代价之大,也许会伤害人类本身。但这不是某一个体、组织或国家甚至某种文化所能解决的,这是全人类必须共同面对的难题。

---

① 这类批评当然是针对北大改革方案(2003 年),但它们无疑也构成丁学良理念的对立面。这类批评见钱理群、高远东编《中国大学的问题与改革》,陈平原《大学何为》,甘阳、李猛编《中国大学改革之道》等。

三、国家良治的核心环节

同样基于国际比较,丁学良就国家执政能力提升或社会良治,提出建言,颇有新意。在他看来,20 世纪 70 年代末邓小平开启改革开放乃是以理性主义取代"革命原教旨主义",即:判断经济政策成功与否,应看它是否有利于生产力的提高,是否有利于人民生活的改善,而不是看它是否符合意识形态;而现今最高领导层提出加强执政能力建设,乃是理性主义由经济层面向行政层面的延伸。[2]147

理性主义的此种延伸变得重要而且急切,乃是基于两个背景。首先是中国改革开放二十多年来虽然取得了举世瞩目的成就,但也积累了很多问题——其中最严重者乃是:大量无能而腐败的官员占据公职引发普遍的民愤——解决这些问题,若按传统的思路和办法,成效不大。[2]147追本溯源,全世界许多共产党自成立之日起就把目标定位在消灭私有制,故其内部组织的纪律或管理社会的体制,不具备长期良性地管理市场经济的取向和经验。1949 年至 1979 年三十年间,毛泽东致力于取消市场经济和资本运作;大改革家邓小平主政后做的是相反的事:发展市场经济,融入资本世界。这就发生了一个大问题:当身边财源日益剧增之时,执政党如何创新自身组织方式和社会管理体制,以防因手握庞大的财源而发生普遍的腐化?[2]162—163其次则是中国越来越深度地介入世界事务,"世界相关度"与日俱增。全球化带来的机遇前所未有,但中国遭遇突发事态——这些事态直接关涉重大利益——挑战的几率也在快速增加。这就涉及:中国如何跟国际上形形色色的主权国家、国际组织、NGOs(非政府组织)打交道? 如何参与国际规则的制定与修改? 如何实现跟国际社会的良性互动与合作发展,以争取更多的资源和机会?[2]160

有效应对这两方面的问题——国内的与国际的——无疑是推进国家良治的应有之义。为此,丁学良提出"三位一体"的架构:理顺国家——社会基本关系;抓好信息枢纽资源;实现人才跨"圈"流通。

首先须理顺执政党及政府(国家机器)与公民社会的基本关系。丁学良强调要有一个理性认识前提:一个长期有效领导市场经济和社会发展的国家机器,只能把自身目标、责任和权力定位为有限的,把不该管的领域和事情开放让公民社会参与,不应有"全面承包"心态。合理界定各自的领域和责任,解决公共管理越位、错位和缺位问题,是行政现代化的标志。一个有自组自助功能的公民社会,非但不"削弱"国家机器,而且为国家机器提高执政能力提供坚实的社会基础与民间协助;相反,缺乏健康多元的公民社会,国家机器则不堪负重、疲于奔命,应对突发事态和危机的能力脆弱。当然,界定各自的领域和责任须有清晰的法律保障。[2]148—150

丁学良认为,欲提高政府施政的效能与效益,须推行政透明和公众参与。最重要的是政府把"用人"和"用钱"的制度和过程透明化,实行公众参与、外部监管,这样有利减轻国家对官员的监管成本,保护公民权益。政府除接受人大质询外,还应对公共媒体和专家学者公开信息。当然,这涉及信息"保密"与"公开"之分界,须有在细节上可操作的《信息公开法》。只有信息公开,才能实现外部监督和制衡,而且专家学者经由分析和使用信息,可更好地为本国的制度创新和国际交往①建言。在中国已与外部世界全方位互动的今天,国内的体制、做法应与国际上主导型的体制、做法接轨;把一切"包"起来,不让知情、不让参与的做法只会带来更严重的后果。[2]169—178

与权力垄断类似,丁学良说,信息垄断也是可怕的,值得警惕,因为信息不公开,政府透明、公众参与就不可能起步,内部操纵难免肆行。为此,他建议,从总体改革角度出发,应首先建立行政、执法、司法部门与公众、媒体定期会面的制度,让公众的问题、批评和建议通过稳定的通道获得积极的回应,防止权力滥用,提高行政效能。

鉴于此,丁学良提出第二核心环节,认为在彼此利益相互牵制的现代社会,信息资源具有"枢纽"性质——信息在大系统运转中起着开关或调节器的功能,决定着系统内其他类资源在适当时刻以适当方式调动到适当部位、以适当方式运用。决策者不可能在低素质——无须说错误——信息基础上作出正确决策。[2]151因此,信息的"素质"具有头等重要性。

丁学良说,信息扭曲有三种情形:一是因位置不同,A 给 B 的信息不完整(或迟到或没有);二是因利益动机或其他倾向,A 给 B 的信息有意虚假;三是因缺乏知识与分析能力,A 把误判了的信息给 B。在列举苏联军备竞赛、美国反恐、伊拉克战争以及森(Amartya Sen)比较研究中印 20 世纪饥荒的教训后,丁学良指出唯有"多元的信息过程"才能保证"高素质",即不同管道输送的信息唯有在公开流通的过程中经由各方持续地对比、辩论、检验和

---

① 丁学良援引一位美籍华人外交史专家的批评:中国政府把中外交往的资料严格保密,效果适得其反。因为你这一边不让本国学者研究本国与外国打交道过程中的成败得失,对手国家却让他们的学者研究;他们不断研究,不断改进,不断找出更好办法来对付你;你却白白吃亏,固守在原来失误累累的水平上,让人家继续耍你。

辨识,信息之真假优劣方获识别。否则,信息经严密封锁互不相通的管道上递,后果只会是:信息因无他方专家或知情者指正而持续扭曲失真;帮助少数人垄断高层耳目;致使本国专业研究素质退化;加剧搜集信息的低效益和浪费。[2]152—155

即便对常规事务,信息扭曲也会损害国家的执政能力,更不用说对突发事态——因其陌生、急速和不确定性——损害更为严重。而多元信息过程将大幅度减少信息扭曲的情形,因为它能使发生问题的部位尚未被人加工过的原始资料以较完整形态,连续地呈现给政府和社会的各个层面。一个环节隐瞒了,还有其他环节作披露;一个单元忽视了,还有其他单元在关注;政府误判了,还有民间和社会来纠偏。正是多元信息过程具有这种持续互补的功能,它能弥补被人隐瞒、忽视或误判的部分。[2]155

信息渠道多了,是否会歪门邪道的谣言肆意横飞?丁学良认为,及时、准确地收集、传播、上报和处理信息,须有严明的法治作保障。如若发展市场经济,既要放开经济活动又要打击假冒伪劣,靠法治;不能因为担心有假冒伪劣,就取消竞争,搞独家垄断。[2]155抓好信息资源,也要借助发达的媒体资讯和新闻监督;信息的传播又伴随着讨论和辨识,这就把那些有价值的部分揭示出来,信息"素质"获得提升。

由此,丁学良认为,决策层近年来重视请专家去讲课或在决策过程中听专家意见,这是一个很大进步;但这个机制尚有一薄弱环节,即它缺乏让决策者面对着一群观点互异的专家面对面辩论的过程。他认为专家的权威性并非无可非议,专家不可能把事情所有好的方面都综合在自己的研究里而把坏的方面统统排斥掉。而决策层聘请专家,往往找符合自己倾向和观点的专家,这实际上是"自我强化",而非"自我纠偏"。只有让相对独立的专家们交锋辩论,决策者才能看到问题被掩盖或忽视了的方面。所以,要创造一个制度化的环境,使决策者决策之前,倾听一群意见分歧的专家们辩论,这才是明智的集思广益。[2]158

接着就是分析、处理信息以助决策的过程。这不仅要有知识,更要有智慧,有新的观念、视野、方法乃至灵感。为此,丁学良提出第三核心环节,即精英人才的跨"圈"流通。

丁学良将与提升执政能力相关的人才划为四大圈:党系统的人才圈;行政系统的人才圈;中国社会的人才圈,如大学、研究机构、专业团体的专家;跨境的人才圈,即海内外不断流动的华人人才圈。他说,理论和经验表明,"统治精英"若能源源不断从社会中吸纳新的精英要素,则将处于持续执政的优越地位;否则"流通失败"将导致"统治精英"质与量的衰败,并逐渐被新的"精英圈"取代。[2]156

丁学良之卓见有二。其一,他指出即便党政系统能吸纳很多人才,也不能穷尽所有人才,且该系统内的人才受到两个特别局限。一是他们长期做常规化管理,虽有操作经验的优势,但易丧失创新能力,有思维定式和视野局限。[2]157这就是为什么先进国家机制对某些关键部位的人选,往往不从"本部门、本系统"提拔,而是来自系统外的智库、大学或研究机构,这样新视野、新思维、新观念、新对策才会相互刺激涌现出来。二是此系统自有一套管制人才的组织纪律①,使得很多创新型人才很难进入,进入后也因自由受限难有作为。这使得那些富于自由精神和独创性的人才更愿意待在"社会人才圈"。为此,应创造机会,让社会人才的智慧、观念和建议进入正规的决策参考渠道,而他们的批评性意见也应受到保护,因为作为一种稀缺资源,创新型人才的发育最终依赖于宽容。[2]161

其二,随着中国经济融入全球化进程加速,中国愈益深度介入世界事务,前三大人才圈在知识结构上的不合理、不充足凸显出来,不利中国下一步国际竞争。这就需要为第四人才圈——其中有为数众多的涉及全球化相关要害部位的专业人才——建立制度化的通道,让他们为争取中国在国际上的合法权益,为中国的崛起——不仅在经济上,更主要在制度、科学、文艺和思想等"软实力要素"上——经常性地贡献专业能力。[2]160

应该说,丁学良的建言提示,行政改革应朝着公共管理现代化的架构推进,其核心是外部制衡——以公民社会制衡官员腐败,以多元信息制衡垄断信息,以系统外人才制衡系统内占据,以及基于制衡的创新和良治。困难的问题是,有什么机制或办法,让垄断权力、信息和职位的一方愿意接受若此的"制衡"呢?

四、"中国经济学家五个论"的悲剧效果

2005年下半年,丁学良向媒体表示:"中国真正意义上的经济学家最多不超过五个。"此言在公众(尤其是网民)中引起强烈反响和争议,并引发众多媒体对丁学良的轮番采访。

---

① 丁学良指出,很多留学人才希望回国效力,中国改革开放,变化巨大,但发现国内人事体制一仍其旧,仍是传统的控制人的办法:往档案袋里"放"东西,关起门来"鉴定"人。

　　严格地说,丁学良有关经济学家的责难乃是他评论内地大学体制的延伸之一。其实,他一直在抨击内地大学的学术研究与评价体制,称它为近亲繁殖,内部操纵,结果是:"我们国内的那些大学整体的师资水平,给海外一个什么印象?能够出访国际学术界、能够到西方名牌大学作报告的人,在我们国内都还算是最好的或相当好的教授学者了,其中不乏一些担任着大学、研究院各级'学术领头人'的人士。但是出去一讲,没有多少学界的同行们看得起你。""只要在国际性的学术舞台上一比,中国内地大学教师的普遍水平,就低到了令人要坐不住的地步!"[1]166丁学良此番评论当然普遍适用于内地大学各个学科,不独经济学为然。

　　由此,他给出中国经济学家够"格"之标准:拿自己最好的三五篇论文寄给国际上排名第七十五至一百名的经济学系去申请副教授职位,看能否获聘;或投稿国际上排名第二十至六十名的学术期刊,看能否刊登。[2]107在若此"真正意义上",在两项"除外"条件[2]85(不包括老一辈经济学工作者;不包括在海外好大学任教目前暂时回国内兼职的教授们)的背景界定下,称"中国真正意义上的经济学家最多不超过五个",不足为怪。

　　但是,媒体和公众对内地大学学术研究与评价体制跟国际接轨的话题不感兴趣,让他们欢腾的只有一个命题:"中国合格的经济学家不超过五个"或"有的'著名经济学家'连在国际上最好五十所大学经济系当研究生的资格都不够"。这就关涉中国经济学家学术形象正当性的问题。

　　冷静地看,丁学良提出的许多建言,颇具理性。他说,科学作为系统化、理性化的知识,要排斥意识形态的标尺;中国经济学者应把经济学作为经济"科学"来研究和追求,这就"只能按照国际上主流的经济科学研究的方法和思路,遵循科学的规范",瞄准国际上的高水准,参照人家如何招聘大学教员、如何培养研究生,才能向现代经济科学迈进,做出在国际上受到尊重的成果;他明确反对所谓经济学研究"要立足本土,不应该向西方学习"的主张。[2]91-92他指出,社会科学(Social Sciences)是复数而非单数,社会良性发展乃一大系统工程,需要经济学、法学、社会学、政治学等不同学科(及其相互对话与辩论),同时为决策提供远见卓识,而剥夺其他学科发言机会只让某一学科(经济学)包打天下,改革就会"出现较大偏差"。[2]81他说,专家学者并不天然比官员或商人更有道德,任何涉及名、利、权的领域,都须建立透明、公正、监督的规则和相互制衡的制度。当今中国已分化出形形色色的利益集团,而专家学者基于学术研究的言论乃是一种"公共权力",这种话语权不仅会影响决策,也会影响公众(顾客)。[2]101因此为"对公众负责"和防止

"滥用特有身份",须有一套规则将专家学者与利益集团的关系置于"阳光"之下,防其私下输送利益。[2]87丁学良也指出,不独经济学界有人担任商界股东、董事或顾问,科技专家学术腐败的事例亦不鲜见,他们为市场假冒伪劣产品的"科学、有效"进行"论证"。[2]128

丁学良觉察到网民的不满情绪,称它有合理的一面,即这些年来中国改革的失误在于"致富的程序和规则没跟上",公众质疑富人致富的"合法性"。老百姓在生活经验中发现,很多富人并非按纸面上的法律和政策致富,而是靠特殊关系甚至腐败、犯罪方式爆发,而富人爆发最快者多是靠"玩"房地产、金融和公共权力。而且,富人交所得税很少,社会的公平概念就很难建立。他认为,改革要消除社会平均化,但也要提倡社会公平,不致"强者通吃一切,弱者失去一切"。[2]78—80同时,丁学良也警惕公众非理性即否定改革的倾向,称他们没有"历史感",忘记计划体制"配给票证"、饥荒和专政给中国带来的灾难,为此他坚决主张对国企进行改制,支持市场化改革。[2]97他还公正地指出,对于改革造成的失误,经济学家不应该承担主要责任,因为他们毕竟不属于"最高决策层"。[2]89

丁学良谴责内地大学研究与评价体制跟国际主流体制严重脱节,其隐含的结论是,中国"真正意义上"的经济学家、法学家、社会学家、政治学家……(都)最多不超过五个;而且相比经济学,其他学科发展或许更为滞后。他为什么要单拿经济学家"开刀"呢? 他说中国经济学研究的资源和条件"好多了",而如此好的资源和条件,经济学界非但未把经济学当做严肃科学来研究,做出受国际同行尊重的成果,反而媚官媚商①、"闹哄哄的",以"经济学家"名义讲话、做事和捞钱,出名、发财和做官。[2]82—86反观学界之实况,应该说丁学良所言不虚。丁学良所谓经济学研究的"资源和条件",主要指政治上给予经济学研究的宽松条件,政府和社会给予的财经资源,以及改革开放和经济全球化带来的国际(学界)资源;特别是,中国二十多年来经济发展和转型出现的问题和现象,为经济学提供了"非常好的研究对象",为经济学家作出"重要贡献"提供了可能。[2]91

但是丁学良建言未获得理性回应。媒体和公众的兴趣仅仅是聚焦于"五个",并不断追问:"这五位合格的经济学家都是谁?"

让我们试图对丁学良作某些批评。

---

① 一个值得注意的现象是,一些年来许多官员和商人在中国高教不合理体制下获取经济学博士学位,甚至担任"兼职教授"。

丁学良不加区分地指责中国经济学家整体,也许犯了以偏概全的错误;他所谓"中国真正意义上的经济学家最多不超过五个",虽然根据国内经济学研究评价体制跟国际比较,在内涵上等同于"以学术论文向国际上排名第七十五至一百名经济学系申请副教授职位或投稿国际上排名第二十至六十名的学术期刊成功者最多不超过五个",但在语用论(Pragmatism)意义上,前一命题是否定的效果,正是这种效果迎合了大众的胃口。尽管经济学界存在丁学良指责的种种现象,但至少有两类学者对中国经济改革发展功不可没,一类学者兢兢业业普及经济学知识,以现代经济学理念向民众阐释生活中的经济现象;另一类学者借鉴现代经济学研究成果,推进中国的经济体制甚至教育体制和其他领域的改革。这两类学者未能以国际标准发表学术论文为己任,不够丁学良所设之"格",但不加区分地把他们与为利益集团代言、捞钱做官者视为一体加以否定,有失公正。实际上,在众多领域尚要继续推进体制改革、而公众难免误读改革的今天,主流经济学家极需理性的声援,因为说到底,像教育、医疗、资源行业、媒体、公用事业等领域,改革的要义即是打破垄断、引入竞争①,而这正是自由经济学家的坚定主张。

丁学良没有深入分析制度上的原因——他只提及政策上优先发展经济和1983年所谓"清污"[2]127——事实上,造成经济学家唱独角戏甚至捞钱做官的局面,几乎是这些年来政策和制度有意为之:"经济"成为官员们的唯一政务,"钱"成为老百姓的唯一拜物;在丰裕的资源和机会面前,经济学界出现大面积腐败不难想见;特别是内地大学的学术评价和晋升体制不激励经济学家按国际标准做科学研究。当然,丁学良呼吁建立公正、透明和制衡的游戏规则,以防学者与利益集团在"公共利益"幌子下输送私利。在《为什么中国内地出不了大企业家》中,丁学良强调要有公正、透明、可预测的法治规则,不应该责难企业家品行低下。[2]58—65相形之下,丁学良对经济学家德行指责的成分过重了。指责德行也许能丑化经济学家的形象,但经济学家会觉得其他学科学者不腐败,非因其德行,乃因他们不具学科腐败的机会。唯有强化制衡规则的"他律"建设,经济学界才会受到约束而有所作为。进一步说,所谓经济学家"垄断"公共话语空间,亦是政策和制度使然,注重效率是经济学学科本身的逻辑,而环保、安全、公平等需要其他学科对政策制定的积极参与。决策层关闭了其他学科的建言通道,经济学家不应承担由此造成的失误。

---

① 可以理解,丁学良推进世界一流大学体制,其要义也是引入国际(主体为海内外华人学者)竞争,打破既得利益者对内地大学教职和课室的垄断;甚至在数据统计、调研、政策建言等公共信息领域,丁学良亦力主引入竞争,打破垄断。

丁学良对郎咸平主张的不明朗态度亦使自由经济学家感觉失望。他虽坚决主张国企改制，支持改革，但他"部分的赞成"郎咸平——即改制过程中出现很多资产流失的现象。[2]97须知，郎咸平主旨是经由强调改制中出现资产流失①，进而主张回归公有制或国企体制。郎咸平的主张误导着网民，而丁学良的态度至少宽容了这种误导。

最后，面对网民的欢腾和媒体的热捧，丁学良虽力持理性，知悉自己的原话被断章取义、"多层次演发"，但他说这是不可控制的，"因为没办法"；而且他能"充分理解"网民有一肚子气。[2]90—91这里，丁学良面临两难选择②：要坚守严格的学者立场吗？但自己的主张须经媒体去影响公众，获得认同（Popularity）；要迎合公众的情绪吗？但不可丧失学者的立场和严肃的理性。这种摇摆，一定程度上也促成了严肃命题的悲剧效果。

参考文献

[1]丁学良：《什么是世界一流大学？》，北京大学出版社 2004 年版。

[2]丁学良：《中国经济再崛起的非经济条件》，北京大学出版社未刊稿。

[3]Ryan，Alan. Bertrand Russell：a political life[M]. New York：Oxford University Press，1993. Originally published：London：Penguin Books，1988.

[4]张维迎：《大学的逻辑》，北京大学出版社 2004 年版。

[5]钱理群、高远东：《中国大学的问题与改革》，天津人民出版社 2003 年版。

[6]陈平原：《大学何为》，北京大学出版社 2006 年版。

[7]甘阳、李猛：《中国大学改革之道》，上海人民出版社 2004 年版。

（原载《邯郸学院学报》2007 年第 2 期）

---

① 所谓"资产流失"也许是一经济学难题，因为"流失"意味着价格低估、白拿或被盗，但对同一资产不同能力企业家的估价迥异，解决之道在于引入外部竞争、防止内部人控制、竞价过程透明化。老一辈经济学家于光远最早于 1993 年提出国有资产"坐失"比"流失"更严重的观点；有趣的是，2005 年丁学良访问浙江得到的案例在经验上佐证了于老的观点。见参考文献[2]第 98 页。

② 美国 Princeton 大学政治学教授 Alan Ryan 在 *Bertrand Russell：A Political Life* 书中提出，做一个学术圣徒（sage）还是媒体名人（entertainer），是 20 世纪公共知识分子面临的难题（Dilemma）之一。见参考文献[3]。

林群院士

著名数学家、中国科学院院士　林群先生

　　林群,计算数学专家,1935年7月生于福建,1956年厦门大学数学系本科毕业,随即来到中科院数学研究所。现为中科院数学与系统科学研究院研究员。1993年当选中科院院士,1999年当选第三世界科学院院士,是第九、十届全国人大代表。

　　代表性的科技工作:如果说微分方程是数学中最大的一支,林群则是做其中的一类算法,所谓高性能或高效率的算法,使得事半功倍。这一类算法已被写在国内外一些专著中,曾被西安交大应用在核电站的设计和管理上,出口国外获得肯定。

　　工作曾获中国科学院自然科学奖一等奖,何梁何利科技进步奖,并获捷克科学院"数学科学成就荣誉奖章"等。(**康香阁**)

数学的方法、基础和继承

——访数学家林群院士

康香阁

林群院士在研究工作方面,研究偏微分方程的高性能有限元解法。对于特征值问题,提出和发展了一种展开方法,来给出有限元的误差主项,因此可以看出有限元方法给出特征值的上界或下界以及特征值的误差是大或小,从而获得有限元方法是好或坏的概念。此外,特征值的误差可以通过外推而减少。对于求解问题,一般说,对有限元直接外推并不能减少逼近误差。但是,林群院士构造了后处理有限元,其外推则可以减少逼近误差。工作曾获中国科学院自然科学奖一等奖(1989 年)、捷克科学院"数学科学成就荣誉奖章"(2001 年)、何梁何利科技进步奖(2004 年)等。1993 年当选中科院院士,1999 年当选第三世界科学院院士,是第九、十届全国人大代表。

本次访谈结合邯郸学院目前仍以师范教育为主的特点,就数学学习方法问题与林院士进行探讨。

康香阁:您研究了一辈子数学,学好数学最重要的一点是什么?

林群:学数学有各种方法,我认为最重要的是对数学要有高度的兴趣,只有有兴趣才能使你有激情,才能够帮助你投入,令你朝思暮想,如痴如梦。没有兴趣就没有激情,没有激情肯定学不好。爱因斯坦说:一个人不被几何所感动,就不会被数学所感动,那么,他就永远不能成为科学家,也不可能成为思想家。所以,要被数学所感动,要专注其中,这是研究数学的一个必要条件。

康香阁:除此之外呢?

林群:还要有正确的思考方法,方法很重要,单单靠努力是不够的,很多人很努力,但是得不到结果。

康香阁:您能举个例子吗?

林群:比如说做数论,全世界很多人在做数论,用陈景润的话说,他们的方法是骑自行车上月亮,尽管非常努力,但还是上不了月亮。陈景润的方法相当于是坐火箭上月亮,但陈景润的火箭力量还不够,也没飞到月亮,他"飞"到了 1＋2,没到 1＋1。所以,正确方法至关重要。

有人说做数学并不是靠天才,也不是靠努力,最要紧的是方法。所以一定要不断总结自己的学习经验和方法,不断学习周围的人,包括老师、同事的一些好的经验和方法。有兴趣,再加上正确的方法,就可能有成就。

康香阁:建立好的学习方法,从小老师就这么说,可怎样才能掌握呢?

林群:我认为要掌握数学方法,是和数学这门学科的自身特点有关。学数学要逐步前进,一定要念好小学,最重要的是小学,小学比中学重要,中学比大学重要,大学比专门化重要,越低越重要。一句话,数学就像建房子,小学是建筑的基石,然后是中学、大学,到专门的研究。

康香阁:您常常给中学生做科普讲座,是在教他们学习方法吗?

林群:书本的知识有一个问题,是把别人发明好的东西整理出来给大家看。这好像到一个地方旅游,有人带着你到处逛,最后你不知道怎么走。那么,科普讲座就会把走路的经过讲出来,使得你自己也会走,而不是跟着别人走。跟着走好像很快能走到目的地,实际是在走弯路,科普讲座把发明的过程、创造的程序讲出来,启发学生,而不是死记硬背。

康香阁:您认为从课堂上学的和听科普讲座是什么关系?

林群:正课还是最重要的,正课还要做习题呢!不做习题不能巩固正课,正课让学生直路前进。通过科普讲座,学生可以看到人类发展过程中弯曲的过程,经历过挫折、失败,然后总结经验教训,达到最终的目标。可以将历史、发明家的经过告诉孩子,让他从小就有一个正确的认识。否则以为知识都是科学家做好的,只要记住就行了。科普是配合正课的,假期可以听讲座,不要把正课丢掉,也不要去参加什么奥数班。

康香阁:您反对学生上奥数班,为什么?

林群:这其中关乎两个方面的问题。第一,我不但反对学生上奥数,也反对中学里的创新比赛,其实得奖是微乎其微的事,都是一些雕虫小技。中学生为了得奖去做发明创造,浪费了宝贵时间,还把一个人搞得很浮躁。我认为不应该搞这么多奖,没有奖,人才越踏实。

近二十几年中国有巨大的进步,但在进步的同时也带来许多泡沫和浮躁。当然,整个社会在进步是不可逆转的,但中间也有很多矛盾,希望大家少走弯路,学习数学也是这样。

第二,上奥数、创新比赛会让学生产生误会,以为数学是要不断创新的,也能够有新东西出来。其实，就数学这个学科来说，特别强调继承性、创造性和历史性。不继承传统，就要走弯路，在这个基础上当然要创新，否则就不能前进。我要说的是，数学上的创新是微乎其微的，只有极少数人才能创新，能在数学的大海里做出一点点成绩就很不错了，能做一点也很不容易了。一个世纪有个别人，甚至有那么三五个人做出了创造性的研究，这个世纪就很了不起了。

康香阁：您刚出版的这本《微分方程与三角测量》也是一本科普书，主要是要表达哪些方面的内容，针对哪个层次的读者？

林群：这本书是讲中学数学，中学生可以读，大学生也可以读。在这本书我强调了我刚才表达的一个观点，中学很重要，中学学好了，跨一步就是大学。从本质上来说，中学里面已包含了大学的东西，大学跟中学一步之差，没有大区别，不过大学更复杂些，内容更多了。

比如说，微分方程是大学的内容，平面三角是中学学的，这两者没有本质的区别。三角测量跨一步就是高等数学，高等数学退一步就是三角测量。所以，大家要注意学好中学数学，大学时要和中学的内容联系起来。我强调温故知新，一定把基础的东西掌握好，有了继承才有创新。

康香阁：以前的教学把两者过于割裂开了？

林群：对，不要把两者切开。大学数学是对中学数学的"包装"。我强调把三角测量包装起来就成了微积分，这样理解知识就能消化，否则我们不断学习新知识，头脑就爆炸了。现在经过整理消化，发现旧的知识，包装这个知识是个大的知识，把这大的包装知识拆开就是新的知识。不要去学习许许多多东西，学一个忘一个。其实数学是一个整体，把握住这点才能学好。

康香阁：目前我们学校仍是以师范教育为主体，许多学生出去是当老师的，您能否在如何教好中学生上再给一些指导？

林群：那我刚才说的就更有价值。念了大学就会知道中学里有很多东西哪些是重点，哪些不是，因为中学里有许多东西到大学里就不用了，只是考试用的和做题用的。真正有用的内容是在大学经常用的，那么，这就是中学教学的重点。

站得越高，看得越清楚，不过在大学学习时不忘了哪些是中学的，这对以后教中学非常重要。我认为现在的中学数学教学要改进，有的中学教师不分青红皂白、不分轻重缓急，什么都教。我还想说不是越巧妙的东西越好，其实越笨的方法越好，对将来进一步学习更有帮助的是后者。也就是说,数学里并不欣赏能解出一道道具体的题的方法,而是在意用统一的方法解决一类问题,比如说微积分。科学的最终目的是传给大众和传递下去,那就需要简化,需要用看似简单的原则去解决问题。

(原载《邯郸学院学报》2005 年第 3 期)

邹承鲁院士

著名生物化学家、中国科学院院士　邹承鲁先生

邹承鲁,生物化学家,我国人工合成牛胰岛素的主要参与者之一,中国科学院院士,第三世界科学院院士。

1923年5月17日生于山东青岛,祖籍江苏无锡。1941年重庆南开中学毕业,1945年西南联大化学系毕业,1951年获英国剑桥大学生物化学博士学位。同年回国,历任中国科学院生物化学研究所、生物物理研究所副研究员、研究员,室主任,生物物理所副所长,生物大分子国家重点实验室主任,中国科学院学部主席团委员,生物学部主任等职。

在研究生期间,在国际上最早用蛋白水解酶部分水解方法研究蛋白质结构与功能的关系,单独署名的论文在英国《自然》杂志发表;发现细胞色素c纯化后与线粒体结合时在性质上的不同,有关这些开创性工作的论文在发表半个世纪以后的今天仍不断被人引用。1951年回国后对呼吸链及其他酶系进行的一系列工作,为我国酶学研究奠定了良好的基础。参与发起胰岛素人工合成工作,负责 A、B 链的拆合,从而确定了合成路线。蛋白质必需基团的化学修饰和活性丧失的定量关系公式和作图法,已被收入一些教科书和专著,被称为"邹氏公式"和"邹氏作图法"。酶作用不可逆抑制动力学理论和反应速度常数新的测定方法,已得到国际上广泛采用。胰岛素 A、B 链含有形成完整分子的结构信息;酶活性部位具有较高柔性并为酶活性所必需等,都是开创性工作。

邹承鲁院士 1997 年与夫人李林院士

邹承鲁院士多年来曾任一些国内外重要科学期刊编委,包括中国科学和科学通报副主编,Analytical Biochemistry(美国)及 Biochimica et Biophysica Acta(荷兰)编委,FASEB Journal(美国)及 Biochemistry(美国)顾问编委等。

五十多年来,邹承鲁院士在国内外重要刊物发表科学论文二百余篇。由于他在生物化学领域内的贡献,曾获陈嘉庚生命科学奖和第三世界科学院生物学奖,何梁何利科学技术成就奖等。邹承鲁院士先后获国家自然科学一等奖两次,二等奖四次。中国科学院科技进步和自然科学一等奖四次,二、三等奖多次。

应外国朋友的邀请,他所撰写的自传已在有影响的国际性丛书,"综合生物化学"中生物化学史部分第三册(总第 37 卷)上发表,是我国生物化学家在此丛书上发表自传的第一人,他对生物化学的贡献已得到承认并载入史册。

2006 年 11 月 23 日邹承鲁先生在北京逝世,享年 83 岁。(**康香阁**)

邹承鲁:大学应重视最基础的课程

刘艳萍　胡荣堃*

西南联大重现的两个前提

记　者:前不久,您撰文提议重建西南联大,除了您对西南联大的感情外,还有其他原因吗?

邹承鲁:学术自由很重要。对于一个国家来讲,学术上要有所成就,主要是要创新,要创新就要有一个自由的环境。只有鼓励自由思想、自由探索,才能有重大的创新并且不断地创新。

《科学时报·大学周刊》(2006年4月11日)刊登的诺贝尔奖评审委员谈诺贝尔奖,也充分强调了这一点。现在我们国家在科学上虽然取得了一些比较重要的成果,但其中有不少缺乏创新思想,而是靠人力密集或财力密集拼一些成果出来,真正创新的学术成果只是少数。

记　者:您认为重建西南联大能达到当时的成就吗?

邹承鲁:我不敢说。要达到当时的成就,最主要有两条:一是国家对学校的日常管理少干扰,给学校更大的自由度。重建西南联大就是希望有一个例外;二是学术自由。如果这两条做不到的话,那原来的西南联大就不会重现。如果能做到,哪怕晚一点也不要紧,哪怕再过10年,如果能够实现,那我们国家的学术前途还是有希望的,因为直接影响到学术创新。

记　者:您曾说您深受大学时期老师的影响,您认为作为一名大学教师,最重要的应该教给学生什么?

邹承鲁:也是两方面,一是以身作则,二是鼓励学生自由发挥,对学生不是采取灌输式的教育而是启发式的教育。

---

* ［采访者］刘艳萍(1978—),女,山东青岛人,北京师范大学教育管理学院硕士研究生。
　　胡荣堃(1981—),女,河南郑州人,北京师范大学教育管理学院硕士研究生。

我也做过大学老师,"文化大革命"刚结束,在中国科学院研究生院兼课。第一堂课下来,学生就提意见说我"没有板书"。我说,你们看着板书背下来就去考试,那我的教育就失败了。你们听我讲,然后再去想对不对。上课时如果只记板书就根本没有时间想,脑子就空了。

我一直认为,如果老师讲课,学生们只知道记板书,黑板上板书满满的,学生记了一大本子,考试前背一背就过关,这样的学生是培养不了创新精神的。老师只给学生写个大纲,其余的部分让学生自己去找,考试时就考学生自己看的那些。这样学生就会自己去吸取知识,自己去学习,这就是创新的开始,自学就是创新的开始。

老师不要什么都给学生安排好。安排得越好,学生的主动性就越差,将来能够自主创新的能力就越差。我自己就有这个经验,读研究生时老师出过两个题目,做完之后就不管了,他说你自个儿想去。我养成了这个习惯,后来在国外的后半期工作都是我自个儿想出来的。

大学应该重视基础学科和人文教育

记　者: 在大学里非常重要的是基础学科的教育。但是现在大学里实用性的学科得到了资金的支持,而对基础学科的支持则要少一些,您曾经呼吁大学里要重视基础学科的建设,能不能针对这点谈谈您的观点?

邹承鲁: 我不是说要重建西南联大吗?西南联大的经验现在还可以学习:教基础学科的都是最好最有名的教授。例如,教普通物理的是吴有训,当时最有名的物理学家;教普通化学的是杨石先,后来的南开大学校长,当时是西南联大化学系主任,后来又做了西南联大的教务长;教普通微积分的是杨武之,也是当时最有名的数学老师,他们都是一流的教授。

大学里应重视最基础的课程,师傅领进门,修行在个人,由这些最好的老师领进门,这对学生一生的影响非常重要。

记　者: 您长期从事自然科学研究,但是您本身的传统文化底蕴很深,教育对您有什么影响?

邹承鲁: 我在中学就对中国的古文学很感兴趣,因为中学的中文老师讲得太好、太生动了,我会自觉地背诗词。到了大学之后,我经常去听西南联大那些著名的文科老师的课,这些都对我产生了影响,可以说中国传统文化的学习是我人生乐趣的一部分。

记　者: 您觉得现在大学里的人文教育如何?

邹承鲁：我举一个亲身经历的事，上世纪50年代末期，我还在上海，有位日本科学家来做访问，之后他说要去苏州，我问他为什么，他说他要去苏州寒山寺去住一晚，立即就将《枫桥夜泊》背了出来。

后来我找了几个学生问了问，他们中有一半儿背不出来，或者只能背几句，从头到尾连贯背出来的只有极少数。大学应该重视人文教育，那时候对中国文学的教育就已经不够重视。现在虽然开始重视这个问题，但重视得还是不够。

不要总跟着热门跑

记　者：国内很多人用能否获得诺贝尔奖来衡量一个科学家，您怎么看这个问题？

邹承鲁：这有好的一面，也有不好的一面。一个真正优秀的科学家研究科学的目的不是得奖，而是对科学感兴趣，他要探索科学领域里一些未知的问题，这些未知的问题解决了会有满足感，得不得奖是次要的。我敢说如果一个科学家一开始就是奔诺贝尔奖而去，他反而达不到。如果他是发自内心是奔着对科学的热爱去做科研，那可能有一天他会得这个奖。这一点诺贝尔奖评审委员也谈到了。

记　者：在您看来，中国目前科学的发展与世界先进水平相比有多大的差距？

邹承鲁：差距还是比较大的。具体体现在学术创新的成就极少，而拼财力拼人力的成就比较多。仅在这几个大题目上花很多钱，这是不利于国家创新发展的。那些大题目大多数是热门，这样不是鼓励大家赶热门吗？跟着别人走，人家什么热我们就赶紧做什么，把钱大量地堆在热门上。实际上可能适得其反。

就拿诺贝尔奖做例子：有人作过调查，许多得诺贝尔奖的人在他开始工作的时候，搞的不是热门，而是这项工作没人做，他想到了，做了，做了几十年，做出来了，取得了突破，才获得了诺贝尔奖。人家已经做出了成就，我们再跟着跑，这样能得诺贝尔奖吗？我想是困难的。

记　者：国家在弥补差距方面应该作哪些努力呢？

邹承鲁：那些得诺贝尔奖的人在开始做的时候都是凭自己的兴趣，这些人有一个共同点就是真正热爱科学。在国外许多学生在大学毕业以后，要赚钱会到公司去。大学里很多好学生走这条路。

但是也有一小部分，要到科研单位去做科研，一做就几十年，这样的人是凭兴趣，他最后就可能会取得成功。这些人国家要支持，像在国外做研究是有一些条件的，就是让他至少得到一般的支持。

而我们国家现在不走热门的人得到支持很难，他们得想办法和热门挂上一点钩才行，于是有的在热门核心部分转，有的在热门边儿上转，都是希望得到支助让工作延续下去。如果继续采用现在这种支持方式的话，那我就敢大胆地说，再过多少年我们也得不到诺贝尔奖。

现在我们需要人有勇气搞自由探索。国家给予一定的支持，让他们去发挥自己的想象，根据自己对科学的热爱和兴趣去开创，也许将来有可能开创出一个大热门出来，这就有可能得诺贝尔奖。

记　者：什么是创新？一定要取得大的成就或者得诺贝尔奖才叫创新吗？

邹承鲁：当然不是。大有大的创新，小有小的创新。其实做自然科学，每天都必须创新。凡是前人做过的事情、说过的话，就不需要再说了。在国内外严肃的期刊上发表有自己思想的文章，有自己的实验结果，前人没有发表过的，这其实也是创新。大的创新是大量小的创新累积而来的。

对院士造假应该严肃处理

记　者：您曾经历数科学腐败的"七宗罪"，您认为出现的原因是什么？

邹承鲁：有两个原因：第一是社会影响。科学家不是生活在真空里，所以难免会受到社会上一些不良风气的影响。学术上的造假和社会上的风气是一个源头，就是不劳而获。靠欺骗，科研人员不仅出名，还获利，也就是说造假对个人有好处。

第二是出现这些问题后没有进行严肃处理。最近清华大学解聘了一个伪造学历的教授，这是好事。希望这件事可以作为一个开端，其他的学校能够效仿清华，以后凡是有类似问题都严肃处理。如果都这样了，学术腐败和造假的风气就会刹一刹了。

记　者：现在院士中也有造假现象，对于这样的造假行为应该如何处理？

邹承鲁：我想院士确实造假的，更应该严肃处理。我希望大家还是要严肃对待这个事情，中科院设立的道德委员会应该做好这件事情，如果有对院士进行投诉的就应该进行调查，这些都是很容易查出来的，哪篇文章是抄袭的、假的，是可以查出来的，调查属实了就要严肃处理，应该取消他的院士资格。

记　者：您曾经说过科学领域的许多问题主要是一种制度问题。那这里面是不是也有制度问题？

邹承鲁：有制度问题。我提过一个建议，就是要增加透明度。增选院士应该增加透明度，比如每次有多少位候选人，候选人有哪些学术成果，谁选上了，他们的学术水平如何等等，都要让大家知道，让大家评头品足。因为这不只是我们院士之间的事情，而是每个科学家都十分关心的事，甚至是老百姓也关心的。

记　者：这么多年一直反对这些腐败的现象，为什么要一直这么坚持去做这样一件可能会给您带来不好影响的事？

邹承鲁：我想让后人知道还有人说过话，作过努力。就像马寅初马老一样——当然我比不上他，只是让后人觉得这个还是有用的。

（原载《邯郸学院学报》2006 年第 3 期）

邹承鲁院士的学术贡献

王志新　王志珍

邹承鲁,生物化学家,江苏无锡人,1923 年 5 月 17 日生于山东省青岛市。1945 年西南联大化学系毕业,1951 年获英国剑桥大学生物化学博士学位,1980 年当选中国科学院学部委员(院士)。

他从事科学研究五十余年来,所取得的主要科技成就和贡献如下:

1. 蛋白质结构与功能的关系

20 世纪 60 年代以前,对蛋白质进行化学修饰是研究蛋白质结构功能关系的主要方法,但累积的大量数据在整体上还是处于一种定性描述状态。60 年代初期相继发表的两篇论文解决了这个问题:一个是 Ray 和 Koshland 的动力学方法,另一个是邹承鲁的基于统计学的方法。

Ray 和 Koshland 的动力学方法是基于对化学修饰反应和酶活性丧失反应的动力学分析。比较二者的一级反应速度常数可以对活性必需基团的性质和数目作出判断。但这一方法只局限用于比较简单的一级反应而不能用于属高级反应的复杂反应,此外对快速反应因速度不易测定而无法使用。邹承鲁基于统计学的方法则是依靠对基团化学修饰程度和活性丧失程度的比较,能普遍适用于各种修饰反应。邹承鲁方法的原理是:如果在修饰反应中同时包括 i 个必需基团,在修饰过程中保留活性的分子只能是那些所有必需基团都未遭破坏的分子,因此活性剩余分数应为必需基团剩余分数的 i 次方。基于他提出的新原理,再针对蛋白质化学修饰反应中常见的一些情况,邹承鲁提出了必需基团修饰程度和活性丧失的定量关系式和由此得出的一系列作图法,以判断必需基团的性质和必需基团的数目。这一方法 1962 年在《中国科学》发表后,得到国际上广泛采用,其关系式和作图法分别被国际

＊　王志新(1953—),男,江苏金坛人,中国科学院院士。现为清华大学生物科学与技术系教授、博士生导师。
　　王志珍(1942—),女,江苏吴县人,中国科学院院士,全国政协副主席。

同行称为"邹氏公式"和"邹氏作图法",并已多次被国内外的一些教科书和专著详细介绍。早期的书刊常把 Ray 和 Koshland 的动力学方法和邹承鲁的基于统计学的方法相并列,但由于邹的方法的普遍适用性,后期的专著中已经以主要篇幅介绍邹承鲁方法,而把 Ray 和 Koshland 的动力学方法列于次要地位(见附件)。邹承鲁方法的另一个优越性在于可以对文献中过去发表的数据进行处理而得到新的定量的信息。1962 年在《中国科学》发表的原始论文中考虑了对蛋白质进行化学修饰的六种可能的不同情况,又根据当时文献中已有的大量数据,针对各种不同情况逐一进行了分析。结果表明,一个蛋白质分子虽然常常含有多个同类基团,但其中只有少数是为蛋白质表现活性所必需的。可见对酶分子而言,其活性部位仅处于整个酶分子的很有限的局部区域。这一新的结论改变了当时流行的理论,已为 30 年来多方面的大量实验事实所充分证明。《中国科学》发表的原始论文,引用已超过200 次。本项工作获 1987 年国家自然科学奖一等奖。

"文化大革命"结束恢复工作后,发现甘油醛-3-磷酸脱氢酶在活性部位能形成荧光衍生物,论文 1979 年在英国《Nature》杂志发表,本项工作获中国科学院科技进步奖一等奖和国家自然科学奖三等奖。

2. 细胞色素与呼吸链酶系

研究生期间,他在国际上最早提出用蛋白水解酶有限水解方法研究蛋白质结构与功能的关系。观察到了细胞色素 c 分子被胃蛋白酶轻微水解即丧失活性,研究结果单独署名在英国《自然》杂志发表。该方法半个世纪以来一直被生物化学家广泛运用。细胞色素 c 在细胞内结合在线粒体上,邹发现经纯化后其配体结合性质发生了明显变化,这是纯化蛋白质与在体内时性质差异的首次报道。40 年代普遍认为细胞色素 b 就是琥珀酸脱氢酶,邹证明了它们是完全不同的两个物质。回国后与王应睐等合作纯化了琥珀酸脱氢酶,充分证明其与细胞色素 b 无关,并发现其辅基是与蛋白分子共价结合的 FAD,这是第一个被发现与蛋白质共价结合的 FAD 辅基。

3. 胰岛素人工合成

1958 年参加发起人工合成胰岛素工作,并负责胰岛素分子 A 链和 B 链的拆合。胰岛素是由两条肽链通过两对二硫键联结而成,此外在 A 链上还有一对链内二硫键。在考虑到的各种合成方案中,最为简便易行的是分别合成 A 链和 B 链,然后通过巯基的氧化使两条链正确组合,但关键问题是还原的 A 和 B 链是否能通过氧化而形成天然的胰岛素分子,国外许多人对此做的尝试都以失败告终。除了像催产素那样的小肽以外,当时还没有一个含二硫键的蛋白能在还原后通过氧化而成功地再生。这个决定合成路线的前提问题恰恰是一个尚无先例的未知问题。胰岛素拆合工作的成功立刻确定了先分别合成 A 链和 B 链,然后将 A 和 B 链再组合而生成活性胰岛素的合成路线,为完成国际上第一个蛋白质——胰岛素的人工合成作出了重要贡献。胰岛素人工合成工作集体获 1981 年国家自然科学奖一等奖和 1997 年求是杰出科技成就集体奖。

"文化大革命"后,进一步开展胰岛素拆合机理的研究,在理论上阐明了拆合成功的本质,即胰岛素 A 链和 B 链本身已经具有一定的结构,并能在溶液中相互识别和相互作用而正确配对,它们已经含有形成天然胰岛素正确结构的全部信息。该工作获 1994 年国家自然科学奖二等奖。

4. 酶活性不可逆抑制动力学

酶活性的抑制对于研究酶作用的机制和药物设计都是十分重要的。在酶学教科书中通常只有对酶的可逆抑制动力学有所论述。邹承鲁认为无论对酶活性部位性质的探测还是药物设计,不可逆抑制有更为重要的意义。他最早系统地对酶的可逆与不可逆抑制动力学提出了统一的理论。这一理论证明,以往在可逆抑制方面广泛采用的底物与抑制剂之间的竞争概念,对不可逆抑制同样适用;并进一步发展了不可逆抑制反应速度常数测定的新方法。经过多年来在理论上的发展和实验上的验证与推广,邹的理论和方法现在都已经为国际上普遍接受并得到广泛的采用,6 篇主要论文共获引用约 500 次。此项工作获国家自然科学奖二等奖。

5. 酶活性部位的柔性

早在 19 世纪,Fischer 就已根据酶作用的高度专一性对酶催化作用的机制提出了著名的"锁钥学说",认为底物和酶在结构上严密互补,就像一把钥匙只能开一把锁一样。这一学说同时也意味着酶分子活性部位具有严密的刚性结构。一直到上世纪中叶,Koshland 才认识到底物的存在可以诱导酶活性部位发生一定的结构变化,并提出了著名的"诱导契合学说"。但是人们通常仍然认为酶活性部位具有严密的空间结构因而是相对刚性的。以后发展的所有企图说明酶高催化效率的学说,如邻近效应,定向效应,张力效应,酸碱共同催化,以及酶和底物过渡态中间物的紧密结合等,也都建立在这一概念的基础之上。一般认为由于高催化效率的需要,酶活性部位必须具有更为严格的,因底物存在的保护作用而变得更为稳定的空间结构。

另一方面,蛋白质变性是蛋白质研究中极为重要的问题。但国际上长期以来都着重注意了分子变性过程中的空间变化,很少把结构变化与活性丧失联系起来,其部分原因是因为缺少一个研究酶快速失活的动力学方法。从1984年以来,邹用自己创立的动力学方法,从变性平衡态和变性动力学两方面比较研究了多种不同类型的酶在变性过程中构象和活力变化的关系,发现变性时酶活性的丧失先于可察觉的构象变化。在进一步大量实验的基础上提出了"酶活性部位处于分子的局部区域并柔性较高"的假说。针对国际上一些不同的意见,排除了变性剂的抑制和寡聚酶解聚等可能性,以充分的论据论证了酶活性部位柔性学说的正确性。在邹承鲁等最早的论文发表后,国际上有几十个实验室用不同的酶进行了类似的研究,都得到相同的失活先于构象变化的结果。邹随后用荧光及自旋试剂进行探测直接证实了酶活性部位构象变化确实发生在整体构象变化之前并与活性丧失同步。进一步用蛋白酶部分水解的结果也说明在变性过程中,酶分子整体构像尚未发生变化之前,活性部位构象已开始松散,因而较易受到蛋白水解酶的作用。接着又根据某些酶在特定条件下被激活的研究,发现酶在活化时活性部位柔性增加;而限制酶活性部位的柔性则可以导致酶活性下降。根据这些新的结果,邹又提出"酶活性部位柔性为酶充分表现活性所必需"。这些研究结果是自19世纪Fischer提出酶作用的"锁钥学说"和上世纪50年代Koshland的"诱导契合学说"以来酶作用机制研究中的又一重大进展;同时也把蛋白质变性研究从单纯的结构研究提高到与功能密切结合的新水平。工作的总结应邀在《Science》和生物化学界著名的《Trends in Biochemical Science》发表。有关论文已获引用600余次。此项工作获1998年国家自然科学奖二等奖。

6. 新生肽链的折叠与分子伴侣

蛋白质发挥特定的生物功能依赖于蛋白质分子的正确空间结构。分子生物学中心法则中从DNA到RNA再到肽链的合成的细节已经基本阐明,但新生肽链如何折叠成为具有特定空间结构的功能蛋白的过程现在还不甚了解,它是中心法则中至今尚未解决的一个重要环节。一个时期以来,不少研究者认为新生肽链折叠是在其合成终了之后由完整的多肽链开始进行的,因此大量的工作都是用变性蛋白完全伸展的完整肽链的重新折叠作为新生肽链折叠研究的模型。邹承鲁对新生肽链的折叠提出了一个新的假说,他认为新生肽链卷曲折叠既与合成同步进行,又在延伸过程中不断调整,并在合成完成后经最后的修正而完成。近十年来对这一设想所进行的实验已初步证实了这一设想。最近又和王志珍共同提出"蛋白质二硫键异构酶既是折叠酶又是分子伴侣"的假设,打破了与蛋白质折叠密切相关的酶和分子伴侣两大类帮助蛋白之间的界限。这一设想也已得到国际上许多实验室体内外实验结果的证实,并为国际科学界所接受。此项工作获 2002 年国家自然科学奖二等奖。

邹承鲁已经为我国生物学界培养了一大批人才,不少现在已经是国内外知名的科学家,其中包括中国科学院院士三名。自建立学位制度和博士后制度以来,他已培养了博士 30 余名,博士后 8 名。

邹承鲁在国内外重要刊物发表科学论文 207 篇。进行检索的 107 篇论文的引用有 3138 次,其中他引 2765 次。由于在生物化学领域内的贡献,邹承鲁曾获 1989 年陈嘉庚生命科学奖,1992 年第三世界科学院生物学奖,何梁何利基金奖,求是杰出科技成就集体奖,何梁何利科学与技术成就奖;国家自然科学一等奖两次,二等奖四次,三等奖一次;中国科学院科技进步奖和自然科学奖一等奖四次,二、三等奖多次。他是我国唯一的应邀在有影响的国际性丛书《Comprehensive Biochemistry》生物化学史部分发表自传的生物化学家,他的贡献已载入国际生物化学史册。

邹承鲁多次撰文并在不同场合公开发表意见,维护科学尊严,反对科学界的不正之风。他一贯坚持科学上的重大决策应该充分听取科学家的意见,反对用行政手段决定科学问题的是非。他主动地、满腔热情地为中国科学和教育的发展谏言献策。邹承鲁认为科学上的贡献只能靠从持之以恒的、踏实的工作中所取得的成果,根据在科学期刊上公开发表的论文,经过国内外科学界反复的实践,逐渐取得国际上的公认。绝不能靠向领导作自我夸张的宣传或利用新闻媒介谋求廉价的新闻价值而取得所谓荣誉。科学是严峻无情的,这样取得的廉价荣誉是经不起时间考验的,终究将被时间所淘汰。关于维护科学道德和正确评价基础研究成果等问题的论文,早在1981 年由邹承鲁执笔,多位院士署名在报刊上发表多篇文章,引起有关领导、科学家和媒体的注意。邹承鲁为维护科学尊严所做的努力,得到了广大科学界的赞赏和尊重。

（原载《邯郸学院学报》2006 年第 3 期）

王绶琯院士

著名天文学家、中国科学院院士　王绶琯先生

　　王绶琯院士,著名天文学家、科普教育家,中国科学院资深院士,中国天文学会名誉理事长,中国科学院北京天文台名誉台长。

　　1923 年 1 月 15 日生于福建福州。1936—1943 年就读于重庆马尾海军学校造船科。1945 年赴英国留学,1946—1949 年在英国皇家格林尼治海军学院造船班深造。1950 年改攻天文,并被聘为伦敦大学天文台助理天文学家,进行研究工作。

　　1953 年回国,先后就职于中国科学院紫金山天文台、上海徐家汇观象台、北京天文台。历任中国科学院北京天文台研究员、台长,中国天文学会理事长,中国科学院数学物理学部副主任(1981—1993)、主任(1994—1996),国家科委天文学科组副组长等职。

　　1978 年被评为"全国科学大会先进科技工作者",1985 年获国家科学技术进步二等奖。1996年获何梁何利基金科技进步奖,同年被评为全国先进科普工作者。曾当选为第五、六、七、八届全国人大代表。

1980年当选为中国科学院院士(学部委员)。开创了中国的射电天文学观测研究领域并卓有成效地予以推进,也是中国现代天体物理学的早期创建者之一。在主持提高中国时号精确度、负责北京天文台及其射电天文研究的创建与发展等方面作出了重要贡献。数理学部任内,在领导和管理中国天文工作中发挥了多方面的作用。20世纪90年代与苏定强等共创的"大天区面积多目标光纤光谱望远镜(LAMOST)"方案,被列为国家"九五"重大科学工程项目。

1993年10月为表彰王绶琯院士对天文事业的贡献,中国紫金山天文台将3171小行星命名为"王绶琯星"。

主要学术成果(代表性学术论文):《试从大地测量的应用上评价徐家汇观象台的时号》;《密云米波综合孔径射电望远镜总本及技术方案报告》;《大型科学工程重大项目—LAMOST建议书》;《中国大百科全书—天文卷》(主编)等。英文论文多篇。

王绶琯院士不仅是我国著名的天文学家,同时还是著名的科普教育家。为提早发现培养科技精英人才,1998年由他发起,中科院62名院士参与倡议,成立了北京青少年科技俱乐部。俱乐部作为一座桥梁,将北京的16所基地中学和中科院23个科研机构的40多个实验室、北京大学等10所重点高校30多个系室联系起来,通过俱乐部的形式,科学家们从高中生中发现培养了一批又一批"科学苗子",为这些"有志于科学的优秀高中学生"创造条件,帮助他们"走进科学";为提高全民的科学素质,2006年他又筹划了在初中阶段实施的"校园科普"活动,为青少年科普事业倾注了大量心血。他对党政各级领导基本科技知识的普及也有独特建议。他的科普教育思想已形成一个完整的教育体系。在科学研究之余,还爱好书法和写诗,有诗集《塔里窥天:王绶琯院士诗文自选集》等。(康香阁)

著名天文学家王绶琯院士访谈录

康香阁

我国著名天文学家,中科院王绶琯院士从事天文学研究近60年,为我国的天文学事业作出了巨大贡献:他开创了中国的射电天文学观测研究领域并卓有成效地予以推进;他是中国现代天体物理学的早期创建者之一;他在主持提高中国时号精确度、负责北京天文台及其射电天文研究的创建与发展等方面作出了重要贡献;他负责成功地研究出多种重要的射电天文设备并取得多项创见性研究成果;20世纪90年代与苏定强院士等一道提出LAMOST方案,被列为国家"九五"期间大型科学工程项目,等等。

为表彰他对天文事业的贡献,在1993年10月中国紫金山天文台将三一七一小行星命名为"王绶琯星"。

选拔科技精英从高中做起

康香阁:1998年,由您发起,中科院62名院士积极参与倡议,在有关部门的支持下,于1999年6月成立了"北京青少年科技俱乐部",并且亲自担任俱乐部主任,当时您是基于什么样的考虑来做这件事的?

王绶琯:多年以来,我接触到过不少很有科学天赋的少年人。在我印象里他们都是"希望之星"。但后来都不知道他们哪里去了。相隔十几年,有的可能是没有引导,走了别的路,有的则可能流失到外国去了。

青少年时期需要引导,非常需要给他们创造条件。如果他们有志于科技事业,我们科技界能不能也跟体育界、文艺界选拔人才一样,也常常去留意自己行业的"苗子",早一点去发现、去引导、去扶植,这样就会有科技界的郎朗和刘翔出现。当然,科技界情况和体育界、文艺界不尽相同,科技界选拔人才的范围更广泛,难度更大。但是我们说科教兴国,这是我们国家的百年大计,要大家都来努力。方方面面的人都来关怀、都来努力,事情就可以做起来。中国科协提倡"大手拉小手",这个口号很亲切,北京就有许多科技

"大手",大家都有"拉小手"的愿望。所以我就想这样的事可以先在北京市试着做起来,经过多方面的努力,我们成立了北京青少年科技俱乐部。

康香阁:主要是从选拔科技精英人才考虑的?

王绶琯:对!我们国家现在经济发展得很快,但要是没有一个坚强的科技基础,就很难变得真正强大。在这里,人才是第一位的,是当务之急。现在我们国家在稳定地发展,是培养人才的好时期,机不可失。如果今天有一个爱因斯坦,他生在战火纷飞的伊拉克的话,他的天才十之八九会是被埋没的。人生还是需要机遇的,我们需要去创造环境、创造机遇、创造条件,让有志于从事科学工作的中学生能够成才,科技界里也应该不断有像刘翔一样的人才脱颖而出。

康香阁:你们是如何开展这项工作的呢?

王绶琯:通过科技俱乐部活动的形式,在科学家和青少年中间架起一道沟通的桥梁。俱乐部在北京一方面联络了16所中学作为基地学校。另一方面,在中国科学院以及北大、清华等大学所属的多个科研机构共建"北京青少年科技俱乐部学术指导中心"。科研机构推荐热心青少年教育的专家担任科技导师,指导学生的"科研实践"活动,科技俱乐部基地学校的辅导老师配合科技导师,做好学生的组织管理工作。俱乐部成立七年来,做的主要是"有志于科学的优秀高中学生"的工作,给他们创造条件,帮助他们"走进科学"。

康香阁:您是说高中阶段是成才的关键?

王绶琯:我们统计了一下,上个世纪100年里,诺贝尔物理学奖的获得者中,大概30%的人是在30岁以前做出他的获奖工作的。他们,以及许多其他杰出的科学家都是在二十五六岁左右进到创造高峰,这表示他们在20岁出头就已经进入角色。从这个年龄往后推,应当是在高中时期他们就开始"进入科学"。这是一个需要得到引导的年龄段。如何刻意在这个年龄段培养和发现"科技苗子",应当说是我们非常关注的问题。

在这个问题上我常想,如果说科学天才是"天赋加汗水",那么世界各地应当按人口比例出现科学人才。但事实上并不是这样,因为"机遇"在这里起了决定性的作用。历史上,当年牛顿,一个农村青年,如果不是他的一位舅父要他到剑桥读书的话,他可能就留在家里务农。世界史中科学发展这一章就会是另外的写法了!这种机遇往往被传为佳话。在我们中国,大家都知道华罗庚当年受到熊庆来扶植的佳话。现在我们眼前这些有志于科学的优秀少年当中,就有许多可能成为"下一代的华罗庚",需要我们及时为他们创造机遇、让他们得以接近"今天的熊庆来"。科技俱乐部正是带着这个问题设置了"科研实践活动",这个活动中每年接受中学推荐的一批有志于科学的优秀高中学生,安排他们以一年左右的课余时间和假期,到中国科学院和大学的优秀科研团队中去参加"真刀真枪"的科研,和科学家们一起做课题(导师需要视具体情况选出适合于各个学生参与的课题)。目的是让他们实践一次科学思想和科学方法的运用、借以调动自己的科研潜能,并在工作中得到求师交友的机会。最初人们曾经担心这样做会不会给科研人员带来过重的负担。因为科研人员都在承担国家的第一线研究任务,现在要他们挤出时间做这样一件本不熟悉的事,要花很多精力,他们是否承受得起?再说这些实验仪器都非常昂贵,使用时间以及安全方面的限制等都会成为问题。但结果出乎意料、却似乎又在意料之中。原来许多科学家都很喜欢这些好学的少年,乐意指导他们,大多数师生相处都很愉快,许多同学都体会到了这样的"求师交友"受益良多。我们七年来这样做,在一定程度上起到了帮助参加活动的每一个学生"走近科学"的作用,同时做到了从中发现一些可能的"科学苗子"。

康香阁:你们采取何种评价方式,评价出一个高中生就是"科学苗子"?

王绶琯:判断一个学生是不是"科学苗子",确实是一个值得研究的问题,因为不能单靠考试或竞赛来确定他是不是"科学苗子",特别是在"应试教育"和"应赛教育"的影响下。科技俱乐部发展了一种评议方法,大意为:试题为根据学生完成的科研报告提出进一步研究的课题,要求他设计研究方案。考试采取"开卷准备,30分钟互动答辩"的方式。评议委员会由多位(15~20位)教授组成,各人分别对每个学生评"级"——"一般","优秀"或"突出"。几年里每年都有几名学生被90%或85%以上的评委评为"突出"。这些学生可以认为是"科学苗子"。我们把这个结果告诉他们的学校,希望特加关注,学校有责任进一步给他创造条件。

康香阁:这些"科学苗子"去向如何?跟踪了吗?

王绶琯:七年来,参加俱乐部的学生都上了他们希望上的大学。很多"苗子"都到国外去了。我并不反对出国留学。但是我非常希望多发现"科学苗子",希望发现了的"科学苗子"能够"跟踪扶植",我们不只是关心他考上大学,成才,而且在他成才后关心他发挥自己的作用,当然首先是希望他能在我们国家的科学事业中起到栋梁作用。

康香阁:您更关注的是今天看到的"科学苗子"在将来应该是一个很好的科学家。

王绶琯：如果是个"诺贝尔奖级"的人才，最好远在他得奖之前就发现他、重用他，这是国家对自己子弟的"知遇"。这比等到他成名了再号召他"海归"会更现实。"知遇之恩"也是一种报效的动力！历史上韩信是一个军事天才，最初在项羽帐下。项羽没有发现他，更没有用他。结果他到了刘邦那里，登坛拜帅，立了大功。项羽后来派人去说服他合作，当然没有成功。科学无国界是对科学的性质而不是对效果而言的。一个科学人才多的国家就会是强大的国家。应当早期发现人才、扶植人才，多出现年轻的顶梁柱。

康香阁：谈到诺贝尔科学奖，可以说是中国几代人的梦想，因为获得诺贝尔奖不仅是一种荣誉的问题，它反映的是一个国家的科学和技术水平。获得诺贝尔奖可能比获得奥运会争办权更让中国人激动，奥运会许多国家都有条件办，诺贝尔奖只有少数国家能获得。由诺贝尔奖联想到中国屈辱的近代史，科技的落后是中国近代遭受屈辱的最主要原因之一。目前，按照您倡导的这种提早发现，系统培养的模式，我想中国人距获得诺贝尔奖时间会越来越近，您已经八十多岁的高龄了，仍在一刻不停地为祖国培养人才，您是我们学习的榜样，人民会非常地感谢您。据您的理解，中国在哪些科技领域与诺贝尔奖距离最近？能否谈一谈？

王绶琯：过奖了，实在不敢当！我们只是从民间自由探讨的角度做一些试验，希望能有一些参考价值。大家当然知道，诺贝尔奖没有包括数学和好些其他学科，评议上还出现过许多争议（比如相对论没有入选），但是总体上说它的权威性毋庸置疑。我们不宜把它"锦标化"，更不要把科学家"明星化"。诺贝尔奖授予自然科学的重大发现和科学方法的重大发明，属最高层次的创造性智慧。对于现代社会，创造性智慧的拥有是其实力所在。获奖多的国家综合实力就强。从全局看，在一百年多一点的诺贝尔奖历史中，还没有一项工作出自中华大地（尽管有些科学家的工作已属此水平），这当然不能不引起我们的关注。

然而诺贝尔奖并非凤毛麟角。自然科学方面获奖者每十年不下六七十人。其中有一些旷世奇才，但大部分则是一般的优秀学者；有一部分工作依靠昂贵的精良设备来完成，但也有不少工作选择或设计了适用而且相对低廉的设备。环顾我所接触到的我国青年科学骨干（在我国，指目前三四十岁的成才者），他们的学术造诣和基本工作条件并不亚于这些获奖者，如果［科学成就］＝［努力］·［素养］·［机遇］，那么我们获奖的概率之所以少于他人，应当可以从"机遇"上找到原因。我们"年轻骨干队伍"的年龄比起前述诺贝尔奖获得者脱颖而出时的平均年龄（二十几岁）大了很多的事实，就可能解释为错过了科学创作最佳年龄段的机遇。前面所说的为优秀高中学生设置的"科研实践活动"的试验,则可以看做是为了弥补这一缺憾而致力于早期发现人才所做的一种尝试。

自然科学家面对未知世界,要运用洞察力以判明探索的方向、运用创造性以追求探索的目标。而"运用之妙,存乎一心",所以必须有一个自由发挥的空间;另外,探索本身就是"试错",必须有一个宽容的环境。这就是说,自由与宽容的工作环境是自然科学工作者所需要的外部机遇。当然,自由和宽容都是相对的。对于任何人或任何事都有一个适度的"相对于约束的自由"和"相对于问责的宽容"。对于不同层次的人才需要掌握不同的"度"。看来我们目前对于二十来岁尚未成名的潜在杰出人才所掌握的"度"偏"严",以至这个年龄段"登上科坛"的十分罕见(其中时而施加的"善意的劝诱或压力"起了"揠苗助长"的作用)。项羽知兵善战,用对待一般警卫员的"度"对待韩信;刘邦"将兵"的能力有限,但他一听到推荐,便立即登坛拜帅(这是为了杰出人才能够发挥才智而给予的"度"——高度自由和宽容的"度"),从而造就了一位"军事上诺贝尔奖级"的人才。我们注意到,刘邦体系里有一个很强的、包括萧何、张良在内的推荐人才的班子。如果我们在发现了"科学苗子"之后,能有一个由德高望重的"教练级"或"导演级"(而非"运动员"或"演员")科学家们组成的鉴别和推荐的班子,当有助于今日"科学韩信"的出现。

培育公民的基本科学素质从初中做起

康香阁:北京青少年科技俱乐部成立七年来,主要是面向高中生,发现"科学苗子",可以说是精英科普,是为培养未来科学家而设计的。除此之外,您近期又筹划了一个校园科普活动,主要是针对初中生。为什么把校园科普活动选择在初中阶段?

王绶琯:这里考虑的是科学素质教育问题。2006年,我们国家提出了提高全民科学素质的号召,事情很迫切。因为我国公民科学素质的欠缺已经成为国家现代化建设的一大阻力。

素质是修养的结果,是自觉地积累起来的。如果大家都有这样的自觉,全民的科学素质就会不断提高。

自觉的修养不是自生的,需要打好基础。"素质教育"为的就是提高素质的基础。全民素质不能自然形成,必须有一个"素质教育"的过程。应该是在年轻的时候就打下这个基础。接受这种教育是公民的权利，所以最好放在九年义务教育阶段进行，使所有人都会轮到。"中国人如何成为中国人"最关键的正是在这个阶段。一个社会要培养公民的素质，这个阶段是很重要的。我觉得科学素质的培养跟别的方面相比，可能要稍微难一点，需要年龄稍微大一点，小学生太小了，应当定在初中。目前初三学生应试任务太重，所以初二比较合适。

"校园科普"活动就是针对初中年龄段的特点设计的"科学素质教育"，目的是激发全体学生对科学的兴趣，引导他们自发追求科学知识，关心科学信息，在校园中营造爱科学、学科学的气氛。这种气氛应当始终在校园中延续，形成风尚，使学生养成亲近科学、以知为乐的习惯。

康香阁：在初中阶段如何开展"校园科普"活动？

王绶琯：一个可供参考的做法是：选定科学时事或重大科学事件的题材，发动学生（可以定为初中二年级），以班为单位，在教师的辅导下通过自己查阅资料（主要是老师按初中学生的条件，事先设计好安放在网络中待查的条目）制作成科普展板或墙报，并在校园中演示讲解。做出一个好的展板，给同学、给老师讲解，会给学生带来参与感和成就感。学生们有了参与感和成就感，就会体验到"学科学"的乐趣，从"知之者"变成"乐之者"，从"学科学"进到"爱科学"。这个活动，持续一学年，可以做到、也必须做到班上每一个学生都实实在在地参与。这是全民教育，"一个也不能少！"学生的展板做出来后，老师（和专家）点评。初二的学生能做出这样的东西，当然要肯定、要鼓励。只要是要点明确，不必要求全面。但是科学上必须严格，不对的地方要引导他再去查资料，查了、改进了，他们不但不会感到挫折，相反，又会多了一分自信。对于做了展板还要求更多知识的学生，应当准备更高层次的网上条目。一个学校中初二年级每个班各自都把自己的选题做出展板，在校园中交互讲解、交流，将会激发起活跃的科学气氛。

做好这件事的关键是教师用以示范的科普讲演文本的创作。每一个讲题都需要单独创作一篇文本。每篇分两个部分。其一为讲演的正文，供约一小时的讲演。正文本身应当是一篇完整的科普讲本，使用适合于初中学生的科普语言，并尽量利用图、画、乃至卡通，以求活泼生动。文本的另一部分为参考条目。这是讲演文本中的"无声部分"。每一篇讲演都刻意在不同段落里设计一系列提示或启发，同时编写相应的参考条目放在"资料库"中以供检索。学生在听讲后自己动手检索以助发挥、充实或复述学到的内容。参考条目分为三个层次，其中基本层次的条目对讲演的各个要点提供比较详细的解释,学生在写"书面要点复述"时可以用作参考。第二层次的条目含有讲演中每一处提示或启发的答案或指南,以助学生在编制墙报时拓宽自己的思路。第三层次的条目主要是介绍与讲演题内容相关的科普读物,供有意于进一步了解这一课题的同学参考。

这种试验如果成功,可以充分利用互联网的好处。每个选题的材料做好了,全国的学校都可以参考、可以试用。对于一些条件困难的地区,比如说一些西部的学校,所有这些材料都可以做成光盘送给他们。只要有电,有一台电脑就可以用。当然这是一个理想状态的描述。到目前我们只是在开始摸索,只是几位同人,和几所学校的"教师志愿者"一起,在做一个初步的实验。

提高各级党政领导的科学素质从科技论述和科技信息的沟通和评判做起

康香阁:在教育系统之外,您也考虑到了党政干部科普的问题,这是提高全民科学素质的一个组成部分,对党政干部科普应采取哪些措施?

王绶琯:对党政干部的科普,考虑把切入点放在各级政府领导,因为他们属于国家和地方行政的"决策层",他们的科学素质直接关系到一方的现代化建设。其重要性自不待言。

针对"决策层"群体的科普,应当是有助于他们对科学本身、对重要科学问题的理解,对科学信息的掌握,以及对这些内容的社会影响的判断。这是一种建立在普通公民科学素质以及领导干部的政治素质的基础上的高一层次的科学素质。

对于各级政府领导进行科普,除了过去我们国家已经采取的许多措施,如举办讲座、报告会等形式外,我建议可再采取更进一步的、针对性更强的一些措施,如:

(1)从报纸、书刊、电视以及网站上收集的有关科技和科技问题的论述、讨论、争论文章,以"文摘"形式编成集(电视上的科技讲坛、采访等也可以录下汇集成"参考材料"),定期(比如一个月、一个季度)发给各级政府(包括通过网站的交换)。

(2)出版"科学新闻速评"。从报刊、网站收集科技新闻,每条请几位科学家分别写一两百字的评语,每周出一辑,发送到各政府网站。政府有关机关可以把收到的材料复制或再制作,分发给领导干部。可以考虑定期(每周或每月)用"科学信息交流会"等方式用一些时间(比如说一小时)放映、评判这些材料,以保证这种科普"到位"。

这里的材料均属受到关注的、普遍意义上的科技信息和问题。摘录时不对内容进行任何"加工"(任何"加工"都应当是发生在读者的头脑里,不宜越俎代庖)。这一层次的科普的作用不在于引导"受众"来理解什么或来做什么,而是为他们提供"科学涵养"的"营养料"。对于一个领导干部,涵养是素质的一个重要组成部分,而涵养始自广纳和深判。

康香阁:前面,请您谈了高中阶段和初中阶段的科普工作,并且都有具体的措施,那么,对于提高大学师范生的科学素质,应采取哪些措施? 比如,我们邯郸学院就是以培养师范生为主的本科院校,相同的院校全国有数百所之多,这些院校培养出来的学生将来大部分是中学老师,他们的科学素质提高了,会对中学生的科普工作起到至关重要的作用。

王绶琯:先引一段过去关于"文明社会"的中小学教育的设想的文章:"对于教师,首先要求整个社会从观念上承认:一个胜任的中小学教师的职业修养和社会贡献绝不亚于一个大学教授。社会必须把造就和承认自己的'中小学教授'队伍作为一项根本要务。而由于'教、学互动',每门主课的每位教师负责的学生人数不能太多,把所有学校各个班级各门主课所需的'中小学教授'加起来,数目将会非常可观,要求很大的国家预算和社会支持。这样一来,未免使得这种理想显得有些超前。不过,……当有一天'建设美好的将来从少年教育做起'的共识真正得到实现,全球各地'中小学教授'的素质、地位和数量真正都被提到了文武百业的前列,人们将会有望真正地看到人类社会摆脱文明危机,历史将会真正地翻开'告别野蛮'的一页!"这不是梦想,是人类文明进化的方向。现在一代人经历过了20世纪"现代化野蛮和愚昧"的惨痛,普遍加强了对下一代人素质的关注。师资培养的国家投入将会随着经济发展而改善。而对我国来说,当前至关重要的是恢复并继而提高对中小学教师社会功能的承认。只要有了适当的经济支持和舆论支持,也许五六年后人们的观念会变成:"师范院校当然要跟军事院校一样,国家负责、免费入学。……师范的竞争可激烈了,考分要求不比北大、清华的低。……毕业生考'教师执照'(届时会有的)。"十拿九稳,比律师执照、医生执照(会有的)"都值钱! …… 人家师范毕业生,教书育人,哪儿不能去? ……

(原载《邯郸学院学报》2007 年第 3 期)

诺贝尔科学奖离我们有多近？

王绶琯[*]

"我们离诺贝尔奖有多远？"近年来关心我国科学进步的人常会这么问。我们也常听到各种答案。我也有一个答案，即："远虽是远，但说近却也很近。"那么，"诺贝尔奖离我们会有多近？"

大家当然都注意到，诺贝尔奖没有包括数学和好些其他学科，评议上还出现过许多争议，比如相对论竟然没有入选（我国科学家的工作中也有应当入选而未入的），等等。但是总体上说它的权威性毋庸置疑。这里我们说诺贝尔奖，是以它为象征、泛指自然科学（不包括工程技术）上"诺贝尔奖级"的成就，为的是讨论当前我们的科学综合实力与发达国家比，相距多远？或多近？

诺贝尔奖授予自然科学的重大发现和科学方法的重大发明，属最高层次的创造性智慧。对于现代社会，创造性智慧的拥有是其实力所在。获奖多的国家综合实力就强。从全局看，在一百年多一点的诺贝尔奖历史中，还没有一项工作出自中华大地。这当然不能不引起我们的高度关注。

然而诺贝尔奖并非凤毛麟角。自然科学方面获奖者每十年不下六七十人。其中有一些旷世奇才，但大部分则是一般的优秀学者；有一部分工作依靠昂贵的精良设备，但也有不少工作选择或设计了适用而且相对低廉的设备来完成。因此，要问今天我们离诺贝尔奖的远近，就要看选择什么为参照。下面让我们就这个话题，先介绍几则诺贝尔奖工作的故事：

第一个故事："脉冲星"的发现

1967 年，乔瑟琳·贝尔，英国剑桥大学的一位研究生，用她导师安东尼·休伊什设计的一种测量"行星际闪烁"的射电望远镜，意外地发现了后来被称之"脉冲星"的奇异天体。她当时的研究任务是利用测量这种闪烁来

---

* 王绶琯（1923—），男，福建福州人，中国科学院资深院士，著名天文学家、科普教育家。

估计射电天体、特别是"类星体"的角径(类星体是当时天文学的一个重大新发现)。

休伊什设计的专用射电望远镜,是他们自己动手造的,面积很大——天线占地大达两个半足球场。乔瑟琳和她的同伴们抡大锤,扭铜线,花了两年工夫建成了这个庞然巨物。全部花费仅一万多英镑。乔瑟琳用她自己参与制造的设备,对全天所有可能测得着的射电天体系统地进行测量。1967年圣诞节假期前的一个夜晚,意外地取得了这一如今载入天文史册的发现。

图1中是这个发现的观测记录。最上面部分是三个射电天体的闪烁。从左到右,分别是无闪烁,强闪烁和不太强的闪烁。中间图的右边箭矢指的纪录是一次干扰,左边标着CP1919的记录(CP1919是后来给这个天体的命名),虽然看起来并不特殊,但是乔瑟琳却以她的敏感和细致辨认出了这是一种既不同于闪烁也不是干扰的陌生事物,于是她把记录的速度加快、使时间坐标放大。最下面的图表示放大了的CP1919的记录,明显地显露出了一组规则的脉冲,脉冲周期为1.337…秒,极其稳定。这使人联想到了巧匠制成的极其精致的钟表,却很难和天上庞大的星体相联系。不过,在排除了一切其他可能之后,剑桥的天文学家们最终确定了这是一种奇特的天体,并称之为"脉冲星"、公之于世。

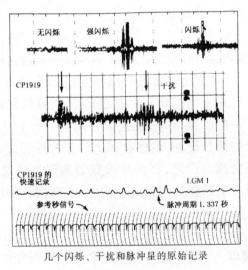

几个闪烁、干扰和脉冲星的原始记录

图1 典型的观测记录

脉冲星很快便被认定为30年前根据恒星演化理论预言的"中子星"。质量在一定范围的恒星,到了演化末期星体发生爆炸、内部猛烈坍塌会使物质中的质子和电子紧密挤压在一起、形成"中子"。这种状态下的"中子星"密度高达每立方厘米(约一茶匙)一千万吨!一个质量比太阳大一倍的中子星,直径会缩到只有 10 千米,还不及地球的千分之一!这在当时是一个难以验证的悬念!事隔 30 年,天文学家对天体射电的机制有了认识。这帮助了他们很快把脉冲星现象联系到了中子星。根据理论,庞大的恒星坍缩成中子星后,原来的磁场和自转会千万倍地增大,导致了中子星的高速旋转并发出强烈的射电辐射。脉冲星的发现为它提供了一个决定性的验证,并由此确立了恒星演化模型作为当代天文学一大理论支柱的地位。与此同时,它以石破天惊之势引发了极端致密物体——中子星、黑洞的探讨,为当代天体物理学(和物理学)的研究开辟了一个富有挑战性的崭新领域。由于这一成就,休伊什被授予 1974 年度诺贝尔物理学奖,而天文学界把这看做他们师生两人共享的荣誉,因为其中乔瑟琳做出了同等的贡献。

第二个故事:宇宙微波背景的发现

1965 年美国两位年轻的天文学家彭齐亚斯和威尔逊利用贝尔实验室 6.1 米喇叭抛物面天线进行射电源辐射定标(术语为:"绝对测量")。这个天线工作在微波波段,配有波长 7.3 厘米的接收机,是贝尔公司原先用于人造卫星通讯、后来闲置下来的。(见图 2)它有着屏蔽地面辐射的特性。同时,它配备的工作波长 7.3 厘米的量子放大器是当时噪音最低的微波接收机。辐射定标工作中最难对付的正是地面辐射噪音和接收机噪音。两位天文学家恰当而及时地利用了这具原本已经"退休的"通讯设备的有利条件,加上自己大量的细致工作,把它变成了一台精密的"绝对测量辐射计"。

在进行绝对测量的时候,他们精细估算了所有可能影响测量的噪音辐射。但是当他们进入实测、把天线对向天空时,却发现记录下来的噪音比这些噪音估值的总和多出了"几度"(具体约"绝对温度"3 度,即"3K"。射电天文工作中把噪音功率用"绝对温度(K)"为单位来表达。地面的"噪音温度"约为 300K;没有噪音时应为 0K)。而且不管对着哪个方向这个小小的"多余值"都一样存在,而且都一般大小。他们反复检查了天线构件以及地面辐射的屏蔽等等,肯定了并无疏漏,不能解释这个"多余"。于是余下的唯一可能性,是存在着一种来历不明的、均匀布满宇宙空间的微波辐射。

这个辐射的两位发现者没有想到,当时离开他们的实验地点不及 50 公

图 2　贝尔实验室的喇叭抛物面天线

里的普林斯顿大学中,一个研究团组根据"原始火球"的宇宙学理论(这种宇宙学模型虽然不同于当前的主流——"大爆炸"模型,但两者的"原始火球"则有着同样的性质),计算出了宇宙空间中应当充满一种"各向同性"的、微弱的微波辐射,并正在建造一台"绝对测量辐射计"来验证其存在(他们没有料到这种验证竟然无意中先在邻近的贝尔实验室里实现了!),这一验证对于大爆炸宇宙学的确立起了决定性的作用,从而使人类对于宇宙起源的认识跨入一个新的里程。在这之后不久,经过相当曲折的信息传递,这两部分天文学家碰到一起,确定了这项重大天文发现的性质。彭齐亚斯和威尔逊为此获得了 1978 年度诺贝尔物理学奖。

第三个故事:富勒烯(C_{60})的发现

英国萨塞克斯大学的波谱学家克罗托在研究星际空间暗星云波谱中发现了富含碳的分子。为了研究这种分子形成的机制,克罗托考虑在实验室里模拟它们产生的环节。他于 1984 年赴美参加学术会议时,到莱斯大学参观,认识了该校化学系主任科尔和研究原子簇化学的斯莫利教授,观看了斯莫利设计的激光超团簇发生器和他们的实验。克罗托意识到这台仪器所做的正是他所考虑的富碳分子实验所需的。于是三位科学家合作并在 1985 年 8 月到 9 月间共同进行了实验。他们用高功率激光轰击石墨,使石墨中的碳原子汽化,然后用氦气流把气态碳原子送入真空室、迅速冷却后形成碳原子簇。经用质谱仪检测、解析后发现,实验的结果产生了含不同碳原子数的原子簇,其中相当于 60 个碳原子,质量数落在 720 处的信号最强,其次是相当于 70 个碳原子,质量数为 840 处的信号,说明 C_{60} 和 C_{70} 是非常稳定的原子簇分子。(见图 3)

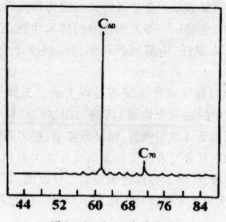

图 3　C_{60} 及 C_{70} 的质谱图

　　碳原子有四个价电子,在自然界中各种碳链和碳环构成了多种分子的基本骨架。而在这个实验之前,由单质碳构成的物质有金刚石和石墨,两者原子间成键的方式不同导致了截然不同的形态。金刚石和石墨是具有三维结构的巨型分子,而 C_{60} 和 C_{70} 则是新的一类同素异形体,具有固定的原子数(分别为 60 和 70)。这样的分子应该具有什么样的结构? 在当时这是耐人深思的。出于机缘他们联想到了加拿大蒙特利尔万国博览会的美国馆的圆顶,这是一种利用正五边形和正六边形拼接成的球壳形结构,是由美国建筑学家巴克明斯特·富勒设计的。克罗托他们受此启发,以 20 个正六边形和 12 个正五边形拼接出了 C_{60} 的结构(见图 4)。这是一个中空的 32 面体,正好和一个足球(见图 5)的结构一模一样。这种结构被命名为富勒烯,有时亦称足球烯。

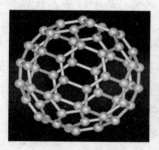

图 4　C_{60} 结构　　　　图 5　足球

　　几年之后富勒烯的制备方法达到成熟,大量的研究与开发接踵而至。以后又相继发现了 C_{44}、C_{50}、C_{76}、C_{80}、C_{84}、C_{90}、C_{94}、C_{120}、C_{180}、C_{540} 等纯碳组成的分子(它们均属于富勒烯家族,其中 C_{60} 的丰度约为 50%)。此后富勒烯家族又增加了碳纳米管等新成员。由于其特殊的结构和性质,富勒烯在超导、磁性、光学、催化、材料、生物……等方面优异的技术性能,位居 20 世纪最有影响的发现的前列。克罗托,斯莫利和科尔为此被授予 1996 年度诺贝尔化学奖。

这三个故事中的科学成就无疑都是巨大的。无愧于当代最高科学水平。但是这些成就中的每一个均属"巧遇",而这几位科学家当时的研究课题(行星际闪烁,射电天体绝对测量,暗星云波谱,超团簇实验),学术水平上都和优秀科学刊物中日常发表的优秀文章没有太大差别,而在这之前,他们无论是研究生或教授,在学术界都尚未知名。可以说,在我们国家今天的科学团队中,这样层次的人才和研究工作并不罕见。由此看来,诺贝尔奖离我们未必太远!

但为什么这样的人才还没有脱颖而出?!

当然,我们故事里的这些人物的成功并不是偶然的。首先,他们和许多科学家一样,是勤奋的;其次,他们具备的高的科学素养(或天赋)得到了发挥的机遇并把握了时机;再其次,他们开拓的实际上是一个富有机遇的领域(如新的探测功能、新的学科互渗等,只不过当时没有意识到罢了)。总起来说,他们获得诺贝尔奖的条件是"完备"的,可以表达为:

[科学成就] = [努力]·[素养]·[机遇]

其中"努力"包括了勤奋,"素养"包括了天赋,"机遇"包括了接触机遇的机遇。这种描述比通常说的"天才加汗水"多了一个因素——"机遇"。

实际上,这种描述普适于一切大的成就。科学历史上虽然常常出现耀眼奇才,但他们多数在做出可观的成就之前也是不知名的。而他们同样也是凭自己的素养并把握了机遇才取得成功。其中许多人在成长时期得益于求师交友的机遇还常常被传为佳话。

根据这种情况,现在我们来比较不同国家获得诺贝尔科学奖级成就的概率。假定国与国之间国民的勤奋本质没有什么差别,人口中赋有潜在科学禀赋的比例也没有什么差别,那么总成就的高低就唯一地取决于种种机遇:包括了一、国民最基本的谋生和受教育的机遇("宏观机遇");二、不同的人走进科学之前被发现和受引导的机遇("入门机遇");和三、所有人进入科学之后自由探索、激励"火花"的机遇("学术机遇")。

于是,回答诺贝尔科学奖离我们多近或多远的问题,便转化成为对各种机遇的研究和分析:

一、关于"宏观机遇"

这里录一段先前发表过的话:"考虑大环境的'宏观机遇':爱因斯坦和陈独秀是同龄人。在他们的青少年时期,灾难深重而正临民族觉醒的中国大环境,相对于当时的西欧,有更多的机会产生杰出的革命家而出现杰出科学家的机会则要少得多。这并不是因为那一年代的中国少年中值得造就的'科学苗子'比人家少,而是因为缺少适于'科学苗子'生长的土壤。是大环境阻碍了成材。"这种全国性的大环境,以我国当时的积贫积弱为起点,转变起来需要时间,而"文革"中又经历了一次大逆转。现在30年过去,比起以往,许多大城市和富裕小城市进入"小康",接受良好科学教育的人口前所未有地增多。大环境似乎已经向着诺贝尔奖的机遇靠近了一大截!

进入"小康"确实减少了埋没人才的概率。但是除了"宏观机遇"之外,同样重要的还有小环境中的个人机遇。历史上,牛顿当年如果不是有一位懂得科学的舅父他就可能被留在家中务农,而科学史将会为之改写。在我国,很多人都听到过华罗庚年轻时候得到熊庆来帮助的故事。人们至今依然常把这些"幸遇"传为佳话。但是,如果把这佳话反过来听,就会发现它表达的实际上是:"不幸的'不遇'如此之多,以至于以'偶遇'为'至幸'。所谓佳话,反映出的正是人们对这种'不幸'习以为常、不去想它罢了!"

而这正是我们现在应当想一想的事——"入门机遇"问题。

二、"入门机遇"

相对于"宏观机遇","入门机遇"属个人小环境。

首先,这样的机遇应当为谁而创?

让我们再次引用旧文:"看一下杰出科学家作出杰出贡献时的年龄段:根据统计,20世纪的100年中诺贝尔物理学奖获得者共159人次,他们作出自己的代表性工作的年龄分布为:30岁以下的占29%,40岁以下的占67%,这是一个很能说明问题的例子。说明了近30%的杰出人才的成就高潮发生在30岁以前,而由于学科条件不一,40岁时取得大成就的人多半也不是"大器晚成",而是在20几岁时也已经脱颖而出。

"更具体一些:从牛顿说起,1665年他23岁,当年他发现了万有引力。同一时期他通过实验还发现了光的分光性质,非常可能也是在这一时期他发明了微积分。爱因斯坦的狭义相对论发表于 1905 年,同年他还发表了光电效应和布朗运动理论。这时他 26 岁。

"牛顿和爱因斯坦的成就是无与伦比的,但他们都不曾是神童。而科学史上 20 来岁进入成就高潮的事例并不罕见。达尔文是在 22 至 27 岁的五年里进行他的环球考察的。在 20 世纪量子力学形成期,玻尔提出他原子模型时是 28 岁,海森堡在 25 岁时提出测不准原理,泡利 25 岁发现不相容法则,狄喇克 28 岁提出反物质理论,李政道(和杨振宁一道)发现宇称不守恒时是 30 岁,沃森(和克里克一道)提出 DNA 双螺旋结构时是 25 岁……。在本文上面的故事里,乔瑟琳·贝尔当时是一个研究生;威尔逊当年 29 岁。

"这个现象是带有规律性的。现在设想一个科学家在 20 几岁时作出了世界性的杰出贡献。这之前他会需要几年'进入角色'的奋斗。而在这之前,还应当有一个找寻方向、充实自己、接触机遇的时期。对于一个有作为的社会,这也正是为这些可造之材创造机会、引导方向、'因材扶植'的时机。可以容易地推算出:这个过程应当开始于十六七岁,正是落在高中时期。"

这就是说,"明日的杰出科学人才"非常可能产生在"今日有志于科学的优秀高中学生"中。高中时期专科分流和个性化教育的分量随着学生年龄的增长而加重,对于志趣已明、禀赋已显、常规课程已难满足要求的学生,非常有必要普遍地为他们创造"入科学之门"的机遇,以提高人才被发现和得到造就的概率。为了做到这一点,一个自然的(也是可取的)想法是接纳这些学生进入到第一线上的科学环境中去接触科研、求师交友。

把这种想法具体化,一种可能的方案是:一方面组织各个学校有志于科学的优秀高中学生,另一方面联络各个科研院所的第一线的优秀团组,每年安排每个团组接纳一到几个学生在寒暑假和课余时间进入实验室,进行时间跨度为一年左右的"接触科研、求师交友"的活动。(这种活动必须在"课外"进行,以免影响中学期间的常规综合素质教育;必须有足够长的时间跨度,以利于求师交友)。活动的方式是"以科会友",主要是学生在研究人员指导下完成一项"真刀真枪"但又适于中学生的科研课题。课题的设置和执行需要精心策划,做到足以导使学生体验科学思想和科学方法、发掘他们的科学潜质,同时又可以借以考察和发现可能的"科学苗子"(应当指出,在这里,课题的学术水平不在考虑之列。因为出自科研第一线的题目对于中学生来说都是高水平的。对它的首要要求是必须有利于因材施教,有利于发掘学生的科学潜质。这一点也表明了这个活动本质上不同于任何"应赛"活动)。为了区别于"科学实习",我们把这种方式称为"科研实践活动"。"科研实践活动"严格与"应赛教育"相区隔。

与此同时，应当设置一套相应的评审方法，对学生的科学素质做到有效的评估，以检验"科研实践活动"的效果，并借以对可能成为杰出的科学家的人（通常所谓"科学苗子"）的判断提供科学依据。

这种"科研实践活动"方案目前有一些试验结果可供探究。

这种或与之类似的方案，可以在试验中不断改善以取得效果。倘若在发现"科学苗子"上确有成效，则可以跨进一步，将这种发现的信息广泛传递给科学社会，并进一步在全国范围创造"科学家与'科学少年'互相发现的机遇"。（在今天，这些当不难利用网络来操作。）

这种方案的局限性是明显的：全国能够接纳学生进行"科研实践活动"的科研团组的数目远远少于有志于科学的高中学生的人数。这是不可变更的事实！而它会导致什么后果？以下是目前考虑到了的两个方面：

首先是影响问题：这个活动的效果如果得到人们认可，那么由于可以接纳的人数远远不能满足要求，将会不可避免地引进某种选拔过程。我们非常希望这种情况不要演变成为新的"应试"或"应赛"的要求，给学生施加新的压力。我们知道这种矛盾在我国中学教育中是带普遍性的难题。解决尚需时日。目前所能做的当是时时保持警觉。

更现实的是效果问题：假设全国有一万个科研课题组自愿参加"科研实践活动"，如果一个课题组平均每三年接受一次中学生（平均三个人一组）来实验室工作，那么每年全国可以有 10000 个有志于科学的高中学生参加这一活动。设想这 10000 人中日后有 2000 人从事科学研究，倘其中有 200 人比较出色，当可望出一二十个"尖子"，包括一两个诺贝尔奖级人物。（这样的话，也许每人两三届就会出几个被评上的诺贝尔奖得主）。可以看出，这种估算条件相当宽。目前我国单是国家自然科学基金委员会每年资助的课题项目就数以万计，如果把中学生"科研实践活动"作为一种社会义务提给每个项目，则受益的中学生范围还可以扩大很多。这样做，虽然依然覆盖不到大部分中学生，但总体来说，哪怕实际参加的课题组只达到预计的十分之一，离开诺贝尔奖还是会近了很多！

当然，究竟收效如何，还必须看其中的"尖子们"能不能在他们科学创造的黄金时期里（按前面所说，是 20 岁出头到 30 岁以下）获得机遇、发挥自己的才智。

三、"学术机遇"

在自然科学领域,具有优秀科学素质的人才能不能发挥他的才智,与"学术机遇"密切相关。影响这种机遇的因素,除经费、装备、"知识库"等"硬条件"外,科研体制、学术风气等"软条件"同样十分重要。近一二十年,随着经济能力的增长,我国自然科学研究的"硬条件"有了很大的改善,这显著提高了我们的科学实力。然而国际上的发展速度同样很快,缩短与他们之间的差距仍然是一个重大的策略性课题。当放在其他场合讨论。这里将着重就"软条件"的影响说几点看法。

对于已经成名的科学家,倘要"择木而栖","硬条件"的吸引力会起很大作用。这无须赘说。而对于一个未知名的可能成为杰出科学家的人,特别是20来岁的青年,能导致他"脱颖而出"的"软条件"则更为重要。本文前面说到的几个故事中的人物,在那些故事发生之前就都属于这种情况。(初遇熊庆来时的华罗庚也是如此。当时的一些"软条件",如"破格收学生,教授有多大发言权?"等等,就起了决定性的作用。)

"软条件"往往不是绝对的。一个优秀的科学家能不能发挥他的洞察力和创造性以取得成功,就如格罗特·雷伯(射电天文学的创始者之一)所说的:"需要合适的人在合适的地方和合适的时间做合适的事。"这里我们讨论的合适的人是与前面故事里所说的那些科学家同样优秀的人;主观上,他可以做到的合适的事应当是与那些科学家做到了的同等水平的事,而他所需要的合适的时间和合适的地方是一种带给他"学术机遇"的工作环境和管理政策,其标志为:

[自由与宽容]

解释一下:[自由]:自然科学家面对未知世界,要运用洞察力以判明探索的方向、运用创造性以追求探索的目标。而"运用之妙,存乎一心",所以必须有一个自由发挥的空间;[宽容]:探索含"试错"的性质,必须有一个宽容的环境。

自由和宽容都是相对的。对于任何人或任何事都有一个适度的"相对于约束的自由"和"相对于问责的宽容"。为了适度,对于新手(为了后面的讨论,姑且称为"学生级"的人才),会多关照一些、传帮带,多约束一些;对于学术水平高的("同事级"的人才),就会比较放手,按计划,看结果;对于杰出科学家("老师级"人才),自由度就更大。

这种按学术水平、或"学术可信赖度"区别对待是必要的。对不同的事也一样，也要区别对待。比如一项周密计划好的任务，就必须卡内容、卡进度，而对于自由探索就不能这样。

于是，问题就转成为对于不同学术等级的人才应掌握的［自由］和［宽容］的分寸。这当然是"仁者见仁、智者见智"，需要更多的讨论，希望感兴趣的读者能够都参与。而我们下面在结束之前，将结合本文的主题"诺贝尔科学奖离我们有多近？"罗列几条历年来对这种分寸掌握的感受，以就教于科学管理专家们。

（1）"诺贝尔科学奖离我们有多近？"的问题现在可以浓缩为：本文故事里的科学家以及许多和他们近似的杰出人物（其中的三分之二在 30 岁以前做出了重大成就），当时都尚未知名，工作也都不靠昂贵的装备或特殊的学术团体。按照他们的工作能力和事迹，如果把故事换成在今日中国的科学圈子里"演出"，应当说大多数的人和事都是有可能"重现"的。但是在现实中我们还没有出现 30 岁以下的人做出过诺贝尔奖级的成果。

落后的原因何在？

（2）这里涉及的是尚未知名的、可能杰出的人物，属前面所说的"同事级"人才。在我国，目前这一级中比较年轻的是 30 到 40 岁。对于他们，我国目前国家自然科学基金等给予的支持是得力的。从人员素质、课题水平，到支持强度、项目数量，较一些发达国家都并不逊色。因此在重大科学成就上的落后，可能大部分要归咎于"学术机遇"上的差距。下面我们将条列一些这些年里感受（也可以说是引起忧虑）比较多的事，以助进一步的探讨。

a）我们"同事级"人才的年龄平均比人家大了 10 岁，错过了杰出科研人才的"成就高潮"年龄段。这个问题是暂时的还是根本的？不论如何，我们希望前面所提的高中生"科研实践活动"这一类的措施能够适当地跟上。

b）前面故事中的人物从事的研究探索都很单纯，相当于我们单纯执行国家基金协议。但是在我国时时会有一些非学术因素的加入。比如说，如果是在我国，要建休伊什当年做的那种设备时可能就需要回答诸如"花这么大一块地搞这么廉价的天线跟研究所的形象相称吗？"一类的问题；"彭齐亚斯们"也许会怕有一天被告知："我们这是电信电话公司，花了两个编制来做的却是毫无实效的'绝对测量'！"；在 C_{60} 工作中，一个美国化学实验室里来了一个英国研究天文的，也是一种满不平常的组合。当然，影响更大的要数历次的"大轰动"：历时数年的"全民皆商"曾给科研队伍带来不少失落感。SCI 高潮的时候，本来是宏观统计的参考变成了人人"文章挂帅"的驱动力。

有一些科学家曾丢失了对科学的忠诚和信念,有人甚至于把一篇文章掰成几瓣来发表(这种文章当然与诺贝尔奖无缘)!……

(3)"学生级"人才方面,前面在讨论"入门机遇"时强调了把注意力放到高中年龄段的重要性。目前最大的问题仍然是"应试教育"和"应赛教育"的影响。像"科研实践活动"那样的试验,尽管可能发现一些"科学苗子",但他们进入高考,就一律变成了一个个无个性的角逐分数的考生了。进了大学好像一切又从新开始。我们这里不准备广泛地讨论大学教育。诺贝尔奖的问题一半涉及的是基础,另一半则涉及到精英。人们也许会问:"今天的华罗庚"被推荐给"今天的熊庆来"之后会怎么办? 会问:我们什么时候能够有一代20几岁的人登上科研舞台,开展他们追求诺贝尔奖级成果的探索? 近年媒体经常在报道各种各式的大学排行榜,我总希望有人什么时候能够虚拟一个"今日的西南联大",看看能否榜上有名。

(4)关于"老师级"人才。我国古代论人才的名言很多,其中之一是"你把他当老师看待,引来的就会是杰出的人才。"如果这个人已经得了诺贝尔奖,当然都会被当做老师看待,这里可以不用讨论。如果一个杰出人才在尚未成名时被你发现了,你最好能像刘备对诸葛亮那样把他当"老师级"人才请来工作(而不是照例声称:"给你一个局级待遇、订三年合同……"),他就会安下心一辈子来一起搞国家的科学建设。

一个问题是,怎么肯定他是一个诸葛亮? 当然必须有推荐、有审查、有考察。应当尽最大力量组织一个负责物色和审查"老师级"候选人才的集体,由顶级德高望重的科学家参加。(科学界也要像文艺界和体育界高度专业化地物色人才、考察人才)。一旦定下了就给予高度信任,最大限度地为他创造[自由]和[宽容]的学术环境。

万一没有看准怎么办? 设想延请了十个"老师级"人才,其中有两三个是"诸葛亮",这效果就是非常好的了。因为关键是"人才难得"(可以想一想燕昭王"千金市骏骨"的故事)。而且经过了那样高学术层次的审查,其余的七八人也绝不会是庸才的。

(原载《邯郸学院学报》2007 年第 4 期)

席泽宗院士

著名科学史家、中国科学院院士　席泽宗先生

  席泽宗院士,著名天文学史家、科学史学家。1927 年 6 月 9 日生于山西省垣曲县。1941 年日寇侵陷垣曲后逃难到西北,在陕西洋县和甘肃兰州读完初中和高中。1947 年在师长们的资助下,南下广州,考入中山大学天文系。在学期间,即在广州和香港的报纸上发表科普文章 20 余篇,并写成《恒星》一书,于 1952 年由北京商务印书馆出版。1951 年大学毕业后,到中国科学院工作,自 1954 年起,在竺可桢和叶企孙的指导下,专门从事天文学史的研究。后又扩充到科学思想史和综合科学史的研究。他是中国科学院自然科学史研究室的创建者之一,历任助研、副研、研究员,所长(1983—1988)、博士生导师。1991 年当选为中国科学院院士。1993 年、1995 年先后被选为国际科学史研究院院士和国际欧亚科学院院士。2000 年度何梁何利科技进步奖获得者。2007 年,国际天文学联合会小天体命名委员会把一颗获得国

际永久编号为第 85472 号的小行星命名为"席泽宗星"。

席泽宗先生的主要贡献是他对历史超新星的研究。他 1955 年发表《古新星新表》(1965 年再次修订)被美国《科学》杂志等多种世界重要刊物转载,成为 20 世纪下半叶研究射电源、脉冲星、中子星和 X 射线源的重要参考文献而被频繁引用达千次以上。他提出了从史书中鉴别新星的 7 条标准以及区别新星与超新星的 2 条标准,讨论了超新星的爆发频率,开实验天文学史先例;在中国古代宇宙理论及与现代西方宇宙学的比较研究、中国古代天文学、夏商周断代工程中的天文断代研究、科学思想史和综合科学史等领域均有独创性的贡献。主要著作有《古新星新表与科学史探索——席泽宗院士自选集》、《科学史十论》、《中国历史上的宇宙理论》、《中国科学技术史·科学思想卷》等。

2008 年 12 月 27 日席泽宗先生在北京逝世,享年 82 岁。(**康香阁**)

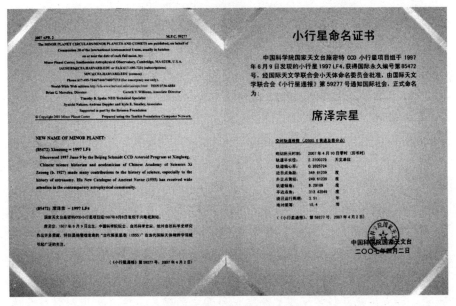

"席泽宗星"小行星命名证书

著名科学史家席泽宗院士访谈录

康香阁

"有一颗小行星,默默地运行了几十亿年,还没有名字;有一位学者,在科学史领域默默耕耘了半个世纪,成就非凡。今天,我们用席泽宗的名字来命名这颗小行星,使这颗小行星,因席泽宗的名字而万众瞩目,使席泽宗的成就,通过这颗小行星而光耀人间。"这是中国科学院自然科学史研究所在2007年8月17日的所庆五十周年暨"席泽宗星"命名仪式大会上主持人汪前进的祝辞。[1]302

席泽宗先生是我国当代杰出的科学史家,中国科学院院士,国际科学史研究院院士,国际欧亚科学院院士。五十余年的辛勤耕耘,使他跻身于世界著名的科学史、天文学史学者的行列。为表彰他的杰出贡献,国际天文学联合会小天体命名委员会把一颗中国科学院国家天文台发现的小行星命名为"席泽宗星"。

席泽宗先生的学术贡献

席泽宗先生的学术贡献是多方面的,本文仅列出其中的几项:

对历史超新星的研究。20世纪50年代初,为应答国际科学界的要求,受中国科学院副院长竺可桢的委托,席泽宗承担了系统研究中国古代文献中关于新星和超新星的记录,为进一步研究新星和超新星提供实施和佐证。他尽览中国古代浩瀚史籍,深考论次,点评训诂,全面系统地分析了从殷代(前14世纪)到清代约三千年关于"客星"的记录,逐个进行分析,选出了90个新星和超新星爆发事例,以《古新星新表》之名于1955年12月在《天文学报》上公开发表,受到了全世界天文和物理学界的重视。十年后他又和簿树人合作,普查了朝鲜和日本的历史文献,于1965年又发布了《增订古新星新表》。两个星表迅速被译成英文,美国《科学》杂志等多种世界重要刊物争相转载,成为20世纪下半叶研究宇宙射电源、脉冲星、中子星和γ、X射线源的重要参考文献而被频繁引用达千次以上。美国《天空与望远镜》杂志载文评论说(1977 年):"对西方科学家而言,发表在《天文学报》上的所有论文中,最著名的两篇可能就是席泽宗在 1955 年和 1965 年关于中国超新星记录的文章。"[2]序2

对木星卫星的研究。1609 年伽利略首次用望远镜观天,发现了木星周围有 4 颗卫星,成为划时代的大事。席泽宗先生在研究中国史籍时,他注意到在唐代《开元占经》卷二十三《岁星占》中有一条记录表明,早在伽利略之前,战国晚期的甘德可能已经发现了木星(古称"岁星")的卫星。他经过严密的史料考证和周密计算,并组织青少年到位于河北兴隆的北京天文台兴隆观测站对木卫进行肉眼观测,结果证明中国古籍中的记录是可靠的,得出的结论是在公元前 364 年,战国时期甘德早已观察到木卫三。他将这项成果写成《伽利略前两千年甘德对木卫的发现》一文,在 1981 年的《天体物理学报》上发表,又一次引起学术界的轰动。此文虽仅 2000 字,但国内外报道、翻译和讨论的文献不下数十种。对甘德的研究被日本学士院院士薮内清誉为"实验天文学史"的开始。[2]序2,242

对考古新发现的天文学资料的研究。席泽宗先生的注意力,不仅放在图书馆保存的古书上,还随时留心考古发现的新材料。1973 年从长沙马王堆汉墓出土的帛书中,发现有关于行星和彗星的材料。他及时地将这些材料予以考释和研究,在《文物》上公布以后,立即受到各方面的重视,至今已被不同版本和文本重印过多次。尤其是形象逼真的 29 幅彗星图,可以说是望远镜发明以前关于彗星形态的唯一珍品,几乎成了撰写有关彗星书籍的必引文献,1986 年在澳大利亚召开的第四届国际中国科学史会议就用它作会标,其时哈雷彗星正闪耀在头顶上。哈雷彗星每 76 年来到地球附近一次,从秦始皇七年(公元前 240 年)到 1986 年出现 30 次,每次中国都有详细记录,为研究它的轨道演变提供了丰富的资料。[2]192

对敦煌卷子中天文资料的研究。在 1907 年被斯坦因带走的 9000 种敦煌卷子中,有一卷星图(斯坦因编号 MS3326),这卷星图是世界上现存星图中星数最多,而且是最古老的。1959 年李约瑟在《中国科学技术史》第三卷中对此图有简单披露。席泽宗先生根据中国科学院图书馆从伦敦以交换方式拍回来的显微胶片,进行认真研究,详细考释出了这卷星图上的 1350 多颗星。于 1966 年在《文物》上发表了《敦煌星图》一文,此后,他又发表了《敦煌残历定年》和《敦煌卷子中的星经和玄象诗》等,这些论文在敦煌卷子历法研究中具有开创意义。[3]273—275

对夏商周三代天象记录的研究。1996 年,国务院决定实施重大科研项目"夏商周断代工程",组织自然科学和社会科学联合攻关,席泽宗受聘出任首席科学家兼专家组副组长,主持研究这一时期的天象记录,以求定出一些重大历史事件的绝对年代。经过 200 余位历史、考古、物理和天文学家的努力,一份有科学依据的"夏商周年表"已于 2000 年 11 月 9 日正式公布,天文学在确定商王武丁在位年份(公元前 1250—前 1192 年)、武王克商之年(公元前 1046 年)和懿王元年(公元前 899 年)等许多关节点上起了关键性的作用。[2]656,737—740

对科学思想史的研究。数十年来,席泽宗先生在科学思想史研究上花费了大量的精力,他是《自然辩证法百科全书》"天文哲学"部分的主编,他发表的一系列科学思想史方面的论文,如《中国科学思想史的线索》、《古代中国和现代西方宇宙学的比较研究》、《气的思想对中国早期天文学的影响》、《宋应星的科学成就和哲学思想》、《天文学思想史》、《叶企孙先生的科学史思想》、《简论作为文化研究对象的天》、《中国传统文化里的科学方法》、《中国传统科学思想的回顾》等,这些论文对于探寻科学发展的规律和本质有着重要的科学意义。他主编的《中国科学技术史·科学思想卷》2007 年荣获第三届郭沫若中国历史学奖二等奖。

在学科建设上,席泽宗的研究工作开创了天文史学一个新分支——实验天文学史学科。该学科的任务就是系统研究古代史籍中的天体观测记录,为解决当代天体物理学的前沿热点问题提供史实和佐证。

在科学研究中,对于不同的学术观点,席泽宗先生鼓励百家争鸣和宽容对待不同意见,满腔热情地帮助和提掖青年人,把为后人开拓新路,修阶造梯视为己任,乐观后来者居上,促进科学事业日益繁荣。

在人才培养上,1983 年席泽宗成为中国天文学史专业的第一个博士生导师。他对博士生的选拔,要求极严,培养的不多,但个个成才,江晓原不到40 岁已闻名中外,43 岁到上海交通大学建立了中国第一个科学史系,担任首届系主任,推动了中国科学史事业的发展。[4]

科学史与历史学科

康香阁:席先生,衷心地祝贺以您的名字命名的"席泽宗星"的诞生。您的名字将与日月同辉、光耀人间。在采访您之前,我一直以为科学史是属于自然科学,读了您的著作,才知道科学史属于历史学科,而且一门具有特殊研究对象的历史学科,我们非常感兴趣,请您谈谈科学史与历史学科的关系。

席泽宗:谢谢您的祝贺。一个历史学家,如果要深入考察历史发展的社会经济背景,或者要讨论价值观念、人生态度和思想意识变迁的话,那他就必须涉及到科学史。

从研究对象来分,科学史属于历史科学,而不是自然科学。1977年中国社会科学院从中国科学院分出来之前,科学史就隶属于社会科学部下面的历史研究所。这是因为科学史研究的对象不直接是自然现象,而是作为社会成员的人对于自然的认识的发展过程和人类关于这方面的知识的积累过程。当然,科学史家要受过专业性的自然科学的训练。

从研究方法来分,科学史也属于历史科学,它是以搜集、阅读和分析文献为主,而不是像自然科学那样,以观察和实验为主。科学史有时也要进行一些观察和实验,但那为的是验证和分析文献的记载,属于辅助性的。当然,历史科学和自然科学也有它们的共性,都要力求公正、客观,实事求是,伪造证据和艺术性的夸张都不允许。

通过对科学史研究的对象和方法分析可以看出,科学史确实是一门历史学科,但它与普通的历史科学又不一样,它是一门具有特殊研究对象的历史科学。它的研究者除了要接受历史学训练外,还必须有自然科学的素养。它的研究内容基本上可以分为两大方面:一是研究科学发展本身的逻辑规律;二是研究科学发展和各种社会现象(政治、经济、宗教和文化)之间的互动关系。

康香阁:科学史这门学科的建立有多少年了? 它的学科归属在国内外有过争论吗?

席泽宗:科学史本身是20世纪才建立起来的一门现代学科,规模很小,也很不成熟。对于它的学科归属,国内外均有过争论。在美国科学史家大多数归属历史系中,但这种归属往往不是历史系的自愿,而是来自外界的压力。科学家和哲学家向学校当局建议增设科学史教席,学校把这个位置放到了历史系。

在中国,科学史的学科归属也和美国的情况大致相同。中国科学院于1954年成立了一个自然科学史研究委员会,由17位专家组成,是一个空架子;实体是在历史研究所成立的科学史组,招收专职的专业人员,从事这项工作,我是最早到这个组工作的人员之一。我来科学史组工作之前,是作天文学研究的。当领导决定让我转行作科学史研究时,我去征求两位历史学家的意见,他们都反对。但搞天文学的两个老前辈都赞成。我到历史所工作以后,该所的许多同事感到惊讶,常常问:"你们这些学自然科学的人,为什么跑到我们这里来了?"好像是专业不对口,走错了门。在当时的情况下,对于要在历史学科内建立科学史这样一个分支,不但群众不理解,有些领导人也不理解。

科学史这个组从一开始就被历史所的许多人认为是代管的机构,而不是他们的本体。到了1957年这个组终于脱离历史所而成为独立的中国自然科学史研究室,但仍属哲学社会科学部领导。哲学社会科学部的领导人又都认为自然科学史是自然科学,而不属于他们管辖,一直到1966年"文化大革命"开始之前,他们始终想把这个研究室推出来。1977年哲学社会科学部独立为中国社会科学院,自然科学史所划回中国科学院,正式把科学史归属在自然科学范围内。但在我国的一些大学里科学史仍归属于社会科学,如上海交通大学的科学史和台湾清华大学的科学史仍归属在社会科学范围内。我认为,一门学科在行政管理上归哪个部门和它在性质上属于什么,这两者之间可以一致,也可以不一致,只要对学科发展有利就行。

康香阁:科学史既然是一门历史学科,为什么许多历史学家又把它拒之于门外呢?

席泽宗:这有多种原因。第一,研究对象不同。作为一门社会科学,历史学家首先注意的是人与人之间的关系。在阶级社会出现以后,人与人之间的关系首先表现为阶级关系。政治是阶级斗争的最高形式。因而过去的所谓历史,实质上就是政治史和战争史。而科学史研究的是一个更新的范围:人与自然的关系,人类认识自然、适应自然、利用自然和改造自然的历史。第二,阅读书籍不同。因为研究对象不同,科学史家和历史学家所阅读的原始材料也就有很大程度的不同。科学史家所需要读的一些科学著作,往往专业语言很强,大多数历史学家很难看懂。第三,不但科学史家所读的这些原始著作,历史学家不感兴趣,就是科学史家所写的著作,也往往是资料堆积,令人读起来乏味。第四,出身不同。一个人对某一方面的兴趣和才能是先天就有,还是后天环境培养形成,这个问题我们暂且不管;在高中阶段,学生就被分成文科和理科,无疑造成了斯诺(C. P. Snow)所谓的"两种文化"(传统的文化和新兴的科学文化)相互分离的原因之一。进历史系的学生,在进历史系之前,就认为他们学的是文科,对自然科学不再注意。而进入科学史专业的人,在大学绝大部分读的是自然科学,只是到了研究生阶段才读科学史,他们往往认为学的是科学史,不是历史。天文学史与天文学,物理学史与物理学，比与历史学有更多的共同语言。

刚才讲的几点是就科学史和历史科学的分离情况和分离原因所进行的一般分析。但任何情况都会有例外。中国是有历史学传统的国家，而中国从司马迁写《史记》开始，就把"天文"、"律历"等这些属于自然科学的内容著作当做它的组成部分。在这一优良传统下，老一辈的一些历史学家就很注意自然科学史，例如著名历史考古学家董作宾的《殷历谱》、夏鼐的《考古学与科技史》，都是很有影响的著作。

康香阁：*科学史的研究已分为内史和外史两个方向，他们的区别在哪里？*

席泽宗：在世界范围内，从 20 世纪 30 年代起，科学史出现了一个新的研究方向，即所谓外史（External history）或外部研究（External approach）。传统的科学史，即所谓的内史（Internal history）或内部研究（Internal approach），是把科学当做一种知识，研究它的积累过程，特别是正确知识取代错误知识的过程，很少注意它和外部社会现象的联系。例如，研究牛顿万有引力定律的产生，只注意它和伽利略的惯性定律以及开普勒行星运动三定律之间的关系。外史则把科学家的活动当做一种社会事业，研究它的发展和社会之间的相互关系。

随着科学技术的突飞猛进，科学在社会生活中所占的地位越来越重要，科学史的研究也越来越趋向于外史；而今，在美国，研究外史的人已经多于研究内史的人。在中国，近 20 多年来有自然辩证法专业转到科学史方面的人多侧重于外史，中国科学院研究生院主办的《自然辩证法通讯》所刊登的科学史文章也以外史为主，台湾"清华大学"历史研究所的科学史研究也以外史为主。内史和外史的相互配合，共同发展，将会把科学史的研究推到更高的一个层次，同时还会对科学哲学、科学社会学、科学学等产生深远的影响。

在这里，需要特别强调的是，科学史的外史趋向有利于科学史和历史科学的结合。首先，外史不需要太多的科学专门知识，这有利于历史学科出身的人参加工作。其次，研究科学发展的政治、经济、文化、社会背景，科学史家必须依靠历史学家的合作。中国科学院自然科学史委员会成立之初，就包括了侯外庐、向达等几位历史学家，这个人事上的安排就是证明。但另一方面，历史学家也有赖于科学史的工作。自然科学要和社会科学建立联盟，研究科学史是一个渠道。要消除斯诺所说两种文化之间的隔阂，学习科学史是一种好办法。

科学史与现代科学研究

康香阁：刚才谈了科学史与历史学科的关系。那么，下面请您谈谈科学史研究对现代科学研究有哪些作用？

席泽宗：科学史研究在现代科学研究的作用是多方面的。历史上的科学，从思想方法上对于现代科学的研究具有启迪意义。比如说，1969 年诺贝尔生理、医学奖的获得者、生物物理学家德尔布律克（M. Delbrück）就把亚里士多德看做是分子生物学的创始人之一。在他写的"Aristotle-totle-totle"一文中，表达了这样的观点。

1990 年春天，先后有荷兰的德·弗里斯（H. de Vires）、德国的科伦斯（C. Correns）和奥地利的西森内格 - 契马克（E. Seysenegg - Tschermak）分别发表文章，宣布自己发现了遗传定律，受到全世界的关注。当他们发现，在 35 年前即 1665 年，孟德尔发表的《植物杂交实验》已经发现了这个定律，他们的所谓发现实际上是在重复孟德尔的科学思想和实验方法时，都毫无争议的同意将遗传定律命名为孟德尔遗传定律。

康香阁：从媒体上获悉，我国首届国家最高科学技术奖获奖者吴文俊院士在数学科学领域有许多原创性成就，其中他在数学机械化领域作出的杰出贡献就是从中国古代数学思想中受到了启发。请席先生从科学史的角度作一简单介绍。

席泽宗：这问题提得好，的确如此。中国古代科学博大精深，为我们今天从事的科学研究留下了宝贵精神财富。吴文俊院士的"机器证明及其应用"就是这方面的一个实例。数学定理的机械证明是吴文俊院士继承我国古代数学传统开创的数学机械化工作的一部分。"机械化"是相对"公理化"而言的。公理化思想起源于古希腊，欧几里得《几何原本》就是这方面的代表作，它创造了一套用定义、公理、定理构成的逻辑演绎体系。我国的数学著作，自《九章算术》起则创造了另一种表达方式，它将 246 个应用问题，区分为九大部分（章），在每个部分的若干同类型的具体问题之后，总结出一般的算法。这种算法比较机械（刻板），每前进一步后，都有有限多个确定的可供选择的下一步，这样沿着一条有规律的刻板的道路一直往前走就可以得出结果。而这种以算为主的刻板的做法正符合计算机的程序化。

吴文俊院士利用我国宋元时期发展起来的增乘开方与正负开方法，在 HP25 型袖珍计算机上，利用仅有的 8 个储存单位，编制一个小程序，竟可以解高达 5 次的方程,而且可以达到任意预定的精度。

我国宋元时期数学发展的另一个特点是,把许多几何问题转化为代数方程与方程组的求解问题(后来 17 世纪法国的笛卡尔发明的解析几何也是这样做的)。与之相伴而生,又引进了相当于现代多项式的概念,建立了多项式的运算和消元法的有关代数工具。吴文俊先生以其深厚的几何学和拓扑学功底,吸收了宋元时期数学的这两大特点之后,将几何学用代数方程表达,接着对代数方程的求解提出一套可行的算法,用之于计算机。1977 年先在平面几何定理的机器证明方面取得了成功;1978 年推广到微分几何;1983 年我国留美青年学者周咸青在全美定理机器证明学术大会上介绍了吴方法,并自编软件,一鼓作气证明了 500 多条难度颇高的几何定理,轰动了国际学术界。

穆尔(J. S. Moore)认为,在吴文俊之前,机械化的几何定理证明处于黑暗时期,而吴文俊的工作给整个领域带来光明,一个突出的应用是由开普勒行星运动三定律自动推导出牛顿万有引力定律,这在任何意义下讲都应该说是一件了不起的事。然而吴文俊先生并未就此满足,他说:继续发扬中国古代传统数学的机械特色,对数学各个不同领域探索实现机械化的途径,建立机械化的数学,则是今后以至绵亘整个 21 世纪才能大体趋于完善的工作。

康香阁:听了您简明通俗的介绍,我进一步理解了吴院士的这项科研工作与中国古代科学的关系。历史上的科学,除了从思想方法上对现代科学研究有启迪意义外,还有哪些作用?

席泽宗:历史上的科学还可以为现代科学提供丰富的研究资料。1989 年王元、王绶琯、郑敏哲 3 位院士在总结《中国科学院数学、天文学和力学 40 年》时指出:"50 年代以来,通过我国(兼及一些其他国家)古天文资料的整理和分析使现代所得的一些天文现象的研究大幅度向后'延伸'。这种'古为今用'的方法受到广泛重视,其中如利用古新星记录证认超新星遗迹并判定其年龄,曾引起很大的反响。"1955 年美国科学院外籍院士、莫斯科大学射电天文研究室主任什克洛夫斯基看到我关于中国历史上的超新星记录和射电源关系的论证之后,他兴奋地说:"建立在无线电、电子学、理论物理学和天体物理学的'超时代'的最新科学——无线电天文学——的成就,和伟大的中国古代天文学家的观测记录联系起来了。这些人们的劳动经过几千年后,正如宝贵的财富一样,把它放入了 20 世纪 50 年代的科学宝库。我们贪婪地汲取史书里一行行的每一个字,这些字深刻和重要的含义使我们满意。"近几十年来,利用中国古代的天象记录来研究超新星遗迹、地球自转的不均匀性、太阳黑子活动的周期、哈雷彗星的轨道演变等许多问题，已成为热门课题在英、美、日、韩等国都有人研究。

康香阁：我记得中学课本上入选过中国科学院原副院长竺可桢先生的《杭州西湖生成的原因》一文，文中通过引证许多中外历史资料，来论证西湖生成原因。竺先生的科学研究，是否也从我国历史资料中获取不少营养？

席泽宗：你提的问题显示出你对自然科学方面的研究很关注。竺可桢先生是中国科学院自然科学史研究委员会的主任，也是指导我走上科学史研究的领路人。实践证明，历史资料在地球科学研究中也很重要。你刚才说到的《杭州西湖生成的原因》是一个例子。竺可桢先生的多项研究都是利用历史资料完成，另一个典型的例子是《中国五千年来气候变迁的初步研究》。从1925年开始，他不断地从经、史、子、集以及笔记、小说、日记、地方志中搜集有关天气变化、动植物分布、冰川进退、残雪升降、河流湖泊冻结等资料，加以整理，临终前于1972年发表了《中国五千年来气候变迁的初步研究》，指出在5000年中的前2000年，黄河流域年平均温度比现在高1℃，冬季温度高2℃—5℃，与现在长江流域相似；后3000年有一系列的冷暖变动，每个波动约历时300—800年，年平均温度变化为0.5℃—1℃。他还认为气候变化是世界性的。竺可桢的这篇文章发表后，立即被译成英、德、法、日和阿拉伯诸种文字，英国《自然》杂志发表评论说："竺可桢的论点是特别有说服力的，着重说明了研究气候变迁的途径，西方气象学家无疑将为能获得这篇综合性的研究文章而高兴。"现在，研究全球性的气候变化，已成为一个重要课题，各国都在大量投资，计算机模拟等手段均已用上，而竺可桢开创的历史方法仍不失为一条途径。

科学史的研究对工程建设也有很重要的作用。在三峡工程开工之前，水利科学院水利史研究室所作的关于"三峡地区大型岩崩和滑坡历史及现状的考察研究"报告，就是三峡工程准备阶段工作中不可或缺的一部分。水利史研究室的同志查阅了1800年的有关历史文献和地质勘测资料，进而提出了可行性方案。该报告指出了过去近2000年间，大型岩石崩滑坡集中在某几个河段；集中发生的周期和季节规律；最大规模只是短时间堵江，未形成经年的拦江堆石坝。报告还指出秭归、巴东境内的黄腊石和新滩岩崩规模最大，危害严重，应先期整治和预防，但不制约三峡工程建设。从而，对三峡地区今后可能出现的类似地质灾害在地理分布、发生诱因、可能的规模和频率等方面，提供了一个实在的参考，成为预测它们对工程施工、今后的运行以及城镇和航运安全影响的依据。在这里"历史模型"取得了地质理论分析和计算都难以作出的成果。

康香阁：在考古发掘中，常常会出现一些科技方面的不解之谜。比如，几千年前酿造的酒，出土后仍能保持不变质；几千年前铸造的宝剑，出土后仍然是锋利无比。我们很难解释在几千年前的古人是如何达到如此精湛的工艺水平。科学史的研究，在这方面能发挥哪些作用呢？

席泽宗：考古的新发现，可以丰富科学史研究的内容。你刚才提的问题就是科学史要研究的问题，通过对考古新发现的研究，可以提出一些新的问题，要求现代科学回答。比如，当秦始皇兵马俑1、3和2号坑陆续发掘后，就出现了许多不解之谜：（1）一把被数百公斤的陶俑压弯的剑，当发掘者搬开陶俑时，弯剑竟慢慢地复原了。两千多年前，铁的冶炼才出现不久，秦人怎能铸造出这把千年弹性不变的剑呢？（2）秦俑佩戴的兵刃镀有一层铬。镀铬需要电，镀铬工艺是美国人在1937年发明的，德国人在20世纪50年代才申请到专利。秦俑兵刃上的铬是怎样镀上去的？（3）铜马车是当今发掘出来的稀世珍宝，更出奇的是它那顶浇铸成型的超大、超长、超薄的车盖，两千多年前是怎样造出来的？（4）彩绘秦俑，其颜色均为天然矿物质，红者朱砂，黑者炭黑，白者磷灰石，唯有紫色不得其解。经过现代科学鉴定，这种紫色颜料成分是硅酸铜钡，可是在自然界中从未发现过，而是到20世纪80年代才有人工合成。然而秦俑早在两千多年前就使用了，这怎么解释？在科学史研究中，会提出很多这样的问题，都需要我们用当代科学给予解答。

以上主要是从研究科学发展本身的逻辑规律方面谈了科学史在现代科学研究中的一些作用；科学史在研究科学发展和各种社会现象之间的互动关系方面还有许多作用，以后有时间我们再谈。

参考文献

[1]王玉民：《功垂科史 名比列星——记席泽宗院士与他的"席泽宗星"》，载《中国科技史杂志》2007年第28期。

[2]席泽宗：《古新星新表与科学史探索——席泽宗院士自选集》，陕西师范大学出版社2002年版。

[3]钮卫星：《出入中外 往来古今——〈古新星新表与科学史探索——席泽宗院士自选集〉述评》，载《中国科技史》杂志2007年第28期。

[4]杨虚杰：《透过50年看今天：席泽宗的科学史》，载《科学时报》2007年第8期。

（原载《邯郸学院学报》2008年第1期）

学者声名垂宇宙

——席泽宗院士其人其事

江晓原*

席泽宗院士早年有一件轶事：当时他因为戏将小行星谷神星（Ceres）译成"席李氏"而受到批评——竟将一颗星译成自己母亲的名字，岂非狂妄？谁能想到，五十年后，一颗小行星被命名为席泽宗院士本人的名字！

2007年8月17日，在北京一个隆重的仪式上，一颗永久编号为85472号的小行星，被命名为"席泽宗星"，以表彰席泽宗院士在科学史方面的卓越贡献。对于席泽宗院士来说，这项荣誉确属实至名归。

席泽宗院士是享有国际声誉的天文学家和天文学史专家，在国际天文学界，他的名字总是与超新星联系在一起。他对古代新星和超新星爆发纪录的证认及整理工作，长期受到国际上的高度重视，蜚声于天文学和科学史两界。他长期从事天文学史研究，涉足天文学思想、星图星表、宇宙理论、世界天文学史等许多重大方面。

席泽宗院士曾任中国科学院自然科学史研究所所长、中国科学技术史学会理事长，现任中国科学院自然科学史研究所研究员，兼任上海交通大学顾问教授、上海交通大学科学史与科学哲学系学术委员会主任、中国科技大学科技史与科技考古系名誉主任；他是中国科学院院士、国际科学史研究院院士、国际欧亚科学院院士、中国国家古籍整理出版规划小组成员、"夏商周断代工程"首席科学家、《中华大典》编委会副主任等等。

今年适逢席泽宗院士80华诞，回顾这位当今中国科学史界泰斗的人生历程，还是相当有戏剧性的，对于今天年轻的学者，也相当富有教益。

---

* 江晓原（1955—），男，上海人，上海交通大学教授，科学史系主任，博士生导师。中国科学技术史学会副理事长。

抗日烽火中的少年时代

席泽宗，1927 年 6 月 9 日出生于山西省垣曲县。他是家里第十个也是最后一个出生的孩子，前面九个竟都夭亡了，席泽宗有幸活了下来，但也从小体弱多病。

童年时代，他家在垣曲县颇称富有。席泽宗六岁起在家乡念了五年私塾。1938 年，抗日战争的烽火结束了他平静的童年生活。这年春，国民党军队败退，日军侵占垣曲后，因发现席家经营的粮店曾大量提供粮食给宋哲元部，并保存有中共党员安仁的许多家信，就放火烧毁了粮店。席家不得不举家避往乡间，席泽宗也被迫辍学，从此开始了颠沛流离的少年时代。说来奇怪，在困苦的生活中，席泽宗的身体却逐渐强健了。1941 年 5 月，他被日军抓去作民夫，幸亏他半路上机智逃脱。此事使母亲下了决心让他离开日军占领区。于是席泽宗南渡黄河，沿陇海线西行，去陕西投奔亲戚。

1941—1944 年间，席泽宗在陕西洋县国立七中二分校上初中。虽然生活极为清苦，但此处施行新式教育，席泽宗开始接触到一些自然科学知识，包括天文学。1941 年 9 月 21 日发生的日全食给他留下了深刻印象。1944 年他进入兰州西北师范学院附中读高中。当时学校里学习空气浓厚，席泽宗读了许多课外读物，其中有张钰哲写的科普文集《宇宙丛谈》。正是此书使席泽宗对天文学发生了兴趣，进而开始找别的天文书籍来阅读。

后来席泽宗从广州中山大学天文系毕业，当时的中大教授、后任北京天文台研究员的邹仪新写信将他推荐给张钰哲，信中有"一位《宇宙丛谈》的读者，走过千山万水，将要来到您面前"之语。席泽宗后来回忆说，自己生平在科学道路上有两个转折点，都和张钰哲有关，《宇宙丛谈》是第一个。

新时代的大学毕业生

席泽宗在上海考取了中山大学天文系。1947 年 10 月，他靠同乡、同学的帮助前往广州入学。尽管当时语言不通，他又囊空如洗，但艰苦的环境并未减弱他求知的热情和生活的勇气。依靠自己的勤奋和智慧，他不久就渡过了难关。1948 年元旦，他在广州《越华报》发表了他的第一篇文章：《预告今年日月食》。此后他一面学习，一面在广州《建国日报》、《前锋日报》、《大光报》、《南方日报》、香港《大公报》、《文汇报》、《华侨日报》、《工商日报》等报纸上发表了几十篇文章。大部分是关于天文学的，但也有诸如《准备迎接文化建设》、《原子舞台上的角色》、《女性中心说》、《兰州风光》等多种题材。1951年，北京商务印书馆出版了他的第一本著作《恒星》，那时他还是个学生。他还参加学校的工读活动，在学生公社办的豆浆站工作，每天早餐时为师生们服务。

1951席泽宗从中山大学毕业时，中国已经发生了天翻地覆的巨变。他在中大时对天体物理感兴趣，因此曾联系去南京紫金山天文台工作，但毕业时中央人事部却把他分配到了北京的中国科学院编译局——即今天科学出版社的前身。席泽宗在这里认识了当时主管编译局的副院长竺可桢。1952年，根据竺可桢的安排，他被送往哈尔滨俄语专科学校（今黑龙江大学前身）专修俄语两年。1954年回编译局后，和戴文赛合作翻译了苏联阿米巴楚米扬等人的《理论天体物理学》。此书1956年由科学出版社出版后，曾长期被作为研究生教材。

超新星：通向科学史之门

当时苏联天文学界对利用历史资料研究超新星爆发与射电源的关系很感兴趣，苏方致函中国科学院，请求帮助调查有关的历史资料，竺可桢把这个任务交给了席泽宗。这是席泽宗涉足天文学史研究之始。此时他面临科学道路上的第二个转折。

当年席泽宗在中大时，历史系主任阎宗临因和他是同乡，平时颇相过从。当席泽宗得知要他从事天文学史工作时，写信征询阎的意见，不料阎表示天文学史作为副业甚好，作为专业似乎不佳。与此同时，在北京的许多朋友也劝他不要从事这冷门学问，再说他自己也一直对天体物理感兴趣，所以直到他着手研究超新星历史资料时，仍念念不忘天体物理。

恰巧此时席泽宗又见到了张钰哲。张钰哲告诉他：人生精力有限，而科学研究之领域无穷，学科重点也不断变化，因此不能赶时髦。只要选定一个专业努力去干，日后终会有成就。天体物理固然重要，但天文学界不可能人人去研究天体物理。中国作为一个大国，天文学的各个分支都应有人去研究，而且都要做出成绩。张钰哲的一席话，使席泽宗从此坚定地走上了天文学史研究的道路。于是一年之后，蜚声中外的《古新星新表》问世。

1957年正式成立中国自然科学史研究室，席泽宗脱离科学出版社，来此专业从事研究工作。此后很长时期内，他一直担任该室最大的一个组——

"天工化物组"（天文、工艺、化学、物理史）组长。

1965 年李约瑟即致函竺可桢，建议推荐席泽宗为国际科学史研究院通讯院士，而当时席还只是助理研究员！

"文革"十年是中国科学文化的一场浩劫，科学史研究室因属哲学社会科学部，受害更烈。1970 年，研究室被全体下放到河南的"五七干校"。但即使在逆境中，席泽宗和一些同仁仍坚持不懈，尽可能争取到一点"合法"的地位来进行科学史研究。由席泽宗和严敦杰、薄树人等五人合作的《日心地动说在中国——纪念哥白尼诞生 500 周年》一文，就可视为一个这样的例证。此文在 1973 年发表后，受到国内外好评。

1975 年，在邓小平主持工作期间，在原中国自然科学史研究室的基础上成立了自然科学史研究所。从 1978 年起，席泽宗担任该所的古代史研究室主任，并负责筹建了该所的近现代史研究室。1983—1988 年间，席泽宗担任所长。在为科学史研究事业的组织和发展贡献力量的同时，席泽宗仍然勤奋地进行研究工作，撰写了大量有开创性学术价值且很有影响的论文。1984 年，他成为中国天文学史专业的第一个博士生导师。1991 年，席泽宗膺选为中国科学院学部委员（院士）。

《古新星新表》：日益显现的重大意义

20 世纪 40 年代初期，金牛座蟹状星云被证认出是公元 1054 年超新星爆发的遗迹。1949 年又发现蟹状星云是一个很强的射电源，不久发现著名的 1572 年超新星和 1604 年超新星遗迹也是射电源。于是天文学家产生了设想：超新星爆发可能会形成射电源。由于超新星爆发是极为罕见的天象，因此要检验上述设想，必须借助于古代长期积累的观测资料。证认古代新星和超新星爆发纪录的工作，曾有一些外国学者尝试过，如伦德马克等，但他们的结果无论在准确性还是完备性方面都显得不足。

从 1954 年起，席泽宗连续发表了几篇研究中国古代新星及超新星爆发纪录与射电源之间关系的论文。接着在 1955 年发表《古新星新表》，充分利用中国古代在天象观测资料方面完备、持续和准确的巨大优越性，考订了从殷代到公元 1700 年间的 90 次新星和超新星爆发纪录，成为这方面空前完备的权威资料。《古新星新表》发表后很快引起美苏两国的重视，两国都先在报刊杂志上作了报道，随后在专业杂志上全文译载。俄译本和英译本的出现使得这一成果被各国研究者广泛引用。在国内，中国科学院竺可桢副院长将《古新星新表》和《中国地震资料年表》并列为建国以来我国科学史研究的两项重要成果。

随着射电天文学的迅速发展,《古新星新表》日益显示出其重大意义。于是席泽宗和薄树人合作,于 1965 年发表了《中朝日三国古代的新星纪录及其在射电天文学中的意义》。此文在《古新星新表》的基础上作了进一步修订,又补充了朝鲜和日本的有关史料,制成一份更为完善的古代新星和超新星爆发编年纪录表。同时确立了七项鉴别新星爆发纪录的根据和两项区分新星和超新星纪录的标准,并讨论了超新星的爆发频率。这篇论文在国际上产生了更大的影响。第二年(1966 年)美国《科学》(Science)第 154 卷第 3749 期译载了全文,同年美国国家航天和航空局(NASA)又出版了单行本。半个世纪以来,世界各国科学家在讨论超新星、射电源、脉冲星、中子星、γ 射线源、X 射线源等天文学研究对象时,经常引用以上两文。

20 世纪 60 年代以来,天文学乃至高能天体物理方面的一系列新发现,都和超新星爆发及其遗迹有关。例如 1967 年发现了脉冲星,不久被证认出正是恒星演化理论所预言的中子星。许多天文学家认为中子星是超新星爆发的遗迹。而有一部分恒星在演化为白矮星之前,也会经历新星爆发阶段。即使是黑洞,也有学者认为可以和历史上的超新星爆发纪录联系起来。此外,超新星爆发还会形成 X 射线源、宇宙线源等。这正是席泽宗对新星和超新星爆发纪录的证认和整理工作在世界上长期受到重视的原因。剑桥英文版《中国天文学和天体物理学》(Chinese Astronomy and Astrophysics)杂志主编、爱尔兰丹辛克天文台的江涛,在 1977 年 10 月的美国《天空与望远镜》杂志上撰文说:"对西方科学家而言,发表在《天文学报》上的所有论文中,最著名的两篇可能就是席泽宗在 1955 年和 1965 年关于中国超新星纪录的文章。"美国著名天文学家斯特鲁维(O. Struve)等在《二十世纪天文学》一书中,只提到一项中国天文学家的工作,即席泽宗的《古新星新表》。

对于利用历史资料来解决天文学课题,席泽宗长期保持着注意力。1981 年他去日本讲学时曾指出:"历史上的东方文明绝不是只能陈列于博物馆之中,它在现代科学的发展中正在起着并且继续起着重要的作用。"这段话是令人深思的。

杰出的天文学史专家

数十年来,席泽宗在天文学史的领域内辛勤探索和研究,在许多方面都有建树。

宇宙理论的发展是席泽宗注意的一个重要方面。他 1964 年发表《宇宙论的现状》，这是国内第一篇评价西方当代宇宙学的文章，毛泽东曾注意到此文，并在文章结尾部分的论述下画了道道。席泽宗与郑文光合作的《中国历史上的宇宙理论》一书是国内这方面唯一的专著，已被译成意大利文在罗马出版。从 60 年代起，席泽宗就中国历史的浑天、盖天、宣夜等学说发表过一系列论文。

敦煌卷子 S3326 是世界上现存最古老而且星数最多的星图。李约瑟 1959 年刊布了该图的四分之一，开始引起世人注意。1966 年席泽宗对该图作了详细考订，证认出全图共有 1359 颗星，用类似麦卡托（Mercator）投影法画出。《敦煌卷子中的星经和玄象诗》一文则是席泽宗对现存敦煌卷子中天文史料的总结性研究成果。他将敦煌卷子 S3326、P2512、P3589 和《通占大象历星经》、《晋书·天文志》、《开元占经》、《天文要录》、《天地祥瑞志》等史料系统地加以考察，理清了其来龙去脉及相互间的关系。长沙马王堆汉墓帛书出土后，席泽宗对帛书中的《五星占》作了考释和研究。不久又发表了对帛书中彗星图的研究。这两项工作至今仍是研究马王堆帛书中天文学史料的必读文献。

席泽宗又曾发表全面研究中国天文学史的论文多篇，在对中国古代天文学的长期研究中提出了独到而深刻的见解。例如他明确指出：中国古代天文学的最大特点就是它的致用性，特别值得注意的是他深刻指出："中国古代天文学的兴衰是与封建王朝同步的，因而它不可能转变为近代天文学。"

席泽宗并未把自己的眼光囿于中国国内，而是注意到世界天文学史的广阔背景。例如，他发表过《朝鲜朴燕岩〈热河日记〉中的天文思想》这样的专题论文。再如，为了配合宇宙火箭对邻近天体的探测，他发表过《月面学》、《关于金星的几个问题》等几篇现代天文学史的文章。又如，《中国大百科全书·天文卷》中埃及古代天文学、美索不达米亚天文学、希腊古代天文学、阿拉伯天文学、欧洲中世纪天文学等大条目均为席泽宗一人的手笔。

"处处留心即学问"

席泽宗治学严谨，实事求是，1956 年他发表《僧一行观测恒星位置的工作》，就是一个典型的例子。从清代梅文鼎开始，许多学者认为一行在唐代已经发现了恒星的自行,现代著名学者如竺可桢、陈遵妫等也曾采纳此说,认为比西方领先一千年。但席泽宗在研究中发现,上述说法是不可能成立的,于是纠正了前人的误说。1963 年发表的《试论王锡阐的天文工作》,更充分地体现了他的治学态度。此文深入研究了清初著名天文学家王锡阐的天文工作,发表后在国际科技史界引起重视。在此文中,席泽宗也纠正了一个相沿甚久的误说。王锡阐曾被认为是世界上第一个预先推算了金星凌日的人,席泽宗用无可辩驳的证据否定了这一说法。也许有的人会认为,一行发现恒星自行,王锡阐预告金星凌日,都是可以使中国人引为自豪的结论,况且又有现代著名学者赞成,应该"为尊者讳"、"为贤者讳",避而不谈才好。但这显然是和实事求是的科学态度不相容的。

席泽宗常对他的学生说,"处处留心即学问。如欲办成一事,要经常把各种其他事与此联系。所以也要关心旁的事,这样可获得启发"。又说,"有的人看书很多,但掉在书海里出不来,不能融会贯通。这样虽然刻苦,却未必能获得成功"。这都是他长期总结出来的治学之道,不仅体会深刻,而且是针对科学史上这个学科的特殊性的。他对木卫的研究,最生动地体现了他的治学之道。

1981 年,席泽宗以一篇两千多字的简短论文《伽利略前二千年甘德对木卫的发现》再次轰动了天文学界。早在 1957 年,他就注意到《开元占经》中所引一条战国时期关于木星的史料,他怀疑当时的星占学家甘德可能已经发现了木卫。这条史料许多人都知道,但伽利略用望远镜发现木卫这一事实,使那种认为木卫只能用望远镜才看得到的说法深入人心,成为传统观念,所以人们对这种史料大都轻易放过了。席泽宗却把这件事放在心上。多年之后,他在弗拉马利翁(C. Flammarion)的著作中发现了木卫可用肉眼看见的主张;后来又在德国地理学家洪堡(B. A. Humboldt)的记述中发现有肉眼看见木卫的实例,这使他联想起甘德的记载,于是着手研究。经过周密的考证和推算,他证明:上述甘德的记载是公元前 364 年夏天的天象,甘德确实发现了木卫。

同时,他又将这一结论交付实测检验——北京天文馆天象厅所做模拟观测、自然科学史研究所组织青少年在河北兴隆所作实地观测、北京天文台在望远镜上加光阑模拟人眼所做观测一致表明:在良好条件下木卫可用肉眼看到,而且甘德的记载非常逼真。这些观测有力地证实了席泽宗的结论。席泽宗的这项工作在国际上引起很大的反响和兴趣,国内外报刊做了大量报道,英、美等国都翻译了全文。以毕生精力研究中国天文学史的日本京都大学名誉教授薮内清为此发表了《实验天文学史的尝试》一文,认为这是实验天文学史的开端。

席泽宗在学术上一贯主张百家争鸣和宽容精神,他自己也身体力行,他的忠厚宽容素为科学史界同行所称道。他认为:老年人应该正视思想差距,承认后来居上,以发现人才、培养人才为己任;而青年人则应该尊重老年人,不断充实提高自己,并加强自己的修养。

席泽宗从在大学读书时开始,就一直很重视科普工作,从发表第一篇科普文章到现在,已有五十多年历史。他的许多科普作品受到广泛欢迎。

20世纪80年代以来,席泽宗又十余次出国访问和讲学,足迹遍及美国、前苏联、日本、澳大利亚、比利时、印度、罗马尼亚等地。

时至今日,席泽宗院士虽然已届八十高龄,依然壮心不已,仍坚持工作,除作为夏商周断代工程的首席科学家之一主持了其中的天文课题以外,他勤于笔耕,著述甚丰,写了不少综合性的论文,如《中国传统文化里的科学方法》、《中国科学的传统与未来》和《论康熙科学政策的失误》等,均引人入胜。英国李约瑟研究所所长何丙郁曾称赞席泽宗"在科学史上的学问广博,不仅限于得以成名的天文学史"。

科学史这门学问,无论在国内国外,都是相当冷门的学问,但席泽宗院士就做这冷门的学问,一样将它做到成绩卓著,乃至名垂宇宙,对于当今的青年学者来说,这或许是一个非常重要的教益。

让我们祝愿席泽宗院士健康长寿,做出更多的成绩。

(原载《邯郸学院学报》2008年第1期)

王文兴院士

著名环境化学家、中国工程院院士　王文兴教授

王文兴教授,著名环境化学家,中国工程院院士,中国环境科学研究院学术顾问,山东大学教授。1927年10月生于江苏萧县(今属安徽),祖籍山东临沂。1952年毕业于山东大学化学系,1955年在吉林大学化学系研究生班进修物理化学,1959年赴苏联卡尔波夫物理化学研究所进修催化动力学。先后任重工业部沈阳化工研究所工程师,化工部北京化工研究院研究室主任,天津化工研究院副院长,天津市环保局副局长。1980年后,任中国环境科学研究院副院长、学术委员会主任。现任中国环境科学研究院学术顾问,北京化工大学兼职教授、博士生导师,山东大学环境研究院院长、教授、博士生导师。1999年当选为中国工程院院士。

王文兴院士从事科学研究工作已经56年。早期从事工业催化研究,重点研究烃类催化氧化,应用放射性同位素示踪技术,电磁泵流动循环法,研究烃类催化氧化反应机理与动力学等。所撰写《工业催化》一书为我国该领域第一本专著。

20世纪70年代，转向环境化学研究。参与了中国环境科学研究院的建院工作，同时始终坚持在科研工作第一线，主持现场观测、实验室实验和应用基础理论研究。在大气光化学污染规律和防治、煤烟型大气污染与控制、大气环境容量、酸沉降化学等方面，组织进行了大量的现场观测和实验室模拟工作。建立了室内、室外光化学反应模拟实验装置，与合作者发现我国兰州光化学烟雾和煤烟型污染的形成机理及长距离的传输规律。

王文兴院士先后承担国家"六五"至"九五"科技攻关重大项目，在酸沉降的观测和试验研究方面，取得了重大进展。首次计算了全国大气二氧化碳和氮的排放量和排放强度，查清了我国酸雨现状及其分布规律和沉降通量。创建了我国第一套材料暴露自动试验装置，建立了材料二元损伤函数式等，这些研究结果，为我国政府大气环境立法和制订污染控制对策提供了重要的理论基础和实验依据。近五六年来，又开展了环境量子化学计算新领域的研究和试验工作，并取得了重要进展。

王文兴院士主要社会兼职有：国家环境咨询委员会委员，中国环境和发展国际合作委员会中方委员，国家环境保护总局科学技术委员会委员，中国环境科学学会大气环境分会理事长，中华环境奖评委会主任，《中国环境科学》主编，国际大气科学及其应用学术会议（ASAAQ）组织委员以及美国Environment Research 原副主编等。

王文兴院士撰写和编著了多部学术专著，发表了150多篇学术论文（含合作），荣获过多项研究成果奖，其中有：国家科技进步一等奖1项，二等奖3项，三等奖1项。（**康香阁**）

著名环境化学家王文兴院士访谈录

康香阁

一个人要是出生在一个富有的家庭,可能继承家产百万;如果出生在一个贫困的家庭里,他继承的可能就是贫困。但是对于一个有志气进取的人,贫困可能是前进动力的源泉和一种永远用不完的财富,它能激励人勇往直前。

——王文兴

上学是最好的出路

康香阁:王院士,您好! 我采访过几位中科院院士,但采访中国工程院院士,您是第一位,我很荣幸。您从事科学研究已经 56 年了,您在大气环境化学、大气酸沉降、环境化学动力学和大气污染物来源与排放等多个学术领域都作出了开创性的贡献。去年是你 80 岁华诞,中国工程院和中国环境科学研究院为您举办了庆祝盛会及学术研讨会,并出版《王文兴文集》。我国著名的科学家刘东生院士、国家环境保护部周生贤部长(原总局局长)都为《文集》写了序言,中国环境科学研究院院长孟伟教授撰写了后记,他们都高度评价和赞赏了您的科学研究工作,是我们青年人学习的榜样。

今天,我想请您谈谈您的求学经历和学术经历,每一位有成就的科学家都有其特殊的人生经历,这种经历对我们青年人来说都是一笔宝贵的财富,它可以让我们看到老一辈科学家是怎么走过来的。我们可以从你们的经历中得到启发,站在你们的肩膀上克服困难,继续探索,不断前进。

王文兴:去年年底,中国环境研究院和中国工程院给我组织了 80 岁华诞庆祝会,我觉得这是对我的一个鞭策,老当益壮,应该是要我发挥余热吧。

我今年 81 岁了,回顾我的经历,与现在年轻人和中年人有很大的不同。我经历了抗日战争、国内解放战争以及新中国的成立和成长的过程。新中国成立这半个多世纪以来,特别是解放后 50 年代、60 年代,也与 80 年代以后的经历有所不同。作为一个老科学工作者，我的经历非常不平顺，我治学的道路也非常的崎岖。

我的祖籍是山东临沂，后来迁居萧县。解放前，萧县曾经隶属过山东、江苏。解放后，大概在50年代中期，萧县被划归安徽去了，在地理归属上发生了一些变化。萧县在安徽省算是一个贫困县。

康香阁：据有关资料显示，萧县的煤炭资源非常丰富，有煤炭为什么还是贫困县呢？

王文兴：虽然当地有煤矿，但煤矿是国家的，也像山西省一样，山西出很多煤，有我国煤炭基地之称，但是老百姓不见得能富起来。

解放前，不仅仅是萧县贫困，它周边的鲁西南、豫东和皖北这一带，都是比较贫困的。我童年的时候，家道中衰，生活非常艰苦，苦到什么程度，苦到不能吃饱饭，每年春天三月份以后没有粮食了，就靠借贷。我们那个村子叫闾里村，是个大村，有很多这样的人家，都很穷，所以我读书很晚，也很艰难。

我的小学也只是断断续续地读到小学四年级上学期。当然，要按照我家的条件，我根本就不可能上学，但是，我喜欢念书，一心想学习。每年农闲时，就自己到本村天主教堂办的学堂去学习，学习认识点字，还学习一点算术课，农忙时回家干活。学堂什么都不要，不用交学费，还提供教材。

康香阁：这个学堂是外国人办的？

王文兴：是天主教会办的，但教师是中国人，就是一个小教堂，没有神职人员。教堂里面办了一个小学，所谓小学也就是十几个学生。我们从自己家里拿一个凳子，带一个小桌子，非常简易。这个学堂只教语文和算术两门课，别的科目都不教。

小学四年级还没有念完，到1938年，日本鬼子打进来了，家乡沦陷了。李宗仁、王仲廉将军带兵在台儿庄打仗的时候，在我们家里都能听见炮声。我们这个村子紧靠铁路，离车站非常近。日本人常来扫荡，我们只能读到小学四年级上学期，就不能上学了，在家里干一些农活。

困难的家庭生活对我后来影响极大，我后来能够坚持读中学、读大学，这一段对我起了非常大的作用。我记得孟子说过一段话："故天将降大任于斯人也，必先苦其心志，劳其筋骨，饿其体肤，空乏其身行，行拂乱其所为，所以动心忍性，曾益其所不能。人恒过，然后能改；困于心，衡于虑，而后作。"我对这段话很有感触。

家乡沦陷，不能上学了，就一直待在家里。农村的孩子就是夏天割草，冬季拾柴火，在家里一直待了三年。三年以后，突然有一个机会，八路军游击队在萧县的游击区办了一个临时中学,开始招生。当时,我们那个村子紧靠铁路,被日本人占领了,但是离铁路再远一点的地方,七八十里路以外就是游击队控制区。游击队晚上出来,到我们村子这一带活动,把铁路给扒了,到白天,日本人和伪军又把老百姓集合起来再去修铁路,这都是我亲眼看到的。

抗日游击队县政府在这样的环境下,办了一个临时中学,总算是中国人办的抗日学校。我到那里去考试,随到随考,去一个考一个。校长当场出题考试,出了一个作文题目,叫做"沦陷后的三年",叫我写一篇文章,然后出了七道算术题,让我答。在什么地方考呢,就在一个案板上考,就是家里擀面用的案板。我就在案板上做题,我写好了以后给他,他看后说:"好了,你被录取了!"当天中午就管饭了,吃的什么饭我都记得清清楚楚。因为那个时候生活条件很差,特别是春天,家里没饭吃,就这么上的学。晚上住在老百姓的灶房里,白天在三王庙里上课。上了半年,这期间日本人不断地来扫荡,又待不住了。游击队县政府就把这部分学生送到了皖北的太和县。太和县是抗日后方,就是日本人没到的地方,学生谁愿意去就跟着去。这个时候,有一部分家庭条件好一点的学生就没去,我毅然决然要跟着去,因为我跟着去学校,吃住什么都不用自己管,还能上学。从我们萧县走到太和县需要走四天,日夜兼程地走,还得穿过日本人控制的一个封锁线。穿过封锁线要从头天下午开始走,连着走到第二天早晨,晚上穿过封锁线,危险性会小一些,白天走会遭到日军的攻击。就这样,萧县临时中学到了安徽太和县,就扩建成了一个叫做"苏鲁豫皖四省边区战时中学"。随着学校规模迅速扩大,不久就改为国立第二十一中学,直属教育部。学生主要来自山东、江苏、河南和安徽四个省,最多的时候学生达到两千多。

康香阁:您在太和县的国立第二十一中学学习了多长时间?

王文兴:只有两年多时间,到了 1944 年 10 月份,日军包围皖北,打通了平汉线,学校在这里又待不住了。当时是国共合作期间,教育部命令西迁,就从安徽的太和县一直向西走,最后到了陕西的山阳县。

这次迁校,断断续续走了半年,中间还要穿过平汉线,穿过平汉线也是在头天下午就出发,利用夜间穿过铁路。过铁路以后,要在天亮之前,还要走出去四五十里地,才能离开日本人的控制的铁路沿线区。我们那一批学生,还有高中部和校职工,刚走过铁路就被日本人的探照灯发现了,日本人开枪打炮。出发之前,老师就讲好了,不管发生什么情况,都要跟着队伍走。我们跟着队伍一直跑,掉东西的,跑丢了的学生也不少。

我们走到河南的镇平，停了一下。但在镇平没停多久，又西迁，最后到了陕西省南部的一个小县叫山阳县。

康香阁：日军没能打到那个地方？

王文兴：没有，那个地方特别偏僻，人都不容易进去。当时，全县城别说汽车，连一辆自行车都没有，就在这么偏僻的一个县，待了半年。后来，我们学校又搬到了西安东南35公里的蓝田县，直到1945年8月15日日本投降。

前几年我们还开了国立第二十一中学校友会。在迁校的中间，还有一些同学因病没有医药，死在了路上。我自己亲身经历过一次拉肚子、呕吐，当时也不懂得卫生，也没有条件，不知听谁说的，放血可以治拉肚子，就是用针刺破小臂静脉放血，这些都做过。就说明我们当时的生活条件是非常艰难的。

我为什么要说这一段呢，因为家庭生活困难，能够找一个出路，上学是最好的出路。

1945年日本投降了，在陕西蓝田县待了一年，到了1946年，全国二十三个国立中学停办，各校学生就奉命复员。所谓复员就是从哪个省来的学生还回到哪个省去上学。我是从江苏萧县出来的，被分配到了江苏省立连云中学就读。后来，我考取了山东大学，我们那一批学生考取大学的都给公费，甲等助学金待遇，每一个人按一个月60斤小米的指标供应，除了吃饭，还能够剩一点，作零花用，所以我从小学到中学到大学一分钱都没有花家里的钱。我这儿还有一点小插曲，我们在国立第二十一中学习的时候，吃饭是定量的，每天两顿饭，每一个人每顿饭一个馍。男孩子饭量大，多数吃不饱，特别是个子大一点的男生，更是如此。但是女生饭量小，她们吃不了，就分出一部分放在筐子里，不够吃的同学可以到筐子里拿。

当时的艰苦生活条件，促使我们个个努力学习，这一段经历对我个人的思想和各方面影响很大，如果没有国家给我的供养，别说上大学，中学我也上不起，所以，我时刻都不会忘记国家的养育之恩。多年的艰苦的集体生活，也培养了我的团结互助的精神。

我今年都八十多岁了，我现在除了在我们单位做一点工作以外，还在我的母校山东大学任职，我还用多年积累下来的40万元，设立了研究生环境科学奖学金，为学生从事环境科学研究提供一点帮助。

我当选工程院院士后，工程院要每个新当选的院士写一段话，并汇集出版。我写了这样一段话，大意是：一个人要是出生在富有的家庭，可能继承家产百万，如果出生在一个贫困的家庭里，他继承的可能就是贫困，但是对于一个有志气进取的人，贫困可能是前进动力的源泉和一种永远用不完的财富，它能激励人勇往直前。

受家庭影响，我坚持要上学

康香阁：在抗日战争、解放战争那么一个艰苦的年代，您为了找出路，毅然决然地跟着学校走，您的这种坚持要上学的意志和决心，除了生活贫困之外，是否还受到家庭的影响？

王文兴：你问得好。上学这一段经历对于我来说，有双层的意义：一层是我家里困难，要找出路。另一层是我还受到一些中国传统教育的影响。在那样的环境下，我还要坚持读书，家庭影响还是挺大的。我的祖辈，像我曾祖父还是位秀才，是一位耕读世家。但是我们那个地方人多，又是黄河故道，常闹水灾，生活越来越贫困。到我父亲这一辈，家道中衰。但我父亲的文化还是不错的，他读过私塾，做事做人都对我产生了很大影响。我还记得父亲经常说，万般皆下品，唯有读书高。我受到父亲的影响，那个时候我的观念就是这样，所以我一心想读书。尽管家里很穷，我的小学、中学都只能是断断续续地去读，但我也要坚持读下去，并且取得好成绩。

我弟兄五个，我大哥上过小学，后来考上了江苏省立乡村师范。连饭都没有吃的，怎么上学呢？就在这样情况下，父亲还让他去上学，我们家仅有的一点儿土地，生产的粮食还不够吃，父亲硬是把地当了出去，用当来的一点钱，供应我大哥念完那个乡村师范。我父亲让我大哥读书的态度对我影响极大，所以我就是有再大的困难也要念书，要念到底，念到什么时候不能念再说。我哥哥念书念到什么程度，他念的乡村师范在江苏海州，海州在徐州东边，我的家在徐州的西边，从我家到海州大概有好几百公里，他放暑假要来回走过去，没钱坐火车。我那个时候很小，但我知道，这些对我的影响极大。

康香阁：您上大学的时候，情况就好些了？

王文兴：到我上大学的时候，比我大哥那个时候的情况要好一些了。学校可以供给我吃饭，但没有别的钱，为了省钱，我上大学几年都没有回家。我上大学期间，还在一个中学教一门化学，每月给我 15 块钱，补贴家里的弟弟上学。

我对孩子的教育就是一个主意，要好好念书，特别是我的大孩子，今年47 岁了，他读小学、中学的那个年龄段，正好是"文革"那个年代，学生上山下乡,当工人。他们觉得当工人多好!小孩子不理解读书的重要性。在当时条件下,我还是引导他们好好念书,还是很不容易的。当时很多人说读书没用,特别是农村,条件艰苦,希望学点儿手艺,不让孩子读书了,这是不对的。应该让孩子多读点书,多学点知识。

机遇只会降临在有准备的人的头上

康香阁:大学一毕业,您就进入科研领域了吗?

王文兴:不是的。对于做学问,每个人的道路都有不同。我是1952年大学毕业的,我们那个时候毕业和现在不一样。大学毕业生要政府统一分配,个人的意见只作参考。在学校公布分配方案前谁也不知道自己到哪里,更不知道做什么工作。我很想分在大学,我喜欢教育工作,同时也能做科研,但不能如愿。

解放初期,中央号召支援东北。山东大学当时是在青岛,我们从青岛坐火车,一车一车的学生往东北开,从沈阳开始下,到长春,最后到达哈尔滨。我当时就到了哈尔滨,被分配到一个中等技校里做团的工作。当时很多人都是做各种各样的工作,不是按你的专业安排。

好在时间不长,1954年,中央提出的口号是向科学进军。如何向科学进军呢?就是要大学生尽量做符合他的专业的工作。当时,我已调到沈阳工作,征求我的意见,问你愿意做什么,我说我还是愿意研究化学,我学的是化学专业。正好重工业部在沈阳有一个化工研究所,我极为高兴。1954年春,调到了化工研究所,总算是进了科研单位。所以有时候一个人要认准方向,只要有机会,你就别放弃。有人说过这样的一句话,我认为很对:机遇是只会降临在有准备的人的头上。这是我的事业一次重大的转折。

如果我没有这个准备,没有这个想法,即使有这个机遇也就错过了。我到那个单位以后对我后来的影响极大,因为我最想做的是物理化学研究。我在学校里很喜欢物理化学,正好那个单位有一个物理化学研究室。

1955年单位派我到吉林大学化学系研究生班进修物理化学两年。1958年单位又搬到北京,到北京化工研究院工作,那个时候已经成立化工部了。1959年组织又派我到苏联卡尔波夫物理化学研究所进修催化动力学。

治学要始终如一,不能三心二意

康香阁:人的一生,在治学过程中,可能会遇到几次不同的研究方向的选择,对这种情况,如何把握?

王文兴:我的感受是,治学方向要始终如一,不能三心二意。在 1966 年之前有一个"四清运动",高校和科研单位、基层单位都要进行四清运动。四清运动后都要提拔一批干部。那个时候是先批后提,看谁能经得住批。1966 年提拔我叫我改行,我非常不心甘。提拔我干什么呢?化工部要在甘肃成立一个涂料工业研究所,提拔我到那里当技术副所长,还是军工涂料,保密的,不去还不行。我本来是做物理化学研究的,我很喜欢我的研究方向。在这之前,我到吉林大学进修,到苏联进修,积累了一定的基础,并且已经做出一定的成果了,我不想离开这个专业,但必须服从安排到甘肃去。

到了甘肃,从 1966 年做到 1967 年底,两年时间把房子都盖起来了。我一面好好地做工作,争取领导的同情,一面还要求有机会能做我的专业。我希望不管什么地方,并不是一定要回北京,只要能做我的物理化学研究就行。化工部同意说,你建完了军工涂料厂以后给你调整。"文化大革命"开始后不久,答应给我调整工作的事也就搁起来了,没人负责了。一搁就是十年,当时真感到前途渺茫。

康香阁:您什么时候到环境保护部门来了呢?

王文兴:我为什么到环境部门来了,我说我们这老一辈的人在治学方面都有自己的坎坷道路,我很喜欢物理化学,但是不行,需要你不断地转换工作岗位。1976 年,天津市要成立一个环境保护办公室,一定要调我过去。调我去干什么呢,调我去做天津市环境保护办公室副主任,我越想越不能去,我想我去了要做行政工作,我的业务就全完了。我就一直拖,拖了半年,有人给我传话来说,你要是再不去就要处分你。我都记得非常清楚,那时正是周总理去世的一月八号,举国悲痛,特别是知识分子对周总理非常钦佩。我当时想,周总理都不在了,社会很混乱,我还犹豫什么?所以我在一月九号就去报到了。报到的时候,有人说给你连升几级,你还不来,说处分你了你才来。去了后,我就没有准备在那里长期干,我还是想做我的科学研究。一个人认准了研究的方向,就要坚持不懈地努力。

康香阁:到天津市环境保护办公室后,您在承担大量行政工作的同时,还是挤出时间,作出了很好的科研成果,比如说,你撰写的《工业催化》一书,就是一项重要成果。

王文兴:到了环境保护办公室以后,我就住在单位,每周回家一次。唐山大地震的时候,我就在办公室,办公室里面的墙上掉了很多东西。在这个期间,我完成了《工业催化》这本书,在当时是国内第一本,花了我很多时间,我白天有行政工作,晚上我不走,做了好几年才写了出来。

从 1976 年底到 1980 年初,我在天津环境保护办公室是管技术的,当时我们的主任很好,是一位老同志,他很信任我,他很放心让我去做一些技术管理。1976 年我给天津市建立了一个天津市环境科学学会,这个学会在全国是最早的。全国国家的环境科学学会是在 1979 年建立的。

1980 年,我国成立了国家环境保护办公室,早期的国家环境保护办公室的领导都是化工部的人,他们知道我。他们说王文兴不是在天津做环保工作嘛,国家环境保护办公室要建一个环境科学研究院,叫他来筹建这个研究院吧。我说这可是有机会了,中国环境科学研究院是个综合性研究院,它有和我专业接近的大气化学专业,我现在做的就是气相化学研究。我有这个机会了,天津市说什么也不让我走,当时的天津市环保办公室已经变成天津市环保局了,我在那里前前后后也待了好几年,准备让我做代理局长,我的性格不适合做那个,我更喜欢做我的科学研究。当时陈伟达同志是天津市委书记,说什么也不让我走,后来国家环境保护办公室说是借调我,长期借调也不行。所以就说借我领一个代表团去国外考察,撰写建院计划,这样才同意了。这一借就是三年,三年都没有让我走,当时的天津市环保局是厅级了,等我走了之后,我的任命书就到了,那是最后一批由国务院批准的地方厅局级干部。等到 1983 年,才把正式的关系调到北京来,但是我在这个地方已经做了三年的科学研究了。

我说这些并不是说我自己多么的高明,而是我一心想做一些科学研究,一个人能做一点成绩出来,不能三心二意,要专心致志地做,这是我的一点体会,一点感触。

治学定位要实际,绝不能好高骛远

康香阁:每一个从事科学研究的青年,都希望作出成绩,他们都努力了,但有的成功了,有的失败了,如何避免失败?

王文兴:我觉得在治学的道路上,绝不能好高骛远,要想想是否可能实现,要是达不到也不行。我在沈阳的时候,当时是个小组长,我的组里有一些是年轻人,其中有三个年轻人都是中专毕业。但这三个人的道路有所不同,一个是考到了北京大学化学系了。第二个是考到南开大学他不上,他嫌南开不好,一定要上北大,后来他自己完全靠自学,还是在这个单位。第三个就不行了,他没有这么大的实力,他老是想读天文,南京大学有天文系,第一年没有考取,当时不让年年考,可他第二年还想考,单位不同意,要考必须辞职,他就辞职了。其实这个人很好,但是他的一些想法不太现实,他的母亲还跟着他,他的母亲靠给人洗衣服生活。我劝他不要辞职,怎么劝都不行。他虽然辞职了,仍然未考取南京大学天文系。他辞职后,带着母亲回杭州了,好多年后,我听说他都没有什么正式工作。

我说这一段,就是说我们的理想要符合现实,结合实际,不要脱离太远。如果我到中国环境科学研究院来,完全是重新开始,那还是很费力气的,我还是利用我原来的基础,我原来的基础完全能用上。我做的是催化,这些都是很专业的东西了,到这里我做的是气相催化,我的很多专业工作都能用上。建院初期我担任副院长,我一直都没有脱离我的专业,在这里是边建设边研究。1980 年过来,在临时工棚的时候,我们就开始做研究,到 1984 年我们就拿了一个国家二等奖。当时来的时候这个院子里一栋房子都没有,这里是农村。我在板房里住了一年多,冬天很冷,晚上都带着帽子睡觉,是很艰苦的,但是和我年轻上学的时候相比那就不知道好多少倍了。

总之,从治学上讲,我最重要的感受是,要认准一个方向,坚持不懈地努力,不要见异思迁。一个人在一生中,可以有多项选择,可以朝几个方向发展。比方说我,我当时要是从政的话,应该也能发展。但是我不喜欢做这一类工作,我也不适应,我还是喜欢我的科学研究。人各有志,做科学研究的人只是一部分,还有各种各样的工作。不管做什么工作,要想做得好,总得专心致志,始终如一。只有这样,才能取得成功。

(原载《邯郸学院学报》2008 年第 3 期)

责任编辑:马长虹
封面设计:曹　春
版式设计:东昌文化

图书在版编目(CIP)数据

学术名家访谈录/王韩锁　康香阁 主编.
-北京:人民出版社,2009.6
ISBN 978－7－01－007855－7

Ⅰ. 学…　Ⅱ.①王…②康…　Ⅲ. 名人-访谈录-中国-现代　Ⅳ. K820.7

中国版本图书馆 CIP 数据核字(2009)第 052224 号

学术名家访谈录
XUESHU MINGJIA FANGTANLU

王韩锁　康香阁 主编

人民出版社 出版发行
(100706　北京朝阳门内大街 166 号)

北京市文林印务有限公司印刷　新华书店经销

2009 年 6 月第 1 版　2009 年 6 月北京第 1 次印刷
开本:710 毫米×1000 毫米 1/16　印张:25.75
字数:450 千字　印数:0,001－3,000 册

ISBN 978－7－01－007855－7　定价:48.00 元

邮购地址 100706　北京朝阳门内大街 166 号
人民东方图书销售中心　电话 (010)65250042　65289539